독자님들께 깊이 감사드립니다.
박스오피스

# 좀비묵시록 82-08

## 11

# 좀비묵시록 82-08

## 11

박스오피스

# 11
# 좀비묵시록 82-08

| | |
|---|---|
| 초판 1쇄 인쇄 | 2025년 11월 06일 |
| 초판 1쇄 발행 | 2025년 11월 27일 |
| ISBN | 979-11-7315-089-0 [04810] |

| | |
|---|---|
| 지은이 | 박스오피스 |
| 기획 | 이하늘 |
| 교정·교열 | 김경희, 윤화리 |
| 디자인팀장 | 공가을 |
| 디자인책임 | 공가을 |
| 편집디자인 | 임은영 |
| 타이틀제작 | 진유성 |
| 펴낸이 | 문상철 |
| 펴낸곳 | 주식회사 바이프로스트 |
| 주소 | 서울시 강남구 선릉로 549, 에본빌딩 3층 (역삼동 694-35) |
| 출판등록 | 제2020-000007호, 2020년 1월 9일 |
| 대표전화 | 070-8833-7312 |
| 전자우편 | bifrostkr@gmail.com |

이 책은 저작권법의 보호를 받는 저작물로서 무단 복제 및 재배포를 금지합니다.
잘못된 책은 구입처에서 교환하여 드립니다.

**BIFROST SERIES**

## CONTENTS

**Chapter 83**
난폭하게! 잔인하게! (2) ·············· 007

**Chapter 84**
공주는 잠 못 이루고 ·············· 066

**Chapter 85**
히어로 ·············· 131

**Chapter 86**
JL ·············· 181

**Chapter 87**
겨울을 꿈꾸며 ·············· 243

**Epilogue**
에필로그 ·············· 303

## Chapter 83
## 난폭하게! 잔인하게! (2)

## 08

"헤에엑— 헤에엑! 끄으으으!"

오 박사는 필사적으로 다리를 끌며 걸었다. 개새끼에게 물려 뜯겨 나간 아킬레스건이 울릴 때마다 참기 어려운 고통이 전기신호처럼 척추를 찌른다. 그런 와중에도 그는 곁에서 부축을 하고 있는 섀도 실드 조장에게 끊임없이 달콤한 제안을 계속했다.

"내가 말이지…… 끄으윽! 이…… 이 좆같은 위기만 벗어나면…… 일단 자네부터…… 끄으응…… 보안 책임자로 임명할 거야! 후우우~ 후우우! 그게 내가 제일 처음 내릴 명령이라고."

조장은 별다른 대꾸 없이 주변을 두리번거리며 경계하는 일에만 집중했다. 왜 일이 이렇게 꼬여 버렸는지 모르겠다. 비록 함께 끌고 온 직원들 대부분을 미끼로 삼아 던져 주면서였지만, 그래도 8층에서 15층까지 잘 올라왔었다.

이제 21층까지 겨우 여섯 층만 남았다고 내심 조금은 안도하고 있을 때, 좀비들이 한꺼번에 들이닥쳤고, 거기에 더해서 느닷없이 계단 문이 열리며 이상한 놈들이 잔뜩 나타났다. 분명한 건 놈들의 꼴이 절대로 아군은 아니라는 사실이였다.

 의리고 뭐고 다 버리고, 일단 오 박사와 함께 다시 아래층으로 달아났다. 그런데 갑자기 본 적도 없는 시꺼먼 개새끼 한 마리가 쫓아와 그의 팔과 오 박사의 발목을 물어뜯었다.
 겨우겨우 놈을 뿌리치기는 했지만, 이제 그는 전투력이, 오 박사는 기동력이 심각하게 손상되어 버렸다.
 "앞장서서 계속 걸어! B섹션 계단 어디 있는지 알잖아!"
 조장은 왼손으로 삼단봉을 휘둘러 앞장서서 걷고 있는 두 명의 엔지니어를 재촉했다. A도, C도 쓸 수 없으니, 이제 B섹션으로 빙 둘러 돌아가서 그곳 계단에는 좀비들이 없기를 기대하는 수밖에 없다.
 하지만 엔지니어들은 몇 걸음마다 겁먹은 얼굴로 뒤를 돌아본다. 조장을 신뢰하는 것은 아니지만, 그렇다고 해서 후다닥 달아나 버릴 만큼의 용기도 그들에게는 없다. 손에 들려 있는 조그만 연장 따위, 그저 무력하게만 보인다.
 '하긴 씨발, 겁먹을 만도 하지…… 뭔 놈의 복도에 피가 이렇게…….'
 복도 전체가 흥건하다고 해도 될 만큼 여기저기에 피의 웅덩이가 잔뜩 만들어져 있다. 거기에 더해서 저 끔찍하게 우렁찬 좀비의 울음소리. 다른 놈들보다 유난히 크고 사납다.
 지금 당장은 조금 멀지만, 이제 곧 그들을 따라 가까워져 올 것이다. 서둘러야 한다.
 "젠장, 너무 춥군……. 이게 왜 이렇게 냉방이……."
 피투성이 다리를 움켜잡으면서 걷던 오 박사가 몸서리를 친다. 온몸을 휘감아 얼려 버릴 것 같은 냉기. 갑자기 겨울의 한복판에 떨어지기라도 한 듯, 이가 딱딱 맞부딪칠 만큼 사무치게 춥다.
 "정신 차려요. 비틀거리지 말고!"
 조장은 오 박사의 몸을 거칠게 챘다. 오 박사 이놈이 살아 있어야 승진이고 부귀영화고 기대할 수 있지만, 만약 이놈 때문에 목숨을 위협받게 된다면 곧바로 내던지고 달아날 참이다. 물론 오 박사 역시 그런 조장의 생각 정도는 빤히 읽고 있었다.

"하아, 하아……. 이봐, 버릴 사람 앞에 둘이나 있잖아. 그러니까 그런 식으로 말하지 마. 끄으응, 우리는 끝까지 같이 가야 된다고. 이렇게 힘든 데서 의가 상하는 게 아니라 오히려 서로 힘이 되어 주려고 해야…… 정말 믿을 수 있는 사이인 거지. 알잖아, 서로 백업해 주는 팀 말이야."

말 같지도 않은 소리를 오 박사가 계속 지껄이고 있을 때, 뒤쪽에서 저벅거리는 발소리가 계속해서 들려온다. 조장은 이를 악물고 걸음을 서둘렀다. 저 복도의 코너를 돌아 나타날 게 반가운 얼굴일 리가 없다.

"왜, 왜 그래요?"

조장과 오 박사가 걷는 속도를 올리자 앞서 걷던 엔지니어들의 표정도 굳는다. 아무도 대답해 주지 않는다.

엔지니어들은 자신을 바라보는 조장의 눈빛이 이상하게 번뜩인다고 느끼며 뛸 채비를 했다. 그러나 조장이 손을 쓰는 게 조금 더 빨랐다.

빠악―!

조장은 삼단봉으로 두 엔지니어 중 왼쪽에 서 있던 놈의 발목을 사정없이 후려쳤다.

"아윽!"

엔지니어는 발목을 움켜쥐고 바닥을 뒹군다. 또 다른 엔지니어는 화들짝 놀라 무작정 앞으로 뛰어나갔다.

"어차피 너희들도 이럴 줄 알았잖아? 응? 너도 어떻게 하면 나를 미끼로 삼을 수 있을지, 그 궁리만 했을 거 아냐? 이 새끼야!"

조장은 엔지니어의 하체를 계속 후려치며 소리를 질러 댔다. 이놈이 걷지 못해야, 그래서 미끼가 되어 잡아먹히고 있어야 자신들이 달아날 시간을 벌 수 있다. 엔지니어의 정강이와 발목은 금세 퉁퉁 부어올랐다.

"으아악! 아악! 이 개새끼야!"

엔지니어는 비명을 내지르다가 마지막 반항으로 들고 있던 망치를 집어 던졌다.

핏—.

망치는 조장의 코끝을 스치고 날아가 복도 뒤쪽에 떨어져 버렸다. 코 안쪽에 확 번지는 비릿한 피 냄새를 맡고 나서 조장은 오히려 표정이 밝아졌다.

한 번 공격을 받았으니 이제 죄책감 같은 걸 깨끗이 지워 버릴 수 있다. 어차피 먹고 먹히는 세상. 언제든 승자와 패자가 바뀔 수 있었다. 먼저 기회를 잡은 쪽이 이긴 것뿐이다.

"죽어! 깨끗이 죽으라고, 이 새끼야!"

조장은 으직, 소리가 날 만큼 강하게 엔지니어의 무릎을 후려치고 나서 놈을 내버려 둔 채 앞으로 걸어 나갔다.

"으윽! 으윽! 윽!"

아킬레스건이 끊긴 발목이 질질 끌릴 때마다 오 박사의 입에서는 신음이 터져 나온다. 하지만 걸음을 멈추거나 속도를 늦추지는 않았다. 그랬다가는 죽는다는 걸 너무도 분명하게 알고 있었기 때문이다.

"아아악! 아아아!"

뒤쪽에서 좀비들의 포효와 엔지니어의 비명이 섞여 들려온다. 오 박사는 힐끔 뒤를 돌아보았다. 세 마리다. 세 마리의 좀비가 다리가 작살나 움직이지 못하고 있는 엔지니어의 몸을 덮치고 닥치는 대로 물어뜯고 있다.

"방…… 일단 아무 방이나 들어가서 피해야 하는데…….."

조장이 식은땀을 뚝뚝 흘리며 중얼거렸다. 하지만 도무지 문이 눈에 띄지 않는다. 오 박사도 놈의 넋두리를 듣고 나서야 깨달았다.

12층은…… 보존소가 있는 층이다. 워낙에 거대한 보존소가 건물의 중앙을 차지하고 설치되는 바람에 이 층의 대부분은 벽으로 둘러싸여 있다.

그리고…… 이 비정상적인 냉기와 갑자기 창궐한 좀비들이 어디에서 나타난 것인지도 깨달을 수 있었다. 보존소다. 실험체가 된 좀비들을 보관하던 보존소의 문이 열린 것이다.

정확한 이유나 경위는 모르겠지만, 그로테스크한 좀비들을 찾으러 갔던 연구원, 그 개놈들이 뭔가 엄청난 실수를 저지른 게 분명하다.

"해부실이 있어! 해부실!"

오 박사는 조장에게 외쳤다. 조장이 잔뜩 찌푸린 얼굴로 돌아본다.

"해부실?"

"그래! 해부실로 가면 도망칠 수 있어! 거기에…… 하아, 하아…… 해부한 샘플들을 다른 층으로 실어 보내는 소형 엘리베이터가 있어. 소형이라고 해도 인체 샘플이랑 용기를 실어야 하는 거니까 꽤 커! 웅크리면 한 명씩은 충분히 들어갈 수 있다고! 오른쪽이야! 섹션 A로 가자!"

"하지만…… 엘리베이터는 안 움직일 텐데……."

"그건 달라! 그냥 엘리베이터라고 불렀다 뿐이지, 사실은 리프트 비슷한 거니까……. CCTV도 달려 있지 않고, 경비 본부에서 통제하는 것도 아니야. 15층이랑 16층 세균 배양실로까지 이어지는 거라고!"

뜻밖의 희망을 발견한 조장과 오 박사는 걸음을 서둘렀다. 복도의 코너를 돌았을 때, 그들을 기다리고 있던 건 앞서 도망가 버렸던 엔지니어와 그를 맛있게 뜯어 먹고 있는 좀비들이었다.

"허억!"

조장과 오 박사는 다시 방향을 틀었다. 엔지니어의 목이 뒤로 완전히 젖혀져 있는 것으로 보아 놈의 목숨은 이제 몇 초 남지 않았다. 그 사이에 어서 달아나야 한다.

다행히 이 길고 복잡한 피투성이 복도는 그들에게 익숙한 공간이었다. 특히 오 박사에게는…….

"여기서 돌아!"

오 박사는 몇 차례나 조장의 어깨를 당기며 방향을 틀었다. 조장은 너무도 두렵고 혼란스러워서 자신이 어디로 가고 있는지도 모를 지경이 되어 버렸다. 하지만 복도 벽에 부착된 화재 대비 용품함에 도끼가 들어 있는 건 놓치지 않았다.

"잠깐…… 이걸 챙깁시다."

조장은 삼단봉을 휘둘러 얇은 투명판을 깨고, 1미터 조금 넘는 길이의 빨간색 도끼를 집었다.

묵직한 쪼개기용 도끼. 이 정도면 한 마리와 마주쳤을 때는 승산이 있을 것이다. 조장은 오 박사를 다시 부축하며 빠르게 걸음을 옮겼다.

지금까지는 오 박사를 내던지기 위한 최후의 미끼로 생각하고 있었지만, 소형 엘리베이터 이야기가 나온 지금은 사정이 달라졌다.

그는 그 리프트인지, 엘리베이터를 조작하는 방법을 모른다. 그러니 탈출을 위해서라도 오 박사를 살려서 해부실까지는 데리고 가야 한다.

"다 왔어! 저기! 저 표지판 왼쪽으로!"

오 박사가 기쁨에 찬 목소리로 외쳤다. 코너를 돌면 이제 해부실이다.

그때, 교차로에 들어선 그들의 앞을 가로막으며 좀비 한 마리가 다가왔다.

"뭐야! 너, 너는!"

오 박사가 떨리는 목소리로 외쳤다. 비록 끔찍한 몰골이 되어 있지만, 자신이 그로테스크한 좀비를 찾으라고 이곳으로 올려 보냈던 연구원 중 한 놈이라는 것만은 분명히 알아볼 수 있었다.

"물러나요!"

조장은 오 박사를 옆으로 밀어 치고 도끼를 두 손으로 잡으며 연구원 좀비를 마주했다. 다행히도 그리 빠르게 뛰는 놈은 아니었다. 척추가 꺾여 버린 탓에 아주 기묘한 자세로 비틀거리면서 좀비는 조장과의 거리를 좁혀 왔다.

"으라아아!"

초조하게 입술을 핥던 조장이 먼저 공격을 날렸다. 그가 힘껏 내휘두른 쪼개기용 도끼가 연구원 좀비의 머리통 위쪽을 후려갈겼다.

쩌적!

두개골 위쪽의 살점이 날아가고, 연구원 좀비의 몸이 휘청한다. 하지만 놈을 죽일 만큼 제대로 들어간 타격은 아니었다.

그롸아아아—.

연구원 좀비는 두 팔을 내민 채 조장의 목을 노리고 달려들었다.

"으얍!"

조장은 기죽지 않고 다시 도끼를 휘둘렀다. 도끼는 둔탁한 소리와 함께 좀비의 팔꿈치를 부러뜨렸고, 연구원 좀비는 다시 휘청거린다.

"하아~ 하아! 젠장……."

오 박사는 벽에 기대선 채 조장과 연구원 좀비의 일전을 초조하게 지켜보았다. 물론 조장과 운명을 같이하려는 생각 따위는 추호도 없었다. 그저 이 싸움에서 조장이 이기면 좋고, 만약 전세가 불리해지면 그때 달아나려고 마음을 먹고 있던 것뿐이다.

조장이 뜯어 먹히는 동안이면 충분히 해부실까지는 갈 수 있다. 하지만 그 혼자서 해부실의 엘리베이터로 용케 올라간다고 해도, 그때부터 또 막연해진다. 그러니 일단은 조장이 이겨서 함께 가 주는 게 제일 좋은 경우의 수다.

"죽어라, 씨발!"

조장은 요란하게 소리를 지르며 열심히 도끼를 휘둘러 대고는 있지만, 워낙 겁에 질려 있어서 쉽사리 승부를 결정짓지 못했다.

단번에 죽이지 못한 탓에 연구원 좀비의 몸뚱이는 도끼 자국으로 엉망이 되어 갔다. 두 팔은 부러져 덜렁거리고, 얼굴도 거의 반쪽이 날아갔다. 어쨌든 그래도 승기는 꽤나 이쪽으로 넘어온 상태였다.

"헉!"

그 순간, 뒤쪽을 돌아보던 오 박사가 절망적인 신음을 터뜨린다. 엄청난 크기의 좀비가 복도 저 끝에서 모습을 드러냈다. 보자마자 오 박사는 그것이 지금까지 그들을 두려움에 떨게 만들었던 문제의 그 커다란 포효의 주인공이라는 걸 알 수 있었다.

"내…… 내가 아니잖아! 네가 원한을 가질 대상은!"

그 커다란 좀비가 E9104596이라는 것과, 그녀가 살아 있을 때 메이저로부터 지독한 폭행을 당하면서도 기록적일 만큼 긴 생존 기간을 가졌다는 걸 기억해 낸 오 박사가 울음 섞인 목소리로 말했다.

그롸아아아아아―.

복도 끝에 인간이 둘이나 있다는 걸 확인한 E9104596은 크게 울부짖고 나서 맹렬한 속도로 뛰어오기 시작했다. 그 뒤로 좀비들이 몇 마리나 따라왔지만, 그녀에 비하면 무서울 것도 없는 수준이었다.

"히에엑!"

오 박사는 앞뒤 재지 않고 무조건 조장 쪽으로 기었다. 이제는 먼 앞날을 걱정할 때가 아니다. 일단 이 자리를 벗어나는 게 우선이다. 이젠 두 명 모두 해부실까지 도달한다는 건 불가능해졌다.

"뭐요? 하아! 하아!"

겨우 연구원 좀비의 목을 잘라 낸 조장이 숨을 헐떡이며 자신의 등 뒤에 달라붙은 오 박사를 돌아본다. 오 박사는 대답하지 않았다. 대신에 조장을 뒤로 당기며 그 반동을 이용해 앞으로 도망치려고 했다.

하지만…… E9104596은 그의 예상보다 훨씬 더 빨랐다.

턱!

E9104596의 커다란 손이 오 박사의 팔목을 잡는다. 그러고는 사정없이 비틀어 당긴다.

"아아악!"

팔이 뒤로 꺾여 버린 오 박사는 비명을 지르면서도 조장의 뒤로 몸을 숨겼다. 뒤늦게 좀비들의 존재를, 특히 E9104596의 모습을 확인한 조장도 어떻게든 오 박사를 잡아 뒤로 던지고 달아나려 했다. 그러나 이미 늦었다.

콰드득!

E9104596의 이빨이 조장의 목덜미를 파고든다. 그러면서도 그녀의 손은 뒤에 서 있는 오 박사의 팔목을 계속 잡아당기고 있다. 아마도 앞뒤로 달라붙어 있

는 두 사람의 신체를 분리해서 인식하지 못하는 모양이다.

"끄으으으!"

목덜미가 뜯겨 나간 조장이 도끼를 휘둘렀다.

캭—!

도끼는 E9104596의 두툼한 어깨에 박혔다. 하나 그것뿐이다. 그녀의 어깨는 기진맥진한 조장 정도의 힘으로는 도저히 잘라 낼 수 없을 만큼 크고 단단했다.

E9104596은 도끼가 박힌 채로 왼손을 휘둘러 조장의 턱을 움켜쥐었다. 그러고는 사정없이 비틀어 뜯었다.

"커컥!"

턱이 부서져 빠져 버린 조장이 끔찍한 고통을 이기지 못해 비틀거린다. 오 박사는 자신의 팔을 빼내려고 안간힘을 써 봤지만, E9104596은 놔줄 생각이 없었다.

으지직!

오 박사의 팔꿈치가 조장의 어깨에 걸려 아래로 꺾여 버렸다.

"아아아악! 아으으으! 끄으으으!"

오 박사는 절규하며 펄쩍 뛰었다. 물어뜯긴 아킬레스건의 통증을 깨끗이 머릿속에서 지울 만큼 날카롭고 강렬한 고통!

하지만 팔목이 단단히 잡혀 있기에 마음대로 쓰러질 수도 없었다. 팔꿈치가 완전히 박살 난 그의 왼팔은 여전히 E9104596의 손아귀에 꽉 잡혀 있는 채다.

꿀쩍! 꿀쩍! 꽈득!

E9104596은 피투성이가 된 조장의 목을 계속 베어 물면서 버릇처럼 오 박사의 팔목을 쥔 손을 위아래로 휘둘렀다.

우둑!

아래로 꺾인 오 박사의 팔꿈치가 다시 관절의 45도 방향으로 당겨진다. 오 박사는 날카롭게 부러진 자신의 팔뼈가 살을 찢고 밖으로 튀어나오는 광경을 자신의 두 눈으로 지켜봐야 했다.

"아윽! 으으윽!"

팔뼈가 이상한 방향으로 무리하게 돌아갈 때마다 오 박사의 입에서는 계속해서 극적인 비명이 터져 나왔다.

E9104596은 그의 팔을 부러진 나무젓가락처럼 빙글빙글 돌려서 완전히 뜯어내려고 하고 있다.

끄와아아아아—.

그러는 동안 뒤늦게 출발했던 다른 좀비들도 속속 도착했다. 놈들은 E9104596과 오 박사 사이에 샌드위치처럼 끼어 있는 조장의 몸 여기저기에 이빨을 박고, 마구 뜯어냈다.

이제 오 박사에게는 선택의 여지가 많지 않았다. 고통을 줄이고 싶다는 안일한 욕망에 사로잡혀 있다가는 좀비들의 밥이 될 상황이다.

"끄으으으! 으윽!"

오 박사는 이를 악물고 조장의 몸을 밀어내면서 E9104596가 자신의 팔을 잡아 뜯는 걸 도왔다.

찌지직— 뜨득—!

신경이 손상될 때마다 눈앞이 번쩍이다가 금세 또 깜깜해지기를 반복한다. 제발 팔이 빨리 잘리기만을 바라며 오 박사는 온 체중을 실어서 몸을 뒤로 잡아챘다.

빠득—!

한 번도 들어 본 적 없는 끔찍한 소리. 그리고 한 번도 경험해 본 적 없는 끔찍한 고통!

이제까지 팔이 부러지고 근육이 찢어지던 그 모든 과정이 그저 장난 수준에 불과했다고 느껴질 만큼 엄청난 크기의 고통이 아주 짧은 순간 그의 전신을 휘감았다. 그리고 오 박사는 뒤로 밀려나 엉덩방아를 찧었다.

"으헥! 으윽! 헤엑!"

오 박사는 앞뒤 잴 틈 없이 몸을 돌려 정신없이 기었다. 오른손으로 바닥을 짚고 버릇처럼 팔뚝이 없어진 왼팔을 내미는 순간, 그는 끔찍한 통증을 느끼며 복도 바닥에 코를 찧었다.

뜯겨 나간 왼팔의 팔꿈치 위쪽이 덜덜 떨린다. 아무 생각 없이 뼈가 드러난 단면으로 바닥을 짚은 대가는 혹독했다.

"흐ㅇㅇㅇㅇ! ㅇㅇㅇㅇ!"

오 박사는 온몸을 떨면서도 입술을 꽉 깨물고 어떻게든 다시 일어나 복도를 걸었다. 눈앞의 모든 것이 일렁거리고, 바닥은 양주 한 병을 다 마셨을 때보다 더 심하게 흔들렸다.

"아니! 아직은…… 아직은……!"

자신의 팔꿈치에서 쫙쫙 뿜어져 나오는 피를 밟고 비틀거리면서도 오 박사는 포기하지 않고 해부실을 향해 걸어갔다.

이제 겨우 세 걸음, 그것만 걸어가면 이 지긋지긋한 12층과 작별할 수 있다.

"흐ㅇㅇㅇ! 이 개같은 것들…… 다 대갈통에 구멍을 뚫어서 죽여 주마!"

해부실의 스캐너에 아이디 카드를 가져다 댄 오 박사는 문이 열리는 동안 복도를 돌아보며 원한에 가득 찬 다짐을 중얼거렸다. 그러고는 서둘러 해부실 안으로 몸을 던졌다.

"흐ㅇ! 흐ㅇ!"

반가운 소독약 냄새!

오 박사는 비틀거리며 해부실 문의 닫힘 버튼을 눌렀다. 그때, 그의 귀에 쿵쿵거리며 달려오는 육중한 발소리가 들렸다.

"안 돼! 아…… 안 돼!"

온몸의 피가 싹 빠져나가는 것 같은 공포!

이 발소리가 누구의 것인지는 이미 잘 알고 있다. 그리고 붙잡히는 순간, 어떻게 될 것인지도…….

오 박사는 문에서 멀어지기 위해 뒤로 돌았다. 첫걸음을 떼는 순간!

쿵!

닫히려는 해부실 문 안으로 육중하고 두꺼운 팔뚝이 쑥 밀고 들어온다. 그러고는 그의 발목을 움켜쥐었다.

콰당—!

오 박사는 E9104596의 그 압도적인 힘을 이기지 못하고 앞으로 고꾸라졌다. 바닥에 짓찧은 그의 입에서 피가 주르륵 흘러내린다. 침이 닿자 반쯤 부러져 버린 앞니가 시큰거리고, 코는 순식간에 부어올랐다.

"커어억! 후우우! 으으!"

오 박사는 끌려 나가지 않기 위해 정신없이 두 팔을 휘저었다. 아무것이라도 잡아 보겠다는 마음밖에는 없었다. 왼팔의 팔꿈치 아래가 없어졌다는 것도 잠시 잊을 만큼 다급했지만, 상황은 그에게 별로 유리하지 않았다.

와장창!

그가 꽉 붙잡고 버티던 진열대가 당겨지는 힘을 이기지 못하고 그의 몸 위로 쓰러져 버렸다. 진열대 위에 놓여 있던 각종 해부 기구들과 보존용 유리 기구의 파편들이 오 박사의 등에 박힌다.

"아으으윽!"

진열대의 모서리에 맞아 머리가 찢긴 것만으로도 고통스러운데, 날갯죽지에 메스가 꽂히고 유리 조각들이 얼굴을 가른다. 오 박사는 광대뼈에 박힌 커다란 유리 조각을 빼낼 여유도 없이 해부용 침대의 다리를 향해 손을 뻗었다.

쿠웅—.

E9104596의 팔에 걸려 닫히지 못한 해부실의 문이 다시 열렸다 닫히기를 반복한다. 저 그로테스크한 좀비 괴물 년이 멍청해서 그나마 다행이라고, 오 박사는 생각했다.

만약 이렇게 문이 열렸을 때, 저 엄청난 괴물이 해부실 안으로 뛰어 들어온다면 그것으로 모든 게 끝나 버린다. 그러니 아직 기회가 있을 때 빨리 방법을 찾아야 한다.

"어? 으읏!"

다급하게 좌우를 두리번거리던 오 박사의 시선에 뼈 절단용 전기톱이 들어왔다. 조금 전, 진열대에서 떨어져 내린 모양이다. 오 박사는 얼른 그걸 집어 들고 스위치를 켰다.

위이이잉—!

둥근 톱날은 아주 매서운 소리를 내며 힘차게 돈다.

무기는 이제 확보됐다. 전기톱으로 저 지긋지긋하고 강력한 괴물의 팔목을 잘라 버리면 된다. 문제는 어떻게 하면 그걸 쓸 수 있는가 하는 데 있었다.

오 박사는 지금 엎드린 채 쓰러져 있고, E9104596은 뒤에서 그의 발목을 사정없이 잡아당기는 중이다.

몸을 돌려 돌아눕는다는 일 자체가 불가능한 상황. 그러니 자신의 발목을 제대로 보고 이 전기톱을 사용할 수가 없다.

콱!

그렇게 고민하는 동안에도 E9104596은 다시 그를 잡아당긴다. 오 박사는 아킬레스건이 뜯겨 나간 발을 문 옆의 벽에 대고 힘을 주어 버텼다. 그렇게 할 때마다 끊긴 인대는 끔찍한 통증을 아낌없이 선사해 주었다.

콰앙— 덜컥—!

다시 문이 열린다. 다행히도 레일에 끼어 있는 해부용 도구들에 걸려 문이 온전히 개방되지는 않았다. 그리고 문은 입력된 명령을 수행하기 위해 다시 닫히다가 E9104596의 팔에 걸려 열리기를 반복했다.

"끄으으! 으으!"

오 박사는 전기톱의 손잡이를 입에 물고 멀쩡한 오른손으로 바닥을 짚으며 몸을 돌리기 위해 애를 썼다. 하지만 이번에도 역시 커다란 산처럼 단단히 발목을 움켜쥐고 버티는 E9104596의 힘이 문제였다. 어느 각도 이상은 도저히 몸이 돌아가지 않는다.

"히이익!"

비스듬히 엎드린 채 문 쪽을 보며 헐떡이고 있던 오 박사가 숨넘어가는 비명을 지른다.

좀비들! 복도 반대편에서 뛰쳐나온 엄청난 수의 좀비들이 그와 E9104596이 대치 중인 해부실을 향해 달려오고 있다. 이제는 몸을 돌아 눕히고 상태를 봐 가며 저 괴물의 팔목을 끊을 여유 같은 건 없어져 버렸다.

"끄으으! 끄윽!"

오 박사는 가능한 최대로 몸을 굽혔다. 오른손에 든 전기톱으로 왼 발목을 움켜쥔 팔목을 잘라 내야 하는 상황! 결코 녹록지가 않다.

하지만 여기에서 머뭇거렸다가는 몰려드는 좀비들에게 찢겨 죽고 말 것이다. 오 박사는 부들거리는 오른팔을 아래로 최대한 뻗었다.

그롸아아아아— 크와아아아아—.

그러는 동안에도 좀비들은 복도를 가득 메운 채 빠르게 달려온다. 이제 그에게 허락된 시간은 불과 몇 초!

"끄윽! 뒈져라! 개년아!"

전기톱의 둥근 날이 E9104596의 손목 부근에 닿은 걸 확인하자마자 오 박사는 스위치를 위로 올렸다.

위이잉—.

전기톱은 빠르게 E9104596의 피부를 가르고, 근육과 힘줄을 잘라 내기 시작했다. 절단면에서 타는 냄새가 피어오르기 시작한 바로 그 순간!

끄와아아아—.

E9104596이 더욱 강력한 힘으로 오 박사의 발목을 잡아챈다. 온전한 오른손에 전기톱을 들고 있던 오 박사로서는 그 끌어당기는 힘에 버틸 수 있는 수단이 아무것도 없었다.

그가 어떤 반응을 하기도 전에 전기 톱날은 한 번 튕겨 올랐다가 아래쪽으로 당겨진 E9104596의 엄지손가락과 그의 발목을 동시에 절단했다.

"까으으윽! 으으아!"

발목뼈를 가르며 안으로 파고들어 가는 톱날!

오 박사는 쇳소리를 지르며 스위치에서 손을 뗐다. 피부와 근육, 신경과 뼈가 한꺼번에 잘리는 그 끔찍한 고통에 그의 이성은 온통 마비되었다.

그 순간만큼은 복도에서 뛰어오는 수십, 수백의 좀비들도, 문 앞에서 버티고 있는 저 무시무시한 E9104596의 모습도 전부 중요하지 않았다. 오직 발목의 통증을 멈추는 것만이 그가 원하는 바였다.

"으흐으으윽!"

오 박사는 땅에 머리를 짓찧으며 어떻게든 고통을 분산시켜 보려 애를 썼다. 이제…… 차라리 죽는 것이 낫다. 이렇게 생으로 신체가 절단되는 고통을 두 번, 세 번 연거푸 경험할 바에는, 그냥 한 번에 죽어 버리는 편이 훨씬 더 자비롭다.

텅—.

모든 걸 포기한 오 박사가 얼굴을 잔뜩 찌푸린 채 바닥을 긁고 있을 때, 잘린 엄지손가락 때문에 악력을 상실한 E9104596이 그제야 그의 발목을 놓치며 뒤로 엉덩방아를 찧었고, 지금껏 가로막고 있던 장애물이 사라지자 문이 굳게 닫혔다. 물론 오 박사가 그런 사실을 인지하기까지는 약간의 시간이 더 필요했다.

"후우우! 후우! 후우!"

격렬한 통증의 파도로부터 겨우 정신을 추스른 오 박사는 잔뜩 찌푸려 감았던 눈을 떴다. 그리고 자신의 발목이 이제는 자유롭다는 것과 문이 닫혔다는 것을 깨달았다.

그는 자신의 발치로 시선을 돌렸다. E9104596의 잘린 엄지손가락이 바닥에 떨어져 있고, 자신의 발목은 3분의 1가량 깊이 잘려 나가 있다.

고속 회전날에 의해 절단되는 것과 동시에 화상을 입은 발목 주변에서는 피조차 터져 나오지 않았다.

쿵— 쿵—.

해부실의 문이 울린다. 손바닥 두 개만 한 크기로 문에 나 있는 창은 포효하는 좀비들의 얼굴로 가득 채워졌다. 놈들은 바로 눈앞에서 먹이를 놓쳤다는 사실에 엄청나게 분노한 것처럼 보인다.

그리고…….

터엉— 터엉—.

해부실의 좌우 양쪽 창문에도 좀비들이 잔뜩 달라붙어 머리와 팔로 유리를 두들겨 대고 있다. 그 수가…… 적어도 100마리는 되는 것 같다.

아무리 단단한 강화 유리라지만, 저 정도의 체중이 한꺼번에 실리고 계속 박치기를 해 대면 결국 부서지는 건 시간문제다.

"으으윽, 으윽!"

오 박사는 거친 숨을 몰아쉬면서 오른손으로 바닥을 짚어 가며 뒤로 물러났다. 잘린 발목들의 뼈가 흔들릴 때마다 쩌릿쩌릿한 고통이 척추를 경직시키고 숨 쉬는 걸 어렵게 만든다.

이를 딱딱 부딪치며 뒤로 물러나고는 있지만, 오 박사는 자신의 처지가 너무도 절망적이어서 도저히 믿기지가 않았다. 오른발은 힘줄이 끊겼고, 왼 발목은 뼈가 잘렸다. 거기에 왼 팔꿈치 아래는 뜯겨 나갔으니, 이제 사지 중 멀쩡하게 남은 곳은 오른팔, 단 하나뿐이다.

"윽! 젠장! 씨발! 이런 씨발! 으아아아아!"

벽에 기대앉은 채 땀과 피로 범벅이 된 얼굴에서 유리 조각을 뽑아내던 오 박사가 울부짖었다. 걸을 수도 없게 되어 버린 이 상황이 너무도 저주스럽다. 그러는 동안에도 정면의 문과 양쪽 측면의 유리창은 시끄럽게 울려 대고 있다. 거기에 달라붙은 저 좀비들은 도무지 포기라는 걸 모른다.

"크흑! 그래도 내가…… 내가 이긴 거다……. 너희들이 아무리 시끄럽게 짖어 대도 내 살을 뜯어 먹기 전에는 내가 이긴 거라고! 이 개새끼들아……."

조금 기운을 차린 오 박사는 오른팔만을 이용해 리프트를 향해 기어가면서 이를 빠드득, 갈았다. 바닥에 어지럽게 널려 있는 각종 약품과 해부용 기구들, 깨진 유리 용기 때문에 그 모든 과정은 지독하게도 고통스러웠지만, 얌전히 기대 누워 쉰다고 해서 해결될 수 있는 문제가 아니었다.

"후우우! 후우우! 이이익!"

리프트 앞에 도달한 오 박사는 일어서기 위해 안간힘을 썼다. 일단 여기에서 벗어나려면 어떻게든 기기를 조작한 뒤, 리프트 위에 몸을 눕혀야 한다.

"어디로…… 어디로 가야 하는 거지? 생각해! 후우우! 후우우~ 생각하라고!"

리프트가 내려오는 동안 오 박사는 머리카락을 쥐어뜯으며 스스로를 다그쳤다. 깨져 버린 안경 렌즈 때문에 시야는 좁아졌고, 2초가 멀다 하고 온몸을 휘감아 오는 고통 때문에 머리는 뿌연 안개 속을 헤매는 것처럼 무겁다.

몇 층으로 가야 이 지긋지긋한 좀비들로부터 자유로울 수 있는 것일까……. 그리고…… 부하 직원들을 만날 수 있을까……. 부하들을 무장시켜 데려와야 식사실의 좀비들 틈으로 도망친 테라 년을 잡아 올 수 있는데…….

그렇게 고민하고 있던 오 박사의 눈에 바닥을 적시며 뚝뚝 떨어지는 붉은 피가 들어왔다. 그것이 뜯겨 나간 자신의 왼팔에서 흘러내리는 피라는 걸 깨닫기까지는 별로 오랜 시간이 필요하지 않았다.

"그렇지……. 일단 치료를 해야 돼……. 응급 처치를……."

오 박사가 멍한 얼굴로 중얼거렸다. 지혈을 하지 않고 이대로 계속 방치하면 아무것도 이루어 내지 못한 채 먼저 과다 출혈로 죽을 수밖에 없다.

오 박사는 눈높이에 설치된, 그러나 지금의 자신으로서는 까마득히 높기만 한 진열대를 손으로 더듬거리며 지혈제를 찾았다.

"베티젤…… 베티젤……."

오 박사는 간절하게 지혈제의 상표명을 불렀다. 주사기 모양의 튜브를 짜서 바르기만 하면 폴리머가 작용을 해서 콸콸 쏟아지는 피도 10여 초 만에 멎게 만든다.

"젠장! 또 이거야! 이건 왜 이렇게 잔뜩 가져다 놨어!"

비슷한 모양의 D.E.M이 손에 걸릴 때마다 오 박사는 얼굴을 찌푸리며 그 빨간 주사기를 바닥에 집어 던졌다. 아마도 위기 대응용으로 비치해 놓은 모양인데, 지금의 그로서는 짜증스러울 뿐이다.

"찾았다! 하아, 하아…… 끄으으으!"

겨우겨우 두 개의 베티젤 주사기와 하나의 D.E.M을 동시에 집어 든 오 박사는 안도의 한숨을 내쉬었다. 손바닥 안의 베티젤은 그냥 두고 D.E.M만 내던져 버리고 싶었지만, 손이 하나뿐이라 그 정도의 정교한 작업은 여의치 않다. 그는 일단 리프트 위로 기어 올라가 숨을 헐떡거리며 목적지 층수인 16을 눌렀다. 그때, 도저히 믿을 수 없는 일이 일어났다.

삐링—.

경쾌한 알림 음과 함께 쿵쿵대며 흔들리던 해부실의 문이 열린다.

'어째서?'

논리적으로 도저히 납득이 가지 않는 일이어서 오 박사는 놀란 눈을 동그랗게 뜬 채 문 쪽을 바라보았다.

대체 어떻게 좀비들이 보안용 카드가 필요한 이 문을 연단 말인가…….

그렇게 그가 의문을 가지는 동안 문은 활짝 열렸고, 좀비들은 안쪽으로 뛰어들었다.

"으앗!"

아무 의미 없는 저항이라는 걸 알면서도 오 박사는 리프트의 미닫이식 문을 닫았다.

콰작!

얇은 알루미늄 문은 좀비의 손길이 닿자마자 대번에 심하게 우그러진다. 리프트의 모터가 가동되는 소리가 위잉— 하고 울리지만, 그가 이 층을 벗어나기도 전에 좀비들은 문을 뜯어내고 그를 산산조각 낼 것이다.

"안 돼……. 흐으으~ 안 돼!"

오 박사는 미친 사람처럼 침을 뚝뚝 떨어뜨리며 D.E.M의 뚜껑을 젖히고 그걸 자신의 왼쪽 어깨에 박아 넣었다. D.E.M의 주사 부위가 심장에서 가까울수록 깨어날 때 고통이 크다는 기본 지식조차 까맣게 망각할 만큼 그는 다급했다.

"끄윽!"

심장을 꽉 움켜잡는 것 같은 고통에 오 박사의 얼굴은 잔뜩 일그러졌다. 그가 바닥에 쓰러져 의식을 잃어 가기 직전에 알루미늄 문이 뜯겨 나갔다.

고개를 모로 틀고 있던 오 박사가 마지막으로 본 것은, 목에 아이디 카드를 덜렁거리며 매달고 있는 또 다른 연구원 좀비였다.

'저놈의 카드가 스캐너에 접촉되었던 건가……'

그 생각을 미처 다 하기도 전에 오 박사의 심장 박동은 정지됐다. 오 박사를 향해 이빨을 박아 넣으려던 좀비들이 우왕좌왕하며 멈춰 선다.

위이이이잉—.

심장이 멎은 오 박사를 싣고 리프트가 천천히 16층으로 올라간다. 갑자기 먹이를 잃은 좀비들이 사납게 포효하는 소리가 12층 해부실과 주변의 복도를 울렸다.

그롸아아아아아—.

# 09

"거, 거, 거기 누, 누구야?"

좀비들을 죽여 가며 7층을 막 지나온 메이저가 계단 위쪽을 향해 물었다.

시끄럽게 울려 대는 개 짖는 소리, 그리고 저벅거리는 전투화 소리.

분명 아군일 것 같기는 하지만, 그래도 일단 확실히 해 두고 싶었다. 그를 뒤따르던 헬리콥터 조종사와 엔지니어들은 MP5의 총구를 위쪽으로 겨누며 혹시나 발생할지 모르는 총격전에 대비했다.

"대장? 대장님이십니까? 무사하셨군요! 다행입니다!"

컹컹거리는 개 짖는 소리 사이로 누군가 물어 왔다. 분명히 아는 목소리다. 옆 엘리베이터를 타고 그와 함께 지하 1층으로 출동했던 대원이었다. 메이저는 고개를 끄덕였다.

"그, 그래! 나, 나, 나다! 개, 개는 뭐야?"

"아아, 이놈들이요…… 14층에 들러서 데리고 왔습니다. 여차할 때 이놈들이라도 풀면 다만 몇 초는 건질 수 있을 것 같아서요. 근데 어디 가시는 길입니까?"

섀도 실드 대원들이 개와 함께 아래로 내려온다. 무장한 대원은 다섯, 개는 여섯 마리. 대단한 대군이라고는 할 수 없겠지만, 그래도 현재 그들이 동원할 수 있는 최대한의 병력이 모였다. 긴장한 채 계단을 오르고 있던 메이저도 조금은 숨통이 트이는 것 같았다.

"너, 너, 너희 엘리베이터는 피, 피해가 그리 크, 크지 않았나 보군. 다, 다, 다섯 명이나 내려오는 걸 보면……."

"아닙니다. 저희 두 명 즉사, 두 명 관통상이었습니다. 멀쩡하게 남은 건 저희 둘뿐이었고, 얘들은 부상당한 대원들 병원으로 데려다주고, 그 앞 호위하고 있던 걸 억지로 끌고 왔습니다. 근데 대장, 지금 옥상으로 가시는 길입니까?"

개들을 진정시키던 대원이 헬리콥터 조종사들을 알아보고 물었다. 아마 이 녀석들도 조종사를 찾으러 내려오던 길인가 보다. 메이저는 고개를 저었다.

"아, 아니, 8층부터 드, 들렀다 간다."

"8층이요?"

"그래. 거, 거, 거기에 테, 테라가 있었어. 가자. 개, 개, 개들 데리고 아, 앞장서."

메이저는 늘어난 팀원들을 이끌고 8층 계단 문 앞에 도착했다. 내선 전화를 걸었을 때 아무도 응답을 하지 않았다는 점이 그를 불안하게 하지만, 그래도 일단 식사실에 가 봐야 한다. 그래야만 단서든 뭐든 찾을 수 있다.

컹! 컹! 월! 월! 으르르르-!

개들은 몹시 흥분해서 문을 열기도 전부터 사납게 짖어 댔다. 개들의 목줄을 움켜잡고 있던 대원이 말했다.

"어째…… 이 8층에 우리만 있는 게 아닌 모양입니다. 이 새끼들이 이렇게 시끄럽게 구는 걸 보면……."

메이저도 동의한다는 표정을 지어 보였다. 논리적으로는 말이 되지 않지만, 갑자기 지하 1층의 엘리베이터에서 겪었던 그 끔찍한 꼴을 여기에서도 겪게 될지 모르겠다는 불안감이 본능적으로 그를 감쌌다.

"개, 개, 개부터 한 두, 두어 마리 머, 머, 머, 먼저 내보내 봐."

메이저의 명령을 들은 대원은 계단 문을 조금만 열고 그 사이로 셰퍼드 두 마리를 집어넣었다. 복도 안에 들어선 개들은 줄이 팽팽히 당겨질 만큼 앞으로 달려 나가고 싶어 한다.

월! 월월!

대원이 끈을 놓자 두 마리의 셰퍼드는 맹렬하게 짖어 대며 복도 안쪽으로 뛰어 들어갔다. 그런 후, 메이저 일행은 모두 가만히 귀를 기울였다.

2초, 3초, 4초…… 5초가 지나도록 총소리 같은 건 들려오지 않았다. 그렇다면 일단 이 부근은 아닌 모양이다.

"나, 나, 나가자!"

메이저가 비장한 목소리로 외쳤다. 나머지 네 마리의 개를 앞세운 대원들과 메이저, 엔지니어, 그리고 조종사들이 줄을 지어 계단 문을 지났다.

8층은…… 그들이 우려했던 것보다 훨씬 더 고요했다. 들려오는 소리라고는 그들이 조금 전 풀어놓았던 개들이 짖어 대는 소음뿐, 그 외에는 별다른 소리랄 게 없다고 느껴질 정도로 조용하다.

메이저 일행은 서로 손짓으로 사인을 주고받으며 발소리를 죽인 채 전진했다. 두 번의 코너를 무사히 돌았다. 이제 긴 복도의 중앙에 다다르기만 하면 거기에 식사실이, 그 안에는 테라가 있다.

하지만…… 그 긴 복도라는 것이 가진 독특한 성격 때문에 그들은 'ㄱ' 자 형태 코너의 끝에서 좀처럼 몸을 내밀지 못했다. 만약 누군가 그들을 쏴 죽이려 한다면, 바로 저 구간에서 그 목적을 달성하려 들 게 뻔하다.

시야는 뻥 뚫려 있지만, 좌우 어느 쪽으로도 피할 길이라고는 없는 죽음의 구간에서…….

"개들 다 풀겠습니다."

메이저의 고개가 위아래로 움직이는 것을 확인하자마자 섀도 실드 대원은 자신이 붙잡고 있던 네 마리의 목줄을 동시에 놓았다.

컹컹! 컹! 컹!

네 마리의 개가 빠른 속도로 코너를 돌아 식사실 복도 안쪽으로 내달린다. 만약 이 부근에 상대가 있다고 해도 이만하면 충분히 주의를 끌었겠다 싶어졌을 때, 대원 한 놈이 복도 벽 바깥쪽으로 슬쩍 얼굴을 내밀었다.

"어, 어때? 뭐가 이, 이, 있나?"

메이저의 질문에 대원은 안도하는 표정으로 고개를 저었다.

"아뇨…… 아직 아무것도 눈에 안 띕니……."

타아앙—.

복도를 흔들며 울려 퍼지는 총성!

그와 동시에 코너 바깥을 내다보고 있던 대원의 뒤통수가 퍽— 터져 나갔다.

"흐억!"

동료의 뇌수와 피를 뒤집어쓴 메이저와 대원들은 기겁을 하며 벽에 달라붙었다. 엎어진 시체에서는 끊임없이 피가 흘러나온다. 당황한 대원 둘이 총구를 밖으로 내밀고 마구 대응 사격을 했다.

투투투투투투— 투투투투—.

적이 어디에 있는지, 자신의 총구가 어느 정도 방향을 향하고 있는지도 전혀 가늠하지 못한 채 그냥 무작정 갈겨 대는 난사였다.

깨갱! 깨갱~!

아군이 등 뒤에서 쏜 총알에 맞은 셰퍼드들이 비명을 지르며 쓰러진다. 나머지 두 마리도 깜짝 놀라 방향을 바꿔 달아났다.

"후우~ 후우~."

발밑을 적시는 붉은 피를 보면서 메이저는 숨을 헐떡였다. 잠시 잊고 있었던 그 지하 1층에서의 악몽이 떠오른다.

설마 또…… 또 그 마귀 같은 놈들과 마주하고 있는 것인가…….

그는 거친 숨을 내쉬며 뒤를 돌아보았다. 다섯 명의 부하가 잔뜩 긴장한 채 명령을 기다리고 있다. 그중 하나는 다리와 팔에 부상을 입은 녀석. 전투력이 온전하다고는 할 수 없다. 그리고 여섯 명의 직원과 두 명의 헬리콥터 조종사.

조종사들을 전투에 써먹는 건 정말 최후까지 고민해야 하는 일이다. 저놈들이 죽어 버린다면 전투에 이긴다고 해도 여기에 고립되어 버린다.

조종사 둘을 계산에서 제외한다면 일단 전투에 쓸 수 있는 가용 병력은 그 자신을 포함해서 열한 명과 부상병 하나.

'적은 몇이나 되는 걸까…….'

메이저는 침을 꿀꺽 삼키며 생각했다.

잠시 벽 뒤로 몸을 숨겼던 진우는 총소리가 그치자마자 고개를 살짝 내밀고 복도 반대편을 노려보았다. 거리는 약 40미터. 코너 바로 앞에는 머리가 박살 난 채 죽은 시체가 보인다.

달려오던 네 마리의 셰퍼드 중 두 마리는 죽고 나머지는 열려 있는 사무실 안으로 모습을 감춰 버렸다.

'젠장, 조금만 빨리 왔으면 좋았을걸…….'

진우는 속으로 혀를 찼다. 하필이면 8층 식사실 앞에 거의 다다랐을 때, 이렇게 적과 대치를 하는 상황에 처해 버렸다. 삼숙이가 미리 경고를 해 줘서 대비는 하고 있었지만, 그래도 마음이 조급하다.

좋은 소식이라면 저놈들이 저렇게 지원을 올 만큼 중요한 무언가가 식사실 안에 아직 있다는 점이다. 그리고 그 '중요한 무언가'란 테라일 가능성이 높다.

다만, 식사실 안에 있는 테라가 지금 어떤 상황인지, 적들이 전부 몇 놈이나 되는 건지 전혀 모른다는 사실 때문에 자꾸 서두르고 싶어진다.

"방패 들고 나갈까?"

그의 등 뒤에서 삼식이가 속삭였다. 식사실까지는 불과 20여 미터. 무리해서 방패를 앞세워 전진한다면 충분히 도착할 수도 있을 것처럼 보이기는 한다. 진우가 대답했다.

"아니…… 있어 봐. 조금 있다가 저쪽에서 한 놈 더 머리를 내밀어서 이쪽을 볼 거야. 그놈부터 잡고, 그다음에 몇 놈이나 되는지도 알아야 돼."

"설마? 방금 한 놈이 머리가 터져서 죽었는데, 또 그렇게 할 리가……."

"우연이라고 생각할 테니까."

진우가 단호하게 대답했다. 그리고 10여 초 후, 정말 그가 말했던 것처럼 한 놈이 슬금슬금 얼굴을 내밀었다.

진우는 딱 치명상을 입힐 수 있을 만큼만 기다렸다. 정찰하려는 놈의 머리통 절반 정도가 벽 밖으로 빠져나왔을 때, 그는 방아쇠를 당겼다.

타앙—.

빨간색 피 안개가 목표의 귀 뒤쪽에서 확 뿜어져 나오는 걸 확인하자마자 진우는 코너 안쪽으로 몸을 숨겼다. 곧바로 요란한 총소리가 들려온다.

투투투투투투— 투투투투투투—.

벽의 코너에 무수한 홈집이 나고, 시멘트 먼지가 정신없이 날렸다. 귀를 쩌렁쩌렁 울리는 총성을 들으며, 진우는 놈들이 몇이나 되는지 파악하기 위해 애를 썼다.

투투투투투— 투투투투투—.

세 정 이상의 총이 난사를 해 대고 있다. 그리고 탄창을 교환할 시점이 지났는데도 그 기세가 줄어들지를 않는다. 그러면 적어도 다섯 명 이상의 개인 화기로 무장한 적이라는 의미다. 진우는 친구들을 돌아보며 소리쳤다.

"꽤 많은가 봐! 좀 있으면 몇 놈이 저쪽으로 돌아올 거야! 그리고 아마 반대쪽으로도!"

진우가 가리킨 것은 조금 전 그들이 지나온 복도. 그 사이마다 미로처럼 복잡한 길들이 나 있다. 엘리베이터 앞에서 떼어 온 건물의 구조도는 가지고 있지만, 그래도 여전히 그들은 지형적으로 불리하다. 여기는 어디까지나 적에게 더 익숙한, 낯선 전장이다.

　방패가 두 개 있다고는 해도 저 정도 화력이 난사를 퍼부어 대면 버티기가 어렵다. 함부로 벽 바깥으로 몸을 내미는 건 자살 행위다.

　"그럼 우리도 갈라지지."

　민구가 말했다. 진우는 유빈을 돌아보며 그의 판단을 기다린다. 유빈은 잠시 망설였다.

　"그럼 적어도 세 방향이어야 하는데……."

　지금 그들이 대치 중인 식사실 복도, 그리고 오른쪽, 왼쪽 통로. 갈라져서 싸우자는 흉터 사내의 말은 옳다. 이대로 가만히 있으면 세 방향에서 협공을 당하게 될 상황이니까.

　그렇다고 이 복도를 포기해 버리면 놈들은 식사실에서 나온 녀석들과 합류해서 테라를 데리고 도망쳐 버릴 것이다.

　적이 늘어나는 것도, 이 넓은 건물 어딘가로 놈들이 숨어 버리는 것도…… 유빈이 원하는 것과는 거리가 멀다. 그러니 이쪽도 적어도 세 팀으로 나눠서 각기 다른 방향에서 접근해 오는 적들을 상대하는 게 맞다.

　하지만…… 다른 말로 하면, 그건 한 단계 더 큰 위험과 마주해야 한다는 의미이기도 하다. 진우와 떨어져서…… 총으로 무장한 적과 싸운다는 게 과연 현명한 결정인 걸까…….

　"조를 이렇게 나누자."

　마침내 마음을 정한 유빈이 입을 열었다. 그는 먼저 진우와 삼식이, 그리고 보안관을 가리켰다.

　"너희 셋이 한 조야! 삼식이가 방패 들고, 진우, 네가 다 죽여야 돼! 보안관은 문짝이든, 테이블이든 뜯어서 방패막이를 같이해 주고, 가까이 오는 놈들하고만 싸워! 아, 그리고 혹시 개가 덤벼들면 삼숙이랑 같이 그것도 상대해야 돼! 보니까 진우 이놈은 개 못 쏘겠나 봐. 알았지? 너희가 왼쪽으로 가!"

　"왼쪽? 여기를 맡는 게 아니고?"

K-2의 총구만 내밀어서 마구잡이로 응사를 하고 있던 진우가 깜짝 놀라 다시 확인한다. 유빈은 고개를 끄덕였다.

"응! 쟤들 계속 아무렇게나 쏴 대기만 하고 접근하지 않잖아! 뭐, 이상할 것도 없지. 머리를 내밀다가 두 명이나 죽었는데. 이 중앙 복도에서는 시간 끌고 우리 주의만 흐트러뜨리려는 거야. 양쪽으로 나뉜 놈들이 여기로 들이닥칠 때까지."

"근데 왜 하필 왼쪽이야? 오른쪽도 있는데!"

진우는 탄창을 갈아 끼운 K-2로 한 번 더 응사를 하며 물었다.

"쟤들한테는 그게 오른쪽이고, 복도를 지나지 않아도 접근할 수 있는 방향이니까. 분명히 더 많이 올 거야. 나라도 그렇게 하겠어."

유빈이 대답했다. 논리적으로 다 말이 되는 이야기 같아서 진우는 고개를 끄덕였다.

보안관을 이 팀에 붙인 이유도 간단했다. 친구들은 저 총알이 빗발치는 구간을 재빨리 가로질러 가야 하니까, 커다란 엄폐물을 들고 화력 에이스를 보호해 줄 완력이 필요한 것이다.

"혜주는 저 아저씨랑 같이 오른쪽으로 가 줘. 네가 총을 쏴야 돼. 삼식이가 너보다는 좀 더 잘 쏘지만, 쟤는 마음이 여려서 사람 머리 쉽게 못 날려. 꼭 명중시키지 않아도 돼. 그냥 저 아저씨랑 같이 저놈들이 어느 선 이상으로 넘어오지 못하도록 저지만 해 줘. 어차피 진우 팀에 70퍼센트 이상 전력이 몰려 있으니까, 진우가 알아서 해결할 거야."

유빈이 태권 소녀에게 부탁했다. 태권 소녀는 민구를 한 번 힐끔 보고 나서 물었다.

"내가 총을 쏘면, 방패는 누가 들어?"

"저기 있잖아, 방패 들 사람들."

유빈은 보안 요원과 애송이를 가리켰다. 그들이 성실하게 엄폐물을 들어 줄 것인가에 대해서는 크게 걱정하지 않아도 될 것이다. 민구의 쿠크리가 엄청난 동기 부여를 해 줄 테니까.

"그럼 여기는?"

진우가 물었다. 아무리 병력을 나누는 거라고는 해도 중앙이 너무 텅 비는 것 같아 불안하다.

"나랑 제니가 번갈아 가며 쏘면서 발만 묶어 놓을게. 그사이에 네가 해치워."

그건…… 뜻밖의 작전이었다. 조금 전, 두 번에 걸쳐 이뤄진 원 샷, 원 킬로 인한 적의 두려움이 가장 클 공간인 중앙. 그래서 감히 함부로 접근하지 못하리라는 배짱을 등에 업고, 제일 약한 두 명이 맡겠다는 역발상. 다시 말해 왼쪽으로 돌아 접근하는 진우 팀에게 처음부터 모든 것을 거는 작전이다.

하지만 말은 된다. 둘이 적당하게 난사만 계속 유지해 줘도 적들은 쉽사리 접근할 엄두를 내지 못할 것이다. 바닥에 쓰러져 있는 두 구의 머리 뚫린 시체가 계속 그들에게 무언의 압박을 가할 테니까.

"제니가…… 이거, 너무 위험하지 않을까?"

보안관이 잠시 걱정스러운 눈빛으로 제니를 바라본다. 그러다가 이내 납득을 하고 삼식이와 함께 뒤쪽의 빈 사무실로 들어갔다. 복도를 가로질러 이동하려면 방탄 엄폐물이 필요하다.

유빈과 제니도 그 뒤에 숨어 싸운다면, 벽에 기대 고개를 내미는 것보다 훨씬 안전할 것이다. 그리고 진우를 제외하면, 그들 중 제일 총을 잘 쏘는 건 제니다.

"비켜!"

몇 초 뒤, 두 친구는 커다란 회의용 테이블을 들고 사무실에서 나왔다. 그리고는 그걸 모로 눕혀 바닥에 내려놓았다.

"자! 이거 뒤에 몸을 숨기고 쏴!"

그렇게 말한 보안관은 긴 직사각형 모양의 테이블을 복도 쪽으로 밀어 넣었다.

피잉— 핑— 핑—.

테이블이 벽 밖으로 노출되자마자 너덧 발의 총알이 적중된다.

"이거 뚫리잖아!"

두꺼운 테이블을 관통한 총알구멍을 보고 보안관이 깜짝 놀라 외쳤다. 폴리카보네이트 방패가 총알을 막아 내는 걸 보고 이 정도면 끄떡없을 거라고 생각했었는데, 역시 아무 재질이나 방탄 기능을 가지는 건 아닌가 보다.

"잠깐 기다려! 다른 걸로 가지고 와 볼게!"

보안관은 다른 사무실 안으로 다시 뛰어 들어가서 좀 더 튼튼해 보이는 걸 찾았다. 하지만 사무실에 있는 집기라야 엄연히 한계가 있다.

테이블, 의자, 책상, 그리고 몇 개의 선반…….

책상 서랍에서 덕테이프를 찾은 보안관은 결국 다시 똑같은 크기의 테이블을 끌고 나왔다. 그러고는 해머로 때려 한쪽 방향의 다리 두 개를 떼어 냈다.

"그놈, 고집 어지간히 세군. 자기 입으로 뚫린다고 했으면서……."

덜덜 떨고 있는 애송이에게 방패를 들고 어떻게 앞장을 서야 하는지를 가르치고 있던 민구가 보안관의 모습을 보며 혀를 찬다.

보안관은 아무렇지도 않다는 듯 두 개의 테이블을 겹쳐 놓으며 다리끼리 덕테이프로 단단히 고정했다.

"하나가 뚫리면 두 겹으로 하면 되지! 그래도 안 되면 세 겹으로 하면 되고!"

두 테이블을 고정한 뒤, 보안관은 다시 그 엄폐물을 복도 밖으로 밀었다.

핑―! 핑―! 피잉―!

또다시 총알이 테이블을 때린다. 하지만 이번에는 관통되지 않았다. 두 개가 합쳐져 한 뼘 가까운 두께가 된 테이블의 합판은 4분의 3 지점에서 9㎜ 파라블럼탄을 저지시켰다.

투투투투투― 투투투투―.

테이블이 복도 밖으로 삐죽이 나온 이후에도, 적들의 사격 빈도는 별다른 변동이 없었다. 유빈의 말이 맞았다. 이놈들은 고개조차 내밀지 않고, 그저 기계적으로 제압사격만 해 대는 중이다. 테이블 때문에 복도에 변화가 생겼다는 사실도 모르고 있을 것이다.

투투둑― 투투투― 투투둑―.

진우는 새로 생긴 엄폐물에 의지해서 한차례 3점사를 퍼부어 준 뒤, 보안관,

삼식이와 함께 왼쪽 복도로 돌아 나갔다.

"다들 조심해."

친구들은 서로에게 조심하라는 인사를 남기고 헤어졌다. 삼숙이도 코너를 돌아 사라지기 전에 제니를 한 번 돌아보았다.

이제 민구와 태권 소녀 조가 복도를 가로질러 반대편을 향해 출발할 차례다.

"탁자를 밀어."

유빈이 총구를 밖으로 내밀고 갈겨 대는 동안, 민구는 애송이와 보안 요원에게 명령했다. 유빈으로부터 방패를 건네받은 애송이는 덜덜 떨면서도 테이블을 민 뒤, 허리를 굽히고 천천히 앞으로 걸어갔다.

티팅―! 핑―!

총알에 맞아 테이블이 밀릴 때마다 애송이는 기겁을 하며 주저앉았다가 겨우 다시 정신을 차리고 앞으로 기었다.

"무리하면 안 돼."

엄폐물에 몸을 가린 채 재빠르게 복도 건너편으로 뛰어간 태권 소녀가 제니와 유빈을 향해 웃어 준다. 그러고는 MP5의 손잡이를 꽉 잡은 채 민구 일행과 함께 복도의 오른편 코너로 돌아 나갔다.

피이잉― 핑! 핑!

친구들이 모두 사라진 뒤, 복도에는 유빈과 제니, 그리고 총알이 튀는 요란한 소리만이 남았다.

투투투― 투투둑― 투투투― 투두둑―.

유빈이 먼저 테이블 안으로 뛰어 들어가서 머리 위로 총구를 내민 뒤, 방아쇠를 당겼다. 대응 수칙은 간단하다. 교대로 한 번씩 총구만 위로 내밀어 3점사를 퍼부으며 좌우로 총구를 돌린다. 한 사람이 천천히 탄창 30발을 다 쓰는 동안 다른 사람이 탄창을 교환하고 자신의 차례를 기다리면 된다.

투투투― 투투투―.

유빈은 마음속으로 숫자를 세어 가면서 부지런히 방아쇠를 당겼다. 놈들이 쏜 총알이 날아와 박힐 때마다 테이블이 미세하게 흔들렸다.

## 10

탁탁탁탁—.

진우 팀은 빠르게 왼쪽 복도를 내달렸다. 혹시나 적이 매복하고 있는 건 아닐지에 대해 걱정하며 시간을 지체할 필요는 없었다. 이쪽에는 삼숙이라는 훌륭한 디텍터가 있으니까. 만약 적이 가까워지면 녀석이 먼저 경고를 해 줄 것이다.

방패를 들고 앞장선 삼식이도, 그 뒤를 따르는 진우와 보안관도 복도 뒤쪽에서 울려오는 총성을 들을 때마다 마음이 급해졌다. 조금은 무모한 이 작전의 성패는 그들이 얼마나 빨리 우회한 적의 별동대를 격파하고 본진의 뒤를 치느냐에 달려 있다.

만약 시간이 너무 많이 걸리면 상대도 유빈과 제니의 명중률이 그리 위협적이지 않다는 걸 깨닫게 될 테고, 그러면 훨씬 더 과감하게 거리를 좁히려 들 것이다.

얼—!

진우와 속도를 맞춰 달리던 삼숙이가 낮게 짖는다. 녀석이 몸으로 가리키는 방향은 T자형으로 갈라진 복도의 오른편.

친구들은 발소리를 죽이고 진형을 갖춘 채 앞으로 접근했다. 적의 발소리는 아직 조금 거리가 있다.

"나는 일루 돌아간다."

보안관이 왼쪽 갈림길을 가리키며 귀엣말을 한다. 혹시 놈들이 진우에게 막힌 뒤, 다시 도망을 쳐서 중앙의 복도 놈들과 합류할까 봐 미리 뒤에서 길목을 막으려는 것이다. 진우는 고개를 끄덕이면서도 걱정스럽게 말했다.

"먼저 나서면 위험해."

"걱정하지 마. 총소리 들리면 그때 눈치 봐 가면서 덤빌 테니까."

그렇게 대답한 보안관은 해머를 들고 왼쪽 복도 안쪽으로 사라졌다. 진우와 삼식이는 기척을 숨긴 채 발소리에 귀를 기울이며 기다렸다.

대략 네 명에서 여섯 명 사이의 규모라고 추측하고 있을 때, 별로 반갑지 않은 소리가 들려왔다.

으르렁! 월! 월! 컹컹!

뒤쪽에서 달려드는 두 마리의 셰퍼드. 중앙 복도에 있던 놈들은 아니다. 적들이 처음 8층에 도착했을 때 풀어놓은 두 마리가 복도를 배회하다가 그들의 배후를 치는 상황이 온 것이다.

개새끼들이 짖어 대기 시작했으니, 이제 완벽한 기습으로 우회 병력을 전멸시키는 건 텄다.

"나가자!"

진우는 삼식이의 어깨를 쳤다. 삼식이는 커다란 키를 잔뜩 수그린 채 방패를 들고 코너 밖으로 뛰어나갔다. 그리고 마치 한 몸인 것처럼 진우도 녀석의 뒤에 바짝 붙어 함께 따라 나갔다.

투투투투투— 투투투투—.

복도에 서 있던 적들의 MP5가 먼저 불을 뿜는다.

퍼버벅— 파박— 팍—.

폴리카보네이트 방패에 총알이 박힌다. 해머로 두드리는 것보다 더 큰 충격이 가해질 때마다 실금이 쫙쫙 가며, 투명했던 방패가 우윳빛으로 변한다. 동시에 머리 위로도, 바닥으로도 총알이 튀고 바람을 갈랐다.

누구라도 오줌을 찔끔 싸며 제자리에 주저앉을 만큼 무서운 일이지만, 삼식이는 눈을 똑바로 뜨고 버텨 냈다. 남을 해치는 일에는 모질지 못하지만, 친구를 지키는 일이라면 그 누구보다 용감한 녀석이다.

투투툭— 투투툭— 투투둑—.

든든한 삼식이의 등 뒤에서 첫 번째 공격을 받아 낸 진우는 곧바로 몸을 일으키며 3점사를 퍼부었다.

퍽! 퍼벅—!

삼식이를 향해 총알을 날리던 두 놈의 머리통이 아예 절반 이상 날아가 버렸고, 뒤돌아 달아나며 마구잡이로 쏴 대던 놈의 얼굴에도 커다란 구멍이 생겼다.

거의 동시에 쓰러지는 세 구의 시체 너머, 코너의 안쪽으로 도망가는 놈의 다리가 보인다. 녀석을 맞히기 위해 방패 밖으로 몸을 빼내려던 진우는 다급하게 고개를 숙였다. 반대편 코너에 그들을 향해 내밀어진 총구가 있다.

투투투투투투— 투투투투투—.

난사를 받아 내는 동안 삼식이의 방패는 거의 걸레쪽처럼 너덜너덜해졌다. 잘게 바스러진 방패의 모서리가 사방으로 튀어 나간다.

진우는 삼식이의 목덜미를 잡고 살짝 당겨서 후퇴하자는 의사를 전했다. 삼식이는 진우와 발을 맞추며 다시 벽 안쪽으로 물러났다.

컹! 컹! 월! 월!

그렇게 적들과 총알을 교환한 몇 초 동안 계속 달려온 셰퍼드들은 이제 코앞으로 다가왔다. 그래도 진우는 복도 반대편에서 시선을 떼지 않은 채 총구를 내밀어 제압사격을 했다.

투투둑— 투투둑—.

그에게는 삼식이 말고도 든든하게 믿는 녀석이 또 있기 때문이다. 셰퍼드들이 진우를 향해 뛰어오르려고 하는 바로 그 순간!

얼—!

진우의 뒤쪽에서 잔뜩 도사리고 있던 삼숙이가 벼락처럼 날아오르면서 앞선 놈의 목을 콱 깨물고 벽에 짓찧었다.

으르르르! 으르!

삼숙이는 사납게 머리를 흔들면서 셰퍼드의 목덜미 안으로 더 깊이 이빨을 박아 넣었다. 물론 다른 셰퍼드도 가만히 보고 있지만은 않았다.

놈은 삼숙이의 뒤로 돌아가기 위해 애를 쓰며 날카로운 이빨이 가득한 주둥이를 크게 벌리고 짖어 댔다.

삼숙이는 물고 있던 놈을 놔주지 않은 채 몸을 이리저리 돌리며 또 다른 한 마리의 공격을 피했다.

바닥에 깔린 셰퍼드는 어떻게든 일어나 보려 버둥대지만, 삼숙이의 커다란 덩치와 강력한 치악력은 녀석의 저항을 무력화시키기에 충분했다.

으르렁! 얼! 얼!

두 번째 셰퍼드가 마침내 기회를 얻어 삼숙이의 뒷다리를 문다. 그때까지 계속 첫 번째 개의 목을 물고 흔드는 데에만 집중하고 있던 삼숙이는 갑자기 벌떡 몸을 일으키며 체중을 실어 녀석의 뒤쪽을 덮쳤다.

끼잉―.

목 뒷덜미를 물린 두 번째 셰퍼드가 구슬프게 울부짖는다. 녀석의 입에 물려 있던 삼숙이의 굵은 뒷다리는 이제 자유로워졌다. 삼숙이는 앞발에 힘을 주어 녀석의 등에 비스듬히 올라타면서 귀와 목덜미를 사정없이 물어뜯었다.

털썩―!

누르는 무게를 이기지 못한 두 번째 셰퍼드가 바닥에 쓰러졌다. 그때부터는 삼숙이의 일방적인 공격이었다. 삼숙이는 녀석의 주둥이를 옆에서 깨물고 앞발로 머리를 꽉 누른다.

끄응~ 끄응~!

두 번째 놈이 당하는 동안에 겨우 몸을 추스른 첫 번째 셰퍼드는 비틀거리며 뒤로 물러났다. 안쪽으로 둥글게 말려 들어간 녀석의 꼬리가 이미 전의를 상실했다는 걸 보여 주고 있다.

삼숙이는 놈을 곁눈으로 노려보면서 자신의 발밑에 깔려 있는 두 번째 녀석의 주둥이를 계속 꽉 깨물고 머리를 챘다.

그렇게 2 대 1의 승부는 전직 대장 개의 승리로 끝을 맺었다.

"다시 나갈까?"

진우가 벽에 기댄 채 힘겹게 복도 양쪽의 적들과 총격전을 벌이고 있는 걸 보며 삼식이가 물어 온다.

하지만 녀석의 방패는 이미 더 이상 방패의 기능을 수행할 수 없을 만큼 심하게 손상되었다. 만약 한 번 더 난사에 노출되었다간 산산조각이 나 버릴 것이다.

"아니야! 가만히 있어! 위험해!"

진우는 삼식이의 어깨를 뒤로 잡아당기며 소리를 질렀다. 그러고는 슬쩍 총구를 내밀어 3점사를 퍼부었다.

딱 한 번.

딱 한 번만 두 놈 중 한 놈이 탄창을 교환하는 순간까지만 기다리면 된다. 양 방향에서 동시에 총알이 날아오지만 않으면 저런 놈들 따위, 단번에 처리해 버릴 수 있으니까.

투투투투— 투투투투투—.

총소리가 겹치지 않는다. 둘 중 한 놈이 총에서 총알이 떨어진 것이다. 곧 찾아올 거라고 생각했던 바로 그 기회가 왔다. 진우는 벽에 바짝 붙어 몸을 숨긴 채 한차례의 난사가 지나가기를 기다렸다.

피이잉— 핑— 핑—!

돌가루와 먼지가 어지럽게 날린다. 총알이 날아오고 튀는 각도를 보면 지금 쏘고 있는 게 대각선 방향의 놈이라는 걸 알 수 있다. 그리고 놈이 어정쩡한 자세로 서서 마구잡이로 쏴 대고 있는 중이라는 것도.

투투투투투—.

한차례의 총성이 훑고 지나가자마자 진우는 벽 밖으로 몸을 내밀었다. 그러고는 빠르게 3점사를 날렸다.

투투둑— 투투둑— 투투두—.

처음 세 발은 놈의 총구를, 그다음 세 발은 놈의 머리를 때렸다. 놈은 손에 전해진 충격을 이기지 못해 앞으로 몸을 숙이다가, 비명도 지르기 전에 머리가 터져 뒤로 날아갔다. 오른쪽 복도의 흰 벽과 대리석 바닥은 순식간에 피투성이로

변해 버렸다.

진우는 곧바로 총구를 왼쪽 복도를 향해 돌렸다. 두 번째 놈이 이제 곧 탄창 교환을 마치고 고개를 내미는 순간, 머리를 날려 버릴 계획이었다.

그런데…….

놈의 기척이 느껴지지를 않는다. 진우는 당황한 표정으로 복도 저편을 바라보았다. 복장으로 보아 지금 적들은 전문 전투 요원과 그렇지 않은 사람들이 섞여 있다는 건 알았지만, 탄창을 갈아 끼우는 그 간단한 일이 이렇게나 긴 시간을 잡아먹을 것 같지는 않다.

그런 고민을 하는 동안에 또 1초가 지났다. 걷혀 가는 총성의 메아리 사이로 멀어지는 발소리가 작게 들려온다.

"젠장!"

상황을 깨달은 진우는 총구를 겨눈 채 복도로 뛰어나갔다.

"왜 그래?"

영문을 모르는 삼식이가 너덜너덜해진 방패를 꽉 붙잡고 진우의 뒤를 따른다. 셰퍼드 두 마리를 완전히 제압한 삼숙이도 덩달아 달린다. 진우가 소리쳤다.

"잡아야 돼!"

두 번째 놈…… 탄창을 교환하는 거라고만 생각했었는데, 이제 보니 그냥 뒤돌아 도망을 친 거다. 혹시라도 녀석이 유빈이 있는 방향으로 돌아가거나 하면 안 된다.

유빈과 제니는 양쪽으로 나간 병력들만 철석같이 믿고, 등 뒤를 완전히 내준 채 전방에만 신경을 쓰고 있다. 한 놈이라도 놓치면 무방비 상태로 당하게 될 것이다.

탁탁탁탁탁—.

진우는 이를 악물고 전속력으로 뛰었다. 놈을 따라잡아야 한다고 생각하면서도 삼숙이가 자신보다 앞서 달려 나가는 건 원치 않았다.

도망치는 중이라고는 하지만 상대는 총으로 무장한 상태. 무모하게 정면에서 달려들었다가는 단 한 방에 목숨을 잃을 수도 있다.

빠악— 쿠웅—!

복도 저편에서 들려오는 엄청난 소리. 쫓아가던 진우와 삼식이가 동시에 깜짝 놀랐다.

"보안관?"

삼식이가 크게 소리쳐 물었다.

"어! 여기 끝났어."

곧바로 답이 돌아왔다. 진우는 그래도 걱정을 떨쳐 내지 못하고 보안관에게 외쳤다.

"방심하지 마! 일단 총부터……!"

"끝났다고!"

보안관은 귀찮다는 듯 대꾸했다. 진우가 코너를 도는 순간, 해머를 짚고 서 있는 보안관의 커다란 덩치가 눈에 들어왔다.

그로부터 2미터쯤 떨어진 바닥에는 섀도 실드 대원이 등을 보인 채 쓰러져 있다.

"젠장, 준비를 다 하기도 전에 뛰어와 가지고…… 너희, 다친 데 없어?"

녀석이 떨어뜨린 총을 주워 챙기면서 보안관이 물었다.

"응."

진우가 대답했다. 보안관은 아직 사람을 죽인다는 게 영 익숙지 않고 불편한 모양이다.

벽에 묻어 있는 피, 쓰러진 대원의 각도, 꺾인 목, 놈의 입과 코에서 주르르 흘러내린 피, 보안관의 해머…….

이런 것들을 종합해 보면 어떤 상황이었는지 그림이 그려진다.

섀도 실드 대원이 코너를 돌자마자 보안관과 맞닥뜨렸고, 다급해진 보안관은 사정을 두지 않고 해머를 휘둘렀다. 달리고 있던 대원이 총구를 돌릴 시간도 없었을 것이다.

몸통을 직격당한 대원이 벽에 머리를 찧고 목이 부러진 채 바닥에 떨어져 죽어 버렸다……고 보면 앞뒤가 다 들어맞는다.

"다섯 명이었네……."

대원의 시체를 바라보며 진우가 중얼거렸다. 중앙에 적어도 셋, 혹은 넷. 놈들의 주력 우회 병력이었을 이쪽 복도가 다섯.

그렇게 계산해 보면 8층에 들어온 놈들의 인원수가 그리 많지 않았거나, 또는 유빈의 예측과 달리 오른쪽으로 돌아오는 놈들이 주력이라는 게 된다.

전자라면 별문제가 될 게 없지만, 만약 후자라면…… 그건 꽤나 신경이 쓰인다. 진우는 격려와 위로의 뜻을 담아 보안관의 어깨를 두드려 준 후, 삼숙이와 함께 성큼성큼 앞서 걸었다.

빨리 뒤를 쳐서 깨끗하게 다 시체로 만들어 놓아야 이놈들이 더 이상 말썽을 부리지 못한다.


한편, 오른쪽 복도의 중간 지점 코너에서는 애송이가 방패로 몸을 가린 채 덜덜 떠는 중이었다. 그의 앞에는 위장을 위해 일부러 끌어다 놓은 커다란 소파와 화분이 있고, 그의 바로 뒤에는 태권 소녀가 복도의 끝을 향해 MP5를 겨누고 있다.

"미리 말해 두는데…… 나 태권도 선수예요. 국가대표."

태권 소녀가 전방에서 눈을 떼지 않으며 작게 말했다. 애송이는 무슨 말인가 싶어 뒤를 돌아본다.

"……에? 예?"

"괜히 여자랑 일대일이면 해볼 만하지 않을까 해서 덤빌 생각 하지 말라고요. 나 엄청 세니까."

태권 소녀가 보충 설명을 해 준다.

"네…… 절대 안 합니다, 그런 생각."

애송이는 잔뜩 겁먹은 얼굴로 고개를 끄덕였다. 태권도 선수였든 아니든 그런 게 지금 무슨 상관이란 말인가. 총을 들고 등 뒤에 서 있으면서…….

다시 침묵이 이어졌고, 두 사람은 초조하게 기다렸다. 이제 곧 만나게 될 적이 몇이나 될지 모르는 상황이어서 애송이의 마음속은 두려움으로 가득했다.

기묘한 상황이었다. 잠시 뒤, 복도 반대편의 저 코너를 돌아 나올 사람들은 사실 그의 아군들인데…… 지금은 적이 되어 버렸다. 아군이 많이 오면 올수록, 그가 총에 맞고 죽을 확률이 높아진다.

'씨발…… 좆같은 상황이다, 진짜.'

애송이는 마음속으로 욕설을 내뱉으며 자신의 처지를 원망했다. 이렇게 허술한 위장이 성공할 리가 없다.

저벅저벅.

발소리가 들려온다. 애송이는 마른침을 꿀꺽 삼키고 방패를 움켜쥔 손에 힘을 꽉 주었다.

사삭―.

그 시각 복도 맞은편에서는 선봉에 선 섀도 실드 대원이 복도의 벽 사이에 몸을 숨겨 가며 앞쪽을 살피는 중이었다. 이곳까지 오는 동안에는 별다른 위험은 없었다. 그런데 지금, 그의 경계심을 자극하는 뭔가가 시야에 들어왔다.

'소파…… 저런 게 복도에 나와 있었었나?'

선봉은 벽과 나란하게 놓여 있는 소파를 노려보며 기억을 더듬었다. 소파의 앞에 놓여 있는 커다란 화분과 작은 나무…… 저건 복도를 오가며 보았던 기억이 난다. 그런데 소파는, 그건 이야기가 좀 다르다.

선봉은 뒤따라오는 일행들에게 멈추라는 신호를 보낸 뒤, MP5의 총구를 소파 쪽으로 겨눴다. 바로 그때, 그의 것이 아닌 총성이 울렸다.

투투투― 투투둑― 투투둑―.

선봉은 얼른 몸을 움츠리고 벽 뒤에 숨었다. 총소리가 나고 돌가루가 튀자 심장이 얼어붙는 것 같았지만, 그래도 마음 한구석에 매복을 알아봤다는 희열이 한 줄기 빛처럼 비쳤다.

보아하니 한 놈이 쏘는 거다. 아까 엘리베이터에서는 죽을 고비를 넘기면서도 반격 한 번을 제대로 못 했었지만, 지금은 이야기가 다르다. 이쪽도 얼마든지 몸을 숨길 수 있는 공간이 있다.

"앞서서 가! 쏘면서 저쪽 벽에 붙으라고!"

총성이 뜸해진 틈을 타서 대응 사격을 하며 선봉은 뒤따르던 일행들에게 소리를 질렀다. 일행이라야 둘뿐, 그것도 그처럼 훈련을 받은 섀도 실드 대원이 아니라 일반 직원들이다.

물론 군필자들이겠지만, 그래도 전투 수행 능력이 잘 갖춰져 있다고 기대하기는 어렵다. 이놈들은 어디까지나 총알받이로 쓰면 딱이다.

"이야아아아!"

선봉이 엄호를 해 주는 동안 뒤에서 눈치를 보고 있던 놈이 MP5를 난사하며 뛰쳐나갔다. 그러고는 놈은 복도를 대각선으로 가로질러 반대쪽 벽에 바짝 붙었다.

투투투투투투투— 투투투투—.

녀석이 가진 두려움의 크기만큼이나 길게 난사가 이어졌다. 그러는 동안 세 번째 놈도 코너 밖으로 뛰어나가 복도를 가로질러 달렸다.

투투투투— 투투투투—.

세 정의 MP5가 불을 뿜자 화분과 나무는 순식간에 박살 나 버렸고, 소파에서 터져 나온 솜이 어지럽게 날린다.

파바박— 퍽— 퍽—.

애송이가 들고 있던 방패에도 총알이 날아와 박힌다.

"아윽!"

9㎜탄이 방패를 때릴 때마다 팔에 전해지는 얼얼한 충격에 애송이는 비명을 지르며 재빨리 뒷걸음질을 쳤다. 모든 걸 다 집어 던져 버리고 도망치고 싶은 마음은 굴뚝같지만, 스스로가 죽지 않기 위해서라도 버텨 내는 수밖에 없었다.

다행히 코너는 그리 멀지 않다. 그의 뒤에서 응사하는 태권 소녀도 잔뜩 움츠러들어 있다.

퍼벅—! 핑—!

쏟아지는 총탄의 수에 비해 결코 명중률이 높은 것은 아니지만, 이따금 한 번씩 방패가 흔들리고 금이 쫙 가면 오금이 달라붙는 것 같다.

"쫓아가! 죽여!"

방패와 태권 소녀가 코너를 돌아 벽 뒤로 사라지는 것을 보며 선봉은 기가 살았다. 그는 앞서 있는 두 명을 독려하며 뒤를 따랐다.

그가 복도 벽에 달라붙으며 신이 나서 총구를 위로 들어 올릴 때, 불 꺼진 뒤쪽 사무실 문이 열리며 뭔가가 확 튀어나왔다.

번쩍!

전방에만 온 신경을 집중하고 있던 선봉이지만, 그 번뜩임만은 곁눈을 통해 보였다. 그는 본능적으로 시선을 왼쪽으로 돌렸다.

대체 그 번쩍거리는 게 뭐였는지 깨닫기도 전에 그의 왼 팔목에서 견딜 수 없는 통증이 느껴졌다.

썽둥—!

총을 받쳐 들고 있던 왼손이 날아갔다. 지지대를 잃은 MP5는 아래로 확 기울었고, 잘려 나간 팔목이 바닥에 떨어졌을 때쯤에야 선봉의 입에서 비명이 터져 나왔다.

"끄아아아아—!"

고통과 공포는 그의 판단력에 심각한 영향을 주었고, 때문에 선봉이 다시 총구를 위로 올려 왼쪽으로 돌리기까지는 0.5초 정도의 딜레이가 생겼다.

푸슉—!

마세티를 내리 돌린 힘을 그대로 살려서 찔러 넣은 민구의 쿠크리가 선봉의 목 깊숙이 박혀 들어간다.

피피핏—.

민구가 쿠크리를 확 끌어당기자 선봉의 목이 뒤로 꺾이며 피가 치솟는다. 놈의 잘린 기도와 식도 안으로 피가 역류해 들어가기 시작했다.

얼굴에 피를 뒤집어쓴 민구는 재차 왼손의 마세티를 돌려 놈의 오른쪽 어깨를 찍었다. 방아쇠를 움켜쥐려던 손에서 힘이 빠지고 축 늘어진다.

"끄르륵…… 끌럭!"

선봉은 핏발 선 눈을 크게 뜨고 피가 끓는 소리를 내며 고꾸라졌다. 앞쪽에서 애송이가 숨은 방향을 향해 난사를 해 대던 두 놈은 총소리에 홀려 그런 정황을 전혀 모르고 있다.

"죽어! 씨발, 죽어!"

놈들은 욕설을 퍼부으며 방아쇠를 당기는 데에만 몰두해 있다. 민구는 빠르게 달려가 태권 소녀를 죽이겠다는 광기에만 사로잡혀 있는 놈들의 등 뒤를 덮쳤다.

몇 발 뒤처져 왼쪽에 서 있는 놈 먼저!

민구는 마세티를 백스윙해서 놈의 목덜미를 사정없이 후려쳤다.

덜컥!

놈의 목을 전부 자르고 지나친 칼날이 벽에 깊은 상흔을 남긴다. 머리를 잃은 놈의 시체가 앞으로 고꾸라지기도 전에 민구는 쿠크리를 빙글 돌려 날이 아래쪽으로 향하게 한 다음, 오른쪽에서 난사를 해 대고 있는 놈의 겨드랑이 안쪽을 확 베어 올렸다.

"어윽!"

놈의 몸이 휘청한다. 민구는 녀석의 등 뒤로 돌며 어깨에 쿠크리를 박아 뒤로 당기고, 활짝 젖혀진 놈의 목에 마세티의 날을 가져다 댔다.

사악—!

민구가 마세티를 쥔 왼손에 힘을 줘서 아래쪽으로 쭉 당기자, 곧바로 뜨거운 피가 그의 오른 손등을 적신다.

투투투투투투—.

녀석은 MP5의 방아쇠를 꽉 움켜쥔 채 힘없이 무릎을 꿇었다. 놈에게서 흘러나온 피로 바닥은 이내 붉게 물들었다.

민구는 놈의 오른손을 걷어차 총을 치워 버리고, 마세티의 피를 털어 낸 다음 가방 안에 넣었다. 복도에 쓰러져 있는 세 구의 시체를 보면서 민구는 입꼬리를 씰룩거리며 웃었다.

덫으로 끌어들여 처치한 계략은 아주 깨끗하게 먹혀 들어갔다. 물론 이보다는 조금 더 올 거라고 기대했었는데…….

"……조용하네. 끝난 건가……."

총소리가 뚝 끊기자 태권 소녀가 중얼거렸다. 그녀와 애송이는 벽 뒤로 몸을 피한 채 총구만 내밀어 겨우 가끔씩 응사를 하고 있었다.

애송이의 방패에 의지해 슬쩍 고개를 들어 보니 복도 저편에서는 붉은 피가 가느다란 줄기를 이뤄 흐른다.

"가자."

태권 소녀와 눈이 마주치자 민구는 쿠크리의 날에서 피를 닦아 내며 평온한 어조로 말했다. 민구와 함께 사무실에 숨어 있던 보안 요원은 잔뜩 웅크린 채 바닥에 떨어져 있는 MP5와 등을 돌리고 서 있는 민구를 번갈아 주시하고 있었다.

욕심이 난다. 그와 총의 거리는 불과 2미터 남짓. 당연히 장전도 되어 있고, 모드도 연사로 조정되어 있다. 비록 피가 뚝뚝 떨어지는 왼손밖에 쓸 수 없지만, 그것으로도 총을 집고 방아쇠를 당기는 정도는 할 수 있다.

어차피 여자애는 그리 총을 잘 쏘는 것 같지 않으니 큰 문제가 아니다. 저……민구라는 놈만 해치우면 승산은 오히려 이쪽에 있다고도 할 수 있다.

하지만…… 할 수 있을까?

여기에서 몸을 날려 왼손으로 총을 집고, 불편한 자세로 총구를 들어 올린 뒤에 쏘기까지…… 몇 초나 걸릴 것인가, 그것이 관건이었다.

"집어 보려고?"

어느새 고개를 돌린 민구가 보안 요원을 보며 흥미롭다는 표정을 짓는다.

"해 봐도 되지. 아슬아슬하게 승부가 갈릴지도 몰라. 이기면 영웅이잖아."

민구와 눈이 마주친 보안 요원은 자신도 모르게 몸을 부르르 떨며 일어서서 복종의 눈빛을 지어 보였다. 그가 칼을 휘두르는 상상을 하는 것만으로도 팔의 상처들이 쑤셔 온다.

"앞장서."

민구는 보안 요원과 애송이의 등을 떠밀며 미로처럼 복잡한 복도 속을 다시 걷기 시작했다.

## 11

"……이, 이, 이상해. 왜 아, 아직까지도 도, 도착을 모, 못 했지? 계, 계속 우, 우, 우리 편 총소리가 났는데?"

복도 저편의 테이블을 향해 방아쇠를 당겨 대던 메이저는 미간을 찌푸리며 고개를 갸웃거렸다.

도대체 어째서…… 양방향으로 나눠 우회시킨 두 병력이 똑같이 이렇게 늦는단 말인가…….

세 명이 출발한 쪽은 조금 지체가 된다고 해도 이해가 된다. 하지만 다른 한쪽으로는 다섯이나 되는 인원이 갔다. 게다가 모두 개인 화기로 무장을 하고…… 뭔가 이상하다.

"탄창! 탄창이 떨어졌습니다!"

바닥에 엎드린 채 MP5를 난사하고 있던 대원이 또 탄창을 달라고 손을 벌린다. 메이저는 못마땅한 눈으로 놈의 뒤통수를 노려봤다.

다리를 다쳐 제대로 움직이지도 못하는 녀석이라 여기에서 제압사격을 시켰더니, 이놈…… 총알을 들이붓다시피 하고 있다. 그러면서도 또 명중률은 형편없다.

왼팔이 부러져서 오른손으로만 잡고 쏴 대고 있으니, 총알이 사방으로 아무렇게나 날아가는 게 당연하다.

"아, 아껴 써! 이, 이게 마지막이야!"

두 개 남은 탄창 중 하나를 녀석에게 넘겨주며 메이저는 잔뜩 짜증을 부렸다. 그의 뒤에 서 있다가 번갈아 가며 한 번씩 총구를 내밀어 지원사격을 하던 헬리콥터 조종사들도, 정비사 놈도 이제는 여유 탄창이 없다. 아무래도 우회 병력만 믿고 이 대치를 너무 오래 끈 모양이다.

"저, 저쪽에 며, 며, 몇이나 있는 것 같나?"

"둘? 많으면 셋? 그 정도입니다. 그리고 한 번에 꼭 한 놈씩만 쏘고 있어요."

대원의 대답을 들은 메이저는 슬쩍 고개를 내밀어 복도 저 멀리에 있는 테이블을 바라보았다. 처음 저게 엄폐물로 등장할 때만 해도 금방 박살이 나 버릴 거라고 내심 비웃었었는데…… 생각보다 오래 버틴다.

그게 다 초반에 단 두 발만으로 두 명의 아군 머리를 날린 개새끼 때문이다. 그 후로는 완전히 쫄아서 도통 머리를 내밀고 조준 사격을 할 수가 없다.

하지만 지금 상황으로 보면, 그 저격수 놈은 지금 이 중앙 복도에 없는 것 같다. 무주공산을 털려면 지금이 기회라는 의미다.

"여, 여기서 쏘, 쏘고 있어. 다, 다, 당신들은 얘 도, 돕고, 다, 당신은 나 좀 따라와."

메이저는 대원의 어깨를 두드리며 명령한 뒤, 1호기 조종사에게 따라오라고 말했다. 대원이 물었다.

"어디 가십니까, 대장?"

"타, 타, 탁자 가지러. 우, 우, 우리도 저, 저런 거 하나 만들어서 시, 시, 식사실까지 쭉 밀고 가, 가자."

유빈과 제니가 몸을 숨긴 테이블을 가리키며 메이저가 말했다. 저격수가 사라진 지금, 수적 우위를 가진 이쪽에서 테이블을 밀고 전진하면 적의 두 명이 할 수 있는 일은 거의 없으리라는 계산이다.

가는 도중에 낑낑거리며 숨어 있는 개들도 회수해서 내보낸다면 식사실까지 도달하는 건 어렵지 않을 것 같았다.

"따, 따라와!"

메이저는 1호기 조종사를 끌고 뒤쪽의 방문을 열었다. 처음 몇 개의 방들은 연구실이어서 쓸 만한 가구가 없었다. 방끼리 이어진 칸막이 문을 개방해 가며 더 깊숙하게 들어가자 그제야 책상이 몇 개 나타난다.

유빈이 엄폐물로 삼은 것 같은 커다란 테이블은 아니지만, 그래도 네 명이 몸을 숨길 수 있을 정도는 된다. 한 사람이 엄호할 공간은 비워 놔야 하니까 오히려 딱 적당한 크기라고도 할 수 있다.

"이, 이걸로 하지! 하, 하, 한 세, 세 겹 겹치면 되, 될까? 다, 다리를 나, 날리면 세 겹도 되, 되는데."

메이저는 책상을 바닥에 엎으며 말했다. 그를 따라 다른 책상을 끌던 1호기 조종사가 갑자기 정곡을 찌르는 질문을 던졌다.

"근데…… 식사실에 테라가 있기는 있는 겁니까? 이렇게 총을 시끄럽게 쏴 대는데, 그 방에서 아무도 문을 열어 보는 사람이 없어요."

메이저의 등골이 서늘해진다. 지금 자신이 뭘 위해서 그 많은 실탄을 소모하고, 병력을 나누고, 심지어 두 명이나 죽게 만든 것인가 하는 의문이 들었다.

조종사 놈이 옳다. 그가 마지막으로 봤을 때는 멋진 영화를 찍고 있었지만, 테라가 지금도 거기에 있다는 근거는 전혀 없다.

"그, 그럼 어디에 이, 있다는 거야? 여, 여기에 없으면……."

"그야 나는 모르죠. 그냥 이상해서 물어보는 거예요."

복잡하게 얽혀 있는 랜 케이블을 뽑아내서 덧댄 책상의 상판을 고정하고 있던 조종사가 답답하다는 듯 대꾸한다.

그때, 복도에서 지금까지 울려 대던 MP5와 다른, 낯선 총소리가 들렸다.

투투둑— 투투둑— 타타— 타아앙—!

전신을 훑고 지나가는 불길한 예감!

메이저는 살짝 열린 사무실 문틈에 얼굴을 가져다 대고 조금 전까지 자신들이 몸을 숨긴 채 사격을 해 대던 위치를 엿봤다.

"헉! 흐의!"

그는 신음이 터져 나오려는 입술을 꽉 깨물었다.

"왜 그러세…… 읍!"

메이저는 조종사의 입을 꽉 틀어막고 그를 뒤로 당겼다. 겁에 질린 놈이 갑자기 뛰쳐나갈까 봐 두려웠다. 이제 이놈마저 잃으면 모든 것이 물거품이 된다.

"조, 조용…… 쉿!"

전부 다…… 죽었다. 조금 전까지만 해도 팔팔하게 살아서 복도 저편을 향해 아무렇게나 MP5를 난사하고 있던 섀도 실드 대원도, 그 옆에서 덜덜 떨며 방아쇠를 당기던 정비사도, 그리고 또 한 명의 헬리콥터 조종사도…… 모두 죽어 버렸다.

엎어진 채 꼼짝할 줄 모르는 세 구의 시체. 근처의 벽과 바닥에는 피와 뇌, 그리고 뼛조각이 흩뿌려져 있다. 이제 저 망할 놈의 복도 벽 앞에 쓰러진 시체는 총 다섯 구나 된다.

"그만 쏴! 유빈아! 여기 정리 완료!"

보이지 않는 각도에서 낯선 목소리가 외쳤다.

얼! 얼!

개도 짖는다. 조금 전 외쳤던 목소리가 말했다.

"그럼, 그럼, 우리 삼숙이도 잘했어."

그래도 총소리가 그치지 않자 조금 전의 것보다 훨씬 더 큰 목소리가 고함을 지른다.

"쏘지 마! 다 죽였다고!"

기차 화통을 삶아 먹은 것처럼 커다란 그 목소리!

어딘가 귀에 익다. 분명히 들어 본 적이 있다. 그것도 아주 최근에…….

"아, 그래? 다 끝난 거야?"

반가워하는 목소리. 그리고 총성은 끊겼다. 그리고 잠시 후, 엿보는 시야에 들어온 근육질의 팔뚝!

이상한 장갑을 낀, 솥뚜껑만 한 손이 방패 아래로 보이자마자 메이저는 조종사를 이끌고 반대편으로 난 사무실 문을 열고 복도를 내달렸다.

이제 기억났다! 저 목소리! 잊을 수가 없다! 저 덩치! 저놈의 커다란 주먹! 단 한 방에 자신의 갈비뼈를 박살 낸 괴물! 개새끼!

그는 복수할 수 있는 기회라는 것도 인식하지 못할 만큼 겁에 질려서 무작정 계단을 향해 달렸다. 이제 테라고 뭐고, 그런 건 나중 문제다. 우선 내가 살아야 후일을 도모할 수 있다. 달아나야 한다.

"어디로 가는 거요? 하아! 하아! 항복합시다!"

그에게 팔목을 잡혀 끌려오던 1호기 조종사가 말했다. 메이저는 뒤도 돌아보지 않고 소리를 질렀다.

"다, 닥쳐! 씨발 놈아! 그, 그냥 뛰어!"

항복을 한다고 해서 살려 줄 놈이 아니다. 저 주먹에 한 번 더 걸렸다간 겨우 뼛조각을 맞추고 꿰매 놓은 얼굴이 다시 다 터져서 걸레처럼 되어 버릴 것이다.

얼— 얼! 얼!

개가 짖어 대는 소리까지 울리자 메이저의 머릿속은 완전히 하얘졌다.

콰앙—.

그는 계단 문을 거칠게 열어젖혔다. 무조건 달려서 옥상의 1호기로 가겠다는 생각, 그것 하나뿐이었다. 하지만 계단 안에서 기다리고 있던 또 다른 존재들은 그를 순순히 보내 줄 생각이 없었다.

그롸아아아아아—.

소름이 끼치는 포효! 그리고 계단 위에서 정신없이 뛰어내리는 좀비들!

메이저는 다급하게 MP5의 방아쇠를 당겼다.

투투투투투투투—.

"으아아악!"

좀비에게 붙잡힌 1호기 조종사가 비명을 지른다.

카득!

살이 뜯기는 소리! 좀비의 악취와 함께 순식간에 퍼지는 피비린내!

메이저는 뒷걸음질을 치며 MP5를 난사했다. 달려들던 좀비들이 내장을 쏟으며 뒤로 날아간다. 그다음부터는 모든 것이 스틸 컷으로 기억에 남았다.

조종사의 목덜미를 피로 물들인 좀비!

무릎을 꿇은 조종사의 몸 위로 수십 마리의 좀비들이 한꺼번에 덮친다.

자신을 쫓아오던 세 마리가 모두 MP5의 총알을 맞고 쓰러지는 장면!

탄창을 교환했다. 그러고는 뒷걸음질을 치며 마구 난사를 했다.

철컥— 철컥—!

어느새 새로 갈아 끼운 30발도 다 바닥이 났다. 메이저는 MP5를 집어 던진 뒤, 권총을 빼 들었다.

타앙— 탕! 탕!

손끝이 옷깃을 스칠 만큼 가까이 쫓아왔던 좀비의 얼굴이 터진다. 허공에 이빨과 살 조각이 날린다. 놈의 시체가 허물어지기도 전에 또 다른 좀비들이 그를 향해 팔을 휘저으며 뛰어온다.

"으아아아아!"

메이저는 미친 사람처럼 울부짖으며 계속해서 방아쇠를 당겼다. 19발짜리 탄창이 끼워진 그의 글록 17의 총구가 불을 뿜을 때마다 눈앞을 가득 메운 좀비들의 몸뚱이 어딘가에 구멍이 뚫렸다.

탕! 탕! 탕! 타앙!

그를 향해 몸을 날리던 좀비가 눈이 꿰뚫린 채 바닥에 떨어져 뒹군다. 바로 옆에서 달려오던 놈의 코가 날아갔다.

턱—.

뒷걸음질을 치던 메이저는 얼굴이 파랗게 질린 채 엉덩방아를 찧었다.

아직 한 마리가 남았는데!

뒤로 넘어지면서 그는 팔을 쫙 뻗어 좀비의 아가리를 향해 방아쇠를 당겼다.

타앙—!

운명의 장난처럼 마지막 발이 날아가고, 슬라이드가 뒤로 밀린다.

'이제 죽는 건가……'

바닥에 등을 찧으면서 그는 생각했다. 좀비는 여전히 아가리를 쫙 벌린 채 그를 향해 덮쳐 온다. 하지만 다행히, 놈은 이미 죽어 있었다.

아가리로 들어간 총알이 놈의 뒤통수를 뚫고 나갔고, 좀비의 시체는 메이저의 가슴에 뇌수를 묻히며 맥없이 쓰러졌다.

"하아아! 하아아! 이익!"

메이저는 정신없이 놈의 시체를 옆으로 밀어 치며 뒤로 기었다. 보안관에게 맞아 부러진 갈비뼈의 통증도, 태권 소녀에게 파운딩을 당해 조각조각 난 광대뼈의 욱신거림도 이 순간만큼은 느껴지지 않았다. 그저 운이 좋게 살아남았다는 생각 하나뿐이었다.

"으아아악!"

멀리 계단 쪽에서는 불운하게도 아직 숨이 붙어 있는 조종사가 끔찍한 비명을 지르며 죽어 가고 있다. 메이저는 곧바로 뒤돌아 뛰기 시작했다.

아직…… 아직 죽고 싶지 않다. 조금 더 많은 쾌락을 느끼고…… 조금 더 오래 살고 싶다……. 마지막에는 평안하게 잠자듯이 숨을 거두고 싶다. 저렇게 살이 뜯겨 고통스럽게 죽는 건 질색이다.

투투둑— 투투둑— 투투투—.

계단 쪽에서 총소리가 울리기 시작했다. 아까 그 커다란 주먹 덩치의 일행들이 도착한 것이다. 메이저는 자신의 모든 병력을 잃었다는 걸 깨달았다. 이상한 K-2를 들고 까만 하이바를 쓴 놈에 대한 기억도 되살아난다.

건대에서 헬기를 제압했던 놈…….

메이저는 테라를 놓고 벌인 이 승부에서 졌다. 이제 와서야 알게 된 거지만, 적이 너무 강했다. 하지만 그럼에도…… 그는 아직 죽음을 받아들일 준비가 되지 않았다.

'도망치면 돼! 일단 도망쳐서 숨어 있으면…… 기회는 또 와!'

메이저는 기다시피 하며 보안관의 반대편 복도로 무작정 내달렸다.

"허억! 헉! 헉!"

숨이 턱까지 차오른 메이저는 가장 가까운 방의 문을 열고 안으로 뛰어 들어갔다. 그러고는 테이블 아래로 기어 구석에 틀어박혔다.

그는 전술 조끼의 어깨를 더듬어 대검을 빼 들고 그것이 무슨 대단한 무기라도 되는 양 꽉 쥔 채 방 안을 가득 채운 어둠을 노려보았다.

"후우우~! 후우우!"

입술을 떨며 뿜어내는 메이저의 거친 숨결이 닿을 때마다 그의 대검 날이 뿌옇게 흐려진다.


"으아! 이거 뭐야!"

메이저의 발소리를 쫓아 달려왔던 보안관은 모퉁이를 돌자마자 만난 좀비 밭을 보고 진저리를 쳤다.

활짝 열린 계단 문과 그 앞을 가득 메운 좀비들!

아무리 적게 잡아도 서른 마리는 넘는 것 같다. 그리고…… 지금 이 순간에도 열린 문을 통해 계속 뛰어 들어오고 있다.

그롸아아―.

복도 깊숙한 곳까지 들어와 있던 좀비가 그를 보고 달려온다. 보안관은 놈의 머리통을 있는 힘껏 후려갈겼다.

와작―!

뼈가 박살 나며 복도 벽으로 날아가 꽂힌 좀비. 그와 동시에 뒤쪽에 서 있던 좀비들이 보안관과 진우를 향해 달려들었다. 너무 많고, 또 너무 가깝다.

"보안관! 뒤로 빠져!"

진우가 고함을 지른다. 보안관이 허리를 숙이고 뒤돌아 뛰어오는 동안, 진우의 K-2가 불을 뿜었다.

투투둑— 투투투— 투투— 툭— 투투둑— 투투투—.

복도를 가득 메우고 달려오던 좀비들이 좌에서 우의 방향으로 머리가 터져 나간 채 쓰러진다. 진우는 뒷걸음질을 치며 계속 방아쇠를 당겼다.

그러는 동안 그의 머릿속에서는 남은 실탄 수에 대한 계산이 이뤄지고 있었다. 탄창 속의 총알이 빠르게 줄어든다. 그렇다고 모드를 단발로 바꾸기에는 타깃이 너무 많다.

'탄창을 갈아 끼우는 몇 초 동안 버틸 수 있을까…….'

서둘러 뒷걸음질을 치는 동안 진우의 가장 큰 걱정은 그것이었다. 뒤따라오는 삼식이에게서 MP5를 건네받을 틈도 없는데…….

투투둑— 탁—! 철컥—!

마침내 공이가 빈 약실을 때리는 순간이 왔다. 진우는 K-2를 모로 틀어서 빈 탄창을 날리고 전술 조끼로 손을 뻗어 새 탄창을 꺼냈다. 그러는 동안에 벌써 좀비들은 그들과의 거리를 확 줄여 다가왔다.

"빠져!"

보안관이 외친다. 그런 후, 그는 진우를 향해 달려드는 좀비들을 향해 해머를 힘껏 집어 던졌다.

빠악—!

엄청난 기세로 날아간 4킬로그램짜리 쇳덩이는 앞서 뛰어오던 두 마리의 머리통을 뒤로 꺾고, 퉁— 튀어 뒤따르는 좀비들의 다리를 때렸다.

놈들이 잠시 주춤하는 사이에 보안관은 삼식이에게서 넘겨받은 폴리카보네이트 방패를 프리스비 원반처럼 잡고 수평으로 던졌다.

후웅— 후웅—.

빙글빙글 돌며 날아간 방패가 좀비들의 무릎을 때렸다.

우당탕!

다리가 꺾인 좀비들이 앞으로 구르고, 뒤따르던 놈들이 거기에 또 얽혀 자빠진다. 그렇게 해서 번 2초 정도의 시간!

진우가 무사히 재장전을 마치기 위해서 아주 중요한 보너스 타임이었다.

철컥—!

새 탄창을 끼워 넣은 진우가 곧바로 총구를 정면으로 겨누며 방아쇠를 당겼다.

투투투— 투투둑— 투투투— 투투두— 투투투—.

또다시 추풍낙엽처럼 좀비들의 머리통이 터져 나간다. 복도의 바닥은 좀비들의 시체로 가득 찼고, 벽과 천장은 좀비들의 뇌수로 물들었다.

두 번째 탄창을 다 비울 때쯤, 비로소 복도를 울려 대던 좀비들의 포효가 잠잠해졌다.

"하아~ 하아~! 좀 놀랐다."

진우는 바닥에 쓰러진 채 꿈틀거리고 있는 몇 마리의 좀비들을 노려보며 세 번째 탄창을 끼워 넣었다.

그때, 중앙 쪽의 복도에서 좀비들의 포효가 들려왔다. 모든 좀비가 그들을 따라 달려왔던 게 아닌 모양이다.

"거기 유빈이랑 제니가 있는데!"

"안 돼! 보안관!"

무작정 달려 나가려는 보안관을 삼식이와 진우가 붙잡았다. 저 좀비 시체 밭 어딘가에는 아직도 목숨이 달라붙은 채 버둥대는 놈들도 몇이나 있다. 아무 생각 없이 뛰어가다가 시체를 밟고 미끄러지기라도 하면 그걸로 끝이다.

"뒤로 돌아가야 돼! 저리로는 못 가!"

진우는 보안관을 잡아당기면서 함께 뛰었다. 그의 말이 옳다는 걸 알면서도 보안관은 내심 불안해서 죽으려고 한다. 진우는 숨을 헐떡거리면서 그를 달랬다.

"제니를 믿어! 내가 가르쳐 준 대로 잘할 거야!"


"대체 이건 또 무슨 일이야……."

유빈이 퀭해진 얼굴을 비비며 중얼거렸다. 지난 1분 정도의 시간이 영 이상한 흐름이다.

보안관이 이제 총을 그만 쏴도 좋다고, 다 끝났다고 해서 식사실 쪽으로 걸어가고 있었는데…… 갑자기 복도 저편에서 뭔가 낯선 사람들의 형체가 하나둘 나타났다.

맨 처음 그림자가 어른거렸을 때에만 해도 진우 일행이 나타날 거라고 기대했다. 그런데 아니었다. 좀비들이라는 걸 깨닫기까지 유빈도, 제니도 몇 초간의 시간이 필요했다.

거리가 멀어 잘 보이지 않았던 건 아니다. 어차피 그들이 서 있는 복도 중간에서 그저 30여 미터 정도 떨어진 지점이었으니까. 그냥…… 머리가 맑지 못했다.

10분이 넘는 시간 동안 계속해서 고막을 때리는 총소리를 들어야 했고, 등을 쿵쿵, 울리는 합판 엄폐물의 충격을 느껴야 했으며, 총을 맞을지도 모른다는 두려움에 떠느라 약간 제정신이 아니었다.

가만히 서 있어도 계속 등 뒤가 울려 대는 것 같고, 머리는 빙글빙글 돌아 합판 조각이 튀며 할퀸 수많은 생채기 정도는 고통도 느끼지 못할 정도의 상태였다. 물론 제니도 마찬가지다.

"어! 어! 조, 좀비잖아!"

뒤늦게 상황을 인식한 유빈은 다급하게 MP5를 들어 올렸다. 사람 기척을 느낀 좀비들도 달리기 시작했다.

모두 다섯 마리.

탁— 탁—.

방아쇠가 당겨지지 않는다. 조금 전 사격을 중지하라는 보안관의 말을 들었을 때, 모드를 안전으로 돌려 두었던 걸 잊고 있었다. 유빈은 파랗게 질린 얼굴로 조종간을 돌렸다.

타타타— 타타타— 타타타—.

급하게 발사한 3점사가 좀비들의 몸통을 때리고 허공을 가른다. 하지만 진우가 하는 것처럼 깔끔하게 머리를 꿰뚫지 못하고 있다.

겨우 10여 미터 거리일 뿐인데!

계속 방아쇠를 당기면서 사격 각도를 수평으로 유지하는 것만도 초보자인 유빈에게는 엄청나게 힘이 드는 일이었다.

타타타— 타타타—.

총알은 이제 다 떨어져 가는데, 아직 한 마리도 죽이지 못했다. 관통당한 다리로 기어오는 놈이 둘, 벽에 나가떨어졌다가 다시 일어서는 놈이 둘, 무엇보다도 달려오는 놈이 하나! 놈과의 거리는 5미터 이내!

"으아아!"

유빈은 MP5를 꽉 붙잡고, 애원하듯 마지막 여섯 발을 날렸다. 맞지 않았다. 이번에도 머리를 맞히는 데 실패했다!

어깨가 날아간 좀비는 빙그르르 돌며 바닥으로 내리꽂혔지만, 이내 비틀거리며 다시 일어나려 든다.

"도망가! 제니야!"

유빈은 총을 몽둥이처럼 휘둘러 싸울 각오를 하고 뒤돌아 외쳤다. 총열을 잡은 케블라 장갑의 안쪽으로 뜨듯한 열기가 느껴진다.

어차피 그의 서툰 손놀림으로 탄창을 교환하는 것보다, 이쪽의 승산이 더 높다. 물론 둘 다 엄청나게 낮은 확률이지만…….

"다 갈아 끼웠어요!"

제니가 주섬주섬 총구를 들어 올렸다. 진우에게 배웠던 그 자세 그대로 가늠자를 눈에 대고 가늠쇠와 수평을 맞춘다. 아마 새 탄창으로 교환을 하고 있었던 모양이다.

떨리는 손 때문에 조준이 미세하게 흔들리지만, 제니는 입술을 꽉 깨물고 호흡을 멈춘 뒤, 침착하게 방아쇠를 당겼다.

투두툭—.

첫 세 발이 날아가고 제니는 들려 올라간 총구를 얼른 아래로 내렸다. 다른 쪽 어깨마저 날아간 좀비가 비틀거리며 다시 몸을 일으키려 하고 있다.

투투투—.

또다시 날아간 세 발의 9㎜ 총탄. 이번에는 명중이다. 탄착군을 이룬 세 발은 좀비의 귀와 눈, 그리고 두개골을 꿰뚫었다.

건대에서 야간에 건물 안으로 뛰어들 때 좀비들을 향해 난사를 했던 적은 있지만, 이렇게 실전에서 조준 사격으로 좀비의 머리를 뚫은 건 처음이다.

제니는 흥분하지 않기 위해 애쓰면서 두 번째로 가까운 좀비를 향해 총구를 돌렸다.

그롸아아아아—.

어느새 일어난 좀비는 유빈을 향해 직선으로 달려오고 있다. 녀석이 뛸 때마다 유빈의 총탄에 맞아 찢어진 복부에서는 튀어나온 내장이 덜렁거린다. 제니는 눈을 크게 뜨고 힘껏 방아쇠를 당겼다.

투투투— 투두둑—.

처음부터 총구가 들릴 것을 감안하고 쐈다. 세 발의 총알은 놈의 가슴을 때렸고, 또 세 발의 총알은 놈의 머리 부근을 스쳤다. 엉덩방아를 찧은 좀비의 얼굴로 겨냥을 바꾼 제니는 다시 세 발을 날렸다.

투투둑—.

좀비의 목과 입 주변에 총알구멍이 뚫리고, 뒤통수에서는 뇌수가 팍 터져 나온다.

이제 두 마리…….

제니는 다시 총구를 오른쪽으로 돌렸다. 한 마리만 더 맞히면 된다. 나머지 두 마리는 다리가 날아가 버려서 기어오기 때문에 그렇게 아슬아슬하지 않다.

"꺄악!"

예상했던 것보다 훨씬 더 가까운 좀비의 얼굴!

제니의 입에서는 비명이 터져 나왔다. 하지만 해야 할 일을 잊을 만큼 배짱이 없지는 않다.

투투둑— 투투투— 투투투—.

조준을 마칠 틈도 없이 쐈다. 아가리를 벌리고 날아들던 좀비는 얼굴과 가슴, 배가 엉망이 된 채 바닥에 떨어졌다.

이제 다 끝났다. 기어오는 두 마리만 처치하면!

제니는 오른쪽 눈을 꾹 감은 채 총구를 아래로 내렸다.

그롸아아아―.

두 팔만으로 빠르게 기어오는 좀비들!

그야말로 기괴하고 소름 끼치는 모습이었다. 속도는 달려오는 놈들보다 느리지만, 각도와 면적이 줄어든 만큼 명중을 시키기가 더 어렵다.

앞서 있는 놈 먼저!

제니는 호흡을 고른 뒤, 방아쇠를 당겼다.

투투둑―.

첫 번째 세 발은 좀비의 등을 때렸다. 그녀가 계산했던 것보다 놈들이 기어오는 속도가 더 빠르다는 의미다. 제니는 침착하게 다시 조준을 마쳤다.

투투투―.

이번에는 성공했다. 머리가 엉망으로 꿰뚫린 좀비는 태엽이 끊긴 기계장치처럼 곧바로 움직임을 멈췄다.

"후우우~! 후우우!"

처음으로 만난 고비에서 불과 몇 초 만에 8부 능선을 넘었다는 기쁨!

제니는 숨을 고르고 옆으로 총구를 돌렸다. 앞 땅을 때린다는 생각으로……

타이밍을 재고 있던 제니는 바닥을 짚는 좀비의 손이 가늠자 안에 들어오는 순간, 방아쇠에 걸고 있던 손가락에 힘을 꽉 주었다.

틱― 틱―.

벌써?

자신이 벌써 서른 발을 다 퍼부었다는 게 놀라워서 제니는 몇 차례나 다시 확인을 했다. 그래도 총알은 나가지 않는다. 그렇게 망설이는 사이, 기어오는 마지막 한 마리의 좀비는 거리를 확 좁혔다.

"……총알 없어?"

 제니의 곁으로 물러나 있던 유빈이 물었다. 제니는 고개를 끄덕이며 서둘러 빈 탄창을 뽑았다. 유빈이 그녀를 뒤로 밀어내며 앞으로 뛰어나갔다. 그러고는 MP5를 힘껏 휘둘러 손잡이로 좀비의 머리통을 후려갈겼다.

 콱! 콱!

 두 손으로 바닥을 짚으며 기어오던 좀비로서는 방어할 수단이 없었다. 놈은 자신의 머리가 찢기고 깨지는 동안에도 유빈의 다리를 잡아 보려고 팔을 휘저으며 아가리를 벌렸다.

"이익! 익!"

 유빈은 안전화 바닥으로 좀비의 손을 짓밟고, 쇠가 들어 있는 안전화 앞코로 녀석의 얼굴을 걷어찼다. 두 번의 킥이 입 주변에 꽂히자, 좀비의 이빨이 뭉텅 빠지고 입술이 찢겨 덜렁거린다.

"이야아!"

 유빈은 미친 사람처럼 다시 MP5로 좀비의 머리통을 때리기 시작했다.

 세 번! 네 번!

 귀가 찢기고, 눈알이 빠진다. 좀비가 벽 쪽으로 밀려나자 유빈은 그 틈을 놓치지 않고 관자놀이에 싸커 킥을 날렸다.

 쩡―.

 유빈에게 걷어차인 좀비의 정수리가 벽에 맞고 다시 튀어나온다. 유빈은 발차기 연습을 하는 듯이 계속 같은 동작을 반복했다. 가끔 놈이 팔을 휘저으면 MP5로 사정없이 때렸다.

 관자놀이와 정수리가 모두 움푹 파여 들어갔을 무렵에야 좀비의 움직임이 멈췄고, 그 후에도 유빈은 몇 번이나 더 그 파인 정수리를 향해 총을 휘둘렀다.

"하아아~! 하아아~!"

 마침내 좀비가 확실히 죽었다는 걸 확인한 유빈이 뒷걸음질을 치며 물러났다. 그러는 사이, 제니는 다시 새 탄창을 끼워 넣었다.

총구를 앞으로 겨냥하려던 제니가 더 이상 새로 나타나는 놈들이 없다는 걸 깨닫고 깊은 한숨을 내쉰다.

다섯이나 되는 좀비들의 습격을…… 막아 냈다. 유빈 오빠와 단둘이서…….

제니는 자신이 한 일을 돌아보았다. 머리가 터지고 내장이 튀어나온 채 죽어 있는 것이, 모두 사람의 형상이라 구역질이 치솟지만…… 그래도 지금 이 순간만은 약한 모습을 보이고 싶지 않았다. 악몽에는 나중에 시달려 주면 된다.

"후후후…… 내가 네 마리 해치웠네요. 오빠가 하나 잡는 동안."

제니는 유빈의 머리카락을 흐트러뜨리며 웃었다. 유빈은 그녀의 눈을 바라보며 고개를 끄덕였다.

"잘했어. 정말 장해."

"그것 봐요. 지켜 줄 수도 있다고 했잖아요."

제니는 아직도 흥분이 가라앉지 않아서 가슴을 들썩이고 있는 유빈을 가볍게 안고, 그의 어깨를 도닥였다. 그러고는 곧바로 몸을 뗀 뒤, 몇 미터 앞에 있는 식사실의 문을 바라보며 총을 고쳐 잡았다.

이제 저 안으로 들어갈 차례다.

"유빈아! 제니야! 괜찮아? 도망쳐! 우리 금방 가!"

복도 저편에서 보안관의 간절한 목소리가 들려왔다. 유빈은 숨을 고른 뒤, 힘차게 대답했다.

"우리 무사해! 제니가 다 죽였어!"

"오오! 진짜네!"

잠시 후, 중앙 복도에 도착한 보안관 일행은 바닥에 쓰러져 있는 시체들을 보며 감탄했다. 유빈이가 이 정도 사격 실력을 보일 리는 없으니, 이건 거의 다 제니의 공이다.

"조금 전, 그 좀비들은 대체 뭐야?"

유빈이 물었다. 진우가 대답했다.

"내가 다 죽였다고 생각했었는데, 한쪽 구석방에 숨어 있는 놈이 있었어. 그놈이 도망가려고 계단 문을 열었을 때, 다 뛰어 들어온 모양이야."

"그럼 그 도망치려던 놈은?"

"계단 문 앞에 사람 하나 물어뜯겨 죽어 가고 있더라."

그렇게 된 거군.

유빈은 고개를 끄덕였다. 그럼 이제 걱정할 건 별로 없는 모양이다.

얼—! 얼—!

그때, 진우의 곁을 지키고 있던 삼숙이가 뛰어와 앞발로 식사실의 문을 긁어 댄다. 그러고는 제니를 돌아보았다.

헥헥헥—.

삼숙이의 얼굴이 이렇게 말을 하는 것 같다.

— 이 안에 있어, 아까 그 옷 주인.

Chapter 84
## 공주는 잠 못 이루고

## 01

 식사실에 홀로 남겨진 뒤, 처음 한동안 테라는 어떻게 하면 여기에서 탈출할 수 있을지에 대해 고민했다. 오 박사가 정말로 기관단총으로 무장한 대원들을 데리고 돌아오기 전에 여기에서 도망쳐야 한다.
 그들이 모두 자리를 비운 이 짧은 틈이 아마도 자신에게 허락된 유일한 기회일 거라고, 그녀는 생각했다.
 하지만 말처럼 그리 간단한 일은 아니었다. 식사실의 사방은 쿠션이 대어진 벽으로 막혀 있고, 열려 있는 위층 바닥까지는 적어도 4미터 이상이 떨어져 있다.
 장신의 농구 선수가 도움닫기를 해서 뛰지 않는 한, 저기까지 그냥 올라갈 수는 없다.
 '저건……'
 초조하게 주변을 돌아보던 테라의 시야에 방호복 직원들이 가지고 들어온 장비가 들어왔다.
 소형 전기톱과 무선 드릴.
 두 가지 모두 그녀가 한 번도 써 본 적이 없는 물건이다. 좀 더 구체적으로 말하자면, 그녀가 무서워하는 물건들이다. 하지만 지금은 그렇게 사치스러운 어리광을 부리고 있을 상황이 아니었다.

멍하니 배회하고 있는 좀비들 사이로 절룩거리며 걸어간 테라는 피 웅덩이를 피해 발을 디디며 조심스레 무선 드릴을 집었다.

권총처럼 생긴 모양의 방아쇠. 방호복 직원이 죽기 직전까지도 이걸 들고 저항을 했으니, 별다른 예비 조작은 필요하지 않을 것이다.

테라는 좀비들이 오가지 않는 쪽으로 물러나 쿠션이 있는 벽에 드릴을 대고 스위치를 눌렀다.

위이잉—.

드릴은 순식간에 쿠션을 뚫고 안으로 파고들었다. 하지만 곧바로 단단한 콘크리트 벽의 저항을 만났다.

투퉁— 퉁— 텅—.

웨에에엥—.

뚫고 들어가지 못하는 표면에 날이 부딪쳐 튀고, 허공에서 맹렬하게 돈다. 몇 차례 더 힘을 주어 밀어 보던 테라는 스위치에서 손가락을 뗐다.

이렇게 해서 뚫릴 벽이 아니다. 괜히 날이 튀어 다치지나 않으면 다행이다.

'혹시 그렇게 하면 올라갈 수 있을까…….'

순간, 머릿속을 스치는 아이디어가 있었다. 쿠션에 드릴로 여러 개의 구멍을 뚫은 뒤, 그 구멍에 손가락을 넣어 홀더로 삼고 클라이밍을 하듯 위로 기어 올라가면 어떨까 하는 발상이었다.

계속 구멍을 뚫고 올라가다 보면 천장까지는 닿을 수 있다. 그러면 저 비스듬히 나 있는 유리 바닥을 깨고…….

거기까지 생각한 테라는 팔을 위로 뻗어 쿠션에 구멍을 내기 시작했다. 드릴 날이 벽에 닿으면 곧바로 빼내서 바로 옆을 뚫는다. 그런 작업을 몇 번 반복하면 손으로 움켜쥘 수 있을 만한 틈이 생긴다.

'될 수도 있겠어.'

첫 번째 구멍에 손을 넣고 몸을 끌어 올리는 시늉을 해 본 테라는 입을 꾹 다물고 고개를 끄덕였다.

다행히도 그녀는 몸무게가 그리 많이 나가지 않는다. 제니만큼 운동으로 단련되어 있지는 않지만, 그래도 춤과 노래로 무대를 섭렵하던 아이돌 스타의 체력. 자기 한 몸 벽을 타고 기어오르는 정도는 할 수 있을 거라 생각했다.

하지만 현실의 벽은 그리 녹록지 않았다. 머리 위로 팔을 뻗어 묵직한 드릴을 지탱하며 구멍을 뚫는 것만으로도 이내 그녀의 가녀린 팔이 덜덜 떨려 오기 시작했다.

밤을 꼬박 새웠고, 극심한 스트레스에 시달렸기 때문에 테라는 그녀 자신이 생각하는 것보다 훨씬 더 지쳐 있었다.

"윽!"

겨우 2미터도 오르지 못했을 때, 왼팔에 힘이 빠진 테라는 바닥에 떨어져 버렸다. 민구에게 피를 주기 위해 찢어 낸 왼팔의 상처가 견디기 힘든 고통을 준다. 그리고 위에서 뛰어내릴 때 다쳤던 골반도 깨지는 것만 같다.

"으으윽! 아흐으으!"

테라는 저릿한 허벅지를 붙잡고 겨우 몸을 일으켰다.

"발판이 없어서 그래……. 발을 디딜 만한 곳부터 먼저 만들어 놔야……."

그녀가 멍하니 벽면을 바라보고 있을 때, 좀비 두 마리가 천천히 그쪽으로 걸어왔다. 테라는 좀비들이 지나칠 때까지 일단 자리를 피했다.

의식하지 않으려 하는데도 저 흰 막이 덮인 눈동자만 보면 끔찍해서 온몸이 다 얼어붙을 것만 같다.

다시 벽면에 돌아온 테라가 30여 센티 높이부터 발 디딤을 위한 구멍을 뚫으려 할 때, 처음으로 총성이 울리기 시작했다.

워낙 두껍게 만들어진 식사실의 벽과 문이지만, 바로 근처에서 쏴 대는 총소리마저 온전히 차단할 수는 없었다.

타앙—.

단발의 총소리. 그리고 곧바로 천둥이 퍼붓는 것처럼 사나운 연사 소리가 들려왔다.

"아아!"

좀비들을 가두는 격벽 쪽으로 도망간 테라는 바닥에 주저앉아 귀를 막았다.

총소리…….

오 박사의 협박이 기억났다. 총을 가지고 돌아오면 그녀에게 어떤 끔찍한 짓을 할 건지, 길고도 잔인하게 떠들던 그의 목소리……. 테라의 이가 딱딱 맞부딪친다. 무섭다.

그리고 조금의 시간이 더 지난 뒤, 테라는 계속해서 들려오는 총소리가 단순히 오 박사 쪽에서 쏴 대는 것만은 아닐 수 있다는 걸 깨달았다.

이 느낌은…… 총격전이다. 그렇지 않고서는 이렇게 계속 연발로 쏴 댈 이유가 없다.

'대체 누굴까……. 왜 여기에서 총싸움을…….'

테라는 한쪽이 오 박사 팀일 거라고 제멋대로 규정하고, 다른 한쪽의 정체를 상상해 봤다. 하지만 추리가 잘 되지 않는다.

총은 군인들이 쓰는 건데…….

군인들이 그녀를 구하러 왔다고 생각하면 너무 허황되다.

'설마 그 아저씨가…… 살아난 다음에 군인들에게 일러 줘서?'

테라는 민구의 얼굴을 떠올렸다. 그것이 그녀가 기대할 수 있는 가장 좋은 경우의 수였다. 하지만 정말로 그런 일이 가능할까?

투투투투— 투투투투— 투투둑—.

가끔씩 끊길 때도 있지만, 총소리는 아주 사납게 오랫동안 지속되었다. 실제로는 불과 몇 분 정도에 불과한 짧은 시간이지만, 초조하게 기다리는 그녀에게는 영원처럼 길고도 무시무시하게 느껴졌다.

"멈췄다……."

얼굴을 감싸 쥐고 있던 테라가 고개를 들었다. 시끄럽게 귀를 때리던 총소리가 사라지자 세상이 순식간에 적막 속에 휩싸인 것 같다.

어떻게 된 걸까?

그녀가 불안에 떨며 고민하고 있을 때, 식사실의 전자자물쇠가 열리는 소리가 났다.

삐익— 띠리릭—.

충격전의 승자가 식사실 안으로 들어오려는 것이다. 테라는 눈을 감았다. 두 손은 배에 붙인 채 꼭 마주 잡았다. 그녀의 입술이 파르르 떨린다.

무서웠다. 이제 눈을 뜨면 어떤 얼굴과 마주하게 될는지…… 문이 열리고 들려오는 목소리가 누구의 것일지…….

찰나의 시간 동안 그녀는 간절하게 빌었다.

제발…… 제발…… 오 박사가 아니기를…… 만약 그 소름 끼치는 얼굴을 다시 봐야 한다면…….

그때는 차라리 죽어 버리는 게 더 나을지도 모르겠다.

스르릉—.

문이 열린다. 운명과 마주할 시간이다. 그녀는 드릴을 한 손에 잡고, 입술을 꽉 깨문 채 눈을 떴다.

"테라야!"

환청이라고 생각했다. 너무도 두렵고 그리워서 뇌가 제멋대로 귀에 들려주는 환청.

이렇게 좋은 일이 현실일 리는 없다. 하지만 그 목소리는 몇 번이고 계속해서 그녀의 이름을 부른다.

"테라야! 없어! 어떡해요…… 없어……. 테라야!"

"으아! 저거 뭐야! 제니야, 그리 너무 가까이 가지 마! 바닥이 열렸잖아! 저 밑에 다 좀비라고!"

낯선 이의 목소리가 부르는 그리운 친구의 이름. 그리고 곧바로 또 친구의 목소리.

"오빠, 테라가…… 없어요! 여기에 없으면…… 그럼 어디로 데려간 거죠? 어! 여기 신발이 있어요! 이거! 테라 샌들!"

얼―! 얼―!

"삼숙아, 왜? 저 밑에?"

듣고 있던 테라의 눈에 눈물이 왈칵 솟았다. 그녀는 비틀거리며 일어나서 격벽 밖으로 얼굴을 내밀었다.

대각선의 유리 바닥을 통해 보이는 위층. 거기엔 정말로…… 정말로 제니가 있었다. 꿈에도 잊지 못하던 그리운 얼굴이 거기에 있다. 제니의 얼굴을 보자마자 테라는 다시 얼굴을 감싸고 주저앉아 버렸다.

펄쩍펄쩍 뛰며 손을 흔들어 줄 생각이었는데…… 왠지 울음이 터져서 도저히 그렇게 할 수가 없었다.

제니…… 어딘가에 살아 있을 거라고 믿으며 버텨 왔지만, 이렇게 자신을 구하러 와 줄 거라고는 상상도 안 해 봤는데…… 이건 필시 꿈이다…….

"테라야!"

그녀의 모습을 본 제니도 깜짝 놀라 소리를 지른다. 그녀는 유리 바닥을 손으로 두들기며 테라에게 외쳤다.

"나야! 나! 제니! 응? 테라야! 정신 차려! 여기 봐!"

제니의 목소리에도 울음기가 잔뜩 묻어 있다. 테라는 흐느끼며 작게 중얼거렸다.

"……그렇게. 잠깐만……."

"으아…… 말로 들어서 알고는 있었지만, 실제로 이렇게 보니까 정말 이상한 기분이네. 좀비들, 테라 옆을 막 걸어 다녀……. 저렇게 내버려 둬도 되나?"

유빈이 어깨를 감싸며 중얼거렸다. 좀비들 사이에 꿇어앉아서 울고 있는 건 테라인데, 덜덜 떨리는 건 그 자신이다.

"각이 나올지 모르겠네……. 이 방 구조가 쏘기 영 불편하게 되어 있어서."

진우는 K-2를 붙잡고 이리저리 사격 자세를 취해 본다. 발판 구멍 사이로 몸을 내밀어 아래층의 좀비들을 싹 다 잡아 버릴 셈인가 보다. 유빈이 얼른 배낭을 벗어 열면서 진우를 만류했다.

"그럴 거 없어. 어차피 좀비들 눈에 안 보인다니까 저것들은 방해도 안 할 거야. 그냥 끌어 올리자. 제니야, 이리 가까이 와 달라고 해."

그리고 유빈은 배낭 안에 들어 있던 여러 표준 장비들 중에서 등산 로프 묶음을 꺼내 풀었다. 높이도 얼마 되지 않으니 그냥 로프를 내리고 테라가 거기에 자신의 몸을 묶기만 하면 된다.

저 정도 마른 몸이라면 보안관이 왼손 하나만 써도 금방 끌어 올릴 수 있을 테니까.

"테라야, 일어날 수 있어? 다쳤어?"

제니는 유리 바닥에 얼굴을 가까이 대고 물었다. 그녀의 흰 블라우스에 묻은 피 때문에 걱정이 든다. 테라는 고개를 저으며 일어났다.

"아니…… 그냥 너무 좋아서……."

그녀는 머리를 들고 유리 바닥에 엎드려 있는 제니와 눈물이 가득 고인 눈을 마주쳤다. 제니는…… 조금도 변하지 않았다. 여전히 아름답고 기운차다.

"밧줄을 내릴게! 거기에 허리를 묶어! 알았지?"

제니가 말했다.

"응! 응!"

테라는 절뚝이면서도 걸음을 서둘렀다. 이게 꿈이라도 좋다. 깨기 전에 꼭 한 번 다시…… 제니의 손을 잡고 싶다. 그리고 그녀에게 사랑한다고, 건강하라고 말해 주고 싶다.

로프는 이미 아래에 닿아 있었다. 테라는 그걸 집어 자신의 허리에 묶고, 두 손으로 로프의 위쪽을 꽉 잡았다.

"올린다!"

제니가 외쳤다. 테라가 고개를 끄덕이자마자 보안관은 로프를 잡아당겼다.

정말이지, 가볍기도 하다.

쭉— 쭈욱— 쭈욱—.

네 번을 잡아당기자 테라의 손이 발판 위로 올라온다.

"테라야! 내 손 잡아!"

제니가 테라에게 손을 내민다.

덥석!

두 미소녀의 작고 고운 손이 드디어 맞잡혔다. 타이밍을 맞춰 보안관은 한 번 더 로프를 끌어 올렸고, 테라는 마침내 발판에 올라섰다.

"아아! 아아! 미안해, 테라야!"

테라를 끌어안아 옆으로 옮긴 제니는 그녀의 목에 얼굴을 묻고 참아 왔던 울음을 터뜨렸다. 초췌해진 그녀의 얼굴이, 바짝 말라 갈라진 입술이…… 그리고 잘린 발가락의 상처가 다 자신의 탓인 것만 같아서, 제니를 견딜 수 없게 만들었다.

그날…… 자동차에서 뛰어내렸어야 했다. 겁에 질린 눈으로 쫓아오는 테라와 함께 도망쳤더라면…… 그랬더라면 이 연약하고 겁 많은 아이가 이렇게 고통스럽지 않아도 됐을 텐데……. 오빠들과 함께 웃으면서 살아올 수 있었을 텐데…….

"왜…… 미안하다고 해. 나는 이렇게 고마운데…… 울지 마."

테라는 자기도 눈물을 뚝뚝 떨어뜨리면서 제니의 머리카락을 쓸어 주며 달랬다.

고맙고도 궁금하다. 지금까지 어디에서 어떻게 살았었는지, 여기엔 어떻게 오게 된 건지…… 그리고 자신이 이 방에 있다는 걸 어떻게 알게 된 건지…….

듣고 싶은 게 너무 많다. 제니의 얼굴을 마주 보면서 그녀가 들려주는 이야기에 고개를 끄덕여 주고 싶다.

"너…… 다쳤어. 피 나."

테라는 제니의 얼굴에 난 생채기 주변을 손으로 쓸며 말했다.

"응?"

제니는 자신의 얼굴을 손바닥으로 슥, 훔쳤다. 따끔하다. 엄폐물로 쓰던 합판이 부서지면서 얼굴을 스치고 지나갈 때 난, 얕은 상처들이었다. 제니는 활짝 웃으며 대답했다.

"이까짓 거야 뭐, 그냥 긁힌 건데······."

제니는 마치 오빠라도 되는 양 터프하게 미소를 지어 보였다. 테라는 그제야 제니가 총을 메고 있다는 걸 알았다.

총······ 총소리!

"아! 맞다! 이럴 때가 아니야! 일단 도망부터 쳐야 돼! 여기 무서운 사람들이!"

별안간 이성이 돌아온 테라는 깜짝 놀라 제니에게 말했다. 그녀의 겁먹은 눈동자를 보고 제니는 또 울음을 터프렸다.

"흐윽! 아니야······ 테라야, 이제 괜찮아. 아무것도 무서워하지 않아도 돼. 나쁜 사람들······ 이 오빠들이 다 죽였어. 전부 다······."

"정말?"

테라는 믿기지 않는다는 듯 다시 물었다. 제니는 깊이 고개를 끄덕였다.

"응, 전부 다 좋은 오빠들이야. 엄청 착하고 강하고······ 좋은 오빠들이야. 이제 우리 같이 살면 돼. 안전하고 행복한 곳에서······."

제니의 말을 들은 테라는 비틀거리며 일어서서 두 손으로 눈물을 닦았다. 머리카락을 차분하게 넘긴 그녀는 방 안에 들어와 있는 한 사람, 한 사람의 은인을 눈에 새겼다.

전혀 강할 것 같지 않은 조그만 덩치의 오빠부터, 산처럼 커다랗게 버티고 있는 오빠와 총을 든 오빠, 옆에서 헥헥거리고 있는 커다랗고 검은 개까지······.

"정말 고맙습니다."

테라는 울먹이는 목소리로 인사를 하고 두 손을 공손하게 모은 채 깊이 허리를 숙였다. 그 모습은······.

심장 어택!!

진우와 보안관은 거의 동시에 끄응~ 하고 앓는 소리를 냈다. 이럴 상황이 아니라는 걸 아는데······ 당장에라도 꼭 안아서 그녀를 달래 주고 싶어진다. '나만 믿어.'라고 말해 주고 싶다.

"왜 하필…… 와이셔츠만……."

취향을 저격당한 보안관이 모깃소리처럼 중얼거렸다. 제니와 함께 지내면서 이제 아름다운 것에는 어느 정도 익숙해졌다고만 생각했었는데…… 그의 눈앞에 선 테라는…… 또 완전히 다른 종류의 극치다. 너무도 연약하고 위태로워 보인다.

'아니…… 나는 일편단심 제니니까…… 이건 뭐랄까, 그냥 보호 본능…….'

머릿속에 바보 같은 말들이 둥둥 떠다니는데, 얼굴이 빨개진다. 그리고 시선을 떼지 못하겠다.

오! 신이시여! 이 정도 훔쳐보는 건 죄가 되지 않는다고 제발 말씀해 주세요! 그냥 처음이라 낯설어서 그래요!

근원을 따지자면 테라파였던 진우도 가슴이 두근거린다.

이렇게 애처로울 수가! 아아, 저 가느다란 팔, 다리…….

똑, 하고 부러지지나 않을까 두려울 정도다. 그런데 그게 예쁘다고 느껴진다.

둘 중 그 누구도 포기하지 않겠다던 김 상병님, 당신이 옳았습니다! 제가 직접 만나 보니까 그렇군요!

"혜주랑 같이 간 그 아저씨한테도 알려 주자. 얼굴 보면 반가워할 텐데……."

목덜미를 긁적거리고 있던 삼식이가 입을 열었다.

"어? 아아, 응. 그래야지."

보안관은 고개를 끄덕이며 복도로 나갔다. 저 와이셔츠 차림의 테라를 그 칼잡이 놈한테도 보여 줘야 한다는 게 썩 유쾌하지는 않지만, 그 녀석도 목숨을 걸고 싸우면서 여기까지 왔으니까.

그리고 애초에 그놈이 없었다면, 테라가 어디로 끌려간 건지 단서조차 못 잡았을지도 모르니까.

"혜주야! 혜주야!"

보안관은 커다란 목청을 완전히 개방해서 우렁차게 소리를 질렀다.

"테라 찾았어! 식사실로 와!"

## 02

보안관의 외침이 넓은 8층 전체를 쩌렁쩌렁 울릴 때, 태권 소녀와 민구는 계단 문을 닫고 있었다. 들어와 있던 좀비들을 진우가 거의 다 사살했지만 그 후에도 몇 마리인가가 더 뛰어 들어왔고, 다른 방향으로 돌아다니던 놈들이 몇이나 있었다.

"계단 문! 저것부터 닫아요!"

태권 소녀는 총을 옆으로 돌려 메고 삼단봉을 빼 들었다. 아까 선착장에서 봤던 발차기만으로도 그녀의 실력을 대강 파악한 민구가 씨익 웃으며 뒤를 따랐다.

드물게 보는 씩씩한 계집애다. 좀비를 향해 싸우려 달려드는 여자……라는 것도 특이하지만, 민구 자신이 칼 쓰는 걸 보고 나서도 이래라저래라 명령하는 계집애는 처음 봤다.

다들 벌벌 떨거나 적어도 온순해지기 마련인데…….

"하앗!"

태권 소녀는 달려드는 좀비의 내디뎌진 발목에 로우 킥을 날려서 놈이 앞으로 고꾸라지게 만들고, 그 힘에 더해서 삼단봉을 위로 쳐올렸다.

덜컥—!

쫙 벌어졌던 아래턱이 박살 난 채 좀비가 바닥을 뒹군다. 태권 소녀는 덮쳐 오는 두 번째 놈의 가슴에 뒤돌려 차기를 날려서 거리를 벌리고, 쓰러진 좀비의 뒤통수를 뒤꿈치로 내리찍었다.

"하하, 꽤나 날래군. 설칠 만도 해."

그녀의 싸움을 곁눈질로 지켜본 민구가 재미있어한다. 물론 그는 태권 소녀가 두 마리를 상대하는 사이, 이미 세 마리의 머리를 날리고 네 마리째의 좀비 어깨에 마세티를 깊게 박아 넣은 뒤였다.

마세티 손잡이를 당겨 좀비의 몸이 앞으로 기울게 만든 민구는 쿠크리를 바깥쪽으로 돌려서 놈의 목을 베었다.

꿀꺽―!

뒤쪽으로 비켜서서 태권 소녀와 민구가 좀비들을 상대로 한바탕 살벌한 춤을 추는 걸 보던 애송이와 보안 요원이 마른침을 삼킨다. 특히 몸을 써서 먹고살아 온 보안 요원 쪽이 느낀 충격이 더 크다.

저런 움직임이 실제로 가능하다는 걸 오늘 처음 알았다. 그런 줄도 모르고 감히 대검을 들고 베어 보려 했던 자신이 얼마나 멍청했던 건지…….

쿵―.

순식간에 복도에 남은 좀비들을 모두 해치운 민구와 태권 소녀는 계단 문을 잡아당겨 단단히 닫았다.

"진우, 얘는 대체…… 뭐 하고 있지? 여기가 이 모양인데…….."

태권 소녀가 이해할 수 없다는 표정으로 복도 반대편을 바라보고 있을 때, 중앙 복도 쪽에서 보안관의 목소리가 들려왔다.

"테라 찾았어! 식사실로 와!"

반가운 일이다. 이제 이 위험하고 긴 난투극의 목적을 이뤘다. 태권 소녀도 목청껏 외쳤다.

"찾았어? 알았어, 갈게!"

그러고는 태권 소녀는 민구를 돌아보았다.

"아저씨, 가요! 테라 찾았대요."

"음…….."

무표정한 얼굴로 고개를 끄덕이던 민구는 보안 요원과 애송이들을 돌아보았다. 그는 홀더에 넣어 두었던 쿠크리를 다시 슥, 꺼내며 말했다.

"그럼 이것들은 이제 아무 쓸모 없잖아."

뜻밖의 돌발 행동에 두 끄나풀은 다급하게 소리를 질렀다.

"아닙니다! 아니에요! 저희 쓸모 있어요! 나가실 때 길도 알려 드릴 수 있고! 아니…… 아까 분명히 협조하면 살려 주신다고!"

두 놈의 파랗게 질린 얼굴과 흔들어 대는 손을 보며 민구는 킥킥댔다.

"이것들 데리고 먼저 가. 아직 쓸모가 있다고 하니까."

그것이 민구의 농담이라는 걸 뒤늦게 깨달은 두 놈도 식은땀 범벅이 된 얼굴로 히스테릭하게 따라 웃었다. 태권 소녀가 물었다.

"먼저 가라니…… 아저씨는요?"

"아아, 담배 한 대 피우고 천천히 따라가지. 도통 못 피웠더니 옆구리가 영 결리는 것 같아서 말이야."

민구는 꺽다리 기생오라비에게서 받은 담뱃갑을 들어 보였다. 그러고는 한 대를 꺼내 물었다. 아무리 이 연기가 괴물들을 불러들인다고는 하지만, 여기는 폐쇄된 건물의 8층. 이미 들어와 있던 괴물들은 다 죽였다.

일을 성공시킨 이후의 한 대 정도는 괜찮을 것이다. 태권 소녀는 떨떠름한 표정으로 고개를 끄덕였다.

"그래요……. 그럼 천천히 와요."

태권 소녀가 두 끄나풀을 데리고 코너를 돌아 사라진 뒤, 민구는 담배에 불을 붙였다.

찰—칵!

싸구려 일회용 라이터는 아주 작은 불꽃을 피워 올렸다가 겨우 담배에 불을 붙이자마자 맥없이 꺼졌다. 가스가 다 바닥난 것이다. 몇 번 불꽃을 찰칵거리던 민구는 라이터를 바닥에 던졌다.

"후우우우~!"

길고 긴 싸움을 승리한 뒤에 피우는 담배의 맛은 각별했다. 적당히 맵고, 쓰고, 목구멍 저 안쪽까지 할퀴고 지나간다. 민구는 주변에 떠다니는 연기를 가만히 바라보며 생각에 잠겼다.

 결국…… 약속을 지킬 수가 있어서 다행이다. 테라, 그 연약한 계집애……. 이제 그녀가 가고 싶다는 곳으로 보내 주면 된다. 아마 그녀는 자신의 가장 친한 친구 곁에 남고 싶을 것이다.

 수많은 사람들의 피와 원한을 뒤집어쓰고 있는 자신보다 더 믿고 의지할 수 있는 일행을 찾았다는 게 테라에게는 정말 좋은 일이라고, 민구는 생각했다.

 보아하니 고릴라와 총잡이 일행들은 꽤나 오래된 친구 사이인 것 같고, 민구와는 다른 종류의 '쓸 만한' 놈들인 것처럼 보였다. 그들과 함께 있었던 제니의 태도를 보면 알 수 있다.

 민구는 그녀에게서 별다른 구김살이나 눈치를 보는 약자의 모습을 찾을 수 없었다. 제니를 그렇게 아껴 주고 살아남도록 보호해 줄 수 있는 놈들이 테라에게 같은 일을 해 주지 못할 리는 없다.

 테라 역시 가장 친한 친구와 또래의 애들과 함께 있는 편이 더 행복할 것이고.

 민구는 젠킨스의 것이었던 버클을 톡톡 두드렸다. 이걸로 신호를 보내 JL로 가야 하는 탐탁지 않은 선택은 피할 수 있게 된 모양이다. 이제 행복한 결말이 왔으니까…….

 "응?"

 생각에 잠긴 채 사라지는 담배 연기를 눈으로 좇던 민구가 고개를 갸웃거렸다.

 뭔가…… 이상한 점이 눈에 띈다. 그가 이곳에 도착했을 때부터 이미 죽어 자빠져 있던 좀비들의 시체. 그 방향이 너무 일관되게 복도의 반대쪽을 향해 나 있다.

 서너 마리의 시체, 그리고 또 두 마리, 마지막으로 한 마리.

 조금씩 거리를 두고 쓰러져 있는 좀비들……. 이건 꼭 누군가를 쫓아 뛰어가다가 차례로 총에 맞아 바닥에 뒹굴게 된 모양새다. 게다가 중간에 떨어져 있는 기관단총과 권총.

 "흐음, 냄새가 나는군."

민구는 좀비들의 시체가 쫓았던 방향을 따라 걸음을 옮겼다.

"풋!"

민구의 입에서 실소가 터졌다. 좀비의 체액이 묻은 발자국이 어떤 방 앞에서 끊겼다. 어떤 놈인지는 모르겠지만, 이런 걸 잔뜩 묻히고 돌아다니면서도 그 사실을 인지하지 못할 만큼 다급했나 보다.

하긴 총을 다 내던졌을 정도니…….

그래도 핏자국이 없는 걸 보니 물리지는 않았다.

끼이익—.

민구는 아주 살짝 손잡이를 돌리고 문틈에 눈을 가져다 댄 뒤, 방의 안쪽을 엿봤다. 불이 꺼진 방 안에는 여러 개의 커다란 스테인리스 테이블이 있고, 그 위에는 잡다한 연장들이 잔뜩 어지럽혀져 있었다.

겁 많은 사람들은 보는 것만으로도 소름이 끼칠, 그런 종류의 연장들이었다.

톱, 칼, 도끼…… 전부 다 깨끗하지 않은 것들이었다. 그리고 한쪽 벽에는 개수대가 길게 늘어서 있다.

여기는 사람을 썰고 나서 연장을 세척하던 곳인가?

하지만 민구의 시선은 그 섬뜩한 스테인리스 테이블 위가 아니라 아래쪽을 향해 있었다. 어둠 속에 누군가 잔뜩 움츠린 채 숨었다. 놈이 대검을 들고 부들거리는 모습이 우스웠다.

"여어, 너 뭐 하냐?"

민구는 장난기 가득한 얼굴로 문을 열며 물었다. 테이블 아래에 숨어 있던 놈은 화들짝 놀라며 몸을 일으키려 했고, 그 때문에 스테인리스 테이블이 뒤로 넘어가면서 연장들이 쏟아졌다.

쩽그렁— 쨍강—!

요란한 쇳소리에 눈살을 찌푸리면서도 민구는 벽을 더듬어 스위치를 켰다.

파팟—.

천장의 Led 등에 불이 들어오자 메이저의 흉측한 얼굴이 보인다. 이리저리

꿰매 놓은 보랏빛 얼굴……. 민구는 그게 자신의 목 딸 리스트에 들어 있는 놈인 줄도 알아보지 못했다. 그저 놔두면 귀찮아질 것 같아서 지금 처리해 두려는 것뿐이다.

이렇게 덜덜 떨던 놈도 총만 잡으면 언제든 등에 바람구멍을 낼 수 있으니까.

하지만 메이저는 민구의 얼굴을 알아보았다. 그 특색 있는 커다란 흉터는 웬만해서는 잊기 어렵다.

어쩌다 이런 새끼까지 여기에…….

"너, 너, 너! 이, 이 새끼! 자, 자, 잠실 맞지! 조, 조용히 해! 떠, 떠, 떠, 떠들면 주, 죽여 버릴 거야! 무, 무, 문 닫아!"

잔뜩 쫄아 있던 메이저는 급격하게 자신감을 회복하고 민구를 향해 대검을 내밀었다. 어떤 사유로 이 습격 팀에 끼었고, 또 양복은 어디에서 주워 입었는지 모르지만, 메이저는 이놈의 실력이 어느 정도인지 분명히 안다.

조금 빠르기는 해도 그 근육질의 큰 덩치와는 비교도 할 수 없을 약골이다. 이놈을 죽이든 인질로 삼든, 하여튼 일단 조용히부터 시켜야 한다. 일행을 불러올 수 없게.

"하, 하하하하! 하하하하! 아냐, 이런 참…… 너였어? 크크크, 누군가 했네, 이 새끼. 야, 너 얼굴 우습게 됐다? 크크크, 하마터면 못 알아볼 뻔했잖아."

놈의 말투를 듣고 나서야 민구도 상대가 메이저라는 걸 알아챘다. 민구는 문을 닫고 경쾌하게 방 안으로 들어갔다.

꿈처럼 찾아온 소중한 만남. 누구에게도 방해받고 싶지 않다. 방 안은 널찍했다. 이놈뿐 아니라 기동이도 함께였더라면 얼마나 좋았을까 싶을 정도로 활개 치기 좋은 곳이다.

민구가 자신이 시키는 대로 고분고분 명령을 따랐다고 생각한 메이저도 만족한 웃음을 지었다.

"새끼…… 마, 말 잘 듣네. 하긴 뒈, 뒈, 뒈질 뻔했으니까 무, 무섭기도 하겠지…….."

"아아, 그때…… 나 그때 일부러 맞아 준 건데……. 그리고 말이지, 그때는 내가 몸이 좀 그랬어……. 체력이 한~ 5퍼센트 정도였달까?"

민구는 왼손 엄지와 검지로 아주 작은 크기를 만들어 보였다. 약골 놈의 빤한 허세라고 받아들인 메이저도 덩달아 실실거린다.

"지랄하고 앉아 있네. 그, 그럼 지, 지금은 며, 몇 프로냐? 응? 이 주, 주둥이만 호, 홀랑 까진 새끼야."

"음…… 지금은 한 50퍼센트는 되는 것 같다. 아니다. 잠을 설쳤으니까 45프로라고 하자. 어쨌든……."

민구는 빙긋 미소를 지어 보이며 등 뒤로 손을 돌렸다.

스릉—.

쿠크리와 마세티가 동시에 자태를 드러냈다.

맑은 울림과 함께 뽑혀 나온 두 자루의 커다란 칼이 조명을 받아 번뜩인다. 민구는 쿠크리를 빙그르르 돌리며 웃는 낯으로 말했다.

"넌 이제 큰일 났어."

메이저의 얼굴에서 웃음기와 여유가 싹 걷혔다.

저 커다란 두 자루의 칼…… 자신은 짤막한 대검…….

놈이 아무리 허접한 약골이라고 해도 장비에서 이 정도의 차이가 나면 상대하기가 쉽지만은 않다.

게다가 자신은…… 그 덩치에게 맞아 갈비뼈가 나간 상황…….

"어이, 어이, 이 새끼야."

메이저가 얼빠진 표정으로 대검에 시선을 던지고 있자 민구가 마세티를 쫙 뻗어 놈의 귀를 살짝 그었다.

상처는 대번에 벌어지고 피가 뚝뚝 떨어진다. 예상치 못했던 예리한 고통에 메이저는 움찔하며 뒤로 물러선다.

"정신 차려! 나는 너를 얼마나 또 만나고 싶었는데, 이렇게 김빠지게 굴면 안 되지. 왜? 칼이 영 구려? 그거로는 실력 발휘가 안 될 것 같아?"

민구는 마세티로 녀석의 등 뒤를 가리켰다.

"사람이 여유도 갖고, 주변도 좀 돌아보고 살아라. 네 뒤에 연장 많이 있잖아, 이 새끼야."

그제야 메이저는 방 안을 둘러보았다. 민구의 말처럼 정말로 살벌한 연장들이 잔뜩 놓여 있다. 메이저는 일단 가장 가까운 스테인리스 테이블에 손을 뻗어 손도끼를 집어 들었다.

"그거면 되겠어? 후회 없냐고?"

민구가 빙글거리며 물었다.

후회?

메이저는 다시 주변을 곁눈질했다. 마음이 급해서 자신이 정확히 뭘 원하는지도 잘 모르겠다.

방금 귀가 잘릴 때, 저 흉터 새끼가 내지른 칼이 전혀 보이지 않았다. 그냥 번쩍하는가 싶더니, 귀에 날카로운 아픔이 느껴졌다.

"5초 줄게, 빨리 골라. 이왕 하는 일인데, 재미있게 하자. 약한 새끼 괴롭혔다는 말은 듣기 싫으니까. 하나!"

민구가 수를 헤아리기 시작하자 메이저는 후다닥 뒤로 뛰어가서 바쁘게 눈알을 굴렸다. 뭔가 날카로운 것들이 잔뜩 있기는 한데, 그가 익숙하게 보았던 것들이 아니다.

"이익!"

메이저는 일단 날 길이가 25센티인 뼈 절단용 나이프부터 집어 왼손에 쥐었다. 엄청나게 묵직하고, 칼등도 두툼하다. 생긴 모양도 일반 식칼과 비슷한 형태여서 사용하기에 전술용 나이프와 큰 차이가 없을 것 같다.

"셋!"

민구의 숫자는 이미 셋을 지났다. 메이저는 통통 부은 입술을 날름거리면서 바쁘게 고개를 돌렸다. 대검을 내려놓은 그는 손도끼와 뼈 절단용 톱을 번갈아 만지작거렸다. 저 커다란 마세티를 상대로 어느 게 더 효과적일지 모르겠다.

"넷…… 다섯!"

마음을 정한 것처럼 손도끼를 들어 올리는 척하던 메이저는, 민구의 입에서 다섯이라는 숫자가 떨어지자마자 손도끼를 민구를 향해 집어 던졌다.

그리고는 재빨리 자신의 대검을 다시 집어 들고 민구를 향해 뛰어들었다.

"그 정도는 다 읽는다."

민구는 몸을 틀어 날아오는 도끼를 뒤로 흘려 버리고, 왼손의 마세티를 크게 휘둘렀다.

챙―.

대검을 앞세워 돌진하던 메이저가 기겁을 하며 뒤로 물러난다. 마세티의 강력한 타격을 이기지 못하고 그의 손에서 빠져나간 대검이 허공에서 빙글빙글 돌다가 바닥에 떨어졌다.

"흐읙!"

메이저는 두려움에 휩싸여 거친 숨소리를 냈다. 그는 바로 옆의 테이블을 더듬거려 30센티 길이의 스테인리스 맬릿을 집었다. 작고 단단한 해머. 뼈를 부수기 위해 만든 것이니 마세티도 버텨 낼 수 있을 것 같다.

"간다!"

민구는 환하게 웃으며 쿠크리를 앞세워서 거리를 좁혀 왔다. 쿠크리가 빙글빙글 돌면서 메이저의 눈을 현혹한다.

스윽―.

팔뚝에서 느껴지는, 날카로운 고통!

메이저는 이를 악물었다. 분명히 본 나이프로 막는다고 내밀었는데…… 저 이상하게 휘어 있는 칼날은 뱀처럼 그의 팔을 가르고 지나갔다.

메이저의 팔에서 붉은 피가 뚝뚝 떨어지는 걸 보며 민구는 조용히 말했다.

"우연히 만난 것치고는 타이밍이 아주 좋았어. 할 일을 다 하고 나서 개운한 마음으로 이렇게 여유롭게 즐길 수가 있잖아. 나는 찬찬히 정성을 다할 테니까, 너도 열심히 해 봐라."

"으야아! 개새끼야!"

메이저는 욕설과 함께 스텝을 내디디며 힘껏 맬릿을 휘둘렀다. 민구가 발을 뒤로 빼며 피한다.

이놈…… 이런 움직임을 할 줄 아는 놈이었나?

메이저는 허공을 가르는 자신의 맬릿을 보며 생각했다.

사악—!

또다시 스며드는 날카로운 고통!

이번에는 손등이다. 핏줄이 베이고 갈라진 손등에서 피가 왈칵왈칵 솟는다. 메이저는 서둘러 팔을 거두며 왼손에 쥔 본 나이프를 휘둘렀다.

슥!

또! 또 베였다! 이번에는 세로로!

팔의 안쪽을 따라 나란히 쿠크리의 칼날이 가르고 지나갔다.

"으으윽!"

메이저는 고통에 몸을 부들부들 떨며 뒷걸음질을 쳤다. 일단 저 칼의 범위에서 벗어나야 한다.

"내가 말이지……."

민구는 녀석을 쫓지 않고 쿠크리로 겨누기만 한 채 다시 입을 열었다.

"정말 죽이고 싶은 놈이 셋 있었어. 그래서 내 머릿속 수첩에다가 아주 꾹꾹 눌러서 적어 놨지. 생각 속에서도 글씨는 잘 못 쓰더라고. 크큭, 뭐, 어쨌든 너는 거기에서 세 번째 리스트였는데, 아마 실제로 죽이게 되는 건 네가 처음이자 마지막일 것 같다. 왜 그런지 이야기하자면 긴데, 여하간 일이 그렇게 됐어. 그래서 너한테 선택권을 주려고 해."

"무, 무슨 서, 서, 선택권……."

메이저는 숨을 헐떡거리며 물었다. 놈의 약점이 뭐였는지 이제야 기억이 났다. 저놈은 오른쪽 옆구리를 잘 못 움직였다.

하지만 아닌데…… 저렇게 멀쩡하게 움직이는 것처럼 보이는데…….

"죽는 방법 말이지. 네 목숨이니까 그 정도는 선택할 권리가 있을 것 같다. 그러니까 부담 갖지 말고 편안하게 골라. 1번은…… 가죽을 까는 거야. 팔부터 시작해서, 등, 가슴, 얼굴, 머리끝까지 싹 다 까 줄게."

"까, 까불지 마! 개새끼야!"

메이저는 맬릿을 휘두르며 뛰어들었다. 민구가 몸을 튼다. 그때, 녀석이 마세티를 휘둘러서 그 무게로 중심을 잡는 걸 메이저는 똑똑히 보았다.

역시…… 이놈은 오른쪽 옆구리가 시원치 않다! 바로 여기가!

메이저는 본 나이프를 있는 힘껏 내질렀다. 하지만 민구는 아주 능숙하고 여유롭게 쿠크리의 날을 돌려서 녀석의 손목을 찍고 확― 당겼다.

찌익―!

근육과 함께 정맥이 뜯겨 나간 메이저의 손목에서 피가 치솟는다. 팔의 방향이 틀어진 바람에 무방비로 노출된 메이저의 얼굴 위로 쿠크리의 날이 번쩍 스친다.

"으아악!"

콧등이 반으로 잘린 메이저는 야수처럼 울부짖으며 다시 뒤로 물러났다. 민구는 여전히 문을 등지고 선 채 이야기를 계속했다.

"너, 잘 듣고 신중하게 선택하는 게 좋을 텐데……. 이런 식으로 하다가 혀가 잘리거나 해서 의사 표현을 못 하게 되면 내 마음대로 해 버리는 수가 있어. 그건 좀 비인간적이잖아. 2번은…… 다지는 거야. 말 그대로 뼈랑 근육이 잘 구분이 안 갈 만큼 곱게…… 이걸로."

민구는 마세티의 커다란 칼날을 들어 보이며 사랑스럽다는 표정을 지었다. 메이저의 등골이 오싹해진다.

실수다……. 차라리 그 근육 덩치 놈에게 덤벼 볼걸……. 이 비열한 놈이 실력을 감추고 있었을 줄이야……. 다진다니…… 씨발…….

그 어휘를 상상하는 것만으로도 정강이뼈가 시큰거리는 것 같다.

'아니! 아니야! 정신 차려!'

메이저는 입술을 꽉 깨물어 자신을 다그쳤다. 저놈의 현란한 말에 현혹되지 말아야 한다. 예전에 잠실에서도 저놈이 새도 실드 대원들을 죽였다는 도발에 말려 일을 그르쳤었다.

비록 빠르기는 하지만, 저놈의 몸뚱이는 온전하지 않다. 일단 저 마세티를 무력화시키면…… 그러면 놈은 중심을 잡지 못한다.

"너! 듣고 있냐?"

민구는 펜싱 선수처럼 풀쩍 뛰어 거리를 좁힌 뒤에 손목만으로 마세티를 놀려 메이저의 양쪽 광대뼈 주변을 차례로 그었다.

그 공격을 막아 보려 뒤늦게 들어 올린 맬릿에서 쇠끼리 부딪치는 소리가 나는 것과 동시에 양쪽 볼에서 뜨거운 피가 흘러내린다.

쨍강!

민구는 쿠크리로 맬릿을 내려치며 가드를 무력화시키고, 다시 칼날을 역으로 돌려서 메이저의 옆구리를 그었다.

"끄으으윽!"

메이저는 얼굴을 찌푸리며 본 나이프를 내질렀다.

사각!

뭔가가 처음으로 칼끝에 걸렸다!

메이저는 팔을 틀어 한 번 더 반대쪽으로 그어 봤다. 이놈도 결국 인간이다!

후웅―.

하지만 그의 회심의 일격은 허공을 갈랐고, 민구의 매서운 응징이 곧바로 이어졌다. 민구는 마세티 칼등으로 메이저의 무릎을 사정없이 후려갈겼다.

콰직―!

무릎뼈가 박살 나는 것 같은 고통!

메이저가 앞으로 허물어진다. 민구는 녀석의 오른쪽 겨드랑이 사이로 쿠크리를 집어넣고 죽 훑었다.

"아으으윽! 아악!"

메이저가 경련하며 뒤로 나자빠지자 민구는 다시 물러났다. 그러고는 녀석이 일어날 수 있을 만큼 여유를 주기 위해 쿠크리를 테이블에 올려놓고 담배를 꺼냈다.

"방금, 뭔가 걸린 것 같았지? 그거 옷자락이었어. 그걸 느낀 거 보면 네놈도 의외로 감각이 예민하구나. 생긴 거나 움직이는 건 미련하기 짝이 없는데…… 아, 맞다. 젠장."

말을 하며 계속 라이터를 찾아 주머니를 뒤지던 민구는 자신이 조금 전, 마지막 한 번의 불꽃을 쓰고 버렸다는 걸 깨달았다.

민구는 메이저를 돌아보았다. 전에 바짝 붙었을 때, 입에서 담배 찌든 냄새가 진동했으니, 놈 역시 흡연자다.

"너 지금 라이터 가지고 있지? 뒈진 다음에 그 라이터는 내가 가져야겠다. 그건 그렇고…… 세 번째는……."

"씨발 놈아! 다, 닥쳐!"

메이저는 맬릿을 집어 던지고 벽을 짚으며 일어났다. 집어서 쓸 수 있는 무기는 아직 많다. 이번에는 수술용 톱이다. 맬릿보다 가볍고 의외로 리치가 길어서 처음부터 이걸 쓸 걸 그랬다는 생각이 들 정도다.

"끄으으! 끄으~!"

메이저는 스테인리스 테이블을 짚고 힘겹게 일어났다. 조금 전 베인 겨드랑이에서 걱정했던 것보다 피가 많이 흘러나오질 않아 다행이다.

대신에 반으로 갈라진 코에서는 쉬지 않고 피가 흘러넘친다. 그게 숨을 쉬기 어렵게 만들었다.

"이야압!"

잠시 고개를 숙인 채 숨을 고르는 시늉을 하던 메이저는 느닷없이 테이블을 뒤집어 민구 쪽으로 엎었다.

위에 늘어져 있던 자잘한 날붙이들이 민구를 향해 날아간다. 민구는 스텝을 밟으며 마세티를 휘둘러 날아오는 메스를 바닥으로 쳐 냈다.

"이익!"

그 틈을 노려 달려든 메이저가 톱날을 민구의 어깨를 향해 내긋는다. 예리한 톱날이 전등 불빛을 받아 번쩍인다.

빠악!

민구가 쫙 내뻗은 마세티의 뭉툭한 칼끝이 메이저의 팔목을 때린다. 톱을 휘두르던 팔이 뒤로 돌아가고 방어가 열린 틈을 타서 민구는 허벅지를 사정없이 그었다.

서걱—!

허벅지 뒤쪽 근육이 끊어졌다!

메이저는 입을 벌린 채 온몸을 부르르 떨었다.

비명조차 터져 나오지 못할 만큼 날카로운 통증!

무방비로 경련하면서 메이저는 죽음을 직감했다. 이제 곧 저 마세티의 커다란 칼날이 자신의 목을 치리라!

하지만 민구는 아직 이 회합을 끝낼 생각이 조금도 없었다. 그는 쿠크리를 빠르게 놀려 메이저의 어깨에 세 줄의 날카로운 칼자국을 남긴 뒤, 놈의 옆구리를 걷어차 자빠뜨렸다. 그러고는 다시 놈이 일어나기를 기다렸다.

"으으으! 아으으윽!"

메이저는 분을 이기지 못해 땅을 치다가 울부짖기 시작했다.

"흐으으! 으윽! 주, 죽여라. 나, 나, 남자답게…… 하아아! 끄으으!"

숨을 헐떡이며 눈물까지 뚝뚝 떨어뜨리던 메이저가 손에서 칼을 떨어뜨리고 힘없이 중얼거렸다.

어차피 저 흉터 놈에게는 못 이긴다. 그건 확실해졌다. 이렇게 계속 모욕과 고통을 당하느니, 그냥 죽는 게 낫다. 저놈의 솜씨라면 베이는 줄도 모르는 사이에 숨이 끊길 것이다.

"집어!"

민구가 차갑게 내뱉었다. 지금까지 빙글거리던 표정이 사납게 변한다. 메이저는 자신도 모르게 움찔했다.

놈이 뭔가…… 더 끔찍한 벌을 내릴까 봐…… 그게 무서웠다. 잠시 칼을 집을까에 대해 고민하던 메이저는 고개를 저었다.

"네, 네, 네 마, 마음대로 다, 다, 다 되지는 않을 거다, 개새끼야! 그, 그냥 주, 죽여!"

"크크크!"

민구는 곧바로 웃음을 터뜨렸다. 사실 죽고 싶으면 그냥 바닥에 떨어져 있는 아무 날붙이나 집어서 제 목을 그으면 된다. 아무리 다치고 기진맥진했어도 그 정도 기운이 없지는 않을 테니까.

말은 저렇게 해도 저놈은 살고 싶은 거다. 그러면서도 어린아이처럼 유치하게 생떼를 부려 대는 중이다.

민구는 전략을 바꾸기로 했다. 유치한 놈에겐 유치한 방법을 써 주면 된다.

"좋아, 결국 이거잖아. 이게 싫은 거지? 나만 이렇게 큰 칼을 들고 있으니까 불공평해서."

민구는 마세티를 들어 보였다가 바닥에 내려놓았다.

"자, 이제 난 저거 안 쓸 거야."

그 말을 했을 때, 메이저의 눈이 흔들리는 걸 민구는 놓치지 않았다. 그는 계속 놈을 유혹했다.

"그리고 네가 지정하는 팔로만 싸울게. 왼쪽? 오른쪽?"

거기까지 양보했는데도 메이저는 아직도 머뭇거리고 있다.

쳇, 귀찮게 구는 놈이군…….

민구는 속으로 혀를 차면서 또 조건을 하나 붙였다.

"내 피 한 방울만 흐르게 하면, 그때는 내가 지는 걸로 하지. 약속해. 두말도 안 하고 보내 줄게. 거기에 마세티 안 쓰고, 네가 쓰라는 손으로만."

"그, 그걸 미, 믿으라고?"

놈이 걸려들었다. 민구는 마세티를 놈의 옆으로 밀어 던진 후, 진지하게 놈의 눈을 쏘아보며 말했다.

"이러면 믿겠나? 나는 태어나서 한 번도 약속은 어긴 적이 없어."

"조, 좋아! 사, 사내새끼라면 그 말 지, 지, 지, 지켜라!"

메이저는 이를 악물고 서둘러 무기를 집었다. 두말할 것도 없이 그의 선택은 마세티였다. 그리고 왼손에는 익숙한 대검을 골랐다.

놈이 절뚝거리며 덤벼들 자세를 취하자, 민구가 다급하게 물었다.

"새끼, 어지간히 급하네. 어느 쪽 팔을 쓰라는 건 정해 줘야지!"

"하아~ 하아! 왼쪽!"

메이저는 눈을 빛내며 말했다. 코에서 역류한 피가 입 안 가득 차서 입술을 열 때마다 침에 섞인 피가 줄줄 흘러나온다.

민구가 쿠크리를 왼손으로 고쳐 들자마자 메이저는 걸음을 떼며 거리를 조절했다.

"이야아아아!"

메이저가 힘차게 마세티를 휘두른다. 산이라도 가를 기세다.


20여 분이 흘렀다.

비명과 헐떡이는 숨소리, 그리고 애원이 계속해서 이어진 20여 분이었다. 민구에게는 꽤나 알찬 시간이었다. 쉽사리 끝나지 않았으면 싶은, 그런 시간이었다.

하지만 인간의 삶은 유한하고, 메이저의 것은 20분을 넘기지 못했다. 민구는 새 담배를 입에 물고, 피투성이 시체를 무표정하게 내려다보았다.

"라이터가……"

민구는 아직 굳지 않은 메이저의 시체를 뒤져서 라이터를 찾기 시작했다.

뭔 놈의 주머니가 이렇게 많은지……. 피가 흥건하게 젖은 주머니를 뒤적거리면서 민구는 어느 주머니에 들어 있는지 정도는 미리 물어볼 걸 그랬다는 후회를 했다.

놈은 끝내 고집을 피우며 어떤 방법으로 죽고 싶은지 고르지 않았다. 나중에는 마음을 바꿔 먹었는지도 모르지만, 그땐 이미 선택을 표현할 수 있는 수단이 없었다.

그래서 민구는 임의로 3번을 골라 줬다. 가장 창의적이면서도, 길고 생생하게 고통을 느낄 수 있는 방법.

"찾았다."

마침내 상의 오른쪽에서 지포 라이터를 찾아낸 민구는 뚜껑을 열고 불을 켰다.

찰칵—!

특유의 기름 냄새가 담배 연기와 함께 섞여 코로 들어온다. 민구는 만족스러운 표정으로 길게 연기를 내뿜었다. 달달하다. 이 복수처럼.

개인적으로 가장 흥겨웠던 부분은 육체에 고통을 가하던 게 아니다. 실컷 놀 만큼 놀고 나서 놈의 손에 들려 있던 마세티를 빼앗아 오른손으로 세차게 휘둘렀을 때, 놈의 얼굴에서 느껴지던 그 당혹감! 그 어리석은 배신감!

그게 가장 좋았다. 그다음부터는 그저 기계적인 과정이었다.

"젠장, 손을 닦을 데가 없네……."

온통 시뻘겋게 물든 두 손을 닦아 보려고 메이저의 옷을 살펴보던 민구는 포기하고 벽의 개수대로 걸어갔다. 아직 물이 나온다는 건 정신을 잃었던 녀석을 몇 차례나 깨울 때 이미 확인했다.

쏴아아아아—.

두 손을 대강 비벼 닦은 민구는 라이터 표면의 피도 함께 닦았다. 테라에게 약속을 지킨 것만으로도 충분히 만족스러웠는데…… 거기에 더해 반가운 얼굴에, 신나는 놀이에, 기념품까지……. 상쾌한 콧노래가 담배 연기와 함께 저절로 흘러나온다. 이제 아주 개운한 기분으로 테라의 얼굴을 볼 수 있을 것 같다.

# 03

"끄으으윽!"

오 박사는 비명을 지르며 눈을 떴다.

"우우웁! 웁!"

의식이 돌아오자마자 견딜 수 없는 욕지기가 인다. 가슴이 토사물로 꽉 막혀 있다.

"아아아악! 아윽!"

토하기 위해 급하게 몸을 일으키려던 오 박사는 다시 얼굴을 찌푸리며 쓰러졌다.

심장이…… 심장이…… 견딜 수 없이 아프다. 누군가 커다란 손으로 꽉 움켜쥔 채 즙을 짜내려고 하는 것 같다.

"우욱! 우우욱!"

그러는 동안에도 계속 토사물은 치솟아 올라온다. 오 박사는 자신이 토한 위액에 익사하지 않으려고 필사적으로 발버둥을 쳤다. 그러다가 또다시 가슴을 잡고 뒹굴며 비명을 질렀다.

"커헉! 커헉!"

거친 숨을 내뱉던 오 박사는 고통을 참기 위해 자신의 주먹을 꽉 깨물었다. 아니, 깨물려 했다. 하지만 그가 들어 올린 왼손에는 더 이상 주먹 같은 게 달려 있지 않았다.

순식간에 밀려오는 절망감! 그리고 상실감!

너무도 분해서 견딜 수가 없다.

"으으으으! 으윽!"

뒤늦게 기억이 되살아난 오 박사는 오열하며 오른 주먹을 꽉 물었다. 이내 살갗이 찢기고 피가 배어 나온다. 하지만 심장의 통증은 조금도 줄어들지 않았다.

그리고 거기에 더해 머리가 터질 것처럼 아파 온다.

"우우욱!"

또다시 밀려오는 욕지기.

오 박사의 얼굴은 새빨갛게 달아올랐다.

이 고통은!

정말로 말로 표현하기조차 힘들다. D.E.M을 다리에 찔렀어야 했는데! 너무 다급해서 아무 생각이 없었다. 하필 가장 고통스러운 심장 주변에!

"아으으으으!"

진저리를 치다가 잘려 나간 팔뼈의 단면이 리프트 바닥과 닿자, 그것이 고통스러워 오 박사는 또다시 울부짖었다.

그의 심장이 불규칙하게나마 활동을 개시한 것과 동시에 잘려 나간 혈관에서는 또 피가 찍— 찍— 뿜어져 나온다.

"까으으윽! 으윽~!"

오 박사는 이를 갈며 울었다. 16층의 넓은 세균 배양실 전체에 걸쳐 그의 울음소리만이 커다랗게 울려 댔다.

"꺼으으으윽! 으으윽!"

심장과 머리가 동시에 쪼개지는 듯한 고통 속에서 얼마를 울부짖었는지 모르겠다. 너무 처절하게 비명을 질러 댄 탓에 목소리는 갈라졌고, 목구멍에서는 비릿한 피 맛이 난다.

쿠당탕—!

그는 요란한 쇳소리와 함께 리프트에서 벗어나 아래쪽 바닥으로 굴러떨어졌다. 잘린 왼팔을 보호하기 위하여 몸을 굴린다는 것이, 그만 정면으로 코를 찧었다. 차가운 대리석 바닥에 그의 뜨거운 피가 또 왈칵 쏟아져 내렸다.

"쿨럭! 쿨럭! 컥!"

오 박사는 마른기침을 하며 엎어졌다. 기침을 하며 흔들릴 때마다 머리는 지끈거리고 가슴이 터지는 것 같다. 바짝 말라 있는 목이 물을 갈구하는데, 코에서는 피가 줄줄 흐른다.

"끄으으! 끄으으!"

오 박사는 눈물을 글썽거리며 바닥을 짚었다. 비정상적일 정도로 더딘 회복.

도대체 얼마나 오랫동안 심장이 정지된 상태였던 걸까?

모든 것이 불분명하다. 시계가…… 그 괴물 좀비가 뜯어낸 왼 팔목과 함께 사라져 버렸기 때문에 지금이 몇 시인지도 도통 가늠되지 않았다.

"베티……젤!"

피가 뿜어져 나오는 왼 팔꿈치를 멍하니 보고 있던 오 박사는 그제야 지혈제가 기억이 났다. 그는 리프트에 매달린 채 손을 더듬거려 스테인리스판에서 지혈제를 찾았다.

"헉! 흐으윽! 끄으으!"

겨우 베티젤 튜브를 집는 데 성공한 오 박사는 신음을 삼키며 베티젤의 뚜껑을 입으로 열었다. 그러고는 주사기 형태의 튜브 입구를 상처에 가져다 댔다.

"으윽!"

뜻대로 움직이지 않고 덜덜 떨리는 손 때문에 튜브가 상처에 닿을 때마다 그의 입에서는 고통스러운 숨소리와 울음소리가 터져 나왔다. 신경이 고스란히 드러나 있는 상처는 지옥처럼 끔찍한 고통을 그에게 던져 주었다.

그는 이를 악물어 가며 튜브 한 통을 전부 다 잘린 팔꿈치 주변에 짜 넣었다. 순식간에 피가 굳기 시작하고…… 그로부터 10여 초 후, 콸콸 솟던 피가 멎었다.

피잉―.

머리를 때리고 지나가는 어지러움!

오 박사는 순간 중심을 잃고 바닥에 쓰러졌다. 피를…… 너무 많이 흘렸다. 목이 마르고 어지러워 미칠 것만 같다.

"무~울! 허억~ 허억! 물!"

그는 사력을 다해 기었다. 물이 어디 있는지는 알고 있다. 세균 배양실 외부의 소독실 세면대. 거기까지만 가면…….

그러나 한쪽 팔과 무릎만으로 기어가는 그에게 실험실은 엄청나게 넓은 공간이었고, 그러는 동안 고통과 갈증은 끝없이 그를 괴롭혔다.

슈우욱― 슈우욱―.

세균 배양실 안쪽, 세균이 주입된 좀비들을 가둬 놓은 공간에서는 이따금 한 번씩, 공기가 순환되는 소리가 들려온다.

연구원들과 함께 있을 때에는 아무런 감흥도 없던 일상적인 소리였지만, 전에 없이 무력해진 그에게는 왠지 무시무시하게만 느껴져서 오 박사는 몇 번이나 흠칫 놀라며 뒤를 돌아보았다. 물론 아무것도 움직이지 않는다.

오 박사는 몇 개의 실험대를 지나 멸균실에까지 도착했다. 그는 팔을 뻗어 열림 버튼을 눌렀다.

치유우우욱―!

겨우 멸균실 안으로 기어 들어가자 혹시 옷에 묻어 있을지 모르는 세균을 날리기 위해서 사방에서 강력한 공기가 분사된다. 베이고 잘린 상처에 뿜어져 나오는 바람이 닿아 벌어질 때마다 오 박사는 절규하며 바닥을 데굴데굴 굴렀다.

길고 긴 시간 동안 겨우 방 두 개를 가로질러서 소독실에 도착했을 때, 오 박사의 몸은 불덩이처럼 뜨겁게 끓어올랐다. 열 때문에 모든 것이 뿌옇게 보인다.

"이이익! 으윽!"

그는 팔을 뻗어 세면대를 짚고 어떻게든 몸을 일으켜 보려 애를 썼다. 개에게 물어뜯긴 발목으로 땅을 짚었다. 뼈가 잘린 쪽보다는, 인대가 끊긴 쪽의 고통이 그나마 더 견딜 만하다.

몇 차례나 바닥을 뒹군 끝에 그는 겨우 세면대에 기대설 수 있었다. 천장의 Led 불빛이 빙글빙글 돈다.

쏴아아아아―.

자동 센서가 달린 수도꼭지에 손바닥을 가져다 대자 물이 콸콸, 쏟아져 나온다. 오 박사는 손바닥에 물을 받아 입으로 가져갔다.

비릿한 피 맛이 입 안 가득 번진다. 코에서 쏟아져 내린 피와 그 자신이 입술을 깨물 때 찢긴 입술, 그리고 몇 차례나 얼굴로 바닥을 찧을 때 부러진 이 때문이다.

하지만 그런 상황에서도 한 모금의 물은 그의 감각을 다시 깨워 낼 만큼 달콤했다. 오 박사는 몇 차례나 더 물을 받아 마시고, 눈 주변에도 끼얹었다.

따끔한 통증과 함께 조금씩 제정신이 돌아온다. 그리고 자신이 무엇을 잃어버렸는지도 깨닫게 되었다.

"내 노트북!"

오 박사는 눈을 크게 뜨며 비어 있는 자신의 손을 보고 울부짖었다. 식사실에서 나올 때 소중하게 껴안고 있었던 노트북!

사람들을 뜯어 먹는 좀비들 사이에서 혼자 다른 차원인 것처럼 서 있는 테라를 찍은, 그 동영상이 든 노트북이 없어졌다. 게다가 언제 어디에서 잊어버렸는지도 기억이 전혀 없다.

그 계단에서 개에게 쫓길 때였나? 아니면…… 12층의 그 괴물에게 쫓길 때 새도 실드 조장과 부딪치면서 떨어뜨린 걸까…….

모르겠다. 그때의 일들은 아무것도 구체적으로 기억이 나지 않는다. 그저 두렵고 다급하던 감정들만이 아픔의 날카로운 감각과 함께 마구 뒤엉킨 채 남아 있다.

"이런 씨발…… 이게 뭐야……. 이래서야 이게…… 내가 놀라운 면역자를 찾아냈다는 증거가 하나도 없잖아……."

오 박사는 땀과 피가 점철된 머리카락을 쥐어뜯으며 중얼거렸다. 비록 만신창이가 되어 버렸지만, 그는 아직도 자신이 이 위기를 극복해 내고 다시 연구 조직의 정점에 오를 것이라는 희망을 버리지 않고 있었다.

메이저가…… 분명히 지금 이 순간에도 병력을 끌고 자신을 찾아 건물 내부를 헤매고 있을 것이다. 그러니 그가 이 부근을 지날 때, 도움을 청하면 된다. 그와 함께 테라, 그 망할 년을 되찾아 와서 아주 단단히 버릇을 고쳐 줘야겠다.

만에 하나 메이저에게 무슨 일이 있더라도 약으로 며칠만 버텨 내면 파멸의 마녀 년이 보낸 샘플 수집용 헬기가 도착할 것이다. 그때, 자신의 가치를 높이기 위해 테라는 반드시 필요한 존재다. 하다못해 그녀의 증거물이라도…….

좀비들에게 보이지 않는 면역자.

얼마나 매혹적인가.

"그래…… 혈액 샘플……. 그년 피를 뽑아 놓은 게 있었지."

잠시 벽에 기대 숨을 헐떡이고 있던 오 박사가 고개를 끄덕인다. 테라의 동영상을 찍기 전에 그녀의 혈액을 채취해 보관해 뒀다는 데 기억이 미쳤다.

오 박사는 비틀거리며 소독실 벽에 걸려 있는 내선 전화를 향해 다시 기어가기 시작했다.

"끄으으응!"

오 박사는 떨리는 손으로 버튼을 눌러 비서실을 연결했다. 한 층 아래에 있는 자신의 연구실 바로 옆방이다. 혈액 보존실로 보내 놓은 피를 가지고 올라와서 자신을 부축해 내려가자고 할 참이었다.

뚜루루룩— 뚜루루룩—.

단조로운 연결음은 신호가 정상적으로 가고 있다는 걸 알린다. 하지만 아무리 기다려도 전화를 받지 않았다.

"후우우~."

한숨을 내쉬며 성질을 삭이고, 이번에는 연구원들의 대기실을 호출했다. 하지만 역시 전화벨만 계속해서 울려 댈 뿐이다.

"뭐 하는 거야, 개새끼들이!"

오 박사는 이를 악물며 소리쳤다. 이 커다란 건물에 자신 혼자만 남겨진 것은 아닌가 하는 공포가 의식 저 너머에서 스멀스멀 피어난다. 두려움이 커지자 왠지 고통도 더욱 강렬해졌다. 뜯겨 나간 팔과 자신이 전기톱으로 끊은 다리가 욱신거려 견딜 수가 없다.

"이이익! 이익! 씨발! 씨발!"

몇 차례나 전화를 돌리는 동안 계속해서 통화 연결음만 들어야 했던 오 박사는 마침내 성질을 못 이기고 수화기를 바닥에 내동댕이치며 욕설을 내뱉었다.

이해가 가지 않는다. 대태양 그룹의 권위와 최신의 철통같은 보안 시스템, 그리고 메이저가 이끄는 수십 명의 섀도 실드 대원들이 전부 다 일시에 무력화되었단 말인가.

그건 말이 안 된다. 압도적인 병력의 군대라도 끌고 왔다면 모를까…….

하지만 오 박사는 분명히 보았다. 좀비들이 우글대는 주차장에 군대의 흔적은 없었다. 그들이 타고 왔을 법한 장갑 차량도 없었고, 대규모의 병력이 이동하는 것도 보지 못했다. 그럼 대체 뭐란 말인가…….

"으윽!"

또다시 쑤셔 오는 팔꿈치의 통증에 오 박사는 온몸을 비틀어 가며 부들부들 떨었다. 생으로…… 팔을 뜯어내고 그 이후로 계속 얼마를 버텼던가. 이건 정말이지, 지독한 고문이다. 진통제 생각이 너무도 간절하다. 모르핀이든 코데인이든, 아무거나 강력한 마약성 진통제로 일단 이 아픔을 달래야만 살 수 있을 것 같다.

"하아아! 하아아!"

한 번의 지독한 고통이 격랑처럼 지나가고 난 뒤, 오 박사는 의료실을 생각해 냈다. 어제 메이저가 수술을 받고 입원해 있던 곳. 거기에는 항상 경비를 보는 섀도 실드 대원들이 둘 있다. 의료진에게 연락을 해서 그들과 함께 내려오라고 하면 된다.

뚜르르르륵— 뚜르르르륵— 철컥!

단 두 번의 통화 연결음 만에 수화기가 들리는 소리가 났다. 오 박사의 얼굴에 짧은 희열이 스쳐 간다.

마침내! 마침내 누군가와 연결이 되었다.

"여…… 여보세요?"

얼빠진 목소리가 전화기 너머에서 들려온다.

"나다!"

오 박사는 다짜고짜 말했다. 하지만 상대는 그의 목소리를 알아듣지 못한다.

"네? 누구······."

"야, 이 개새끼야! 태양 본사에서 일한다는 새끼가 내 목소리도 몰라? 오 박사다! 이 등신 새끼야!"

그동안 쌓여 왔던 분노가 엉뚱한 상대에게 폭발했다. 오 박사는 씩씩거리며 전화기 너머의 목소리를 향해 욕설을 퍼부었다.

"아······ 예, 아, 아니······ 그게······ 목소리가 완전히 달라지셔서······."

상대가 쭈뼛거리며 변명을 한다. 오 박사도 그의 말을 듣고 나서야 자신이 지금 어떤 목소리를 내고 있는지 새삼 깨달았다. 쇳물을 마신 것처럼 완전히 갈라지고 쉰 목소리.

"큼, 큼······ 수석의 바꿔."

오 박사는 몇 번의 헛기침으로 목소리를 가다듬은 후 명령했다. 상대는 여전히 떨리는 목소리로 대답했다.

"안 계십니다. 지금······ 여기 남아 있는 의사는······ 저 하나뿐입니다. 다들 도망 나갔는데······."

"뭐어? 도망을 쳐? 왜?"

"아니······ 그게······ 복도에 좀비들이 돌아다니는데, 진압 병력이 아무도 출동을 하지 않으니까 불안해서······."

오 박사는 어금니를 빠득, 갈았다.

18층까지 좀비가······ 이런 젠장······.

하지만 그는 아직 희망을 버리지 않았다.

"알았어. 그럼 너라도 간호사들 데리고 빨리 내려와. 입구 경비 대원들이랑 같이, 들것 챙겨서. 나 지금 16층이다. 세균 배양실이야."

"경비 대원들도 없어요······. 아까 쟤도 실드 대원들이 총 맞은 사람들을 잔뜩 데리고 와서는 경비 보던 사람들을 싹 다 데리고 갔어요······."

"뭐? 후우우~ 좋아. 알았으니까 부상자들한테 모르핀 놔주고 총 쥐여 줘서 끌고 와. 어디를 얼마나 다쳤는지 모르지만, 총 정도는 잡을 수 있을 거 아니야."

"……다리가 날아간 사람들인데요? 그리고 그마저도 지금쯤은 다들 좀비들한테…… 억! 어흐~! 어우, 놀라! 어흑!"

뭐라고 주절주절 떠들어 대던 상대가 갑자기 비명을 지른다. 수화기를 통해 아주 작게 철문이 울리는 소리가 나고, 여자들이 울부짖는 게 들려왔다. 상황이 대강 어떤지는 오 박사도 짐작이 갔다.

좀비들에게 둘러싸인 의료실…… 아마 이놈은 환자들까지 다 포기하고 사무실 문을 잠근 채 숨어 있는 모양이다.

오 박사는 한숨을 내쉬고 수화기를 내려놓았다. 이제 다 됐다. 의료실로부터는 아무런 지원도 기대할 수 없다.

오 박사는 눈을 질끈 감았다. 상황을 알아 갈수록 절망적이라는 것만 확실해진다. 어지럽다.

"뭐지? 이제 다 끝난 거라고? 방법이 없다고?"

자신의 입으로 뱉은 말이지만, 도저히 믿기지가 않는다. 바로 오늘 아침에…… 그는 테라를 생포했고, 세상을 다 가진 것처럼 들떠서 이 건물로 돌아왔었다.

그런데 불과 몇 시간 만에…… 손발이 잘린 채 죽음이 다가오기만을 기다리고 있다. 이렇게 순식간에 몰락한다는 걸…… 그는 도저히 받아들이기 어려웠다. 허망하고…… 분하다. 대체 어디서부터 잘못된 걸까?

"이대로는 못 죽지……. 내가 죽을 거면, 다른 것들도 모두 죽여 버리겠어. 아무렴."

한참 동안 생각에 잠겨 있던 오 박사는 혼잣말을 중얼거리며 고개를 끄덕였다. 그는 수많은 좀비들이 보존되어 있는 세균 배양실 쪽으로 고개를 돌렸다.

놈들의 몸속에는 아주 치명적인, 감염되었다는 것을 알기도 전에 이미 목숨을 잃게 되는 수많은 세균들이 주입되어 있다. 저 세균 좀비들을 몽땅 풀어 버릴 거다.

"크크크크!"

그는 발작적으로 웃었다. 풀려난 세균 좀비들이 밖으로 나가 서울을 지금보다 훨씬 더 끔찍한 죽음의 땅으로, 그 어떤 인간도 살 수 없는 불모의 땅으로 만들어 줄 생각을 하니, 죽음에 대한 분노나 공포도 한풀 꺾이는 것 같다.

하찮은 인간들이 괴로워하며 죽어 가는 걸 직접 목격하지 못하고 그 전에 자신이 먼저 죽어야 한다는 것만이 아쉬울 뿐이다.

"어!"

퀭한 눈으로 바닥을 응시하며 실실대고 있던 오 박사가 깜짝 놀라 문 쪽으로 시선을 돌렸다.

방금…… 흰 가운을 입은 연구원이 유리문 앞을 지났다. 곁눈으로 스친 것이지만, 분명히 봤다.

"이봐! 이봐! 야! 여기!"

오 박사는 황급하게 기어가며 소리를 질렀다. 아직, 아직 희망이 있다. 어쩌면 마지막 희망일지도 모른다.

"끄으으으! 으윽! 여기라고! 야!"

잘린 다리뼈가 울릴 때마다 쇳소리로 울부짖으면서도 오 박사는 기어가는 속도를 높였다.

그의 정성이 닿은 것일까, 조금 전 지나친 연구원이 다시 돌아온다.

"헉!"

연구원과 눈이 마주친 오 박사가 일순 얼어붙었다.

피 묻은 주둥이, 뜯겨 나간 피부, 그리고 흰 막이 덮인 눈동자…… 연구원의 가운 앞쪽은 온통 붉은 피로 덮여 있다.

그롸아아아아—.

연구원 좀비가 유리문을 들이받으며 포효한다.

"허억! 허어억!"

오 박사는 숨을 헐떡이며 뒤돌아 기었다.

쿵— 쿵—!

등 뒤에서 계속 유리문이 울려 댄다. 그리고…… 연구원 좀비의 포효는 이 층에서 배회하고 있던 더욱 많은 좀비들을 불러들였다.

둘…… 셋…… 다섯…… 일곱…… 모여든 좀비들의 수는 순식간에 열 마리를 넘어섰다.

텅— 텅—!

소독실 상단의 긴 유리창을 좀비들이 두들기기 시작했다. 그놈들이 일제히 몰려와 그 난리를 치는 동안 오 박사는 겨우 소독실의 절반까지밖에 기어가지 못했다.

마음은 다급하고 호흡은 가빠지는데, 손에는 기운이 빠지고 머리는 빙글빙글 돈다.

"닥쳐! 이 개새끼들아! 닥치라고!"

오 박사는 욕설을 내뱉으며 울부짖었다. 그러고는 필사적으로 앞을 향해 기었다. 그 너머에 있는 세균 배양실! 그곳까지는 무슨 일이 있어도 갈 거다! 그리고 인생의 마지막 과업으로 서울에, 어쩌면 대한민국 전체에 사형선고를 내릴 것이다.

쩌적!

유리창에 금이 가고, 균열이 생기는 소리가 여기저기에서 울려온다. 오 박사의 눈에 눈물이 고인다.

이대로…… 이대로 죽을 수는 없다. 어떻게든 저 세균 배양실까지는…….

그롸아아아아—.

창가의 좀비들이 유리창을 뚫고 손과 머리를 집어넣기 시작했다. 유리창이라는 차단제가 사라진 뒤 들려오는 좀비들의 포효는 몇 배나 더 끔찍했다.

우당탕— 콰장창!

창문을 넘은 좀비들이 스테인리스 테이블을 엎으며 나뒹군다. 뒤를 돌아보고 있지 않은데도 소리만으로 모든 상황이 선명하게 눈앞에 그려진다.

"안 돼에에! 안 돼! 제발!"

오 박사는 눈물과 콧물로 범벅이 된 얼굴을 잔뜩 찡그리며 울부짖었다. 이제 멸균실은 바로 코앞이다. 저 안으로 들어가기만 하면…… 그러면 좀비들이 문을 부수는 동안 그는 세균 배양실에 도착할 수 있다.

"끄으으으! 끄으으!"

가까스로 멸균실 문 앞에 도착한 오 박사는 자신의 아이디 카드를 빼서 스캐너에 가져다 댔다.

삐익—.

그의 신분이 확인되고, 문이 열린다. 그때!

그롸아아아—.

발목을 움켜쥐고 흔드는 좀비. 놈이 손에 힘을 준 채 잡아챌 때마다 잘린 다리뼈로부터 뇌를 향해 견디기 어려운 고통이 쏘아졌다.

"으아아악! 아아악!"

오 박사는 사람의 것처럼 들리지 않는 날카로운 비명을 지르며 몸서리를 쳤다. 울부짖고 있는 그의 입 안으로 좀비의 손가락이 쑥 들어온다.

"어걱! 억! 걱!"

당황한 오 박사가 채 반응을 하기도 전에 좀비는 사정없이 그의 입술과 아래턱을 잡아당겼다.

찌지직—.

입술이 뜯기고 턱뼈가 아래로 빠진다. 찢어진 입술부터 시작해서 얼굴의 가죽이 조금씩 옆으로 뜯겨 나갔다.

"거거걱! 거걱! 으윽!"

입 안에 들어와 있는 좀비의 손가락 때문에 오 박사는 비명조차 제대로 지를 수 없었다.

까드득—.

또 다른 좀비가 뜯겨 나간 그의 팔꿈치 뼈를 물어뜯기 시작했다. 신경이 뜯길 때마다 오 박사는 감전된 사람처럼 온몸을 떨었다. 그러는 동안에도 그의 얼굴

가죽은 점점 더 넓게 사선으로 찢기고 있다.

뿌득!

좀비에게 잡힌 발목의 반쯤 잘렸던 뼈가 마침내 동강이 났다. 오 박사의 눈동자는 실핏줄이 터져 온통 빨갛게 변했다.

우둑! 뜨드드드득!

그의 사지 중에 마지막으로 멀쩡하게 남아 있던 오른팔에서 끔찍한 소리가 난다. 머리 위로 당겨져 한계치 이상 돌아간 어깨의 인대가 끊어지고 뼈가 부러진 것이다.

"끄가가각! 끄그극! 끄으윽!"

온몸에서 전해져 오는 극한의 고통에 오 박사의 찢긴 입에서는 피인지, 침인지도 모를 것들이 줄줄 흘러내린다. 자살이라도 하고 싶다. 혀를 깨물어서라도…… 아니, 바닥에 머리를 찧어서라도…….

하지만 입 안에 들어와 있는 좀비의 손가락은 그것마저도 허락해 주지 않았다.

뚜두둑! 빠각!

마침내 그의 오른 어깨는 180도 이상 돌아가 버렸다. 오 박사의 눈에서는 피눈물이 뚝뚝 떨어진다.

푸걱!

또 다른 좀비가 무지막지하게 내지른 손가락이 그의 왼쪽 눈을 꿰뚫는다.

덜그럭, 덜그럭.

안구를 터뜨리고 안와 내부로 들어와 있는 좀비의 엄지손가락이 비어 있는 공간을 마구 휘저을 때마다 그 소리가 뼈를 울리며 들리는 것 같다. 그런데도 오 박사는 신기하게…… 아직 살아 있다.

까드득! 찌지직!

여기저기의 살이 뜯겨 나가고 그의 몸은 이리저리 마구 흔들렸다. 고통에 지친 그의 몸에서 서서히 힘이 빠져나간다. 이제 이보다 더 아플 수는 없을 거라는 생각이 든 순간!

"커걱! 커거걱! 칵! 극! 그극!"

여러 마리 좀비들에게 깔린 오 박사가 마지막 남은 힘을 다해 격렬하게 몸을 흔든다. 너무도 묵직한 고통에 뇌와는 무관하게 온몸의 근육이 저항을 하는 것이다. 그의 사타구니를…… 뒤에서 달려든 좀비의 무릎이 꽉 누르고 있다.

빠드득! 뜨득!

다리가 관절의 반대 방향으로 벌려진 채 돌아간다. 그러는 동안 사타구니의 고통은 점점 더 커졌다.

콰장창!

이미 달라붙어 있는 좀비가 몇 마리인지도 모르겠는데, 뒤쪽에서 또 유리창을 넘어 떨어지는 좀비들이 있다.

찌지직!

두 마리 좀비에 의해 양방향으로 당겨지던 그의 얼굴 가죽이 더 버티지 못하고 위쪽으로 쫘악, 뜯겨 나간다. 그러다 갑자기 두 그룹의 좀비들이 그의 몸을 가지고 줄다리기를 시작했다.

상체에 달라붙은 놈들은 그의 덜렁거리는 팔과 잘린 팔꿈치, 그리고 안와를 붙잡은 채 당겼다. 하체 쪽의 놈들은 그의 두 다리에 매달려 체중을 실었다.

"우구루루룩! 그르르륵!"

아래턱이 빠져 버린 오 박사의 입에서 피와 함께 마지막 신음이 터져 나온다. 팽팽하게 양방향으로 당겨진 그의 배에 견딜 수 없는 통증이 퍼부어진다.

뚝—!

허리뼈가 당기는 힘을 이기지 못해 빠져 버렸다. 그 순간 이후, 하체의 고통은 더 이상 느껴지지 않았다.

찌지지지직— 찌지직—.

그의 몸이 반으로 찢겨 나가기 시작했다. 오른쪽 옆구리에서부터 피가 배어 나온다.

까드득! 우두둑!

그러는 동안에도 몇몇 좀비들은 열심히 그의 살을 잘라 내고 있다. 목덜미에서는 이미 조금 전부터 피의 분수가 치솟아 오른다.

빠득!

겨우 뼈만 남아 있던 그의 목이 완전히 뜯겨 나갔다. 오 박사의 눈구멍에 엄지손가락을 꽂은 채 열심히 잡아당기고 있던 좀비가 멍한 표정으로 돌아간다.

피싯— 피시싯—.

머리를 잃은 그의 목에서는 핏줄기가 쭉쭉 뿜어졌다.

그르르르르—.

좀비들이 오 박사의 몸에서 흥미를 잃고 입을 뗀다. 그들은 다시 멍한 얼굴로 배회하기 시작했다. 그리고 놈들 중 한 마리의 오른손 엄지에는 아직도 오 박사의 머리가 끼워진 채 걸려 있다. 놈이 걸으며 팔을 휘저을 때마다 오 박사의 머리도 함께 덜렁대며 따라 움직인다.

오 박사의 마지막 얼굴은 고통스럽게…… 그가 목숨을 앗았던 그 어떤 희생자의 표정보다도 훨씬 더한 공포와 고통으로 일그러져 있었다.

# 04

"그 아저씨는 담배 한 대 피우고 온대……. 안녕!"

태권 소녀가 민구의 말을 전하며 테라에게 첫인사를 건넸을 때, 테라는 믿기지 않는다는 표정으로 물었다.

"아…… 네, 감사합니다. 저기…… 그 아저씨라는 건……."

"아, 왜, 있잖아. 이름이 뭐였더라? 하여간 껄렁껄렁한 사람. 칼 잘 쓰고, 여기 이렇게 한 줄로…… 아, 뭐, 이 정도 설명했으면 알지? 금방 올 거니까 기다리면 돼."

태권 소녀가 자신의 얼굴에 민구의 흉터를 묘사하는 순간, 테라의 눈에는 또 눈물이 왈칵 고였다. 그녀가 세상에 남겼던, 마지막 간절한 소망이 이뤄진 것이다.

"하지만 어떻게······."

민구가 항체를 가지게 되었다는 것보다 더 놀라운 일은, 제니와 이 고마운 사람들이 민구를 만났다는 사실이다. 아무리 생각해 봐도 두 사람이 만날 일은 없을 것 같았는데······.

"그런 이야기는······ 나중에 천천히 해도 돼. 이제 앞으로 시간은 얼마든지 있으니까······."

그렇게 말하며 테라의 얼굴에서 눈물을 닦아 주던 제니가 또 울음을 터뜨렸다. 이 순간이 너무도 꿈같아서, 너무나 소중해서 자꾸만 눈물이 난다.

꿈속에서 이미 수없이 만났지만, 이만큼 기쁘지 않았었다. 이렇게 미안하지도 않았었다. 피가 배어 나온 테라의 왼쪽 손목 붕대만 봐도 마음이 아프다. 그 겁 많은 아이가 지금까지 얼마나 무섭고 힘이 들었을까.

흐느끼며 꼭 끌어안고 서로를 달래는 미소녀들······. 진우는 멍하니 그녀들을 바라보았다. 아름답다. 눈물에 촉촉하게 젖어 있는 긴 속눈썹이, 저 희고 부드러운 볼을 타고 흐르는 눈물이, 계속 울어 대느라 부어 있는 입술이······.

'······원래 내 꿈속에서는 얘들이 나를 끌어안고 키스를 막 퍼부었는데······.'

진우는 하이바를 벗었다. 땀으로 흠뻑 젖은 하이바 안쪽의 사진을 잠시 물끄러미 바라보던 진우는 다시 눈앞의 실제 핑크 펀치에게 시선을 돌렸다.

친구들과 다시 만나기 전까지 얼마나 많은 강원도의 춥고 외로운 밤을 그녀들과 만나는 망상의 힘으로 견뎌 내었던가······. 하이바 속에 붙여 둔 사진이 닳을 때까지 얼마나 가만히 손으로 쓸어 봤던가······.

그런데 그 모든 상상보다 더 아름다운 실체가 지금 그의 눈앞에 있다.

'나······ 한 번만 둘 다 꼭 끌어안아 보고 싶은데······. 내 꿈속에서처럼······ 생명의 은인이라고 부르면서 안겨 주면 얼마나 좋을까······. 아, 이런 말 입 밖으로

꺼내면 추잡하다는 소리 듣겠지?'

진우는 생각했다. 분명히 머릿속으로.

"흐윽…… 아뇨, 하나도 안 추잡해요. 이리 와요, 생명의 은인 오빠."

그런데…… 제니가 눈물을 훔치며 팔을 벌려 진우에게 손짓을 한다. 테라도 고개를 끄덕이며 미소를 지었다. 진우는 얼굴이 빨갛게 달아올라서 물었다.

"서, 서, 설마…… 내가 또?"

내가 또 혼자서만 생각한답시고 입 밖으로 소리 내서 중얼거린 건가?

친구들 모두가 어처구니없다는 표정으로 고개를 끄덕인다.

"으아…….''

진우는 얼굴을 감싸 쥐었다. 미친 듯이 창피하다.

세상에…… 혼자 있을 때 중얼거리던 버릇이 하필이면 지금 이 순간 부활할 줄이야. 그만큼 얼이 빠져 있었나 보다.

둘 다 꼭 안아 보고 싶다는 말까지는 할 수 있다. 그건 그렇게 부끄러운 말도 아니다. 친구끼리 허그라고 둘러대면 되니까.

그런데…… 생명의 은인이니까 한 번쯤은 안아 볼 수 있지 않느냐는 말까지 나와 버렸다니! 이건 진짜 쿨하지 못한 개망신이다.

"어휴…….''

얼굴을 쓸어내린 진우는 하이바를 들고 제니와 테라에게 다가갔다. 망신은 이미 당했으니, 늘 꿈꿔 왔던 소원을 이룰 순간이다. 두 팔을 활짝 벌리려는 진우를 보안관이 막았다.

"아니, 이건 좀 보기 이상해. 한 사람씩 이렇게…… 자축하는 의미로 서로 포옹을 하는 것까지는 그런대로 이해가 가겠는데…… 두 명을……."

"괜찮아! 나는 둘 다 좋아하니까!"

진우는 당당하게 외쳤다. 그러자 보안관은 자신이 덫에 걸렸다는 걸 알았다. 둘 다 좋아한다는 말 같은 거, 그 자신은 못 한다. 이제까지 제니만을 사랑한다고 수천, 수만 번을 말해 버린 주제에 그런 말은 입 밖에도 낼 수 없다.

"고마워요, 오빠. 정말로 고마워요."

제니가 진우를 먼저 와락 끌어안았다. 테라도 두 사람에게 몸을 겹쳐 끌어안고 울먹인다.

"네…… 저를 구해 주신 것도 정말 고맙고, 제니를 지켜 주신 것도 고마워요."

아아! 내 가슴과 팔에 핑크 펀치가 안겨 있다.

어찌나 작고 가녀린지 금방이라도 녹아 버릴 것 같은 그녀들의 어깨. 한동안 눈을 꼭 감고 있던 진우가 말했다.

"나도…… 나도 고마워. 너희들이 지켜 줘서…… 지금까지 싸울 수 있었어."

그리고 진우는 그녀들에게 자신의 하이바 안쪽을 보여 주었다. 나긋하게 해지고 닳아 버린 핑크 펀치의 사진. 이렇게 감사의 말을 직접 주인공들에게 할 수 있을 줄 몰랐다.

"어머."

제니와 테라가 동시에 입을 막으며 놀란다. 살짝 웃은 것도 같다. 진우는 벅차오르는 가슴을 진정시키며 말했다.

"고마워. 내가 혼자 잠들 때, 꿈속에서 나와 함께 있어 줘서…… 그리고 우리 분대원들이 마지막까지 아름다운 꿈을 꿀 수 있게 해 줘서."

분대원들이라는 말을 하는 순간, 진우의 눈에도 눈물이 고였다. 다들…… 지금 그가 누린 이런 순간을 꿈꾸며 죽어 갔다.

"아!"

진우의 솔직한 고백을 듣고 제니와 테라가 다시 그를 와락 안아 준다.

"왜 그 새끼만!"

질투심을 이기지 못한 보안관이 펄펄 뛰자 그때까지 느긋이 바라보고만 있던 삼식이가 녀석의 손을 잡고 진우와 핑크 펀치를 함께 끌어안았다.

"바보, 이렇게 서로 안아 주면 되지! 이제 계속 같이 살 건데!"

"야! 나는?"

태권 소녀도 지지 않고 보안관과 삼식이 사이를 파고들었다.

"아, 이게 지금 무슨……."

여섯 명이나 되는 사람이 서로 꼭 부둥켜안고 있는 이상한 모습을 보며 유빈이 중얼거렸다. 진우가 팔을 뻗어 녀석의 어깨를 확 당겼다. 그런 후, 제니가 뒤로 손을 뻗어 유빈이 달아나지 못하게 막았다. 이제 한데 뭉쳐 있는 사람은 일곱 명이 되었다.

"좁아! 이거 왜 해야 하는데!"

유빈이 투덜댔다. 하지만 아무도 떨어지려 하지 않았다. 이렇게 모두가 함께하고 싶어서 그 길고 잔혹한 싸움을 다 참아 왔다. 그러니 서로를 꼭 끌어안아 칭찬해 주고 싶다.

얼! 얼!

삼숙이가 진우의 엉덩이에 코를 댄다. 이 상황에 녹아들지 못한 것은 둘뿐이었다. 보안 요원과 애송이…… 두 놈은 이 갑작스러운 허그 열풍을 어떻게 대해야 할지 당황스러워 눈을 아래로 깐 채 숨을 죽이고 기다렸다.

그리고 잠시 후, 또 한 명의 남자가 그 묘한 연쇄 허그를 보고 당황했다.

"뭐야……."

손의 물기를 털어 내며 다가오던 민구는 흠칫하며 문 앞에 멈춰 섰다. 어린애들 일곱 명과 개 한 마리가 서로 허그를 하는 건지, 스크럼을 짜는 건지 모르겠는 자세로 한데 뭉쳐 있다.

"훗."

그 무리의 가운데에서 제니와 테라의 모습을 발견한 민구는 헛웃음을 지었다. 이제 앞으로 테라가 행복해질 수 있다는 걸 눈으로 확인한 기분이다. 이렇게 유난스러운 놈들이니 서로 사이좋게 아옹다옹하며 잘 지낼 것 같다.

"아!"

문가의 인기척을 느끼고 고개를 돌린 테라가 민구를 향해 반가운 미소를 지어 보인다. 민구는 눈으로만 그녀의 인사를 받았다. 그러고는 뒤로 물러나려 했다.

'아뇨, 가지 말아요.'

테라의 눈이 민구에게 말했다. 그녀는 스크럼 밖으로 팔을 빼서 민구에게 손을 내밀었다.

이리 오라고…… 부드럽게 손짓하는 그녀의 작은 손이 썰물처럼 민구의 마음을 끌어당긴다.

'그래, 이렇게 만났으니 한 번 정도는…….'

민구는 천천히 걸어가서 테라의 팔 안에 자신의 어깨를 넣었다.

생명의 은인…… 자신을 살리기 위해 피를 나누어 준 고마운 아이. 그리고 그 바로 옆은…… 뾰족 머리 고릴라…….

쿵ㅡ.

민구와 보안관의 머리끼리 부딪친다. 민구도 미간을 찌푸리며 버텼다. 이렇게까지 허그에 집착하고 싶은 마음은 없었는데, 이 고릴라 놈이 자리를 내주지 않으려 버티는 걸 보니 은근히 승부 근성이 불타오른다.

민구는 몇 번이나 밀려나면서도 계속 보안관의 옆자리로 집요하게 파고들었다.

네깟 놈한테 질까 보냐.

## 05

"자, 진정하고 물 좀 마시자. 뭐라도 좀 먹고. 우리 지금 너무 흥분해 있어."

치열하게 들떠 있는 포옹의 사슬을 끊은 것은 언제나처럼 분위기 브레이커, 유빈이었다. 유빈은 모두가 팔을 벌려 부둥켜안고 있는 무리에서 빠져나와 배낭의 지퍼를 열었다. 그러고는 물병을 꺼내 제니에게 주었다.

"너도 마시고, 테라랑 혜주도 줘."

"오빠 먼저 마시고 줘요."

제니가 물병을 되돌려 주려 하며 말했다. 유빈은 손사래를 친다.

"괜찮아. 나는 삼식이 배낭에 든 거 나눠 마시면 돼. 수돗물 마셔도 되고."

유빈은 배낭 앞주머니를 뒤적거려 사탕도 몇 알 꺼내 친구들과 나눴다. 민구에게도 세 개의 사탕이 돌아온다. 민구는 레몬 맛이 나는 사탕을 입 안에 넣고 돌리면서 신기하다고 생각했다.

이 녀석들의 배낭…… 요술 주머니도 아닌데 뭐가 자꾸 나온다. 아까 계단에서도 헤드 랜턴을 꺼내 쓰는 걸 봤다.

꿀꺽―.

유빈 일행들이 물을 돌려 마시고 사탕을 나눠 먹는 걸 보며 보안 요원과 애송이가 침을 삼켰다.

그들 역시 꽤나 오랜 시간 동안 물 한 모금 제대로 마시지 못하고 끌려다닌 탓에 입술이 바짝 말라 있다. 눈도 퀭하다. 물이야 사방에 널려 있어도, 그걸 마시러 갈 자유가 없다.

"자요, 아저씨. 많이 남지는 않았지만, 일단 이거라도 좀 마셔요."

늦은 순번으로 한 모금을 겨우 기울인 삼식이가 두 끄나풀에게 사탕 두 개와 물병을 넘긴다. 잠시 민구와 보안관의 눈치를 보던 보안 요원은 얼른 한 모금을 입에 머금고 병을 애송이에게 넘겼다.

애송이도 아주 맛있게 물을 마셨다. 보잘것없는 한 모금의 물과 사탕 한 알일지라도 에너지를 재충전하고 있노라니, 그동안 정말 힘들었다는 게 절실하게 느껴진다.

"이제 다른 사람들 구하는 문제만 남은 건가…….'

사탕 두 개를 입 안 가득 물고 빨아 먹으면서 유빈이 말했다. 지하 경비 본부에서 보았던 CCTV, 지하 주차장 두 개 층에 나뉘어 갇혀 있던 사람들. 그 수만 해도 몇천에 달할 정도로 많았다.

친구들 몇 명만으로 그들을 통솔해 무사히 탈출시킨다는 건 불가능하다. 그리고…… 그 이전에 먼저 확인하고 싶은 부분이 있다.

"전에 헬리콥터 타고 다니면서 잡아 왔던 사람들, 그 사람들도 지하에 가둬 뒀어요?"

유빈이 보안 요원에게 물었다. 예전에 잡혀간 태권 소녀의 일행들. 혹시 그중에 몇 명이라도 아직 생존해 있을지 모른다. 멍하니 사탕을 빨아 먹고 있던 보안 요원이 깜짝 놀라 커컥, 헛기침을 한다.

"아, 예? 누구요?"

보안 요원은 짐짓 모르는 척을 해 본다. 힘든 끄나풀 노릇도 다 끝났고 이제는 살려 주는가 싶었는데, 지금 이 시점에 예전에 잡혀 온 사람들 이야기를 꺼내면…….

그 사람들…… 이미 다 죽었다. 여기에서 좀비 밥이 되거나, 아니면 남부로 끌려가 거기에서 실험체로 사용되었거나. 하지만 여기에서 죽었다고 해 봐야 공연히 분노만 사게 될 것 같다.

"아, 그…… 예전에 잡아 온 사람들은…… 몇 명 안 남아 있습니다. 파멸의 마녀, 그년이 싹 다 데리고 가 버려서……."

보안 요원은 모든 책임을 파멸의 마녀에게 넘기기로 마음먹었다. 듣고 있던 보안관이 미간을 찌푸린다.

"파멸의 마녀? 그게 뭐야?"

"아…… 그거, 저희들끼리 부르는 별명입니다. 황 회장 큰딸…… 황 이사인지 뭔지…… 하여간 손대는 일마다 다 쫄딱 망한다고 해서."

"그 마녀라는 여자가 데리고 갔다고? 어디로?"

"막연히 남부라고는 하는데…… 저희 같은 말단은 잘 모릅니다. 아마 부산 지사나 울산이나…… 그쪽 아닐까요? 거기에 이 회사 공장도 많고 하니까."

보안 요원은 진실해 보이기 위해서 최선을 다했다. 그리고 사실 완전히 거짓말인 것도 아니다. 잡아 온 사람들 중에 어느 정도 비율은 마녀 년에게 조공으로 바쳐졌으니까.

이 거대한 건물만으로도 부족해서 어딘가에 또 더 큰 악의 무리가 존재한다는 사실에 유빈 일행은 잠시 말을 잇지 못했다.

남부…… 그들이 생각해 보지도 않았던 지역이다.

"……여기에서도 죽였어요. 제가 저 방에 끌려 들어간 뒤에도 저 우리 안에 갇혀 있던 사람들을 저 아래로 던져서……. 다들 엄청 야위어 있었어요."

테라가 식사실 구석의 철제 우리를 가리키며 말했다. 모두의 표정에 분노가 어리자 보안 요원은 움찔하며 한 걸음 뒤로 물러섰다.

"그 사람들 가둬 놓은 데로 갑시다."

유빈이 짐을 챙기며 말했다. 제니는 테라가 샌들을 신는 걸 도왔다. 보안 요원은 떨떠름한 표정으로 고개를 끄덕였다.

"바로 위층부터이긴 합니다만…… 보시면 속상할 텐데요. 책임자 새끼들이 진짜 비인간적으로 가둬 놔서……."

발가벗긴 채 음식도, 물도 주지 않고 짐승처럼 한 군데에 가둬 뒀다는 말을 하기가 무서워서 보안 요원은 말끝을 흐렸다.

만약 이놈들이 찾는 누군가가 그런 꼴로 남아 있어도 문제고, 이미 좀비 밥이 된 다음이라고 해도 문제다.

"너더러 책임지라고 하지 않을 테니까, 빨리 앞장이나 서라고. 시간 끌지 말고."

보안관이 녀석의 등을 떠민다. 그들은 긴 복도를 돌아 다시 C섹션의 계단으로 향했다.

"끄응!"

몇 걸음을 걷던 테라가 얼굴을 찌푸리며 고통스러운 신음을 삼킨다. 그녀의 손을 잡고 있던 제니가 걱정스레 물었다.

"발가락 때문에 그래?"

잘려 있는 발가락…… 피가 맺힌 상처를 볼 때마다 마음이 아프다. 테라는 애써 미소를 지으며 고개를 저었다.

"아니…… 아까 아래로 떨어졌을 때, 좀 삐끗한 거야. 발가락은 이제 익숙해."

"그럼 나한테 기대. 부축해 줄게."

제니가 어깨를 대 준다. 테라는 고집 피우지 않고 그녀의 부축을 받았다. 삼숙이도 반대편에서 자기 등을 짚으라는 듯 바짝 붙어 호위를 해 준다.

"잠시 대기."

계단 앞에 도착한 진우가 문에 귀를 대고 안쪽의 동향을 살폈다. 이 부근에 가까이 왔을 때부터 소름이 끼친 걸 보면, 아직도 계단 내에는 좀비들이 잔뜩 돌아다니는 것 같다.

그롸아아아―.

두꺼운 쇠문 너머에서 좀비들의 포효가 들려온다. 많다.

"먼저 끌어당겨서 문 근처에 있는 놈들 싹 다 정리한 다음에 내려가자. 계단 내려가서 둘러싸이면 골치 아프니까."

진우가 친구들을 돌아보며 작전을 설명했다. 모두가 고개를 끄덕인다. 만일에 대비해 보안관과 민구가 일행들을 막아서는 형태로 뒤쪽에 서고, 진우가 문과 정면으로 마주 보고 사격 자세를 취했다. 문을 여는 건 발이 제일 빠른 삼식이의 담당.

"아…… 이거, 영 허전하네. 들고 있는 게 너무 시원치 않아서……."

아까 복도의 좀비들을 막기 위해 해머를 던져 버렸던 보안관이 삼단봉을 휘둘러 보며 중얼거렸다. 단 한 방이면 확실하게 죽을 것 같던 해머와 달리, 이 무기는 영 믿음이 가지 않는다.

"연다!"

삼식이가 신호를 보냈다. 진우가 고개를 끄덕이는 걸 확인한 삼식이는 계단 문의 긴 손잡이를 누른 뒤에 있는 힘껏 밀어 치고 옆으로 돌아 나왔다.

콰당―.

문이 안쪽으로 확 밀려 들어가고 정점까지 열렸을 때!

그롸아아아― 그와아아아―.

접근해 있던 좀비들이 몰려 들어오기 시작한다. 계단을 뛰어오르는 놈들과 떨어져 내려오는 놈들이 한데 뒤엉켜 문 앞에서 대혼전이 벌어졌다.

투투둑— 투투투— 투투둑— 투두두—.

진우는 놈들이 복도 밖까지 빠져나오기를 기다렸다가 방아쇠를 당겼다. 계단 입구에 시체들을 쌓아서 발 디딜 틈도 없이 만들어 놓기는 싫다.

퍽— 파박— 팍—!

대가리가 터진 좀비들이 복도 바닥에 엎어지며 달려오던 속도를 이기지 못해 이리저리 미끄러진다. 제니는 혹시라도 테라가 너무 무서워하지 않을까 싶어 그녀의 어깨를 꼭 끌어안았다.

하지만 테라는 제니의 걱정과 달리 숨을 죽인 채 진우와 좀비의 싸움이 끝날 때까지 얌전히 기다렸다.

어깨가 덜덜 떨리기는 했지만 비명도 지르지 않고, 울음을 터뜨리지도 않았다. 테라 역시 거친 좀비 세상을 거쳐 오면서 꽤나 단련이 되었다는 걸, 제니는 새삼 깨달았다.

바퀴벌레만 봐도 그 자리에 꼼짝없이 얼어붙어 다급하게 도움을 요청하던, 그런 소녀는 이제 없다.

투투투— 투투투— 투투투—.

진우는 몰려드는 좀비들을 빠르고 효과적으로 모두 정리했다. 그의 K-2 탄창이 바닥나기까지 복도에는 스무 마리 가까운 좀비들의 시체가 쌓였다. 마세티 손잡이에 왼손을 얹어 대기하고 있던 민구가 나설 필요도 없었다.

"그런데…… 왜 이렇게 많지?"

좀비들을 모두 쓰러뜨린 뒤, 탄창을 갈아 끼우며 진우가 고개를 갸웃거린다.

다양한 모양의 좀비들이 섞여 있다. 죽은 지 며칠 되지 않은 것처럼 생생한 좀비와 흙먼지를 잔뜩 뒤집어쓴 채 닳아 빠진 넝마를 걸치고 있는 놈들, 그리고 오늘 물린 게 분명한 생생한 녀석들까지…….

이 건물 내의 어딘가에 보관해 두고 있던 좀비들과 주차장에서부터 올라온 놈들, 그리고 탈출하려다 그들에게 물린 직원들까지…… 온갖 종류의 좀비들이 한데 섞여 있다.

이곳으로 내려오며 이미 계단을 싹 정리했던 터라 이렇게 많은 놈들이 또 모여 있다는 게 이상했다. 게다가 아까 A섹션 계단 앞에서는 이보다 더 많은 좀비들에게 쫓겼었다.

"저놈들은 계단에서 물렸겠지. 사람들이 뛰어 내려오니까 좀비들도 쫓아왔을 거고."

보안관이 대수롭지 않게 대답했다. 그래도 진우의 의문은 해소되지 않았다.

"여기…… 8층이야. 건물이 크고 천장이 높으니까 실제 동네 조그만 건물로 따지면 10층 높이는 될 거야. 애초에 여기까지 올라온다는 게 이상해. 불이 난 건 밖의 주차장인데…… 우리 코스트코 옥상 정도의 높이에서 조용히 있어도 좀비들이 몰려오지는 않았잖아."

그건…… 확실히 이상한 일이었다. 몇 명쯤이 1층으로 도망가려다가 소수의 좀비들을 이끌고 계단을 어지럽힐 수는 있다. 하지만 이렇게 지속적으로 외부의 좀비들이 몰려오지는 않는다. 좀비들이라고 해서 천리안처럼 먼 곳에 숨은 사람들을 다 찾아내는 건 아니니까.

"이쪽입니다."

9층에 도착한 보안 요원이 계단 입구 왼쪽을 가리켰다. 건물의 중앙으로부터 L자로 꺾여 나와 꽤나 떨어져 있는 폐쇄적 위치였다.

심지어 조명도 들어오지 않아서 어둑어둑하고 긴 복도는 불길하게만 보인다.

"여깁니다……. 아마 이 층은 여자들 모아 둔 곳일 겁니다."

문 앞에 선 보안 요원이 땀을 뚝뚝 떨어뜨리며 말했다. 혹시 옛 동료들을 만날 수 있을지도 모른다는 생각에 태권 소녀가 다급하게 문을 열려고 하자 보안관이 그녀를 막았다.

"아니, 잠깐만. 문 뒤에 물러나 있어. 먼저 안전한지 확인하고."

보안관은 그렇게 말하며 애송이가 들고 있던 방패를 빼앗아 쥐었다. 비록 엉망으로 금이 가고 망가진 상태였지만, 누군가 안쪽에 숨어 있던 놈이 총을 쏜다면 그걸 한 번 막을 정도는 된다.

준비를 마친 보안관은 자신이 걸고 있던 아이디 카드를 스캐너에 가져다 댔다. 띠릿—.

일반 섀도 실드 대원의 아이디 카드였는데도 잠금장치는 단박에 열렸다. 잡아 온 여자들에게 아무나 접근할 수 있었다는 말이다. 보안관은 손잡이를 돌리고 천천히 문을 안으로 밀었다.

"어후—!"

지독한 악취!

문이 열리자마자 내부의 열기와 함께 악취가 확 풍겼다. 모두들 얼굴을 찌푸렸다. 좀비 냄새는 아니었다. 사람의 배설물과 땀 냄새가 한데 섞여 썩어 들어간다.

"꺄아악!"

문의 잠금장치가 해제되자마자 방의 안쪽에서는 여자들의 힘없는 비명이 들려온다. 단지 문이 열렸다는 것만으로도 저렇게 두려워하고 있다. 그녀들이 여기에서 어떤 대접을 받았던 건지 대충 짐작이 간다.

보안관은 문을 활짝 열어젖히고, 방패를 앞세워 머리를 들이밀며 외쳤다.

"무서워하지 마요! 구하러 왔습…… 어읔!"

깜짝 놀란 보안관이 황급히 고개를 돌린다. 방 안에 있는 사람들 전부 다 옷이라고는 걸치고 있지 않다.

"왜 그래? 누가 지키고 있어?"

보안관이 당황해하는 걸 보며 태권 소녀가 물었다. 보안관이 고개를 젓자마자 태권 소녀는 방 안으로 뛰어 들어갔다.

경순이 언니가 아직 살아 있을지도 모른다…….

"허!"

방 안의 광경을 목격한 태권 소녀의 입에서도 당혹스러운 탄성이 터져 나왔다. 외부에서 문이 열린 이래 줄곧 울부짖으며 서로 문에서 더 멀어지기 위해 한데 뒤엉킨, 발가벗은 여자들.

누구 하나 예외랄 것 없이 갈비뼈가 앙상하게 드러나 있다. 패닉 상태의 그녀들은 아예 문 쪽을 돌아보려고도 하지 않는다.

배설물이 뒹구는 바닥에는 맥없이 고꾸라져 있는 바짝 마른 시체도 두 구 있다. 여기는…… 지옥이다.

'이런 데에 경순이 언니가! 그리고 애들이!'

거기까지 생각이 미치자 태권 소녀의 눈빛은 분노로 활활 타올랐다. 하지만 아무리 두 눈을 부릅뜨고 찾아봐도 방 안에 그녀가 아는 얼굴은 없었다. 이미 전부 다 희생된 모양이다.

"진정들 하세요! 구조하러 왔습니다!"

태권 소녀는 안타까운 마음을 담아 외쳤다. 하지만 여자들은 듣고 있지 않았다. 그저 한없이 웅크린 채 덜덜 떨며 비명만 질러 댄다. 죽음과 고통에 대한 스트레스 때문에 정신이 반쯤 나가 있다.

물 한 잔 얻어먹지 못한 상태에서 누군가가 죽기 위해 끌려가는 걸 계속 지켜봐야 한다면 누구라도 이렇게 망가질 수 있으리라…….

"원래는 처우를 이렇게까지 심하게 하지는 않았는데…… 남부 쪽에서 지원을 확 줄이면서 오 박사도 반쯤 돌아 가지고……."

그녀가 흥분했다는 걸 깨달은 보안 요원이 변명을 한다. 태권 소녀는 휙 돌아서서 녀석의 멱살을 움켜쥐었다.

"이 개새끼들아! 어떻게 사람이……!"

"아! 아닙니다! 제가 한 일이 아니에요! 제가! 제가 그럴 힘이 어디 있었겠어요!"

보안 요원은 공포에 질린 얼굴로 다급하게 외쳤다. 녀석을 노려보던 태권 소녀는 한숨을 내쉬며 꽉 쥐었던 주먹을 폈다.

그녀가 정말 죽이고 싶은 건 오른 손가락이 몇 개나 날아가 피투성이가 되어 있는 이런 잔챙이가 아니라 자신에게 거짓말을 했던 그 우두머리 놈이다.

"어제 얼굴이 곤죽이 돼서 온 놈 있었지? 너희 검은 군복 중에 꽤 높은 놈 같앉어. 그놈 어디 있어?"

 태권 소녀가 덜덜 떨고 있는 보안 요원에게 물었다.

 "얼굴이 곤죽이 된 사람? 혹시 메이저요? 말 심하게 더듬는 사람 말씀하시는 겁니까?"

 "그래, 그놈! 그놈 숙소는 어디야?"

 "21층이긴 한데요……. 그…… 당연히 거기에 없을 겁니다. 지금 이 난리가 났는데, 명색이 섀도 실드 대장이 자기 방에 누워 있겠습니까?"

 태권 소녀는 놈의 멱살을 놓고 벽을 쾅! 내려쳤다. 이 넓은 건물 내에서 그놈을 찾는다는 건 불가능한 일이다. 분하다. 복수를 할 수 있는 기회가 왔을 때, 확실히 끝냈어야 했다.

 "어제 그냥 죽였어야 했는데……."

 태권 소녀가 분을 이기지 못해 발을 구른다. 그때까지 잠자코 보고만 있던 민구가 입을 열었다.

 "죽었어, 내 손에."

 말해 줘야 할 필요는 없는 일이지만, 이 망아지같이 씩씩한 계집애가 저렇게 한을 갖게 하고 싶지 않았다. 민구는 그녀의 괄괄함이 마음에 들었다.

 "정말이요? 누군지 알고 하는 이야기예요?"

 "그래. 너 보내고 담배 피우고 있을 때, 숨어 있는 걸 찾았지. 여기랑 여기에 막 수술해서 꿰맨 흔적이 있더군."

 민구가 자신의 얼굴에 손가락으로 선을 그으며 담담하게 대답했다. 태권 소녀는 그의 눈을 바라보았다. 거짓말을 하는 것 같지는 않다. 그럴 이유도 없고, 수술했다는 부위가 자신이 때렸던 곳과 일치한다.

 "아…… 길게 이야기할 거 없지. 자, 이게 그놈 라이터다. 저놈은 알아볼지도 모르겠군."

 민구는 메이저에게서 빼앗은 지포 라이터를 태권 소녀에게 던져 주며 보안 요원을 가리켰다. 꽤나 오래 사용한 것 같은 구식 지포 라이터다. 보안 요원이 눈을 크게 뜨고 고개를 끄덕인다.

"네, 그 라이터 맞습니다. 본 적 있어요."

"한 방에 죽인 게 아니었으면 좋겠네요……. 아주 고통스럽게 죽어야 하는 새끼였는데……."

태권 소녀가 라이터를 돌려주며 한숨을 내쉬자 민구가 씨익 웃었다.

"그거라면 걱정하지 않아도 돼. 특별 대우를 해 줬으니까."

태권 소녀와 민구가 이야기를 나누는 동안, 유빈은 여자들이 갇혀 있는 방의 문을 닫아 버렸다.

"이 사람들, 우리가 도저히 데리고 나갈 수 없을 것 같아. 지금 누구 지시를 받고 움직일 상황이 아니네. 군인들이 와서 데리고 가야지."

패닉 상태의 사람들을 억지로 진정시킨다고 해도 좀비들이 돌아다니는 건물을 누비고 도로를 내달리는 동안에 다시 발작을 일으킬 게 빤하다.

저 사람들이 안정을 찾으려면 안전한 환경에서 꽤나 오랜 시간의 요양이 필요할 터였다.

"근데 이 건물에 놔두고 가는 건 안 될 것 같은데……. 여기에 아직 몇 놈이나 무장을 하고 돌아다니는지도 모르잖아."

삼식이가 말했다. 그의 의견이 옳다. 건물은 넓고, 층수도 까마득히 높다. 적의 주력 병력은 다 사살했다지만, 그래도 어디에서 어떤 놈들이 돌아다니고 있는지 완전히 모른다.

그렇다고 해서 이 팀을 반으로 나누는 것도 탐탁지 않았다. 그렇게 하면 남아서 이 건물을 경계하는 팀도, 도로를 내달려서 용산 철로의 군에게 이 사실을 알리는 팀도 모두 위험에 노출되는 거다.

그리고…… 군에게 이런 이야기를 전한다고 해도 실제 구조 병력이 언제쯤 꾸려질지는 아무도 장담 못 한다.

미리 정해져 있는 군소 쉘터의 이송이 어느 정도 마무리된 뒤에야 군은 행동을 취할 게 분명하다. 그럼 그동안 건물에 남겨진 팀은 연락도 받지 못한 채 하염없이 기다릴 수밖에 없다.

"이놈들에게 갱생의 기회를 줘 볼까?"

의외로 골치 아픈 문제에 모두가 고민하고 있을 때, 민구가 두 끄나풀을 가리키며 말했다.

"갱생? 그거랑 지금 이 문제가 무슨 상관이야?"

보안관이 물었다. 민구는 보안관의 질문을 무시한 채 끄나풀들에게 말했다.

"너희들, 그 태양 그룹 마크 찍힌 옷 벗어 버리고, 용산 철로까지 뛰어가."

"네?"

보안 요원과 애송이가 이해가 가지 않는 표정을 지었다. 놈들이 말귀를 못 알아먹자 민구는 애송이의 머리에 알밤을 한 방 먹이고는 다시 설명을 해 준다.

"탈출한 민간인인 척하면서 살려 달라고 하란 말이야. 너희 같은 사람들이 여기에 잔뜩 있으니까 구해 달라고. 도망치다가 손에 총도 맞았다고 하면 더 좋겠지."

"하, 하지만…… 용산 철로까지 꽤 먼데요."

애송이가 비지땀을 흘리며 말했다. 좀비들이 언제 어디서 튀어나올지 모르는데, 맨몸으로 대로 위를 2킬로미터가량 뛰어간다는 건 그냥 적극적인 자살과 다를 바 없는 일이다.

"총을 드리겠습니다. 탄창 하나씩이랑."

가만히 듣고 있던 진우가 끼어들었다.

"좀비를 만난다고 해도 어지간히 많은 놈들이 아닌 이상 두 명이 그 정도 무장이면 충분히 해볼 만할 겁니다."

진우의 말을 들은 애송이와 보안 요원은 서로 얼굴을 마주 보았다.

각자 30발의 총알을 가지고 2킬로미터…….

비록 한 사람은 왼손으로 방아쇠를 당기는 것이긴 하지만, 불가능한 일은 아닌 듯하다. 위에서 지켜보다가 대규모의 좀비 무리가 부근에 없을 때 출발하면 된다.

"탄창은 분리한 채로 드릴 테니까 건물 외벽 밖으로 나가서 장착하십쇼. 마당의 좀비들은 제가 처리할 거고, 어느 정도 거리까지는 엄호를 해 주겠습니다."

바꿔 말하자면, 계속 주시하고 있다가 허튼 마음 먹는 순간 언제라도 머리를 날려 주겠다는 뜻이기도 하다. 그걸 알면서도 두 끄나풀은 적극적으로 고개를 끄덕였다.

"네, 네! 감사합니다!"

이 이상한 K-2를 든 녀석에게 감히 엉겨 볼 생각 같은 건 애초에 하지도 않았다. 클래스가 달라도 너무 다르다.

"그, 그럼 그다음에 저희는 어떻게……."

보안 요원이 잔뜩 긴장하며 물었다. 민구가 말했다.

"너희 내키는 대로 해. 우리도 나쁜 놈이었다고 자수를 하든가, 아니면 그냥 모르는 척하고 사람들 틈에 섞여 들어가서 조용히 살든가."

오늘 수많은 동료들의 죽음을 본 두 끄나풀에게 그건 나름대로 매력적인 제안이었다. 목숨을 걸고 뛰어가 볼 가치가 있어 보인다.

"이 사람들이 용산 철로에 도착한 다음에 아저씨가 시킨 대로 구조 요청을 안 하면 어떻게 해요? 그냥 생존자인 척하고 다른 사람들 따라 내려가 버릴 수도 있잖아요."

태권 소녀가 의심을 거두지 않고 물었다. 민구는 태연하게 대꾸했다.

"찾아서 포를 뜨는 거지."

"그, 그럴 일은 없습니다. 저희도…… 이 사람들 살리고 싶어요."

애송이가 간절하게 말했다. 그를 딱히 믿는 것은 아니지만, 현재로서는 가장 위험 부담이 적은 방법이어서 친구들은 두 끄나풀에게 전령 역할을 맡기기로 했다.

일단 지하의 사람들에게 진정하고 구조를 기다리라는 메시지부터 방송으로 전하기로 한 일행은 계단을 따라 내려갔다.

"이것도 그 요술 가방 안에 넣어 둬. JL로 가려면 쓰는 신호기다. 이건 신호 보낼 위치고."

아래층으로 내려가던 중에 뒤쪽에서 걷는 유빈에게 민구가 천천히 다가와 젠킨스의 버클과 지도를 내밀며 속삭였다.

"JL로 가다뇨? 그게 뭔가요?"

"아아, 이야기하려면 기니까 그냥 챙겨 뒀다가 나중에 테라가 좀 진정되면 물어봐. 쟤가 나보다 더 잘 알아. 혹시 잊어 먹을까 봐 미리 챙겨 놓는 거야. 어차피 쓸 것 같지는 않지만…… 그리고 이건 테라 거다. 이것도 나중에 주면 돼."

민구는 가방에서 울트라나이프를 꺼내 유빈에게 건넸다. 한 번 주었던 선물이니까 이제 그녀의 것이다.

"아니, 왜 이런 걸 다 저한테…… 나중에 아저씨가 직접 주시면 되지…… 어! 설마?"

중얼중얼하면서도 배낭 안에 물건을 챙겨 넣던 유빈이 약간 놀라며 말을 멈춘다.

이 사람, 우리와 같이 가지 않을 생각인 건가…….

"쉿—!"

민구가 히죽 웃으며 다른 사람들에게 말하지 말라는 시늉을 한다. 유빈은 이해할 수가 없었다. 테라를 구하기 위해서 그렇게 목숨을 내놓고 덤벼들던 사람이 왜 갑자기…….

"저기…… 같이 가셔도 돼요. 먹을 건 충분하니까요. 보안관이랑 영 껄끄러우면 다른 숙소에서 지내셔도 되고…… 또……."

"강요하지 마."

민구는 딱 잘라서 냉정하게 말했다. 테라, 그리고 이 어린애들과 자신은 어울리지 않는다. 맑고 밝은 것들끼리, 그리고 탁하고 더러운 것들끼리 함께 있어야 격에 맞는 법이다.

이놈들과 함께 있는 편이 테라에게 더 좋을 거라고, 그는 판단했다.

이놈들은 강하다. 고릴라 덩치 놈이 의외로 무른 구석이 있어서 그게 좀 마음에 걸리지만, 총잡이 놈이 충분히 냉혹하니까 그 부분은 보완이 된다. 그래서 녀석들이 어디로 갈 것인지 묻지 않아도 안심할 수 있다.

쿵— 쿵쿵—.

관리 본부가 있는 지하 1층의 A섹션까지 거의 다 도착했을 때, 삼숙이가 갑자기 코를 쿵쿵거리기 시작했다.

얼—!

삼숙이는 지금까지와 다른 톤으로 짖으며 진우의 옷을 잡아끌었다. 예전에 강원도에서 덤불처럼 위장한 저격수들을 피할 때와 비슷하지만, 뭔가 차이가 있다. 이번에는 녀석이 소리 내는 것을 크게 두려워하지 않는다.

"뭐야? 왜 그래, 삼숙아? 네가 무슨 말 하고 싶은 건지 잘 모르겠어. 피하라고?"

진우가 당황해하며 삼숙이에게 물었다. 그러는 동안에도 삼숙이는 끙끙거리며 다른 친구들까지 등을 떠민다.

"뭔데 그러지?"

개의 언어를 이해하지 못해 다들 당혹스러워하고 있을 때, 이번에는 삼식이가 코를 벌름거린다.

"쿵, 쿵, 이거……."

점점 허리를 굽히다가 바닥에 납작 엎드리기까지 하며 계속 냄새를 맡던 삼식이가 고개를 들며 말했다.

"이 안 어디서 가스 샌다."

"뭐라고? 왜? 잡혀 있는 사람들은?"

친구들의 얼굴은 파랗게 질렸다. 왜 가스가 새는 건지 그 이유는 중요하지 않았다. 폭발해서 불이 나면…… 연기가 아래로 깔릴 거고, 지하 주차장에 갇혀 있는, 수천 명의 잡혀 온 사람들은 전부 다 질식사하게 된다. 그건…… 정말로 대참사다.

"안 돼!"

친구들은 좌우를 둘러보았다. 지하 1층. 창문도 없는 길고 복잡한 복도, 밀폐

된 사무실들…… 불길이 타오르고 연기가 퍼지기 딱 좋은 구조다.
"어디야? 어디!"
당황한 친구들은 삼숙이의 얼굴을 바라보았다. 하지만 녀석이라고 해서 가스의 근원지까지 알아맞힐 수는 없는 노릇이다.
"너희들, 다 계단으로 올라가! 빨리! 내가 찾을 테니까!"
민구는 유빈의 등을 제니와 테라 쪽으로 떠밀며 소리쳤다. 어차피 가스가 퍼져 있다면 총은 쓸 수 없는 상황. 모두 한데 몰려다닌다고 해서 도움이 되는 것도 아니다.
"아저씨!"
테라가 깜짝 놀라 멈춰 선다. 민구는 난감했다. 어차피 너와 갈 길이 다르다는 말을 지금 이 순간 어떻게 설명할 수 있을까…….
"말도 안 되는, 센 척하지 마!"
보안관이 민구의 팔을 잡고 계단 쪽으로 당기며 뛰었다. 이런 일로 이딴 녀석에게 생명을 빚졌다는 소리는 듣고 싶지 않다. 일단 피하고, 불은 나중에 함께 끄면 된다. 하지만…….
그들은 이미 C부터 시작해서 A섹션까지 이르는 긴 복도를 죽 따라 걸어온 상태였고, 돌아가는 길은 까마득히 멀다. 그사이에 무슨 일이 생길지 아무도 보장 못 한다.
"미안! 급해서 그래!"
다친 골반 때문에 좀처럼 속도를 내지 못하는 테라를 삼식이가 달랑 들어 안았다. 이제야 좀 속도가 난다.
"이쪽이야!"
계단 앞에서 떼어 온 건물 구조도를 보며 유빈이 방향을 안내했다. C섹션의 계단까지는 너무 멀다. A섹션 계단을 찾아가면…….
세 번째 코너를 돌아서 계단 문의 손잡이를 잡았을 때, 유빈은 가스 누출의 원점을 발견했다. 원점에 있던 놈들도 유빈을 발견했다.

"헉!"

문이 반쯤 열린 주방 내부, LPG 가스통을 몇 겹으로 쌓아 놓은 채 밸브마다 활짝 열어 놓고 있던 놈들이 기겁을 하며 놀란다. 복장을 보아하니 직원이다.

그들이 테라를 구하기 위해 미친 듯이 뛰어다니는 동안 아마 이놈들은 여기로 내려온 모양이다.

자신들의 죄가 들통나는 게 두려워서 군이 오기 전 모든 증인들을 싹 다 죽여 버리려는 것일까?

이런 미친 개새끼들…….

"하지 마! 하지 마! 그러다 너희도 죽어!"

유빈은 놈들을 향해 다급하게 외쳤다. 범죄를 은폐하려다 얼굴을 들켜 버린 세 명의 직원도 광인처럼 울부짖었다.

"가까이 오지 마! 씨발 놈아! 봤지? 봤지? 으아아아아!"

"아니! 아니! 못 봤어! 난 아무것도 못 봤어!"

유빈은 말도 안 되는 소리를 하며 눈을 가리는 시늉을 했다. 하지만 손가락 사이로는 놈들을 주시했다. 등 뒤의 친구들은 인기척을 숨기고 코너 뒤에서 달아날 방법을 찾고 있다.

"거기 꼼짝 말고 서 있어! 이 씨발 놈아!"

가운데에 있던 녀석이 주방 벽에 걸려 있는 식칼을 뽑으려 뛰어간다.

"헉!"

유빈의 입에서 짧은 신음이 터져 나왔다. 놈이 식칼을 들고 달려 나오면…… 그 순간, 모든 게 골치 아파진다. 놈을 죽여도 문제고, 놈이 안 죽어도 문제다. 나머지 둘을 자극해 봐야 좋을 게 하나도 없다.

"이익!"

가운데 녀석이 식칼을 붙잡고 씨름을 하며 짜증을 부린다. 놈도 어지간히 당황해 있는 터라 벽걸이 고리에서 칼을 제대로 빼내지 못하는 것이다.

칼이 스테인리스 고리에 부딪칠 때마다 유빈의 심장은 절반으로 쪼그라드는 것 같았다.

저러다가 점화가 되면······.

불과 몇 초 정도가 지났지만, 유빈에게는 몇십 분처럼 느껴진다.

유빈은 뒤를 돌아보며 보안관에게 달아나라는 신호를 보냈다. 어차피 이 상황에서는 몇 명이 있어도 달라지는 게 없다.

채앵―.

또 한 번 칼과 스테인리스 싱크대가 부딪치는 소리!

유빈이 움직이려 하자 오른쪽 놈이 욕설을 퍼부으며 라이터를 꺼내 든다. 이 미친 새끼들은 이제 이성도, 뭣도 없는 것처럼 보였다.

유빈은 더 견디지 못하고 열려 있던 주방 문을 발로 차 닫은 후, 뒤로 돌아 뛰었다. 이건 절대 곱게 안 끝난다.

띠리릭―.

삼식이가 다급하게 아무 문이나 열었다. 식당이었다. 모두들 그 안으로 뛰어들었다.

"엎드려!"

가장 늦게 방 안에 들어온 세 남자가 몸을 날리며 외쳤을 때, 그들의 목소리는 전달되지 않았다. 대신에 그보다 훨씬 더 크고 강렬한 소리가 그들의 고막을 덮쳤다.

콰콰앙―!

복도 저편의 주방에서 점화된 폭발이 퍼져 나가기 시작하던 가스를 타고 순식간에 번졌다. 조금 전 막 잠갔던 식당의 양쪽 문도 두 갈래로 튀며 사납게 터져 나갔다.

화르륵―.

깔려 있던 가스가 공기의 흐름에 따라 뱀처럼 춤을 추며 순간적으로 타오른다. 얼굴이 화끈거리고, 귀는 찢겨 나가는 것 같다. 납작 엎드린 친구들의 머리 위로 열기의 폭풍이 지나갔다.

쾅당탕—!

뜯겨 나갔던 쇠문이 천장을 치고 떨어지며 요란한 소리를 낸다.

화르륵— 화르륵—.

아직도 남아 있던 가스의 줄기에 불이 붙어 한 번씩 타오른다.

치잇— 치이이잇—.

천장에 붙어 있는 스프링클러가 가동되는가 싶더니, 이내 꺼져 버렸다. 그래도 열기에 달궈진 얼굴을 식힐 정도는 됐다.

일행들은 감각이 마비된 채 눈을 껌뻑이며 소리를 질러 서로의 안녕을 확인했다. 귀는 잘 들리지 않고, 조명이 모두 깨져 버려서 거의 암흑 속이다.

"끄으으으으!"

누군가 신음하고 있다. 고막이 윙윙거리는 와중에도 희미하게 들린다.

"쿨럭! 쿨럭!"

진우는 기침을 하며 K-2에 부착된 플래시를 켰다. 작은 광원이 조금 움직였을 때, 바닥에 떨어져 있는 무언가가 눈에 들어왔다. 불에 탄 팔목이다.

## Chapter 85
## 히어로

# 01

그을린 채 바닥에 떨어져 있는 사람의 손, 잘린 단면에 드러난 뼈.

그것은 너무도 잔인한 선고였다.

"헉! 안 돼…… 안 돼……."

진우는 울음 섞인 목소리로 안 된다는 말을 계속 중얼거리며 플래시의 방향을 돌렸다. 어둠 속에 보안관과 민구, 그리고 유빈이 웅크려 있다. 유빈은…… 왼 팔목을 꽉 움켜잡고 있다.

"유빈아!"

진우는 총을 놓고 달려가 옆으로 쓰러지려는 유빈을 부축했다. 보안관과 민구도 고개를 돌린다.

"끄으으으으! 으으윽!"

유빈이 비명을 지르며 온몸을 부들부들 떤다. 잘려 나간 그의 팔목에서는 피가 왈칵왈칵 솟아오르고 있다.

"으아아! 아으! 이게 뭐야, 이게 뭐야! 아악!"

진우는 미친 사람처럼 울부짖으면서 자신의 허리띠를 풀었다. 그것으로 유빈의 상완부를 묶어 지혈을 하기 위해서다.

진우는 자꾸 고꾸라지려는 유빈을 자신의 몸으로 받치며 허리띠를 유빈의 겨드랑이 사이에 넣었다. 그러는 동안에도 유빈은 고통에 떨며 계속 몸을 챘다.

"내가 잡을게! 빨리 묶어!"

보안관이 유빈의 등과 어깨를 꽉 잡으며 외쳤다. 왼팔의 자유를 빼앗기자 유빈은 아무 말도 들리지 않는 사람처럼 격렬하게 반항한다. 하지만 보안관의 힘을 이길 수는 없다.

"오빠아~! 아으으으!"

급하게 달려왔던 제니가 고개를 저으며 주저앉는다. 삼식이도 어찌할 바를 몰라 했다.

"윽! 으윽! 조금만 참아! 유빈아! 아흐! 미안해!"

유빈의 팔목을 들어 올린 진우가 허리띠로 겨드랑이 쪽을 조였다. 그것이 고통스러운지 유빈은 두 다리를 번갈아 차올리며 미친 듯이 발버둥을 쳤다.

진우는 몇 번이나 가슴을 차이면서도 다시 달려들어 허리띠를 단단히 조였다. 패닉을 일으킨 유빈은 팔을 마구 흔들어 댔고, 그럴 때마다 그의 상처에 고여 있던 피가 튀었다.

"윽!"

진우는 유빈의 피를 얼굴에 뒤집어써 가며 허리띠가 제대로 묶였는지를 확인했다. 손이 계속 떨린다. 목숨이 걸린 그 많은 위기들을 씩씩하게 넘겨온 진우지만, 손목이 절단된 친구의 모습 앞에서는 머릿속이 하얗게 질려 버렸다.

화르륵! 화악—!

이따금씩 파리를 틀며 타오르던 불꽃이 테이블보에 옮겨붙었다. 민구는 벽에 설치되어 있던 소화기를 집어 핀을 뽑고, 빠르게 번지는 불을 향해 분사했다.

"……손!"

망연자실해서 앉아 있던 제니가 갑자기 외마디 소리를 지르며 벌떡 일어난다. 제니는 바닥에 떨어져 있던 유빈의 잘린 손목을 집어 들고 아직도 불기가 다

가시지 않은 복도를 향해 뛰어나갔다. 말리는 사람은 하나도 없다. 다들 제정신이 아니다.

"이봐!"

민구는 소화기를 내던지고 그녀를 쫓았다. 좌우를 두리번거리던 제니는 어처구니없게도 여전히 뜨거운 열기가 남아 있는 주방 안으로 들어가려 한다.

"뭐 하는 거야!"

민구는 제니의 팔을 꽉 잡고 당겼다. 제니는 막무가내로 팔을 빼려 들며 소리를 질렀다.

"놔요! 이 손! 냉동실에, 얼음 속에 넣어 둬야 돼요! 그럼 붙일 수 있어요!"

"뭐라고?"

돌아온 대답이 너무 뜻밖이라 민구는 잠시 멍해졌다. 냉장고가 폭발과 함께 터져 버렸다거나, 이미 절단면이 불에 탔다는 건 둘째 문제다.

만약 손상이 없다 해도 그걸 대체 어디에서 붙이겠다는 건가······. 종합병원 같은 게 없는데······. 그는 제니를 붙잡은 손에 더 힘을 주며 소리쳤다.

"냉동실 같은 건 없어! 다 터졌다고!"

"······없다고요?"

제니는 믿기지 않는다는 표정을 지으며 주방 쪽으로 고개를 돌렸다. 폭발의 근원지였던 만큼 주방은 참혹하게 파괴되어 있었다. 움푹 찌그러지고 그을린 냉장고는 문이 박살 난 채 바닥에 내동댕이쳐져 있다.

그걸 보고 나서도 제니는 아직 미련이 남았는지 유빈의 손목을 꽉 붙잡고 어쩔 줄 몰라 한다.

펑! 퍼펑—!

주방 안에서는 아직 남아 있던 가스가 작은 폭발을 일으킨다. 불길이 확 치솟아 오르는 순간, 민구는 제니를 잡아당겨 식당으로 끌고 돌아왔다.

식당 내부에 있던 친구들은 여전히 당혹감에서 벗어나지 못한 분위기였다.

"아까 나한테 의료실이 있다고 했지? 그게 어디야?"

겨우 의료실을 기억해 낸 태권 소녀는 보안 요원을 흔들면서 소리를 질러 대고 있다. 보안 요원은 목이 졸린 채 대답했다.

"18층입니다! 아까…… 아까 CCTV로 봤잖아요! 엘리베이터에서 총 맞은 사람들 내렸던 곳!"

"18층!"

보안관이 씩씩거리며 배낭을 벗어 던지고 유빈을 업는다. 삼식이와 진우가 유빈의 팔이 더 다치지 않도록 업힌 자세를 조정해 주는 동안, 보안관은 두 끄나풀을 향해 물었다.

"18층 어디쯤이야?"

"C섹션 들어가는 입구에…….”

"입구?"

보안 요원의 대답이 끝나기도 전에 보안관은 유빈을 업은 채 뛰기 시작했다. 진우와 삼식이, 거기에 삼숙이까지 함께 달린다.

"비켜! 비켜!"

식당 입구에 서 있는 민구에게 보안관이 소리를 질렀다.

"설마 계단으로 뛰어 올라가려고? 18층이라며?"

민구가 물었다. 보안관은 대꾸도 하지 않고 제니를 돌아보며 말했다.

"어! 제니야! 그래, 그 손 가지고 따라와!"

다시 달리려는 보안관을 민구가 막아섰다. 짜증스러워하는 보안관에게 민구가 말했다.

"정신 차려! 엘리베이터를 다시 움직이면 되잖아!"

"엉?"

보안관도, 진우도 그 말에 깜짝 놀라서 멈춰 섰다. 폭발에 이은 친구의 중상 때문에 당황해서 다들 반쯤 미쳐 있다. 그나마 머리가 제대로 돌아가고 있는 건 유빈에게 각별한 애정이 없는 민구나 두 끄나풀 정도뿐이다.

"일어나! 경비 본부로 가자!"

민구는 애송이를 잡아 일으킨 뒤, 앞장을 섰다. 다른 친구들도 그제야 정신을 되찾은 것처럼 복도를 달렸다. 그동안 계속 계단으로만 이동했던 건 엘리베이터가 망가졌거나 가동되지 않아서가 아니었다. 그들 자신들이 의도적으로 멈춰 뒀을 뿐이다.

"걸을 수 있어?"

제니는 잘린 유빈의 손을 꼭 쥔 채 테라를 부축했다. 테라는 고개를 끄덕이며 눈물을 글썽였다.

"어떡해…… 나 때문에…… 나 때문에……."

"괜찮아, 테라야. 울지 마. 다시 붙일 수 있을 거야. 괜찮아."

제니가 테라를 위로하며 걸음을 재촉한다. 하지만 괜찮다고 말하는 제니의 표정은 완전히 얼이 나가 있다.

그롸아아아—.

복도를 배회하던 좀비가 민구와 애송이를 반기며 달려온다. 민구는 애송이를 옆으로 밀치고 마세티를 뽑았다.

빠직—!

힘차게 휘두른 마세티에 목이 꺾인 좀비가 벽을 들이받고 쓰러진다. 민구는 한 차례 더 마세티를 내리찍어서 놈의 머리를 완전히 끊어 내 버렸다.

"엘리베이터 켜! 가까이 있는 거 하나만!"

경비 본부에 도착한 민구가 애송이에게 명령했다. 애송이는 CCTV로 엘리베이터들의 위치부터 확인했다. 진우의 총격을 받지 않은 엘리베이터를 골라 재가동시키는 애송이의 얼굴에서는 굵은 땀이 뚝뚝 떨어진다.

"의료실…… 18층……."

애송이가 기계를 조작하는 동안 진우는 18층의 상황을 확인하기 위해 CCTV 화면을 빠르게 훑었다. 화면 상단부에 작게 글자 표시가 되어 있는데도, 마음이 흐트러진 진우로서는 어디가 어디인지 도무지 분간이 안 된다.

"미쳤어……."

그와 함께 CCTV 화면을 찾던 태권 소녀가 힘없이 중얼거린다. 각기 다른 층의 수많은 장소에서 공포에 휩싸인 직원들이 미친 짓을 해 대고 있다.

불을 지르고, 목을 매달고, 문을 잠근 채 서로를 칼로 찌르거나 겁탈한다. 좀비 사태가 발발한 뒤에도 한 달이 넘도록 안전한 울타리 속에 살던 태양 그룹의 직원들에게는, 오늘이 종말을 직접 피부로 체험하는 첫 번째 날이었던 것이다.

그리고 그들 중 대부분은 극심한 압박감을 이기지 못해 광기의 노예가 되어 있었다.

"저긴가? 저기 병원 침대 보이는데?"

삼식이가 화면의 한쪽 구석을 가리킨다. CCTV 화면 안에 보이는 것은 피를 잔뜩 뒤집어쓴 몇 개의 흰 침대와, 그 사이를 누비고 다니는 좀비들이다.

그다음 화면에는 사무실 안에서 벌벌 떠는 의사와 간호사들의 모습이 비치고 있다.

"됐습니다! 엘리베이터 버튼 누르시면 내려올 겁니다!"

애송이가 말했다. 유빈을 업고 있는 보안관과 진우가 가장 앞서 뛰어갔고, 누구 하나 예외 없이 그 뒤를 따랐다. 심지어 두 끄나풀도 뒤처지지 않으려 숨을 헐떡이며 달렸다.

여기는…… 언제 좀비들이 내려올지 모르는 개방형 계단 주변이다. 이 미친 듯이 강한 팀의 주변에 붙어 있지 않으면 목숨이 몇 개라도 살아남기 어렵다.

"<u>으으으</u>……!"

엘리베이터가 올라가기 시작했을 때, 유빈이 괴로운 신음을 토해 낸다. 보안관은 어쩔 줄 몰라 하며 등에 업힌 유빈을 돌아보았다.

"유빈아! 힘내! 응? 조금만 참아!"

"내려 줘. 나…… 걸을 수 있어. 후우! 후우! <u>으으윽</u>!"

유빈이 말했다. 이제야 쇼크에서 벗어나 조금 제정신이 드는 모양이다. 보안관은 고개를 저었다.

"아니야. 병원 갈 때까지만 내가 업고 있을게. 금방이야."

"……병원? 병원이 어디 있어?"

유빈이 힘없이 중얼거린다. 문 앞에 서 있는 진우는 빠르게 바뀌는 표시판의 숫자를 노려보며 이를 꽉 깨물었다.

젠장! 젠장! 왜 이런 일이!

진우는 고개를 들어 눈물을 참으면서 침착해지기 위해 애써 노력했다. 18층에는 좀비들이 잔뜩 돌아다닌다. 지금 자신이 해야 하는 일은 함께 울어 주는 게 아니라, 의료실까지 가는 길을 빠르고 무사하게 뚫는 것이다.

띵―.

18층에 도착한 엘리베이터의 문이 열린다. 진우는 총구를 좌우로 돌리며 엘리베이터를 빠져나왔다.

툭― 투둑― 투투둑― 투투투―.

엘리베이터 주변을 배회하던 좀비들의 머리가 거의 동시에 터져 나간다. 진우는 눈에 보이는 좀비들을 전부 잡고 나서 친구들에게 나오라는 손짓을 했다. 그러고는 누구보다 앞서서 C섹션을 향해 나아갔다.

그롸아아아아―.

새로운 먹잇감이 등장하자 18층의 좀비들은 기쁨의 포효를 내질렀다. 하지만 그 포효가 끝나기도 전에 진우가 발사한 총알이 놈들의 뇌를 복도 바닥에 흩뿌려 버렸다.

투투투― 투투둑― 투투두―.

방아쇠를 당기고 전진하면서 진우는 계속 침착함을 유지하기 위해 애를 썼다. 보안관이 유빈을 업고 있는 지금, 그 자신이 좀비들을 놓치고 지나치면 모두에게 큰 부담이 될 것이다.

"앞서가지 마, 바보야! 진우가 길을 터야지!"

마음이 급해서 자꾸 달려 나가려는 보안관을 태권 소녀가 억지로 붙잡았다.

민구는 이 혼란스러운 상황 속에서 혹시라도 낙오하는 사람이 없도록 가장 끝에 섰다. 뒤쪽에서 달려오는 좀비들을 베고 잘라 쓰러뜨리면서도 그는 계속 입 속으로 머릿수를 헤아렸다. 자신을 빼면, 꼬나풀 두 명까지 포함해 총인원이 아홉이어야 한다.

"의료실이다!"

코너를 돌아 나간 진우의 입에서 반가운 외침이 터졌다.

콰장창—!

의료실의 유리문을 박살 내고 좀비들이 튀어나온다. 한때는 의사였던 것으로 보이는, 흰 가운을 입은 좀비들과 환자복을 입은 좀비들이 한데 섞여 있다. 진우는 빠른 속도로 총구를 돌리며 총알을 날렸다.

투투투— 투투둑— 투투두— 투둑—.

의료실 앞 복도가 곧장 좀비들의 시체로 어지럽혀졌다.

그롸아아아—.

섀도 실드 대원들이었던 좀비들도 그 혼란에 가담했다. 엘리베이터에서 진우에게 입은 총상 때문에 놈들은 좀비로 변한 뒤에도 그리 빨리 움직이지 못했다. 두 팔과 멀쩡한 다리를 이용해서 뒤뚱거리며 달려오는 놈들의 이마에도 예외없이 총구멍이 뻥 뚫렸다.

"이봐요! 이봐! 문 열어! 좀비 다 잡았어!"

병실 내부의 좀비들을 깨끗하게 정리한 뒤, 진우는 사무실의 문을 두드렸다. 처음 총소리가 울렸을 때부터 귀를 쫑긋 세운 채 기대로 가슴을 졸이고 있던 의사가 반색을 하며 묻는다.

"저, 정말입니까?"

"그래요! 빨리 문 열어! 탈출해야 돼!"

철컥, 하고 자물쇠가 풀리는 소리와 함께 문이 빼꼼 열린다. 진우는 그 틈을 놓치지 않고 문을 발로 걷어차며 안으로 뛰어들었다.

"헉! 뭐, 뭡니까? 왜? 저…… 저 안 물렸어요! 사람입니다!"

갑자기 태도를 바꾼 진우 때문에 놀란 의사가 바닥에 주저앉은 채 물었다. 간호사들은 비명도 지르지 못하고 덜덜 떤다. 그러는 사이 보안관은 가장 피가 적게 된 침대를 골라 시트를 잡아 빼 버리고, 유빈을 눕혔다.

"나와!"

사무실 안으로 들어온 민구는 의사의 멱살을 잡아 일으키며 다짜고짜 쿠크리부터 뽑아 들었다. 휘어 있는 쿠크리의 칼날이 조명을 반사하며 번뜩이자 의사의 얼굴은 더 파랗게 질린다. 민구는 의사를 끌고 유빈이 누워 있는 침대맡으로 데려갔다.

"파…… 팔목이 절단됐네요……. 왜 이런 겁니까?"

유빈의 상처를 본 의사가 민구와 보안관을 번갈아 보며 물었다. 보안관이 대답했다.

"잘은 모르겠지만, 아마 문이 폭발하면서 팔목을 치고 날아간 것 같아요."

"손은 여기 있어요! 붙여 주세요! 선생님! 제발 부탁드리겠습니다!"

의사의 눈앞에 유빈의 잘린 손을 쑥 내밀면서 제니가 간곡하게 부탁했다. 민구가 위압적인 목소리로 말했다.

"고쳐야 돼. 안 그러면 네가 죽는 거야."

"예?"

의사는 입을 벌린 채 얼빠진 목소리를 냈다. 겨우 좀비들에게서 벗어나는가 싶어 안도하는 참이었는데, 갑자기 팔목이 날아간 환자를 끌고 와서 고치라고 위협을 한다.

사방에서 여러 명이 한마디씩 내지르는 바람에 정신이 하나도 없다. 자신에게 잘린 손을 들이밀고 있는 여자가 제니라는 사실도 모를 만큼 의사는 당황해 있었다.

"저…… 접합 수술은 무리예요. 저는 그쪽 전공의도 아니고…… 마취해 줄 사람도……."

의사는 솔직하게 말했다. 그의 말을 들으며 쏘아보는 민구의 눈은 얼음장처럼 차갑다. 심장이 서늘해진 의사는 말끝을 흐렸다.

"그럼 전공의는 어디에 있어요? 네? 우리가 데려올게요!"

제니가 큰 소리로 묻는다. 그녀의 표정과 목소리에서 느껴지는 광기는 민구의 시선에 못지않을 만큼 의사를 두렵게 만들었다.

"다…… 좀비가 됐어요. 아마 이 층 어딘가에서 돌아다니기는 할 텐데……."

버릇처럼 의료실 문 쪽을 바라보던 의사가 움찔하며 말을 멈췄다. 복도 저편에서 좀비들이 달려오고 있다. 그런데 이 사람들은 아무도 피할 생각을 하지 않는다.

"저…… 저기 좀비들이!"

의사가 말을 더듬으며 복도 쪽을 가리키려 할 때, 보안관이 그의 양쪽 어깨를 꽉 잡고 흔든다.

"그럼 당신은 뭘 할 수 있어? 왜 말만 하고 있냐고?"

기차 화통처럼 커다란 목소리에 병실 전체가 다 쩌렁쩌렁 울린다. 그러는 동안 진우가 성큼성큼 입구로 걸어 나가 총구를 들어 올렸다.

툭— 투투둑— 투투투— 투투투—.

빠르게 퍼부어진 열 발의 총알. 고막을 울리는 그 시끄러운 소리에 의사는 움찔하며 눈을 질끈 감았다.

그가 다시 눈을 떴을 때, 복도에는 더 이상 움직이는 좀비들이 없었다. 진우가 탄창을 갈아 끼우며 뒤를 돌아보고 말했다.

"좀비는 걱정하지 말고 걔 팔만 봉합해 주세요. 그것만 끝나면 안전한 곳으로 보내 드리겠습니다."

"아……."

지금까지 억지로 어지럼증을 참아 왔던 테라가 비틀거리며 주저앉는다. 힘겹게 벽에 머리를 대며 쌕쌕 숨을 몰아쉬는 그녀의 안색은 유빈만큼이나 좋지 않다.

"괜찮아?"

제니가 뒤로 뛰어가 태권 소녀와 함께 테라를 부축해서 비어 있는 침대에 눕혔다. 테라는 연신 미안하다는 말을 반복했다.

"할 수 있지?"

이번에는 민구가 칼을 들이대며 협박했다. 바로 옆에는 엄청난 덩치의 개가 떡 지키고 서 있다. 이쯤 되면 사방에서 강제로 혼을 빼는 것이나 다름없다. 의사는 손사래를 치면서 간절하게 외쳤다.

"잠깐만요! 잠깐! 제가…… 제 말 좀 들어 주세요!"

의사는 합장하듯 두 손을 앞으로 모으고 잡아먹을 듯 노려보는 민구와 보안관에게 말했다.

"저기…… 여러분 지금, 팔을 접합하라고 하시는데…… 제 능력 밖이에요. 하지만 이렇게 자꾸 협박을 하시면 저는 억지로 하는 척을 할 수밖에 없어요. 무슨 말인지 아시겠습니까? 그냥…… 신경 연결이고 뭐고 다 무시하고, 살을 꿰맨 다음에 고정을 시킬 수는 있다는 얘깁니다. 잠깐 그렇게 눈속임을 해 놓을 수는 있겠지만, 그럼 안 되잖습니까? 그렇게 죽은 조직과 밀착시켜 놓았다가는 결국 팔 전체가 괴사될 수도 있어요."

"헉! 아아!"

팔이 통째로 썩게 될 거라는 의사의 말을 듣자마자 제니는 얼굴을 감싸 쥐며 비명을 질렀다.

"협박은 지금 네가 하는 것 같은데?"

의사의 말이 못마땅한지 민구가 인상을 쓴다. 의사는 번뜩이는 칼날을 외면하며 입술을 달달 떤다. 하지만 그래도 솔직하게 이야기를 계속했다.

"아닙니다…… 제가 무슨 협박을…… 제 주제를 빤히 아는데요……. 그냥 저는 제가 저 환자분한테 할 수 있는 최선을 말씀드리려는 겁니다."

"최선이 뭔데요?"

보안관이 물었다. 의사는 각오를 하듯 크게 숨을 들이쉬고 나서 힘겹게 입을 열었다.

"일단 지혈을 해 드릴 겁니다. 동맥이 완전히 잘려 나갔으니까 지금 당장 과다출혈로 죽지는 않겠지만, 그래도 지혈은 필요해요. 수액도 보충하고요. 후우, 그런 후에 손상된 뼈와 근육 조직을 제거해서 더 이상 염증이 발생하지 않도록 막을 겁니다. 극심한 고통 없이요! 그게…… 그게 답니다. 그보다 더 복잡한 수술은 지금 못해요. 제 능력도 안 되고, 스태프도 없잖습니까?"

"그럼, 그럼 이 손은요! 시간이 너무 지나면 안 된다고 들었는데!"

머리와 얼굴에 검댕이 잔뜩 묻은 제니가 유빈의 잘린 손을 꼭 붙들고 눈물을 글썽였다.

'뭐지, 얘는? 징그럽지도 않나? 사람 잘린 팔을 무슨 보물처럼…….'

의사는 이해할 수 없다는 눈으로 제니를 바라보았다. 사실 좀 더 솔직하게 말하자면, 이미 저 팔목은 텄다. 불에 잔뜩 그슬린 피부며 신경이 재생될 가능성은 거의 제로에 가깝다. 하지만 그런 말까지 입 밖에 내서 공연히 이들을 자극할 필요는 없을 테니까…….

"얼음을 드릴게요. 얼음 팩에 넣어서…… 맞다, 아이스박스도 있습니다. 그러니까 일단 여기에서는 응급 처치를 하시고, 더 나은 설비와 인력이 있는 곳에서 접합 수술을 하시는 게 지금 제가 대충 모양만 맞춰 붙이는 것보다 저 환자분께 훨씬 좋을 겁니다. 그게 의사의 양심을 걸고 할 수 있는 최선의 조치예요."

의사의 말을 들으며 민구는 잠시 망설였다. 고문을 하라면 얼마든지 할 수는 있지만, 그런다고 해서 없는 실력이 생겨날 것 같지가 않아서다. 눈속임을 위해 팔의 모양을 가짜로 맞춰 붙일 수는 있다고 고백한 부분이 그의 마음을 흔들었다.

타앙—! 탕, 탕!

입구에 버티고 선 진우는 세 방향의 복도에서 좀비들이 머리를 들이밀 때마다 곧바로 방아쇠를 날리고 있다.

"저기…… 다들 고집 그만 피워……. 의사 아저씨 말 들어……. 끄으으으!"

침대에 누워 숨을 헐떡이던 유빈이 힘겹게 말했다. 그러고는 뒤쪽에 쭈뼛거리며 서 있는 보안 요원을 가리켰다.

"그리고 저…… 저 사람도 치료해 주세요. 저 사람도 손가락이 다 날아갔어

요…….''

팔목이 잘리고 나서야 깨달았다. 저 보안 요원이 얼마나 고통스러운 상태에서 계속 끌려다녔던 건지. 갱생을 시키기로 했었으니까, 그 전에 치료도 해 주는 게 순리다.

"잠시만요. 일단 지혈제랑 항생제 좀…….''

민구와 보안관이 마지못해 길을 터 주자 의사는 피투성이가 된 병실을 누비고 다니며 주사약과 도구들을 챙기고 손을 씻었다.

"여기…… 얼음이요.''

간호사가 장기 이송용 케이스에 얼음을 채워 와 제니에게 내민다. 제니는 박스 가득 차 있는 얼음 사이에 유빈의 손을 집어넣었다. 케블라 장갑을 낀 채로 잘려 나간 손이 왠지 더 슬퍼서 제니의 눈에서는 눈물이 뚝뚝 흘러내린다.

"얘도, 열이 펄펄 끓는데…….''

테라의 이마를 짚어 본 태권 소녀가 걱정스레 중얼거렸다.

"아니에요, 저 오빠가 저 때문에…… 저렇게 크게 다쳤는데…… 저는 신경 쓰지 않으셔도…….''

힘없이 대답하는 테라의 곁에 제니가 다가왔다. 제니는 슬픔이 가득한 얼굴로 테라의 손을 잡으며 조용히 말했다.

"미안해, 테라야. 자꾸 곁을 비워서……. 근데…… 오빠가…… 손이…… 흐윽! 이러다가 영영 못 붙이게 되면 어떡하지…….''

제니의 눈물을 보며 테라의 가슴도 찢어지는 것처럼 아팠다. 하지만 아무리 안타까워도 방법이 보이지 않는다.

지금 이 도시에서 거의 유일하게 현대 의료 설비가 가동되고 있는 이곳에서도 접합하지 못하는 팔을…… 어디에서 붙일 수 있단 말인가. 좀비 세상에 그런 곳은 없다.

"JL…….''

입술을 깨물며 고민하던 테라가 멍한 표정으로 중얼거렸다. 태권 소녀와 제니가 묻는다.

"뭐라고?"

"그래, JL! 제니야, JL로 가면 돼! 거기에 가면…… 거기엔 의사들이 있다고 했어. 저 아저씨의 옆구리도 고쳐 줄 수 있다고 그랬거든. 그러니까 손도 붙일 수 있을 거야."

"무슨 말인지 모르겠어. JL이 어디야? 그…… 외국 제약 회사?"

"응! 응! 기억나지?"

테라는 갑자기 화색을 띠며 벌떡 일어나 앉았다.

저 오빠를 고칠 방법이 있다!

하지만 듣고 있는 제니와 태권 소녀로서는 도무지 뜬구름 잡는 이야기처럼 들릴 뿐이다.

"아…… 나랑 잠실에 같이 있던 사람이 JL의 간부였는데…… 젠킨스 씨라고……."

거기까지 말하던 테라는 자기도 모르게 목소리를 죽이며 주변을 둘러보았다. 면역자라는 사실을 모르는 사람들 앞에서 알리면 안 된다는 버릇이 몸에 밴 탓이다.

하지만 이내 자신이 왜 이곳에 잡혀 왔는지를 기억해 낸 테라는 이야기를 계속했다.

"젠킨스 씨 말이…… JL 연구소에는 최고급 연구 인력들이 의료진과 함께 대기 중이고, 거기는 외부 환경과 독립되어 있다고 했었어. 그러니까 저 오빠, 응급 치료가 끝나고 나면 함께 JL로 가면 돼."

"거기가 어딘데……."

"그건 나도 몰라. 신호를 보내면 24시간 내에 헬리콥터가 데리러 온다고만 들었어. 그리고 그 신호 보내는 장소가 바로 여기야."

"후우~."

제니는 한숨을 내쉬었다. 외부 환경과 독립된 연구소라는 부분부터 영 미심

쩍었는데, 신호를 보내면 헬리콥터가 온다는 만화 같은 이야기까지 듣고 나니 맥이 쭉 빠진다.

뒤쪽에서는 유빈의 수술이 시작되었다. 삼식이가 자리를 비키기 전, 유빈의 오른손을 꼭 잡으며 말했다.

"유빈아…… 힘내."

"후후, 괜찮아. 팔이야 또 자라면 되는 건데……."

의사가 주사한 마약에 취해 유빈이 빙글거리며 대꾸했다. 그 말을 들은 제니의 눈에서는 또 눈물이 왈칵 쏟아져 나온다.

테라의 말을 듣고 잠시나마 기대를 했던 자신이 바보 같다. 아마 누군가 짓궂은 사람이 이 순진한 아이를 놀린 모양이라고, 제니는 생각했다.

"아니야, 진짜야. 젠킨스 씨는 면역자에 대해서 아무도 모르는 이야기를 알려 줬어. 그리고 신호가 어떻게 가는 건지도 설명해 줬고. 그 신호기도 저 아저씨에게 있어."

제니의 실망한 표정을 읽은 테라가 고개를 저으며 믿어 달라고 한다. 제니는 힘없이 물었다.

"근데 테라야, 그 간부라는 사람은 지금 어디 있어?"

"죽었어…… 어젯밤에……."

"알았으니까 일단 좀 누워. JL로 간다고 하더라도 거기에서 유빈 오빠를 치료해 줄 것 같지가 않아. 이제는 돈도 쓸모없는데, 그곳 간부라는 사람도 죽어 버렸잖아……."

제니는 테라의 머리를 쓸어 넘겨 줬다. 한 달여 만에 겨우 이 소중한 친구를 다시 만나게 된 날, 망연자실한 표정으로 이런 이야기밖에 할 수 없다는 게 슬프다.

아무도 다치지 않았더라면 좋았을걸…….

테라는 제니의 손을 꽉 잡으며 단호하게 말했다.

"아니, 치료해 줄 거야. 그렇게 할 수밖에 없어. 그 사람들은 내 피를 원하고,

나는 그 사람들이 저 오빠의 손을 고쳐 주기를 원하니까!"

## 02

테라로부터 '피'라는 말을 들었을 때, 제니는 머리에 찬물을 뒤집어쓴 것처럼 소름이 끼쳤다.

그건 무척 아이러니한 일이었다. 그녀의 피를 뽑아내려는 사악한 인간들로부터 그녀를 지키고 싶어서 목숨을 내걸고 여기에 뛰어들었는데, 그 결과는 다시 테라의 피를 거래하는 것으로 끝을 맺어야 하다니…….

"근데…… JL이라는 데는, 믿을 만한 곳이야? 만약에 여기 태양 그룹이랑 똑같은 놈들이면 어떻게 해?"

태권 소녀가 물었다. 테라는 잠시 말을 고른 뒤에 입을 열었다.

"그럴 수도 있어요. 젠킨스 씨에게 들었던 이야기들은 꽤 끔찍했었거든요. 정말…… 끔찍했어요. 하지만 이곳과 거기가 다른 아주 결정적인 차이가 있어요. JL의 연구원들은 저 같은 유형의 사람이 얼마나 드물게 존재하는지 아주 잘 안다는 거예요."

"걔들은 그런 걸 어떻게 잘 알아?"

"그곳에서는…… 예전부터 좀비들과 면역자에 대해 연구하고 있었거든요. 애초에 좀비들이 전 세계로 퍼진 것도 그 회사의 책임이에요."

"잠깐, 잠깐만…… 좀비를 퍼뜨렸다고? 그 회사가?"

테라로부터 완전히 의외의 말을 들은 태권 소녀는 어처구니가 없다는 듯 미간을 찌푸렸다. 잠시 침묵이 흘렀다.

위이이잉—.

커튼으로 벽을 쳐 둔 유빈의 침대 쪽에서 소형 회전톱이 회전하는 소리가 난다. 치과에서나 들을 법한 오싹한 모터 소리. 제니는 걱정스러운 눈으로 그쪽을 돌아보다가 이내 고개를 떨궜다.

지금 자신이 사랑하는 남자의 뼈가 잘리고 있다. 치료를 위해서라고는 하지만, 이 상황이 끔찍하다는 것에는 변함이 없다. 커튼에 어른거리는 실루엣조차 쳐다보기가 두렵다. 커튼 안쪽에서 민구와 보안관이 지키고 있다지만, 그래도 불안하다.

태권 소녀의 마음도 크게 다르지 않았기에 대화는 잠시 끊어졌다. 다들 청각에 신경을 집중하고 바짝 긴장한 채 빠르게 회전하는 쇠가 뭔가 단단한 것을 갈아 내는 소리를 들었다.

잠시 후, 회전톱의 소리가 멈췄을 때, 태권 소녀는 가벼운 한숨을 내쉬고 이야기를 이었다.

"그러니까 지금 테라, 네 말이 사실이라면…… 그 JL이라는 것들이 좀비를 전 세계에 퍼뜨린 놈들이라는 거잖아. 그런 놈들을 어떻게 믿어?"

"아…… 퍼뜨렸다는 건 사실이긴 한데요……. 그게 좀 복잡해요. 제가 그 일들을 모두 다 직접 보고 아는 건 아니지만, 젠킨스 씨에게서 들은 대로라면 그건 사고였어요. 꽤 높은 지위의 간부 중 한 사람이 이성을 잃고 저지른 일이었다고……."

테라가 대답했다. 태권 소녀는 그 말을 믿어도 되는 건지 아직 확신이 서지 않는다. 죄를 지은 놈들이 그런 식으로 변명을 하는 건 흔한 일이다. 자기 책임이 아니라고…….

그런데 또 한편으로는 말이 되는 것도 같다. 치료약도, 예방약도 없는 병을 퍼뜨려서 그들이 대체 뭘 얻을 수 있단 말인가…….

"그럼 네 생각에 그놈들은 여기와는 좀 다를 거다, 이런 거야?"

태권 소녀가 묻자, 테라는 작게 고개를 끄덕였다.

"네. 여기 사람들은 좀비와 면역자에 대해서 아무것도 몰랐어요. 그러면서도 조심성도 없고, 양심도 없었죠."

"흐음~."

태권 소녀는 답답하다는 듯 작게 한숨을 내쉬었다.

"그 사람들은 너에 대해서 굉장히 잘 알 거라고 믿나 보네?"

"네. 젠킨스 씨는 제 발가락 상처가 낫지 않는 걸 보고, 제가 좀비들에게 보이지 않을 거라는 걸 알려 줬어요. 저도 그 말을 들었을 때는 도저히 믿기지 않았지만, 어젯밤부터 오늘까지 겪어 보니 사실이더라고요."

그렇게 대답하는 테라의 표정에 만감이 교차한다. 특히 자신이 오늘 식사실로 끌려가 겪었던 그 끔찍한 경험은…… 아주 오랫동안 그녀를 악몽에 시달리도록 할 것이다.

"근데, 그 말이 진짜 사실이야? 좀비들한테 안 보인다는 거 말이야. 듣고 나서도 안 믿겨."

태권 소녀가 미심쩍다는 표정을 지었다. 그녀는 민구와 함께 8층의 반대쪽을 담당하고 있었기 때문에 테라가 식사실 아래층에 있는 모습을 보지 못했다. 제니가 테라 대신 대답해 준다.

"네. 아까 처음 봤을 때, 저도 엄청 충격받았어요. 테라, 얘가 좀비들 사이에서 태연히 걸어오는 거예요. 좀비들은 얘한테 신경도 안 쓰고요. 모르는 사람이 그러고 있었으면 장관이라고 했겠지만, 거기 서 있는 게 테라니까…… 머리로는 안전하다고 알면서도 불안했어요."

"그건…… 쩌네. 그럼 테라한테 피 나눠 받으면 이제 우리도 다 그렇게 되는 거야?"

태권 소녀가 감탄하며 자신의 욕망을 감추지 않는다. 만약 그렇게만 된다면 좀비 세상에서 아무것도 걱정하지 않을 수 있을 것 같다.

테라는 그녀를 실망시키는 게 미안하다는 표정을 지으며 고개를 저었다.

"……아뇨. 그건…… 항체가 생겨도 확률에 따라서 어떤 면역자가 되는지 정해진다고 했어요. 세 종류가 있거든요."

"그렇구나……. 골치 아파. 어떻게 해야 똑똑하게 구는 건지 잘 모르겠어. 이런 거는 유빈이가 고민해서 결정했었는데…….”

태권 소녀가 머리를 긁적이며 중얼거렸다. 유빈을 만난 이후에는 복잡하고 귀찮은 계산들을 모두 그에게 맡겨 뒀다는 걸 새삼 깨닫게 된다.

"나 혼자 끙끙 앓는다고 될 문제가 아닌 것 같네. 좀 이따가 애들이랑 다 같이 이야기해 보자. 그때까지 넌 좀 누워 있어. 엄청 아파 보인다."

잠시 더 고민을 해 보던 태권 소녀는 테라의 어깨를 다독거려 주며 일어났다. 실제로 얼굴을 본 건 오늘이 처음이지만 워낙 TV에서 많이 봤던 아이여서, 그리고 이미 제니와 친숙한 사이여서 태권 소녀는 테라가 그리 낯설게 느껴지지가 않았다.

"흐아~!"

잠시 후, 유빈의 상처에 대한 응급 처치를 끝내며 의사가 한숨을 내쉬었다. 까딱 실수라도 했다가는 곁에서 지키고 있던 민구가 곧바로 목을 딸 기세였다.

친구의 잘린 팔목을 고정하기 위해 꽉 붙잡고 있어야 했던 보안관도 이마의 땀을 닦는다. 괴로워하지 않는 건 약에 취해 완전히 늘어진 유빈뿐이다.

"저 사람은 물 한 잔만 마시고 치료할게요. 괜찮죠?"

보안 요원을 가리키며 의사가 물었다. 민구는 고개를 끄덕여 줬다. 그때, 태권 소녀가 진우를 데리고 그들에게 다가왔다.

"잠깐 회의 좀 하자. 아저씨도 오세요."

친구들과 민구는 테라의 침대 주변으로 자리를 옮겼다. 민구는 테라의 안색을 곁눈으로 살폈다. 별로 좋아 보이지는 않는다. 피곤하기도 하겠지만, 아마도 유빈의 팔이 잘린 것을 자책하느라 더 지쳐 있을 게 분명했다. 그녀의 책임이 아닌데…….

"유빈이 팔 말인데…… 테라가 JL로 가자고 했어. 거기에 의사가 있다면서."

"JL이 뭐야?"

보안관이 물었다. 태권 소녀는 자신이 들었던 걸 고스란히 친구들에게 전해 줬다.

"그건…… 너무 위험해 보이는데……. 이야기 들어 보니까 한국 회사냐, 외국 회사냐 정도의 차이밖에 없는 것 같은데, 그런 데를 우리 발로 걸어 들어간다고? 그냥 군인들한테 가서 수술해 달라고 하면 안 될까? 건대에는 고 하사 아저씨밖에 없었지만, 더 큰 부대에는 의사들이 있을 거 아냐. 군인들이 수천 명이면 다치는 사람들도 꽤 많을 거잖아."

삼식이가 반대 의견을 냈다. 생명을 잃을 것인가, 한쪽 손을 잃을 것인가 고르라고 하면 당연히 손이다. 그건 유빈도 마찬가지일 거라고 생각했다.

"잠실 의사들은 못 고쳐. 거기 맡겼다간 일주일도 못 가서 죽을 거다."

민구가 냉정하게 단언했다. 잠실 의무실에서 그가 보았던 광경이 자연스레 떠오른다. 여기저기 잘려 나간 병사들이 후텁지근하고 좁은 병원에서 피를 흘리며 죽어 가던 모습. 지친 의사들은 거의 손을 쓰지 못하고 부상자들을 방치했었다.

"그럼 형씨는 JL로 가자는 입장이야?"

보안관이 물었다. 민구는 녀석을 돌아보며 고개를 저었다.

"그런 말은 안 했어. 결정은 테라하고 너희들이 하면 돼. 그저 잠실에 있던 의사들에게 기대하지는 말라는 거다."

"아저씨도 그 젠킨스라는 사람 겪어 봤죠? 어떤 사람이었어요? 그 사람 말만 믿고 JL이라는 데로 가도 괜찮겠어요?"

태권 소녀가 물었다. 민구는 흉터 주변을 긁적이며 대답했다.

"평소 행실이 마음에 드는 놈은 아니었다. 장삿속이 엄청나게 밝고, 욕심이 많은 놈이었지. 잘난 척을 해서 묘하게 사람 성질을 긁는 재주도 있고, 또 살살 눈치를 봐 가며 거짓말도 곧잘 하고."

늘어놓고 보니 참 대단한 녀석이었다. 이 모든 게 말이 전혀 통하지 않는 상황 속에서도 알 수 있는 일이었다니…….

"전혀 못 믿을 인간이라는 말이네요."

"평소의 모습만 놓고 보자면 그랬지만…… 죽기 직전에는 좀 달랐지. 건물에 깔려서 다리가 다 짓뭉개지고 옆구리가 찢기는데도 살려 달라고 하지 않더군. 대신에 테라에게 세상을 구해 달라고 부탁했지."

젠킨스의 마지막을 회상하며 민구가 말했다. 비록 그 자신은 검은 군복의 목을 따느라 그 유언들을 다 듣지 못했지만, 녀석이 간절한 말투로 테라에게 애원했다는 사실은 기억하고 있다.

"조금 전에 혜주가 말한 그 신호기라는 건 어디 있습니까?"

잠자코 듣고 있던 진우가 물었다. 민구는 침대 곁에 떨어져 있는 유빈의 가방을 가리켰다.

"저 안에. 이 정도 크기의 둥근 판이고, 가운데를 누르는 구조야."

"……네? 왜 그게 유빈이 가방 속에…….''

놀라 묻던 진우는 이내 질문을 거두고 너덜너덜해진 유빈의 가방을 열었다. 이 남자가 무슨 사연으로 유빈에게 신호기를 넘겼는지는 중요하지 않다. 지금 중요한 문제는 치료를 위해 그곳을 선택할 것인가, 선택한다면 몇 명이 유빈과 함께 갈 것인가를 정하는 데 있었다. 그리고 그건 결정하기에 꽤 까다로웠다.

"그러니까 이 부근에서 이걸 누르면…… 보통 24시간 이내에 그 누른 장소로 구조하러 온다는 말이죠? 헬리콥터가…… 근데 이거, 망가진 건 아니겠죠?"

지하에서의 폭발 때문에 조금 그슬린 젠킨스의 버클을 가만히 바라보며 진우가 중얼거렸다. 무슨 원리인지 도저히 모르겠다.

원리보다도 더 궁금한 것은 과연 얼마나 강력한 수준의 무장을 갖추고, 몇 명이 올 것인가 하는 문제였다. 염두에 둬야 할 점들이 너무도 많다. 머리가 터져 나갈 것처럼 지끈거린다.

"……응?"

시선을 아래로 한 채 골똘하게 고민하고 있던 진우는 자신에게 쏟아지는 시선을 느끼고 고개를 들었다. 다들 자신만 바라보고 있다. 심지어 민구라는 이 칼잡이 남자도.

"뭐? 왜들 그렇게 쳐다보는 거야?"

진우가 주변을 둘러보며 물었다. 보안관이 대꾸했다.
"뭐겠어? 네가 어떤 결정을 내릴지 기다리고 있는 거잖아."
"응? 내 결정이 왜 그렇게 중요해?"
"중요하지. 우리 운명이 걸려 있는 거니까."

이번에는 태권 소녀가 말했다. 그제야 진우는 지금 자신에게 유빈이 하던 역할이 임시로 부여되었다는 걸 깨달았다.

이 팀의 방향을 결정하는 역할……이라는 데 생각이 미치자 가슴이 묵직해진다. 금세 이마에 솟아난 땀을 닦으며 진우가 중얼거렸다.

"나는…… 유빈이만큼 그렇게 머리가 팽팽 돌아가지 않는데……."
"그렇지 않아요. 오빠는 정말 영리한 사람이에요. 혼자 강원도에서부터 여기까지 왔잖아요. 좀비들이 우글거리는 몇백 킬로미터를 모두 돌파해서……. 그거…… 단순히 총을 잘 쏘고 건강하다고 해서 해낼 수 있는 일이 아니에요. 어쩌면 오빠 말고는 아무도 할 수 없는 일일지도 몰라요."

제니가 말했다. 보안관도 삼식이도, 그리고 태권 소녀도 고개를 끄덕인다.

'강원도에서 서울까지 걸어왔다고? 혼자서?'

민구는 내심 깜짝 놀랐다. 그게 인간이 해낼 수 있는 일인가 싶다. 괴물들이 약해져 있는 지하철로 피해서 이동할 수 있는 것도 아니고…….

민구는 총잡이 녀석이 왜 나이에 걸맞지 않은, 칼날 같은 냉혹함을 갖추고 있는지 이제야 이해할 수 있었다. 매일 수라 지옥을 지나는 동안에 조금씩, 조금씩 깎이고 단련되어 만들어진 예리하고 단단한 칼날…….

그게 바로 이놈의 마음이다. 물론 대부분은 그렇게 되기 전에 맥없이 부러져 나가고 말겠지만.

"후우우~!"

진우는 크게 숨을 몰아쉬며 고개를 끄덕였다. 결정을 내려야 한다.

"일단 이 신호기는 눌러 놓자. 우리가 중간에 몇 번이나 마음을 바꿀지는 모르지만, 시간을 당길 방법은 없으니까 준비는 최대한 빨리해 놓아야겠지."

진우가 신호기를 들어 보이며 말했다. 모두 동의하는 눈빛이다.

"눌러. 왜 말만 하고 가만히 들고 있어?"

태권 소녀가 묻는다. 진우가 대답했다.

"아니, 여기에서는 안 돼. 이 신호를 보낸 위치로 찾아온다고 했잖아. 근데 조금 있다가 군인들이 사람들을 구하러 와야 하니까 우리는 여기에 계속 머물 수 없어. 그러니 여기에서 조금 떨어진 한적한 곳으로 가서 눌러야 돼. 그러면서도 하루 정도는 안전하게 보낼 수 있는 곳에서. 헬기가 바로 내릴 수 없는 장소면 더 좋아."

"복잡하네."

보안관이 다 이해하지 못한 표정을 지으며 말했다. 진우는 녀석에게 고개를 끄덕여 줬다.

"그래, 복잡해. 우리 목숨이 걸린 문제인데, 저쪽에 대해 아는 게 거의 없으니까 여러 가지를 감안할 수밖에 없어."

"저 건물들 정도면 적당한 걸까?"

복도 창문 너머로 보이는 몇 개의 낮은 건물들을 가리키며 삼식이가 물었다. 진우가 말한 조건을 어느 정도 만족시킨다.

"그럼 너는 결정을 대충 내린 거네?"

진우가 건물들을 유심히 바라보고 있자, 태권 소녀가 물었다.

"지금은 그렇긴 한데, 뭔가 놓치고 있을 것 같아서 말하기가 겁나. 그러니까 저 두 사람…… 용산 철로로 보내고 군인들 데려올 때까지 좀 더 생각을 하고 싶어. 여러모로 정신이 없지만, 일단은 갇혀 있는 사람들을 구해야지. 사람들을 구하려다가 유빈이가 다친 거잖아."

두 끄나풀을 가리키며 진우가 말했다. 응급 처치를 받은 보안 요원과 애송이가 불안한 시선으로 그들의 눈치를 살피고 있다.

"그동안 너희들도 생각을 해 줘. 뭔가 아이디어가 있으면 알려 주고."

친구들에게 한 번 더 부탁을 한 뒤, 진우는 보안 요원과 애송이에게 다가갔다.

"어지럽지 않아요? 뛸 수 있습니까?"

진우는 흰 붕대를 오른손 끝에 감고 있는 보안 요원에게 물었다. 보안 요원은 긴장된 표정으로 고개를 끄덕인다.

"아…… 예. 그냥 여기만 부분 마취한 거라서……. 근데 이제 저희는 어떻게 됩니까? 아까 저분이 갱생의 기회를 주신다고 했었는데……."

그들은 유빈의 부상 때문에 혹시 모든 계획이 틀어진 건 아닐까 걱정하는 중이었다. 진우는 그들에게 고개를 끄덕여 줬다.

"맞습니다. 뛰실 수 있으면 지금 내려가죠. 마취가 되어 있는 편이 총을 잡기도 더 나을 테니까. 마침 이 근처에 대규모 좀비 떼도 보이지 않고요."

진우는 그들을 데리고 좀비들의 시체가 가득한 복도를 지나 엘리베이터 쪽으로 걸어갔다. 민구와 삼숙이가 진우와 함께 이동했다.

테라와 약에 취해 기절해 있는 유빈은 보안관과 태권 소녀가 든든히 지키고 있다. 이 층을 돌아다니는 좀비들은 이미 진우가 거의 다 잡았고, 여차하면 제니가 총을 들 수도 있다.

"젠장…… 이런 데에서 대번에 표가 나네."

어느새 옥상으로 올라가 있는 엘리베이터를 보며 진우가 투덜거렸다. 내릴 때 엘리베이터 문에 뭔가를 끼워서 이 층에 묶어 뒀어야 하는데, 아무도 그걸 신경 쓰지 않았다.

아무리 정신이 홀랑 빠진 상황이었다고는 해도 유빈이 있었다면 분명 뭔가 조치를 해 두고 내렸을 거다. 지금 이 엘리베이터 건은 큰 문제가 없는 일이었지만, 그래도 유빈의 빈자리를 확연히 보여 주고 있다.

띵ㅡ.

엘리베이터는 금방 다시 18층으로 돌아왔다. 이걸 타고 누가 올라갔는지는 모르지만, 지금쯤 박살 난 헬리콥터를 보며 망연자실해 있을 것이다.

"받으세요."

아래로 내려가는 엘리베이터 안에서 진우는 두 끄나풀에게 MP5와 탄창을 나뉘 주었다. 태양 그룹 직원이라는 신분을 감추기 위해서 웃옷을 벗어 던지고 있던 둘은 상기된 얼굴로 총을 잡았다.

"1층 로비까지 저와 함께 나간 다음에, 곧바로 무너진 담 쪽으로 뛰세요. 주차장 내부에 돌아다니는 좀비들은 상대하지 않아도 됩니다. 제가 잡을 거니까요. 그리고 곧장 달려가면서 앞을 막아서는 놈들만 쏘세요. 직진. 한강변의 산책로를 만나서 우회전할 때까지 꺾으면 안 됩니다. 탄창이 하나뿐이라는 걸 잊지 마십쇼."

진우는 얼음 같은 눈으로 두 사람을 번갈아 보면서 작전을 설명해 줬다.

단순한 임무였다. 좀비들이 이따금씩 출몰하는 약 1킬로미터의 직선 구간을 얼마나 빠르게 주파하느냐가 성패를 가늠한다. 보안 요원과 애송이는 입을 꾹 다물고 고개를 끄덕인다.

"그럼 갑시다!"

엘리베이터 문이 열리자마자 진우가 앞장서서 뛰어나갔다.

투투둑— 투투투—.

지하 1층의 열기에 홀려 로비로 들어와 있던 좀비들이 진우의 총탄 세례를 받고 머리가 터진 채 나뒹군다.

진우는 근처에 쓰러져 있던 좀비의 시체를 끌어와 엘리베이터 문이 닫히지 않도록 받쳐 뒀다. 그러고는 다시 총을 고쳐 잡았다.

투두두— 투투둑— 투투투—.

진우는 마치 미리 수십 번의 시뮬레이션이라도 경험해 본 사람처럼 능숙하고 빠르게 총구의 방향을 돌려 가며 좀비들을 쓰러뜨리고, 방향을 바꾸고, 게이트를 점프해서 피했다. 주차장으로 이어진 계단까지 닿는 데 채 30초도 걸리지 않았다.

"내려가요!"

박살 난 정문 앞에 우뚝 버티고 서서 방아쇠를 당기며 진우가 명령했다. 태양광 발전 패널 주변에 서 있다가 고개를 돌리던 좀비들의 머리가 펑펑 터져 나간다.

"으아아아아!"

보안 요원과 애송이는 바짝 쫄아 있는 마음을 속이기 위해 함성을 지르며 계단을 뛰어 내려갔다. 측면에서 그들을 반기며 달려오는 좀비들! 애송이는 자신도 모르게 멈춰 서서 탄창을 끼웠다.

그런데…… 이게…… 낯선 총인 데다가 마음이 급하니까 잘 들어가지 않는다.

투투둑—.

아가리를 벌리고 달려오던 좀비의 옆머리가 사라지고, 놈의 뇌수가 애송이의 볼에 튄다. 너무 놀라 심장이 터지는 줄 알았다.

"뛰어! 멈추지 말고!"

진우가 외쳤다. 이런 식으로 시간을 끌면 점점 더 많은 좀비들과 마주하게 될 뿐이다.

"죄, 죄송합니다! 그럴게요!"

애송이는 두어 번 허리를 숙인 뒤, 장전된 총을 꽉 잡고 보안 요원을 쫓아 뛰었다.

투둑— 툭—.

등 뒤에서 울려오는 총성!

바람을 가르는 총알의 날카로운 소리가 고막을 울린다 싶은 순간, 보안 요원의 앞을 가로막으려던 좀비 두 마리가 뒤로 팍팍 나가떨어진다.

"뒤는 신경 쓰지 마. 내가 맡을 테니까."

두 끄나풀의 엄호를 위해 정신없이 총구를 돌리고 있는 진우에게 민구가 말했다.

스릉—.

마세티를 뽑아 든 민구는 진우와 자신을 향해 덮쳐 오는 주변의 좀비들을 닥치는 대로 베었다. 목을 치고, 두개골을 부수고, 발목을 끊어 자빠뜨렸다. 두 사람이 버티고 선 정문 계단 주변은 금세 좀비들의 시체로 어지러워졌다.

철컥—.

진우는 탄창을 교환하고 빠르게 다시 전방을 겨냥했다. 300여 미터를 주파한 시점부터 두 끄나풀의 속도는 현저히 느려졌고, 그 추세가 개선될 것 같지는 않아 보였다.

처음에 너무 오버 페이스를 하면 안 된다는 조언을 해 주지 않은 걸 후회하며, 진우는 둘의 주변으로 달려드는 좀비들을 계속해서 쓰러뜨렸다.

투투둑— 투투둑— 투투투—.

그래도 한 가지 고무적인 것은, 보안 요원과 애송이 모두가 직선으로 달리라는 명령 한 가지만은 충실히 이행하고 있다는 점이었다.

조금 시간이 걸리겠지만, 방향을 바꿔 도망가거나 하지 않고 꾸준히 계속 뛰기만 하면 곧 용산 철로까지 도달할 수 있다.

"끝났나?"

잠시 후, 진우가 총구를 아래로 내리는 걸 보며 민구가 물었다. 진우는 고개를 끄덕였다.

"네. 일단 제 시야는 무사히 벗어났습니다. 이제 풀숲을 지나서 몇 분만 뛰어가면 용산 철로에 도착할 거예요."

"그놈들…… 거기까지 갈 수 있을 것 같아 보이던가?"

"그럴 수 있을 겁니다. 그 손이 날아간 사람이 체력도 좋았고, 꽤나 배짱이 있었어요. 왼손으로 여섯 발을 쏴서 좀비도 한 마리 잡았고요."

진우는 담담하게 대답했다. 풀숲 주변은 오가는 장갑차도 많고, 군인들의 보호를 받게 될 가능성이 높다. 이제 그 두 끄나풀에게 남겨진 과제는 불과 몇백 미터를 돌파하는 것뿐이다.

"그래, 좋아. 잘됐군. 그럼 이제 그 신호기를 놓고 오지."

민구가 말했다.

## 03

 진우와 민구는 태양 그룹 빌딩 밖으로 나와 18층에서 보아 뒀던 후미진 작은 건물들 쪽으로 이동했다. 삼숙이가 씩씩하게 가슴을 내밀고 진우와 발을 맞춰 걷는다.
 골목까지의 거리는 약 100여 미터. 어느새 한낮을 맞은 태양은 높이 솟아 이글이글 타오르고, 기온은 건물 내부와 비교할 수 없을 만큼 뜨겁다.
 두 사람은 별다른 말 없이 걸었다. 포격을 받은 태양 그룹의 건물이 워낙 주변의 좀비들을 잔뜩 끌어들였기 때문에 골목 안으로 향하는 경로는 상대적으로 안전했다.
 그리고 그렇게 집중력을 극한까지 끌어 올리지 않아도 생존할 수 있는 환경은, 잠시 미뤄 뒀던 고민들이 다시 수면 위로 떠오르도록 만들었다.
 '내가 놓치고 있는 건 없을까……. 당연히 염두에 뒀어야 하는 건데 그만 깜빡하고 있는 부분이 있지 않을까…… 그 엘리베이터 문처럼…….'
 골목 안으로 들어가 걷는 동안 진우는 계속 스스로에게 물었다. 눈으로는 건물들을 보고 있지만, 그의 머릿속은 JL 헬리콥터와 조우하는 가상의 이미지들로 가득 채워졌다.
 상대가 총 몇 명이나 될지 몰라도 그들을 반드시, 그리고 별다른 타격 없이 제압해야 한다.
 그런 계산이 끝나기도 전에 또다시 다른 사념들이 떠오른다. 괴로운 이미지들이었다.
 자신이 보았던 광경. 컴컴한 바닥에 떨어져 있던 잘린 손목…… 뼈가 드러난 유빈의 팔, 그가 평생 그런 상태로 살아야 한다면 어쩌지…… 하는 걱정.
 그러니 더 신중하게 이 일에 대해 생각해 봐야 한다. 친구의 팔목도 멀쩡한 상태로 되돌리고 싶고, 너무도 사랑스러운 미소녀의 삶도 지켜 주고 싶다.

하지만 그게 가능할까……. 이편에서 절대 손해를 보지 않는, 안전한 신의 한 수 같은 건 없는 걸까…….

혹시라도 '내 판단 착오 때문에 모두가 불행해지지는 않겠지?' 하는 걱정이 들자마자 피투성이가 된 채 죽어 가던 하 중위의 얼굴이 스쳤다.

진우는 얼른 고개를 저어 불길한 생각들을 떨쳐 버렸다.

싫다. 이제 그런 일은 다시 겪고 싶지 않다.

"안타까운 건 알겠지만…… 그게 그렇게 당황할 만한 일인가? 집중력이 온통 흐트러질 만큼?"

민구가 물었다. 난데없이 던져진 질문이 귀를 울리자, 진우는 비로소 그를 짓누르던 망상으로부터 벗어날 수 있었다.

"……예?"

"팔 잘린 친구 말이야. 있을 수 있는 일이잖나. 누군가의 목을 따러 나섰을 때는 당연히 내 모가지도 따일 수 있다는 각오를 했을 테니까."

민구는 아무 감정 없이 말했다. 진우는 그의 얼굴을 빤히 바라보다가 대꾸했다.

"따일 각오를 했다고 해서 막상 그 일을 당했을 때 기분이 상하지 않는 건 아니죠. 무사히 이기고 싶어서 안간힘을 쓰는 건데."

"뭐, 맞아. 최선을 다했지. 그러니 좀 실망스러운 부분이 있다고 해서 다들 죄인처럼 대가리를 못 들고 허둥댈 필요는 없어. 이건 원래 그런 싸움이었어. 그리고 결과도 이만하면 꽤 좋은 편이고."

"이런 걸…… 좋다고 해야 합니까?"

진우는 화를 내지 않기 위해 노력하며 물었다. 이 칼잡이 남자의 말이 맞다. 머리로는 그의 논리에 수긍할 수 있지만, 가슴은…… 유빈의 피를 보고 흥분한 가슴은 납득이 안 된다.

"그렇게 계속 머릿속으로 딴생각만 하고 있으면 결국 점점 더 안 좋아질걸? 너, 지금 골목 안으로 얼마나 들어왔는지 기억하고 있나?"

민구가 물었다. 그 질문을 들은 진우는 말문이 막혔다. 모르겠다. 몇 미터 정도나 들어왔는지, 코너는 몇 번이나 어느 방향으로 돌았는지……. 지금 진우는 평소의 그였다면 상상할 수 없는, 아주 멍청한 상태로 어슬렁거리고 있었다.

"후우우~."

진우는 깊게 한숨을 내쉬고 나서 솔직하게 털어놓았다.

"진정이 안 돼요. 화가 나서…… 내가 조금만 더 침착했더라면 하는 생각에 후회도 되고."

"침착해지는 건 좋아. 그런데 네가 아무리 침착했어도 터져서 날아가는 쇠문 방향까지 예측할 수는 없지. 그냥 우연이었어. 거기에 내 머리가 걸렸어도 이상하지 않고, 그 덩치 큰 놈의 다리가 잘렸을 수도 있지. 물론 아무에게도 맞지 않고 아슬아슬하게 비껴갈 수도 있었지만, 어디 세상이 내 하고 싶은 대로만 돌아가나?"

그렇게 말하며 민구는 담배를 꺼내 물었다. 그가 지포 라이터에 불을 켜자 진우가 어처구니없어한다.

"담배 피우면 안 됩니다. 좀비들이 그 냄새를 쫓아와요."

"알아."

민구는 고개를 끄덕이며 불을 붙였다.

"그런데 일부러 피우는 건 뭡니까?"

"나 혼자라면 조심하는 척이라도 하겠는데, 너랑 같이 있으니까 이래도 별문제 없을 것 같아서."

길게 담배 연기를 내뿜으며 민구가 말했다. 더 잔소리하고 싶지 않아서 진우는 그냥 내버려 뒀다. 혹시 몰려드는 좀비들이 많으면 좀 귀찮아지기는 하겠지만, 그 나름대로 의미는 있을 것 같았다.

그건 이 부근이 하루 동안의 은신처로 적절하지 않다는 이야기니까.

"우리가 지금 몇 번을 꺾었습니까?"

주변을 둘러보며 진우가 물었다.

"골목 입구로 들어온 다음 세 번. 오른쪽으로 한 번, 왼쪽, 또 오른쪽."

민구가 담배를 끼운 손가락으로 허공에 그림을 그려 보인다. 진우는 지나온 길을 되돌아보며 거리를 가늠했다.

큰길에서 멀어지려는 의도는 있었지만, 아무래도 여기는 너무 후미지다. 적어도 헬리콥터가 내릴 만한 곳과 시선이 닿기는 해야 승부를 보기가 편하다.

'아니, 잠깐…….'

다시 돌아 나가자고 하려던 진우는 멈칫하며 다시 생각을 정리했다. 놓치고 있는 게 있었다. 신호를 누른 지점과 밤을 새울 장소가 꼭 같아야 한다는 법은 없는 거였다.

그래…… 그렇구나. 그렇다면 이렇게 깊숙하게 들어온 것이 오히려 더 결과적으로는 나은 거일지도…….

진우는 고개를 끄덕이며 다시 새로운 입장에서 후보지를 물색하기 시작했다.

"저 건물 옥상에서 신호를 보내죠."

하나하나 신중하게 건물들을 살피던 진우가 말했다. 담배 연기를 내뿜고 있던 민구는 이런저런 말 없이 선선히 앞장서서 걷기 시작했다.

"왜 여기로 정했는지 안 물어봅니까?"

4층 건물의 옥상에 올라 신호기를 꺼내며 진우가 물었다. 민구는 고개를 저으며 옥상 바닥에 담배꽁초를 비벼 껐다.

"나중에 다른 녀석들이랑 같이 듣게 되겠지."

"그때 들어 보니 영 마음에 안 들면 어쩌시려고요? 바보 같은 작전이라거나."

"설마 그런 바보가 이때까지 살아남았겠나? 어디 구석에 숨어 있다가 바깥에 처음 나온 것도 아니고."

민구가 말했다. 그는 총잡이 녀석의 눈빛이 다시 예리하게 돌아왔다는 것만으로 이미 충분히 만족하고 있다. 진우는 더 걱정하지 않고 신호기를 눌렀다.

그런데…… 이게 아무런 반응이 없다.

진우는 조금 당혹스러웠다. 하다못해 작은 불이라도 들어와 주면 '신호가 제대로 갔구나.' 하는 걸 알 수 있을 텐데…… 이건 그냥 스프링이 작동해서 스위치를 다시 밀어 올리는 것 외에는 아무런 부가 작동이 없다.

혹시 방향이 맞지 않아 신호가 잡히지 않은 걸까 싶던 진우는 제자리에서 천천히 한 바퀴를 돌며 대략 30도마다 한 번씩 신호기를 눌렀다. 그래도 여전히 신호가 들어갔다는 표시는 나타나지 않는다.

"아우우—! 컹컹컹!"

그 순간, 어디에선가 개들이 울부짖어 댔다.

"이거, 켜진 걸까요?"

진우가 당황스러운 표정으로 말했다. 폭발의 여파를 맞이한 유빈의 배낭 속에 들어 있었다는 게 마음에 걸린다.

JL로 갈 것인지에 대해 아직도 마음을 확고하게 정하지는 못했지만, 그래도 아예 신호조차 보내지 못하는 건 또 완전히 다른 이야기다.

"나한테 물어봐야……."

진우로부터 신호기를 넘겨받은 민구도 당황하는 기색을 보인다. 기계, 그것도 이런 식의 낯선 기계에 대해 그는 아무것도 모른다. 가끔 차가 말썽을 부릴 때에도 그가 할 줄 아는 거라고는 타이어를 냅다 걷어차면서 욕설이나 퍼붓는 정도가 고작이었다.

"참 등신같이도 만들어 놨군."

한 번 찰칵, 하고 스위치를 눌러 본 민구는 아무 반응이 없는 신호기를 노려보며 중얼거렸다. 그러고는 될 대로 되라는 심정으로 스위치를 마구 연타해 본다. 타이어 걷어차기와 다를 바 없는 행동이었다.

"얼—!"

그때까지 진우의 곁을 얌전히 지키고 있던 삼숙이가 돌연 민구를 향해 짖는다. 똑똑하던 개가 갑자기 이상행동을 보이며 달려들려고 하자 민구도 순간 주춤했다.

"컹컹컹! 아우우우~!"

조금 전, 울부짖던 동네의 들개들도 다시 짖어 대기 시작했다. 정신이 홀랑 빠지는 것 같다.

"이놈, 뭐야?"

민구가 미간을 찌푸린다. 하지만 진우는 반가운 표정을 지었다.

"오! 그거…… 신호 가고 있는 모양입니다."

"음?"

여전히 이해할 수가 없어서 민구는 고개를 갸웃거렸다.

이 개새끼가 개기는 거랑 그게 무슨 상관이란 말인가.

"줘 보세요."

진우는 민구로부터 신호기를 다시 돌려받아 삼숙이의 귀 가까이 대고 꾹 눌러 봤다. 삼숙이는 싫은 내색을 하며 머리를 돌려 피한다.

"아, 알았어. 삼숙아, 안 할게. 응, 응. 그만할게."

두 발로 서서 얼굴을 핥으며 아부하려는 삼숙이를 진우가 다독였다.

"아마 이게 신호로 소리를 쏘는 것 같습니다. 우리 귀에는 안 들리는, 그런 종류의 소리. 그런데 그게 얘한테는 거슬리는 거겠죠."

진우가 들뜬 목소리로 떠들어 댄다. 여전히 잘 이해가 되지 않았지만, 민구는 그냥 고개를 끄덕였다. 개들은 사람이 못 듣는 소리까지 들을 수 있다는 말을 어디선가 주워들었던 기억이 나는 것도 같다.

사실 그로서는 JL로 가지 못한다고 해도 크게 손해 보는 것은 없다.

신호를 보낸, 엄밀하게 말하자면 신호를 보냈다고 믿은 두 사람은 이따금씩 모습을 드러내는 좀비들을 잡으면서 다시 태양 그룹 건물로 돌아왔다. 그러고는 엘리베이터 앞에 섰다.

"후우우~!"

지하에 갇혀 있는 사람들 앞에 나서기 전, 진우는 거울을 보며 한숨을 내쉬었다. 아까 CCTV에서 본 바로는 이 엘리베이터의 문이 열리자마자 셔터에 갇힌 사람들과 마주하게 된다. 그게 부담스럽다.

곧 구조가 될 거라는 희망을 주는 건 꼭 필요한 일이지만, 그 말을 전하는 동시에 엄청나게 큰 혼란이 일어날 것이다. 다급하고 공포에 질린 사람들이니, 당장 셔터를 열어 달라고 애원할 게 분명하다.

하지만 그들이 원하는 대로 해 줬다가는 보호받지 못하는 수천 명의 사람들이 좀비가 돌아다니는 거리로 쏟아져 나갈 거고, 그 결과는 많은 죽음으로 이어질 수밖에 없다.

그러니 권위 있는 모습을 보여야 한다. 믿음을 주면서도 동시에 사람들을 지시에 따르게 할 수 있는, 그런 모습.

"……특수 요원 박진웁니다! 특수 요원 박진우라고 합니다……. 아아, 영 별로인데……."

거울을 보며 자기소개를 연습하던 진우가 거칠어진 손바닥으로 얼굴을 훑으며 괴로워했다. 건대에서 통했던 기억 때문에 특수 요원이라는 가상의 신분인 척하려고 하는데, 그게 너무 쪽팔린다.

'특수 요원'이라는 거짓말을 할 때마다 거울에 비친 자신은 눈을 아래로 슬쩍 내리깔며 부끄러워한다. 이래서야 다급한 사람들에게 신뢰를 줄 수 있을 리가…….

"안 믿을 것 같아요. 내가 봐도 영 구라 같은데……."

진우는 민구를 돌아보며 말했다. 보다 못한 민구가 나섰다. 그는 로비에 쓰러져 있는 섀도 실드의 시체들을 가리켰다.

"저것들을 써 봐."

"네? 쓴다는 게 무슨……."

"답답하구만. 엘리베이터에 몇 놈 끌어다 앉혀 놓으라는 말이야. 거울에 피도 좀 묻혀 놓고."

"그게 어떤 도움이 됩니까?"

진우가 물었다. 민구는 속으로 한숨을 쉬었다. 이 총잡이 놈은 가지고 있는 능력과 달리 너무 순진하다. 허세가 사람 심리에 얼마나 큰 영향을 주는지 전혀 모르는 것 같다.

"자, 어때? 여기에서 총 맞아 죽은 것처럼 보이지?"

민구는 일단 시체 한 구를 끌어와 엘리베이터 구석에 앉힌 뒤 물었다. 백 마디 말을 듣는 것보다 한 번 직접 보는 게 더 나은 법이니까. 진우는 떨떠름한 표정으로 대답했다.

"그렇기는 한데, 자세히 보면 아니라는 게 표가 납니다. 일단 거울에 피가 퍼진 범위가 너무 적고……."

"사람들은 그런 것까지 못 봐! 그냥 시체 있고, 피 있으면 깜짝 놀라서 '여기서 죽었구나.' 한다고. 이런 놈들을 한 셋 정도 끌어와서 엘리베이터에 깔아. 그러면 엘리베이터 문이 열리자마자 저 밑에 갇힌 놈들이 보고 깜짝 놀라겠지."

진우가 멍하니 고개를 끄덕이자, 민구는 이야기를 계속했다.

"그런데 아무리 멍청이들이라도 이 검은 군복이 나쁜 새끼들이라는 건 기억할 거란 말이지. 그때 네가 내리면서 말하는 거야. 구조하러 왔는데, 아직은 위험해서 문을 못 열어 준다. 하지만 이 새끼들 이제 거의 다 죽였으니 안심하고 조금만 더 기다리라고. 그 말만 딱 하고 곧바로 다시 엘리베이터에 타. 그럼 바짝 쫄아서 찍소리도 안 하고 기다릴 테니까."

아하…… 진우도 이제 납득이 간다. 예전에 칼에 찔려 죽은 여자의 시체를 앞세워 군인들의 수색을 잠시 피했던 것과도 어딘가 상통하는 데가 있다.

사람들은 공포 앞에서 논리가 흐려진다. 허술해 보이는 트릭이라도 통할 것 같았다.

의기투합한 진우와 민구는 섀도 실드 대원들의 시체를 두 구 더 끌어와 엘리베이터에 눕히고 앉혔다. 일부러 피를 찍어 거울에도 발랐다. 엘리베이터 버튼을 누르기 직전, 진우는 아무도 없는 허공에 대고 방아쇠를 당겼다.

투투투— 투투둑— 투두두—.

총소리는 로비를 쩌렁쩌렁 울렸다. 이 정도면 지하 2층에도 어렴풋이 들렸을 거다. 준비를 마친 진우는 지하 2층으로 가는 버튼을 눌렀다.

"까아악!"

어두침침하던 지하 2층 주차장에 엘리베이터가 환한 빛을 발하며 열리자, 예상했던 대로 잔뜩 긴장해 있던 여자들은 비명을 질렀다.

당연한 일이다. 피투성이 시체가 몇 구나 모습을 드러냈으니까. 그때, 버튼 옆에 기대 숨어 있던 진우가 몸을 돌리며 모습을 드러냈다.

"진정하십쇼! 구조댑니다! 아직 전투 중이라 당장은 여러분을 꺼내 드리지 못합니다! 하지만 이미 승기를 잡았고, 곧 구조를 시작하겠습니다! 그때까지 조금만 기다려 주십쇼!"

거기까지 말한 진우는 곧바로 엘리베이터 문을 닫았다. 어지간한 충격을 연속으로 받은 사람들은 그때까지도 멍하니 그를 바라보기만 하고 있다.

지하 3층으로 내려가는 동안, 진우는 숨을 골랐다. 이제 여기 남자들이 갇혀 있는 곳에서 조금 전과 똑같은 대사를 한 번만 더 말하면 된다.

첫 구조대는 그로부터 20여 분이 흐른 뒤, 정말로 대로 위에 모습을 드러냈다. 애송이와 보안 요원이 그들의 임무를 성공적으로 수행해 낸 모양이다. 비록 장갑 트레일러 한 대뿐이지만, 진우와 친구들이 안심하고 태양 그룹 건물을 빠져나가기에 충분했다.

반신반의하며 도착한 병력들이 이곳의 실상을 확인하고 나면 이내 훨씬 더 큰 규모의 후발 구조대가 도착하리라.

진우는 일행을 건물 뒤쪽의 왼쪽 골목으로 이동시켰다. 돌아오는 길에 그가 보아 두었던 5층짜리 건물 맨 위층 당구장에 도착한 친구들은 그제야 처음으로 등을 대고 누웠다.

"여기에서 신호 보냈어?"

아직도 약에 취해 있는 유빈을 소파에 눕힌 뒤, 큰대자로 뻗은 보안관이 물었다. 진우는 고개를 저었다.

"아니, 신호 보낸 데는 저기 반대 골목 안쪽이야. 여기에서는 안 보여."

"근데 왜 여기로 왔어?"

"작전이 떠오른 게 있어서."

거기까지 들은 보안관은 더 묻지 않았다. 너무 피곤해서 지금 당장은 물어볼 기운도 없다.

"끄으으응~ 으으응~."

반쯤 잠들어 있는 유빈이 붕대로 친친 감긴 왼팔을 흔든다. 아마 오른팔에 꽂힌 수액 주삿바늘이 불편해서 빼 보려는 모양이다. 그 모습을 보자마자 진우는 또 맥이 탁 풀리는 것 같았다.

'아니, 아니…… 안 돼. 집중해라, 집중해.'

진우는 자신의 뺨을 두드렸다. 슬퍼하고 걱정하는 건 뒤로 미룰 수 있는 일이다.

"그래서…… JL로 가는 걸로 결정 났어?"

테라의 수액 주사를 살펴 주던 태권 소녀가 물었다. 진우는 그녀에게 되물었다.

"혜주, 네 결론은 뭐였어?"

"아아, 나는……."

머리카락을 쓸어 넘긴 태권 소녀가 당구대에 기대앉으며 말했다.

"가야 한다는 건 아는데, 무서워. JL이라는 데도 또 태양 놈들처럼 굴까 봐. 그러지 말란 법이 없잖아."

다들 부인하기 어려운 부분이었다. 만약 JL이 태양 그룹만큼, 혹은 태양보다 더 사악한 놈들이라면, 그때는 또 싸워야 한다. 하지만 이번에도 이길 수 있다는 보장 같은 건 없다. 모두 다 죽게 될지도 모른다. 태권 소녀는 유빈을 한 번 돌아보고 말을 이었다.

"하지만 싸워야 한다면 발을 뺄 생각은 없어. 사실 따지고 보면 유빈이 다친 거, 내 책임이 꽤 커. 애초에 테라를 구해서 피를 나눠 받고 싶다고 했던 게 나였으니까."

"그래서 말인데, 테라랑 우리, 꼭 다 같이 움직여야 돼? 안 그래도 되지 않을까?"

삼식이가 말했다. 보안관이 고개를 돌리며 물었다.

"그게 무슨 소리야? 같이 안 움직이면 뭘 어쩌겠다고?"

"그러니까 내 말은 이런 거야. 우리 중에 꼭 JL로 가야 하는 사람은 유빈이뿐이잖아. 손을 고쳐야 하니까. 나머지는…… 사실 가야 할 필요가 없어."

"유빈이만 덜렁 보내자고? 걔네가 왜 태워 가서 치료를 해 주겠냐? 그리고 설사 태워 간다고 해도 뭐가 좋아? 다시 돌아오지를 못할 텐데."

"그건 아니지. 내 말 들어 봐. 테라가 피를 좀 뽑아서 날 줘. 그럼 내가 그 피를 가지고 있다가 유빈이랑 같이 헬리콥터를 타는 거야. 유빈이는 아파서 말을 잘 못하니까 내가 거래를 하는 거지. '이게 바로 너희가 찾던 면역자의 피다. 이거 더 받고 싶으면 얘 손을 온전히 고쳐 놔라.' 이런 식으로……. 봐, 이렇게 피 뽑는 주사기도 얻어 왔어."

삼식이는 자신의 배낭에서 혈액 채취용 주사기를 꺼내 보였다. 보안관은 널브러진 채 떨떠름한 표정으로 또 물었다.

"똑똑한 네가 그 지랄 하는 동안에 우리는 뭐 하고?"

"너희는 코스트코로 가서 좀 쉬면서 기다려. 대충 한 달 정도 뒤에 여기에서 다시 만나기로 하면 되잖아."

"만약에 약속한 날에 너랑 유빈이가 안 오면? 그럼 어떻게 해? 전화도 없고, 주소도 모르는데."

"그때 안 오면 다 그른 거지, 뭐. 그냥 우리는 잊어버려. JL도 신경 쓰지 말고. 나쁜 새끼들일 게 분명하니까."

삼식이가 아주 처량한 이야기를, 아주 평온한 어조로 들려준다. 엉덩이라도 한 대 걷어차 주려고 몸을 일으키던 보안관이 녀석을 노려보며 한숨을 내쉬었다.

"어휴~! 속상하게 신파 영화 찍고 자빠졌네, 미친 새끼가."

"아닌데……. 그렇게 하면 위험은 줄이고, 얻는 건 똑같잖아."

"씨발, 친구 넷 중에 둘이 없어지는 거나, 그냥 다 같이 위험해지는 거나 뭐가 다르냐고! 그렇게 하고 나서 목구멍에 밥이 넘어가?"

보안관과 삼식이가 그렇게 옥신각신하고 있는 동안, 민구는 가방을 구석의 당구대에 올려놓고 의료실 냉장고에서 쓸어 담아 온 음료수와 스낵들을 꺼내

났다.

"마시면서 떠들어."

음료수 캔을 삼식이와 보안관에게 던지며 민구가 말했다. 어떤 결정을 내리든 결국은 몸이 움직여야 한다. 그러려면 에너지와 수분이 필요하다.

"나더러 결정을 하라고 했잖아······. 그래서 생각을 해 봤어."

아직 냉기가 남은 콜라를 마시며 진우가 입을 열었다. 모두가 그를 돌아본다.

"나름 결정도 했고. 그런데 그 전에 테라에게 물어보고 싶은 게 있어. 테라야, 너 젠킨스라는 사람에게서 여러 가지 들었다고 했지. 너 같은 면역자가 얼마나 많은지 혹시 알아?"

진우는 테라에게 물었다. 테라는 조금 멋쩍어하면서 대답했다.

"다른 사람에게 항체를 줄 수 있는 면역자는······ 1억분의 1 확률로 존재한대요."

허, 듣고 있던 친구들 모두가 입을 쩍 벌렸다.

1억분의 1. 전 세계 인구가 모두 살아 있다고 가정해도 겨우 60명······.

"그렇구나. 이렇게 다들 욕심낼 만도 하네. 그럼 좀비는? 이것들의 수명은 얼마나 된다고 했어?"

"몇 년 동안······ 아무것도 먹지 않았지만, 좀비는 멀쩡했대요."

진우는 고개를 끄덕였다. 이것으로 그의 결정이 더 확고해졌다. 진우는 자신이 생각한 작전을 일러 주기 시작했다.

"나는 오늘 아침까지 JL이라는 데가 좀비 백신을 연구하는 줄도 몰랐어. 근데 JL도 아직 우리에 대해서 전혀 몰라. 젠킨스라는 사람이 죽은 것도 모르고. 그러니까 내일 헬리콥터가 온다면, 그 젠킨스라는 사람을 구조하기 위해서 오는 걸 거야. 바로 그 점에서 우리가 유리해. 저쪽은 기습에 대한 걱정을 거의 하지 않고 있을 테니까."

"만약에 나쁜 놈들이면 너무 위험 부담이 큰데······ 차라리 내 아이디어가 더 좋지 않아?"

삼식이가 고개를 갸웃거린다. 진우는 담담하게 이야기를 이었다.

"내가 삼척에 있을 때, 우리 분대원들도 도망칠 수 있었어. 트럭이랑 탄약, 다 갖춰 놓은 상태였지. 하지만 왜 그러지 않았냐면…… 우리가 도망가 버리면 원자로 건물을 잠글 수 있는 사람이 없었거든. 그래서 위험한 걸 뻔히 알면서도 버텼어. 선택의 여지가 없었지. 그날 원자로에 무슨 일이 생겼으면, 어차피 이 나라 어디로 도망을 치든 몇 달 내에 다 죽는 거니까."

진우는 테라에게 시선을 돌렸다.

1억분의 1…….

"만약에 이 좀비 사태가 진정되지 않으면 우리는 어차피 다 죽어. 길어야 1년, 짧으면 몇 달……. 우리가 아무리 똘똘 뭉쳐서 좀비들하고 잘 싸운대도 그런 것과 아무 상관이 없어. 어딘가에서 원자력 발전소가 붕괴될 수도 있고, 공장에서 독가스가 유출될 수도 있지. 왜냐하면 높은 군인들은 강원도에서 서로를 죽이느라 그런 걸 신경 쓸 여유가 없거든. 그러면 우리는 이유도 모르는 채 죽는 거야. 나는 그렇게 되기 전에 세상이 망하지 않도록 할 수 있는 최선을 다해 보고 싶어. 비록 아주 위험한 도박이라고 하더라도 말이야."

## 04

"끄으으응…….."

유빈은 꿈을 꿨다. 아주 힘들고 괴로운, 그래서 저절로 신음이 나오는, 그런 꿈이었다.

그는 거친 물살 속을 떠다니고 있었다. 거칠게 소용돌이치는 물살의 주변에는 괴물들이, 그리고 사람의 얼굴을 한 물고기들이 가득하다.

"봤지? 봤지?"

물고기들이 기묘한 소리로 울어 댄다. 무서웠다. 뾰족뾰족한 이빨을 가진 물고기들과 괴물이 그와 눈이 마주치기만 하면 입을 벌리고 달려든다.

딱딱— 딱—.

듣는 것만으로도 소름이 끼치는 이빨 소리!

왜인지는 모르겠지만, 무방비인 상태로 벌려진 그의 팔은 도무지 말을 듣지 않는다.

'이러다 잘리고 말 거야…….'

강한 예감이 들었다.

아니나 다를까, 몇 번의 굽이를 더 지났을 무렵, 활짝 벌려진 그의 팔은 물고기의 아가리 속으로 들어가 버렸다.

싹둑—!

종이를 잘라 내듯이 간단하게 손목이 사라졌다.

"아! 아아아아! 아으으!"

유빈은 비명을 질렀다. 하지만 목소리는 입 안에서 물로 변하며 그의 숨을 콱 막는다.

꾸르르르륵— 끄르륵—.

코로, 그리고 기도로…… 계속 물이 넘어간다. 유빈은 목을 움켜쥐고 안간힘을 썼다. 그렇게 고통과 공포에 시달리며 사나운 소용돌이 속을 빙글빙글 돌던 유빈은 완전히 탈진했을 무렵에야 물가로 내던져졌다.

"컥—!"

유빈은 물을 토해 내며 울부짖었다. 손이 하나 사라졌다는 게 그렇게나 마음 아픈 일일 줄 몰랐다.

이럴 줄 알았으면 아까 팔을 좀 더 당겨 보는 건데…… 팔이 무겁고 힘들어도 계속 당겨 보는 건데…….

후회가 가슴을 때리고, 눈물이 분수처럼 솟는다.

"낄낄낄, 저놈 봐…… 가뜩이나 볼품없는 놈이 이제 손도 하나뿐이야! 히히

히히!"

밉살스러운 목소리.

유빈은 귀를 막았다. 하지만 귓구멍을 막을 수 있는 손이 하나뿐이라 왼쪽 귀로는 소리가 고스란히 들어온다.

"불쌍해라……."

유빈은 싹둑 잘려 나간 자신의 왼 팔목을 쓸며 중얼거렸다. 그때였다. 뭉툭한 팔목 끝이 조금씩 뾰족해지는가 싶더니, 꽃이 피어오르고 가지가 뻗는다.

마지막으로 손이…… 수줍게 돋아난다. 아직은 터무니없이 작은 새 손이지만, 금세 쑥쑥 자라날 것이다.

"하하하! 돋아났다! 돋았다!"

유빈은 왼손을 높이 들어 올리며 자랑스럽게 외쳤다. 이제 아무에게도 놀림 받지 않을 수 있게 되었다. 이렇게 예쁜 손이 있으니까! 꽃이랑 함께 돋아난 손이 있으니까…….


"……돋았다. 끄으으응~ 흐흐흥, 돋았다……."

자신의 잠꼬대하는 목소리를 들으며 깨어난 유빈은 황급히 왼손을 눈 쪽으로 들었다.

설마…… 진짜?

캄캄한 밤중인 데다가 아직 온전히 잠을 떨쳐 내지 못한 눈이어서 잘 보이지 않는다.

잠시 더 눈을 껌뻑이던 유빈은 이내 큰 절망감을 느끼며 한숨을 내쉬었다.

팔은…… 그대로다. 아무것도 돋아나지 않았다.

유빈은 쑤셔 오는 자신의 왼팔을 외면해 버렸다. 당분간은 보고 싶지 않을 것 같다.

"흑―!"

옆에서 들려오는 울음소리.

유빈은 천천히 고개를 옆으로 돌렸다.

"제니……야."

유빈은 뻣뻣해서 잘 움직이지 않는 혀를 억지로 굴려 제니의 이름을 불렀다. 어둠 속에 묻혀 있지만, 바로 곁에서 마주 보고 있는 것이 그녀의 얼굴이라는 건 확실히 알 수 있다.

"네…… 깼어요, 오빠?"

제니는 눈가의 눈물을 닦고 유빈의 이마에 솟아난 땀을 찍어 내 준다.

"애들은?"

유빈이 불안한 목소리로 물었다.

왜 이렇게 조용하지? 혹시 내가 약에 취해 해롱거리고 있던 동안 무슨 일이 있었던 걸까?

"다들 자요. 지금 새벽이에요."

"새벽……이라고?"

그럼 대체 몇 시간을 뻗어 있었던 거야…….

유빈은 버릇처럼 왼팔을 들어 눈가로 가져가려다가 멈췄다. 시계가 걸려 있던 팔목은 이제 없다. 그 자리에는 상처만 남아 있다.

"근데 넌 왜 안 자?"

유빈이 힘없이 물었다. 그런 것보다 훨씬 더 중요한 질문들이 있을 텐데, 머리가 잘 안 돈다. 제니는 목소리를 낮춰 속삭였다.

"불침번 제 순서라서요."

"그래? 다친 사람…… 없지?"

"없어요. 안심하고 좀 더 자요, 오빠. 조금 이따가 움직일 때 깨울게요."

대답하던 제니의 목소리가 또 떨린다.

없기는…… 팔목이 날아간 사람이 눈앞에 있는데…….

"끄으응."

유빈은 신음 소리를 죽이며 소파에서 일어나기 위해 애를 썼다. 그 의사, 대체 뭘 얼마나 주사했던 건지…… 머리가 핑핑 돈다. 그 주사를 맞았던 순간 이후의 기억은 하나도 없다.

"여기가 어디야? 윽!"

자리에서 일어나려던 유빈은 자신의 오른 팔목에 뭔가가 주렁주렁 달려 있다는 걸 깨달았다. 약병과 긴 줄을 한 손만으로는 영 챙기기가 힘들었다.

어둠 속에서 약병을 두 번이나 떨어뜨린 뒤, 짜증이 솟아난 유빈은 이로 바늘을 꽉 물어 빼 버렸다.

"아…… 그거 진통제라서……."

평소의 유빈과 다른 난폭한 모습에 당황해하며 제니가 약병을 챙긴다. 바늘이 땅에 떨어져서 오염될까 봐 두렵다. 유빈이 고통을 호소할 때 그걸 덜어 줄 수 있는 약이 못 쓰게 될까 봐 무섭다.

제니가 진통제를 정리하는 동안 유빈은 벽을 짚으며 천천히 걸었다. 조금 시간이 지나자 자신이 있는 곳이 당구장이라는 걸 깨달을 수 있었다. 당구대에서 잠들어 있는 친구들의 얼굴도 희미하게 보인다.

다들 어젯밤을 거의 꼬박 새운 채 새벽부터 전력으로 뛰어다니고 싸웠다. 피곤하기도 할 것이다.

……보안관, 삼식이, 진우, 혜주, 테라, 삼숙이…… 그럼 다 있구나…….

유빈은 안심하며 제니에게 화장실이 어디인지 물었다.

"제 손 잡아요. 알려 줄게요."

유빈을 당구장 외부 계단에 위치한 화장실로 인도해 준 제니가 그의 손에 작은 플래시를 쥐여 주려다 멈칫한다. '이걸 잡고 있으면 지퍼를 어떻게 내리지.' 하는 걱정이 든 것이다. 제니는 난처한 표정으로 말했다.

"내가 따라가서 비춰 줄……."

"큭! 야, 무슨 소리야. 괜찮아! 입에 물고서 하면 돼."

유빈은 억지로 미소를 지어 보이고 제니로부터 플래시를 넘겨받았다.

"젠장……."

입에 플래시를 문 채 한 손으로 지퍼를 내리고 소변을 보던 유빈은 주먹으로 눈가를 훔쳤다.

이까짓 거 아무것도 아니라고 멋지게 말하고 싶은데…… 너무 분하고 화가 난다. 억울하고 서럽다.

……무섭다.

유빈은 눈물을 뚝뚝 떨어뜨리면서 자신의 오줌 줄기를 바라보았다. 그러다가 용기를 내서 왼 팔목의 붕대를 눈앞으로 들어 올렸다. 그 정도의 일을 하는 데에도 몇 차례나 망설여야 했다.

피가 조금 맺혀 있는 뭉뚝한 붕대의 끝을 멍하니 보고 있던 유빈의 입술이 부르르 떨린다.

떼구루루—.

입에서 떨어진 플래시가 더러운 화장실 바닥을 구른다.

울지 말아야 하는데…… 다른 애들 앞에서 이런 모습 보이고 싶지 않은데…… 어쩌 실수를 할 것 같다. 바보처럼…….

"후우우~!"

얼굴에 범벅이 되어 있던 눈물과 콧물을 쓸어내리고 나서 유빈은 고개를 들었다. 쪽창을 통해 비쳐 드는 반달조차도 슬프게만 보인다.

논리적으로는, 이성적으로는 다 이해한다. 만약에 오늘 그들 중에 누군가 한 사람은 반드시 손이 잘려야 하는 운명이었다면, 그게 자신이어서 정말 다행스러운 일이다.

보안관이랑 진우는 싸워야 하는 친구들이니까 안 되고, 삼식이는 한없이 착한 놈이니까 불쌍해서 안 된다. 제니의 아름다운 손은 더 안 된다.

하지만…… 그래도 아까운 건 어쩔 수 없다. 그냥…… 조용히 지나갔으면 안 되는 일이었을까? 살만 조금 찢는 정도로 경고만 해 줬으면 얼마나 고마웠을까……. 예전에 복지 센터 뒷산에서 레이저 와이어가 그랬듯이.

한동안 더 눈물을 글썽이면서 푸른 달을 보고 있던 유빈은 먼지투성이의 셔츠를 당겨 얼굴을 북북 문질러 닦고 플래시를 주워 화장실 밖으로 나왔다.

"……오빠, 울지 마요."

화장실 앞에서 기다리고 있던 제니가 마음 아파한다.

"안 울었어. 울기는 누가……."

유빈은 아직 울음기가 걷히지 않은 목소리로 짐짓 태연한 척을 했다. 제니는 그의 눈가에 달라붙어 있는 머리카락을 넘겨주며 말했다.

"오빠 손…… 없어진 거 아니에요. 내가 얼음 사이에 넣어서 잘 챙겨 왔어요. 그러니까 붙이기만 하면 돼요."

"큭!"

너무 어처구니없는 이야기에 유빈은 자기도 모르게 쓴웃음을 지었다.

"어디에서 붙여? 서울대병원에서?"

소리가 되어 입 밖으로 나가는 순간, 그게 못된 말이라는 걸 깨달았다. 상처 입은 감정이 만들어 낸, 가시 돋친 말.

유빈은 뒤늦은 후회를 하며 입을 다물었다. 제니가 얼마나 간절한 마음으로 그 손을 챙겼을지 뻔히 알면서…….

"JL에서요. 여기에서 기다리고 있으면 몇 시간 뒤에 헬리콥터가 올 거래요."

제니는 다 이해한다는 듯 유빈을 다독이며 말했다.

JL…… 유빈은 뿌연 기억 속을 더듬었다. 분명히 어제 들었던 기억이 있다.

누가 나한테 JL을 이야기했었지?

잠시 후에야 유빈은 그게 민구였다는 걸 기억해 낼 수 있었다. 그가 둥근 쇳덩이와 지도를 몰래 넘겨주며 말했었는데…….

가만…… 그 남자는 지금 어디에 있지?

"아으윽! 윽!"

별안간 뼈끝이 시려 오는 통증!

유빈은 이를 악물고 신음을 삼켰다. 성질을 못 이겨서 진통제를 뽑아 버린 대가를 이제 아주 아프게 지불하고 있다.

"그것 봐요! 아으! 조금만 기다려요. 약 가져올게!"

제니가 안타까워 어쩔 줄을 몰라 한다. 유빈은 손사래를 쳤다.

"아니…… 그거 안 돼……. 그거…… 맞으면 머리가 멍해져서 아무 생각이 안 나. 잠깐만…… 잠깐만…… 이야기 좀 해 줘 봐. 뭘 어떻게 하기로 결정했다고? JL이 뭔데 다들 거기 이야기만 해? 그 두통약 만드는 회사?"

"이야기가 긴데…… 지금도 땀을 뚝뚝 떨어뜨리잖아요."

제니는 여전히 유빈의 상태를 걱정한다. 유빈은 힘없이 고개를 저으며 계단 구석에 기대앉았다.

"하아~ 하아~ 힘들어. 힘들긴 하지만, 그래도 들어야 되겠어."

좀비 사태가 벌어진 이후 어떤 결정에서 그 자신이 제외되었던 건 이번이 두 번째다.

첫 번째 일은 그가 뻗어 있던 동안 보안관과 삼식이가 약을 구하러 갔던 거였고, 그때 둘은 좀비들에게 갇혀 곤욕을 치렀다. 그러니 유빈으로서는 당연히 불안하다.

"알았어요."

그의 고집을 꺾을 수 없다는 걸 깨달은 제니는 유빈의 옆에 나란히 앉아서 오늘 테라에게서 들은 이야기와 진우가 주도했던 회의에 대해 말해 줬다.

JL이 좀비 사태의 원흉이자 현재 백신을 만들어 낼 수 있는 거의 유일한 희망이라는 것부터, 테라가 1억분의 1의 확률로 존재하는 널 키드라는 명칭의 면역자라는 것, 그리고 내일 진우가 JL의 헬기를 탈취해 그곳으로 모두 이동하려 한다는 것까지.

"너…… 하나도 안 잤구나?"

제니가 이야기를 전하며 연신 눈을 비벼 대자 유빈은 그제야 그녀가 불침번 순서여서 깨어 있던 게 아니라는 걸 눈치챘다.

제니는 자신을 간호하기 위해 밤을 꼬박 지새웠던 거다. 아마 지금 보이지 않는 민구라는 사내가 건물의 옥상이나 입구에서 불침번을 서고 있으리라.

"그런 건 괜찮아요. 근데 진우 오빠 계획 어때요?"

제니가 쑥스러워하며 물었다. 유빈은 머리를 긁적이며 대답했다.

"솔직히 지금 뭐가 뭔지 잘 이해가 안 가. 우리가 JL에서 백신을 만드는 걸 돕지 않으면, 핵폭탄이 터져서 다 죽게 된다고?"

"아니요. 원자력 발전소가 터진다고 했어요. 제대로 돌보지 않으면…… 길어야 1년도 못 가서 그게 하나씩 둘씩 터질 거고, 그러면 아무리 멀리 도망가도 결국 다 비참하게 죽는다고."

제니가 다시 설명을 해 줘도 원리를 모르는 유빈으로서는 그저 막연하기만 한 이야기였다. 어쨌든 진우가 헛소리를 할 놈은 아니니까 그건 그냥 받아들이기로 했다.

"그래서 헬리콥터를 훔친다고? 그렇게 할 수 있대? 그쪽이 몇 명인지도 모르잖아?"

유빈이 물었다.

"테라랑 진우 오빠 사이에서 부메랑이니 드론이니, 신호기니 이야기가 복잡하게 왔다 갔다 했는데요, 결국 결론은 그거였어요. 부메랑을 설치한 주기가 그렇게 느린 걸 보면 아마 헬리콥터도 한 대만 움직이는 것 같고, 전투 인원은 그리 많지 않을 거라고…… 그래서 할 수 있대요."

"으음……."

유빈은 괴로운 신음 소리를 냈다. 진우에게만 짐을 몽땅 떠넘기고 자신은 손을 놓아 버린 기분이다. 지금까지 듣기로는 진우의 말이 다 맞는 것 같다.

그런데…… 그게 혹시 손 접합 수술을 하고 싶은 자신의 이기심이, 마음이 속이고 있는 건 아닐까 하는 두려움이 든다.

뭔가 치명적인 약점을 놓치고 있지는 않을까? 제니의 친구를 악마들에게 넘기는 바보 같은 실수는 아닐까…….

"모르겠어……. 이번에는 내가 할 수 있는 게 없네. 테라는 뭐라고 해? 거기에 가고 싶대?"

"테라는 그냥 할 수 있는 건 뭐든지 하겠다는 식이에요. 자기 때문에 오빠가 다쳤다고 생각하니까."

제니가 걱정스럽게 말했다. 다시 만나게 되면 정말 모든 걸 다 해 줄 거라고, 그렇게 수없이 다짐을 했었는데…… 그런데 오늘을 돌이켜 보면 거의 신경을 쓰지 못했다. 그 애도 어제 오늘 정말로 많이 상처받고 마음을 다쳤을 텐데…….

훙훙훙훙훙―.

그렇게 유빈과 제니가 이야기를 나누고 있을 때, 멀리서 아주 작게 들려오는 소리가 있었다. 헬리콥터 소리다.

"어! 진짜 왔다! 왔나 봐요!"

제니가 입을 가리며 말했다. 유빈도 얼빠진 표정으로 고개를 끄덕였다. 그 작은 쇠단추를 누르면 헬리콥터가 구하러 온다는 거짓말 같은 이야기…… 그게 사실일 줄이야.

"사람들 깨울게요. 여기 앉아 있어요."

제니는 벌떡 일어나며 기운차게 말했다. 당구장 문을 열려던 제니는 다시 계단으로 달려와 유빈의 얼굴을 껴안았다.

"……우리 꼭 살아남아요."

유빈은 제니의 머리를 다독거려 줬다. 제니는 유빈의 눈가에 입을 맞추고 나서 당구장의 문을 열며 외쳤다.

"일어나요! 헬리콥터가 와요!"

"견딜 만해?"

친구들이 쿠당탕거리며 잠을 깨는 걸 보고 있는 유빈의 곁에 민구가 슬쩍 와서 앉는다.

유빈은 깜짝 놀랐다. 그가 근처에 있는 줄 전혀 몰랐다. 계단을 내려오는데 발소리도 내지 않다니…….

"아뇨, 아파요……. 근데 언제부터 몰래 보고 있었던 거예요?"

유빈이 물었다. 민구는 천연덕스러운 얼굴로 대답하며 일어섰다.

"그런 게 뭐가 그리 부끄럽고 중요하냐? 오늘을 넘길지 어떨지도 장담 못 하는데……."

"위험한 걸 알면서 왜 여기에 끼어들려고 해요? 아저씨는 저랑 그렇게 해야 될 의리 없잖아요. 어차피 다른 곳으로 몰래 혼자 가려고 했었으면서……."

유빈의 말에 민구는 걸음을 멈추고 뒤를 돌아보았다.

"나도 사람다운 일을 좀 하고 싶어서라고 해 두지."

## Chapter 86
## JL

## 01

투투투투투투투—.

8월 19일, 04시.

JL의 구조 헬기는 평소처럼 일찍부터 하루를 시작했다. 부메랑을 설치해 둔 포인트마다 내려서서 혹시 입력된 신호가 있는지 살펴본다.

사태가 장기화됨에 따라 부메랑을 설치해 둔 장소도 점점 늘어났고, 단순히 체크를 하기 위해 들르는 것만으로도 꽤나 긴 시간이 소요된다. 물론 지금까지 늘 그래 왔듯이 오늘도 계속 허탕이다.

"다음 포인트가 어디지?"

수신 신호가 0이라고 되어 있는 DK 포인트 부메랑의 데이터를 기록 장치에 다운로드한 뒤, 헬리콥터에 오른 용병들이 물었다.

"KM."

헬리콥터 조종사가 서류철에 빨간 펜으로 체크를 하며 대답했다.

"거기도 영 가망이 없어 보이던데……."

덥수룩하게 수염을 기른 용병이 이마에 끼워 뒀던 선글라스를 내리며 말했다.

KM에 유동 인구가 늘어났다는 이유로 부메랑을 설치하기는 했지만, 그 인구들이 자유롭게 이동하는 것 같지가 않았다.

"어디는 가망이 있나? 다 마찬가지지."

짙은 눈썹의 용병이 고개를 젓는다. 매뉴얼을 확인하며 장비를 갖추고 난 뒤, 근 보름 동안 매일 이 지긋지긋한 시체들의 도시 상공을 날아다니느라 다들 지쳤다.

"이렇게까지 했는데도 신호가 오지 않는 걸 보면 MJ는 이미 죽었을지도 모르겠어. 만약 그렇다면 이 모든 건 다 헛수고잖아."

곱슬머리를 길게 기른 용병이 푸념한다. 그러자 리더 용병이 대번에 그의 말을 끊었다.

"그런 건 네가 판단할 문제가 아니야. 그러니까 말조심해. 우리는 매뉴얼에 지시되어 있는 대로 부메랑의 수를 늘려 가며 매일 점검하면 돼. 판단은 HQ에서 하는 거고."

리더가 정색을 하자 헬리콥터 내부는 잠시 조용해졌다. 조종사와 부조종사는 이런 분위기가 견디기 힘들다. 다들 꽤나 지쳤다. 그러니 자기도 모르게 점점 더 날카로워지는 것이다.

"KM이다. 준비해."

조종사가 말했다. 그런 후, 헬리콥터는 용산역 주변의 한 백화점 건물 옥상에 내려앉았다. 문이 열리자 매뉴얼대로 핏불 테리어가 가장 앞서 뛰어내렸다.

탁탁탁탁탁—.

네 명의 무장한 용병은 개인 화기를 앞세운 채 진영을 유지하며 개와 함께 옥상을 내달렸다. 옥상 중앙의 높은 전파 안테나 옆에는 그들이 며칠 전 설치해 둔 부메랑이 고정되어 있다.

"……어?"

당연히 0일 것이라고 생각하며 데이터를 다운로드하기 위해 기록 장치를 연결하던 리더가 깜짝 놀란다. 그들이 처음 보는 숫자가 액정 화면에 표시되어 있다.

"······32."

곁에서 보고 있던 곱슬머리가 떨리는 목소리로 중얼거렸다. 32, 총 32번이나 신호가 수신되었다. 이건 우연이 아니다.

"위치 확인해."

리더가 명령했다. 덥수룩 수염이 부메랑의 기기판을 열고 조그만 버튼들을 눌러 수신된 신호가 날아온 위치를 확인한다.

"모두 같은 지점이야. 여기에서 북동쪽으로 460야드."

덥수룩 수염이 떨리는 목소리로 말했다. 리더가 물었다.

"언제 보낸 게 마지막 신호였어?"

"18일, 20시 09분에······."

그렇다면 불과 아홉 시간 전이다. 모두의 얼굴에 화색이 돈다. 곱슬머리가 핏불 테리어에게 말을 걸었다.

"드디어 MJ를 만나는 거야, 샘!"

웡―!

애교라고는 찾아보기 힘든, 사나운 얼굴의 샘이 크게 한 번 짖는다.

"460야드면 가깝잖아? 도보로 이동해도 될 정도인데?"

그렇게 중얼거리며 난간으로 다가가 아래쪽 도로를 살펴보던 짙은 눈썹이 이내 고개를 저었다.

"아니, 안 되겠네. 웨이브가 진행 중이라서."

대로에서는 수백 마리 규모의 좀비들이 천천히 남진하고 있었다. 만약 꼭 싸워야 한다면 못 이길 상대는 아니지만, 지금은 그럴 필요가 없다. 네 명의 용병과 샘은 기록 장치를 회수하고 헬리콥터로 돌아왔다.

"0이라는 숫자 하나 다운로드하는 데 이렇게 긴 시간이 필요한 줄은 몰랐네."

조종사가 별로 우습지 않은 농담을 건넸다. 리더는 기록 장치를 들어 액정에 뜬 숫자와 글자들을 조종사에게 보여 주었다.

"북동쪽 460야드 높이는 52피트······ 이거 진짜야?"

액정을 읽던 조종사가 물었다. 리더는 웃음기 없는 얼굴로 대답했다.

"기록 장치 데이터는 임의로 입력하거나 편집할 수 없어."

"젠킨스인 거 확실하다는 말이지? 오류나 뭐 그런 거 아니고."

"이 대역 주파수가 할당된 건 MJ뿐이야."

"아…… 젠장! 이런! 이게…… 이제야 이 지긋지긋한 출근이 끝나는구나! 수고했어! 빨리들 탑승해! 파티다!"

용병들과 하이파이브를 나눈 조종사는 HQ와 교신을 하며 헬기를 이륙시켰다. 460야드면 거의 제자리에서 떴다가 내리는 것과 다르지 않다.

"여기는 구조팀, 기뻐해라. KM 부메랑에서 MJ의 신호를 수신했다. 부메랑으로부터 북동쪽 460야드 떨어진 지점. 지금 현장으로 이동하는 중이다."

― 여기는 HQ, KM에서 MJ의 신호 수신. 내용 확인했다. MJ를 확보하는 대로 다시 연락 바란다.

"확인했다."

조종사는 무전을 끊고 기수를 돌렸다. MJ가 저 밀집한 작은 건물들 중 하나에 은신해 있다는 건 알겠는데, 헬기를 내릴 만한 장소가 영 마땅치 않다.

"도보 이동 거리가 좀 늘어나야 할 것 같아. 미안해."

조종사가 말했다. 결국 대로에 비어 있는 공간을 착륙지로 선택할 수밖에 없었다.

용병들은 별로 개의치 않는 눈치다. 어차피 주변에 당장 대규모 좀비 무리는 보이지 않는다. 자잘한 것들을 처리하며 전진하는 200야드 정도는 가뿐하다.

"자, 샘. 이 냄새야. 기억했지?"

리더는 밀폐되어 있던 플라스틱 가방을 열어 그 안에 들어 있던 손수건을 샘이 냄새 맡을 수 있도록 했다. 젠킨스의 체취가 밴 손수건 역시 매뉴얼 내에 포함되어 있는 물건이다. 냄새를 맡는 동안 샘의 뭉뚝하게 잘린 꼬리가 바쁘게 움직였다.

이 핏불 테리어는 원래부터 젠킨스를 주인으로 여기도록 훈련받았고, 그래서 당연히 그의 냄새를 기억하고 있다. 지금 이 과정은 단순히 그것을 재확인하는, 일종의 보험이라고 보면 된다.

"들것 챙겨."

헬리콥터가 내려서자마자 문을 열어 샘을 내보낸 리더는, 개를 뒤따라 내리면서 팀원들에게 명령했다. 매뉴얼에는 MJ가 도보로 이동할 수 없는 상태를 대비하여 항상 들것을 예비하라고 지시되어 있다. 짙은 눈썹이 접이식 들것을 꺼내 등에 멨다.

"그라울러로 확인해!"

네 명의 무장한 용병이 모두 헬기에서 내렸을 때, 리더가 외쳤다. 곱슬머리가 경광봉만 한 크기의 마이크를 위로 들고 천천히 한 바퀴를 돌려 본다.

소음 중에서 좀비들이 포효하는 패턴만을 수집해 주변에 어느 정도 규모의 좀비가 얼마나 가까이 다가와 있는지 알려 주는 장비다.

"가장 큰 규모의 좀비…… 남서쪽, 100마리 이상일 가능성 74퍼센트."

곱슬머리가 그라울러의 모니터에 뜬 수치를 읽었다. 여섯 시 방향에 위협 요소가 있지만, 그들의 작업 반경에 들어오지 않는다.

물론 헬리콥터의 프로펠러가 회전하고 있는 환경에서 그라울러의 신뢰도는 60퍼센트를 겨우 웃도는 수준이니, 방심할 수는 없다.

"좋아, 가자!"

리더는 시계에 달린 나침반으로 방향을 확인하고는 샘에게 명령했다. 샘은 망설임 없이 힘차게 골목 안으로 뛰어 들어간다. 네 명의 용병도 그 뒤를 쫓아 달렸다.

헥헥헥—!

샘은 이따금 한 번씩 뒤를 돌아보며 기다리다가 팀원들이 따라온다는 것이 확인되면 다시 앞서서 건물들 사이로 내달렸다.

세 번의 코너를 돈 샘은 골목 안쪽 깊숙한 곳에 위치한 4층짜리 건물 안으로 쑥 들어갔다.

"드디어!"

용병들은 HK416 돌격소총을 앞세워 계단을 뛰어올랐다.

"MJ? 구하러 왔습니다! 레스큐 팀입니다!"

리더는 몇 번이나 반복해서 외쳤다. 그런데 대답이 없다. 조금 불안해지기 시작했다.

4층 건물의 옥상에 도착했을 때, 그들을 기다리고 있던 것은 작은 검은색 배낭과 신호기로 눌러 놓은 지도였다. 샘은 계속 주변을 돌며 신호기와 지도의 냄새를 맡고 있다.

"MJ의 버클이 맞기는 한 모양인데······."

신호기를 가만히 들여다보던 텁수룩 수염이 중얼거렸다. 부메랑의 기록이 틀리지 않았다는 의미였다.

그런데 이걸 여기에 놔두고 정작 MJ는 어디로 가 버렸단 말인가······.

용병들은 귀신에 홀린 것 같아 잠시 멍하니 서로의 얼굴을 마주 볼 수밖에 없었다.

"역시······ 개를 쓰는구나."

헬리콥터에서 샘이 내렸을 때, 신호기를 놓아둔 건물과 정반대의 방향에 숨어 있던 진우는 만족스러운 표정을 지었다. 아무리 신호가 정교하다고 해도 결국 정확한 지점을 찾는 건 개의 역할일 거라는 그의 예상이 맞았다.

삼숙이와 함께 여행을 해 본 뒤에야 비로소 알게 된 사실이다. 사람은 뭔가를 탐지하는 일에서 결코 훈련된 개를 당해 낼 수 없다.

뒤를 이어 네 명의 용병이 내리고, 그라울러의 집음기를 머리 위로 휘두르며 한 바퀴 도는 모습이 보였다.

"저건 뭐지?"

경광봉처럼 생긴 마이크를 보며 민구가 미간을 찌푸린다. 혹시 발각될지 모른다는 생각에 진우의 등에도 식은땀이 흘렀다.

하지만 용병들은 이내 신호기를 놓아둔 건물 쪽으로 개와 함께 달려가 버렸다. 진우는 안도의 한숨을 내쉬었다.

"우리도 가죠."

용병들이 시야 밖으로 사라진 걸 확인하자마자 진우와 민구는 빠르게 자동차들 사이를 내달려 헬리콥터에 접근했다.

헬리콥터 조종사는 공격받을지 모른다는 생각 자체를 아예 하지 않는 사람처럼 태평하게 로터까지 멈춰 놓고 기다린다. 신호를 보낸 게 젠킨스라고 아주 철석같이 믿고 있는 모양이다.

자세를 낮추고 헬기의 조종석까지 접근한 진우는 벌떡 몸을 일으키며 K-2의 총구로 문의 유리를 두들겼다.

탁— 탁—.

그러고는 곧바로 총구를 조종사의 머리에 겨눴다.

"음?"

용병들과 샘이 사라진 방향을 눈으로 좇고 있던 조종사는 소리에 반응해서 뒤를 돌아보다가 깜짝 놀랐다. 부조종사가 황급하게 MP5에 손을 뻗으려 할 때, 민구도 쏠 줄도 모르는 MP5의 총구를 반대쪽 유리창에 바짝 가져다 대고 두들겼다.

게임 오버. 조종사와 부조종사는 두 손을 머리 위로 들어 올리는 것으로 항복의 의사를 밝혔다.

여기까지는 지나칠 만큼 진우의 계획대로 잘 풀렸다. 단 한 가지 요소만 제외하면…….

"외국 놈들이잖아……."

두 조종사의 얼굴을 보며 민구가 중얼거렸다. 진우도 난감한 표정으로 연신 한숨을 내쉬었다. JL이 외국 회사라고는 하지만, 이건 한국 지사니까 당연히 헬리콥터 조종 정도는 한국인이 할 거라고 예상했었다. 전투 병력부터 파일럿까지 싹 다 외국인일 줄이야…….

"Oh, come on! You don't have to do this. There's nothing worthy in this chopper. Please go away. Be human.(어이구, 제발 좀! 왜 이런 짓을 해. 이 헬리콥터에 값나가는 거 없어. 제발 좀 가 줘. 인간답게 살아라.)"

진우가 문을 열도록 하자 조종사가 한숨을 내쉬며 뭐라고 중얼거린다. 주름이 자글자글한 할아버지의 파란 눈과 은발 머리카락을 보며 영어를 듣고 있자니, 진우는 갑자기 자신이 한없이 작아지는 것 같았다.

"아…… 아이 원트 투…… 후우우! 아이 원트 앤드 마이 프렌드 원트…… 제이엘."

진우는 최대한 머리를 굴려 땀을 뻘뻘 쏟아내며 말했다. 하지만 조종사는 알아듣지 못한다.

"Really sorry…… but, I don't get it. What did you try to say?(정말 미안한데…… 뭔 소리인지 못 알아듣겠어. 무슨 말이 하고 싶은 거야?)"

진우는 답답해서 속이 터지는 것 같았다. 이런 등신짓을 하고 있는 동안에도 시간은 빠르게 흘러간다. 이제 잠시 후면 용병들이 뭔가 이상하다는 걸 깨닫고 돌아올 것이다.

"……제니야! 제니야! 이리 좀 와 봐!"

그건 전혀 멋진 대사가 아니지만, 진우는 현실적인 선택을 했다. 그는 뒤쪽에 숨어 있던 제니에게 도움을 요청했다.

"네! 네, 가요!"

진우의 목소리를 들은 제니는 유빈의 손이 들어 있는 아이스박스를 두 손으로 잡은 채 전력으로 달려왔다.

"뒷문 열어요. JL 연구소로 갑시다."

제니는 진우의 말을 조종사에게 옮겼다. 조종사는 의외라는 표정을 지으면서도 잠시 버텼다.

"예쁜 아가씨, 정말로 그렇게 하고 싶지만, 우리도 지금 엄청나게 중요한 손님을 기다리는 중이거든. 그러니 친구들에게 말 좀 잘해 줘. 제발 인간끼리는 돕자고."

제니는 그의 태도를 이해할 수 없어서 미간을 찌푸렸다.

"아저씨, 이 총 진짜예요. 설마 가짜라고 생각해서 말을 안 들으시는 건가요?"

"하하하—! 그게 장난감이 아니라는 걸 알 정도 인생 경험이야 있지."

조종사는 허탈하게 웃으며 말을 이었다.

"하지만 귀여운 천사 양, 나는 예순다섯 평생 자랑이라고는 두 딸과 두 아들의 아버지이자, 한 여자의 남편이라는 것뿐이었던 사람이거든. 근데 그 다섯 명도, 일곱 명의 손주도 다 하느님 곁으로 가 버린 지금, 내가 뭣 때문에 총에 맞아 죽는 걸 무서워해야 할까? 왜? 60년을 기다리고도 컵스가 우승하는 걸 끝내 못 본 게 억울해서? 그러니 날 좀 그냥 내버려 둬 주겠어? 오랜만에 반가운 얼굴을 볼 수 있어서 기분 좋은 날이란 말이야."

"……그 반가운 얼굴은 오지 않아요. 젠킨스 씨는 죽었어요."

제니를 뒤따라온 테라가 말했다. 놀랄 만한 미녀를 두 명이나 보고 있는데도 조종사의 얼굴에는 주름살이 더 깊게 파인다.

"설마…… 너희가?"

"아니요! 아니요! 그건 절대 아니에요! 젠킨스 씨는 태양 그룹에게 쫓기다가 죽었어요!"

테라가 적극적으로 부인했다. 하지만 이미 조종사도, 부조종사도 흥미를 잃은 얼굴이다.

"그럼 저 신호를 보낸 것도 너희고? 후우~ 참 잘했다. 우리에게 죽어도 좋다고 알려 주려고 그런 거겠지. 자, 네 남자 친구에게 통역 좀 해 주렴. 머리에 한 방으로 좀 부탁한다고."

"뭐래? 무슨 이야기가 이렇게 길어? 왜 저렇게 잘난 척을 하는 건데?"

말을 전혀 알아들을 수 없는 진우가 답답해하며 물었다. 금방이라도 골목 안쪽에서 개와 용병들이 뛰어나올 것 같아 불안하다.

교전을 하라면 뭐 그렇게 어려울 건 없는데…… 협조를 요청하러 가는 입장에서 일단 네 명을 죽여 버리는 것으로 스타트를 끊는다는 건 영 내키지 않는다.

"젠킨스 씨는 죽었지만, 그가 아끼던 보물은 지켜 냈어요."

제니의 이야기에 조종사는 뭔 말 같지도 않은 소리냐는 표정이다. 제니는 테라의 어깨를 양쪽에서 껴안으며 말했다.

"얘가 바로 널 키드예요."

"설마! 그 확률이라는 게, 그리 쉽게……."

조종사는 주름이 가득한 얼굴을 잔뜩 찌푸린 채 고개를 젓는다. 그때, 테라도 결정적인 한 방을 먹였다.

"젠킨스 씨는 제 발가락을 보여 주기만 하면 된다고 했어요. 그러니 빨리 가요."

조종사는 고개를 내밀어 그녀의 잘린 발가락을 바라보았다. 그가 널 키드의 상처와 일반인의 상처를 구별할 수 있을 리는 만무하다. 하지만 그런 특수 체질에 대한 이야기는 들은 기억이 있다. 이건 아무나 아는 정보가 아니다.

"뭘 그렇게 시간을 자꾸 끌어! 빨리 가자!"

유빈을 업고 와 실은 보안관이 답답해서 헬기 의자를 쾅쾅, 친다. 노인네들이 뭔 고집이 이렇게 센 건지, 도무지 말을 듣지 않는 모양이다.

민구도 성질을 꾹 눌러 참고 있다. 무슨 일이 있어도 절대 고문하지 말라는 진우의 부탁만 아니라면 저 부조종사 놈은 벌써 열 번도 더 죽었고, 조종사의 옆구리에도 쿠크리가 세 번은 들어갔다 나왔을 것이다.

점잖게 기다리고 있는 것은 삼숙이뿐이다. 녀석은 헬리콥터 내부에 배어 있는 샘의 냄새에 관심을 보이며 킁킁거렸다.

"타렴. 믿어 보고 싶구나."

조종사는 만감이 교차하는 표정으로 테라에게 말했다. 여덟 명이 모두 헬리콥터 좌석에 앉았을 때, 조종사가 무전을 보내려 한다. 진우가 제니에게 물었다.

"어디로 보내는 거냐고 물어봐!"

"아까 그 용병들 복귀하라고 할 거래요."

"아냐! 안 돼! 그 사람들은 두고 가! 그러면 우리가 위험해져!"

진우는 완강하게 고개를 저었다. 제니가 조종사와 대화를 나누고 나서 진우에게 물었다.

"근데, 그러면…… 그 사람들 어떻게 하나는데요?"

"버티라고 해. 무장 병력인 거 다 봤어. 하루나 이틀만 버티면 되잖아. 그리고 신호기 옆 가방에 물도 넣어 놨어."

진우가 말했다. 제니로부터 이야기를 전해 들은 조종사는 잠시 망설이다가 로터를 가동시키며 제니와 테라를 돌아봤다.

"헤드셋 착용하렴, 천사들아."

잠시 후, JL의 헬리콥터는 하늘로 날아올랐다. 조종사는 그제야 무전기를 켜고 망연자실해 있는 용병의 리더와 대화를 나눴다.

"그래, 어쩌겠어. 널 키드라잖아. 그러니 일단 다 들어줄 수밖에 없다고. 그냥 좀 참아. 필드 훈련 한다고 생각하라고. 아, 그리고 거기 혹시 검은 배낭도 있던가? 그래. 그럼 저 애 말이 맞군. 물을 넣어 놨대. 친절하기도 하지. 어쨌든 내일 다시 오지. 살아남게."

조종사는 펄펄 뛰는 용병 리더를 달래고는 기수를 남서쪽으로 돌렸다. 헬리콥터는 빠르게 날아갔다.

그런데…… 30분이 지나고, 한 시간이 지나도 헬리콥터는 좀처럼 속도를 줄이지 않는다.

비행시간이 예상했던 것보다 훨씬 길어지자 모두의 표정에 당혹감이 드러났다.

"어디까지 가려는 거야?"

민구가 미간을 잔뜩 찌푸린 채 투덜댔다. 조금 전부터 속이 좋지 않다. 그는 자신이 멀미 같은 걸 하리라고는 생각해 본 적도 없었다.

물론 이 자리에서 티를 내고 싶지도 않다. 그건 너무 가오가 떨어지는 일이니까. 민구는 먼 곳으로 시선을 돌리며 속을 가라앉혀 보려 애를 썼다.

"……바다다."

삼식이가 창가에 얼굴을 대고 중얼거렸다. 청록색의 파도치는 바다가 끝도 없이 펼쳐져 있다. 이따금씩 보이는 작은 섬들이 휙휙 스쳐 간다. 이렇게 멀리까지 와 버렸으니, 이제 돌아간다는 게 꿈만 같다.

젠장, 서울에서는 겨우 11킬로미터를 못 가서 그 생난리를 쳤었는데…….

"제니야, 제대로 가고 있는 건지 좀 물어봐 줘. 저 할아버지, 혹시 앙심 품고 우리랑 동반 자살이라도 하려는 거 아니야? 젠킨스 죽인 거 우리가 아니라는 것도 한 번 더 확실히 말하고."

유빈이 제니에게 부탁했다. 가뜩이나 팔 때문에 통증이 심한데 계속 흔들리며 날아가고 있자니, 뇌가 머릿속에서 좌우로 천천히 이동을 반복하는 기분이다.

"후후후, 그럼. 아무 걱정 하지 말라고 전해 줘. 집으로 돌아가는 길을 잊어 먹을 만큼 늙지는 않았다고."

조종사는 유유자적하며 제니를 향해 미소를 지어 보였다. 널 키드라는 한마디가 마약만큼이나 강력하게 그의 행복지수를 올려 준 모양이다.

"자아~ 거의 다 왔다. 그런데 말이다, 지금 와서 이런 말을 한다는 건 좀 우습지만…… 저 까만 머리 미녀 아가씨의 말이 사실일까? 아까 저 애의 천사 같은 목소리를 듣는 순간에는 어찌 된 영문인지 덜컥 믿게 되어 버렸지만…… 어쨌든 그 말이 사실이었으면 좋겠구나. 보이니? 저게 지금 내 집이고, 직장이란다."

잠시 후, 조종사가 기수를 약간 틀며 말했다. 친구들은 모두 그가 가리키는 방향의 창가에 달라붙었다.

거기에는 거대한, 아주 거대한 석유시추선이 떠 있었다.

## 02

 기대했던 것과 다른 모습에 일행들은 잠시 할 말을 잃었다. 머릿속이 복잡하다. 진우가 제니를 돌아보며 입을 열었다.
 "저게…… JL이라고? 의료 시설 같지 않은데? 저기…… 제니야……."
 그가 무슨 말을 하고 싶은지 알아들은 제니가 조종사에게 물었다.
 "아저씨, 저 배가……."
 "리그(Rig)라고 부르지, 저렇게 드릴이 달린 선박이나 구조물은."
 조종사는 느긋한 어조로 어휘를 수정해 준다. 제니는 다시 물었다.
 "저 리그가…… JL이 맞는 건가요? 저건…… 전혀 의료 시설이나 연구 시설 같지가 않아요. 그냥 석유를 채굴하는 배라고밖에는……."
 "맞아, 그렇게 안 보여. 위장을 한 거야. 뭐, 정확히 말하면 허가는 석유 채굴이 아니라 메탄 하이드레이트 채굴 사업 타당성 조사로 받았다고 들었지만……."
 거기까지 듣고 나서 제니는 진우와 친구들을 돌아보며 고개를 끄덕였다.
 "JL이 맞대요. 위장을 한 거래요."
 위장이라…… 그리 좋게 들리지 않는다. 자기 존재를 위장한다는 게, 불법을 저지를 것이라는 예고와 다를 바 없는 것처럼 여겨져서다.
 애초에 이런 놈들과 협력을 해 보겠다고 마음을 먹는 것 자체가 잘못된 판단이었던 걸까?
 친구들이 웅성거리기 시작했다.
 "궁금한 게 많은 모양이구만. 사실 조금만 알고 나면 별것도 아닌데 말이지……. 그런 것보다 아름다운 아가씨, 이 헬리콥터 이제 슬슬 착륙해야 하는데……."
 조종사는 제니와 친구들의 대화가 끝날 때까지 잠시 기다렸다가 말했다. 그의 말이 무슨 의미인지 알아듣지 못해 제니가 아무 반응도 하지 않자, 조종사는 다시 부연 설명을 해 준다.

"착륙하고 나면 승조원들이 와서 헬리콥터를 사슬로 결속시키려고 할 거거든. 그렇게 승조원들이 다가와도 되겠냐고 물어보는 거야."

"사슬로 묶어요? 그런 게 왜 필요해요?"

"바다에 떠 있는 이동식 리그라서 그렇지. 휘청대다가 바다로 뚝 떨어져 버리면 안 되잖니? 저렇게 크니까 사실 흔들릴 일은 별로 없지만, 그래도 묶어 놓는 게 맞지. 갑자기 돌풍이 부는 경우도 있고. 그리고…… 부메랑에 신호가 잡힌 걸 확인한 시점에 이미 이곳에 보고를 했었거든. 그런데 추가 보고 없이 그냥 돌아왔잖니. 그걸 이상하게 생각해서라도 여러 사람들이 몰려올 거야."

조종사가 말했다. 제니는 그의 이야기를 친구들에게 전했다. 결론은 당연히 반대다. 가까이 접근해 오는 놈들이 많을수록 무력 충돌의 위험성은 커지고, 누군가 다칠 확률도 높아진다.

"절대 안 돼."

진우가 말했다.

"까다로운 손님이로군. 그럼 어떻게 할까?"

조종사는 가볍게 한숨을 내쉬며 물었다.

"마중 오는 건 이 배에서 두 번째로 높은 사람, 딱 한 명이어야 해. 널 키드를 데리고 있지만 이 헬리콥터를 빼앗겼고, 협박당하고 있다는 말도 해야 한다고 그 할아버지에게 전해 줘."

진우는 제니를 통해 미리 준비해 놓았던 대사를 전달했다. 가장 높은 놈은 몸을 사려서 나오지 않을 것 같았지만, 그다음 서열의 놈이라면 명령 때문에라도 응할 수밖에 없을 거라고 예상했다.

"두 번째라…… 이거, 어렵군. 둘 중 누가 더 높고, 누가 아래인지 모르겠어. 선장은 명목상으로 리그에서 가장 높은 사람이긴 한데, 그런데 또 그가 임의로 모든 걸 결정하느냐 하면 그게 아니라 HQ의 알렉스로부터 지시를 받거든. 하여간 그래. 이 배에서 높다고 할 수 있는 사람은 그렇게 둘이야. 음…… 그래도 역시 이야기는 알렉스와 해야겠지. 선장은 널 키드에 관해서는 아무것도 모르는 사람이니까…….”

진우의 요구를 전달받은 조종사는 한참 혼잣말을 중얼거리다가 교신을 시작했다.

“HQ, 여기는 레스큐 팀. 패트롤을 마치고 돌아왔다. 복귀 신고한다.”

— 치익…… 폴, 왜 추가 보고 하지 않았어요? 계속 기다렸는데. MJ는요? 치이익.

“아, 그 부메랑 신호와 관련해서…… 알렉스와 이야기를 좀 했으면 하는데…….”

조종사의 비일상적인 요구를 들은 상대 쪽에서는 잠시 침묵이 이어졌다. 10여 초의 시간이 지난 뒤, 상대가 다시 물어왔다.

— 치이익, 폴? 죄송해요. 못 들었어요. 다시 한번 현 상황 코드로 알려 주세요. 치이익, 그리고 오늘 파트너, 혹시 로버트입니까? 치익.

조종사는 잠시 망설였다. 지금 헬리콥터를 탈취당한 상황이니 코드 37이라고 대답해야 하고, 뒤편에서는 아이들이 총으로 무장하고 있으니 아군에게 총기 무장을 준비시키는 '로버트'인 것도 맞다. 하지만 일단 널 키드가 타고 있으니 분쟁은 없어야 한다.

“37이기는 한데, 좀 복잡해. 일단 MJ 이야기부터 해야겠지. 그는 죽었대. 이 사람들이 보호하려고 했지만, 사고가 있었다는군.”

조종사가 대답했다. 상대편에서는 또 잠시 침묵이 이어졌다.

— 치이익, 시체를 확인했습니까? 치익.

“아니, 그럴 여유가 없었어. 여기에 지금 널 키드도 함께 타고 있거든. 널 키드가 한패야. 저기…… 내가 알렉스랑 교신하고 싶다는 말을 했던 것 같은데, 아닌가?”

조금 뒤, 잠시 무전기가 흔들리는 것 같은 날카로운 소리가 들리더니, 조금 전과 다른 남자의 목소리가 다급하게 물어 왔다.

─ 치익, 제가 받았습니다. 폴, 널 키드라고 했어요? 농담이나 실수는 아닌 거죠? 널 키드라는 건 어떻게 확인했습니까? 치이익.

남자의 목소리는 가볍게 떨렸다. 조종사가 대답했다.

"아니…… 이것 봐, 알렉스. 이 천사 같은 아가씨가 자기 입으로 널 키드라고 했다니까. 면역자라고 주장한 게 아니라, 널 키드라는 정확한 명칭을 먼저 사용했어. 그건 누구나 아는 명칭이 아니잖나. MJ가 알려 준 게 분명해. 그리고 그의 신호기를 가지고 있었고, 부메랑의 위치도 알고 있었다고."

─ 치이익, 그래서 원하는 게 뭐랍니까? 치익.

"자네 혼자만 오라고 하는군. 이야기하고 싶은 게 있다고."

─ 치익, 영어를 합니까? 치익.

알렉스의 질문을 들은 조종사는 어처구니없다는 듯 실소를 터뜨리며 대답했다.

"내가 지금 어떤 언어로 이런 이야기들을 들었다고 생각하나? 텔레파시? 그래, 영어 해. 이 중에 적어도 둘은 아주 유창한 영어를 쓰고 있네."

─ 치칙, 알았어요. 착륙하세요. 지금 곧바로 나가겠습니다. 치익.

알렉스는 고민도 하지 않고 곧바로 대답했다. 예상했던 것보다 훨씬 시원시원한 반응이라 진우에게는 좀 의외로 느껴졌다.

"자, 이제 착륙하겠네. 문제없지?"

조종사가 뒤를 돌아보며 물었다. 진우는 고개를 저었다.

"아니, 일단 계속 떠 있어요. 내리는 건 알렉스인지 뭔지 그 녀석이 혼자 나오는 걸 확인한 다음입니다."

흠, 조종사는 한숨을 내쉬며 답답해했지만, 진우의 지시대로 따랐다. 손목을 감싸 쥔 채 땀을 뻘뻘 흘리며 고통스러운 신음을 토해 내고 있던 유빈이 제니에게 말했다.

"그…… 알렉스라는 사람 어떻게 생겼는지 말해 보라고 해. 키는 어느 정도 되는지, 머리 색깔은 어떤지…… 특징을 알 수 있도록…….”

"알렉스? 생긴 것 말이냐?"

제니로부터 유빈의 질문을 전해 들은 조종사는 고개를 갸웃거렸다.

"보통 키에…… 그러니까 6피트 정도 될까? 아니면 5피트 11. 보통 체격이야. 보는 사람에 따라서는 약간 말랐다고 느낄지도 모르겠군. 머리는 밝은 갈색. 코커스패니얼 종류의 개가 어떻게 생겼는지 아니? 딱 그런 느낌이라고 보면 돼. 굵은 웨이브가 들어간 갈색 머리카락을 길렀어. 그리고 옷차림이 늘…… 아, 저기 나오는군."

한창 설명을 하던 조종사가 손가락으로 헬리포트 주변을 가리켰다. 배의 건물 옥상에 그가 말했던 것 같은 생김새의 남자가 헐레벌떡 뛰어나온다.

"옷차림이 늘 저렇다네. 캘리포니아에서 온 젊은 거지처럼 보이지."

낡은 면 티셔츠에 헐렁한 카고 반바지, 슬리퍼 차림의 알렉스를 보며 조종사가 고개를 젓는다. 그의 말처럼 이 배의 책임자라고는 전혀 믿기지 않는 옷매무새였다.

나이도 꽤 젊어 보인다. 조종사가 당부했던 것처럼 혼자서 온 알렉스는, 하늘에 떠 있는 헬리콥터를 향해 팔을 흔들어 보였다.

"안전벨트를 풀지 말고 그대로 자리에 앉아 있어요. 당신들은 당분간 더 인질로 여기에 남아 있어야겠습니다."

헬리콥터가 리그의 전방 좌측에 배치되어 있는 둥근 헬리포트에 내려앉았을 때, 진우가 말했다. 조종사와 부조종사는 고개를 끄덕이며 엔진을 정지시켰다.

그러는 사이, 알렉스는 허리를 굽힌 채 천천히 헬리콥터 쪽으로 걸어왔다.

"안녕, 나는 알렉스야! 이 배에서 운항을 제외한 모든 업무를 책임지고 있어! 안녕! 안심해!"

알렉스는 손을 흔들며 또박또박 천천히 한마디씩 외쳤다. 영어로 된 유아 교육 프로그램에서나 들어 볼 법한 발음이다.

왼손에 든 무전기를 제외하면, 그는 아무것도 들고 있지 않았다. 옷차림도 워낙 단출해서 따로 무기를 숨길 만한 공간도 없어 보였다.

이렇게 쉬워도 되는 건가…….

이 배의 사실상 최고 권력자와 만나는 과정이 예상했던 것보다 너무 간단하고 일사천리로 진행되어서, 진우는 그게 더 불안했다. 그는 훨씬 더 길고 지루한 실랑이와 타협 과정이 있을 거라고 생각했었다. 그래도 방심은 하지 않았다.

"거기 서."

헬리콥터 측면의 문을 반쯤 열고 나서 진우가 말했다. 그의 앞쪽에서는 삼식이가 태양 그룹에서 가지고 나온 방패로 투명한 벽을 쌓아 주고 있다.

"으앗! 쏘지 마! 시키는 대로 했잖아!"

진우의 총구를 본 알렉스는 화들짝 놀라 제자리에 주저앉았다. 유달리 배짱이 좋은 놈이어서 무작정 뛰어나온 게 아니었나 보다. 진우의 말을 들은 제니가 지시를 내렸다.

"일어서! 그리고 셔츠를 가슴까지 들어 올리고 천천히 한 바퀴 돌아. 내가 볼 수 있도록."

"알았어! 알았어! 무장은 전혀 하지 않았어! 그러니까……."

알렉스는 땀을 뻘뻘 흘리며 진우의 지시를 따랐다. 한 바퀴를 다 돌고 나서 헬리콥터 내부를 본 알렉스는 당혹스러운 표정으로 물었다.

"우리 구조팀은…… 설마……."

"아니, 아무도 다치게 하지 않았어. 그냥 신호기가 울린 자리에 두고 온 것뿐이야."

제니의 답변을 들은 알렉스는 크게 안도의 한숨을 내쉬었다. 그러고는 곧바로 물었다.

"널 키드에게 묻고 싶은 게 있어. 타일러가…… 그러니까 젠킨스가 직접 보고 확진을 내린 게 맞아? 혹시 좀비들 사이에 서 있었던 적 있어?"

그 말을 들었을 때, 몇몇의 시선이 테라에게 향했다. 알렉스는 그것을 놓치지 않았다.

"거기, 까만 머리 아가씨! 네가 널 키드구나! 괜찮아? 헬리콥터 비행이 힘들거나 하지는 않았어?"

"뭐래?"

알렉스가 테라를 보며 떠들어 대자, 진우가 미간을 찌푸린다. 테라가 일러 준다.

"제가 널 키드인 걸 알았어요. 그리고 여기까지 날아오는 게 힘들지 않았냐고 물었어요."

"젠장, 착한 척하고 있네. 아무 대답도 해 주지 마. 이쪽에서 궁금한 게 먼저야. 제니야, 유빈이 팔 이야기 물어봐. 고칠 수 있느냐고."

진우가 말했다. 아직도 긴장한 얼굴로 아이스박스를 꽉 쥐고 있던 제니가 큰 소리로 외쳤다.

"팔을 다친 친구가 있어! 손이 팔목 위쪽에서 잘렸는데, 여기에서 붙여 줄 수 있어? 그 잘린 손은 가지고 왔어. 얼음 사이에 담아서!"

갑자기 봉합 수술 이야기로 주제가 바뀌자, 알렉스는 조금 당황스러워했다.

"잘렸다고? 상태를 먼저 봐야지! 그렇지 않으면 뭐라고 말할 수 없어! 약속할 수 있는 건, 최선을 다하겠다는 거야! 의료진은 대기하고 있어! 그보다 널 키드에 관한 건데……."

"이 친구 팔이 먼저야! 우리가 원하는 걸 해 줘! 그럼 그다음에 널 키드 이야기를 해도 돼!"

제니는 알렉스의 말을 단호하게 끊었다. 가수답게 쩌렁쩌렁한 성량으로 외치자, 알렉스는 고개를 끄덕였다.

"그래! 네 친구 문제 먼저! 알겠어! 말했잖아, 의료진은 대기하고 있다고."

"그리고 하나 더 있어요! 옆구리 근육이…… 외사근이라고 했는데, 손상된 아저씨가 있어요. 여기로 오면 그 근육을 배양해서 이식할 수 있다고 젠킨스 씨가 말했었어요. 원래대로 돌아갈 수 있다고."

테라가 끼어들어서 외쳤다.

그녀의 옆에 있던 태권 소녀가 제니에게 물었다.

"얘가 뭐라고 하는 거야?"

"아마 저 아저씨 이야기 같은데요? 여기로 오면 옆구리를 고칠 수 있다고 했대요."

제니가 민구를 가리킨다. 갑자기 자신이 지목되자 민구는 당황스러워하며 테라의 말을 끊으려 했다.

"됐잖아, 그런 얘기는……."

"아뇨! 젠킨스 씨가 몇 번이나 말했었어요, 완전히 회복할 수 있다고. 저는 꼭 그렇게 해 드리고 싶어요."

테라도 고집을 피운다. 영어와 한국어가 섞여서 정신없이 떠들어 대기 시작하자, 알렉스도 큰 소리로 대답했다.

"맞아! 그건 간단해! 배양하는 데 시간이 좀 걸릴 뿐이지. 자, 이제 너희가 요구하는 건 다 나온 건가? 나도 부탁 하나만 할게! 널 키드라는 증거를 보여 줬으면 좋겠어! 그게 우리에게는 정말로 중요하거든! 정말! 아주! 중요해!"

알렉스는 간절하게 외치며 두 손을 모아 합장을 하고 고개를 숙였다. 대화가 진행되는 동안에도 끊임없이 좌우로 눈을 돌리며 혹시 몰래 접근하는 놈은 없는지 살피던 진우가 제니에게 고개를 끄덕인다.

"피를 뽑아 왔어요! 그거면 될까요?"

직전까지 무서운 테러범처럼 날카롭게 연기하던 제니가 조금 누그러진 말투로 물었다. 어젯밤 잠들기 전에 삼식이가 가지고 나온 채혈용 주사기로 테라의 피를 조금 뽑아 그걸 유빈의 팔과 함께 아이스박스에 넣어 뒀었다. 알렉스는 화색을 띠며 고개를 끄덕였다.

"영광이야! 제발 부탁할게!"

제니는 혈액 샘플을 꺼내기 위해 아이스박스를 열었다. 얼음이 거의 다 녹아 물이 흥건한 아이스박스 내부를 보자 가슴이 먹먹해진다.

비닐봉지에 들어 있기는 하지만, 이 손의 상태…… 괜찮은 걸까? 이쪽은 그나마 얼음 속에라도 있었지만, 생으로 드러나 있는 유빈의 상처는…….

잘린 유빈의 손을 보자 갑자기 울컥해진 제니는 눈물을 흘리지 않기 위해 눈을 부릅떴다.

전달자 역할은 유빈이 맡았다. 어차피 수술을 하려면 그는 JL의 의사들에게 맡겨져야 한다. 유빈은 테라의 혈액 샘플을 손에 쥔 채 헬리콥터에서 내렸다.

"자요."

유빈은 알렉스의 손에 혈액 샘플이 든 길쭉한 용기를 넘겼다. 빨간색 피가 비쳐 보이는 용기가 손에 닿는 순간, 알렉스는 벅차다는 듯 숨을 몰아쉬었다. 그리고 행여 떨어뜨릴세라 소중히 꼭 쥐었다.

"고마워! 하지만 널 키드의 피라는 걸 확인하기 위해서는 누군가 올라오라고 해서 이걸 진단 기기가 있는 곳으로 가져가도록 해야 돼. 그렇게 해도 될까? 그냥 한 사람만 부를게!"

알렉스는 간절한 표정으로 부탁을 했다. 진우는 고개를 끄덕였다.

"무장만 하고 오지 않으면 돼."

제니가 전한 진우의 말을 듣고, 알렉스는 무전기를 들어 올렸다.

"피트, 나야. 지금 헬리포트로 올라와."

잠시 후, 퉁한 표정의 작고 동그란 사내가 옥상 문을 열고 나왔다. 땅딸한 사내는 겁에 질린 눈으로 헬리콥터를 바라보며 좀처럼 가까이 다가오려 들지 않는다.

알렉스는 그에게 다가가 혈액 샘플을 건네고 시약 테스트를 해 보란 지시를 내렸다.

땅딸한 사내가 다시 사라진 뒤, 잠시 어색한 침묵이 흘렀다. 아직 꽤 이른 시간인데도 태양빛이 내리쬐는 헬리포트 위는 아지랑이가 피어오를 만큼 뜨거워졌다.

알렉스는 땀을 뻘뻘 흘리면서, 진우와 유빈, 그리고 안쪽의 테라를 번갈아 쳐다보았다. 정원을 거의 꽉 채우다시피 모여 앉아 있는 헬리콥터 내부의 기온은 더 높을 것이다.

"덥지 않아? 물을 가져오라고 할까?"

알렉스가 물었다.

"괜찮아요. 물은 있어요."

"그럼 좀 마시는 게 어때? 이런 환경에서는 체력이 빠르게 소진되거든. 체온도 올라가고."

알렉스는 걱정이 가득한 얼굴로 말했다. 하지만 친구들 중 그의 권유를 따르는 사람은 아무도 없었다. 물론 등이 땀으로 흠뻑 젖을 만큼 덥다. 그러나 목숨이 걸린 중요한 탐색의 시간에 한가하게 물병을 찾아 고개를 돌려 주의를 흐트러뜨리고 싶지 않다.

"검사는 얼마나 더 기다려야 해요?"

제니가 초조해하며 물었다.

"금방 끝나. 시약을 섞어 보기만 하면 되니까······."

알렉스가 거기까지 말했을 때, 그의 무전기가 울렸다.

— 띠리릭, 삐익, 후우우~ 보라색이에요, 알렉스. 널 키드 맞습니다. 삐익.

보고를 하는 피트의 목소리도, 그 보고를 확인하는 알렉스의 목소리도 떨린다. 알렉스는 얼굴을 감싸며 바닥에 주저앉았다. 가슴이 심하게 두근거려 숨을 제대로 쉬기가 어렵다.

"결과가 나왔어요?"

제니가 물었다. 알렉스는 눈을 껌벅거리며 고개를 끄덕였다.

"······그래, 널 키드가 맞대. 정말이지······ 이건······ 영광이야. 널 키드를 실제로 보게 될 줄은 몰랐어."

"그럼, 이제 이 사람 손을 치료해 주세요. 꼭 원래대로 해 주셔야 돼요, 제발."

제니가 단호한 어조로 말했다. 알렉스는 이마의 땀을 훔치며 대답했다.

"아, 그래. 최선을 다할게. 맹세하지. 그럼 의료진을 부를게. 준비가 끝나는 대로 수술을 하고······ 그리고 너희들도 이제는 아무 걱정 하지 말고 내려와도 돼.

이 배에 널 키드를 해칠 만큼 멍청한 인간은 없어."

"널 키드는 해치지 않겠지. 하지만 우리는?"

알렉스의 말을 전해 들은 진우가 긴장한 얼굴로 중얼거렸다. 그는 일단 유빈의 손을 치료하는 것으로 이 JL이라는 곳의 실력을 확인할 심산이었다.

"손 치료가 먼저예요. 우리는 그때까지 여기에서 기다릴 거예요. 미안하지만, 당신도 여기에 함께 있어야 하고요. 그러니까 정말로 최선을 다해야 해요. 이게 테스트라고 생각하세요."

제니가 진우의 말을 전했다. 알렉스는 얼굴이 파랗게 질렸다.

"저기…… 어떤 마음인지는 알겠어. 우리를 신뢰하기 어려운 거겠지. 하지만…… 그렇게 하는 건 안 돼. 수술은…… 아주 오래 걸려. 마취를 하고 신경을 접합하는 것만 해도 몇 시간이 소요될 거야."

"기다릴 수 있어요."

제니가 입술을 굳게 다물며 의지를 보였다. 알렉스는 격하게 고개를 젓는다.

"그래, 보통은 기다릴 수 있지. 나도 내가 기다리는 건 괜찮아. 하지만 쟤, 저기 널 키드인 아가씨는 안 돼. 이 날씨에 그런 짓을 하는 건, 내가 도저히 용납이 안 된다고. 너희들, 아침은 먹었니? 어제저녁은? 혹시 계속 굶은 채로 체력이 바닥난 상태에서 버티고 있는 건 아니겠지? 오, 제발 그러면 안 돼. 저 친구…… 안색이 좋지 않아."

알렉스의 말을 들은 제니는 테라를 돌아보았다. 인정하기 싫지만, 그의 말은 옳다. 원래부터 하얗던 테라의 얼굴은 이제 슬슬 푸른빛이 돌 만큼 혈색이 좋지 않다.

잠실을 탈출하기 위해 인파와 부딪쳐 가며 뛰었던 그제 낮부터, 태양에 쫓긴 어제 새벽, 그리고 식사실에서의 지독한 시간들과 유빈의 손이 잘린 이후 겪었던 죄책감까지…….

모두 그녀를 괴롭혔던 일이다. 그 긴 이틀 동안 거의 제대로 먹지도 않은 채 테라는 버텨 왔다.

"아니야, 난 괜찮아. 걱정하지 않아도 돼. 어제 수액 주사도 맞았고. 빨리 저 오빠 손부터 고쳐 달라고 해, 제니야."

자신을 향해 쏟아지는 걱정스러운 시선을 의식하고 테라는 제니에게 엷은 미소를 지어 보였다.

제니는 이를 꽉 깨물었다. 테라에게는 너무 가혹한 시간일지 모르지만, 달리 방법이 없다. 이 JL이라는 곳은 아직 그들의 믿음을 얻지 못했으니까.

"고맙지만, 걱정하지 않아도 돼요. 어제 수액 주사도 맞았으니 충분히 버틸 만해요."

제니가 말했다. 알렉스의 얼굴은 더욱더 당혹스러워졌다.

"수액 주사? 무, 무슨 성분인데? 혹시…… 이전에도 그걸 맞은 적이 있었니? 그러니까 물린 이후에 말이야."

알렉스가 말을 더듬어 가며 물었다. 제니는 이상하다는 듯 물었다.

"그게 왜 궁금해요? 겁주려고 하는 거라면 그만둬요."

"겁은 너희가 나에게 주고 있잖아! 너희는 지금 바로 옆에 있으니까 실감이 나지 않아서 이런 식으로 구는지 모르겠는데! 후우우~!"

갑자기 언성을 높이던 알렉스는 깊게 한숨을 내쉬며 잠시 말을 중단했다. 그러고는 다시 침착한 어조로 돌아와 이야기를 이었다.

"쟤는 말이지…… 정말로, 정말로 희귀한 확률로 존재하는 인류의 희망이야. 너나 나나 여기 있는 모든 사람들이 평생 쉬지 않고, 잠도 자지 않고, 30초마다 새로운 사람들을 만난다고 해도, 다시는 만날 수 없는 종류의 희귀한 존재라고. 그런데…… 너희는 그런 사람을 지금 뜨겁게 달아오른 헬리콥터 안에 가둬 두고 있어. 이러다가 혹시라도 저 아가씨의 건강에 이상이 생기면…… 그건 정말 돌이킬 수 없는 일이라고."

"테라 걱정해 주는 척하지 마요. 내 친구는 내가 잘 알아요! 쟤가 어느 정도 체력을 가지고 있는지, 얼마나 참을성이 강한지 당신보다 내가 훨씬 더 잘 안다고요!"

제니도 지지 않고 받아쳤다. 알렉스는 고개를 저으며 말을 골랐다.

"아니…… 있지…… 몰라. 너도 모르고, 나도 모르고, 심지어 테라? 테라라고 했나? 저 아가씨 본인도 몰라. 저 아가씨가 어떤 상태인 건지 제대로 아는 사람은 이 세상에 단 한 명도 없어. 왜냐고? 그건 테라가 좀비에게 물리고 면역 체계가 작동한 그 시점에 그녀의 몸이 완전히 변해 버렸기 때문이야."

알렉스는 침착하게 말했다. 그의 이야기를 제니가 친구들에게 옮기는 동안 알렉스는 이야기를 계속했다.

"쉽게 설명할게. 우리가 감기에 걸렸을 때 어떤 약을 먹으면 낫는지 아는 이유는 수많은 사람들이 아주 오랜 시간 동안 비슷한 경험을 축적해 왔기 때문이야. 하지만 널 키드는…… 좀비와 면역에 대해 가장 앞서 있는 JL조차도 오직 단 한 명의 널 키드에 관한 데이터밖에 가지고 있지 않아. 그것도 남자였고, 게다가 아주 짧은 기간 동안만 관찰된 거였지. 무슨 말인지 알겠어?"

제니는 미간을 찌푸렸다. 지금 이 순간, 테라도 영어를 한다는 사실이 원망스러울 뿐이다. 이런 잔인한 이야기는 듣게 하고 싶지 않다. 알렉스는 최대한 순화된 단어들을 골라 말했다.

"우리처럼 평범한 인간들에게는 아무렇지도 않은 자극도 저 아가씨에게는 지극히 심각한 위협일 수 있어. 평범하고 무해해 보이는 약이나, 흔히 먹었던 음식도 갑자기 그녀에게 치명적인 해를 끼칠 수 있다는 말이야. 체온이 1도 올랐을 때, 혹은 수분이 부족할 때, 어떻게 될지 아무도 몰라. 경험이 없으니까. 알겠어? 그녀는 우리와 달라. 그러니 그녀를 대할 때, 아무리 조심해도 부족하다고."

# 03

"테라야……."

제니는 테라를 진정시키기 위해 그녀의 손을 잡았다. 테라는 가볍게 떨고 있었다. 항체를 줄 수 있는 면역자라는 사실을 젠킨스로부터 전해 들었을 때와는 또 다른 느낌의 두려움이 그녀를 휘감는다.

……모든 것이 다르다. 보통의 흔한 사람들과…….

얼핏 그리 대수롭지 않은 말처럼도 들리지만, 조금만 고민해 보면 그것이 얼마나 무서운 이야기인지 알 수 있다.

앞으로 그녀는 아주 일상적이고 사소한 것들조차 두려워하며 살아야 한다. 평생 동안. 그런데…… 평생이라는 게 대체 얼마나 되는 시간일까?

"저는…… 다른 사람들과 비슷한 정도로 오래 살 수는 있는 건가요? 그게…… 그러니까, 병에 걸리거나 사고를 당하지 않는다는 가정에서 말이에요."

잠시 제니의 눈을 마주 보고 있던 테라가 알렉스에게 고개를 돌리며 물었다. 알렉스는 한숨을 내쉬고 나서 대답했다.

"솔직히 이야기하자면…… 그 어떤 것도 장담할 수 없어. 아무것도 모르니까……. 평균적인 수명만큼 살 수도 있고, 유감스럽지만 그렇지 않을 수도 있어. 조금 전에도 말했지만, 우리가 경험한 널 키드는 한 명뿐이었고, 그마저도 앱테크나야에서 미사일 공격을 받아 사망하기 전까지 아주 짧은 시간 동안만 관찰할 수 있었어. 그러니 우리가 널 키드에 대해서 아는 지식이라고는 아주 부분적이고 파편화된 정보들뿐이야. 미안해, 이런 말밖에 할 수 없어서."

알렉스는 최대한 예의를 갖추며 말했지만, 그의 대답을 듣고 나서 테라의 표정은 오히려 더 어두워졌다.

허락된 시간이 얼마나 되는지 모른다는 건…… 내일 갑자기 거짓말처럼 숨을 거둬도 이상하지 않다는 이야기다. 영원히 살고 싶었던 것은 아니지만, 이런 식은 너무 가혹하다.

"……젠킨스 씨는 이런 말 하지 않았어요. 저랑 그렇게 많은 이야기를 나눴는데, 그런 말은 한마디도 하지 않았다고요. 먹을 것에 대해서 주의를 준 적도 없었고요. 알렉스 씨가 뭔가 잘못 알고 계신 건 아닐까요?"

테라는 젠킨스를 앞세워 반박을 해 보았다. 이런 이야기를 인정하고 싶은 사람은 없을 것이다. 알렉스는 천천히 고개를 끄덕였다.

"너와 MJ가 어떤 환경에서 어떤 관계로 지냈는지 모르니까 왜 그런 중요한 정보를 전해 주지 않았는지, 그 이유를 말하기는 어려워. 그런데 MJ라면 그렇게 하고도 남았을 거야. 언제나 상대가 듣고 싶어 하는 말로 유혹하지. 자신이 완벽한 우위를 점하기 전까지는 말이야. 어쩌면 자신이 상황을 완벽하게 지배할 수 있다고 착각하고 있었을지도 몰라. 실제로 그는 엄청 대단한 천재이기도 했으니까. 하지만…… MJ가 뭐라고 했든 간에 내 말은 사실이야. 모르는 걸 안다고 믿는 것만큼 위험한 건 없어."

"그만해요. 얘한테 얼마나 더 충격을 줄 셈이에요? 이미 충분히 힘들었고, 긴장해 있다고요. 당신은 지금 말로 얘를 고문하는 거랑 다를 바 없어요!"

듣다 못한 제니가 테라의 어깨를 감싸며 알렉스의 말을 끊었다. 알렉스는 억울하다는 표정을 짓는다.

"나도 이런 이야기를 전하는 악역 같은 거, 전혀 하고 싶지 않아. 그래서 처음엔 계속 권유하기만 했잖아. 물이라도 마시고, 시원한 공기를 좀 쐬면 어떻겠냐고 말이야. 그걸 완강히 거절한 게 너희들이고. 내가 하고 싶은 말은 그저…… 조심하자는 것뿐이야. 아주 얇은 살얼음판 위를 걷는 것처럼 아주 천천히 신중하게 한 발, 한 발을 떼자는 거라고."

"저 새끼가 뭐라고 약을 팔기에 얘 표정이 이래?"

민구가 물었다. 계속 영어로만 대화가 오가니 답답했던 것은 그뿐만이 아니다. 다른 친구들 역시 어떤 상황인지 궁금했다.

"그게…… 테라는 다른 사람들하고 다르대요, 모든 면에서. 그래서 각별히 조심해야 한다고 했어요. 대부분의 사람들에게는 별거 아닌 일도 테라에게는 생명의 위협이 될 수 있다고. 지금 이렇게 좁은 곳에서 더위를 참고 있는 것도 위험할지 모르니 조심해야 한다고요."

제니가 힘없이 대답했다. 이번에는 보안관이 물었다.

"그래, 위험할지 모르는데…… 그래서 뭘 어쩌라는 거야?"

"일단 여기는 좁고 더우니까 헬리콥터에서 내려서 바람이라도 좀 쐬는 게 낫지 않겠냐고 했어요. 피곤하면 안 되니까 물도 많이 마시고, 음식도 가져다줄 테니까 좀 먹으면 좋겠다고."

제니의 대답을 들은 민구는 알렉스를 노려보며 코웃음을 쳤다.

"저런 놈들 수법이야 빤하지. 일단 겁부터 잔뜩 줘 놓고 얼러서 혼을 빼놓으려는 모양이군. 얘가 그제 오후부터, 아니, 그전에도 얼마나 강하게 싸우고 버텼는지 알면 그런 말 못 할걸?"

하지만 유빈과 진우는 민구처럼 확신을 갖기 어려웠다. 테라에게 특별한 강점이 있는 것이 사실인 만큼, 역으로 그녀에게 특별한 약점이 있다고 해도 이상하지 않을 것 같긴 하다.

특히 유빈은 테라의 피를 전달하기 위해 헬리콥터 밖에 나온 뒤에야 비로소 깨달을 수 있었다. 저 안이 얼마나 좁고 덥고 답답한 곳인지를…….

헬리포트 위의 햇볕이 따갑다고는 해도 간간이 불어오는 바닷바람이 있으니 한결 살 것 같다.

자신의 팔을 접합하는 수술이 얼마만큼의 시간을 요할는지도 모르는 채 그게 끝날 때까지 모두가 저 찜통 안에서 기다리겠다는 건 미친 짓이 맞다. 세 시간만 지나도 다들 더위를 먹고 쓰러질 거다.

설사 용케 버텨 낸다고 해도 보상은 전혀 없다. 언제 끝이 날지 모르는 싸움을 하면서 그렇게 무의미한 이유로 체력을 갉아먹는 건 바보짓이다.

애초에 진우가 짜 놓은 계획은 유빈을 수술실에 넘긴 뒤에 조금 거리가 있는 곳으로 이동했다가 다시 돌아오는 것이었다.

하지만 주변 어디를 둘러봐도 바다밖에 보이지 않는 곳에 JL의 연구소가 위치한 시점에서, 그 계획은 이미 틀렸다. 뭔가 타협과 변경이 필요하다.

"이 사람한테 물어봐 줘, 제니야."

헬리콥터 문 앞에 서 있던 유빈은 안쪽의 제니를 돌아보며 말했다.

"당신을 믿고 싶지만, 아직 완전히 그러기가 어렵다고. 그럴 때 당신은 우리 신뢰를 얻고 테라를 쉬게 해 주기 위해서 뭘 어떻게 할 수 있느냐고."

"아…… 제 걱정 하느라 그렇게 하시지 않아도…… 저 아직 견딜 만해요."

테라가 다급하게 유빈을 말렸다. 혹시 자신을 걱정하다가 모두가 피해를 입을까 봐 두려운 것이다. 유빈은 고개를 저었다.

"네 얼굴 보고 있으면 나도 걱정이 되지만, 꼭 너 하나 때문에 그러는 건 아니야. 다들 쉬어야 해. 이렇게 신경을 곤두세운 채 더위랑 싸우고 있을 필요 없어. 내 수술이 끝난다고 해서 모든 일이 끝나는 게 아니잖아."

제니는 진우를 돌아보았다. 진우도 유빈의 의견에 공감했지만, 심적으로 동요하고 있음을 이방인들에게 들키지 않기 위해 표정을 드러내지 않았다. 제니는 유빈의 질문을 알렉스에게 옮겼다.

"아…… 일단 내 말을 진지하게 받아들여 줘서 고맙고, 그다음에…… 나는 일단 너희들에게 음식과 물부터 전달해 주고 싶어. 절반씩 반대쪽 문으로 나가서 헬리콥터에 기대 먹으면 되잖아."

알렉스가 제안을 했다.

"그건 별로야. 음식에 무슨 짓을 했을지 모르잖아. 다 기절하거나 할까 봐 무서워서라도 먹을 리가 없지."

제니를 통해 전해 들은 유빈은 고개를 저었다. 서로 신뢰를 쌓고 싶은 거지, 호구가 되어 털려 주겠다는 게 아니다. 알렉스가 자신의 제안을 보강해서 내놓는다.

"가져오는 음식을 내가 먼저 먹어 보일게. 너희는 조금 기다렸다가 내가 별 이상이 없는 걸 확인하고 나서 먹어. 그러면 되지 않을까?"

"그런다고 해도 별 차이가 없어. 애초에 해독제나 그런 걸 미리 먹고 왔을 수도 있지. 잊지 마, 당신네들이 바로 이 세상에 좀비를 퍼뜨린 회사라는 걸. 이제 와서 갑자기 선량한 사람들인 척해 봐야 그리 설득력이 없어."

유빈이 말하고, 제니가 영어로 옮겼다. 그걸 듣고 난 알렉스는 힘없이 고개를 숙이며 한숨을 내쉬었다.

"후우우~ 맞는 말이야. 이 회사가 좀비 박테리아로 큰돈을 벌기 위해 연구를 진행하는 과정에서 많은 희생자를 냈다는 것도 사실이고, 이 모든 사태의 책임은 JL에 있지. 하지만 나를 비롯해서 이 리그에 있는 연구자들이 JL의 사상과 정확히 궤를 같이한다고는 생각하지 말아 줘. 사실 우리는 그런 유포 계획 같은 것을 수립할 수 있는 레벨도 아니야. 그리고…… 지난 한 달 동안 정말 많이 힘들었고, 반성을 했어."

거기까지 이야기했는데도 유빈이 별 반응을 보이지 않자, 알렉스는 목소리의 톤을 한 단계 낮춰 말을 이었다.

"지난 한 달 동안…… 본사와의 모든 교신이 끊어지고, 아무런 희망도 없던 그 한 달 동안, 매일 잠자리에 들기 전 빌었다고. 이게 그냥 악몽이기를…… 아주 생생하고 긴 악몽이기를……. 하지만 그 바람은 이뤄지지 않았지. 이 좀비 사태는 엄연한 현실이고, 그때서야 우리는 우리들이 얼마나 큰 죄를 저질렀는지 깨달았지. 한 번만! 단 한 번만 우리의 잘못을 바로잡을 수 있는 기회가 주어진다면 좋겠다고 생각했어! 물론 그러는 동안에 스스로 목숨을 끊은 동료들도 있었고…… 그런데 오늘 너희가 온 거야! 아직 살아 있는 모든 인류를 구원해 줄 수 있는 널 키드와 함께! 나는 신을 믿지 않지만, 이건 지구를 지배하는 어떤 강력한 힘이 나에게 허락해 준 마지막 기회라고 생각해. 이제 더는 후회할 일을 하고 싶지 않아! 그것만은 믿어 줘."

"믿고 싶어. 그래서 여기로 온 거고. 그러니까 믿을 수 있을 만한 행동이나 제안을 좀 해 보라고."

때때로 견디기 어려운 통증이 온몸에 휘감기는 것을 이를 악물고 참으며 유빈이 한 치도 물러나지 않고 말했다. 섣불리 믿지 못하기에 이 협상은 길게 이어질 수밖에 없었다. 알렉스는 두 손의 손바닥을 들어 보이며 다시 제안을 했다.

"알겠어. 좋아, 그럼 이건 어때? 일단 얼음이라도 좀 가져오라고 시킬게. 그걸로 더위부터 식혀. 그건 약에 취할까 봐 걱정하지 않고 쓸 수 있겠지. 너희도 너희지만, 폴도 위험해. 저 사람은 노인이라고. 폴과 라파엘이 쓰러지면 그때는 헬리콥터를 조종할 수 있는 사람이 없어지는 거야."

알렉스는 얼음찜질하는 흉내를 내며 조종사를 가리켰다. 유빈이 그 제안을 받아들여 얼음을 기다리는 동안, 조종사가 등을 돌려 제니를 바라보며 말했다.

"저기, 얘야…… 나는 헬리콥터 조종하는 것밖에는 모르는 늙은이지만, 그래도 이 상황에서 뭐가 급한지는 알 것 같구나. 저 젊은 친구는 저 상태로 오래 못 버텨. 나라면 일단 빨리 병원으로 옮길 거야."

그가 지목한 것은 유빈이었다. 손목이 잘린 채 열이 펄펄 끓어오르는 몸으로 버티고 서서 계속 협상을 하고 있는 모습은 그야말로 위태롭다. 미세하게 휘청거리는 그 모습을 보고 있자니 제니의 마음도 부서지는 것 같다.

테라와 유빈, 둘 다 심각하게 상처를 받았고 고통스러워하고 있는 지금, 어쩌면 가장 괴로운 것은 둘 모두를 사랑하는 제니인지도 모른다.

"저 새끼들…… 저거 뭐야?"

유빈에게 협상을 맡긴 채 계속 전방을 살피던 진우가 멀리 높다랗게 솟아 있는 철제 구조물 사이를 노려보며 중얼거렸다.

세 명의 건장한 남자가 철책에 몸을 숨겨 가며 기어 올라와 망원경으로 이쪽을 살피고 있다. 비록 무장을 하고 있지는 않지만, 신경이 쓰인다.

"저놈들은 뭐야? 분명히 이야기했잖아. 당신 혼자 오라고! 이런 식으로 약속을 어기기 시작할 거야?"

진우가 철제 구조물을 가리키며 항의를 했다. 깜짝 놀라 뒤를 돌아본 알렉스도 숨어 있는 세 사람을 발견했다. 그가 다급하게 손을 내저으며 내려가라고 소리를 질러 대자, 세 남자는 마지못해 철책 뒤쪽으로 사라져 버렸다.

"미안해! 하지만 위험한 사람들은 아니야! 그냥 선원들이야! 스코프가 있으니까 너는 더 정확하게 봤겠지, 아무 무장도 하고 있지 않다는 걸! 저 사람들은 그냥 자기 눈으로 직접 확인하고 싶던 것뿐이야! 여기에 널 키드가 왔다고 하니까 말이야!"

남자들이 돌아간 뒤, 알렉스는 열심히 변명을 했다. 조금이나마 분위기가 좋아지려는데 멍청한 놈들 몇몇 때문에 다시 원점으로 돌아가기는 싫다. 진우는 아직도 긴장을 늦추지 않은 채 물었다.

"하지만 아무도 밖으로 나오지 말라고 했을 거 아니야. 왜 선원들이 당신 명령을 듣지 않았지? 이런 식이면 곤란한데?"

"선원들은…… 내 말을 잘 듣지 않아. 선장의 명령을 따르지. 하지만…… 이해해 줄 수도 있는 문제잖아. 저 사람들도 널 키드가 왔다는 뉴스에 들뜬 것뿐이야. 희망이 필요했던 거라고!"

알렉스는 열심히 설명했다. 물론 이렇게 압박감이 가득한 대치 상황에서 서로 소리를 질러 가며 대화를 하는 방법으로는 자신들이 어떤 상황에 처해 있는지 온전히 알려 주기 어렵다. 그리고 듣는 쪽에서 그것에 진지하게 귀를 기울일 것 같지도 않다.

갑자기 나타난 세 명의 무단 구경꾼 때문에 다시 대화의 방향이 흐트러졌을 때, 얼음을 가득 담은, 커다란 아이스박스를 들고 두 명의 남자가 나타났다.

알렉스는 그들을 내려보낸 후, 아이스박스를 끌고 와 헬리콥터 앞에서 열어 보였다.

"자! 이거 그냥 얼음이야! 이렇게 먹어도 되는 얼음! 너희들도 이걸 가져가서 열을 좀 식혀!"

알렉스는 얼음을 한 움큼 집어 입에 넣고 우둑우둑 씹으면서 말했다. 방패를 들고 있던 삼식이가 얼른 그걸 헬리콥터 안으로 들여갔다. 한 손으로 얼음을 집어 두 눈과 목덜미에 문대자, 저절로 신음 소리가 나올 만큼 시원하다. 조종사와 부조종사도 얼음을 입 안에 넣고 돌리며 안도의 한숨을 내쉬었다.

"얼음…… 여기에도 넣어야 돼."

두 손으로 얼음을 쥐고 테라의 머리를 식혀 주던 제니는 유빈의 손이 든 아이스박스에 다시 얼음을 채워 넣었다. 그 모습을 보고 알렉스가 조심스럽게 말을 건넸다.

"그 박스 줘. 지금 당장 이 친구랑 같이 수술실로 옮길게."

제니는 잠시 망설인 뒤, 아이스박스를 유빈에게 건넸다. 유빈은 다시 자신의 손이 든 아이스박스를 알렉스에게 넘겼다.

"열어 봐도 괜찮지?"

알렉스가 유빈에게 물었다. 유빈은 무표정하게 고개를 끄덕였다. 알렉스는 굳은 얼굴로 아이스박스를 열었다. 이 의심 많은 녀석들에게 신뢰를 주기 위해서는 일단 봉합 수술을 성공적으로 마쳐야 한다. 그게 첫걸음이다.

"아……."

그러나…… 비닐봉지 안에 들어 있는 유빈의 손을 보자마자 알렉스의 입에서는 탄식이 흘러나왔다. 뭐라고 말을 꺼내야 할지 당혹스러워서 그의 목덜미에서는 식은땀이 비 오듯 흘렀다.

"……노 굿?"

녀석의 반응을 눈치챈 유빈이 물었다. 알렉스는 유빈의 얼굴을 물끄러미 응시하다가 천천히 고개를 끄덕였다.

"정말 유감이야."

굳은 표정으로 아이스박스의 뚜껑을 닫으며 알렉스가 말했다. 이만큼이나 영리한 아이들이 왜 저 손을 다시 붙일 수 있다고 굳게 믿는 건지, 그는 그걸 도무지 이해할 수가 없었다.

잘린 유빈의 손은…… 불에 그슬려 단면이 타 버린 상태였다. 케블라 장갑 내부의 사정이 어떤지는 모르지만, 일단 접합을 해야 할 팔목에서부터 도저히 가망이 보이지 않는다.

근육과 신경은 고열에 의해 이미 불가역적인 변형을 일으켰고, 그 일그러진 조직을 정상 피부와 연결할 수 있는 방법은 없다. 달걀 정도의 간단한 구조라면 또 모를까, 사람의 손은…….

"아니에요! 태양 그룹 의사는 전문의를 만나면 고칠 수 있을 거라고 했어요!"

제니가 겁에 질린 목소리로 울부짖는다. 아예 헬리콥터 밖으로 뛰쳐나가려는 그녀를 태권 소녀가 붙잡았다.

이 상황이 괴롭기는 알렉스도 마찬가지다. 이 어린 친구의 손을 깨끗하게 접합해 주는 것으로 테스트를 통과하고 신뢰를 쌓으려던 모든 계획이 다 물거품이 되어 버렸다.

"하지만…… 젠킨스 씨는 이곳에서 몸을 배양해서 만들어 낼 수 있다고 했는데요……. 그러니까 저 오빠 손도……."

테라도 떨리는 목소리로 말했다. 자신이 조금 희생하면 유빈의 상처를 원래대로 되돌릴 수 있을 거라는 그 기대 하나로 버텨 왔는데…… 이런 결과는 납득할 수 없다.

"배양 후 이식은…… 단순한 근육 조직일 경우 가능해. 그건 그냥 고깃덩어리 정도니까. 이미 임상 실험도 다 거쳤으니 안정적이고. 하지만…… 손은 이야기가 달라. 이렇게 여러 개의 근육과 뼈, 그리고 수많은 신경이 복잡하게 얽혀 있는 신체 부위를 배양해 낸 사례는 아직 없어."

알렉스가 차분하게 설명했다. 친구들의 실망한 표정 때문에 그의 목소리도 떨린다.

"하면 되잖아요! 존재하지 않는 백신도 만들 거라고 큰소리를 치면서! 왜 멀쩡하게 있는 손을 고치지 못한다는 거예요?"

제니가 분노로 입술을 떨며 물었다. 알렉스는 이마에 달라붙은 머리카락을 뒤로 쓸어 넘기면서 힘겹게 대답했다.

"그래…… 시도해 볼 수는 있겠지. 그러나 이건 널 키드의 피에서 항체를 추출해서, 그걸 배양해 내는 것과는 또 완전히 다른 별개의 이야기야. 아직 아무도 성공한 적이 없기 때문에 축적되어 있는 데이터가 없어. 처음부터 모든 걸 새로 시작해야 돼. 혹여 성공한다고 하더라도 아주 오랜 시간이 걸릴 거야."

"뭐라는 거야, 저 돌팔이 새끼가! 제니야, 꼭 해야 한다고 말해!"

보안관이 흥분해서 펄펄 뛴다. 진우의 눈꼬리도 매섭게 올라갔다. 요구하는 자들과 변명하는 자의 이야기가 겹쳐 울리면서 헬리콥터 주변은 또 시끄러워졌다.

"아아…… 됐어. 다들! 제발! 그 이야기는 이제 그만해. 억지 쓸 필요 없잖아! 아저씨도 스톱!"

유빈이 끼어들어서 모두의 입을 다물도록 했다.

"후우우~!"

유빈은 가벼운 한숨으로 두근거리는 가슴을 진정시켰다. 원래대로 돌아갈 수 있을지 모른다는 기대가 꺾인 순간에는 잠시 아찔하기도 했지만, 이제 비로소 현실을 받아들이고 거기에서 이야기를 시작할 수 있을 것 같은 기분이다.

그의 왼손은 어제 없어졌다. 그걸 억지로 돌이켜 보려고 하다 보니 머릿속도 멍하고, 이 중요한 상황에 자꾸 머뭇거렸다.

인류를 구하기 전에 일단 내 손을 붙여 놓으라니…… 객관적으로 보자면 얼마나 바보 같은 이야기인가.

유빈은 친구들을 돌아보며 입을 열었다.

"손은 나중에 이야기해도 돼. 그건 어차피 부수적인 문제였어. 우리, 그런 것보다 더 중요한 일에 집중하자."

제니는 아직도 화를 이기지 못해 눈물을 글썽거리며 시선을 다른 곳으로 돌리고 있다. 테라도 실망을 감추지 못한 채 고개를 푹 숙이고 있다.

"제니야, 이 사람한테 뭘 하고 싶은지 물어봐 줘. 지금 당장 원하는 게 뭔지 말이야."

유빈은 제니에게 부탁을 했다. 제니는 눈물을 훔쳐 내고서 울먹이는 목소리로 알렉스에게 유빈의 질문을 전했다.

"아까부터 말했던 거지만, 내가 원하는 건 하나야. 일단 널 키드가 안정되기를 바라. 신체적으로도, 정서적으로도 모두 안정을 되찾았으면 좋겠어."

알렉스는 진지하게 대답했다. 유빈은 다시 물었다.

"당신, 이 피를 가지고 연구해 봤어?"

"아니. 널 키드가 사망한 이후, 남겨진 혈액 샘플에 접근할 수 있는 건 최상위 레벨의 권한을 가진 사람들뿐이었어. 하지만 자신 있어. 곧 결과를 낼 수 있을 거야."

 알렉스는 솔직하게 말했다. 지금 이 리그 내에도 널 키드의 피가 아주 소량 보존되어 있다. 앱테크나야의 널 키드가 미사일 공격에 휘말려 사망하기 전, 몇몇 주요 거점으로 분산되어 보내졌던 혈액 샘플이다.

 하지만 그 샘플은 견고한 보관실 내에 보관 중이고, 그 방의 문을 여는 암호는 젠킨스만이 알고 있었다. 그러니 그가 오기 전까지는 아무런 연구도 실험도 할 수 없는 상태였다.

 "피는 얼마나 자주, 얼마만큼씩을 뽑을 거야? 그리고 그걸 언제까지 반복해야 돼?"

 "채혈? 아니, 그런 문제는 지금 생각할 필요 없어. 말했잖아, 일단 안정이 우선이라고. 저 아가씨가 건강해졌다고 판단될 때까지 우리는 아무것도 하지 않아. 하면 안 돼. 지금 보니까 손목에도 출혈이 있었던 것 같은데……."

 "안정을 취한 뒤에 다시 돌아오라, 이런 말이야?"

 유빈이 물었다. 알렉스는 펄쩍 뛰며 고개를 젓는다.

 "아니! 어디로 가려고? 위험하잖아. 그렇게 장거리 헬리콥터 여행을 계속하라고 권하고 싶지 않아. 여기는 안전해! 원한다면 우리 연구원들 숙소를 통째로 내줄게. 아무도 접근하지 않을 테니까 신뢰할 수 있는 사람들이랑 함께 지내. 이전까지 뭘 먹었었는지 알려 주면, 그 음식들을 제공하도록 노력해 볼게."

 알렉스의 말을 전해 들은 유빈은 녀석의 얼굴을 빤히 바라보았다. 또 원점이다. 이놈은 자신들이 이곳에 머물러 주기를 원하고, 자신들은 이놈의 아가리 속에 제 발로 걸어 들어가고 싶은 생각이 없다. 아직 그렇게까지 믿어 줄 아무런 근거가 없으니까.

 "저기…… 알렉스, 당연한 이야기지만, 이 젊은 친구들은 이 배에 머물고 싶지 않아 하는 눈치야. 서로 이렇게 고집만 피우지 말고, 빅 아일랜드로 옮겨 가 있으면 어떨까? 거기라면 이 친구들도 조금은 안심할 수 있을 것 같은데."

 보다 못한 조종사가 제안을 했다.

"빅 아일랜드?"

제니가 고개를 돌리며 묻자, 조종사는 고개를 끄덕이며 대답을 해 줬다.

"여기에서 북동쪽으로 30마일 정도 떨어져 있는 무인도야. 거기에 JL 연구소 건물이 있지. 지금은 아무도 사용하고 있지 않아 텅 비었지만."

"왜 비었어요? 무슨 문제가 있나요? 혹시 거기도 좀비들이……."

그의 말을 친구들에게 전해 준 뒤, 제니가 다시 물었다. 조종사는 고개를 저었다.

"아니, 그런 게 아니야. 그냥 사람들 간의 문제야. 좀비 같은 건 한 마리도 없고, 원한다면 언제든지 사용할 수 있어. 발전기의 스위치를 올리기만 하면 돼."

"그런 곳이 있는데, 왜 지금까지 말을 안 했어? 그게 자기들을 믿어 달라는 사람의 태도야?"

진우가 물었다. 비어 있는 섬이라는 건 매력적인 장소다. 수십 명의 선원과 직원들로 가득 찬 배와는 다르다. 알렉스는 당연하다는 표정으로 대답했다.

"일단 그곳까지 옮겨 가서 너희들을 보호할 수 있는 여력이 없어."

"장난치나…… 우리 앞가림 정도는 할 수 있어. 보호는 필요 없다고."

"잔인한 이야기지만, 저 친구의 손이 날아가기 직전에도 너희들은 그렇게 생각하고 있었을 테지. 나는 모든 위협으로부터 널 키드를 보호하고 싶어. 우리에게는 그렇게 하도록 훈련받은 전투 인력들이 있고."

알렉스의 도발적인 말을 옮기는 동안 제니의 목소리가 떨린다. 진우가 냉소적으로 물었다.

"너희 잘난 전문 전투 인력들은 지금 서울에 있는데? 우리한테 속아서."

"설마 이 큰 배에 전투 인력이 단 네 명뿐이겠어? 제2조가 당연히 대기 중이야."

알렉스가 대답했다. 말싸움이 길어지자 조종사가 답답하다는 듯 헬기의 조종간을 내려치며 소리를 질렀다.

"그딴 걸로 고집 피우면서 잘난 척하지 마! 이 친구들은 알렉스 자네가 생각하는 것보다 강해! 용병 넷을 순식간에 따돌릴 만큼 영리하고, 그들을 죽이려 들지 않을 만큼 여유롭다고! 가자고! 어차피 이 배에 있을 생각은 조금도 없어 보이니까 말이야!"

"아아~!"

알렉스는 이마를 감싸 쥐고 한숨을 쉬었다. 잠시 고민하던 그가 제니를 보며 말했다.

"조건이 있어. 나도 같이 데려가 줘. 널 키드의 옆에서 조언을 할 수 있어야 돼."

그의 조건을 전해 들은 진우와 유빈은 서로 고개를 끄덕였다. 그래도 한 가닥 불안이 제거되지 않은 유빈이 보안관에게 물었다.

"이 사람, 운동한 것처럼 보여? 헬리콥터에 태워도 될까?"

"운동을 했든 안 했든 그까짓 거 신경 쓸 필요도 없어. 어차피 한 방감인데."

보안관이 콧방귀를 뀌며 대답했다. 그 옆의 민구도 별로 신경 쓰지 않는 눈치다.

"좋아요, 같이 갑시다. 대신 헬리콥터가 날아가는 동안에는 손과 발을 묶어 놓을 거예요."

걱정쟁이답게 유빈은 끝까지 신중한 조건을 달았다. 알렉스는 얼마든지 수용하겠다는 표정을 지어 보인다. 조종사가 걱정스러운 말투로 중얼거렸다.

"자네까지 가 버리면 피트도 그렇고, 용병들도 그렇고, 다들 불안해할 텐데……. 선장도 기분 좋게 받아들일 것 같지는 않아. 자신들을 따돌린다고 생각할 수도 있지 않을까? 가뜩이나 감정적으로 좀 그런데……. 널 키드가 나타나자마자 HQ의 대장이 함께 헬리콥터를 타고 사라진다는 건 말이야."

"그래서 제가 계속 여기에 머물러 달라고 부탁한 거잖습니까. 빅 아일랜드 이야기는 폴, 당신이 꺼낸 거고요. 뭐…… 괜찮습니다. 피트에게 이야기해 주면 그도 납득할 거예요."

알렉스가 대답했다. 제니와 테라는 불안한 얼굴로 그들이 나누는 이야기에 귀를 기울였다. 이곳에도 뭔가 복잡한 사연이 있는 것 같다.

"잠깐만 기다려 줘. 떠나기 전에 몇 가지 준비를 할 게 있으니까."

알렉스가 제니에게 말했다. 모두의 동의를 구한 뒤, 그는 무전기의 송신 버튼을 누르고 피트를 찾았다.

"아니, 아니. 피트, 그런 게 아니라고. 잠시 동안만 가 있는 거야."

알렉스는 피트와 약간의 실랑이를 벌였다. 일방적으로 지시를 하던 조금 전과는 사뭇 다른 분위기였지만, 결국엔 저쪽에서 납득을 하는 눈치이다.

잠시 후, 피트는 뚱한 표정으로 은색 알루미늄 가방과 노트북 케이스를 가지고 다시 올라왔다.

"이건 내가 맡을게. 괜찮지?"

알렉스가 유빈의 손이 들어 있는 아이스박스를 들며 말했다. 제니가 물었다.

"어떻게 하려고요?"

"아주 저온에서 보관할 거야. 손상된 부분을 이식한 뒤, 접합시키는 기술을 확보할 때까지."

"그런 기술 없다고 했잖아요."

"그래, 지금은. 하지만 나중에 시도해 볼 수는 있지. 언젠가는 가능할지도 몰라. 그때 이게 있어야 접합을 하잖아."

알렉스가 말했다. 제니는 잠시 망설였다.

여기에서 포기해도 되는 걸까…….

그녀의 솔직한 심정은 그 박스를 자신에게서 떠나보내고 싶지 않다는 것이었다. 정확히 표현하기는 어렵지만, 뭔가 유빈의 일부분을 인질로 내어주는 기분이 들어서 찜찜하다.

하지만…… 그녀에게는 저 손을 보관할 수 있는 방법이 없다. 좀비 세상이 온 이래 얼음을 만져 본 것도 어제가 처음이었으니까.

"최선을 다할 거라고 약속해 주세요."

제니는 마지막 저항처럼 말했다. 그것이 아무 의미가 없는 약속이라는 걸 알지만, 그래도 언약을 받아 두고 싶었다. 알렉스는 선선히 고개를 끄덕였다.

"물론."

알렉스는 아이스박스를 들고 가 피트에게 맡기고, 그가 가져온 알루미늄 가방을 넘겨받았다. 그런 후, 둘은 잠시 진지한 태도로 대화를 나눴다.

분위기만 보자면 알렉스는 계속 떠나려 하고, 피트는 사뭇 아쉬워하거나 두려워하는 것처럼 보였다.

"가시죠."

마침내 피트를 설득해서 내려보낸 알렉스가 가방을 들고 다가왔다. 유빈이 오른손으로 기다리라는 몸짓을 한 뒤, 가방을 가리켰다.

"아아, 이거. 그냥 약이야. 너를 치료하기 위한 항생제와 소염진통제, 그리고 속을 달래 줄 약들과 진정제. 현실을 쿨하게 받아들여 줘서 고맙기는 하지만, 넌 지금 아마 엄청난 고통과 스트레스를 받고 있을 거거든. 마음 같아서는 너는 여기 남아서 치료를 받으라고 하고 싶은데, 그건 너희들이 허락 못 하겠지."

알렉스는 가방을 열어 내용물들을 보여 주었다. 푹신한 완충제 속에 체온 측정기와 주사기, 약병들이 끼워져 있다. 한눈에도 의료 용품이란 것을 알 수 있는 것들로, 어제 유빈이 이로 물어 빼 버렸던 형태의 수액 주사용 연결 부품도 보인다.

"됐지? 위험한 건 없어. 그리고 이건 노트북."

알렉스는 노트북 케이스까지 모두 열어 보인 뒤, 헬리콥터에 올랐다. 보안관과 민구 사이에 끼어 앉은 알렉스는 제니와 테라를 향해 가볍게 손을 흔들었다. 보안관은 곧바로 알렉스의 두 손목을 한데 모아 테이프로 친친 동여맸다.

"안녕. 방패를 사이에 두고 보지 않으니까 좋구나."

쿵— 쿵—.

낯선 사람이 끼어들자 삼숙이가 코를 대고 냄새를 맡는다. 알렉스는 약간 두려워하며 몸을 움츠렸다.

"얘, 무는 건 아니지?"

"뭐라고 하던가? 선장은 아무 말 없었대?"

조종사가 헬리콥터의 기기들을 가동시키며 물었다. 알렉스는 어깨를 으쓱거린다.

"아아, 그냥…… 싫어하더군요. 레스큐 팀이 돌발 행동을 할까 봐 피트도 불안해하기에 짐도 허락한 일이라고 거짓말을 했어요. 그리고 또 선장이 계속 올라오고 싶어 했다고. 뭐, 널 키드라는 실체를 보고 싶었을 테죠. 진단 기기에 보이는 표시 같은 건, 그 사람들에게는 너무 막연하게 느껴질 테니까요. 조금만 참아 달라고 부탁했어요. 신뢰를 얻는 게 먼저라고. 사실 제가 도망을 간다고 걱정하는 것 자체가 우습지 않나요? 이런 상황에서 어디로 가겠어요? 반바지에 슬리퍼 차림으로."

"짐이 누군데요?"

둘의 대화를 듣고 있던 제니가 끼어들었다.

"너희가 서울에 버려두고 온 레스큐 팀 리더. 젠장, 그러고 보니 그 사람을 진정시키는 문제도 남았네. 아마 화가 잔뜩 나 있을 텐데……."

알렉스의 마지막 몇 마디는 다시 회전하기 시작한 프로펠러 소리에 묻혔다. 헬리콥터는 천천히 떠올라 기수를 북동쪽으로 돌렸다.

## 04

짙은 청록색의 바다 위를 빠르게 날던 헬리콥터는 이내 목적지에 도착했다.

"빅 아일랜드가 저기야. 마음에 드나?"

조종사가 말했다. 친구들은 창문 쪽으로 고개를 돌려 바깥을 바라보았다. 빅 아일랜드는…… 그 별명과는 정반대로 아주 작은 섬이었다. 절벽처럼 한쪽으로 치우친 작은 산과 그걸 둘러싼 숲이 거의 전부다.

작은 산 위쪽에 'ㄱ' 자 형태로 꺾인 5층짜리 건물이 하나 서 있고, 그 뒤쪽으로 헬기 착륙장을 겸하는 운동장이 보인다. 외국 영화에서나 보았던 모양의 멋

들어진 건물이었다.

섬의 반대편에 위치한 작은 선착장에는 조그만 보트도 정박하고 있다. 건물과 운동장을 빙 두른 형태로 설치된 태양광 발전 패널이 햇살을 받아 반짝인다.

"즐거운 비행 되셨기를. 저는 기장 폴 레이너였습니다. 내리시기 전에 다시 한 번 개인 소지품을 챙기시기를 부탁드립니다. 저희 레이너 에어 서비스에서는 여러분을 다시 모실 날을 손꼽아 기다리고 있겠습니다."

헬리콥터를 운동장 한쪽 구석에 착륙시킨 뒤, 백발의 조종사가 장난스럽게 중얼거렸다. 부조종사도 손가락을 세워 이마에 붙이며 가볍게 인사를 한다.

물론 그래 봐야 그들이 자유로워지는 것은 아니다. 민구는 폴과 부조종사를 내리도록 하고, 그들의 무기를 회수해 삼식이의 가방 안에 넣었다.

"헬리콥터가 한 대 더 있네요? 저건 누가 조종하는 건데 여기에 세워져 있나요?"

운동장의 반대편에 세워져 있는 헬리콥터를 보며 제니가 물었다. 폴은 대수롭지 않게 대답해 준다.

"저건 그냥 비상용이야. 언제 무슨 일이 있을지 모르는 아포칼립스 상황에서 헬리콥터 한 대만 믿고 있을 수는 없잖니. 고장이라도 났다가는 꼼짝없이 발이 묶이니까. 이런 게 다 젠킨스를 구조하는 데 차질이 없도록 하기 위해 젠킨스 본인이 만들어 놓은 보험 장치였지."

말을 마친 폴이 허무하다는 듯 두 개의 헬리콥터를 번갈아 본다. 그렇게 꼼꼼하게 준비를 해 뒀건만, 젠킨스는 결국 이 섬의 땅을 밟아 보지도 못하고 숨을 거두었다.

"정말로 아무도 없는 건가……."

진우는 삼숙이와 함께 내렸다. 헬리콥터를 벗어나 땅에 발을 딛자마자 가슴속 깊숙이 숲의 향기가 들어온다. 강원도를 벗어난 이래 정말 오랜만에 맡아 본, 신선한 공기였다.

째재잭— 짹짹—.

숲 안쪽에서 산새들이 울며 푸드덕거린다. 미세하게라도 좀비의 악취가 섞여 있지 않은 이런 공기는 어딘가 낯설기까지 했다. 삼숙이 녀석이 짖어 대지 않는 걸로 봐서 총기에 대한 걱정도 일단 덜어 낼 수 있을 것 같다.

"발 조심해, 테라야."

열이 뜨끈뜨끈하게 올라 있는 테라를 부축해 주며 제니와 태권 소녀가 말했다. 테라는 애써 태연한 척을 하지만, 한 걸음을 뗄 때마다 그녀의 창백한 이마에서는 굵은 땀이 줄줄 흘러내렸다. 그야말로 체력의 한계를 악으로 버텨 내고 있는 모양이다.

"이거 가지고 가?"

폴리카보네이트 방패를 들어 보이며 삼식이가 물었다. 유빈은 고개를 끄덕였다. 자기 눈으로 직접 확인할 때까지 위험성이 제로라는 말은 안 믿는 게 좋다.

스릉—.

민구가 쿠크리를 뽑아 들고 다가오자, 그동안 애써 태연함을 가장했던 알렉스의 얼굴이 굳는다. 손목을 묶은 테이프를 잘라 주기 위한 것임을 알고 있는데도 겁을 먹기에 충분한 상황이다. 민구는 놈의 눈을 빤히 노려보며 쿠크리를 그었다.

"후우우~ 저 사람 인상이…… 들어가지."

한숨을 내쉬며 팔목의 테이프를 뜯어낸 알렉스는 건물 쪽으로 성큼성큼 걸음을 뗐다. CCTV용 카메라가 설치되어 있는 문 앞에 선 알렉스는 모두를 돌아보며 말했다.

"아이디 카드를 금방 만들어 줄 텐데, 그때까지는 일단 번호 코드를 누르고 출입해야 돼. 번호를 어떻게 세팅해 줄까? 다들 기억하기 쉬운 걸로 정해. 숫자 네 개."

제니의 통역을 들은 친구들은 서로 얼굴을 마주 봤다. 0000으로 대충 정해 버려도 되겠지만, 그것보다는 좀 더 의미가 있는 게 좋을 것 같았다. 그래야 이 낯설고 조금은 불안한 장소에 조금이나마 더 정 붙이기가 쉬워질 테니까.

"어제가 며칠이었지?"

태권 소녀가 혼잣말을 중얼거리며 전자시계를 들여다본다.

표시된 날짜는 8월 19일.

새삼 믿기지가 않았다. 좀비 사태가 일어난 게 불과 한 달하고 일주일 전인데, 그 짧은 기간 동안 삶을 지배하는 모든 질서와 법칙들이 싹 다 바뀌어 버렸다.

"0818로 할까? 여기 있는 사람들이 다 모인 첫날이니까?"

태권 소녀가 모두를 둘러보면서 제안했다. 다들 고개를 끄덕여 동의를 했다. 잘려 나간 유빈의 손만 아니라면 매년 큰 기념 파티를 열어도 좋을 만큼 의미 있는 날이다.

그 거대한 악마의 성 안으로 뛰어들어 테라를 구해 냈던 일은…… 정말이지 평생 잊히지 않을 강렬한 경험이었다.

"0818. 그걸로 세팅해 주세요."

제니가 알렉스에게 말했다. 알렉스는 고개를 끄덕이고는 코드를 다시 세팅했다. 잠시 후, 띠리릿— 하고 세팅이 완료되는 소리가 울렸고, 강화 유리 자동문이 양쪽으로 활짝 열린다.

"으아, 덥구나. 잠깐만 기다려. 금방 에어컨을 켜 줄게. 모든 출입문의 코드도 맞춰야 하고."

소독약 냄새가 나는 건물 안으로 앞장서 들어가며 알렉스가 말했다. 그가 로비에 발을 내딛자 그때까지 꺼져 있던 조명이 그의 주변을 밝히며 켜진다.

여전히 의심을 거두지 않은 진우는 사방을 둘러보며 삼숙이의 반응을 살폈다. 알렉스는 복도에 슬리퍼 소리를 타바닥, 타바닥, 울리며 컨트롤 룸을 향해 걸어갔다.

컨트롤 룸은 태양 그룹 지하 1층에 있던 경비 본부와 유사한 형태였다. 벽면 한쪽이 수많은 모니터들로 채워져 있고, 컴퓨터 장치도 복잡하다.

차이가 있다면 이쪽이 훨씬 규모가 작았고, 건물의 시스템을 하나의 터치스크린을 통해서 조절한다는 정도이다.

"……전기 시스템…… 가동. 출입문 코드는…… 일원화. 에어컨 온도는…… 일단 지금 더우니까 화씨 73도 정도로 세팅해 놓을게. 건물이 좀 서늘해지면 그때 77도로 올리면 되고…….."

알렉스가 터치스크린의 아이콘들을 조절하는 동안 천장의 공조 장치에서 시원한 바람이 뿜어져 나오기 시작한다.

"아, 저기…… 건물 내부 CCTV 말인데, 혹시 가동을 해도 좋을까? 아가씨들도 있고 하지만, 나에게는 널 키드의 평소 행동을 관찰하는 게 굉장히 중요한 일이거든. 데이터가 쌓이면 결국 저 아가씨에게도 도움이 될 거야."

몇 개의 세팅을 더 하던 알렉스가 친구들을 돌아보며 물었다.

"일단 켜 보라고 해. 어디서부터 어디까지 보이는지 알아야 결정을 내리지."

진우가 말했다. 알렉스가 고개를 끄덕이며 터치스크린을 조작하자 벽면 가득 채워진 스크린들이 일제히 켜졌다. 진우와 유빈, 그리고 다른 친구들은 스크린에 비치는 영상을 신중하게 살폈다.

옥상의 수영장부터, 지하의 영화관, 개별 숙소, 식품이 보관되어 있는 냉동 창고까지…… 이 건물의 거의 모든 공간이 스크린에 펼쳐졌다. CCTV가 닿지 않는 곳은 화장실과 샤워실 정도뿐인 것 같았다.

"어지간히도 호화판으로 해 놨네."

바다와 마주 보도록 꾸며진 화려한 식당의 모습을 보며 보안관이 중얼거렸다. 제니에게 물어 그 말의 뜻을 알아들은 알렉스가 어깨를 으쓱한다.

"그야 여기는 연구소인 동시에 만일의 상황이 벌어지면 젠킨스의 집이 되어야 하는 곳이니까…… 겪어 봐서 알 테지만, 그 사람은 뭐든 최고급 아니면 상대하지 않잖아."

그 말에 민구와 테라가 서로 얼굴을 마주 보며 같은 생각을 했다. 최고급 아니면 상대하지 않는다는 말과, 늘 건빵 가루를 입 주변에 묻히고 있던 젠킨스의 모습이 잘 연결이 되지 않는다.

진우는 유심히 화면을 살폈다. 사람이 숨어 있는 기미는 보이지 않는다. 비워 놓은 건물이었다는 게 헛말은 아니었던 모양이다.

"저거 봐."

삼식이가 구석의 화면들을 가리키며 말했다. 청소가 용이하도록 만들어진 스테인리스 바닥. 사람을 걸기에 충분할 만큼 높게 붙어 있는 고리와 인간미라고는 없는 스테인리스 침대들. 그리고 철책으로 만들어진 소형 우리.

누가 봐도 좀비를 해부하던 곳이다. 어쩌면 인간을 좀비로 만들던 곳일지도 모른다. 태양 그룹에서 보았던 것과 거의 유사한 장소가 여기에도 있다.

"역시…… 이것들도 개새끼들이었어. 저 매가리 없는 얼굴에 속으면 안 된다니까."

보안관이 질린다는 말투로 중얼거렸다. 친구들의 시선과 표정을 읽은 알렉스가 제니를 향해 변명을 한다.

"이것 봐, 나는 우리가 선한 기업이라고 말한 적 없어. 그리고 이미 다 인정했잖아. JL은 좀비에 대해 오래전부터 연구하던 곳이고, 좀비들을 전 세계에 확산시킨 범인이라고 말이야. 그건 다 사실이야. 저 해부실? 그래, 저곳에서도 몇 차례나 실험이 있었어. 차마 입 밖으로 낼 수 없는, 그런 종류의 끔찍한 실험이었고, 내가 책임자였던 적도 있지. 하지만 그건 예전의 이야기야. 지난 한 달 이상의 괴로운 시간을 겪는 동안 우리는 변했어. 달라졌다고."

제니로부터 그의 말을 전해 들은 진우는 이마를 긁적였다. 역시 감시 카메라를 통해 모든 걸 다 보여 주고 기록하도록 해 주기에는 아직 찜찜하다.

"CCTV는 아직 곤란해. 이게 여기에서만 보인다는 보장도 없고. 혹시 아까 그 배로도 화면이 모두 전송되면 우리 허점을 다 알려 주는 거랑 마찬가지잖아. 꺼 둬. 만약에 저게 작동하는 기미가 보이면 너에 대한 신뢰는 많이 훼손될 거야."

유빈과 의견을 교환한 뒤, 진우가 말했다. 알렉스는 아쉬움이 가득한 표정을 지었지만, 이번에도 역시 양보했다.

"좋아, 끌게. 당분간은 내 눈으로 관찰해서 기록하지 뭐……. 자, 아가씨. 이거 보이지? 비디오 서베일런스 항목. 작동 안 함으로 세팅했어."

알렉스는 터치스크린을 가리키며 설명을 해 주고, 화면의 버튼을 눌렀다. 그와 동시에 벽면 가득 보이던 스크린도 모두 꺼졌다.

"외부와 연결된 카메라는 예외라는 점만 말해 둘게. 그건 움직임이 감지되면 저절로 작동하고 기록을 남기니까. 그럼 이제 여기에서 할 일은 다 끝났어. 다음 스케줄은 어떻게 잡을까? 어디로 가고 싶어? 일단 샤워부터 하고 나서 푹신한 침대에 몸을 던져도 되고, 식당에서 뭘 좀 먹을 수도 있고……."

알렉스가 물었다. 진우는 1초도 고민하지 않고 대답했다.

"건물 투어부터 하자. 앞장서."

어디에 뭐가 있는지 그리고 정말 아무도 없는지, 자신의 눈으로 직접 확인하고 싶었다. 유빈과 테라의 체력이 많이 떨어져 있다는 게 조금 마음에 걸리기는 하지만, 엄청나게 큰 건물이 아니라서 그리 긴 시간이 소요되지는 않을 것이다.

"하하…… 너희 어떻게 살아남았는지 대충 짐작이 간다. 정말 꼼꼼하구나."

알렉스는 질린다는 듯 헛웃음을 지으며 앞서 걷기 시작했다. 그가 걷는 방향에 맞춰 조명이 켜졌다가 모두가 지나가고 나면 잠시 후 꺼진다. 일행은 그의 뒤를 따라가며 일일이 문을 열어 가며 둘러봤다.

건물은 깔끔히 비워져 있었다. 그리고 젠킨스가 쓰려고 만들어 뒀던 시설들은 유달리 호화로웠다.

"이 건물 어디를 어떻게 쓰더라도 상관없는데, 여기 이 층만은 건드리지 말아 줘. 여기는 레스큐 팀 숙소니까. 아, 물론 문은 열어서 확인해 봐도 돼."

숲 쪽을 향해 꺾여 나온 건물의 4층으로 들어서며 알렉스가 말했다. 진우는 망설이지 않고 첫 번째 방의 문을 열었다. 개인 화기를 거치하기 위한 진열대가 보인다. 하지만 비어 있다.

"사람이 쓰던 것 같지 않은데? 총도 싹 치워져 있고."

진우가 물었다.

"그야, 배로 옮겨 간 지 꽤 됐으니까. 여기에 총을 놔둘 이유가 없지. 아마 저 복도 끝 창고에 가면 예비용 무기들이 좀 남아 있을 거야."

알렉스가 말했다. 엘리베이터를 타고 올라가 옥상의 수영장을 둘러보는 것으로 투어는 끝이 났다. 바다와 잇닿아 있는 착각이 들도록 만들어진 넓은 수영장을 보고 있으니, 묘한 이질감이 들었다. 마약왕의 별장에라도 놀러 온 기분이다.

"좋지? 해 질 녘이 특히 경치가 좋아. 물론 경치 같은 것도 속이 편할 때나 눈에 들어오는 법이지만…… 내려가자. 바에서 한잔해도 되긴 하는데, 여기는 온도 조절이 안 되니까. 일단 몸을 좀 식혀. 너희들도 너희들이지만, 솔직히 내 입장에서는 널 키드가 제일 걱정돼."

엘리베이터 입구의 옆에 설치되어 있는 바를 가리키며 알렉스가 말했다. 그 곁을 지나던 삼식이가 쇼케이스 안에 들어 있던 맥주병을 꺼내며 감탄하는 어조로 중얼거렸다.

"……차가워. 전기는 꺼 놨다고 하지 않았어?"

"불필요한 부분은 그랬지. 냉동 식량 창고나 냉장이 필요한 부분은 작동하고 있었어. 음식을 다 썩힐 수는 없잖아. 자, 이제 어디로 모실까? 가장 마음에 드는 장소는 어디였어? 널 키드 아가씨, 어디에서 휴식하면 가장 마음이 편안할까? 젠킨스의 라운지가 제일 고급이기는 해."

알렉스가 물었다. 테라는 가만히 주변을 둘러봤다. 피곤하다. 쉬고 싶고, 제니와 단둘이 손을 꼭 잡은 채 그동안 겪었던 이야기를 나누다가 잠들고 싶다. 하지만 둘이 한꺼번에 자리를 비우면, 그때부터는 통역을 할 사람이 없어진다.

"그냥…… 다른 분들이 결정하시면 모두와 함께 있을래요."

"모두와 함께라…… 그러면 식당으로 가지. 거기 소파에 누워 있어도 되고. 리클라이너도 있으니까."

알렉스는 1층으로 내려가는 버튼을 눌렀다. 강화 유리를 통해 외부의 경치가 고스란히 보이는, 노출된 형태의 엘리베이터 안에서 유빈이 물었다.

"이렇게 좋은 곳을 비워 놓았던 이유가 뭐야? 그 배가 여기보다 더 안락할 것 같지는 않아 보이던데. 태양광 발전 패널을 보니까 전기 걱정도 없을 것 같고."

제니를 통해 질문을 전달받은 알렉스는 미간을 찌푸리며 입을 열었다.

"그게 말이지…… 인간이라는 게 참 우스워서 위급한 상황이 오면 전혀 논리적이지 않은 결정을 내리기 때문이랄까?"

거기까지 말했을 때, 엘리베이터의 문이 열렸다. 알렉스는 식당 쪽으로 모두를 안내하며 이야기를 계속했다.

"원래 우리의 주생활 무대는 여기였어. 테티스가 아무리 커다란 리그라고 해도, 배에서의 생활이라는 건 뭍만큼 편안하지는 않거든. 그러니 그건 그저 이 주변에 떠 있으면서 만일의 사태를 위한 이동 기지 역할만 수행하면 되는 거였지. 그게 MJ가 만들어 놓은 매뉴얼이기도 했고…… 처음 며칠 동안은 그런대로 그게 잘 지켜졌어. 한데 본사와도, 또 주요 지사와도 통신이 끊어진 채로 열흘 정도가 지났을 무렵부터 배에서 뭔가 수상한 움직임이 감지됐지."

알렉스는 계속 입심 좋게 떠들어 대면서 식당의 문을 활짝 열었다. 전면 창 가득 바다를 보여 주는 식당은, 기업의 급식실이라기보다는 근사한 호텔 라운지 같은 모습이었다. 몇 개의 원탁과 안락의자들이 드문드문 설치되어 있는 배치만 보아도 여유가 느껴진다.

"세상을 망하게 하는 연구를 했던 주제에 저희들은 아주 귀족처럼 살고 있었구만……. 테라야, 여기 누우면 될 것 같다. 이렇게 비스듬히 누워."

태권 소녀가 투덜대며 테라를 긴 안락의자에 앉혔다. 보안관은 식당 입구에 설치된 작은 세면기의 물을 틀고 머리를 식혔다.

"이 물은 어디에서 나오는 거야? 안 짠데?"

얼굴에 흐르는 물을 혀로 핥아 본 보안관이 물었다. 알렉스가 말했다.

"담수화 시설이 절벽 아래에 있어. 펌프로 그 물을 끌어 올리는 거지."

"Desalination이 뭔가요?"

통역을 하던 제니가 고개를 갸웃거리자 알렉스는 빙긋 웃으며 설명을 해 준다.

"염분을 제거한다는 말이야. 뭐 좀 먹을래? 아니면 직접 보고 골라도 돼. 캘리포니아의 편의점에서 파는 음식 종류는 거의 다 있다고 보면 돼. 거기에 기준을 두고 음식들을 세팅했거든. 주류는 그보다 훨씬 다양하고."

주방 안으로 들어가 몇 개나 연이어 서 있는 냉장고들의 문을 열어 보며 알렉스가 말했다. 여섯 팩 묶음의 맥주를 꺼낸 알렉스는 의자 깊숙이 기대앉은 조종사와 부조종사에게 두 개를 건네고 하나를 민구 쪽으로 던졌다.

턱—.

민구는 손바닥 안에 들어 있는 차가운 맥주 캔을 가만히 바라보았다.

영어가 잔뜩 박혀 있는 맥주 캔…….

태평양을 건너 여기까지 온 물건이다. 게다가 이 낯선 차가움.

"크아, 너희들도 마셔. 설마 여기에도 무슨 약을 탔다고 생각하는 건 아니겠지?"

이미 맥주를 따서 벌컥대며 들이켠 뒤, 알렉스가 말했다. 민구의 생각에도 그의 말이 옳다. 올지 안 올지도 불분명한 미지의 누군가를 약으로 기절시키기 위해 이 큰 건물을 비워 놓고 냉장고의 음식마다 약을 채워 놓는다는 건 미친 짓이다.

"그래도 불안하면 저 개에게 먼저 먹여 보든가."

삼숙이를 가리키며 알렉스가 말했다. 별 악의 없이 장난삼아 한 말이지만, 진우의 눈썹이 가볍게 꿈틀거렸다.

저 새끼가 뒈지고 싶은 건가…….

"정말이네…… 국산 음료수가 하나도 없어."

알렉스를 따라 냉장고 쪽으로 가서 안을 들여다보던 태권 소녀가 말했다. 그녀는 생수 두 병과 이온 음료 한 병을 꺼내 들었다. 그동안 제니는 한쪽에 고이 접혀 있던 냅킨을 물에 적셔 테라와 유빈의 이마에 올려 주었다.

"냉동 음식은 저기 전자레인지에 데워 먹으면 돼. 오븐은 이쪽."

알렉스는 냉동실을 열어 안쪽 가득 들어 있는 냉동 음식을 보여 주었다. 풍요롭다. 그리고 아까 CCTV 화면에 비친 대형 냉동 창고는 이 모든 냉장고를 합친 것보다 더 풍요로웠다.

여기를 보고 나니 코스트코 옥상에서 풀을 만들어 놓고 세상의 왕이 된 것처럼 기뻐했던 게 왠지 화가 난다.

이 지랄로 여유를 부리면서 살았는데…… 힘이 들어서 반성을 많이 했다고?

모두 비슷한 생각을 하고 있었다.

"괜찮니? 어지럽다거나 토할 것 같지는 않고?"

생수를 마시고 있는 테라에게 알렉스가 물었다. 테라는 얌전히 고개를 끄덕였다.

"다행이다. 그럼 이제 팔을 다친 친구 차례."

세면대로 가서 손을 씻은 알렉스는 유빈의 옆에 앉아 자신이 가져온 알루미늄 가방을 열었다.

"상처를 볼게. 그래도 되지? 물론 드레싱은 치료가 끝난 뒤에 새로 해 줄 거야."

제니가 알렉스의 말을 전했다. 유빈의 의사를 묻는 이유는, 다른 사람들 앞에서 상처를 보이는 게 괜찮은지를 에둘러 확인하기 위해서인 것 같다. 유빈은 고개를 끄덕인 뒤 제니를 시켜 물었다.

"아까 왜 배로 옮겨 갔는지 이야기해 주다 말았는데, 배에서 수상한 움직임이 있었다는 말까지 했어. 수상한 움직임이란 게 뭐야?"

"선상 반란이었어. 두 명이 죽었지."

알렉스가 슬픈 표정으로 대답했다.

"선상 반란? 누가 누구에게 일으킨 반란인데?"

유빈이 물었다.

"선원들이…… 당시 리그에 탑승하고 있던 JL 연구원들을 죽였어. 지정된 위치를 벗어나 달아나고 싶은데 그걸 못 하게 하니까. 말리던 연구원들이 이쪽에 알리겠다고 무전기를 드는 순간, 이성을 잃고……."

알렉스는 뒤통수를 후려치는 시늉을 해 보인 뒤 말을 이었다.

"다행히 한 명이 도망가 문을 잠그고 잠시나마 교신을 했었지. 깜짝 놀란 우리가 헬리콥터에 레스큐 팀 여덟 명을 꽉 채우고 서둘러 날아갔을 때, 리그는 이미 한참 도망가고 있더라고. 그때 벌였던 활극은 진짜…… 잊을 수가 없어. 헬리콥터를 착륙시키지 못하도록 물대포를 쏘고, 배를 좌우로 흔들고……. 헬리포트에 가까이 접근한 다음, 가까스로 뛰어내려서 진압을 하기는 했지만, 이미 연구원 둘은 숨을 거둔 뒤였지."

알렉스는 생각하고 싶지도 않다는 듯 고개를 저으며 유빈의 팔을 감싼 붕대를 마저 풀어냈다. 상처가 드러나자 고린내가 슬슬 풍겨져 나온다.

"……역시 곪았네. 너무 더웠으니까, 뭐."

알렉스는 미간을 찌푸리며 소독약을 꺼내 테이블에 올려놓았다. 한눈에도 무척 다급하게 치료한 상처라는 것을 알 수 있다. 모양도, 간격도 들쑥날쑥한, 꿰맨 자리 안쪽에 고름이 비친다.

"소독을 할 거야. 실밥 사이를 벌리고 소독약을 넣는 거라서 느낌이 유쾌하지는 않겠지만, 위험하거나 한 건 아니니까 마음을 편안히 가져."

알렉스가 핀셋으로 소독솜을 집으며 말했다. 그 말을 옮기는 제니의 목소리가 조금 떨린다.

"알았어. 그런데 잠깐만…… 저기, 야, 너희들."

유빈이 잠시 기다려 달라는 손짓을 하며 알렉스의 뒤쪽을 향해 말을 걸었다. 제니가 돌아보니 모두의 시선이 유빈의 다친 팔 쪽으로 쏠려 있다.

삼식이, 보안관, 진우, 태권 소녀, 테라 심지어 민구까지…….

"구경하는 건 괜찮은데, 그렇게 우울한 표정은 좀 짓지 마. 나까지 기분이 더 다운되잖아. 우리가 이겼고, 테라도 무사히 데려왔으니까 좀 웃기도 하고 농담도 해. 음료수도 마시고……. 너희들 표정만 보면 내가 지금 어디 장례식에 와 있는 것 같아. 아니지, 요새 상갓집이라고 해도 이 정도로 분위기가 우울하지는 않을걸."

유빈은 친구들에게 하소연하듯 말했다. 다들 침울해하고 있으니 그도 덩달아 더 어두워지는 기분이 든다. 슬퍼해 준다고 해서 잘린 팔목이 되돌아오는 것도 아니고…….

"……네 마음은 알겠는데, 그렇게 말한다고 해서 갑자기 웃음이 터지겠어? 아무래도 속이 상하지."

 진우가 가장 먼저 쭈뼛거리며 대꾸했다. 다른 친구들의 생각도 크게 다르지 않다. 이렇게 소중한 뭔가를 영구적으로 잃게 된 상황을 받아들이려면 역시 시간이 필요하다.

 "그냥 노력이라도 해 봐. 그게 나를 위하는 거라 생각하고 말이야…… 아야야! 아으, 아파!"

 소독약을 바른 솜이 피부를 벌리고 안쪽으로 들어오자, 여유를 부리고 있던 유빈의 미간이 찌푸려진다. 그걸 보고 있는 친구들의 마음도 편치 않다.

 유빈은 얼굴이 땀으로 범벅이 된 채 제니를 통해 다시 알렉스에게 물었다.

 "아까 선상 반란 이야기 말인데…… 선원들은 대체 어디로 도망가고 싶어 했던 거야? 사람까지 죽여 가면서…… 그전에 엄청 위험한 임무라도 맡겼었나?"

 "전혀. 오히려 아무 일도 시키지 않은 게 화근이었다고 할 수 있을 정도야. 위험한 일 같은 건 아예 없었어."

 알렉스가 대답했다. 유빈으로서는 점점 더 이상하게만 들리는 이야기였다. 위험하거나 강도가 심한 일을 시킨 것도 아니고, 그저 한 지점에 가만히 떠 있기만 하면 되는 상황에서 반란을 일으킨다? 그것도 이미 온 나라가 좀비로 덮여 버린 상황에서?

 "이해하기 어려운가 보군. 하긴 직접 그 상황에 처해 보지 않으면 사치스러운 투정처럼 보일 수도 있겠어. 특히 육지에서 좀비들과 싸워 가며 살아남은 사람들이 듣기에는 더 그렇겠지."

 유빈의 표정을 살핀 알렉스가 맥없이 웃으며 말을 이었다.

 "이 낯선 극동의 바다에서 아무것도 하지 않고 그저 매일 MJ의 합류만 기다려야 한다는 게, 실은 꽤 사람을 미치게 만드는 일이었어. 그 무기력감은 말로 표현하기 어려워. MJ는 자신이 돌아오기 전까지 가장 중요한 널 키드의 혈액 샘플을 아예 건드릴 수조차 없도록 세팅해 놓았거든. 거기에 좀비 확산에 대한 공포가 더해지면, 계속 불안해서 미칠 것 같아지지. 뭔가 미래에 대한 준비를 하긴 해야 할 것 같은데, 할 수 있는 건 아무것도 없었으니까. 한번 생겨난 밀실 공포증은 적절한 외부의 자극이 없으면 점점 더 강해지지. 선원들의 심정도 그랬던 거야."

"밀실이라고? 저렇게 큰 배가?"

"규모는 상관이 없어. 고립되어 있느냐, 아니냐가 문제인 거지. 생각해 봐. 며칠을 기다려도 가까이 다가오는 배가 단 한 척도 없어. 그리고 이쪽에서도 뭍으로 갈 일이 없어. 사방에 물밖에 없는, 거대한 밀실이 된 거야. 1년 이상의 장기 선상 거주에 익숙한 선원들이지만, 그렇게 답답한 상황을 만난 건 또 처음이었지."

"뭐가 다른 거지? 그냥 평소의 생활과 비슷할 것 같은데. 그전에도 이 부근에 떠 있었다면서?"

이번에는 뒤쪽에서 지켜보고 있던 진우가 물었다. 알렉스는 소독을 계속하며 고개를 저었다.

"우리도 그럴 거라고 막연히 생각했었는데, 완전히 다르더군. 그전에는 보급 물자를 실은 배가 주기적으로 들락거리고, 이쪽에서도 언제든 마음만 먹으면 근처의 섬으로 가서 즐기다 올 수도 있지. 또 무엇보다도 평소에는 임무를 마치고 돌아갈 날짜가 정해져 있어서 하루하루를 지워 나가고 있는 중이었잖아. 아무런 기약이 없는 이런 상황과는 비교가 안 돼."

소독을 마치고 새 붕대를 감아 준 알렉스는 유빈의 다친 팔 혈관에 수액 주사용 링크를 꽂고, 그걸 통해 몇 종류의 약을 주사했다. 그 모습을 지켜보던 민구는 자신의 붕대를 능숙하게 갈아 주던 젠킨스가 자연스레 떠올랐다.

"하던 이야기를 마무리하자면…… 이런 거야. 운항 가능한 리그가 연료를 거의 꽉 채우고 있다는 게 가장 큰 문제였지. 밀실 공포증에 걸린 선원들에게는 지루한 매일이 지독한 유혹의 시간이었던 거야. 심지어 그들은 한 번의 선상 반란을 진압당한 뒤에도 리그를 몰아 고향으로 돌아가자는 이야기를 계속했어. 가족과 친구들이 아직 생존해 있을지 모른다는 환상에 완전히 빠진 거지. 연구원 팀으로서는 배에 감시조를 남겨 놓기가 너무 무서운 상황이 되어 버린 거야."

"언제 또 살해당할지 모르니까요."

제니가 말했다. 알렉스는 또 고개를 끄덕인다.

"그래, 맞아. 이미 두 명이나 목숨을 잃었으니 당연히 무서웠지. 그렇다고 아예 배를 비워 놓을 수도 없었어. 그랬다가는 언제 우리를 내버려 두고 배를 몰고 도망갈지 모르니까 말이야. 결국 레스큐 팀을 비롯한 모든 연구 인원이 여기를 떠나 리그로 거처를 옮겼고, 거기에서 선장과 함께 지내면서 감시를 해야만 했어. 오늘 너희들이 오기 직전까지도."

"구원이었지! 내가 데려왔다고!"

알렉스의 말을 듣고 있던 조종사가 큰 소리로 자랑스럽게 외쳤다. 그와 부조종사가 앉은 테이블에는 빈 맥주 캔이 잔뜩 놓여 있다. 그의 표정에서 닐 키드를 만났다는 안도감이 강하게 느껴졌다.

유빈도 진우도 대충 의문이 풀리는 것 같았다.

"그럼 배에 남아 있다는 또 다른 전투 병력들은 배와 선원들을 보호하기 위해서 거기 있는 게 아니라, 너희들을 선원으로부터 보호하기 위해 머물렀던 거네?"

"불행하게도 그래. 그러면서도 동시에 우리는 레스큐 팀도 혹시 딴마음을 먹지는 않는지 끊임없이 눈치를 봐야 했어. 그렇잖아. 만약 그들이 선원들과 힘을 합쳐 버리면, 우리는 도저히 당해 낼 수 있는 방법이 없으니까. 지금까지는 짐이 잘 리드를 해 줘서 별문제는 일어나지 않았지만."

알렉스가 말했다. 또 짐이라는 녀석의 이야기다. 진우가 서울에 남겨 두고 온 네 용병 중의 리더.

검은 피부에 민머리, 강인해 보이는 얼굴. 개와 함께 앞서 달려가던 그 녀석의 모습을 진우는 똑똑히 기억하고 있다. 그렇게 용병들 사이에서 신망이 있다고 하니, 죽이지 않고 오기를 잘했다는 생각이 든다.

"다 됐어. 조금 지나면 몸의 열도 한결 내려가고, 고통도 덜해질 거야. 드레싱은 저녁때 한 번 더 하자. 초반의 관리가 중요하거든."

치료를 끝낸 알렉스가 유빈에게 찡긋 윙크를 해 보였다.

"고맙습니다."

유빈은 정색을 하고 고개를 꾸벅 숙였다. 알렉스는 '천만에'라는 표정을 지었다.

"이 정도는 정말 아무것도 아니야. 너희에게 감사하고 싶은 내 마음은 이루 말로 표현할 수 없을 만큼 크니까. 우리는 그만큼 절박한 상황이었어. 매일매일이 아슬아슬했고, 동시에 지독하게 무료했다. 그 압박감을 이기지 못해서 스스로 목숨을 끊는 사람들이 나오는 것조차도 어느 순간부터는 무덤덤해질 만큼."

"그 손 말이야. 꼭 제 거여야 하나? 아니면 크기만 비슷하면 아무거라도 접합할 수 있는 건가? 저놈에게 좀 물어봐."

맥주 캔을 비우며 유빈의 상처를 물끄러미 보고 있던 민구가 뜬금없는 걸 물었다. 민구의 말을 들은 친구들은 잠시 멍해져서 그를 돌아보았다.

같은 질문을 다른 사람이 했다면 단순한 호기심이려니 하겠지만, 이 남자의 경우는 이야기가 완전히 다르다.

"......아니, 형씨...... 대체 어디 가서 누구 팔을 잘라 오려고......."

보안관이 황당해하며 물었다. 민구는 대수롭지 않게 대답한다.

"죽는 사람이 많은 때니까 사람 팔도 구하려고만 하면 흔하지. 그런 눈으로 볼 이야기가 아니야."

그의 말을 듣고 나니 친구들도 완전히 생뚱맞은 소리만은 아니라는 생각이 들었다. 당장 어제 그들이 죽인 검은 군복들의 수만 해도 두 손으로 다 헤아릴 수 없을 만큼 많다.

하지만...... 아무리 그래도, 친구에게 붙여 주기 위해 사람의 팔을 잘라서 그걸 가지고 온다는 건 이상하다. 이미 숨을 거둔 사람이라고 해도 너무 원시적이고, 비인간적이고, 잔인한 이야기다.

저런 발상을 할 수 있다니…….

"왜, 뭔데? 무슨 이야기이기에 너희들 표정이 그래?"

알렉스가 제니에게 물었다. 제니는 여전히 이마를 찡그린 채 민구의 질문을 영어로 옮겨 줬다.

"아아, 가능하지. 자신의 팔보다는 여러모로 못하지만, 거부반응 같은 것도 일반 장기에 비하면 훨씬 적고⋯⋯ 이 친구처럼 다친 부위가 팔꿈치 아래인 경우에는 상대적으로 난이도도 낮아. 우리 의료진 수준이라면 성공 확률이 엄청 높다고 할 수 있지. 단 몇 가지 조건이 있는데, 일단 혈액형이 일치해야 하고, 사망한 지 얼마 지나지 않은 상태여야 해. 직후가 제일 좋겠지. 그리고 연령이 젊은 사람의 것이 더 좋고. 저온 상태로 가져온다면 바로 이식도 가능해. 물론 면역 억제제를 아주 오랫동안 복용해야겠지만."

알렉스가 친절하게 설명했다. 친구들은 다들 기겁을 하며 들은 이야기였는데, 이 사람은 아주 편안하고 일상적인 주제처럼 거리낌이 없다.

"만약 잘라 올 거면 이왕 하는 일이니까 좀 여유 있게 가져와. 이 친구가 손상된 부위에 맞춰 우리가 길이를 조절할 수 있도록. 한⋯⋯ 이만큼이면 되겠지. 알겠어? 거기 아저씨, 이만큼이야. 그리고 곧바로 얼음 속에 넣어서."

알렉스는 민구를 향해 돌아서서 자신의 팔꿈치 주변에 선까지 그어 가며 확실하게 일러 준다. 통역이 없이도 충분히 알아들었다고 생각했는지, 민구는 진지한 얼굴로 고개를 끄덕였다.

"이 연구원 아저씨도 지금 잘라 오라고 하는 거지?"

두 사이코패스의 커뮤니케이션을 보고 있던 유빈이 제니에게 물었다. 제니는 고개를 끄덕였다.

"네. 혈액형이 맞고, 죽은 뒤 곧바로 자른 팔이라면 수술은 쉽대요. 길이를 좀 넉넉하게 해 와 달라고."

"어우~ 토할 것 같다. 젠장⋯⋯."

유빈은 미간을 더욱 찌푸리며 고개를 저었다. 그 말을 듣는 순간, 어떤 장면이 상상되어 버렸다.

민구가 태양 그룹의 검은 군복을 빈사 상태에 빠뜨리고 혈액형을 묻는 상상, 민구가 피가 뚝뚝 떨어지는 커다란 아이스박스를 들고 활짝 웃으면서 '어이, 맘에 드는 걸로 골라.'라고 말하는 상상…….

끔찍하다.

"저기, 아저씨. 혹시라도 엉뚱한 사람 팔을 자를 생각 하지 마요. 특히 아저씨 말은 죽은 사람 거를 잘라 왔다고 해도 잘 믿기지 않을 것 같아요. 그러니까 이런 이야기는 잊어 주세요."

유빈이 고개를 저으며 말했다. 좀비 사태 이후 끔찍한 일들을 많이 경험했지만, 민구라는 사내를 만난 이후에는 그 레벨이 한 단계 더 올라간 느낌이다.

인간과 야수의 경계에서 아슬아슬하게 춤을 추는 느낌이랄까?

하여간 여기에서 한 발짝을 더 내디디면 그때부터는 인간이기를 놓는 단계일 것 같아 무섭다.

민구는 유빈을 힐끗 쳐다만 볼 뿐, 대꾸하지 않은 채 뭔가를 골똘히 고민하며 맥주를 마시고 있다. 어디에 가면 많은 팔을 구할 수 있을지 생각하고 있는지도 모르겠다.

"왜? 왜 그런 눈으로 나를 보는데?"

유빈의 곱지 않은 시선을 느낀 알렉스가 물었다. 유빈은 솔직하게 대답했다.

"당신이 어떤 사람인지 혼란스러워서 그래. 후회했고 반성했다면서 지금 팔을 잘라 오라는 말을 할 때는 또 완전히 잔인하게만 보여서."

"착각하고 있나 보군."

제니의 통역을 들은 알렉스가 피식 웃으며 대답했다.

"저 사람이 어디에서 내가 모르는 누군가에게 어떤 짓을 하든, 그런 건 난 관심 없어. 나는 갑자기 박애주의자가 되지도 않았고, 원래 남들의 고통에 민감하게 반응하던 타입도 아니야. 내가 지금 관심이 있는 건 오직 널 키드의 안전뿐이야. 그녀가 건강해야 내가 그녀의 피에서 건강한 항체를 추출하고, 그걸로 백신을 만들어 인류의 역사가 좀비 때문에 끊어지지 않도록 할 수 있으니까. 기분 나쁘게 들릴 수도 있지만, 너를 치료하는 이유도 딱 하나뿐이야. 일행인 네 상태가 좋아져야 널 키드의 심리적 안정감도 올라갈 테니까."

"그건…… 꼭 테라를 이용하기 위해서 돌보겠다는 말 같은데?"

유빈이 물었다. 알렉스는 섭섭하다는 표정을 지으며 고개를 저었다.

"기댄다고 표현하자. 나는 그녀의 건강을 해치거나 자유를 제한하면서까지 혈액을 채취하고 실험을 강행할 생각은 없으니까. 그럴 능력도 없지. 그냥 그녀의 선한 의지에 기대고 싶어서 나는 철저하게 고개를 숙이고 있을 뿐이야. 지금도 봐. 이 중에 누가 절대 약자의 처지인 건지."

알렉스는 주변을 빙 둘러 손짓하며 말했다.

"전부 다 너희 일행들이잖아. 게다가 칼과 총으로 무장을 했고. 너는 우리가 무슨 짓을 할지 모른다고 생각해서 두렵겠지만, 반대로 내가 지금 얼마나 무서울지 생각해 본 적 있어? 갑자기 너희들이 난폭하게 돌변해서 칼로 나를 찌르면…… 그걸로 내 생명은 고통과 함께 끝나는 거야. 저 두 노인이 나를 도와줄 수 있을 리도 없고, 내 스스로 피할 능력도 없지. 하지만 나는 기꺼이 너희들을 따라왔어. 죽게 된다고 해도, 또는 모든 직원들의 의심을 받아도 어쩔 수 없다는 심정이었단 말이야. 그만큼 절박하니까……. 아, 젠장. 너무 열을 올렸군."

감정적인 말들을 토해 내던 알렉스는 고개를 설레설레 젓고는 다시 주방 안으로 들어가 새 맥주와 음료를 꺼냈다. 그러고는 모두의 앞에 캔 하나씩을 올려놓았다.

"어쨌든 감사하게 생각하고 있어. 너희들이 세상의 멸망을 막을 기회를 준 것에 대해서…… 널 키드를 위하여."

알렉스는 제멋대로 지껄인 뒤, 맥주를 들이켰다.

딱.

분위기를 깨고 싶지 않았던 유빈도 한 손으로 자신의 앞에 놓인 콜라 캔을 잡고 마개를 땄다. 제니가 도와주려고 했지만, 굳이 거절했다.

그 정도는 혼자 할 수 있는 일이다. 그리고…… 살아남으려면 혼자 해내야 한다.

유빈이 차가운 음료수로 입술 정도만 축이고 있을 때, 알렉스가 노트북을 들고 다가왔다.

"상처가 어느 정도 아물면 이걸 준비해 둘게. 다른 사람의 팔도 나쁘지는 않지만, 즉시 사용할 수 있다는 측면에서는 바이오닉 핸드가 훨씬 우수하지. 우리가 네 손을 배양할 수 있을 때까지 이걸로 생존해."

노트북 화면에 띄워진 것은 의수를 안내하는 브로슈어였다. 지금까지 유빈이 알고 있던 의수와는 사뭇 다른 생김새였다. 사이보그의 팔이라고 해도 믿길 만큼 정교해 보인다.

"3세대 바이오닉 핸드야. 이전 세대 모델까지는 엄지손가락의 구동이 자유롭지 않았지만, 이건 달라. 독립된 전기 자극 센서가 엄지에 대한 명령을 별도로 처리하지."

그의 말을 옮겨 주던 제니도 기억났다는 듯 고개를 끄덕였다.

"저, 이 회사 손 본 적 있어요. 사고를 당하신 소방관 아저씨께 이걸 증정해 드리는 행사에 테라랑 같이 갔었어요."

"성능은 어때? 잘 움직여?"

유빈이 물었다. 의수에 관한 이야기를 나누고 있자니, 어딘가 슬프면서도 동시에 조금은 기대가 된다. 기묘한 기분이었다. 제니는 고개를 끄덕였다.

"무거운 공과 가벼운 공이 무작위로 번갈아 나오는데, 그걸 떨어뜨리지 않고 집었어요. 물론 그 아저씨는 적응 훈련을 아주 오래 했대요."

"아니, 이건 그때 그 모델보다 훨씬 개선된 거야. 더 정교하고, 더 빠르게 반응하지. 네가 노력한다면 카드 셔플까지도 가능해. 게다가 이 센서는 바이오닉 핸드의 손끝에 닿는 느낌을 역으로 너에게 전달해 줘. 부드럽고 약한 것인지, 강하고 단단한 것인지 만지는 것만으로 알 수 있다고."

알렉스가 제니와 유빈의 대화를 옮겨 듣고는 자신들의 회사가 만든 의수를 자랑한다. 다른 사람들도 다들 그 화면에 관심을 가지고 모여들었다.

"하지만 별로 힘을 못 쓴다거나 그러는 거 아닐까? 확 잡아당기면 덜렁 빠진다거나."

걱정쟁이 유빈이 애써 부정적인 전망을 상상해 내며 물었다. 알렉스는 단호하게 고개를 저었다.

"4만 달러짜리 2등 기업들의 모델도 그렇지는 않아. 하물며 이건 시장을 선도하는 8만 5천 달러짜리야. 그렇게 허술하게 만들어질 리가 없지. 악력은…… 네가 소음만 크게 신경 쓰지 않는다면 네 원래의 손보다 강하게 만들어 줄 수 있어. 저기 저 덩치 큰 친구만큼 강해질 수도 있지. 물론 그걸 마음대로 컨트롤하려면 적응에 더 많은 시간이 필요해. 최대 출력과 최저 출력의 폭이 적을수록 힘 조절이 쉬우니까 말이야."

그렇게 말하며 알렉스는 동영상의 재생 버튼을 눌렀다. 손가락의 각 관절이 자유롭게 움직이는 영상 속 첨단 의수는 체리를 짓뭉개지 않은 채 빠르게 꼭지를 따고, 피아노를 치고, 심지어 테니스를 친다. 그리고 인간이 도저히 할 수 없는 일도 수행이 가능하다.

위이이잉ㅡ.

팔목이 요란한 소리를 내며 빙글빙글 돌아간다. 뭐에 쓰는 기능인지는 모르겠지만, 낯설고 신기하기는 했다.

"이게…… 이 물건이 지금 저 배 안에 있다고?"

한동안 홀려서 동영상을 보고 있던 유빈이 물었다. 알렉스는 여유로운 미소를 짓는다.

"도면이 있지. 3D 프린터가 네가 원하는 크기와 디테일대로 만들어 줄 거야. 너는 색깔만 정하면 돼."

"불! 제니야! 손바닥 꺾으면 불 들어오게 해달라고 해! 파란색으로!"

뒤에서 숨을 죽이고 있던 삼식이가 오늘 처음으로 기뻐하며 웃었다.

"야이 씨! 내 손인데, 왜 네가 기능을 정하고 난리야!"

"알았어! 그럼 노란불!"

유빈이 발끈하고 삼식이가 맞장구를 쳐 주자 주변의 친구들도 따라 웃는다. 그만큼 JL의 의수는 매력적으로 보였다.

멀쩡한 손과 그걸 맞바꿀 사람은 없겠지만, 적어도 뭉툭한 팔목과는 비교조차 되지 않을 만큼 요긴하고 멋지다. 은발의 두 늙은 조종사도 헐헐 웃으며 고개를 끄덕여 댔다.

유빈은 제니와 테라에게 부가 성능을 설명해 주며 웃는 알렉스의 모습을 물끄러미 쳐다보았다. 이 녀석이 한 말들은 대부분 믿을 만한 것처럼 들렸다. 하지만 그것이 자신의 손을 치료해 주고 첨단 의수를 준비해 주겠다는 달콤한 유혹에 현혹된 판단인지, 아니면 정말로 이 녀석이 진심을 말하기 때문인지 혼란스럽다.

똑같이 낯선 사람이지만, 만난 지 몇 시간도 지나지 않아 등을 맡길 수 있던 민구의 때와는 또 다르다.

민구는 사납고 거칠지만, 절대 배신하지 않을 것 같은 강한 느낌이 있었다. 유빈은 약 기운이 퍼져 몽롱해지는 와중에 계속 같은 질문을 자신에게 던졌다.

인간은 언제 다른 인간을 믿을 수 있는 것일까……

## Chapter 87
## 겨울을 꿈꾸며

# 01

"쉬잇, 얘 잔다."

삼식이가 모두를 조용히 시키고 아주 천천히 물러나게 했다. 유빈은 소파 등받이에 머리를 기댄 채 아주 곤하게 잠이 들었다. 펄펄 끓던 열도 꽤 내려갔고, 이따금씩 경련하게 만들던 극심한 통증도 조금은 잠잠해진 모양이다.

"브람스를 틀어 주고 나가자."

알렉스는 오디오를 켜서 잔잔한 클래식 음악이 나지막이 흐르도록 해 놓고, 친구들을 외부 베란다로 안내했다. 민구와 삼식이는 카운터에 진열되어 있던 외국 담배를 가져와 맛있게 피웠고, 제니는 테라의 곁에서 서로 손을 꽉 맞잡았다. 에어컨 바람을 쐰 덕분인지 그녀의 열도 조금은 식었다.

"계속 통역을 하느라 피곤했겠지만, 한마디만 더 부탁할게. 저 총잡이 친구에게 말해 줘. 어차피 아무도 공격하러 오지 않으니까 그렇게 긴장하고 있을 필요 없다고. 레스큐 팀은 지금 선원들로부터 연구원들을 지키는 것만도 벅차거든."

제니의 곁으로 다가온 알렉스가 진우를 가리키며 부탁을 했다. 진우는 아까부터 지금까지 조금도 방심하지 않고 매서운 눈으로 주변을 살피고 있다. 바이오닉 핸드보다 오히려 더 기계처럼 보인다.

"다 좋은데, 아까는 왜 우리더러 그런 곳에서 함께 지내자고 한 거야? 서로 언제 죽일지 몰라서 24시간 내내 눈치만 보고 있는 배로 들어오라고. 무슨 생각이었지?"

진우가 물었다. 알렉스는 맥주를 삼킨 뒤 대답했다.

"아까도 말했잖아. 그 갈등은 다들 삶의 목표를 잃어버렸기 때문에 생긴 거였어. 널 키드라는 구세주가 등장해서 희망을 주기만 하면 사라질 갈등이었다고. 선원들도 보고 싶었던 거야, 자신들이 협력을 하면 언젠가 저 지긋지긋한 좀비들이 모두 사라질 거라는 약속을……. 그들의 밀실 공포증을 날리는 건 눈으로 보고 손으로 만질 수 있는 아주 작은 증거 하나면 되는 거였어. 널 키드의 항체를 받아 목숨을 건진 사람이라든가, 뭐, 그런 거 있잖아."

"그럼 그런 증거만 보여 주면 그놈들은 다 얌전해질 거다, 이런 이야긴가?"

제니의 통역을 듣고 있던 민구가 물었다.

"증거가 있으면 당연히 그렇겠지만……."

테라를 제외한 모두가 의외라는 표정으로 민구를 돌아봤다.

"그럼 간단하군. 어이, 저 배에 한국말 하는 사람은 하나도 없나?"

민구는 알렉스에게 물었다.

"연구원 중에는 없고, 선원 중에 통신장이 한국계이긴 한데…… 한국말은 영 서툴러. 자기 입으로 그러더군. 초등학교 저학년 수준이라고."

알렉스는 민구가 뭘 하고 싶은지 몰라 주저하며 대답했다. 민구는 만족한다는 표정을 지었다.

"그 정도면 충분해. 어차피 몸으로 보여 주는 일이니까."

민구는 담배 연기를 길게 내뿜으며 슈트와 셔츠를 차례로 벗었다. 문신으로 덮인 그의 등 한쪽에 선명한 이빨 자국이 보인다.

"어라? 이거 설마?"

가장 가까이에 있던 삼식이가 호기심 가득한 눈으로 그 상처를 살펴본다. 격렬한 싸움을 반복하는 동안 계속 옷에 쓸리느라 아직도 피딱지가 제대로 앉지 않은 새 상처였다.

"좀비에게 물렸었군요!"

알렉스가 다가와 민구의 상처 주변을 살살 더듬으며 놀라워했다. 좀비 특유의 독성 때문에 이빨 자국 주변은 벌겋게 부어올라 있다.

그리고 이 깊게 잘려 나간 살점. 이빨 모양은 똑같지만, 사람은 이나 턱이 다칠 것을 두려워하기 때문에 이런 식으로 강하게 물지 못한다. 좀비만이 이런 이빨 자국을 낼 수 있다.

"언제 그랬던 겁니까?"

진우가 물었다. 민구는 턱을 쓸며 당시를 회상했다.

"그러니까…… 그제에서 어제로 넘어오는 이른 새벽이었지. 태양 그룹 놈들에게 쫓길 때."

"저를 지키려다가 물리셨어요."

테라가 끼어들어 말했다. 보안관은 언뜻 이해가 가지 않는다는 표정을 지었다.

"너는 좀비들에게 보이지 않잖아. 그런데 지킨다는 게 무슨 뜻이야?"

"태양 그룹에서 계속 개를 풀어 쫓게 했었어요. 앞쪽에서는 좀비가 달려오고, 뒤쪽에서는 개에게 쫓기고. 위에는 헬리콥터가 떠 있었고요."

그때를 회상하던 테라가 가볍게 한숨을 내쉰다. 바로 이틀 전의 일이어서 그때의 모든 감각이 고스란히 되살아나는 것 같다.

잡히면 그것으로 모든 게 끝난다는 절박감, 온몸 구석구석까지 떨려 오던 두려움, 그리고…… 결국은 헬리콥터의 서치라이트 아래 스스로 몸을 내밀었을 때의 그 참담함.

테라는 자기도 모르게 제니의 손을 한 번 더 힘주어 잡았다. 그녀가 구하러 와주지 않았다면 자신은 지금쯤 어떤 처지가 되어 있었을지…… 상상만 해도 소름이 돋는다. 제니도 맞잡은 손에 힘을 주었다.

"테라의 팔목 상처는 그때 생긴 거군요……."

진우가 테라의 팔목에 감긴 붕대를 보며 말했다. 민구는 고개를 끄덕였다.
 "그래, 맞아. 내게 피를 나눠 줬어."
 "뭐라고 하는 거야? 응? 응? 나도 알고 싶어."
 알렉스가 궁금해하며 묻는다. 제니는 테라의 의사를 확인하고, 알렉스에게 일러 줬다.
 "물린 상처에 테라가 자기 피를 흘려 넣었대요."
 "피를? 직접? 오 마이…… 그게 그렇게 해도 치유가 된다고?"
 알렉스가 경이롭다는 표정을 짓는다. 널 키드의 피가 어떤 과정을 거쳐 다른 사람의 몸 안에서 항체를 만들어 내는지는 그도 아직 정확히 모른다. 알렉스는 테라와 민구를 번갈아 가리키며 물었다.
 "두 사람이 혈액형이 같아?"
 "아니, 몰라."
 민구는 대수롭지 않게 대답했다. 그까짓 게 무슨 상관이냐는 투다. 알렉스의 시선을 받으며 테라가 말했다.
 "제가 O형이에요. 다른 사람들에게 피를 나눠 주기 편할 거라고, 젠킨스 씨가 그러셨었어요."
 "그렇군…… O형. 수혈 가능한 폭이 엄청나게 넓어. 물론 고려해야 할 항체는 그 외에도 많고, 여러 면에서 동일 혈액형보다 못하다고는 하지만, 그래도 다급한 상황에서 널 키드의 피니까…… 그럼 단순히 1억분의 1도 아니구나. 놀라워."
 알렉스는 새삼 감탄하며 감격스러운 눈으로 테라를 바라본다. 그들의 대화를 들으며 간간이 테라에게 질문을 하던 태권 소녀가 고개를 갸웃거린다.
 "아니, 잠깐…… 그럼 당신은 얘 혈액형이 뭔지도 모르는 상태에서 무조건 구세주라고 한 거네? 만약 얘가 희귀 혈액형이거나 그냥 AB형 같은 거였으면 어쩌려고 그랬어?"
 "응?"

알렉스는 믿기지 않는다는 표정으로 태권 소녀를 돌아보고 피식, 웃음을 터 뜨렸다.

"후후, 우리가 개발하려고 했던 건 백신이야. 항체와 싸워 무력화되거나, 죽은 병원체지. 그건 혈액형과 무관해. 독감 예방주사를 맞을 때, 의사가 혈액형을 물어본 적이 있었는지를 기억해 보면 이해가 더 쉬울 거야. 그녀의 피를 일일이 수혈해서야…… 전 세계는커녕 작은 도시 하나도 구해 내기 어렵지. 보존도 힘들고."

"아이, 젠장. 끼어들지나 말걸……. 쪽팔려라. 상관이 없을 거면 O형이라고 왜 좋아하는데?"

무안해진 태권 소녀가 볼을 붉히면서 물었다. 알렉스는 친절하게 대답해 준다.

"그야…… 백신이 개발되기 전까지 위급 상황에서 그녀의 혈청을 사용할 수도 있으니까. 그게 기쁜 거야. 혹시 사고가 나더라도 그 당장은 수습이 가능하잖아."

"그러면…… 이제 이 아저씨 피를 수혈받아도 항체가 생기는 건가? 이 아저씨도 면역자가 된 거잖아. 어제 테라가 무슨 3단계가 있다는 이야기는 했던 것 같은데……."

여전히 궁금증을 못 이긴 태권 소녀가 다시 물었다. 테라로부터 그녀의 말을 전해 들은 알렉스는 코커스패니얼 같은 머리카락을 흔들며 도리질을 한다.

"아니, 그러면 정말 좋겠지만…… 확률은 극히 낮지. 무시해도 좋을 만큼. 면역자에 세 가지 유형이 있다는 말은 맞아. 아마 젠킨스가 들려준 이야기일 테지. 아나필락시스 진, 필락시스 진, 그리고 여기 이 테라처럼 정말 드물게 존재하는 널 키드가 있어. 오직 한 번의 면역만 가능한 아나필락시스 진…… 이게 그나마 가장 흔하고, 좀비 세균에 대해서 완전히 면역 능력을 갖췄지만 다른 이에게 항체를 줄 수 없는 필락시스 진이 그다음. 그러나 대부분의 사람들은 아나필락시스 진이 될 확률조차 엄청나게 낮아."

알렉스는 손가락을 꼽아 가며 최대한 알아듣기 쉽도록 천천히 말해 줬다.

"하지만 테라의 혈청을 주입받으면 누구라도 무조건 적어도 한 번의 면역은

얻게 되지. 그리고 아마 대략 70명이나 80명 중에 하나는 필락시스 진이 될 거야. 그래 봤자 여전히 1퍼센트를 겨우 넘는 낮은 확률이지만. 그리고 만 명에 하나 정도나 널 키드가 나올 수 있을지 어떨지……. 물론 그걸 수치적으로 증명할 일은 없어. 우리의 목표는 수혈이 아니고, 모두를 필락시스 진으로 만들어 주는 백신 개발이니까."

"딱 봐도 좀비에게 물린 거라는 건 알 수 있겠나?"

둘의 대화가 끝나자 민구가 상처 입은 날갯죽지를 움직이며 물었다. 다들 고개를 끄덕인다.

"그럼 새살 돋기 전에 그 배로 가자. 선원들이 불안해서 난리를 친다는데, 이 정도 증거를 보여 주는 건 어려운 일이 아니지."

민구는 다시 셔츠를 걸치며 말했다. 진우가 조금 놀라서 묻는다.

"지금 그 배로 굳이 찾아가겠다는 말입니까? 사람들이 다 몰려들어서 구경거리가 될 텐데요."

"아아, 괜찮아. 나는 원래 사내놈들이 우르르 몰려들어서 떠받드는 거 좋아하니까."

민구는 히죽 웃으며 대수롭지 않게 대꾸했지만, 실은 위험할지도 모를 일이다. 알렉스의 말에 따르면, 선원들뿐 아니라 레스큐 팀의 전투 병력까지도 밀실 공포증에 지쳐서 매우 흥분한 상태다. 갑자기 끼어든 낯선 사람을 어떻게 대할지 아무도 모른다.

"아저씨…… 위험한 일은 안 하시는 게…….."

테라도 불안함을 표시하며 만류하려 한다. 하지만 민구의 고집은 셌다.

"위험하지 않아. 그냥 자랑하고 오는 거야."

"아뇨, 그래도 불안한 건 싫어요. 그러니 차라리 제가 좀비들 사이를 걸어 다니는 게 낫겠어요. 그러면 누구라도 확실하게 믿을 거잖아요."

테라가 말했다. 태양 그룹에서처럼 희생자만 끔찍하게 죽어 나가지 않으면 좀비들 틈에 있는 건 참을 수 있다. 그녀가 무슨 말을 하는지 제니로부터 전해 들은 알렉스가 고개를 저었다.

"오, 그래. 널 키드는 그런 걸 할 수 있지. 그런데 좀비가 없어. 그 퍼포먼스를 하려면 잡아 와야 해."

"그게 말이 되나? 여기에서 좀비를 연구했다는 걸 우리가 빤히 아는데?"

보안관은 알렉스의 말을 믿지 못하겠다는 투다. 알렉스가 설명을 해 준다.

"있던 건 맞아. 하지만 먼젓번 선상 반란을 일으켰다 도망칠 때, 선원들이 해치를 열어서 좀비들을 모두 물에 흘려보내 버렸어. 문풀(Moon pool) 아래에 보관하고 있었거든."

"그럼 혹시 그놈들이 다시 이 섬으로 떠내려오거나 하는 건가요?"

제니가 물었다. 알렉스는 가볍게 웃음을 터뜨렸다.

"그럴 리가. 여기에서 적어도 50해리 이상 떨어진 바다에 버렸단 말이야. 그게 여기까지 떠내려올 가능성은 없어. 그리고…… 그게 뭐가 무서워? 기껏해야 스무 마리 정도의 좀비인데."

좀비가 없다고 하니, 결국 민구가 가서 증거를 보이는 방안이 채택되었다.

"배에 내려 준 다음에 아무도 따라오지 마. 나 혼자 주목받고 싶으니까."

다시 슈트를 걸치던 민구가 한쪽 입꼬리를 올리며 또 씩 웃었다. 보안관은 그의 마음을 대충 읽을 수 있었다.

지금 민구는 일종의 테스트를 하려 하고 있다. 저 커다란 배 안에 있는 사람들의 호전성은 어떤지, 얼마나 믿을 만한지 자신이 혼자 뛰어 들어가서 직접 온몸으로 확인하겠다는 거다. 그게 영 내키지 않아 보안관은 고개를 저었다.

"형씨, 혼자서 멋있는 척하는 거 별론데……."

"억울하면 너도 물리고 와. 그럼 끼워 주지."

민구는 보안관을 놀리며 마세티가 든 칼 가방을 챙겼다. 이 덩치 큰 녀석과 총잡이에게는 친구들 모두를 보호해야 하는 의무가 있다. 그러니 이런 일은 자신이 하는 게 맞다.

"잠깐만 기다려 줘. 피트에게 연락부터 할게. 어이, 폴. 정신 차려 봐요! 테티스에 한 번 더 다녀와야 돼요!"

알렉스는 긴 의자에 누워서 기분 좋게 햇볕을 쬐고 있는 헬기 조종사를 흔들어 깨웠다. 이 어린 무장 단체들이 '인질'이라 수차 강조하고 있음에도, 인질로서의 긴장감이라고는 털끝만큼도 없이 제멋대로인 백발의 파일럿이다. 그들은 함께 컨트롤 룸으로 향했다.

"테티스 HQ, 응답해. 여기는 빅 아일랜드."

알렉스가 마이크를 잡고 무전을 보냈다.

잠시 후, 퉁한 목소리가 들려온다.

— 뭐예요, 알렉스. 말씀하세요.

"피트, 거기 분위기 어때?"

— 아아, 엄청 좋죠. 서로 사랑하고 의지하고, 믿고 기뻐하는 중이에요……라고 말할 줄 알았어요? 그냥 아슬아슬해요. 알렉스가 널 키드와 함께 사라져 버렸다고 웅성웅성…… 지금 당장은 널 키드라는 존재가 너무 환상인 것 같아서 그것에 관해서 다들 이야기하느라 좀 낫지만, 이삼 일 지나면 난리가 날 겁니다. 그건 그렇고…… 널 키드는 잘 쉬고 있어요?

"그래, 많이 나아졌어. 너희…… 혹시 인사할래?"

알렉스가 제니와 테라를 돌아보며 말했다. 테라는 수줍게 웃으며 마이크에 대고 한 문장만 말했다.

"안녕하세요?"

— 지금…… 설마, 내가 널 키드랑 이야기한 거예요? 응? 알렉스? 그거 맞아요? 젠장! 목소리도 예쁘잖아요!

테라의 목소리를 듣고 잠시 침묵하던 피트가 곧바로 흥분해서 떠들어 댄다.

"진정해, 피트. 그보다 부탁이 있어. 우리가 20분 정도 뒤에 테티스로 갈 건데, 그때 통신장이랑 같이 헬리포트로 와 줘."

— 통신장이요? 아, 선원들이랑 말하는 거 왠지 좀 으스스한데. 그 사람이 꼭 있어야 돼요?

"응, 있어야 돼. 통역해 줄 사람이 필요하니까."

알렉스는 단호하게 말했다. 피트는 이해하기 어렵다는 반응이다.

— 통역이 필요하다니…… 그쪽에 영어 하는 사람이 둘이나 있다면서요? 그거 폴이 거짓말한 거였어요?

"아니, 그런 게 아니야. 여기에서 한 사람이 갈 건데, 그 사람 통역을 해 달라는 거야. 좀비에 물렸다가 널 키드의 피를 수혈받고 항체를 얻은 남자거든. 그 사람을 선장에게 보여 줘. 선원들도 함께 볼 수 있으면 더 좋겠지. 안전 문제에 각별히 신경 쓰고."

— 그래요? 그럼 항체 타입은 뭔데요?

"그건 아직 몰라. 간 김에 항체 검사도 하면 될 테지. 부탁할게, 피트."

— 알렉스, 당신도 같이 오나요?

피트가 물었다. 알렉스는 고개를 저으며 마이크에 대고 말했다.

"아니, 나는 한동안 계속 여기에 있을 거야. 널 키드 옆에 있어야 돼."

무전을 끊은 알렉스는 민구를 돌아보았다.

"안전 문제에 신경 써 달라고 했으니까 크게 걱정할 것 없어."

"그런 건 걱정해 본 적 없는데……."

민구는 허세 가득한 웃음을 지으며 대답했다. 수십 명의 선원들이 있는 곳으로 가는 길이지만, 그는 조금도 위축되지 않았다.

"꽉 잡아. 나이를 먹었더니 맥주 몇 병에도 이렇게 알딸딸하구나."

잠시 후, 차가운 물에 머리카락을 적시고 온 폴이 헬리콥터의 조종간을 잡으며 말했다.

헬리콥터에는 보안관과 제니, 알렉스, 그리고 민구, 이렇게 네 명만 탔다. 테라도 따라가고 싶어 했지만, 알렉스가 극구 만류했다. 널 키드에게 불필요한 위험을 감수시킬 이유가 전혀 없다는 게 그의 논리였다.

헬리콥터는 빠르게 바다를 가로질러 날아갔다. 음주 비행이라는 엄살과는 달리 폴은 베테랑답게 헬리콥터를 몰았고, 잠시 후, 시추선이 모습을 드러냈다.

"아직도 모르겠는 게 있어. 하필이면 왜 저런 배를 골랐지? 석유를 파낼 것도 아니면서?"

보안관이 시추선 중앙의 높다란 철제 탑을 바라보며 물었다.

"이유는 뭐, 간단해. 유람선이나 화물선은 지나다닐 때마다 허가를 받고 보고를 해야 하지만, 저건 안 그래. 메탄 하이드레이트 채굴의 사업 타당성 검사를 하고 싶다는 제안서를 내면, 여기에서 아무리 오래 머물러도 거의 아무런 방해도 받지 않을 수 있거든. 오히려 수많은 편의를 제공받지. 연구 기지를 세울 수 있는 섬을 무상으로 임대해 준다거나 하는 식으로 말이야. 외국의 거대 회사가 우리 국가에서 자원 가능성을 발견했다고 홍보하는 걸 좋아하는 사람들이 있다고."

알렉스가 설명을 해 준다. 잠시 후, 헬리콥터는 무사히 헬리포트에 내려섰다.

"인기 좀 끌고 오지."

민구는 마세티가 든 가방을 둘러메고, 미리 마중 나와 있던 피트와 통역을 향해 뛰어갔다.

폴이 곧바로 다시 헬리콥터를 띄워 빅 아일랜드로 돌아가는 걸 보고 민구는 미리 마중 나와 있던 피트와 통신장을 향해 달려갔다.

"안녕하세요. 대니임미다! 이 사람은 피트임미다!"

통신장은 어색한 한국어로 인사와 자기소개를 했다. 나이는 알렉스보다 어려 보이고, 어휘는 초등학생 수준도 안 되는 것 같다.

"강민구다."

민구는 두 사람과 악수를 나누었다. 피트가 마세티 가방을 가리키며 뭐라고 중얼거리자 통신장이 물었다.

"이거슨 칼임미까?"

"음, 그래."

"이거 안 댐미다! 엄…… 위험해요!"

통신장이 고개를 저으며 말했다. 민구는 녀석의 어깨를 두드리며 대꾸했다.

"안 위험하니까 걱정 마라. 이걸로 이따가 시범 보일 거야."

"시범? 당신 마샬아츠 선수임미까? 타이쿤도?"

"응, 그래. 선수야, 선수."

민구는 마샬아츠가 무슨 소리인지 몰랐지만, 선수라는 말을 듣고 고개를 끄덕여 줬다. 통신장은 피트에게 다시 설명을 해 주고 대화를 나눈다.

"칼 나타날 때, 피트 허락 필요해요! 아니면 안 댐미다!"

통신장은 피트의 주의 사항을 민구에게 일러 주고, 그를 계단으로 안내했다.

계단 바로 아래에 두 명의 용병이 총을 들고 대기하고 있다. 선원들과 알력이 있다는 말은 거짓이 아닌 모양이다.

"피 검사 할 거예요! 당신 엄…… 피 타입, 뭔지 알려 줌미다! 하얀색, 아나필락시스 진! 초록색, 필락시스 진, 엄…… 바이올렛, 널 키드임미다!"

좁은 선실 복도를 지나면서 통신장은 열심히 설명을 한다. 어휘가 잘 떠오르지 않는지, 이따금씩 그는 앓는 소리를 냈다. 피트는 그들을 함교 아래층의 방으로 안내했다.

"하이~!"

오밀조밀하게 배치된 실험 기기 사이로 몇 명의 외국인 남녀가 손을 흔든다. 다들 불안해하면서도 뭔가 설레는 표정을 짓고 있었다.

피트는 민구의 왼팔에서 피를 조금 뽑아 한쪽 벽에 설치된 기계에 투입했다.

"오, 마이 로드!"

잠시 후, 기계를 들여다보고 있던 피트와 다른 외국인들이 입을 감싼다. 민구는 뭐가 잘못되었나 싶어 다시 주섬주섬 팔을 걷었다.

"노노노, 피 안 필요해. 당신 결과 좋으니까 놀라쓰요."

피트로부터 언질을 받은 통신장이 손사래를 친다. 민구는 콧방귀를 뀌었다.

"놀랐다고? 당연히 좋지. 죽다 살아났으니까. 거짓말인 줄 알았나?"

"당신 필락시스 진임미다. 초록색! 이그 1퍼센트! 추카해요!"

그게 무슨 뜻인지 물어보려던 민구는 이내 입을 다물었다. 이 녀석에게 그 설명을 하라고 시키는 게 가혹하기도 하거니와, 똑바로 해낼 것 같지도 않았다.

초록색이라는 것만 기억하고, 나중에 계집애들을 시켜 물어보면 된다.

"자, 이제 선원 식당 갑미다! 선원 많이 모여 있슴미다!"

피트와 통신장은 민구를 데리고 다시 복도로 나섰다. 여전히 두 명의 용병은 총으로 무장하고 따라온다.

한쪽에서 이런 식으로 점령군처럼 굴고 있으니, 사이가 좋지 않은 것도 당연해 보인다.

"선장임미다! 인사해요!"

담배 연기가 자욱한 식당에 들어서자마자 통신장은 가장 앞쪽에 앉아 있는 중년의 남자를 가리켰다. 선상 반란을 일으켰던 주범이라기에는 아주 평범해 보이는 사람이었다. 서로 악수를 나누고 나서 선장이 뭐라고 길게 이야기를 늘어놓는다.

그동안 민구는 슬쩍 곁눈으로 식당 의자에 모여 앉아 있는 선원들을 돌아보았다. 대략 열댓 명가량. 배를 타 본 적이 없으니 이게 많은 건지, 적은 건지도 모르겠다. 하지만 이들 모두의 얼굴에 그늘이 짙게 드리워져 있다는 것만은 확실히 알 수 있다.

"당신 널 키드가 피 줘쓰요? 그래서 안 죽었쓰요?"

선장은 아주 길게 이야기했는데, 통신장은 딱 두 문장으로 뭉뚱그려 전달했다. 민구는 고개를 끄덕였다.

"보여 주지. 좀비에 물린 거 본 적 있나?"

통신장이 선장에게 통역을 해 주는 동안 민구는 천천히 슈트를 벗고, 나이프 홀더를 벗어 놓았다. 그러고는 선장과 선원이 볼 수 있도록 돌아서서 셔츠를 벗었다.

"오, 코리안 마피아!"

민구의 등에 새겨진 요란한 문신을 보며 몇몇 선원이 낄낄댄다. 그러거나 말거나 민구는 셔츠를 의자에 걸치고 훌쩍 뛰어 테이블로 올라갔다.

그의 상처가 훤하게 드러나자 점차 낄낄거리는 소리는 사라지고 웅성거림은 커졌다.

"선장, 지금 당신 몸 만져 보고 싶슴미다!"

선장에게 귀를 기울이고 있던 통신장이 말했다. 듣기에 따라서는 정말 이상하게 들릴 수도 있는 이야기지만, 대충 뭔 소리인지는 알아들었다. 민구는 고개를 끄덕였다.

"올라와서 만져 보라고 해."

의자를 밟고 올라선 선장은 민구의 상처를 유심히 살폈다. 그의 직업상 좀비들에게 물린 상처는 여러 번 보았다. 그중에는 자신의 선원이 사고로 말려든 일도 있었다.

하지만 그렇게 되었을 때 살아난 사람은 한 번도 보지 못했다. 그래서 처음 면역자의 이야기를 들었을 때, 그는 다급한 연구원들이 쇼를 꾸민다고 생각했었다. 그런데 이 남자는…….

"진짜잖아…… 이건 정말 물린 게 맞아."

손가락에 묻은, 찐득한 민구의 피를 보면서 선장은 혼잣말을 중얼거렸다. 부어오른 상처 주변도 익숙한 모습 그대로인데…… 그런데 이 코리안 마피아는 살아 있다.

"왜 물려쓰요?"

통신장이 선장의 질문을 통역했다. 민구는 고개를 끄덕이며 대답했다.

"그제 새벽에 좀비들 열댓 마리가 나를 둘러싸더군. 한꺼번에 달려드는 놈들을 절반 정도 머리를 날렸을 때, 뒤가 뜨끔해서 돌아보니까 이미 물렸었어. 내 여동생이 피를 주지 않았으면 죽었을 거야."

조금 뻥을 섞었다. 아마 실제로는 그 절반 정도였을 것이다.

"열댓이…… 뭠미까?"

"열하고 다섯. 십오."

민구는 오른쪽 손가락을 쫙 펴서 세 번 내밀어 보였다.

"총 쏴서 죽이쓰요?"

"아니, 칼로."

통신장이 그 말을 선장에게 전하니, 선장이 고개를 저으며 뭐라고 중얼거린다.

"당신, 거짓말해쓰요! 한 사람, 좀비 십오 못 죽이요. 사람 죽어요!"

"죽이는데……. 흐음~ 귀찮군. 그게 어떻게 하는 거냐면…… 어이, 너 비켜 있어. 시범을 보여 주지. 선장한테도 말해."

민구는 아래쪽에 놓아두었던 마세티 가방과 쿠크리 홀더를 집어 올리며 말했다. 통신장이 선장에게 말을 전하는 동안 민구는 두 자루의 칼을 동시에 뽑았다.

선장은 흠칫 놀라며 뒤로 조금 물러났지만, 선원들 앞에서 체면을 생각하는지 달아나거나 하지는 않았다.

"이걸 잘 번역해. 먼저 앞쪽에 있던 놈들이랑 싸우고 있는데, 뒤가 뜨끔했단 말이야. 돌아보니까 좀비가 열 마리쯤 남았어. 그래서 내가 이렇게 했지."

테이블에 올라서 있던 민구는 통신장에게 설명을 한 뒤에 직접 어설픈 연기까지 했다.

윽, 하고 고통스러워하는 연기, 그리고 분노에 찬 표정으로 뒤를 돌아보는 연기. 그런 다음, 허공에 떠 있는 가상의 좀비를 향해 힘차게 쿠크리를 내돌렸다.

쉭―.

쿠크리의 날이 바람을 가르는가 싶을 때, 민구의 마세티는 벼락같이 위에서 아래로 휘둘러졌다. 그러고는 다시 쳐올리고, 쿠크리는 목을 찌르고 갈랐다.

처음에는 움찔하며 그의 돌발 행동을 두려워하던 선원과 용병들도 민구가 펼치는 혼신의 연기에 몰입하기 시작했다.

민구는 피하고 베고, 자르고 끊었다. 물론 허공을 향해 휘두르는 칼날이지만, 테이블의 중간까지 내달렸을 때에는 뭔가를 정말로 상대하는 것 같은 기분이 들 정도였다.

마지막 동작에 들어간 민구는 빠르게 마세티로 목을 베는 시늉을 했다. 그 짧은 사이에 그의 쿠크리는 허공에서 한 바퀴 반을 돌았고, 민구는 쿠크리의 날을 역방향으로 다시 잡아 직선으로 내리그었다.

 콱—.

 합판으로 만들어진 테이블에 쿠크리의 날이 직각으로 박힌다. 그제야 민구는 숨을 고르며 천천히 쿠크리를 뽑았다. 한바탕 현란한 칼춤이 끝나자, 선원들은 재미있다는 듯 손뼉을 치고 휘파람을 불어 댔다.

 "타이쿤도 굿—!"

 통신장도 엄지손가락을 들어 보인다. 민구는 두 자루의 칼을 다시 자루에 넣고 만져 보라는 의미를 담아 자신의 날갯죽지에 나 있는 상처를 두드렸다. 선원들이 하나둘 가까이 다가와 그의 등을 보며 웅성거린다.

 가끔 아물지 않은 곳을 함부로 건드리면 따끔하기도 하지만, 민구는 꾹 참았다.

 이 정도 쇼로 이만큼이나 들뜨는 걸 보면, 이 녀석들 믿고 의지할 게 어지간히도 없었구나 싶다. 선장을 돌아보며 민구가 말했다.

 "믿어. 내가 아니라 내 여동생을 믿으면 돼. 걔는 좀비에게 보이지도 않아."

 통신장이 그의 말을 전하고 다시 선장의 질문을 옮긴다.

 "당신 여동생, 빅 아일랜드에 같이 있슴미까?"

 "그래."

 "여동생 어떤 사람임미까?"

 통신장이 다시 물었다. 민구는 피식 웃었다. 어쩐지 이 한국말이 어눌한 놈 앞에서는 진심을 이야기할 수 있을 것 같은 기분이 든다. 민구는 녀석을 바라보며 말했다.

 "천사 같은 애지. 내 동생 자랑, 들을 준비 됐나?"

## 02

 "거기에 며칠 더 있겠다고 했다는데? 선원들이랑 친해지는 중이라고…….."
 HQ와의 무전 교신을 마친 알렉스가 황당하다는 표정을 지으며 말했다. 이해가 안 가는 건 친구들도 마찬가지다.
 "그 인간은 친화력 같은 게 제로잖아…… 말도 안 통하는 주제에……."
 보안관이 뭔가 분하다는 듯 중얼거렸다. 이상하게도 경쟁에서 진 기분이 든다.
 "필락시스 진이라는 게 그거 맞지? 여러 번 물려도 안 죽는 사람. 좋겠는데…… 그러면 좀비들이랑 정말 해볼 만하잖아. 아까 저 사람 말로는 확률이 낮네, 어쩌네 하더니."
 태권 소녀는 민구의 항체 타입에 더 큰 관심이 있는 모양이다.
 "다행이에요. 이제 좀비 걱정은 하지 않아도 될 테니까요."
 테라는 감사하다는 표정을 지으며 두 손을 모아 꼭 쥐었다. 그에게 피를 주면서도 불안했었다. 이제 다음에 또 물리면 그때는 구해 낼 수 없을까 봐.
 "이야기가 잘된 모양이다. 하긴 사람 홀리는 게 직업이었던 사람이니까."
 진우가 고개를 끄덕이며 말했다.
 "홀리는 게 직업이라고? 목을 따는 게 아니고?"
 의문의 1패로 아직 앙금이 다 풀리지 않은 보안관이 으르렁거린다. 진우는 고개를 저었다.
 "생각해 봐. 아무리 대단한 조직이라도 매일 사람을 죽이고 다녔겠어? 본보기로 하나를 죽이고, 그걸 그럴싸하게 포장해서 수백 명의 기를 죽이고 정신을 빼놨겠지. 그 아저씨가 그런 기술이 있더라고. 태양 그룹 쳐들어갔을 때도 그 아저씨가 그 보안 요원을 완전히 홀려서 가지고 놀았었잖아. 나중에는 저항할 생각도 못 하는 것 같던데. 그런 거, 고지식한 너나 나는 절대 흉내 못 내는 종류의 재주야."

진우는 민구가 엘리베이터에 시체를 가져다 놓았을 때 생겨난 놀라운 효과를 생생하게 기억한다.

그 남자는 유빈과는 다른 방향으로 비상한 구석이 있다. 다른 사람을 절벽 아래로 내모는 경험을 수도 없이 쌓아 온 인간 특유의 여유랄까?

유빈이 밝고 절박하다면, 민구는 어둡고 느긋하다. 그 사람처럼 되고 싶지는 않지만, 그런 재주에는 솔직히 욕심이 난다. 그게 생존 확률을 높여 줄 테니까.

"말해 줬대요? 이제 좀비에게 또 물리더라도 죽지 않는다고?"

제니가 알렉스에게 물었다. 알렉스는 고개를 끄덕인다.

"응. 그런데 별로 기뻐하지도 않더래. 그런 실수 또 할 일이 없다고."

"아으, 재수! 말하는 싸가지하고는!"

보안관이 고개를 절레절레 흔들었지만, 어쨌든 리그 쪽에서 급한 불은 끈 것 같아 모두들 안도하는 분위기다.

"자, 그럼 우리는 어떻게 되는 건지 물어봐 줘. 제니야…… 아니, 테라야, 네가 물어보는 게 더 좋을 것 같다. 이 사람은 네 말이라면 껌뻑 죽는 것 같으니까."

진우가 말했다. 테라가 알렉스에게 그의 말을 통역했다. 알렉스는 구불구불한 머리를 긁적이며 천천히 조건을 늘어놓기 시작했다.

"일단…… 이 섬은 너희들이 사용해. 다른 사람들이 너희들 허락을 받지 않고 이쪽으로 오는 일이 없도록 할게. 여기 있는 건 다 마음대로 사용해도 돼. 아…… 아까도 말했지만, 레스큐 팀 숙소는 그냥 내버려 둬 주면 고맙긴 하겠어. 그 사람들은 우리 연구팀이랑 또 다른 문화가 있더라고. 지향하는 바도 다르고…… 그래서 나도 조금은 껄끄러워."

"그 방들은 건드리지 않을게."

"아, 그래 주면 정말 고맙지. 너희가 조금 마음을 놓을 때까지는 헬리콥터 두 대도 다 여기에 둘 거야. 폴이랑 라파엘도 여기서 지내라고 부탁할 거고. 어차피 너희들도 저 노인들은 그리 경계하지 않는 것 같으니까."

"잠깐…… 헬리콥터랑 조종사들을 다 여기에 두겠다고? 우리가 어딘가로 휙

사라지면 어쩌려고?"

진우가 놀라서 묻자 알렉스는 두 손을 벌리며 어깨를 으쓱했다.

"지금도 하려면 그렇게 할 수 있잖아. 내가 어떻게 말리겠어? 그 흉터 남자가 리그에 머물러 있기는 하지만, 그건 내가 결정한 것도 아니고. 말했잖아, 나는 너희의 선의에 기댈 수밖에 없다고. 글쎄…… 볼모라면 지금 잠들어 있는 친구에게 바이오닉 핸드를 최대한 늦게 제작해 주는 게 방법일 수 있을까?"

듣고 있던 제니가 그 부분에서 발끈하는 표정을 짓자, 알렉스는 정색을 하며 손을 저었다.

"물론 나는 그런 짓은 안 해. 교만하게 잔재주를 부리던 천재들이 어떻게 되었는지 이미 충분히 봤거든. 앱테크나야에서, 뉴욕에서, 그리고 서울에서 죽어 나간 사람들의 가치가 얼마나 대단했었는지 너희들은 아마 모를 거야. 너희들 친구, 앞으로 2주 정도만 지나면 상처도 어느 정도 아물 거고, 그때부터는 바이오닉 핸드를 맞출 수 있어. 그다음에…… 너희들이 어딘가로 다녀오거나 하는 것에 대해서는 관여하지 않을게. 물론 연료를 주입하기 위해서는 테티스에 들러야 하지만, 너무 자주, 멀리 다니는 것만 아니라면 내가 잔소리를 하는 일은 없을 거라고 약속하지."

"전부 우리가 누릴 수 있는 것뿐이네. 호화로운 별장에, 헬리콥터에, 친절한 조종사들까지……. 그럼 너희가 원하는 건 뭐야?"

알렉스의 제안들을 가만히 듣고 되새겨 본 후 진우가 물었다. 테라의 통역에 귀를 기울이고 있던 알렉스가 빙긋 웃는다.

"딱 한 가지만 바라라고 한다면, 테라가 가능한 오랫동안 이곳을 떠나지 않는 거야. 물론 그녀의 자유지만, 헬리콥터 비행도 절대적으로 안전한 건 아니거든. 또…… 앞으로 적어도 일주일 정도는 내가 여기에 머무는 걸 허락해 줬으면 좋겠어. 처음부터 말했지만, 우리는 널 키드에 대해 몰라. 곁에서 건강 상태를 계속 확인하고 싶어. 기록도 하고. 그렇게 해 두면 나중에 그녀를 위해서 반드시 도움이 될 거야. 그리고…… 결국 널 키드의 피 이야기를 꺼낼 수밖에 없겠네.

정말 미안하지만, 우리는 네 피가 필요하단다, 테라 양.”

알렉스는 테라를 굽어보며 말을 마쳤다. 테라는 고개를 끄덕였다.

“네, 그렇게 하세요. 저도 돕고 싶어요. 너무 많이만 아니면⋯⋯.”

“아니, 아니, 지금 당장은 아니야. 내 눈대중으로 볼 때, 네 건강을 해치지 않고 얻을 수 있는 피의 용량은 많아야 10온스 정도일 텐데, 넌 이미 그 이상을 흘린 것 같아. 그러니 한 달 정도는 기다려야 할 거야. 그때도 5온스 이상은 채혈하지 않을게.”

둘의 대화 내용을 제니로부터 전해 들은 진우는 두 가지를 깨달았다.

첫째, 테라는 협상을 위한 통역가로 쓰기에 너무 착해 빠졌다는 것. 이쪽에서 심사숙고하기 전에 혼자서 덜렁 승낙을 해 버린다.

둘째, 알렉스가 그야말로 내줄 수 있는 모든 것을 다 내주려고 한다는 것. 잃어버렸던 아들을 20년 만에 만났어도 이만큼 많은 걸 아까워하는 기색 없이 내줄 것 같지 않았다.

특히 두 번째 사실이 오히려 진우를 당혹스럽게 만들었다. 이렇게 좋은 조건이라니⋯⋯ 꼭 뭔가 함정이 있을 것만 같은 기분이다.

하지만 알렉스의 말을 들어 보면, 이해가 가기도 한다. 그들은 지옥의 문 앞에서 구원의 천사를 만난 셈이다. 그러니 천사를 무조건 숭배하고 따르려고 할 수밖에⋯⋯.

“백신을 만들게 되면⋯⋯ 그걸 팔 거야?”

진우가 물었다. 알렉스는 고개를 갸웃거렸다.

“그 문제에 관해서는 아직 진지하게 고민해 본 적도 없어. 음⋯⋯ 아마 언제 완성되는가 하는 게 중요한 변수가 되지 않을까? 우리가 연료도, 물품도 풍부하다면 그냥 배포할 수도 있겠지. 하지만 그렇지 못한 경우에는 물물교환을 시도할 수도 있고. 나중에 또 이야기할 기회가 있겠지. 그런데 그거 알아? 사람들은 어느 정도 가격을 지불한 물건을 더 아끼고 신뢰해. 그것이 종이쪼가리 돈이든, 아니면 피땀 어린 노력이든, 목마른 기다림이든⋯⋯ 우리를 보면 알잖아.”

"솔직히 이런 상황은 낯설어. 너희가 아무리 후회를 했다고 해도…… 좀비를 퍼뜨릴 계획을 가지고 있던 회사인데…… 우리가 아는 어떤 기업이랑 너무 달라서 그것도 이상하고."

진우는 한숨을 내쉬며 속마음을 털어놓았다. 알렉스는 이해한다는 듯 고개를 끄덕인다.

"이 사태가 얼마나 심각한지 정확하게 모르면, 아직도 이윤을 추구할 수 있을 거야. 언젠가 어떻게 되겠지 하는, 막연한 기대 같은 거에 취해 있으면 말이야. 하지만 우리는 이 상황을 풀어낼 수 있는 키가 단 하나뿐이라는 걸 알아. 그리고 사실…… 나도 그렇고, 연구원들도, 그리고 선장도…… 기업은 아니야. 이제 우리는 JL이 아니라 그저 낯선 곳에 버려진 소수의 사람들일 뿐이라고."

"괜찮겠지? 너희들 생각은 어때?"

거기까지 듣고 나서 진우는 친구들을 돌아보며 의견을 물었다. 다들 만족스러운 표정이다.

"약속들을 꼭 지켜 줘. 나는 적당히 경고만 하는 법 같은 건 몰라."

진우는 상당히 싸가지 없이 들릴 만한 이야기를 솔직하게 말했다. 나중에 얼굴을 붉히느니, 미리 확실하게 선을 그어 두는 편이 낫다.

"그러지. 받아들여 줘서 고마워."

알렉스가 진지한 얼굴로 고개를 끄덕인다. 진우도 녀석에게 기대에 찬 눈빛을 보내며 내민 손을 맞잡았다.

이제 버려두고 온 용병들 문제만 잘 풀어내면 당분간 걱정할 일은 별로 없을 것 같다.


"좋구나……."

밤이 찾아왔을 때, 긴 낮잠에서 깨어난 유빈이 어두운 바다를 보며 중얼거렸다. 대낮의 뜨겁던 기온은 확연히 내려갔고, 이제는 시원한 바람이 분다.

그리고 그는 자신의 집 방과 거실을 합친 것보다 더 넓은 베란다의 의자에 기대앉아 비누 냄새가 풍기는 친구들과 함께 아이스크림을 핥아 먹고 있다.

좀비 세상에서 아이스크림을! 그것도 하겐다즈!

실로 오랜만에 단 한 발의 총성도, 단 한 마리의 좀비 울음소리도 듣지 않고 흘려보내는 저녁이었다.

물론 아침에 알렉스와 서로 악을 써 가며 협상을 하기는 했지만, 그마저도 이 호화로운 연구소를 얻어 내기 위한 과정이었다고 생각하면 감내할 만하다.

"정말이지? 괜히 우리가 안 보는 사이에 비관해서 바다에 뛰어들고 그러면 안 돼."

삼식이가 다정히 어깨를 끌어안는다. 유빈은 허탈하게 웃으며 고개를 숙였다.

"큭큭큭, 내가 왜 그러겠냐. 조금만 기다리면 파란 불이 들어오는 로봇 팔이 생기는데, 이 미친 새끼야."

"그래도 다행이야. 손을 고치기 전에 임시로나마 쓸 수 있는 게 생겨서."

바닥에 앉아 있던 진우가 유빈의 허벅지에 팔을 기대며 말했다.

"어우, 무거워. 이것들아, 왜 이렇게 다 나한테 기대는 거야? 아파서 주사기를 주렁주렁 달고 있느라 샤워도 못 한 사람한테."

유빈이 우는소리를 해 봤지만, 두 놈 다 비켜날 기미가 없다. 거기에다가 삼숙이 놈도 제 주인을 따라 유빈의 다리에 머리를 척 얹었다. 그렇게 따스한 시간이 흘러간다.

"그…… 우리가 따돌리고 왔던 용병들 말인데, 내일 아침에 그 사람들 맞으러 내가 갈게. 나 혼자서."

침묵을 깨고 유빈이 입을 열었다. 진우는 펄쩍 뛴다.

"뭔 소리야? 걔들 총 있어. 큰일 날 소리 하고 있네. 몸도 아픈 새끼가!"

"아니…… 물론 내가 지금 제일 약하긴 한데, 그렇다고 해서 누가 가더라도 걔들이랑 싸울 건 아니잖아. 저쪽 배에도 또 네 명이 있고, 걔들도 다 버려두고 온 팀 리더를 따른다며?"

유빈은 침착하게 설명을 했다. 진우는 여전히 미간을 찌푸린 채 물었다.

"그래서? 그게 네가 마중 나가는 거랑 무슨 상관이 있어?"

"이거지."

유빈은 잘린 팔목을 들어 보이며 말했다.

"암만 화가 나서 씩씩거리며 헬리콥터에 탔다고 해도 막 이렇게 된 사람이 사과를 하면 먹힐 가능성이 훨씬 높아질 것 같거든. 아…… 얘들도 절박했구나 싶어서."

"자기 비하도 아니고, 그게 뭐야? 미친놈들이면 약한 사람들 만났을 때 오히려 더 못되게 굴 수도 있어. 태양 새끼들 못 봤냐?"

"아아, 그것도 충분히 일리가 있는 말이지. 하지만 아무도 따라가지 않으면, 좀 그런데…… 총을 따로 가방에 담아서 넘기라고 할 계획이거든. 저 조종사 할아버지가 나쁜 사람 같지는 않지만, 그래도 우리 모두의 목숨을 맡기고 싶은 생각은 아직 없어서 말이야. 그리고……."

유빈은 잠시 자신의 잘린 팔목을 들여다보다가 말을 이었다.

"사실은 보고 싶었어. 이 손이 없어지던 날, 우리가 구해 낸 사람들이 철로 위를 잘 걸어가고 있는지 말이야. 본전 생각이나 하는 치사한 놈으로 보일지는 몰라도, 그걸 보고 나면 좀 위안이 될 거 같아서……."

그런 이야기를 늘어놓는 녀석의 처연한 얼굴을 보고 있자니, 진우의 가슴은 먹먹해진다. 뭐라 위로해 줄 말이 떠오르지 않는다.

"후우~ 그래도 안 돼. 네가 혼자 따라가는 건 너무 위험 부담이 커."

진우는 한숨을 내쉬며 반대 의사를 밝혔다. 유빈도 더 고집을 부리지는 않았다.

"그래, 네 말이 맞아. 그럼 그냥 확인을 두 단계 거치는 걸로 하자."

그렇게 진우와 유빈이 내일의 일에 대해 의견을 나누고 있을 때, 불침번 순서인 보안관이 베란다 문을 열고 고개를 내민다.

"너희들도 들어와서 자. 내일 새벽에 헬리콥터 떠서 돌아올 때까지 몇 시간 남지도 않았어."

"어, 그래. 알았어."

진우가 고개를 끄덕이며 일어섰다. 조명을 어둑하게 낮춘 널찍한 식당에는 안락의자마다 숙소에서 가져온 담요가 놓여 있다.

한 사람이 방 두 개씩을 차지해도 될 만큼 개인 공간은 충분했지만, 낯선 첫날이어서 다들 한곳에 모여 자기로 했다. 그게 더 안전하고, 또 심리적으로도 나을 것 같아서다.

물론 인질 겸 관찰자인 알렉스도 식당 구석에서 담요를 돌돌 만 채 잠들어 있다. 폴과 라파엘의 코 고는 소리도 들린다.

"아, 오빠들, 들어왔어요?"

긴 의자 두 개를 붙이고 나란히 누워 속닥거리고 있던 제니와 테라가 이불 밖으로 얼굴을 내민다. 다시는 만나지 못할 것 같아 늘 서로를 그리워하던 핑크 펀치가 한자리에 모여 잠을 청하는 그 모습은…… 그야말로 꿈처럼 아득하고 사랑스럽다.

"요정 나라에 온 것 같구나……."

진우가 중얼거린다. 들으라고 하는 말인지, 아니면 제 머릿속으로 생각한 게 입 밖으로 나왔는지 이제는 잘 구분도 안 된다.

"잘 자. 내일 보자."

인사를 하면서 그녀들의 소파 옆을 스쳐 가는데, 테라의 손이 유빈의 성한 팔목을 잡았다.

"응? 왜?"

테라는 몸을 일으켜 앉은 뒤, 유빈의 눈을 보며 입을 열었다.

"정말 미안해요, 오빠. 저 때문에 손이…… 손을 다치신 거. 이렇게 제니랑 행복하게 이야기를 하고 있으니까…… 점점 더 미안해져서요."

테라는 이미 몇 번이나 거듭했던 사과를 또 한다. 유빈이야말로 그 말을 들을 때마다 몸 둘 바를 모르겠다. 그녀를 구한 것과는 무관한데…….

"너 때문이 아니야. 나쁜 놈들 때문이지. 그놈들 하는 짓 때문에 우리가 참지 못하고 화가 나서 싸웠던 거야. 너는 아무 잘못 없어."

삼식이가 말했다. 진우도 고개를 끄덕인다.

"음, 맞아. 이놈 말 잘하네."

"야이 씨! 내 손인데 왜 너희가 생색을 내고 멋있는 척을 해!"

유빈은 또 발끈해서 삼식이에게 성질을 부렸다.

"으으음, 뭐냐…… 뭐야?"

조금 전에야 겨우 잠이 들었던 태권 소녀가 옥신각신하는 소리가 나자마자 눈을 비비며 일어난다. 보안관이 그녀를 진정시켰다.

"그냥 자. 걱정할 거 없어."

다시 태권 소녀의 숨소리가 도롱도롱 울릴 때까지 기다렸다가 유빈이 목소리를 낮춰 속삭였다.

"삼식이 새끼 말이 맞아. 나쁜 놈들 잘못이야. 그러니까 자책 같은 거 하지 마. 그리고 잘 자. 너희들이 만나서 정말 다행이야."

"……고맙습니다."

그제야 테라는 유빈의 팔목을 잡았던 손을 놓았다. 진우는 얼렁뚱땅 그녀들의 곁에 누우려 드는 삼숙이를 끌고 자신의 소파로 향했다. 오랜만에 만나는 쾌적한 잠자리, 잠이 모두의 머리 위로 쏟아진다.

## 03

다음 날 새벽, 폴은 하품을 하며 헬리콥터를 몰아 어제 그가 레스큐 팀을 버려두고 왔던 포인트로 날아갔다. 그의 옆자리를 늘 지키던 라파엘은 빅 아일랜드에 남았다. 한꺼번에 헬리콥터 조종사 두 명을 보낼 수 없다는 게 그 어린 친구들의 주장이다.

그리 마음에 쏙 드는 결정은 아니지만, 어차피 오늘 하루만 더 고생하면 당분간 새벽 비행은 없을 터여서 폴은 커피로 잠을 쫓으며 혼자만의 비행을 성실히 수행했다.

"이봐, 짐. 내가 온 거 다 보고 있잖아. 왜 무전을 안 보내? 인사도 안 하고 지낼 셈이야?"

어제의 포인트 주변에서 유영하던 폴이 먼저 근거리용 무전기를 잡고 말을 건넸다.

― 치익, 우리를 버리고 간 노인한테 그렇게 할 필요가 있나? 치익.

"하하하, 그게 어디 내가 좋아서 한 건가? 널 키드가 시키니까 그런 거지. 그리고 뭐, 델타 팀 정예였던 사람들에게 하루 정도 야영은 아무것도 아니잖아."

폴은 쓴웃음을 지으며 가시 돋친 목소리의 짐을 달랬다.

― 치이익, 아아…… 아주 즐겁더라고요. 좀비들이 몰려다니는 낯선 곳이라 캠프파이어 할 맛이 나더군요.

"밥은 굶지 않았나? 먹을 게 있었던가?"

― 치익, 일주일 치 식량을 당신 가자마자 확보해 놨어요. 워낙에 믿음이 가는 노인이어야 말이지. 그보다 데려간 게 널 키드는 맞아요? 치이익.

"음, 그건 확실했어. 알렉스가 얼마나 좋아하는지 자네도 봤어야 하는데."

― 치익, 알았으니까 내려와요. 치익.

무전을 마치자마자 근처 건물에 숨어 있던 짐과 팀원들이 도로로 나와 손을 흔든다. 이미 조준경을 통해서 헬리콥터에 다른 탑승자가 없다는 걸 확인한 모양이다.

"저기 짐, 부탁이 하나 있는데……."

헬기를 착륙시키기 전에 폴은 미안한 요청을 하나 더 해야 했다.

― 치이익, 뭡니까? 별로 듣고 싶지 않은 기분인데……. 치익.

짐의 목소리에 슬슬 짜증이 더해진다. 폴은 그래도 제니가 통역해 준 대로 말할 수밖에 없었다.

"무기 말이야, 헬리콥터에 탑승하자마자 가방에 담아서 앞자리에 넘겨줘야 돼. 그게 룰이야."

폴은 송신을 마치고 기다렸지만, 잠시 아무 대답도 돌아오지 않았다. 잠시 후에야 흥분한 짐의 목소리가 들려온다.

― 치이익, 그건 뭔가요? 50년 대생들만 아는 구식 농담? 치익.

"농담이 아니야. 진지하다고. 그게 널 키드 쪽의 요구 사항이었어. 자네들을 태우고 빅 아일랜드로 와 달라고 했지만, 무기는 안 된다는군."

― 치익, 내 똥구멍이나 빨라고 하쇼. 그런 이야기는 관두고, 어서 내려와요, 폴. 화가 나려고 하니까. 치이익.

"어쩌지? 그렇게 하면 그 친구들 사과를 못 받을 텐데…… 자네들을 태우고 돌아오는 조건이 그거였단 말이야. 그리고 그 말을 꼭 해 달라고 하더군. 죽이려고 마음먹었으면 다 죽일 수도 있었다. 하지만 일부러 쏘지 않았다는 걸 알아달라. 오해는 말게, 짐. 내 말이 아니야. 해 달라니까 하는 거지."

― 치이익, 당신 대체 누구 편이요? 응? 치익.

짐의 원성을 들은 폴은 한숨을 내쉬었다. 그래도 책임은 다해야 한다.

"굳이 따지자면, 널 키드 편일세. 그 천사 같은 아이가 편안해지는 방향으로 갈 수밖에 없어. 자네들은 강하지만, 인류를 구원할 수 없잖나. 그런데 그 애는 그럴 수 있지. 그게 차이야. 그러니 짐, 무기를 가방에 넣어 주겠다고 남자 대 남자로 약속해 주게."

― 치익, 알았어요! 알았으니까 내려오라고요, 이 망할 노인네야! 치이익.

짐은 불호령이라도 내지르듯 요란하게 소리를 지르고는 무전기를 바닥에 내동댕이쳤다.

폴은 한숨을 내쉬며 어제 내렸던 자리에 다시 헬리콥터를 착륙시켰다. 부근에 거기 말고는 딱히 마땅한 공간이 없다.

"후우~ 자요! 만족합니까?"

헬리콥터에 탑승하자마자 짐은 자신의 것과 팀원들의 무기를 모두 한데 모아 가방에 담았다. 그러고는 폴에게 건넸다. 폴은 두 팔을 으쓱해 보였다.

"내가 한 게 아니라는데도 그러나. 이제 돌아가지. 그 애들이 사과를 한다고 했으니까. 잘 있었니, 샘?"

폴은 앞장서서 헬리콥터에 오르는 핏불 테리어에게 인사를 건넸다. 짐은 뾰루퉁한 얼굴로 헬기 좌석에 기대 군화를 신경질적으로 탁탁, 바닥에 부딪쳤다. 다른 팀원들도 마찬가지다. 다들 폭발하기 직전의 표정으로 증오심을 불태우는 중이다.

한 시간이 넘는 긴 비행시간 동안 폴은 속이 좋지 않아 몇 번이나 트림을 하며 한숨을 내쉬었다.

알렉스가 아무리 대장 노릇을 하고 있다고는 하지만, 무력의 지휘권은 어디까지나 짐에게 있다. 그러니 그의 비위를 건드리고 나면, 널 키드 일행의 앞날도 순탄치만은 않을 것 같다는 생각이 든다.

"나중에 젠킨스가 죽었다고 하는 지점으로 가서 시신도 수습해 와야 하는데…… 근처에 헬리콥터가 추락해 있다고 했어……."

초조해진 폴은 물어보지도 않은 이야기를 중얼거리며 분위기를 반전시켜 보려 애를 썼다. 물론 소용이 전혀 없다.

"여기는 왜 들르는 겁니까, 폴? 빅 아일랜드에서 그 녀석들이 기다리고 있다면서요?"

리그에 도착한 헬리콥터가 헬리포트에 내려앉자 짐은 이해할 수 없다는 표정을 지었다. 문을 열고 나서려던 폴은 두 손을 벌리며 대답했다.

"시키니까 하는 거야. 개인적인 감정은 없네. 그리고…… 에, 여기에서 내가 해야 할 말은……."

레스큐 팀의 무기가 담긴 가방을 기다리고 있던 피트에게 넘기고 나서 폴은 메모지를 꺼내 주섬주섬 살폈다.

"찾았다. 이거군……. 에, 지금 기분이 영 상해 있으면 여기에서 내려도 된다고 하는군. 화가 좀 풀리고 다시 연락을 하자고. 어떤가?"

"갑시다. 빨리 타요!"

"확실한 거지?"

폴은 거듭 확인을 하고 헬기에 올랐다. 이로써 그가 맡은 공식적인 협상 임무는 끝이 났다. 피트는 무기를 맡았다는 보고를 할 것이다.

"자네는 화가 나겠지만, 내 임무는 다했어. 기분이 나쁘지는 않군."

폴은 혼잣말을 중얼거리며 다시 헬기를 띄웠다. 물론 짐과 그 팀원들의 기분은 더욱더 상해서 이제는 씩씩거리는 숨소리가 헬리콥터 내부를 가득 채웠다. 샘도 덩달아 으르렁거리고 있다.

"좋게 해결했으면 해. 내가 보니까 착한 애들 같았어. 그리고 말이지, 짐. 다시 말하지만, 널 키드라고. 현 상황에서는 죽은 젠킨스 이상의 고위 레벨이야."

빅 아일랜드에 도착한 폴은 꼬리날개가 건물 쪽으로 향하도록 헬리콥터를 착륙시켰다. 이 역시 출발하기 전에 유빈이 제니를 통해 내려놓은 지침대로다.

총기를 다 회수 못 한 걸 뒤늦게라도 알았다면 헬리콥터는 지금과 반대의 방향으로 건물을 마주 보며 착륙했을 것이다.

"저놈들인가……."

짐은 연구소의 정문 앞으로 마중을 나온 일군의 젊은이들을 노려보며 이를 갈았다. 검은 민머리의 관자놀이에 핏줄이 잔뜩 불거져 나온다.

"저 새끼가 대장이군. 딱 알겠어."

사모아 출신의 에디가 짙은 눈썹을 찡그리며 중얼거렸다. 곱슬머리 마르코도 너클 파트의 관절을 뚝뚝, 소리 나게 꺾으며 달려들 태세를 갖췄다.

둘 다 키가 6피트 4인치 이상 되는 근육질의 거구로, 총이 없어도 사람 두엇쯤은 순식간에 목을 꺾어 죽일 수 있다.

그들이 공통적으로 노려보는 것은 뾰족 머리의 커다란 덩치였다. 그 옆에 또 한 놈이 서 있었지만, 그저 평범한 동양인이다. 게다가 손도 하나 없다. 우측의 레깅스를 입은 쇼트커트 소녀가 대장일 가능성은 더더욱 없다.

저런 별 볼 일 없는 애송이들에게 농락을 당했다고 생각하니 피가 거꾸로 솟는 것 같다. 저놈들 역시 약속한 대로 총기로 무장하지 않은 채 나왔다는 것도 화가 난다.

사람을 우습게 보다니…….

"어이, 기다려. 내가 말하는 게 먼저야."

막 헬리콥터 문을 열고 나가려는 두 사람을 짐이 만류했다.

"갈비뼈 두어 대 부러져도 대화는 가능합니다!"

에디가 벼락같이 뛰어나가며 외쳤다.

"제 말이 그 말입니다!"

마르코도 곧바로 그 뒤를 따랐다.

"죽이겠군……."

뒤쪽에서 샘의 목줄을 잡고 있던 크리스가 덥수룩한 수염을 긁적이며 중얼거렸다. 짐은 두 부하를 쫓아 다급히 뛰어내렸다.


"어, 어라? 저 새끼들, 한 대 칠 기센데?"

달려오는 에디와 마르코를 보며 보안관이 말했다. 그러고는 그 말을 하는 것과 동시에 자세를 옆으로 틀며 받아칠 준비를 이미 마쳤다.

"보안관, 맞아 달라고는 안 할게. 대신에 너무 세게 때리지는 마. 특히 얼굴은……."

유빈이 다급하게 주워섬기는 동안에 에디는 이미 보안관을 향해 몸을 날렸다. 무릎을 노린 번개 같은 태클이었다. 테이크 다운을 시켜 놓고 위에서 사정없이 주먹을…….

콰작—!

보안관의 니 킥이 에디의 커다란 코를 직격했다. 에디는 앞으로 고꾸라지면서도 용케 중심을 잡고 보안관의 오금을 잡는 데 성공했다.

보안관의 몸이 뒤로 넘어간다. 하지만 그는 이미 오른팔 상완이두근과 전완근 사이에 에디의 목을 끼워 넣었다.

쿵―.

보안관의 등이 잔디밭에 떨어졌지만, 고통스러운 것은 오히려 에디 쪽이다. 동맥이 단단한 근육에 조여진 에디의 얼굴은 금세 빨갛게 달아올랐다.

목을 빼 보려고 해도 이미 보안관의 두 다리가 그의 허리를 단단히 조이고 있어서 움쭉달싹하기가 어렵다. 보안관의 근육이 수축할 때마다 이미 출혈이 있던 에디의 코에서는 피가 쫙쫙 흘러나왔다.

빠악―.

보안관의 허벅지를 향해 마르코의 싸커 킥이 날아가 꽂힌다.

"이런 개새끼들이, 치사하게!"

인상을 찌푸리며 에디를 옆으로 집어 던진 보안관은 두 팔을 교차해 얼굴을 가드한 채 벌떡 일어났다.

빠악― 빠악―.

보안관의 가드 위로 마르코의 펀치가 마구 쏟아진다. 덩치가 큰 녀석들이라 맞으면 꽤나 아프다.

"씨발, 이러는데도 얼굴을 때리지 말라고?"

보안관은 원망스럽다는 듯 중얼거리면서 몸을 좌우로 틀어 마르코의 펀치를 피했다. 그러고는 벼락같은 로우 킥을 날렸다.

마르코의 몸이 주춤한다. 순간, 비어 있는 마르코의 안면에 한 방 제대로 먹이려던 보안관이 주먹을 꾹 쥐며 참는다.

사샷―.

마르코도, 에디도 빠르게 거리를 두고 물러났다. 에디의 얼굴은 이미 피범벅이다.

"내가 할게. 빚이 있으니까."

에디가 코피를 훔치며 말했다. 동양인이라고 우습게 봤던 게 잘못이다. 정식으로 제대로 싸워야겠다.

마르코도 두말없이 물러나 준다. 에디는 상대를 존중한다는 의미에서 오른 주먹을 내밀고 맞부딪치라는 시늉을 했다.

"하긴 뭘 해? 내가 이야기하는 게 먼저라니까!"

뒤쫓아온 짐이 에디와 마르코를 한데 밀어내며 앞으로 나선다. 세 명의 대화를 전혀 알아듣지 못한 보안관은 짐을 향해 고개를 끄덕였다.

"이번에는 너냐? 그래, 와 봐."

"이게 전부야?"

짐이 물었다. 보안관에게는 여전히 먼 나라의 외국말일 뿐이다.

"오라고!"

그때, 짐의 뒤쪽에서 크리스에게 이끌려 따라오던 샘이 사납게 짖어 대기 시작했다.

크르르릉— 웡! 웡!

샘은 가슴의 목줄이 당겨져 거의 일어서다시피 하면서 잔디 운동장 반대편에 세워진 헬리콥터를 향해 짖었다. 크리스가 짐에게 말했다.

"매복이 또 있나 봅니다. 쥐 같은 놈들인데요?"

짐은 고개를 절레절레 저으며 두 팔을 쫙 벌렸다.

"무기를 버리고 오라고 해서 그렇게 했잖아? 그런데 또 뭘 원하는 거야? 너희는 숨어서 뒤를 치는 것밖에 못 하나?"

"아니, 그런 건 아니었어요. 그냥 신중했다고 하죠. 지금 당장도 당신들 팀원이 먼저 싸움을 걸었잖아요."

진우가 일어서서 모습을 드러냈는데, 정작 크게 들려온 목소리는 옆에 삼숙이의 목을 꽉 잡은 채 쪼그려 앉아 있는 제니의 것이다.

이제는 복화술까지…….

짐은 어처구니가 없어서 한숨을 내쉬었다.

"후우우~ 장난 실컷 쳤으면 나도 하고 싶은 말을 하자."

"사과 먼저 받아 주시면 안 될까요? 거기에 버려두고 온 건 정말 미안합니다. 우리는 그만큼 다급했어요."

제니가 진우의 말을 받아 크게 외쳤다. 진우는 허리를 꾸벅 숙였다. 하지만 짐은 고개를 저었다.

"아니, 거기 헬리콥터 뒤에 숨은 아가씨. 저 친구에게 전해 줘. 그가 정말로 사과해야 할 건 우리를 멋지게 따돌린 것도 아니고, 거기에 버려두고 온 것도 아니라고! 그건 젠킨스 때문에 마음이 현혹된 우리의 실수이기도 했으니까 달게 받아들일 수 있지. 하지만 그가 폴에게 시켜서 한 말을 사과해야 해! 우리를 쏠 수 있었는데, 쏘지 않은 걸 알아달라고? 전직 델타 팀 네 명이 안전 장구를 갖추고 빠르게 뛰어가고 있었는데, 그걸 쏠 수 있었다고?"

진우가 제니 쪽으로 고개를 돌린다. 한동안 통역된 말을 듣고 있던 진우가 고개를 갸웃거리면서 뭐라고 대꾸한다. 제니가 머뭇거리면서 다시 소리친다.

"하지만 사실인걸요!"

"왓!"

짐은 외마디 소리를 지르며 펄쩍 뛰더니, 숨을 몰아쉬며 화를 눌러 참았다.

"후우우~! 후우우~! 좋아! 증명해 봐!"

응? 뭐래?

진우는 또 제니 쪽으로 고개를 돌린다. 제니가 설명을 해 주려고 하는 순간, 그때까지 꽉 눌려 있던 삼숙이가 재빨리 탈출해서 뛰어나간다.

"앗! 안 돼!"

진우가 잡아 보려 해도 소용이 없었다. 삼숙이는 바람처럼 달리며 사납게 짖어 댔다.

얼―! 얼―!

물론 크리스에게 붙잡혀 있던 샘도 가만히 있지 않았다. 샘이 힘차게 뛰어 나가는 바람에 크리스는 줄을 놓쳐 버렸다.

으르르르― 얼! 얼! 웡! 크르르르―!

두 맹견은 보안관과 짐의 바로 옆에서 한데 뒤엉켜 무시무시한 소리를 냈다. 덩치는 당연히 삼숙이가 더 크지만, 샘은 무시무시한 전투력의 핏불. 이건 그야말로 야수급 대결이다.

 삼숙이가 샘의 목덜미를 덮치면, 샘은 재빨리 몸을 빼서 다시 삼숙이를 물려고 들었다. 몇 차례 엎치락뒤치락하던 두 마리의 대결에서 먼저 꼬리를 보인 것은 삼숙이였다. 삼숙이는 두어 걸음 물러나서 샘을 흘끗 뒤돌아본다.

 그렇게 끝이 나는가 싶었는데, 샘이 쫓아오지 않자 삼숙이는 재차 달려들었다. 그러고는 또 사납게 크르릉거린다.

 같은 패턴을 반복하기를 두어 차례. 마침내 샘의 인내심도 한계에 달했다. 삼숙이가 다시 꽁무니를 보이며 떨어지자 샘은 이를 드러내며 녀석을 쫓기 시작했다.

 얼— 얼—.

 삼숙이가 딱 따라잡히기 직전의 스피드로 도망가면서 계속 뒤를 돌아본다. 약이 오른 샘은 앞뒤 재지 않고 쫓아 달렸다. 두 마리의 맹견이 숲속으로 사라지기까지는 그리 오랜 시간이 걸리지 않았다.

 "샘!"

 크리스가 불러도 소용이 없다.

 "저게…… 뭐야? 저 새끼, 먼저 달려들었다가 등신처럼 도망을 치고 있어. 모양 빠지게."

 그때까지 멍하니 개싸움을 구경하고 있던 보안관이 한심하다는 듯 중얼거린다. 하지만 진우는 진실을 알고 있다. 삼숙이, 저 개새끼는 애초부터 싸우려는 게 아니라 끼를 부리고 있는 거다. 이름이 샘이어도 분명 암컷이었을 테지.

 "개는 걱정하지 마세요. 좀 있으면 돌아올 겁니다."

 진우가 제니에게 부탁해서 말했다. 이래저래 기분이 좋지 않은 짐이 내뱉듯 말했다.

 "증명해 보라고 했었다. 그걸 못 하면 네 개보다 네가 더 사납게 물어뜯길 거야."

 진우는 고개를 끄덕이면서도 어이가 없었다.

 뭐래…… 누가 물어뜯긴다는 거야? 그놈은 인간으로 치면 삼식이급이라고…….

"어떻게 증명할까요?"

제니가 외쳤다. 짐은 코웃음을 치며 크리스에게 손짓을 했다. 크리스가 수염을 긁적이며 말했다.

"아무리 우리가 방심하고 있었어도 헬리콥터가 착륙하기 전에 너희의 모습을 전혀 보지 못했다는 건 너희가 적어도 300야드 이상 떨어진 거리에 숨어 있었다는 의미겠지? 최소한으로 정해서 300야드라고 하자. 자, 여기에서 문제! 너희 팀의 샤프 슈터가 몇 명이야?"

"저격수가 몇 명이냐는데요?"

제니가 통역을 해 줬다. 진우는 나름 머리를 굴려서 대답했다.

"여러 명인데 당시에 조준하고 있던 건 나 혼자였다고 해."

제니가 그 말을 옮기자 크리스는 아찔하다는 표정을 지으며 한숨을 내쉬었다.

"혼자라고? 그럼 너는 거기에서 빠르게 뛰어나가는 우리 넷을 모두 쏠 수 있었다고 주장하는 거잖아. 우리가 반격할 틈도 없이. 그러면 얼마나 빠른 걸까? 첫 발의 총성이 울리면 우리는 모두 조건반사적으로 엎드렸을 거야. 그러면 타깃은 더 작아지지. 그런데 너는 우리가 너를 찾아내서 반격하기 전에 끝날 수 있었다고 주장하는 거야. 그러면 3초? 최대치로 그만큼을 줄게."

"저기…… 지금 이야기가 너무 복잡한데, 조건만 말해 줘요! 통역하면서 헷갈린다고요. 저는 컴퓨터가 아니에요!"

숫자와 상황들을 열심히 옮기고 있던 제니가 결국 포기하고 소리쳤다. 크리스는 빙글거리며 대꾸했다.

"하하, 좋아. 300야드 떨어진 곳의 직경 10인치 크기의 목표 네 개. 3초 내에 모두 명중시켜. 그러면 네 말을 증명한 걸로 인정하지. 그것만 해도 많이 봐준 거야. 우리는 당시에 빠른 속도로 이동하는 중이었으니까."

제니가 그의 말을 전하자 진우는 미간을 찌푸렸다.

"300야드가 얼마만큼 떨어져 있는 거야? 10인치는 또 얼마나 큰 거고? 저놈들은 왜 미터를 안 쓰고 이상한 단위를 사용해서…….”

"아…… 저 사람들은 또 미터법이 이상하다고 생각해요. 가늠도 잘 안 될 거고. 300야드면…… 어디 보자, 한 280미터 정도? 아닌가? 270미터?"

제니가 어깨를 으쓱하며 알려 준다.

"그럼 10인치는?"

"그건 민감하죠. 2.54센티가 1인치."

제니가 자신의 허리를 양손으로 잡으며 대답해 준다. 진우는 미소를 지었다.

"그래, 그러면 넉넉하게 300미터에 25센티로 정하면 말은 안 나오겠다. 그런데…… 이 섬에 그렇게 딱 적당한 표적이 있으려나?"

진우는 눈을 가늘게 뜨고 섬의 반대쪽 끝을 바라보았다. 길쭉한 형태의 섬이어서 거리는 얼추 나올 것 같기도 하다. 진우가 표적을 고르고 있는 걸 본 크리스도 그의 곁으로 가서 망원경을 들고 같은 방향을 살핀다.

잠시 후, 크리스가 앞쪽을 가리키며 뭐라고 떠든다. 진우는 제니를 돌아보았다.

"저기 선착장 있는 데 배를 묶는 말뚝이 보이냐고 해요. 나무 말뚝 여섯 개. 그 중에 아무거나 네 개를 맞히면 된대요."

"응, 있네."

매의 눈 삼식이가 뒤쪽에서 고개를 끄덕인다. 물론 진우의 육안으로는 가물가물하다. 일렁거리는 파도가 아침 햇살을 잔뜩 반사하고 있기 때문이다.

"나 총 집는다고 이야기해 줘. 여기부터 일직선으로는 물러나라고."

진우가 말했다. 용병들이 뒤로 물러서며 대꾸하는 걸 듣고 있던 제니가 금방 통역을 해 준다.

"양각대를 써도 좋대요. 공정하게 그때를 재현해야 하니까."

"그런 건 있지도 않아."

진우는 바닥에서 자신의 K-2를 집어 들며 말했다. 사거리가 짧은 카빈 소총에 저격수용 조준경이 달려 있는 그의 기묘한 무기를 보며 용병들은 고개를 갸웃거렸다.

"총을 보아하니 과제를 너무 어렵게 낸 것 같대요."

크리스가 혼잣말을 중얼거리자마자 제니가 곧바로 통역해서 이른다. 진우는 반응하지 않았다. 녀석이 얼마나 대단한 총을 쓰는지는 몰라도, 그 자신은 이 K-2면 충분했다.

"한 2초 더 주자고 하고 있어요."

짐이 중얼거리는 말도 제니는 고자질을 했다. 진우는 그래도 무덤덤하게 총구를 들어 올리고 조준경에 눈을 가져다 댔다. 잠시 목표를 살피던 진우가 입을 열었다.

"저기, 너무 가깝다고 말해 줘. 아무리 넉넉하게 잡아도 250미터밖에 안 돼."

"그게 무슨 상관이에요. 그냥 맞혀 달라는 거 맞혀 버려요. 오빠가 찍은 것도 아니고, 자기들이 요구한 건데."

제니가 답답하다는 듯 속삭였다. 진우는 이마를 긁적이며 말했다.

"이렇게 우습게 보고 놀리는데, 나중에 봐줬다는 소리 듣기 싫어. 내가 건물 옥상으로 올라가서 쏘면 대각선으로 거리가 늘어나니까 거리는 대충 맞을 거야. 근데 저 말뚝도 25센티는 훨씬 넘어. 이래저래 별로야. 그렇게 말해 줘."

어휴우~.

제니는 한숨을 몰아쉬고 나서 크리스에게 진우가 한 말들을 옮겼다. 크리스가 뭐라고 중얼거리자 제니가 또 곧바로 이른다.

"말이 길어진대요."

표정의 변화 없이 조준경에 눈을 바짝 붙이고 있던 진우가 총구를 아래로 내리며 입을 열었다.

"그래, 그럼 움직이기도 귀찮으니까 여기에서 쏠게. 근데 나를 봐줬으니까 나도 공평하게 네 개가 아니라 여섯 개 다 맞히겠다고 해 줘. 똑같은 시간 내에."

제니가 고개를 끄덕이며 진우의 제안을 영어로 옮겼다. 크리스와 짐은 진우가 허세를 부린다고 생각하며 쓴웃음을 지었다.

"쏜다."

여전히 총구를 아래로 내린 채 진우가 말했다. 제니가 그 말을 영어로 옮기고 크리스가 시계를 들어 스톱워치 버튼에 손가락을 댄 순간.

탕탕탕탕탕탕—.

진우는 빠르게 총구를 들어 올린 뒤, 순식간에 여섯 발을 당겼다. 초를 재기도 전에 사격을 마친 진우는 민망하다는 듯 코끝을 손으로 훑으며 말했다.

"확인해 보라고 해 줘."

이번 말은 제니가 굳이 통역할 필요도 없었다. 크리스는 망원경을 들어 선착장의 말뚝들을 살폈다.

"짐, 이것 좀 보래요."

크리스가 놀란 표정으로 중얼거린 말을 제니가 옮긴다. 망원경을 넘겨받은 짐은 표적을 확인했다. 양쪽으로 줄지어 늘어선 여섯 개의 말뚝. 모두 가장 끝부분에만 총알이 파인 자국이 있다.

"하하하하!"

망원경을 내린 짐은 갑자기 미친 사람처럼 웃어 댔다. 그러다가 갑자기 진우의 가슴팍을 후려치며 외쳤다.

"머더 퍼커!"

"오빠보고 씨발 놈이래요!"

제니도 신이 나서 쓸데없는 말까지 통역을 해 준다.

"나도 그 정도는 알아……. 아우, 아파."

솥뚜껑 같은 손으로 가슴을 강타당한 진우는 맞은 부위를 문지르며 이마를 찌푸렸다. 하지만 흥분한 짐은 그를 놔줄 생각이 없었다. 크리스도 마찬가지다.

"어떻게 하는 거냐고 물어요. 그거 트릭 샷이라고."

제니가 계속 통역을 해 준다. 진우는 약간 잘난 척을 하며 대답했다.

"그냥 총이 몸에 익으면 그 정도는 다 한다고 해 줘."

"어우! 컴 온! 유 애스홀! 하하하하!"

제니가 옮겨 준 말을 들은 짐은 또 껄껄 웃어 대며 욕설을 퍼붓는다. 두 용병은 십년지기라도 되는 양 진우에게 바짝 달라붙어 총에 대해 수다를 떨기 시작했다.

M110은 써 보았느냐, 방아쇠 무게는 얼마로 조정한 거냐, 지금 풍속을 얼마로 계산했느냐, 왜 이 총을 선택한 거냐…….

진우로서는 잘 들어 보지도 못한 질문들과 조언이 잔뜩 쏟아져 들어온다.

"근데, 네 개 미안해서 어쩌지? 샘에게 쫓겨서 지금쯤은 크게 다쳤을지도 모르는데……."

속사정도 모르는 크리스가 진심으로 미안하다는 표정을 짓는다. 진우는 고개를 저었다.

"아니, 그건 걱정하지 않아도…… 근데 왜 암컷 이름을 샘이라고 지었어요?"

"〈나는 전설이다〉에서 윌 스미스가 기르던 그 셰퍼드의 이름을 딴 거야. 영화 속에서 그 녀석도 암컷이었지."

크리스가 열심히 설명을 해 줬지만, 그런 옛날 영화, 케이블 TV 없이 살았던 진우로서는 모르는 이야기다. 그저 '아, 네.' 그러면서 맞장구만 쳐 줬다.

"아이 씨, 이거 괜히 열받네. 나는 몇 대 두들겨 맞기도 했는데, 폼 나고 좋은 건 저 새끼가 다 하고."

총 이야기로 미친놈들의 통역을 해 주느라 제니까지 빼앗긴 보안관이 짜증스럽다는 듯 중얼거리며 마르코에게 맞았던 팔을 주무른다. 태권 소녀가 녀석의 등짝을 때렸다.

"맞았다고? 저 사람 얼굴을 봐라, 그런 말이 나오나."

그녀가 가리킨 것은 에디였다. 부러진 코가 통통 부어오른 에디가 얼굴의 피를 닦으며 보안관에게 다가오고 있다.

"아…… 쏘리."

보안관이 진땀을 흘리며 말했다. 싸울 때는 흥분해서 그냥 내질러 버렸는데, 저렇게 한쪽에서 사이좋게 웃고 있으니 이게 참…… 민망하다.

"노노노, 굿 파이트. 나이스 기요틴 초크."

에디는 옷에 문질러 손의 피를 닦아 내고 보안관에게 내밀었다. 보안관은 그의 손을 맞잡고 고개를 끄덕였다. 마르코도 끼어들어서 미안하다는 몸짓을 하며 악수를 청한다. 상대가 갑자기 너무 신사적으로 나오는 것 때문에 더 당혹스러운 건 보안관이었다.

"아, 저기…… 다음에 같이 운동해요!"

보안관이 쑥스럽게 인사를 하자 에디와 마르코는 엄지를 치켜올리는 것으로 긍정의 뜻을 표시했다.

"놀랍구나……."

삼식이와 함께 뒤에 숨어 있던 알렉스가 슬그머니 고개를 내밀고 중얼거렸다. 결코 쉽게 해결되지 않을 것 같은 갈등이 분명히 존재했는데, 이 친구들은 그걸 그냥 정면 돌파 해 버렸다.

언어도 전혀 통하지 않으면서 선원과 선장들에게 섞여 들어간 민구도, 저 까다롭고 자존심 강한 짐의 울분을 단번에 날려 버린 진우도, 그리고 두 명의 델타 팀을 힘으로 꺾은 보안관도…….

"너희들은 모두 최고구나. 경이로워. 어떻게 여기까지 왔는지 이제 하나도 이상하지 않아."

알렉스가 유빈의 어깨를 두드리며 말했다. 유빈은 테라를 돌아보며 물었다.

"오빠들이 최고래요. 놀랍대요."

테라가 일러 준다. 오늘 용병들과의 만남에서 아무런 역할을 하지 못한 유빈은 씁쓸하게 웃었다.

"그래, 저 녀석들은 정말 최고지. 근데 나는…… 솔직히 나는 최고라고 할 수는 없어. 아니…… 테라야, 오해하지 마. 내가 다쳐서 그런 말을 하는 건 아니야. 그냥 원래부터 나는 별다른 재주가 없었거든."

유빈은 자기가 테라의 기분까지 우울하게 만들었을까 봐 황급하게 변명을 보탰다. 알렉스는 그의 표정을 흥미롭게 살피며 뭐라고 했는지, 테라에게 물었다.

고개를 끄덕이며 테라의 말을 다 듣고 난 알렉스가 말했다.

"무슨 소리 하냐고 전해 줘. 나랑 협상을 해서 아무것도 내놓지 않고 이 섬이랑 헬리콥터 두 개를 다 가져간 사람이 누군데……."

## 04

삐빗— 삐빗—.

알람이 울린다. 제니는 잘 떠지지 않는 눈을 비비며 팔을 뻗어 침대 머리맡에 있는 탁상시계의 버튼을 눌렀다.

9월 11일, 오전 6시.

"으으음~!"

다시 고요를 되찾은 제니는 침대에 누운 채 쭈욱 기지개를 켰다. 방 안은 쾌적하고 평화롭다. 그리고 바로 곁에서는 사랑하는 친구의 숨소리가 들려온다. 테라의 숨소리가…….

방은 여유가 있지만, 그녀들은 한방을 쓴다. 침대를 나란히 두고 옆에 누워, 그동안 하지 못했던 이야기들을 조잘대다가 잠에 빠져드는 것이 너무도 행복하다.

특히 좀비가 되어 버린 작은 회장의 소식을 테라에게 전할 수 있어서 제니는 기뻤다.

"으음…… 벌써 6시?"

옆 침대에서 자고 있던 테라가 눈을 깜빡이다 졸음이 가득 묻은 목소리로 묻는다. 제니는 침대 가장자리에 걸터앉아 테라의 길고 까만 생머리를 부드럽게 쓸어 줬다.

"응, 졸리면 더 자. 너, 오늘 점심때부터는 좀 바쁠 거잖아."

오늘 테라는 이곳으로 온 지 3주 하고도 이틀 만에 처음으로 혈액 채취를 하기로 되어 있다. 그만큼 안정을 찾았고, 조금이기는 하지만 체중도 회복했다.

알렉스는 한 주 정도 더 쉬고 나서 진행해도 상관없다는 입장이었지만, 테라의 의지가 강했다.

제니의 허락을 받은 테라는 미소 짓듯 입술 끝을 올리며 다시 눈을 감는다. 제니는 그녀의 하얀 이마에 입을 맞춰 주고 벽장 쪽으로 걸어가 문을 열었다.

어제까지만 해도 거의 텅 비어 있다시피 했던 벽장 안에는 어제 보안관과 민구가 헬리콥터를 타고 나가 가져다준 옷가지들이 잔뜩 걸려 있다.

"우와……."

그 소박한 사치스러움에 제니의 입에서 또 헤벌쭉 미소가 흘러나왔다. 입고 왔던 단벌옷을 빨면 그게 마르는 동안에는 헐렁한 면 티와 트렁크만 입고 버텨야 했는데…… 이제는 여러 벌의 옷 중에서 골라 입을 수가 있게 되었다.

"이걸로 정했어?"

긴 옷걸이 한쪽에 따로 빼 둔 새 검은색 미니 원피스와 새 구두를 보며, 제니가 테라에게 물었다. 테라는 여전히 눈을 꼭 감은 채 대답한다.

"응. 그게 제일 마음에 들어."

"그런가? 흰 원피스도 괜찮아 보였는데……."

"흰색은 혹시 피가 묻을까 봐."

테라가 대답했다. 납득한 제니는 고개를 끄덕이며 새 트레이닝 바지를 입었다. 그녀들이 이렇게 갑작스레 옷 부자가 될 수 있었던 건, 민구의 고집 때문이다.

혈액 채취와 몇 가지 간단한 검진을 위해 테티스에서 헬리콥터로 의료진이 공수될 때, 민구는 선장과 두 명의 선원을 함께 데려오고 싶어 했다.

그들에게 테라를 보여 주면 장기적으로 선원 그룹들을 심리적으로 안정시키고 연구진과의 거리를 줄이는 데 큰 도움이 될 것이라는 게 그의 주장이었다.

그리고 그 첫 상견례의 자리에 테라가 아주 그럴듯한 옷을 입고 나와 줄 것을, 민구는 강력하게 요구했다.

아무리 아름다운 아가씨라고 해도 허름한 옷을 입고 있으면 우습게 보일 수 있다는 논리였다. 막강 전투력이 한꺼번에 둘이나 자리를 비운다는 것을 별로 탐탁지 않아 하던 유빈과 진우도, 결국 어느 정도 납득을 하며 그 주장을 받아들였다.

그래서 어제 민구와 보안관은 폴의 도움을 받아 강남의 백화점까지 날아가서는 돈 한 푼 내지 않는 의류 쇼핑을 몇 박스나 해 왔다.

정장, 트레이닝복, 일상복에 속옷, 그리고 철이 조금은 지난 수영복까지…… 소녀들의 마음을 행복하게 만들어 주기에 충분한 양이었다.

"다녀올게."

운동복으로 갈아입고 준비를 마친 제니가 문을 나서기 전, 한 번 더 인사를 했다. 테라는 가볍게 손을 흔들어 주며 말했다.

"나도 내일부터는 같이 뛸래. 이제는 운동화 생겼으니까."

"보나 마나 알렉스가 안 된다고 할걸? '우리에게는 아무렇지도 않은 조그만 벌레나 풀독도 널 키드인 테라에게는 위험할 수도 있다고!' 하면서 러닝머신에서 뛰라고 하겠지."

제니가 알렉스의 말투를 흉내 내자, 테라가 가볍게 킥킥거린다. 제니는 조용히 문을 닫고 복도로 나왔다.

"어, 좋은 아침!"

이미 복도에서 스트레칭을 하며 기다리고 있던 태권 소녀가 인사를 건넸다. 제니도 환하게 마주 웃어 줬다.

"네, 언니. 좋은 아침이에요. 우와, 그 레깅스 잘 어울리네요. 확실히 새거라서 좋아 보여요."

검은색 스포츠 탱크톱에 고기능 레깅스 차림의 태권 소녀는 그야말로 매끈하고 늘씬하다. 스포츠 브랜드의 카탈로그에서 막 뛰쳐나왔다고 해도 믿길 것 같다.

"아아, 레깅스……."

자신의 모습을 가만히 내려다보던 태권 소녀는 짜증스럽다는 듯 중얼거렸다.

"젠장, 보안관, 그 밥통 같은 놈. 일껏 백화점까지 가 가지고 내 옷은 트레이닝복만 한 박스를 꽉 채워서 가져왔어. 나도 짧은 치마 입을 수 있는데……."

풋, 웃음이 픽 터졌지만, 제니는 얼른 그녀의 마음을 달래 줬다.

"그만큼 언니가 레깅스 입은 걸 좋아하는 거 아닐까요? 제 옷 중에 혹시 마음에 드는 거 있으면 같이 입어요."

두 사람이 이야기를 나누며 계단 쪽으로 걸어가고 있을 때, 아래층에서 기다리고 있던 삼숙이가 반갑게 짖어 댄다.

얼—.

그리고 녀석의 바로 옆에는 샘이 찰싹 달라붙어 있다. 처음에는 꽤나 무섭기만 하던 얼굴이었지만, 3주 동안이나 보다 보니 이젠 귀여운 구석들이 눈에 띄기 시작한다. 그리고 워낙에 애교가 많은 개였다.

헥헥.

삼숙이가 계단 위쪽으로 마중을 올라오자, 녀석의 그림자처럼 샘도 계단을 뛰어오른다. 천생연분이랄까, 두 마리의 맹견은 잠시도 떨어지지 않았다.

사실 삼숙이는 가끔 혼자만의 자유를 원하는 것처럼도 보이지만, 이곳은 섬이다. 그것도 아주 좁은. 여자 친구로부터 도망칠 수 있는 장소 따위는 없다.

"개장수 아저씨, 안녕!"

정문 앞에 서서 기다리는 진우를 보며 태권 소녀와 제니가 인사를 건넨다. 진우는 가볍게 손을 흔들었다. 지겨울 정도로 오랫동안 입었던 등산복을 벗고 새 옷으로 갈아입고 있지만, 그의 가슴팍엔 여전히 K-2가 걸려 있다.

삼숙이가 진우의 오른쪽 다리 옆에 달라붙자, 샘이 반대쪽 다리를 차지한다.

"그러게…… 엉뚱한 쪽에서만 인기 폭발이네."

진우가 개들의 머리를 쓰다듬으며 힘없이 미소를 지었다. 원래 샘을 돌보던 크리스가 아무 걱정 없이 믿고 섬에 남겨 둘 만큼, 샘은 진우를 잘 따랐다.

"보안관 오빠는요?"

늘 같이 조깅을 하던 보안관이 보이지 않자 제니가 물었다. 진우가 식당 쪽을 가리킨다.

"걔는 오늘 아침 식사 당번."

"오늘은 어쩌냐, 네 애인 못 봐서?"

운동장 잔디를 천천히 달리기 시작해서 선착장을 향해 나 있는 오솔길로 접어들었을 때, 태권 소녀가 놀리며 물었다. 진우가 되묻는다.

"애인? 누구? 설마 크리스?"

태권 소녀가 고개를 끄덕이자 진우가 유쾌하게 웃었다. 하긴, 그런 말이 나와도 이상하지 않을 정도로 거의 매일 붙어서 시간을 보내기는 해 왔다. 하지만 오늘은 방문객이 너무 많아 크리스는 오지 못한다.

"그 사람이랑 총 쏘는 연습을 하는 게 그렇게 재미있어? 아니면 통역해 달라는 핑계로 제니랑 같이 있는 게 진짜 목적인가?"

태권 소녀가 물었다.

"아, 제니한테 미안하기는 한데, 정말 많이 배우거든. 그게 너무 재미있고 신기해서."

진우가 진지한 얼굴로 대답하자, 태권 소녀가 의외라는 표정을 짓는다.

"진짜? 네가 총 쏘는 걸로 배울 게 있다고? 말이 돼? 너 완전 기계잖아. 그 사람이 너보다 잘 쏠 것 같지는 않은데?"

"그게…… 종목이 좀 다르달까…… 그 사람은 1킬로 이상 멀리 떨어진 목표를 정확하게 쏘는 법에 대해서 진짜 많이 알아. 내가 안 써 본 총들에 대해서도 알려 주고, 그…… 총알 무게랑 총 종류 연계해서 풍속이랑 방향 같은 거 감안하는 법도 그렇고. 하여간 재미있어. 물론 제니는 지겹겠지만."

진우가 미안한 표정을 짓는다. 하지만 제니는 얼른 괜찮다는 말을 덧붙였다. 탄도학이니 뭐니, 조준경의 선이 어떻다는 둥, 자신이 이야기를 옮기면서도 막상 잘 알아듣지 못하는 말투성이라 여러 번 대화가 왔다 갔다 할 때도 있지만, 제니의 통역을 들으며 진우는 정말 진지하게 배웠다.

오른쪽 팔뚝에 각종 낯선 단위들을 미터법으로 환산해 놓은 표까지 붙여 놓고 공부하듯 총을 쏘는 그의 모습을 보고 있으면, 지겹다는 말 같은 건 쉽게 나오기 어렵다.

여러 자루의 총을 죽 늘어놓은 채 먼바다에 떠 있는 부이를 맞힐 때마다 환하게 웃으며 하이파이브를 하고 있는 모습은 그렇게 해맑을 수가 없다.

그리고 크리스와의 연습이 끝나면, 진우는 통역에 대한 보답처럼 제니에게 사격을 지도해 준다. 이곳에서 쉬고 있는 동안에도 진우의 머릿속에서는 언제나 싸움을 위한 준비가 진행 중인 모양이다.

"그 걱정쟁이가 어제 두 명이나 내보내서 옷을 가져와도 좋다고 한 걸 보면, 이제 슬슬 여기가 안전하다고 판단하는 거겠지? 규영이랑 수정이 언니도 곧 데리러 갈 수 있을까?"

태권 소녀가 물었다. 이제 그들의 러닝 코스는 해변으로 이어지고 있다. 제니가 대답했다.

"그렇지 않아도 어제 유빈 오빠가 알렉스에게 말해 두기는 했었어요. 데리고 와야 할 일행이 있는데, 두 명일지 세 명일지 정확하게 모르겠다고. 그러니까 며칠 내로 출발할 생각 아닐까요?"

"알렉스는 뭐래?"

"세 명 정도야 상관없지만, 수가 점점 더 많아질까 봐 걱정하는 눈치였어요. 특히 혹시라도 다시 돌아가겠다고 할 사람이라면, 데려오지 말아 달라고 부탁했어요. 여기가 알려지면 골치 아파진다면서요."

"하긴…… 태양 같은 새끼들이 있으니 신경 쓰기도 해야겠지."

진우는 생각하는 것만으로도 이가 갈린다는 듯 미간을 찌푸린다. 오르막길을 만난 세 러너의 호흡이 조금씩 가빠질 무렵, 새로 만들어진 흙 봉분이 그들을 맞는다. 얼마 전, 용병들이 이곳으로 옮겨 와 묻은 젠킨스의 무덤이다.

— 이 일만 놓고 보자면 정말 돌이킬 수 없이 큰 죄를 지은 인간인 것은 맞다

만…….

젠킨스를 묻을 때, 그 모습을 가만히 지켜보고 있던 폴이 말했었다.

— ……어떤 사람들에게는 생명의 은인이기도 했던 사람이란다. 여러 난치병의 특효약을 개발했었거든. 이렇게 악마가 된 채로 묻히는 걸 보니 참 여러 가지 생각이 드는구나.

그런 이야기를 하며 폴은 믿기지 않는다는 듯 고개를 저었었다. 생전의 젠킨스에 대해 전혀 모르는 세 사람이지만, 그런 사연을 듣고 나니 무덤 앞을 지날 때마다 기분이 묘했다.

왜 한때 착하고 똑똑했던 사람이 악마가 되어 버린 걸까?
"속도 올릴까?"
해안과 오솔길을 따라 섬을 한 바퀴 돌았을 때, 진우가 물었다. 태권 소녀와 제니가 고개를 끄덕인다. 조금 더 페이스를 올려 두 바퀴째를 돌고 나서, 세 사람은 오솔길을 거슬러 연구소로 돌아왔다.
매일 아침, 달리기로 섬의 둘레를 두 바퀴 돈다. 좁은 섬이니 대단한 운동은 아니지만, 그래도 열심히 뛰고 나면 한결 개운하다.
시절이 하도 수상하니 언제라도 전투 모드로 돌입할 수 있도록 긴장을 유지해야 한다. 혹시라도 편안한 생활 속에서 몸이 나태해지지 않기 위해 최소한의 준비를 하고 있는 것이다.
"아직 덥네. 9월이고, 여기는 섬인데…….."
나뭇가지 사이로 울리는 새소리를 들으며 태권 소녀가 중얼거렸다. 이른 아침인데도 달리기로 섬을 두 바퀴 돌고 나면 옷을 적실 만큼 땀이 솟았다.
"철로 따라서 내려간 사람들 생각하면 정말 다행이기는 해. 그 사람들 아직 마땅히 숙소도 구하지 못했을 텐데, 날씨까지 추워지면 정말 고생스러울 거야."

진우가 연구소 정문을 열고 들어가며 말했다. 강 소위도 남쪽이라는 것 말고는 정확한 행선지를 모르던 긴 여정. 도착한 사람들이라고 해도 편안할 리가 없다.

"삼식이 오빠, 일어났어요?"

컨트롤 룸 앞에 서서 엉덩이를 긁적이고 있는 삼식이에게 제니가 인사를 건넸다. 그는 컨트롤 룸 문에 붙은 칠판을 유심히 바라보고 있었다.

"아, 제니야. 잘 왔어. 그렇잖아도 물어보고 싶은 게 있었는데……."

삼식이가 제니를 향해 반갑게 손짓을 한다.

"뭔데요?"

"응, 이 중에 여자 이름 같은 거 있어?"

삼식이가 칠판을 가리킨다. 거기엔 잠시 후 이곳 빅 아일랜드를 방문할 사람들의 명단과 방문 예정 시간, 방문 이유, 체류 예정지 등이 적혀 있다.

보통 알렉스가 리그와 무전을 마친 뒤에 직접 적어 놓는다. 평소에는 하루 방문할 수 있는 외부인의 수가 다섯 명 이하로 엄격하게 제한되어 있지만, 오늘은 예외적으로 여덟 명이나 되는 사람이 한꺼번에 찾아올 예정이다.

"음…… 아마 이 사람이랑 이 사람, 그리고 어쩌면 이 마지막 이름까지도 여자일 것 같아요."

다섯 명의 연구자 이름 중에 세 개를 제니가 찍고 있는 동안, 진우가 옆으로 다가와 물었다.

"여자 이름이면 뭐 어쩌겠다는 거야? 말도 안 통하는 놈이……."

"하하하, 말이야 서로 친하게 지내다 보면 차차 익히게 되겠지, 뭐. 오오, 세 명이나……. 마음에 드는 사람이 있으면 좋겠는데."

그렇게 말하며 해맑게 미소를 짓는 삼식이의 머릿속에는 언어라는 커다란 장벽을 어떻게 넘을까 하는 걱정 같은 건 조금도 없어 보인다.

제니는 조깅 멤버들과 헤어져서 방으로 돌아왔다. 아직도 아기처럼 이불 속에서 아침잠의 마지막 단맛을 즐기고 있던 테라가 실눈을 뜨며 맞는다.

"우와, 벌써 두 바퀴 다 뛰었어?"

"음, 먼저 씻을게."

테라에게 인사를 해 준 제니는 방에 붙어 있는 샤워실로 들어갔다.

쏴아아아—.

머리 위로 쏟아지는 미지근한 물줄기. 이곳으로 옮겨 와 누리는 여러 문명의 이기 중 제니에게는 이 샤워가 세 손가락 안에 드는 호사다. 향기로운 비누로 몸을 씻고 마음껏 물줄기를 받고 있노라면, 약간의 죄책감까지 들 만큼 행복하다.

"자아, 이제 일어나요. 잠꾸러기."

물기를 닦고 새 옷으로 갈아입은 제니는 테라를 간질이며 일으켰다.

"꿈같아······."

키득거리며 몸을 움츠리던 테라가 제니의 팔을 꼭 끌어안으며 중얼거렸다.

잠실 쉘터의 1루 측 벽에 제니를 위한 메모를 써 붙이며 간절히 바라던 것들보다 더 좋은 일들이 그녀들의 일상으로 채워지고 있다. 물론 불안한 바탕 위에서 억지로 균형을 잡아 가며 누리는 행복이지만······.

두 미소녀가 손을 잡고 방을 나섰을 때, 복도에는 은은하게 클래식 음악이 흐르고 있었다. 이렇게 부드러운 음악과 함께 생활하는 것이 미쳐 버리지 않는 데 크게 기여를 한다고 믿는 알렉스는, 아침부터 밤까지 꾸준히 클래식 음반들을 튼다. 민구의 말에 의하면, 리그 쪽에서도 계속 음악이 흘러나온다고 한다.

음악의 힘 덕분인지는 알 수 없지만, 좀비 울음소리에 시달리지 않아도 됐던 지난 3주 동안 제니는 그간 자신들이 얼마나 긴장하고 있었으며 심각한 스트레스에 괴롭힘을 받아 왔는지 비로소 깨달을 수 있었다. 요즘은 악몽을 꾸는 횟수도, 비명을 지르며 깨어나는 일도 확연히 줄었다.

"우와, 달걀 냄새! 고소해요!"

식당으로 들어서며 제니와 테라는 과장되게 메뉴에 대한 칭찬을 해 줬다. 오늘의 식사 준비 당번이었던 보안관의 얼굴에 흐뭇한 미소가 번진다.

비록 진짜 달걀을 깨서 프라이팬에 굽는 것이 아니라 냉동 스크램블 에그를 전자레인지에 데운 어설픈 것일 뿐이지만, 그래도 요즘 도통 먹어 보지 못했던 별미라는 것만은 분명하다.

"신입은 아마 이걸 보면 미칠 거야. 얼마나 좋아할까."

차가운 음료수와 맥주가 가득 채워진 냉장고의 문을 열고 주스를 꺼내던 삼식이가 중얼거렸다. 그 녀석은 줄곧 팥빙수같이 차가운 음식을 먹고 싶은 1순위로 꼽곤 했었으니까……. 이곳이라면 얼음을 믹서에 갈아 시럽을 듬뿍 뿌려 줄 수 있다.

"잘 잤니? 기분은 어때?"

접시에 자기 몫의 음식을 담던 알렉스가 테라에게 물었다.

"푹 잤어요. 기분도 편하고요."

테라의 대답을 들은 알렉스는 미소를 지었다.

"그거 반가운 이야기구나. 오늘 채혈할 양은 5온즈라서, 크게 부담 갖지 않아도 돼. 그러나 만약 조금이라도 내키지 않는 기분이 든다면 주저하지 말고 알려 줘. 언제든지 뒤로 미뤄도 되니까."

"네, 그럴게요."

테라는 고개를 끄덕이며 대답했다. 친구들은 삼삼오오 모여 앉아 스크램블에그와 데쳐 낸 냉동 야채, 전자레인지에 데운 냉동 고기 파이를 나눠 먹었다.

물론 이 식사 시간이 가장 힘든 것은 유빈이었다. 다친 부위의 통증도 여전히 남아 있는 데다, 음식을 접시에 담아 자르고, 포크로 찍어서 입에 넣고, 냅킨으로 닦는 것까지 모든 걸 한 손으로 다 해내야 하는 것이 여간 어렵지 않다.

익숙하지도 않을 뿐만 아니라, 이따금씩 자기도 모르게 분통이 치밀어 오르곤 한다.

"아아, 맞다! 바이오닉 핸드 말이야. 오늘 의료진이 네 바이오닉 핸드도 함께 가져올 거야. 어제 조립을 마쳤다고 하더군."

포크를 내려놓고 음료수를 집어 들던 유빈에게 알렉스가 말했다. 옆 테이블에 앉은 제니가 번역을 해 주기도 전에 '바이오닉 핸드'라는 말은 알아들을 수 있었다. 유빈은 두근거리는 심정을 숨기지 못하며 물었다.

"아…… 근데 괜찮을까? 팔목 잘린 데가 아직 좀 아픈데…….."

"당연히 아프지. 얼마나 큰 상처인데……. 그냥 일단 잘 맞는지 시험 착용만 해 봐. 그리고 무리가 가지 않을 정도에서 감각을 익히는 연습도 해 보고. 일단 가장 출력이 약한 모델이니까 감을 익히고, 그다음 점점 더 출력이 큰 모델로 옮겨 가자고."

알렉스가 말했다. 유빈은 고개를 끄덕이며 말했다.

"고맙습니다. 정말 고마워요."

"그런 건 아무것도 아니야."

알렉스는 교만하지 않은 미소를 지으며 대답했다.

식사를 끝낸 친구들은 분주하게 움직이며 방문객들을 맞을 준비를 했다. 테라는 민구가 가져다준 검은 미니 원피스로 갈아입었고, 제니는 공을 들여 그녀의 머리를 윤이 나게 빗어 주었다.

바텐더 역할을 담당하게 된 삼식이는 보안관과 태권 소녀의 도움을 받아 식당에 방문객들이 앉을 자리를 마련해 놓았고, 알렉스는 유빈의 잘린 팔목에 실리콘 패드를 대 주고 테이프로 정성껏 감아 줬다.

그리고 진우는…… 테라가 방문객들과 만나고 채혈을 하게 될 식당의 구석에 테이블과 의자를 옮겨 와 자신의 K-2를 숨겨 두고 거기 앉아 있었다.

이 사람들을 믿으려 노력하고 있지만, 그래도 늘 '만에 하나'를 대비해야 한다. 무방비로 낯선 이들을 맞이하는 건, 그의 스타일이 아니다.


투투투투투투— 훙훙훙훙—.

아침 식사를 마치고 테티스로 이동했던 폴의 헬리콥터가 다시 돌아오는 소리가 들렸다.

"안녕하세요."

테라가 의료진과 선원들을 맞으며 고개를 숙이는 걸 보며, 제니는 흐뭇한 미소를 지었다. 새 옷에 새 구두까지 갖춰 입은 그녀는 한 번도 상처 입어 본 적 없는 귀족 아가씨처럼 보인다.

"오! 당신 여동생은…… 아마 당신 어머니를 닮았나 보군! 아름다워!"

테라를 본 선장이 과장된 말투로 칭찬을 쏟아 냈다. 선원들도 깜짝 놀라 민구와 테라를 번갈아 본다. 뒤쪽에서 지켜보고 있던 제니는 입을 가리고 몰래 웃었다.

여동생이라니……. 민구 아저씨, 대체 족보를 어떻게 만들어 놓은 걸까?

하지만 테라는 자연스럽게 그 이야기를 받아 민구를 '우리 오빠'라고 부르며 선원들에게 맞장구를 쳐 줬다.

그 후로 제니는 정신없는 시간을 보냈다. 선원들의 호기심 가득한 시선을 받았고, 검진을 받는 테라의 모습을 걱정스럽게 지켜보았으며, 옆방으로 옮겨 가서 바이오닉 핸드를 조립하는 법에 대해 담당 연구원이 일러 주는 말들을 유빈에게 설명해 주어야 했다.

"오빠, 먼저 이 실리콘 튜브를 쭉 당겨서 끼워야 한대요. 그래야 이 손이 힘을 받는다고. 그리고 튜브 끝에 있는 나사에 이 조인트를 돌려서 끼워 넣으래요. 그런 다음에 조인트에 바이오닉 핸드를 부착한다고 했어요."

"응! 응!"

상기된 표정의 유빈은 제니가 일러 주는 말을 따라 열심히 손을 놀렸다. 윤기가 흐르는 짙은 회색의 기계 손을 조인트와 팔꿈치 위쪽, 두 군데에 고정하는 작업만도 꽤 많은 시간이 필요했다.

"아파요?"

상처에 바이오닉 핸드가 닿을 것이란 걱정을 하며 제니가 물었다. 유빈은 고개를 젓는다.

"아니, 아니. 참을 만해. 괜찮아."

"손가락을 움직인다는 상상을 하래요. 오빠 팔에 밀착된 센서가 오빠의 신경에서 나오는 전기신호를 감지하고 움직인대요."

"어…… 응, 그렇게 해 볼게."

유빈은 낯선 기계 손을 바라보며 미간을 찌푸린다.

끼이잉—.

살짝만 손을 벌리려 했는데, 손가락이 확 벌어진다. 다시 오므려 보려고 하면 두 손가락만 움직인다.

"후우우~."

유빈은 한숨을 내쉬며 다시 자신의 기계 손을 노려보고 팔에 힘을 준다. 그래 봐야 움직이는 모습이 영 불안하기만 하다.

"테라 옆에 있어 줘, 제니야. 이제 네가 요령 다 알려 줬으니까 나는 연습만 하면 되잖아."

몇 번이나 시도를 해 봐도 바이오닉 핸드가 자신의 뜻대로 움직이지 않자 유빈이 말했다.

"아니…… 난 오빠 옆에……."

"피 뽑는 첫날인 데다가 모르는 사람들이 많이 왔잖아. 불안할 거야. 나는 괜찮아."

유빈이 억지로 밝게 웃는다. 기대와 다른 바이오닉 핸드 때문에 그가 꽤나 실망했고, 자존심에 상처를 받아 혼자 있고 싶어 한다는 걸 깨달은 제니는 고개를 끄덕였다.

"그럼…… 조금 이따가 올게요. 오빠도 힘내요."

"응."

유빈은 짧게 대답하고 또 바이오닉 핸드에 매달려 땀을 흘리면서 씨름을 한다. 그 모습이 애잔하고 대견해서 제니는 키스라도 해 주고 싶었지만, 꾹 눌러 참았다.

"어때요? 테라 잘하고 있어요?"

식당으로 돌아간 제니는 구석 자리에 앉아 사람들을 감시하고 있는 진우에게 물었다. 수상하게 보이지 않기 위해 태권 소녀와 함께 앉아서 테이블에 영어로 된 책까지 한 권 떡— 펼쳐 놓고 있던 진우가 고개를 끄덕인다.

"응, 지금까지는 그냥 서로 인사하고 선원들이랑 이야기 좀 하고, 분위기 좋아. 아마 지금부터 건강 상태 확인하고 피 뽑을 건가 봐."

테라의 옆에는 보안관과 민구가 호위무사처럼 든든한 모습으로 버티고 서 있다. 지금 그들이 머무는 식당의 공기는 현재 그들이 처해 있는 상황을 그대로 옮겨 놓은 것같이 느껴졌다.

서로의 역할이 필요해서 연대를 꿈꾸고 있지만, 그럼에도 인간이 언제든 야수나 악마로 돌변할 수 있다는 걸 잘 알고 있기에 견제와 감시의 끈을 잠시도 놓지 못하는 것이다.

진우가 크리스와 사격 훈련을 할 때도, 보안관과 태권 소녀가 에디, 마르코와 함께 웨이트 트레이닝을 할 때도, 알렉스가 잠자리에 들 때도, 그들은 꼭 보험의 수단을 한구석에 마련해 둔 채 움직여 왔다.

"제니야, 잠깐만······."

테라의 건강이 양호하다는 평가를 받고 채혈이 마무리되었을 때쯤, 삼식이가 뒤에서 다가와 슬며시 말을 건다.

"네?"

제니가 무슨 일인가 싶어 고개를 돌리자, 거기엔 삼식이와 오늘 의료진의 일원으로 따라온 한 여자 연구원이 서 있다.

아무리 적게 잡아도 제니의 엄마보다 더 나이 들어 보이는 여자 연구원은 삼식이가 자신을 왜 붙잡으려고 하는지 이해할 수 없다는 표정이다.

"하이! 나, 삼식이! 삼식이!"

제니가 오자 삼식이는 비로소 안심을 하고 자신의 가슴을 두드리며 자기소개를 했다. 여자 연구원도 억지로 사회생활용 접대 미소를 지으며 이름을 알려 준다.

"멜리사예요. 반가워요."

"아항, 멜리사라고 하는구나. 제니야, 이 사람한테 지금 사귀는 사람 있느냐고 좀 물어봐 줘."

삼식이가 말했다. 제니는 당황스러웠다.

설마…… 지금 이 아줌마를 꼬시려는 건가? 아니, 도대체 이 뚱뚱하고 작달막한 아줌마의 어디가 마음에 들어서?

제니는 테라의 옆에 붙어 서 있는 나머지 두 명의 여자 연구원을 돌아보았다. 둘 다 멜리사보다는 훨씬 젊다. 그리고 그중에는 꽤 늘씬한 북유럽형 미인도 있다.

저런 사람을 놔두고…….

어쨌든 부탁을 받았기에 제니는 삼식이의 말을 그대로 옮겼다. 예상대로 멜리사는 적잖이 불쾌하다는 반응을 보인다.

"이 어린 친구가 그런 일을 왜 궁금해하는지 모르겠구나."

"없으면 좋겠어서 물어보는 거라고 해 줘. 예뻐서 저절로 관심이 간다는 말도 해 주고."

제니가 옮겨 준 말을 듣고 나서도 삼식이는 전혀 당황하는 기색 없이 대답했다. 등 뒤에 식은땀이 흐르는 건 통역을 하는 제니다.

"허! 예쁘다니! 이게 뭐지? 이런 장난이 무례한 거라고 좀 말해 주겠니? 내가 안 예쁘다는 건 나도 알고 있지만, 그렇다고 해서 이렇게 놀림을 받을 이유는 없어!"

멜리사는 짜증스러운 말투로 쏘아붙였다.

"아니야, 예뻐. 바로 여기가…… 이 두 겹의 턱이. 꼭 아기 같아서 사랑스러워."

삼식이는 느긋하게 자신의 턱을 가리키며 말했다.

"난 여기까지만 할 거예요. 또 화내면 미안하다고 하고 보내 줘요. 알았죠?"

제니는 미리 못을 박아 놓고서 삼식이의 말을 옮겼다. 한데 멜리사는 의외로 약간 누그러지는 모습을 보인다.

"흐음…… 이상한 말을 하는 사람이구나. 그래, 고맙다고 전해 주렴."

멜리사는 새침하게 고개를 모로 틀면서 삼식이를 돌아본다. 삼식이가 보드카 칵테일을 내밀자 한 모금을 마신 멜리사는 '일하는 중에 이게 무슨…….'이라며 삼식이의 팔을 두들기고 웃는다. 그녀의 마음속 벽은 이미 80퍼센트 이상 함락된 모양이다.

점점 더 달아오르는 두 남녀를 더 이상 지켜보기가 두려워져서 제니는 슬그머니 테라가 보이는 테이블로 다시 돌아왔다.

그 후로도 한 시간 이상 간단한 다과를 나누며 테라에게 간단한 질문이 이어졌다. 테라는 조금도 싫은 내색 없이 미소를 유지하며 연구원들과 선원들의 궁금증에 답을 해 주었다.

좀비 사이를 걸을 수 있다는 이야기를 테라의 목소리로 직접 들었을 때, 선원들은 가슴에 성호를 그으며 하늘을 손가락으로 가리켰다.

"아저씨, 배에서 지내시기 불편하지 않으세요?"

방문객들이 돌아갈 채비를 마치자, 테라가 민구에게 물었다. 민구는 선선히 고개를 끄덕인다.

"음, 이 녀석들이랑 같이 노는 게 꽤 재미있더군. 아마 오늘도 돌아가면 네 이야기로 난리가 나겠구만."

"그래도 여기 가끔 들러 주세요. 얼굴을 봐야 안심이 돼요."

테라가 말하자 민구는 가벼운 한숨을 내쉬었다.

"그러지. 일단 좀 안정되고 나면. 오늘 용병 없이 두 그룹을 섞어서 데려오긴 했지만, 느껴지는 공기가 아직은 아슬아슬해."

민구는 '오빠'답게 테라의 머리를 가볍게 쓸어 준 뒤, 헬리콥터에 올랐다. 뒤쪽에 앉아 머리를 매만지고 있던 멜리사는 삼식이를 향해 통통한 손가락을 흔들어 보인다.

그렇게 긴장 속에서 이뤄진 첫 번째 방문과 채혈은 무사히 끝이 났다.

"아아, 역시 꽤 괜찮은 사람이 있었어."

하늘 높이 떠오른 헬리콥터를 향해 손을 흔들어 주며 담배 연기를 뿜던 삼식이가 만족한 미소를 짓는다. 사연을 아는 제니로서는 어딘가 한숨이 나는 미소였다.

"아아, 늦었네. 민구 아저씨한테 인사를 못 했는데……."

뒤늦게 쫓아 나온 유빈이 머리를 긁적인다. 모두의 시선이 그에게 쏠렸다. 그리고 조금 놀랐다. 당연히 바이오닉 핸드를 장착하고 있을 거라 생각했는데, 유빈의 손은 잘린 모양대로 뭉툭하다.

"왜 그렇게 하고 나왔어? 로봇 팔은?"

보안관이 묻는다. 유빈은 쑥스러워하며 대답했다.

"아, 그게…… 아직 상처가 좀 아프더라고. 그래서 벗었어."

"많이 아파? 어딘가 맞지 않는 거 아닌가?"

알렉스가 걱정스럽게 묻자, 유빈은 고개를 저었다.

"아니, 그런 건 아니고, 그냥 꿰맨 데가 쓸리는 기분이라서요."

"뭐, 차차 익숙해질 거야."

알렉스는 알겠다는 표정을 지었다. 다른 친구들은 유빈이 바이오닉 핸드를 장착한 모습을 보지 못한 걸 아쉬워했지만, 그의 속마음을 아는 제니로서는 가슴이 아팠다.

저 걱정쟁이가 첫 외부 방문객들을 온전히 친구들에게만 맡기고 몰입했을 만큼 유빈은 바이오닉 핸드에 설레했고, 기대도 컸다. 하지만 암만 땀을 흘려도 그게 뜻대로 움직이지 않자, 그냥 벗어 두고 나온 것이다.

친구들 앞에서 그저 덜렁거리고 붙어 있기만 한 바보 같은 로봇 팔을 보여 주기 싫었던 거다. 얼마나 실망스러웠으면…….

"그럼 오늘 남은 스케줄은 휴식인가?"

태권 소녀가 기지개를 쭉 켜며 물었다. 진우도, 유빈도 고개를 끄덕인다.

"그래, 오늘 다들 고생 많았어. 다들 낯선 사람들이어서 꽤나 긴장됐을 거야."

유빈은 애써 쾌활한 목소리를 꾸미며 말했다. 그렇게 빅 아일랜드의 9월 11일 공식 업무는 끝이 났다. 친구들은 선원들과 연구원들의 인상에 대해 이야기를 나누며 맥주를 기울였다.

알렉스는 여전히 테라의 상태를 관찰했고, 태권 소녀와 진우는 그런 알렉스를 지켜봤다.

"슬슬 저녁 준비 해야겠다. 유빈이는 점심도 제대로 안 먹었는데……."

식당의 유리창 밖이 노을로 붉게 물들어 가는 것을 본 삼식이가 중얼거렸다.

"어, 그러고 보니 유빈이 어디 갔지?"

보안관이 주변을 둘러본다. 처음 이야기를 시작했을 때에는 분명 같이 있었는데, 어느 순간 사라져 버렸다.

"자기 방에 가서 자나?"

진우가 그를 찾아 나설 기세로 자리에서 일어난다. 짚이는 것이 있었던 제니는 진우를 눌러 앉히며 말했다.

"제가 데리고 올게요. 저도 방에 가서 가져올 것도 있고."

"어, 그럴래?"

진우는 별 고집 피우지 않고 고개를 끄덕였다. 식당을 나온 제니는 일단 옆방부터 들어가 보았다.

역시…… 바이오닉 핸드가 들어 있던 케이스가 통째로 사라졌다.

제니는 걸음을 서둘러 숙소동으로 향했다. 그리고는 노크도 건너뛴 채 유빈의 방문을 확 열었다.

"오빠!"

하지만 불 꺼진 방 안에는 아무도 없었다. 제니는 머리를 쓸어 넘기며 주변을 둘러보았다. 별일 아니라는 걸 알면서도 바보처럼 자꾸 걱정이 된다.

높은 곳……에 관련된 두려움이 본능적으로 그녀를 휩싼다.

제니는 엘리베이터를 타고 옥상으로 올라갔다.

옥상에도 그가 없으면 어쩌지?

엘리베이터가 올라가는 그 짧은 시간 동안 별의별 생각이 다 든다. 하지만…….

유빈은 옥상 구석에 있었다. 맥이 탁 풀릴 만큼 눈에 띄기 좋은 장소에 앉아 테이블 위의 뭔가를 주물럭거리는 중이다.

"오빠……."

제니는 천천히 유빈이 앉은 의자 쪽으로 다가갔다. 그때까지 엘리베이터 문이 열리는 것도 눈치채지 못하고 있던 유빈은 뒤를 돌아보고 조금 놀랐다. 하지만 이내 반가운 표정을 지으며 제니를 맞았다.

"제니야, 왜?"

"왜라니요……. 어디 간다고 말도 안 하고 없어지면 걱정되잖아요."

"하하…… 여기에 걱정할 게 뭐가 있다고. 그냥 이거 연습하고 있었어. 저녁 먹을 때는 두 손으로 먹는 거 애들한테 보여 주고 싶어서."

유빈은 힘없이 웃으며 왼팔의 바이오닉 핸드를 들어 보인다.

"그거…… 아파서 못 끼고 있겠다면서요?"

"에이, 그거야 거짓말인 거 빤히 알잖아. 그냥 알량한 자존심이 상해서 그러는 거지."

유빈은 땀에 흠뻑 젖어 달라붙은 머리카락을 쓸어 넘기며 말했다. 제니는 조그맣게 한숨을 내쉬었다.

"안 추웠어요? 바람이 꽤 차가워졌는데."

"바람 부는지도 몰랐어. 저거 두 개 번갈아 집는 연습 하고 있었거든. 그 정도도 꽤 어렵더라."

유빈이 가리킨 것은 레몬 모양의 레몬주스 플라스틱 통과 음료수 캔이었다. 제니는 희미한 미소를 지으며 유빈의 곁으로 다가갔다.

"어디 한번 해 봐요. 내가 보고 평가해 줄게요."

"아아…… 평가받기 무서운데……."

유빈은 또 진땀을 흘리면서도 순순히 손을 뻗었다.

기이잉—.

아까 낮에 처음 부착했을 때와 달리, 유빈의 바이오닉 핸드는 꽤나 부드럽게 손아귀를 벌렸다. 그러고는 둥근 레몬주스 통을 잡고 들어 올렸다.

"옳지! 옳지!"

제니가 손에 땀을 쥐며 응원을 한다. 들어 올렸던 통을 테이블에 내려놓은 유

유빈은 조금 인상을 쓰며 다시 손아귀를 벌렸고, 캔까지 집어 드는 데 성공했다.

제니는 짤깍짤깍, 손뼉을 치며 유빈을 칭찬했다.

"와아아! 정말 열심히 연습했네요! 잘했어요! 금방 더 익숙해질 거예요. 겨울쯤에는 원래 손이랑 똑같아질지도 몰라요."

"겨울?"

상상을 하는 것만으로도 아득하다는 듯, 유빈이 겨울이라는 단어를 되뇐다.

이런 손으로…… 겨울이 올 때까지 살아남을 수나 있을까? 물론 지금은 이렇게 평화로운 듯도 보이지만…….

"겨울이 되었을 때는 마음 편하게 눈 내리는 걸 볼 수 있었으면 좋기는 하겠다……. 근데 내 손은…… 아직도 갈 길이 멀어서 말이지. 이 손끝에 감각이 역으로 신경에 전달된다는데…… 그게 영 서툴러. 볼래?"

유빈은 고개를 옆으로 돌리고 다시 왼손을 뻗어 테이블 위를 찬찬히 더듬거렸다.

기이잉ㅡ.

레몬주스 통에 손이 닿자 모터가 가동되는 소리가 울리고, 통의 둥근 모양대로 손가락의 관절이 변형된다. 유빈은 미간을 찌푸리며 말했다.

"이게…… 느낌이 오긴 하는데, 확신이 안 생겨서……."

"정말로 느낌이 있어요?"

느낌이라는 단어가 너무나 반가워 제니의 눈에는 눈물이 살짝 맺혔다.

정말로 그렇다면…… 살아 있는 손과 크게 다르지 않을 것 같아서였다.

"아아, 그걸 뭐라고 해야 되나…… 집중하고 있으면 손가락 끝의 센서가 반발되는 힘을 알려 줘. 그런데 그게…… 익숙해지기까지는 정말 오래 걸릴 것 같아. 하아아~."

유빈은 안타깝다는 듯 중얼거렸다. 제니는 눈물을 찍어 내고는 유빈의 왼손을 잡아 자신의 왼쪽 가슴에 올렸다.

기이잉ㅡ.

유빈의 손끝이 금세 오므라든다. 유빈은 깜짝 놀라 말했다.

"저기…… 위험해. 이게 제일 힘이 약한 모델이라고는 해도…… 잘못하면 다칠 수도 있어. 내가 아직 서투르다니까."

"펴서 대 봐요. 정말로 느껴지는지 알고 싶어서 그래요."

제니는 단호하게 말했다. 그 기세에 눌린 유빈은 조심스럽게 천천히 손가락을 폈다.

기이잉—.

어정쩡하게 벌어진 손바닥이 제니의 가슴에 얹힌다. 유빈이 오늘 새로 얻은 그 손은…… 차갑고 딱딱하다. 처음 만났을 때 속옷 가게의 계단에서 덜덜 떨고 있던 자신의 머리를 쓸어 주던, 그 다정한 손이 지금은 없다.

그게 제니의 눈시울을 자꾸 뜨겁게 만든다. 하지만…… 그가 똑같이 느낄 수만 있다면…… 그것만으로도 얼마나 감사한 일인가.

"느껴져요?"

제니가 다시 눈물을 그렁거리며 물었다. 유빈은 고개를 끄덕인다. 어느새 주변 하늘은 온통 장밋빛으로 붉게 물들었다.

"……어떤 느낌이에요?"

두 손으로 그의 로봇 팔을 꼭 쥔 채 한동안 애절한 눈으로 유빈을 바라보고 있던 제니가 물었다.

내 심장이 이렇게 빠르고 간절하게 뛰고 있다는 걸 느낄 수 있나요?

유빈은 오른손으로 제니의 눈물을 닦아 주며 말했다.

"크고 부드러워."

# Epilogue
# 에필로그

## 01
### 사우스 에어리어

"스톱! 여기 잠깐 멈춰."

태양 호텔 전용 진입로로 들어섰을 때, 파멸의 마녀는 운전기사에게 명령했다. 명령이 내려지자마자 기사는 부드럽게 브레이크를 밟았고, 최고급 승용차는 이내 멈춰 섰다. 그것에 맞춰 면역자 미스터 배를 태우고 있는 뒤의 차량도 같이 멈춘다.

마녀는 고개를 들어 창밖의 경치를 바라보았다. 거제도에서 최고의 시설을 자랑하는 태양 호텔의 건물이 달빛을 받으며 도도한 위용을 자랑하고 있다. 그러나 오늘은 저 태양의 마크가 그녀의 가슴을 무겁게 만든다.

"라흐마니노프 피아노 콘체르토 3번."

손목시계를 들여다본 마녀가 주문했다. 기사가 CD 체인저를 조작하자 이내 차내는 현란하게 울리는 피아노 소리로 꽉 찼다.

"후우우~."

마녀는 무거운 마음을 달래려는 듯 한숨을 내쉬며 의자에 깊숙이 기대앉으며 다리를 꼬았다. 자동차 내에는 그녀와 기사 외에도 두 명의 경호원이 더 타고 있었지만, 아무도 소리를 내지 않았다.

지금 태양 호텔의 스카이라운지에서는 낙동강 주변을 장악한 채 서로 팽팽하게 세력의 균형을 유지하고 있는 다섯 장군 중 하나가 기다리고 있을 테지만, 그런 따위의 이유로 마녀에게 잔소리를 할 수는 없다.

마녀는 집게손가락으로 이마를 짚은 채 가만히 음악에 귀를 기울였다. 심란하다. 이 어지러운 협주곡처럼.

서울의 본사가 무너졌다. 물론 그냥 명칭뿐인 본사 건물인 데다가 그 건물 내부에는 오너인 황씨 일족이 단 한 명도 없었다고는 해도, 대한민국 땅에서 태양 그룹이 공격을 받았다는 사실이 주는 충격은 여전히 컸다.

개들 주제에 감히…… 이 나라의 진짜 주인을 향해서 이빨을 드러내?

더욱더 큰 문제는 그 사건이 닥터 오가 뒈져 버린 정도로 끝내 버리기 쉽지 않다는 점이었다. 군 내부에 있는 그녀의 정보원에 의하면, 체포된 연구원들이 민간인들을 실험체로 썼다는 걸 자백했다고 한다.

등신 같은 새끼들…… 그냥 입을 다물고 있으면 지나가 버릴 문제인데…….

김 준장은 당장 연락이 닿는 모든 군부 수뇌에게 그 사실을 알리고 대책을 강구하자고 요청했다. 만약 그가 직접 올 수만 있었다면, 분명 남부까지 탱크를 몰고 돌진해 왔을 것이다.

하지만 김 준장은 태양 그룹의 수뇌부와 오너 일가가 모여 있는 낙동강 이남 지역까지 올 수 없다.

좀비들과 버려진 자동차로 꽉 막힌 도로도 김 준장 여단의 장거리 진출을 가로막는 문제지만, 더욱 큰 벽은 이미 남부의 군사적 패권을 나눠 쥐고 있는 여러 장군들이다.

그들은 힘들게 구축한 자신들의 영역 안으로 김 준장이 함부로 비집고 들어오는 상황을 결코 허락지 않을 테니까…….

그러므로 김 준장의 직접적인 공격에 대해서는 걱정하지 않아도 된다. 하지만 그걸로 끝이 난 건 아니다. 남부의 장군들이라고 해서 그런 커다란 허물을 알고 난 뒤, 그냥 가만히 지나가 줄 리는 만무하다. 분명히 꼬투리를 잡고 뭔가 요구를 해 올 것이 분명하다.

그들이 가만히 입을 다물고 있어 주는 대가에 대한 요구를……. 그 요구는 분명 꽤나 큰 비용을 지출하게 만드는 것이리라…….

이런 일을 잘 마무리하는 방법이 선공이라고 믿고 있는 황 회장은 뒤에서 쑥덕거리는 소리가 더 커지기 전에 먼저 손을 내밀었다.

부근을 장악하고 있는 군벌들을 차례로 한 명, 한 명 초대해서 환락이 가득한 접대를 하고, 미래에 대한 약속을 하는 방법으로 현혹하려는 것이다.

― 모든 수단을 동원해라. 그들이 우리를 한편이라고 인식할 수 있도록 말이야.

오늘 이곳으로 출발하기 전, 황 회장은 마녀를 불러 그렇게 명령했다. 이것이 후계자의 지위를 결정하는 데 크게 영향을 미칠 중요한 시험 무대라는 걸 알기에 마녀는 자신 있는 표정으로 고개부터 끄덕였다.

하지만 솔직히 말해서…… 불안하다. 똥별들이 아무리 멍청하고 탐욕에 사로잡힌 놈들이라고는 해도 이번에는 이쪽의 흠결이 너무 크다.

그녀의 특기는 명령하는 것이지, 사정하는 것이 아니다. 아쉬운 소리를 하며 고개를 조아리려고 스카이라운지에 들어가고 싶지는 않다.

"내가 오더한 대로 프리티 걸들이랑 모델들 많이 준비시켰지? 접대에 프라블럼이 있으면 안 돼."

한동안 생각에 잠겨 있던 마녀가 옆자리의 경호원에게 물었다. 경호원은 시원하게 대답했다.

"이 부근에서 얼굴이 좀 예쁘다 싶은 애들은 싹 다 긁었습니다. 지금 신 중장네 애들 제정신 아닐 겁니다."

"파인……."

마녀는 고개를 끄덕이고 핸드백에서 담배를 꺼냈다. 경호원이 곧바로 불을 붙여 준다.

처음에 뭐라고 핑계를 대야 하지······. 김 준장이 말한 인간 실험이 새빨간 거짓말이라고 주장하려면 이쪽에도 뭔가 그럴듯한 근거가 하나는 있어야 하는데······.

마녀는 담배 연기를 내뿜으며 고민에 빠졌다. 물론 똥별 놈들이 바라는 건 정의 따위의 거창한 개념이 아니라 개인적인 이득일 게 뻔할 테지만, 그래도 그걸 단박에 인정해 버리면 협상이 너무 골치 아파진다. 저쪽이 현혹될 만한 뭔가가 있어야 한다.

역시 미스터 배를 앞세워서 좀비에 물리는 쇼라도 한판 해야 하는 걸까? 그런데 이미 한 번씩은 다들 본 쇼인 데다가, 그게 묘하게 인체 실험을 떠올리게 만들 것 같기도 하다.

그렇게 마녀가 머뭇거리고 있을 때, 무전기 소리가 울렸다.

— 삑, 삐리릭, 황 사장님 그쪽에 계십니까? 삐릭.

"무슨 일입니까?"

경호원이 무뚝뚝한 목소리로 대꾸했다. 지금 소속을 밝히지 않고 무전을 날리는 곳은 한 군데뿐이다. 부산 국제 크루즈 터미널의 화물 카고. 마녀가 서울 태양 본사의 물건들을 가져와서 정리하게 한 남부의 연구팀이다.

— 삐릭, 황 사장님 오셔서 보셔야 할 게 있습니다. 중요한 겁니다. 삐릭.

"어떻게 할까요?"

경호원이 마녀를 돌아보며 묻는다. 마녀는 담배 연기를 내뿜으며 무전기를 달라는 손짓을 했다.

"중요한 비지니스라는 게 뭐야? 나 지금 신 중장과의 비즈니스 미팅 때문에 거제도 태양 호텔에 와 있어. 서울 인시던트에 대해서 네고시에이션해야 한다고. 그것보다도 중요한 일이야?"

— 삐리릭, 에······ 그럴 거라고 생각합니다. 삐릭.

"······생각한다고?"

마녀는 미간을 찌푸리며 다시 확인을 했다. 기분이 좋지 않은 이때에 화풀이 할 놈이 걸린 것 같아 다그치고 싶어진다. 하지만 무전기 건너편의 연구원은 별로 흔들리지 않는다.

― 삐익, 확신합니다. 굉장히 중요한 문제입니다. 삐릭.

"대체 뭔데 그래? 텔 미! 왜 이렇게 나를 바더하는 건데?"

― 삐리릭, 직접 보셔야 합니다. 그만한 가치가 있는 겁니다. 삑.

마녀가 언성을 높이고 짜증을 부려 봐도 연구원은 더 이상의 자세한 설명을 하려 들지 않았다. 이쯤 되면 둘 중 하나다. 이게 보안이 확보되지 않은 무전상으로 이야기할 수 없을 만큼 거대한 일이든가, 아니면 저 연구원이 뒈지고 싶어 환장을 했든가.

이번에는 전자에 해당하는 것 같다는 강한 촉이 마녀에게 전해졌다. 마녀는 고개를 끄덕이며 말했다.

"좋아. 투웬티 미니트 내로 가지. 그러니까 레디하고 있어."

말을 마친 뒤, 마녀는 무전기를 경호원에게 넘겨주며 명령했다.

"차 돌려. 헬리콥터로 가자."

"저기…… 그러면 신 중장을 너무 오래 기다리도록 하는 게 아닐까 싶습니다만……."

경호원이 눈치를 보며 물었다. 마녀는 귀찮다는 듯 손을 내저으며 대꾸했다.

"미스터 배라도 조인해서 접대하라고 해. 어차피 브랜디랑 프리티 걸스가 있는데 그깟 몇십 분이 무슨 빅딜이겠어? 나는 팩토리에 프라블럼이 있어서 거기 스톱 바이 한다고 전하면 되잖아."

마녀를 태운 자동차는 뒤의 2호 차를 두고 빠르게 헬리콥터 이착륙장으로 이동했다. 승용차 운행을 허락받은 숫자가 애초에 지극히 적기 때문에 도로는 한산했고, 시속 150킬로미터 이상으로 내달린 자동차는 몇 분 만에 이착륙장에 도착했다.

"크루즈 터미널로 가요. 넘버 스리 화물 카고로."

자신의 것이 된 흰색 헬리콥터에 오르면서 마녀가 말했다. 헬기가 이륙해서 동쪽으로 기수를 튼다. 밤늦은 지금까지도 환하게 불을 밝힌 채 가동되고 있는 공장단지의 모습이 발아래 펼쳐져 있다.

실탄도, 차량 부품도, 저 공장단지들이 가동되지 않으면 얻을 수 없다.

"오 마이…… 이게 다야?"

목적지에 도착해서 화물 카고 안에 들어선 마녀가 믿을 수 없다는 듯 중얼거린다. 카고 바닥에 늘어놓은 물품들이 너무 초라했다.

이런 걸 가지러 가기 위해서 무장까지 한 인원을 두 대의 헬리콥터에 나눠 태워 서울로 보냈던 건가…….

"그렇습니다."

양복을 입은 남자가 고개를 끄덕였다. 조금 전, 마녀와 무전으로 이야기를 나눴던 수석 연구원이다.

"그 빌딩이랑 닥터 오에게 우리가 인베스트한 게 얼마인데…… 홀 빌딩을 서칭한 게 맞아?"

"열심히는 했습니다만, 그게…… 군인들이 들이닥치기 전에 연구원들이 웬만한 자료는 싹 다 파괴를 했던 모양입니다……. 게다가 며칠이나 지나서야 저희가 수색을 시작한 거여서……."

"홀리 쉣! 이건 그냥 번치 오브 크랩이잖아? 이런 잡동사니들을 뭐 하러 여기까지 가져왔어?"

마녀는 바닥에 놓여 있는 몇 개의 서류 파일들과 하드디스크를 집어 들었다가 내려놓으며 고개를 절레절레 저었다. 양복 직원은 그저 입을 꾹 다물고 있을 뿐이다.

"설마 이따위 걸 보여 주려고 거제도까지 가 있던 사람을 급하게 콜한 건 아니겠지? 스페셜한 인포메이션이나 데이터가 있었어? 백신을 위한 포뮬러라든가?"

마녀가 연구원에게 물었다. 연구원은 턱을 긁적이며 대답했다.

"암호를 넣어서 잠긴 걸 풀기는 했습니다만, 남아 있는 데이터라는 게 대부분 제조법이라기보다는…… 실패담 비슷한 것들이었습니다. '이런 이런 방향으로 접근해 봤지만, 잘 안 됐다.', '이런 가설을 세워 봤지만 결국 실현은 안 되었다.' 하는 식이었습니다. 오 박사…… 소문만큼 그렇게 대단한 사람은 아니었던 것 같더라고요."

"쏘 왓? 나를 부른 리즌이 그게 전부야? 닥터 오가 실패했다는 걸 알려 주려고? 당신 미쳤어? 당신이 닥터 오보다 수페리어하다는 걸 말하고 싶었다면, 이건 빅 미스테이크야. 오늘은 그런 잡담을 하기에는 아주 배드 타임이었어!"

마녀는 미친 듯이 화를 내며 소리를 질렀다. 하지만 연구원은 오히려 빼시시 웃는다.

"그럴 리가요. 만족하실 만한 걸 가지고 있습니다. 하지만 지금까지 황 사장님이 계속 다른 걸 물어보셨잖아요."

그렇게 말하며 연구원은 손가락을 탁, 튕겼다. 다른 직원들이 노트북에 연결된 빔 프로젝터를 가져왔고, 연구원 본인은 옆의 책상에서 사무용 의자를 끌고 와 마녀의 앞에 놓았다.

"조명을 좀 끄겠습니다."

마녀가 의자에 걸터앉고 경호원 둘이 그녀의 뒤에 병풍처럼 붙어 선 뒤, 연구원이 말했다. 경호원들이 고개를 끄덕이자, 연구원은 불을 끄라는 손짓을 보냈다.

탁— 탁— 탁—.

스위치가 내려가고 전등이 꺼지면서 넓은 카고의 거의 모든 영역이 어둠 속에 잠겼다. 그런 뒤 프로젝터는 전방의 흰 스크린에 영상을 투사하기 시작했다.

"복원이 끝나자마자 황 사장님께 제일 먼저 알려 드렸고, 그래서 가장 먼저 보시는 거라는 점을 한 번 더 강조하고 싶군요. 제 충성심을 알려 드리는 지표랄까요?"

노이즈가 흐르는 화면이 뿌옇게 밝아지는 동안 연구원이 말했다. 잠시 후, 마녀에게도 익숙한 본사 8층의 식사실 전경이 스크린에 펼쳐진다.

― 아아, 마이크 테스트! 원투, 원투…… 잘 들어갔나, 이거?

노트북에 연결된 스피커를 통해 누군가의 목소리가 울린다. 카메라가 제대로 작동하는지 알아보기 위한 테스트 영상인 모양이다.

"길어? 내가 좀 시간에 쫓기는 시추에이션이라서……."

아무것도 없는 식사실의 모습이 몇 초 동안 지속되자 마녀가 조바심을 내며 물었다. 연구원은 여전히 빙글거리며 대답했다.

"길다는 게 몇 분을 의미하시는지 모르니까 그 질문에 대답드리기는 어렵네요. 하지만 잠시 후부터 엄청나다는 건 확실합니다. 시간 같은 것쯤은 잊으시게 될 거예요."

마녀는 끓어오르는 짜증을 한 번 꾹 눌러 참았다. 이 정도로 펌프질을 하는 걸 보면, 뭔가 정말로 있기는 한 모양이다.

핏―.

한 번 암전이 있은 뒤에 화면의 구도가 미묘하게 바뀌었다. 똑같은 식사실이긴 하지만 새로 시작한 촬영분인 것 같다. 그리고 화면의 가운데, 크레인 앞에는 방호복을 입은 직원과 계집애 하나가 서 있었다. 마녀도 알고 있는 낯익은 얼굴.

"저거…… 아…… 뭐였더라? 핑크 펀치, 그 계집애지? 테라…… 그래, 그런 이름이었어. 쟤가 잡혀 왔었구나. 흥, 옷 꼬라지하고는. 쯧!"

마녀는 화면을 보며 혼잣말을 중얼거렸다. 테라를 안은 방호복 직원은 크레인을 타고 식사실 아래로 내려간다. 어글리 몬스터로 변해 버린 동생 놈이 한 달 가량 머물던 장소다.

식사실 아래층에서 불어오는 바람 때문에 테라의 머리카락과 와이셔츠 자락은 계속 펄럭거린다. 두 손으로 얼굴을 가리고 있던 테라를 억지로 카메라와 마주 보게 한 뒤, 방호복 직원은 재빨리 크레인을 타고 다시 올라왔다.

"훗, 설마 테라가 마이 브라더에게 잡아먹히는 시추에이션을 찍은 거야? 스너프 필름은 퍼니하기는 해도 별 대단한 가치는……."

"이건 8월 18일에 촬영된 영상입니다. 작은 회장님이 남부로 내려오신 뒵니다."

마녀가 미리 넘겨짚고 한마디 하려 하자 연구원은 얼른 그 말을 끊었다. 그리고 잠시 후, 불안하게 좌우를 둘러보고 있던 스크린 속 테라의 뒤쪽에서 수십 마리의 좀비들이 모습을 드러냈다.

테라는 불안해하며 달아나려다 넘어졌고, 좀비들은 그녀의 아주 가까운 곳까지 접근했다.

"후후후후."

시간에 쫓기며 짜증이 나던 상황인데도 그 장면을 보고 있던 마녀의 입술 사이로는 실없는 웃음소리가 터져 나온다.

이제 잠시 후 보게 될 장면에 대한 기대 때문이었다. 자신보다 어리고 예쁜 년들이 고통받는 모습은 언제 봐도 유쾌하다. 하지만······.

스크린에 펼쳐진 영상은 그녀의 예상을 완전히 벗어난 것이었다. 좀비들은 그녀의 몸을 스치고 지나가기만 할 뿐, 조금도 관심이 없다는 듯 시선 한 번 주지 않는다. 물론 달려들어 깨물거나 잡아채는 좀비도 전혀 없다.

영상 속의 테라는 방 전체를 가득 채운 좀비들 사이로 기다시피 도망가 머리를 감싸 쥐고 구석에 틀어박혔다. 여전히 그녀에게 아무런 관심이 없는 좀비들은 카메라를 향해 포효한다.

"이게······ 뭐야? CG?"

마녀는 미간을 찌푸리며 물었다. 상식의 범위를 훌쩍 뛰어넘는 영상의 충격은 그녀로 하여금 현실을 부정하게 했다.

"아닙니다. 이 영상에는 어떤 편집의 흔적도 없었습니다."

"그럼······ 대체 이 언유주얼한 현상은 왜 일어나는 거야? 설마······ 닥터 오가 좀비들을 컨트롤하는 법을 리서치한 건가? 사람을 어택하지 않도록?"

"그것도 아닌 것 같습니다. 조금만 더 지켜보시죠."

연구원이 대답했다. 몇 초 뒤, 식사실의 크레인 아래에 모여 선 좀비들의 포효가 더 커진다. 아가리를 쩍 벌리고 펄쩍펄쩍 뛰어오르는 놈들도 있다. 그리고 놈들의 머리 위로 발가벗은 젊은 여자 하나가 떨어져 내린다.

― 그롸아아악, 가아악, 끄롸아아!

'여자의 몸이 뼈다귀밖에 안 남았군.' 하는 생각이 채 문장으로 정리되기도 전에 좀비들은 여자의 몸을 덮쳤고, 비명 소리와 함께 피가 사방으로 튄다.

"댐!"

파멸의 마녀는 외마디 욕설을 내뱉으며 고개를 저었다. 수십 마리 좀비들로부터 공격받은 여자는 상상했던 것보다 훨씬 더 빨리 목숨을 잃었고, 식사실 바닥은 피와 살점으로 붉게 물들었다.

좀비들은 다시 몸을 일으키고 피 묻은 주둥이를 벌리며 카메라를 향해 울부짖기 시작했다.

"아흐흐응!"

그제야 이 영상의 진짜 의미를 깨달은 마녀는 절정에 올랐을 때와 유사한 신음을 내뱉었다.

너무도 짜릿한 지적 자극!

진정한 면역자가 어떤 형태인지 깨달은 마녀는 입술을 혀로 핥으며 숨을 헐떡였다.

그 후에 영상에서 이어진 몇 명의 추가적인 희생은 마녀에게 무의미했다. 그녀의 시선은 오로지 살육극의 한가운데에서 아무런 위험도 겪지 않는 테라에게 고정되어 있었다.

줌인된 스크린 속 테라는 다른 사람들의 피를 뒤집어쓴 채로 울부짖고 있다. 그리고 잠시 후, 영상은 끝이 났다.

"하아아~! 하아아~!"

상영이 끝나고 카고 안에 조명이 다시 들어온 뒤에도 마녀는 잠시 아무런 말도 하지 못하고 거친 숨만을 몰아쉬었다. 그러고는 떨리는 손으로 핸드백 안을 뒤져 담배를 꺼내 물었다.

찰각―.

연구원이 불을 붙여 준다. 마녀는 초조하게 담배 연기를 연거푸 들이마신 뒤에야 겨우 입을 열 수 있었다.

"……저 계집애는 면역자인 거겠지?"

마녀가 물었다. 연구원은 고개를 끄덕인다.

"네. 그것 외에는 설명이 안 되죠. 그리고 어쩌면 최종 진화 형태가 아닐까 싶습니다. 좀비들 사이에서 저것보다 더 효과적인 생존 형태가 과연 있을까요?"

"……그래, 좀비에게 투명 인간이 되는 타입도 다 있군……. 왓 어 서프라이즈…… 그래서 저 셀러브리티는 지금 어디 있어?"

"그건 모르겠습니다. 혹시나 싶어서 저희가 본사 빌딩 수색 영상을 검색해 봤는데, 거기 시체 중에는 없었습니다."

연구원이 대답했다. 마녀는 실망을 감추지 못하고 맥없이 의자 등받이에 몸을 기댔다. 그렇다면 아마도 구조하러 온 군의 손에 넘어간 것이 틀림없다.

"이 영상은 어떻게 겟했어?"

"노트북이 계단에 떨어져 있는 걸 수색 팀이 회수해 왔습니다. 물론 하도 많이 짓밟혀서 노트북 자체는 물론이고, 데이터도 심각하게 훼손되어 있었죠. 그런데 필수 회수 품목에 들어 있는 물건이더라고요. 독특한 무늬가 박힌 노트북. 오 박사 소유. 그래서 그걸 복원하느라고 전문가들이 달라붙어 꽤나 애를 썼습니다."

연구원은 자랑스러운 말투로 대답했다. 마녀는 떨리는 손으로 담뱃재를 털며 말했다.

"후우우~ 일단 시추에이션 정리를 좀 해 보자. 먼저 저 계집애…… 저 영상을 찍은 날, 바로 닥터 오도 죽었고, 태양 빌딩도 부서졌네. 그럼 혹시…… 무슨 데이터나 다른 수비니어 같은 건?"

"그날 오 박사가 혈액 샘플을 채집한 게 몇 병이나 있었습니다만, 그쪽 직원들이 무슨 생각에서인지 그것도 다 박살 내 버렸더군요. 피 자체가 아니라 보존 장비를요. 저희가 수색하러 갔을 때에는 그냥 다 썩어 있었습니다."

"퍽킹 스투피드……."

마녀는 이마를 감싸 쥐었다. 분명 엄청난 걸 봤다. 미스터 배 같은 건 이제 눈에도 차지 않을 만큼 클래스가 다른 무언가다. 그런데 지금 그녀의 손안에는 없다. 하다못해 피 몇 방울조차도.

그렇다면 이걸…… 이 정보를…… 대체 어떻게 사용해야 하는 거지? 어떻게 하면 지금의 위기를 넘기고 오히려 이 상황을 기회로 삼을 수 있는 거지?

"댓츠 롸잇! 그래, 그렇게 하면 되는 거였어……."

한동안 고민에 빠져 있던 마녀가 엷은 미소를 지으며 중얼거렸다. 순식간에 고민들이 해결된 것 같은 기분이다.

"테라의 블러드 샘플이 다 썩어 버렸다는 이야기는 절대 입 밖으로 내지 마. 네버! 아예 잊어버려!"

파멸의 마녀는 연구원을 돌아보며 말했다. 연구원은 영문을 몰라 어정쩡한 표정을 지으면서도 그러겠다고 대답했다.

"그 계집애 블러드로 세럼을 만들었다고 소문을 내야겠어. 슈퍼 파워의 면역력을 가진 혈청이라고 말이지."

"하지만…… 그런 소문이 난다고 해서 어떤 이득이 있는지 잘 모르겠습니다. 예전처럼 누군가 투자를 할 것도 아니고."

연구원은 도저히 이해할 수 없었다. 그런 거짓말을 지껄여 봐야 아무 소용도 없을 텐데…….

하지만 마녀는 자신만만했다.

"베리 스페셜 프레젠트라고 말하면서 장군들에게 선물을 하면 되지. 아직 혈액 배양이나 카피가 안 되는 상황이라 리얼리 소수에게밖에 줄 수 없다는 말도 덧붙이고. 그러면 아마 깜빡 넘어갈걸? 바로 내 편이 되는 거지."

"아니…… 하지만…… 애초에 우리에게 테라의 피가 전혀 없다니까요. 없어요, 그런 혈청을 만들 재료 자체가. 그게 문제인 거잖습니까?"

"노노노, 프라블럼이 될 이유가 없지. 세럼은 그냥 누구 블러드든 간에 대충 뽑아서 만들어. 그런 다음 에스케이프 플랜을 미리 깔아 두면 돼."

기세가 오른 마녀는 뻔뻔한 얼굴로 연신 도리질을 한다. 연구원은 슬슬 이 멍청한 인간이 무서워졌다.

"문제가 안 될 수가 있습니까? 당장 혈청을 써 보면 효과가 전혀 없을 텐데……."

"말했잖아! 스페셜하고 레어해서 많이 줄 수 없다고 하면서 딱 한 병만 주는 거야. 한 사람이 사용할 수 있는 양이라는 말을 덧붙이면서 말이지. 그리고 좀비에게 물린 뒤 이 세럼을 주사했을 때, 큐어돼서 살아날 확률이 50퍼센트라고 하는 거야. 어때? 피프티, 피프티! 그러면 만일 누가 진짜로 그 세럼을 사용했을 때 서바이브하지 못한다고 해도 사람들은 이해할 거야. '오, 저놈은 럭키하지 않군.' 하면서 말이지."

그렇게 말한 마녀는 제 신을 이기지 못해 계속 히죽거렸다. 자신의 현명한 방법이 몇 번을 다시 검토해 봐도 그럴듯하고 마음에 쏙 든다.

"올 롸잇, 일단 오늘 신 중장부터 만나야겠어. 당신은 세럼 준비해 두고."

바닥에 담배를 비벼 끄고 일어난 마녀가 홍조를 띠며 중얼거렸다. 이제야 거제도의 태양 호텔로 가서도 당당하게 할 말이 생긴 것 같다. 그녀가 하도 광기를 띠자 연구원이 불안한 목소리로 물었다.

"하지만 만약에 테라가 김 준장의 보호 아래 있다는 게 밝혀지면, 그러면 저희 거짓말이 들통나지 않겠습니까?"

"아니, 이미 그것도 다 마이 플랜 안에 인클루드돼 있어. 걱정하지 마. 돈 워리!"

마녀가 말했다. 하지만 연구원은 걱정이 됐다. 정신이 제대로 박힌 사람이라면 누구나 그럴 것이다.


에어컨이 열심히 가동되고 있었지만, 거제도의 태양 호텔 스카이라운지 내부는 더웠다. 태양 그룹에서 준비해 둔 여흥에 취해 후끈 달아오른 군인들의 몸에서는 뜨끈한 욕망이 확확 뿜어져 나온다.

"하하하하, 요거, 요거…… 요 계집애 말하는 것 좀 봐. 예끼, 요것아! 어른을 놀리면 쓰나, 하하하!"

"아잉, 왜요? 진짜라니까요. 오빠가 제일 어려 보여요. 저는 그래서 대장님인 줄도 몰랐어요."

사방에서 달라붙어 아양을 떠는 미녀들에 취해 신 중장은 연신 술잔을 기울이며 호탕한 웃음소리를 터뜨렸다.

젊어 보인다는 영혼 없는 칭찬 한마디에 그의 입은 또 헤벌쭉 벌어졌다. 그의 주변에 앉은 참모들도 미녀들이 권하는 술에 아주 녹아 들어간다.

군의 힘이 그 어느 때보다 막강해졌지만, 이런 여흥은 야전에서는 좀처럼 누리기 어려운 호사다. 어디에 주둔하든 간에 이만큼 젊고 매력적인 여자들을 끌어모은다는 것부터가 쉽지 않다. 또 어찌어찌 사람을 모은다고 해도 태양 그룹이 관리하는 것처럼 그녀들이 아양을 부리게 하는 건 더 어려운 일이다.

그리고 접대를 위해 와 있는 면역자와 술잔을 기울이며 이야기를 나누는 것도 흥미로웠다. 수십 차례 이상 좀비에게 물어뜯긴 뒤에도 여전히 멀쩡하게 살아 있는 이 미스터 배라는 인간을 보고 있으면, 좀비란 놈들을 곧 극복할 수 있을 것 같은 기분이 든다.

"근데 저 오빠는 되게 무서워. 엄청 무게 잡고 있어서…… 가뜩이나 칼자국 때문에 무시무시한데……. 대장 오빠, 오빠가 저 오빠보다 더 높은 사람 맞아요?"

신 중장의 무릎에 앉아 러브 샷을 나누던 여자가 테이블의 한쪽 구석을 가리키며 속삭인다. 그녀가 지목한 것은 왼쪽 이마부터 광대뼈까지 길게 난 칼자국이 아직 생생한 707특임대 소령 조철웅이다.

소령은 조용히 온더록스 잔을 기울이며 이따금씩 시간만 확인하고 있었다. 덕분에 그의 파트너로 지명되었던 두 명의 여자도 주변의 분위기와 다르게 축 처져 있다.

"어이, 조 소령! 각 좀 풀어! 아가씨들이 무섭다고 하잖나! 자네 파트너들도 좀 예뻐해 주고!"

신 중장이 소령에게 말했다. 소령은 진지한 얼굴로 고개를 끄덕이고는 뻣뻣하게 양쪽으로 팔을 뻗어 아가씨들을 한차례 끌어안는 시늉을 했다. 하지만 그저 시늉일 뿐이다.

군 수뇌부가 한순간에 동귀어진해 버린 제주도의 그 밤 이후, 그는 신 중장을 그의 상관으로 택했다. 대가리가 사라져서 엉망으로 쪼개져 버린 군부를 통제하기 위해서는 누군가 한 사람, 가장 강력한 세력을 가진 이가 있어야 한다는 판단하에 어쩔 수 없이 내린 결정이었다.

당시로서는 신 중장이 그가 접촉할 수 있는 가장 강한 군벌이었으니까.

하지만…… 이미 통합을 위한 최적의 시기는 지나가 버린 뒤였다. 그리고 신 중장은 채 장군이 가지고 있던 배짱의 절반도 갖지 못한 인물이었다. 포부의 크기는 더욱더 작았다.

신 중장은 명운을 걸고 싸움을 벌여서 쟁취하겠다는 선택 자체를 하지 않으려 들었다. 대신에 천천히 세력을 확장하고 있다가 언젠가 미군이 복귀하면 그들이 흘리고 갔던 핵폭탄을 고이 되돌려줌으로써 미국으로부터 인정받는 걸 최우선의 가치로 삼는 인물이었다.

그런 한계를 보고 난 뒤, 소령은 채 장군이 회수했던 미군의 전략 핵폭탄의 행방을 그에게 알리는 일을 미루고 있다. 이 인간이 군의 정점에 서는 게 과연 옳은 일인지 아직 확신이 서지 않는다.

최선을 다해 수색 중이니 잠시만 더 기다려 달라는 말로 시간을 벌고는 있지만, 그 방법이 얼마나 더 먹힐지는 모르겠다.

"화장실 좀 다녀오겠습니다."

소령은 신 중장의 허락을 받고 노랫소리가 왕왕 울려 대는 스카이라운지에서 벗어나 복도로 나왔다. 창문 너머 멀리 거제도 북쪽의 공단 불빛이 눈에 들어온다.

"조 소령님, 무슨 불편하신 거라도……."

복도를 지키고 서 있던 경호 병력들이 다가와 묻는다. 소령은 고개를 저었다.

"아니, 그냥 담배 한 대 피우러 나온 거다. 나 신경 쓰지 말고 주변 경계 계속해."

병사들을 물린 소령은 담배에 불을 붙이고 공단의 불빛을 멍하니 바라보았다. 이곳과 울산, 포항 지역의 공단은 묘한 완충지의 역할을 수행하고 있다.

이 일대를 장악하고 있는 군벌들은 보급품의 생산과 배급을 민간 기업에서 담당해 주기를 바라고 있었다. 그래야 서로 간 힘의 균형이 어느 한쪽으로 급격하게 기울지 않을 거라는 계산 때문이다.

그것이 군 병력으로 둘러싸인 상황 속에서도 여전히 공단의 운영을 대기업들이 맡아 할 수 있는 이유다.

말하자면 이곳이 욕망의 소용돌이로 뭉쳐진 거대한 태풍의 눈이기에 고요하달까······.

이 장사치 놈들을 제압하고 모든 시설을 압수하는 것은 아주 간단한 일이다. 하지만 생산 시설을 어느 한 군벌이 독점하려는 순간, 그는 곧바로 주변의 모든 군벌들로부터 필사적인 저항을 받게 될 것이다. 실탄의 보급은 생존과 직결된, 아주 중요한 사안이기 때문이다.

그렇게 상처를 입고 피를 흘리면 도태되는 것은 순식간일 터였다. 애초에 이 싸움은 누가 먼저 피를 흘리느냐에 따라 물어뜯을 대상이 달라지는 기묘한 구도로 짜였고, 그래서 다들 더 몸을 사릴 수밖에 없다.

특히 상대방의 전력이 어느 정도인지 모르기 때문에 섣부른 움직임을 보이기란 피차 쉽지 않다.

그런 이유로 가장 필요한 시설인 공단은 역설적으로 민간의 손에 남겨졌다. 모든 군벌들이 한자리에 모여서 의견 수렴을 한 것은 아니지만, 그들은 생산 시설을 민간에 맡기는 것에 대해 무언의 합의를 이룬 상태였다.

그들이 취하는 액션이라야 태양 그룹과 친분을 쌓아서 다른 세력들보다 더 많은 실탄과 무기를 확보하는 정도이다.

그리고 또 하나, 좀비들로 덮인 활주로를 방치함으로써 공군의 개입 가능성을 애초부터 차단하는 것에도 해군과 육군은 암묵적인 동의를 이루고 있었다.

현대의 전투기라는 놈은 떠오르는 순간부터 골치 아파진다. 그러니 처음부터 싹을 밟아 놓을 필요가 있다.

물론 이 모든 전략적 결정의 근본적인 배후에는 언젠가…… 그리 머지않은 미래에 좀비 문제가 해결될 것이라고 하는 낙천적인 사고방식이 자리하고 있다.

좀비들 때문에 세상이 온통 뒤집혔다고는 하나, 그 기간은 이제 겨우 두 달.

예상 기간은 각기 다르지만, 별다른 액션을 취하지 않더라도 좀비들이 자연 소멸할 것이라는 막연한 기대는 모든 장성들이 공통적으로 가지고 있는 것이었다.

60년 이상의 장기 휴전을 계속해 온 나라의 군인이면서도 한 번도 전쟁에 대해 진지하게 고민한 적 없는 장성들답게 안일한 태도다.

'마음에 들지 않는군.'

소령은 담배 연기를 창문에 뿜으면서 생각했다. 실제로는 아무것도 하지 않으면서 그저 겉보기로만 허장성세를 꾸미고 있는 군벌들의 태도가 답답하기만 하다.

이럴 거면 애초에 뭣 때문에 독립적인 세력을 표방했는지조차도 모르겠다.

하지만 막상 그에게 누군가 '지금 가장 절실히 해야 할 일이 뭐냐?'고 질문을 던진다면, 조철웅 역시 뭐라고 말해야 할지 아직 그 대답을 찾지 못했다.

해군 기지 습격 때 잃은 왼쪽 눈, 그 좁아진 시야처럼 그의 사고 역시 어떤 틀 안에 갇혀 있다. 그것은 평생을 누군가의 도구로서 살아온 군인이 홀로 광야에 나서면서 겪을 수밖에 없는, 필연적인 혼란이었다.

그는 자신과 특임대원들, 그리고 SEAL 대원들과 같은 정예 병력들이 제대로 된 상관을 만나 국가를 위해 올바로 쓰이기를 원하고 있었다.

이런 등신 같은 술자리의 보디가드 노릇도 좆같고, 마냥 시간만 보내며 전투력에 녹이 스는 상황도 짜증스럽다.

어딘가에…… 정말 제대로 된 장성은 없는 걸까…….

띵―.

그렇게 조 소령이 어지러운 마음을 담배로 달래고 있을 때, 중앙의 엘리베이터가 열렸다. 그리고 예전에 뉴스나 신문에서 보았던 여자가 경호원들과 함께 내렸다.

태양 그룹 황 회장의 장녀, 황나연.

'제 나이처럼 보이지는 않는군.'

도도한 표정으로 자신의 앞을 스쳐 가는 파멸의 마녀를 보며 조 소령은 생각했다. 풍성한 머리카락도 그렇고, 어린아이의 것처럼 팽팽한 피부도, 정장을 돋보이게 하는 날씬한 몸매도…… 서른 중반을 훌쩍 넘긴 여자로는 도저히 보이지 않는다.

조금 억지를 부리면 그보다 열 살 아래로까지도 봐 줄 수도 있을 것 같다. 물론 엄청난 비용을 들여 관리를 받은 덕분이겠지만, 그래도 나름 대단하다.

"아, 조 소령님. 저희가 늦었습니다. 공단에 급히 처리할 일이 있어서 그만 예의를 갖추지 못했네요. 자, 같이 들어가시죠."

이전에 한두 번 본 적이 있는 임원이 조철웅을 향해 공손하게 허리를 숙이며 인사를 한다. 조철웅은 그들을 따라 스카이라운지로 향했다.

쿵짝— 쿵짝—.

최상층의 문을 열고 들어서자마자 넓은 연회장을 꽉 채우고 울리던 음악이 귀를 때린다. 술과 미녀들에 취한 군인들은 파멸의 마녀가 들어왔다는 것도 인지하지 못한 채 음악에 맞춰 되는대로 블루스를 추며 낄낄댔다.

"신 중장님, 황 사장이 도착했습니다."

참모 중 하나가 일러 준 뒤에야 신 중장은 고개를 끄덕이며 자리에 앉았다.

"즐거우셨습니까? 저희로서는 언제나 베스트를 다한다고 하는데, 그래도 늘 너버스해지는 건 어쩔 수 없어요. 혹시라도 무슨 미스테이크가 있지는 않을까 싶어서요."

마녀는 가볍게 목례를 한 뒤 자리에 앉았다. 신 중장은 의식적으로 위엄을 꾸며 내며 술잔을 기울였다.

"큼, 큼, 미스테이크는 여기가 아니라 서울에서 하셨지. 암만 준전시 상황이라고는 해도 그게 대체 무슨 짓이오? 황 사장, 난 정말이지 크게 실망했어. 그런 건

대태양 그룹이 할 일이 아니지."

"네? 무슨 말씀이신지? 좀 더 스트레이트하게 말씀해 주세요."

마녀는 짐짓 모르는 척하며 다리를 바꿔 꼬고 몸을 앞으로 기울인다. 신 중장은 떨떠름한 표정으로 내뱉듯이 말했다.

"어린 아가씨들 있는 자리여서 내가 굳이 입 밖에 내긴 싫었는데, 그렇게까지 말하니 할 수 없지. 당신들 서울에서 뭔 짓을 한 거요? 왜 멀쩡한 사람을 잡아다가 이상한 실험을 해? 그냥 실험도 아니고, 좀비들에게 잡아먹히는 실험을!"

"하, 하하…… 이거 제가 굳이 리스폰스해야 하는 이야기인가요? 누가 그런 말을 트랜스퍼했는지 여쭤봐도 될까요? 혹시…… 김 준장님이?"

마녀는 아주 뻔뻔한 얼굴로 대응했다. 신 중장의 얼굴은 차츰 딱딱하게 굳는다.

"그냥 미안하다고 하면 실수였나 보다 하고 나도 묻어 버려 줄 수 있었구만…… 이런 식으로 나올 거요? 태양 그룹 서울 빌딩에서 구출해 나온 민간인만 수천이라고 하던데 말이야."

"그럼 김 준장 하는 말을 모두 트러스트하신다는 거네요? 시빌리언 수천을 우리가 가둬 두고 있었다고요? 아니…… 어떻게요? 서울에 그렇게 많은 사람들이 숨어 있었을까요? 좀비들이 매일 스트리트를 꽉 채우고 돌아다니는 도시에서요? 그 이야기가 로지컬하다고 생각하세요? 그 민간인들…… 다 위탁받아서 프로텍트하고 있었던 거예요. 바로 잠실 쉘터에서 부탁받아서요! 애초에 거기가 아니면 그만한 생존자들이 있는 스페이스가 없어요!"

마녀가 곧바로 받아쳤다. 신 중장은 담배를 피워 물며 고개를 저었다.

"당신 이야기는 김 준장이 거짓말을 하고 누명을 씌웠다는 투잖소? 왜? 무슨 이유가 있어야지! 그 인간이 아무리 또라이 같기는 해도 다짜고짜 가만히 있는 태양 그룹에 싸움을 걸고, 있지도 않은 죄를 덮어씌울 만큼 미치지는 않았어."

"이유야 있지요. 올웨이즈…… 이유는 있어요."

마녀는 쓸쓸한 표정을 지으며 고개를 숙였다. 그러고는 은근한 말투로 다시 말을 이었다.

"여기 있는 미스터 배를 보시면 아시겠지만, 저희 태양 그룹은 계속해서 좀비들에게서 서바이브하는 법과 그것들을 격퇴할 가장 이펙티브한 방법을 리서치해 왔어요. 그리고 어느 순간, 그게 꽤 완성된 레벨까지 이르렀죠. 혹시 신 장군님께서는 파이널 레벨 에볼루션 면역이라고 들어 보셨나요?"

생소한 단어에 대해 묻자 신 중장은 고개를 저었다. 모르는 게 당연하다. 마녀가 조금 전에 막 지어낸 신조어니까.

하지만 마녀는 '그것도 모르다니.' 하는 식의 웃음을 슬쩍 흘리면서 이야기를 계속했다.

"미스터 배는 환타스틱한 면역자예요. 좀비들에게 아무리 여러 차례 물려도 그 크리티컬한 박테리아들의 어택을 모두 블록하고 이렇게 생존해 있죠. 하지만 우리 리서치 팀 멤버들은 더 딥하고 시리어스하게 상상력을 발전시켜 봤어요. '이것이 정말로 궁극의 면역일까? 더욱 진화, 그러니까 에볼루션시킬 수는 없는 걸까?' 하는 퀘스천을 가슴속에 품고 말이죠. 그랬더니 정말로 넥스트 레벨의 진화가 있더군요. 어이!"

거기까지 말하고 난 뒤, 마녀는 뒤쪽에 서 있던 경호원들에게 손짓을 했다. 경호원 중 하나가 가방에서 태블릿 PC를 꺼낸다.

"아니…… 황 사장, 지금 뭘 하려고……. 열심히 연구한다는 것까지는 알았는데…… 그런 건 서울에서 있던 일이랑 무관하잖소? 암만 좋은 일이라고 해도 멀쩡한 사람을 죽이면서까지 하면 누가 그걸 용납하겠냐는 말이오."

이야기가 엉뚱한 데로 샌다고 느낀 신 중장은 귀찮아하며 손사래를 쳤다. 하지만 그러는 사이 경호원은 군인들의 가까이로 다가가서 태블릿의 동영상 파일을 재생시켰다.

"케어풀하게 잘 보세요. 짧지만 쇼킹한 영상이니까."

마녀가 말했다. 화면에서는 가만히 서서 위쪽을 두리번거리는 테라의 모습이, 그리고 그녀의 주변으로 몰려다니는 좀비들이 재생되고 있다.

희생자들의 피가 튀는 대목부터는 잘라 내는 것으로 편집했기 때문에 영상의 길이는 짧았다.

그러나 신 중장을 비롯한 군인들에게 충격을 주기에는 충분했다. 처음에는 테라의 아슬아슬한 옷차림에 홀려 화면을 바라보던 군인들은 좀비가 등장한 이후 벌어진 입을 좀처럼 다물지 못했다.

"황 사장…… 이게 대체 뭐요?"

신 중장이 물었다. 마녀는 아무렇지도 않게 대답했다.

"누군지 아실 텐데요? K-Pop 스타잖아요. 테라라고 베리 페이머스한 아이돌이에요."

"아니, 쟤가 아이돌인 건 아는데…… 왜 좀비들이 저 여자애만 피해서……."

"아! 어머, 제 정신 좀 봐요. 미리 저 시추에이션에 대해서 익스플레인한다고 해 놓고 그걸 그만 포갓했네요."

마녀는 한바탕 너스레를 떨며 충격을 받은 사람들의 혼을 쏙 빼놓고서 생으로 지어낸 이야기들을 나불거리기 시작했다.

"이건 우리 리서치 팀이 이 아이에게 파이널 레벨 에볼루션 유전 인자를 주입한 뒤의 영상이에요. 미스터 배의 면역 체계에서 특정 유전자만 익스포트해서 그걸 변형 이식한 거죠."

냉정한 상태의 평균적인 지능을 가진 인간이라면, 그녀의 말도 안 되는 장광설에서 뭔가 이상한 구석을 발견했을 것이 분명하다.

하지만 지금 신 중장과 그 참모진들은 술에 취해 있었고, 방금 전 말도 안 되는 놀라운 영상을 본 터라 이성이 반쯤 마비된 상태였다.

"그럼…… 당신들이 저 애를 저렇게 만들었다고?"

"네. 여러 번의 익스페리먼트를 거친 뒤에 가까스로 석세스한 첫 번째 과실이랄까요? 그런데 지금 이 아이가 어디에 있을까요? 후후, 아마 못 믿으실 거예요. 네, 바로 김 준장이 빼앗아 갔죠. 우리 용산 빌딩에 브레이크 인해서 그냥 스틸한 거예요. 이 영상을 레코딩하던 바로 그날 말이에요."

마녀는 그 말을 하면서 쓸쓸하게 고개를 저었다. 도저히 믿기 어려운 비극을 만난 주인공처럼…….

계산된 몇 초간의 침묵이 지난 뒤, 마녀는 다시 한숨을 내쉬고 입을 열었다.

"아까 신 중장님, 저에게 뭐라고 하셨죠? 김 준장이 왜 아무 이유도 없이 저희 빌딩을 어택하겠냐고요? 자, 이제 리즌을 보여 드렸어요. 김 준장은 저희에게 특별한 트레저가 생겼다는 걸 알고 있었어요. 왜냐하면 저희는 기본적으로 군을 트러스트하고 있으니까 모든 인포메이션을 공유하고 헬프하기 위해서 노력했거든요. 그랬더니 그 보답으로 이런 결과가 리턴되더라고요. 이걸 보세요. 조금 호러블하기는 한데……."

마녀는 핸드백 속에서 몇 장의 인화된 사진을 꺼내 테이블에 늘어놓았다. 수색 영상에서 캡처한 장면들을 출력한 것이다.

"으음~!"

사진을 들어서 눈가로 가져간 신 중장은 미간을 찌푸리며 고개를 저었다. 군인으로 평생을 살아온 그였지만, 그 정도로 끔찍하게 훼손된 시체를 본 적은 거의 없었다.

폭발에 휘말려 갈기갈기 찢긴 시체들은 이 사진 속 남자에 비하면 편안하게 눈을 감은 축이다.

"심하군. 이게 누군데 굳이 이런 사진을…… 술맛 떨어지게시리."

신 중장이 물었다. 마녀는 비장한 목소리를 가장하며 대답했다.

"저희 서울 본사 빌딩의 시큐리티 슈퍼 바이저였어요. 하지만 저희가 건물을 수색하면서 기록한 영상에 그런 모습으로 잡혔더군요. 사실…… 아웃 핏이 아니라면 누군지 알아낼 수도 없었을 거예요. 어떻게 사람을 그 정도로까지 크루얼하게…… 그 사람도 한때 군인이었는데……."

파멸의 마녀는 눈물을 찍어 내는 시늉을 하며 잠시 말을 멈췄다. 메이저가 어쩌다가 저런 꼴로 돼져 있는지는 모르지만, 그 끔찍한 몰골을 보여 주면 뭔가 조금이라도 동정의 여론이 생길 것 같다는 계산에서다.

"보시면 아시겠지만, 그건 좀비의 소행이 아니에요. 좀비는 그렇게 할 수 없어요. 분명히 아주 샤프한 나이프로 정교하게 커팅한 거죠. 단지 고통을 맥시마이즈하려고요……. 자, 그럼 누가 그렇게 했을까요? 김 준장의 말대로라면 붙잡혀 와서 모르모트 신세가 되어야 했던 미저러블한 민간인들이 그렇게 할 수 있었을까요? 어떻게? 특수부대 출신의 이 머슬맨을…… 그에게는 총으로 무장한 부하들도 많았는데…….”

마녀가 지껄이는 동안 신 중장의 표정은 조금씩 미묘하게 바뀌어 갔다. 마녀는 그 표정을 살펴가며 계속 말을 이었다.

"이 모든 건 다 테라라는 파이널 레벨의 면역자를 욕심낸 김 준장의 디스거스트한 만행이었어요. 그리고 오히려 거짓말로 우리를 크리미널로 만들어 버렸죠. 왜냐면, 우리가 배드한 집단일수록 자기들이 무슨 짓을 해도 다 포기브가 되니까.”

"그…… 테라라는 여자 말인데, 그 여자로 뭘 할 수 있는 거요?”

신 중장이 물었다. 마녀는 슬픈 연기를 계속하며 머리를 쓸어 넘겼다.

"네이밍은 파이널 레벨이라고 했지만, 아쉽게도 그녀는 아직 최종 완성 단계에 들지 못했어요. 원 리틀 스텝이 남아 있었죠. 그 단계까지만 갔으면, 여기 계신 모든 VIP분들에게 항체를 만들어 드릴 수 있었는데……. 불행 중 다행이라면, 여기 사우스 에어리어에도 그녀의 블러드 샘플이 아주 조금 남아 있다는 거예요. 저희가 며칠 내로 제공해 드릴 혈청은 딱 한 분만 사용하실 수 있어요. 위급하실 때 사용하시면 소생하실 확률은 피프티, 피프티! 이그젝틀리 50퍼센트예요. 100퍼센트가 아닌 게 아쉽지만, 그래도 제로보다는 머치 베터한 거죠.”

"한 사람분이라고?”

신 중장이 미간을 찌푸리자, 마녀는 호들갑스럽게 고개를 끄덕였다.

"낫 이너프해 보인다는 거 잘 알아요. 하지만 실험을 위한 미니멈의 양을 제외한 모든 걸 다 신 중장님께 드리는 거란 점만 리멤버해 주세요. 이게 신 중장님의 은덕에 보답하기 위해서 저희가 할 수 있는 베스트입니다.”

마녀는 눈 하나 깜빡하지 않고 거짓말을 잘도 지껄였다. 그곳에 있는 아무도 그 피가 진짜 테라의 것인지 어떻게 알 수 있느냐고 묻지 않았다. 왜냐면 너무 커다란 거짓말은 오히려 꾸며 낸 것처럼 여겨지지 않기 때문이다.

  "그러면…… 김 준장은 그녀의 피를 계속 뽑아서 그…… 치료약으로 쓸 수 있다는 말인가?"

  신 중장은 테라를 빼앗긴 것이 못내 아쉽다는 듯한 표정을 지으며 물었다. 마녀는 고개를 끄덕였다.

  "뭐, 거기 테크놀로지 레벨로 잘될 것 같지는 않지만, 띠오리 상으로는 파서블하죠. 그뿐인가요. 매일 밤 끼고 자겠죠. 보약 먹듯이 말이에요. 그 많은 이노센트한 사람들을 죽여 가면서까지 그녀를 납치한 건 어쩌면 후자가 더 큰 이유일지도 모르겠네요. 확실히 어트랙티브하기는 하잖아요."

  "그…… 그럼 그런 파이널 머시기를 더 만들어 내면 되잖소. 한 번 성공했으니 어려운 일도 아닐 것 같은데……."

  "아뇨, 어려워요. 그걸 이뤄 낸 지니어스 닥터 오도 이번 김 준장의 어택에 휘말려 브루탈하게 목숨을 잃었거든요. 물론 다시 재현할 수는 있지만, 타임이 좀 필요해요. 좀비들 눈에 보이지 않는 무적의 군대를 만들 수도 있었는데……."

  마녀가 아쉬움이 뚝뚝 떨어지는 표정으로 말했다.


  반신반의하는 신 중장의 마음을 혈청 선물 예고로 풀어 돌려보낸 뒤, 그녀는 회심의 미소를 지었다. 신 중장 측에서도 함부로 병력을 움직여 김 준장을 치러 갈 수는 없겠지만, 이제 적어도 불신의 싹은 틔워 놓았다. 앞으로 신 중장이 김 준장의 고발 때문에 태양과 척질 일은 없을 것이다.

  그리고 내일, 또 모레…… 각기 다른 군벌을 불러서 똑같은 이야기로 해명을 하고 똑같은 엉터리 선물로 환심을 사면, 이 위기는 그냥 지나가 버릴 것이다.

  "대디하고 연결해."

  소파에 기대앉은 마녀는 답답한 블라우스의 단추를 풀고 크게 한숨을 내쉬었다. 이렇게나 잘 마무리를 지었다는 걸 자랑하고 싶었다. 아버지로부터 인정과 칭찬을 받고 싶었다. 그녀의 맞은편에는 기가 확 꺾인 미스터 배가 바닥을 노려보고 앉아 있다.

"저는 이제 쓸모없어지는 겁니까? 그런 특별한 면역자가 나오면……."

미스터 배가 물었다. 무전기가 연결되기를 기다리고 있던 파멸의 마녀는 깔깔대며 웃음을 터뜨렸다.

"노노노! 절대 그렇지 않아. 네버! 미스터 배는 우리 태양 그룹의 소중한 패밀리야. 가족이라고!"

그렇게 마녀가 떠들어 대고 있을 때, 경호원이 무전기를 두 손으로 받고 나서 마녀에게 넘긴다. 황 회장이 연결된 것이다.

마녀는 신이 나서 오늘 자신이 본 것과, 그것을 이용해서 어떻게 군인들을 달랬는지에 대해 떠들어 댔다.

— 치익, 그러니까…… 어떤 계집애가 좀비에게 보이지 않는 면역자인 걸 알자마자…… 그걸 사방팔방 떠들고 다녔다는 이야기냐? 그 계집애는 우리 수중에 있지도 않은데? 치이익.

황 회장이 특유의 숨 막히게 만드는 쇳소리를 내며 묻는다. 마녀는 등골에 흐르는 식은땀을 느끼며 변명을 해 보았다.

"회장님, 그게…… 워낙 여기의 상황이 시리어스하고 프라블럼이 커서……."

— 치이익, 왜 나한테 보고부터 하지 않았나? 그렇게 중요한 변동 사항이 있었는데…… 치익.

황 회장이 물었다. 평온한 어조였지만 이미 마녀의 온몸은 땀으로 흠뻑 젖었다.

"제 생각에는 그렇게 대처하는 게 베스트 웨이라고 판단했습니다."

— 치이익, 미련한 년! 너 같은 돌대가리를 믿은 내가 잘못이지. 아무짝에도 쓸모없는 년. 치익. 삐리릭.

잠시 침묵하고 있던 황 회장은 몇 마디의 욕설을 내뱉은 뒤, 일방적으로 무전을 끊었다. 마녀는 두 손으로 얼굴을 감싸 쥐었다.

'차라리 이야기하지 말걸…….'

뒤늦은 후회가 밀려온다. 그녀는 자신이 다시 불신의 대상으로 전락해 버렸다는 걸 느낄 수 있었다. 이 관계는 테라를 황 회장의 눈앞에 데려오기 전까지 개선될 것 같지 않다.

"가까이 와."

마녀는 경호원을 불러 조용히 속삭였다.

"경호팀 중에서 좀 똘똘한 애들 몇 명 골라서 난민으로 위장시킨 다음, 김 준장이 옮겨 갔다는 곳으로 잠입시켜."

"그런 다음에 뭘 하라고 할까요?"

경호원이 물었다. 마녀는 이를 바득 갈며 대답했다.

"테라, 그년을 잡아 와. 무슨 수를 써서라도 반드시!"

## 02
### 충주의 가을

"형."

규영이 부른다.

"……응. 왜? 화장실?"

신입은 힘없이 대답했다. 고개를 돌릴 기운도 없다.

"아니…… 그냥, 벌써 잠들었나 궁금해서 불러 봤어요."

"참내, 새끼, 싱겁기는…… 무섭냐? 끄으응~."

신입은 잘 올라가지 않는 팔을 억지로 뻗어서 옆자리에 누운 규영의 머리를 쓰다듬었다. 겨우 플래시 불빛 정도만 희미하게 비치는 어두운 실내. 딱딱한 바닥에 박스를 깔고 그 위에 담요만 덮은 잠자리가 편안할 리가 없다. 당연히 마음도 불안할 거다.

"후우~ 좀 이상해요. 아무래도 너무 늦는 것 같아요. 이렇게 오래 걸리나요?"

규영이 또 한숨을 내쉬며 걱정을 시작한다. 신입은 애써 밝은 목소리를 꾸며서 대답했다.

"야, 새끼야. 걱정 말라고 몇 번 이야기하냐. 여기까지 꽤 멀어. 그리고 앞에 사람들이 막혀 있으면 앞질러서 뛰어올 수도 없잖아. 그냥 순서대로 오는 거니까……."

"그럴까요?"

"그렇다니까. 그렇게 걱정하지 말라고. 아마 내일쯤은 거지꼴을 하고서 나타날 것 같아. 내 예감이 맞아. 내가 씨발, 촉이 존나 좋거든. 가진 능력이라고는 그거 하나다."

신입은 목소리를 낮춰서 속삭였다. 근처의 다른 사람들 잠을 깨우지 않으려면 가능한 한 목소리를 낮춰야 한다. 다들 불안하기 때문에 사람들은 그런 사소한 일에 민감하다.

사흘 전에는 별것도 아닌 이유로 시비가 붙어서 멱살잡이를 당한 적도 있다. 물론 신입은 빠르게 사과했고, 일을 좋게 마무리했다.

"하아~ 네. 그러면 좋겠지만…… 근데 형은 어제도 내일은 올 거라고 했었잖아요."

규영이 또 걱정스레 중얼거린다. 신입은 실없이 웃으며 녀석을 달랬다.

"흐흐, 그거야 하루 이틀 정도는 좀 빗나갈 수도 있는 거지. 새끼…… 내일은 진짜야. 꼭 와."

"이런 말 하면 안 되는 거 아는데요……. 후우우~ 혹시 무슨 일이 생기거나 그러지는 않았겠죠?"

"안 그런다니까. 그럴 일이 없어. 야, 생각해 봐. 그 새끼들이 보통 독한 것들이냐? 씨발, 좀비를 완전히 씨를 말리고 다녔잖아. 그리고 그 인상 더러운 칼잡이도 싸움 쩔게 하더구만. 나는 보안관이랑 다이다이 뜨는 새끼는 또 처음 봤네. 거기다가 진우 같이 갔지. 너 진우 총 쏘는 거 어떤지 알지? 그런데 걱정할 게 뭐

있냐? 그러니까 마음 푹 놓고 어서 자. 내일 온다고. 이 밤만 푹 자고 나면 내일."

신입은 가물거리는 눈을 비비며 규영을 달래 주고, 녀석의 어깨를 두드렸다.

"……네, 그래 볼게요."

규영은 맥없이 중얼거리고, 몇 번이나 무겁게 한숨을 내쉰다. 녀석의 숨소리가 떨리고 흐느끼는 것처럼 느껴진다.

"야, 새끼야. 울지 마. 걱정할 일 없다는데 왜 그래?"

"흑! 후우우~ 안 울었다고요. 후우우~."

규영은 고개를 모로 돌린 채 눈물을 닦는다. 밤이 찾아와서 어둠이 덮치면 모든 것이 너무도 두려워진다. 수정이 누나라도 함께 있어 주면 좀 나은데, 당분간은 남녀 숙소를 별도의 층으로 나눠 운영하기 때문에 그것도 여의치 않다.

그렇게 거의 20분가량을 훌쩍거린 뒤에야 규영은 겨우 쌕쌕 숨소리를 내며 잠이 들었다. 이따금씩 이를 악물고 뭐라 잠꼬대를 중얼거리는 걸 보면 분명히 꿈속에서도 그리 편안한 상태는 아닌 모양이다.

"아아, 젠장…… 개새끼들, 진짜…… 왜 이렇게 사람 속 썩여. 빨랑빨랑 좀 오지."

규영이 잠들고 난 뒤, 신입은 몰래 한숨을 내쉬며 중얼거렸다. 도대체 한 달이 다 되어 가도록 뭘 하고 있는 건지 모르겠다.

규영이 말대로 뭔가 이상하기는 이상하다. 이제는 가장 늦게 출발한 후발대들도 속속 도착하고 있는 분위기인데…….

강 소위의 배려로 규영과 신입, 임수정은 장갑차 전투병 탑승 구역에 타서 속행 차로로 빠르게 이동할 수 있었다.

그게 건대 수백의 사람들을 구하고 나서, 또 수천의 사람들을 구출하기 위해 태양 그룹 빌딩에 뛰어든 영웅들의 동료를 위해 강 소위가 해 줄 수 있는 최대한의 배려였다.

덕분에 그들은 남들처럼 고생하지 않고 190킬로미터가 넘는 철로 이동을 단 하루 만에 끝마치는 게 가능했다. 서울에서 대전까지, 그리고 대전에서 간선철도를 따라 다시 충주까지.

도보로 이동하는 사람들에게는 힘겹고 위험한 긴 여정이었다. 만약 그들도 다른 이들처럼 도보로 이동해야 했다면, 규영이에게는 정말로 잔혹한 날들이었을 것이다.

말이 좋아 190킬로미터지, 이글거리는 태양의 열기를 그대로 받으며 뜨겁게 달궈진 선로를 걷는 건 생각만 해도 진저리가 날 만큼 고통스러운 일이다.

한 시간에 3킬로미터를 전진하기도 어렵고, 가끔씩 앞쪽에서 좀비 무리들과 전투라도 벌어지면 몇 시간이고 그 자리에 서서 불안에 떨며 기다려야 한다.

그런데 빨리 도착하는 것이 대단히 좋은 일은 또 아니었다. 다른 민간인들보다 일찍 온 선발대들은 안도의 한숨을 내쉬기도 전에 다시 새로운 임무를 부여받았다.

군 병력들이 충주 시내의 좀비들을 소탕하고 필요한 물자를 조달해 오는 동안 임시 거처를 청소하고 살림을 담당하는 일이다.

지금 임시 거처로 사용하고 있는 충주 터미널은 내부에 할인 마트와 쇼핑몰까지 함께 입주해 있을 만큼 이 부근에서 손에 꼽을 정도로 크고 넓은 건물이다. 그만큼 청소하기가 어렵다는 말도 된다.

신입도 그 노역에서 열외일 수는 없었다. 오전부터 하루 종일 힘들게 일을 하고 밤을 맞으면, 온몸이 노곤해서 쓰러질 것만 같다. 그런데 막상 또 자려고 누우면, 그때부터 걱정이 시작되어 새벽녘이 환하게 밝아 올 무렵에야 겨우 눈을 붙인다.

'씨발, 진짜 무슨 일이 있는 거 아니야?'

신입은 그런 생각을 하며 울상을 지었다. 처음 이곳에 도착해서 열흘 정도는 불안해하면서도 그래도 잘 버텼다. 어차피 녀석들이 사람들을 구해 내고 그다음 날 출발한다고 해도 도보로 그 정도의 기간은 걸린다는 걸 알고 있었으니까.

그런데 그 열흘이 지난 뒤에도 녀석들은 나타나지 않았다. 강 소위와 고 하사에게 어떻게 된 일인지 물어보고 싶지만, 그들을 만나기가 어렵다. 다들 어딘가에서 바쁘게 일을 하고 있는 것이다.

보안관, 삼식이, 진우, 유빈이, 혜주, 제니…… 녀석들이 구해 낸 사람들까지도 속속 도착하는 마당에, 왜 그 장본인들만 코빼기도 내비치지 않는 걸까? 그 얼굴들을 다시 보지 못하게 될까 봐 무섭다.

그 녀석들의 도움 없이 오로지 혼자만의 힘으로 이 가혹한 세상을 살아가야 할지도 모른다는 걱정이 들면 숨이 가빠지고 땀이 뻘뻘 흐른다. 특히…… 규영이가 걱정된다.

신입은 누군가를 돌보는 스타일의 인간이 아니었다. 그러니 지금 제 한 몸 돌보는 것도 어지간히 힘에 부친다. 하지만…… 만약에 그 새끼들이 다 어떻게 되어 버렸다면…… 그때는 규영을 챙길 수 있는 게 신입 자신밖에 없다.

"어후~ 아니야! 씨발, 그딴 재수 없는 생각 그만하고 자라고! 내일 온다!"

망상과 걱정 속에서 몸부림치던 신입은 자신도 모르게 큰 목소리로 혼잣말을 내뱉었다. 아니나 다를까, 두 자리 건너 누워 있던 덩치 큰 아저씨가 몸을 일으키며 버럭 성질을 낸다.

"야이 새끼야! 조용히 좀 처자라고! 너 땜에 깼잖아! 한 번 뒈지게 맞아야 말을 들을래?"

"아, 아니에요. 죄송합니다! 죄송합니다! 잠꼬대였어요."

신입은 황급히 사죄를 하고 몸을 움츠리며 규영이 쪽으로 돌아누웠다. 치사한 이야기지만, 이럴 것 같았으면 친구 놈들이 태양으로 쳐들어간다고 했을 때 말릴 걸 그랬다.

테라가 아무리 예쁘고 가치 있는 면역자라고 해도 내 생명보다 소중하지는 않은 거니까…….

눈을 감으면 코스트코 옥상이 저절로 그려진다.

수영복을 입은 제니와 태권 소녀, 아무리 마셔도 동이 날 것 같지 않던 고급 샴페인 박스들, 그리고 조금 때가 껴 있기는 해도 시원하게 더위를 식혀 주던 물놀이 풀. 마음대로 골라 먹을 수 있었던 통조림과 먹거리들…….

그 좋았던 날들을 실제로 누린 건 며칠 되지도 않는다. 그렇게 좋고 아늑한 집이 있었는데, 대체 뭐 한다고 그 먼 길을 떠나서 온갖 고생을 다했단 말인가…….

 그렇게 많은 걸 포기하고 사람들을 구했는데, 옆자리의 저 풍보 아저씨 새끼는 개뿔 고마운 줄도 모르고 툭하면 겁이나 주고 앉아 있다. 분하다…….

 이후에도 신입은 몇 차례나 뒤척이고 괴로워하다가 겨우 잠이 들었다. 그리고 꿈을 꾸기도 전에 기상 시간이 그를 찾아왔다.

 "아아, 젠장. 존나 피곤하네."

 다시 아침이 밝았을 때, 신입은 오만상을 찌푸리며 고개를 저었다. 이제 또 맛대가리 없는 식사를 먹고 나서 하루 종일 뼈 빠지게 일을 해야 하는 하루가 시작된 것이다.

 이곳으로 옮겨 온 후, 군인들은 뭐든지 아꼈다. 겨울을 넘길 수 없을지 모른다는 두려움 때문에 마트 안에 그득그득 음식이 쌓여 있는데도 겨우 굶어 죽지 않을 정도의 양만을 배급하고, 민간인들이 식량에 접근하는 걸 철저히 통제한다.

 "햄 먹고 싶다……. 통조림에 든 햄 숟가락으로 푹푹 떠서 먹고, 와인으로 입가심 싹 했으면 좋겠다."

 규영이와 마주 앉아 물에 불린 시리얼을 씹으면서 신입이 중얼거렸다. 규영이도 음식 투정에 동참했다.

 "저는…… 초콜릿 바랑 캔 커피 먹고 싶어요. 과일 통조림하고."

 "음, 그래. 그것도 좋겠네…… 복숭아 통조림."

 그래 봐야 입 안에서 씹히고 있는 것은 시리얼뿐이다. 신입은 한숨을 내쉬었다.

 "규영아, 이거 먹어. 어젯밤에 배급 나온 간식인데, 나는 이거 안 먹거든. 달아서."

 임수정이 다가와 조그만 과일 주스 팩을 내민다. 규영이는 민망해서 머리를 긁적이며 어쩔 줄을 몰라 한다.

 "어후, 누나. 자꾸 이러면 안 돼요. 누나도 먹어야죠. 어차피 여기서 주는 거 다 마찬가지인데."

 "아니야. 후후후, 그러지 말고 얼른 마셔. 너 주려고 밤새도록 꼭 가지고 있었던 거잖니."

임수정은 규영의 머리를 쓸어 준다. 세 사람이 함께 얼굴을 마주 보고 이야기를 나눌 수 있는 때는 세 번의 식사 시간 정도가 전부다.

"누나, 혹시 고 하사 아저씨 봤어요?"

규영이 빨대로 주스를 마시며 물었다. 임수정은 고개를 저었다.

"아니, 요즘 통 못 만났어. 왜?"

"뭐…… 누나들이랑 형아들, 왜 안 오는지 그게 너무 궁금해서 물어보려고요."

"그래…… 혹시 만나게 되면 나라도 꼭 물어볼게. 그리고 너무 걱정하지 마. 이제 금방 오겠지, 올 거야."

임수정은 규영을 위로했다. 하지만 솔직히 말하자면, 강 소위와 고 하사라고 해서 별다른 정보가 있을 것 같지는 않았다. 그들 역시 조직의 하위에 속해서 매일 정신없는 격무에 시달리고 있으니까.

"다녀올게. 쉬고 있어."

규영이가 화장실을 다녀오도록 도와준 뒤, 신입은 내키지 않는 걸음을 억지로 옮겨서 1층의 주차장으로 내려갔다.

거기에는 이미 오늘의 작업 내용을 지시받기 위해 수많은 사람들이 모여 서 있었다. 반대편에서는 여자들이 똑같이 모여 서서 작업을 지시받는 중이다.

"여기 이 두 줄! 에…… 물 길어 오는 조입니다. 뒤쪽으로 가시면 빈 생수통 있습니다. 그거 두 개씩 들고 정문 앞에 인솔하는 병사들 따라서 이동하십쇼!"

앞에서는 병사들이 줄을 따라 사람들을 나누고, 오늘 해야 할 일을 배정해 준다.

외부로 나가는 일은 무섭다. 병사들이 호위를 해 준다고는 해도 감자나 시든 야채 따위를 캐다가 좀비들을 만나게 될까 봐 늘 조마조마하다.

"여기 한 줄!"

병사가 신입이 서 있는 줄을 가리키며 말했다. 사람들은 힘없이 손을 들어 보였다.

"에…… 화장실 청소입니다."

병사가 말하자마자 신입은 울상이 되었다. 하필이면 그가 가장 싫어하는 일이 걸려 버렸다.

"이런 씨발!"

화장실 청소라고 좋게 표현하지만, 실은 단순히 청소 같은 게 아니다. 간이로 만든 화장실의 구덩이 안에서 배설물 양동이를 꺼내 짊어지고 멀리 경작지까지 나가서 거기 두엄 더미에 버려야 하는 일이다.

더러운 것과 위험한 것의 컬래버레이션. 가히 최악의 작업이라고 해도 부족함이 없다. 이 일을 하루 하고 나면 몸에 밴 냄새가 사흘은 간다. 전염병을 막기 위해서 반드시 해야 하는 일이지만, 자신은 정말 하고 싶지 않은 일이다.

"아으, 씨발. 진짜······."

신입은 계속 혼잣말로 욕설을 내뱉으면서 사람들과 함께 이동했다.

"자아, 어깨에 힘주고 있어! 건다!"

긴 장대를 어깨에 멘 채 신입이 나서자, 중년 아저씨들이 간이 화장실의 장막을 걷어 내고 배설물 양동이를 꺼내 장대에 걸어 준다. 바로 눈앞에서 찰랑거리는 누군가의 배설물들······.

"읍! 우욱!"

원래부터 비위가 좋지 않은 신입은 고개를 모로 틀고 구역질을 하며, 도망치고 싶은 욕망을 꾹 눌러 참았다. 앞뒤로 양동이가 걸리면 그 무게만 해도 상당하다. 어깨의 살갗이 벗겨지는 것 같다.

"똑바로 잘 걸어! 질질 흘리지 말고! 흘리면 그거 치우는 것도 큰일이야!"

"야! 너처럼 세월아, 네월아 다니면 이걸 언제 다 끝내냐! 빨리빨리 걸어!"

신입이 비틀거리면서 걸을 때마다 함께 작업에 투입된 아저씨들은 잔소리를 한 바가지 늘어놓는다. 하지만 그로서도 어쩔 수가 없다.

원래부터 체력은 그리 좋지 않았고, 이런 일을 하는데 뭐가 즐거워서 걸음을 서두르겠는가. 토하지 않는 것만 해도 그로서는 정말 최선을 다하고 있는 건데······.

"후우우우~!"

두엄 늪에 가까이 다가가면 벌써 냄새가 장난이 아니다. 신입은 입으로만 숨을 쉬기 위해 애를 썼다. 온몸에 두드러기가 돋는 것 같은 기분이다.

두 양동이를 모두 두엄 늪에 부어 버리고, 옆에 쌓여 있는 석회를 한 삽 떠서 양동이 안에 골고루 뿌렸다. 그렇게 하고 나서 손에 묻은 오물을 풀잎에 문질러 닦고 있으려니 새삼 서럽고 처량하다.

씨발…….

탕! 타타탕! 탕탕탕!

어딘가에서 총소리가 들려온다. 선발대가 이곳에 도착한 지 한 달이 훨씬 더 지났건만, 숨어 있던 좀비들은 잊을 만하면 한 번씩 튀어나와서 이렇게 간을 졸인다.

"어이, 학생! 뭐 해! 똥지게 지라고 했더니, 뭐 한다고 풀만 뜯고 앉았어!"

그의 뒤를 따라온 아저씨가 양동이를 확 비우면서 성질을 부린다.

이것들은 도대체 왜 나만 보면 못 잡아먹어서 안달들인지…….

신입은 분하고 억울했지만, 입술을 꽉 깨물고 참았다. 어차피 싸워 봐야 못 이긴다. 그러니까 두드려 맞기 전에 말을 듣는 척이라도 하는 편이 낫다.

"예, 예…… 가요. 손에 똥이 튀어서 그거 닦은 거예요."

신입은 영혼이 빠져나간 사람처럼 고개를 푹 숙인 채 다시 장대에 양동이를 끼우고 터미널로 돌아왔다. 거기에서는 새로운 배설물 양동이가 그를 기다리고 있었다.

작업은 몇 시간 동안 계속됐다. 여기로 대피해 온 사람의 수가 몇만이나 되다 보니, 당연히 하루 동안 쏟아져 나오는 배설물의 양도 엄청나다.

"점심 먹고 와서 합시다! 점심시간 다 되어 가는데!"

몇 번의 괴로운 왕복을 하고 신입의 비위가 한계까지 내몰렸을 때, 누군가 크게 외쳤다.

작대기를 내려놓은 신입은 부들거리며 손에 살균 세정제를 묻혀 닦았다. 아무리 열심히 문질러도 이 냄새는 좀처럼 가시지를 않는다.

점심 따위 먹고 싶은 기분이 조금도 아니었지만, 그가 가서 식사를 타 오지 않으면 규영은 굶어야 한다. 이곳에는 아직 몸이 불편한 사람들을 위한 배려가 부족하다.

"형아, 똥 푸는 거 걸렸어요?"

신입이 점심으로 지급된 크래커와 잼을 비닐봉지에 담아 오자 규영이 대뜸 물었다. 신입은 고개를 끄덕였다.

"냄새가…… 멀리에서도 나디?"

"아뇨. 다들 땀으로 범벅이 돼 있어서 사실 냄새는 잘 모르겠어요. 똥 냄새나 겨드랑이 땀 냄새나 거기서 거기죠 뭐. 근데 형 얼굴이 완전 썩었더라고요. 전에도 그 작업 걸리면 늘 그런 표정이었으니까……."

"하아~ 말 마라……. 진짜 이거, 미치는 기분이다. 한 서너 시간 하고 났더니 이제 냄새는 그래도 좀 익숙해졌는데, 보는 게 너무 괴로워. 아으, 이거 너 다 먹어. 나는 진짜 속이 울렁거려서 아무것도 못 삼키겠어."

"에이, 형. 그러지 말고 먹어요. 굶고 일하다가 쓰러지면 어쩌려고 그래요."

규영이 크래커에 잼을 발라서 신입에게 내민다. 신입은 서글픈 표정으로 그 크래커를 한동안 바라보고 있다가 마지못해 입을 벌려 받아먹었다.

"……응, 건대 있던 애가 그러는데, 거기 왔던 특공대 완전 끝내줬대. 삼식이라는 사람이 있었는데…… 완전 모델 싸대기 막 때릴 정도로 잘생겼다더라고. 그리고…… 그 사람은 여자 얼굴 안 가리고 전부 다한테 친절하게 군대."

"아니던데…… 나는 삼식이라는 사람은 모르고, 진우 요원은 알아. 그 사람이 그렇게 끝내주게 멋있다더라. 총을 완전 올림픽 금메달리스트처럼 쏜대. 표정도 엄청 시크하고. 여자들이 막 줄을 섰었다던데?"

근처에 모여 앉아 밥을 먹는 젊은 여자들의 입에서 신입과 규영이 익히 아는 이름들이 마구 흘러나온다.

그들은 건대 쉘터에서 수많은 사람들을 구해 낸 영웅들의 이야기를 하고 있었다. 목소리만 들어도 다들 동경이 가득하다.

"아아, 젠장. 나도 그 새끼들이랑 한 패거리였다고 이야기하고 싶다. 그럼 쟤들이 나랑 놀아 줄까?"

귀를 쫑긋 세워서 듣고 있던 신입이 한숨을 내쉬며 중얼거렸다. 규영이가 고개를 저었다.

"뭐, 그래도 되기는 하는데…… 오늘은 하지 말아요. 아무래도…… 냄새라는 게 첫인상을 좌우할 텐데……."

"그렇겠지?"

신입도 자신의 처지를 잘 알기에 규영의 충고를 곧바로 받아들였다. 크래커를 입에 가까이 가져가는 동안에도 악취가 진동을 한다. 이런 상황에서 어떤 여자를 꼬실 수 있겠는가…….

"나…… 그 진우 요원이라는 사람 본 것 같아. 우린 그때, 태양 그룹 빌딩 지하 주차장에 갇혀 있었거든. 근데 그 사람이 딱 엘리베이터를 타고 내려오는 거야. 진짜 한창 싸우고 있는 중이었던 것 같아. 엘리베이터 안에도 나쁜 새끼들 시체가 막……. 하여간, 이제 곧 구조해 주겠다고 말하는데…… 나 진짜 그 순간에 그 사람 얼굴이랑 목소리가 세상에서 제일 멋있는 것처럼 느껴지더라."

진우의 특이한 총과 복장에 대해 이야기를 하고 있던 여자들 중에서 한 사람이 말했다. 신입과 규영은 깜짝 놀라 그쪽을 돌아보았다.

"저기! 용산 태양 빌딩에서 왔어요? 응? 거기에서 진우, 그 새끼 봤어요?"

신입은 앞뒤 잴 새 없이 그 말을 한 여자에게 달려들어 속사포처럼 질문을 날렸다. 갑작스럽게 난입해서 크래커 부스러기를 튕겨 가며 큰 소리를 내는 신입 때문에 여자는 깜짝 놀라 코를 틀어쥔 채 고개를 끄덕였다.

"……네. 그건 왜요?"

"아, 아니…… 친구라서 그래요. 기다리고 있는데 이 개새끼들이 도통 오지를 않으니까 불안해서……. 저기, 미안한데 아는 대로 좀 말해 줘요! 그게 언제예요? 응? 몇 시쯤? 진우 걔 혼자 있었어요? 덩치 커다란 놈이나, 나만 한 키에 별로 볼품없는 놈은 같이 안 있었어요? 네?"

신입의 말이 많아졌다. 여자는 더욱 위축된 채 고개를 젓는다.

"몰라요, 저는 그냥 먼발치에서 봤던 거예요. 그 사람 잠깐 들렀다가 간 다음에, 군인들이 와서 꺼내 줬어요. 그때 이후로는 못 봤고요."

"여기에 도착한 게 언제예요? 그쪽이 여기 도착한 날짜요!"

"저…… 사흘 전인데요……. 저기, 근데, 저 좀 무서운데……."

여자가 점점 뒤로 물러나며 애원하듯 말했다. 신입은 그제야 좀 이성을 되찾고 여자들에게 고개를 숙였다.

"아아, 네. 미안합니다. 놀라게 해서…… 그게 친구 일이다 보니까……."

기분 탓일까…… 자신을 바라보는 그녀들의 눈빛이 하나같이 의심이나 비웃음처럼만 느껴진다.

― 흥, 제깟 게 무슨 진우 요원의 친구라는 거야? 웃기지도 않아, 정말. 그런 수법으로는 백날 꼬셔 보려고 해도 안 돼…….

그런 생각들이 등 뒤에 박히는 것 같다. 신입은 억울했다. 다시 여자들에게 가서 큰 소리로 외치고 싶다.

나, 그 새끼들 친구 맞다고! 우리…… 라면 한 개도 나눠 먹고, 한 양동이에 오줌도 같이 싼 사이라고!

하지만 그래 봐야 자기 자신만 더 초라해질 뿐이라는 걸 알기에 신입은 쓸쓸히 규영이 곁으로 돌아왔다.

"아…… 젠장…… 저 생판 모르는 여자까지 구했다는 거 보면 분명 테라도 구했을 것 같은데…… 너무 이상하다……."

신입은 도리질을 하며 넋두리를 늘어놓았다. 규영이 묻는다.

"다른 형아들이나 누나들은 못 봤대요?"

"으응, 뭐…… 어떻게 된 조화인지 모르겠어. 설마 진우, 그 새끼 혼자만 살아

남은 건 아닐 텐데……. 뭐, 어쨌든 이건 좋은 소식이라고 치자. 그날 멀쩡하게 살아 있었다는 단서 하나는 얻었잖아. 규영아, 형아 일 마저 하고 올게."

신입은 쓸쓸하게 중얼거리고 자리에서 일어났다. 아직 작업 시작 시간까지는 조금 여유가 있지만, 일단 담배라도 한두어 대 스트레이트로 빨아 줘야 이 답답한 기분이 좀 풀릴 것 같다.

그나마 배낭 안에 담배를 넉넉하게 챙겨 온 것이 불행 중 다행이랄까.

"후우우~!"

간이 화장실 옆에 서서 담배 연기를 내뿜고 있는 동안 신입의 머릿속에는 온갖 생각이 다 떠올랐다.

혹시…… 다 죽고 진우랑 제니, 테라만 살아남은 건 아닐까? 그래서 진우가 핑크 펀치를 모두 독차지하고 코스트코에서 룰루랄라하고 있지는 않을까……. 아니, 그건 좀 너무 작위적이다.

그러면…… 혹시 다 살아남았는데, 이 개새끼들이 자기들끼리만 코스트코로 간 건 아닐까? 자신과 규영이, 그리고 임수정을 평소에 귀찮게 여겼던 건 아닐까……

아니, 그것도 말이 안 된다. 자신이 싸가지 없이 살았던 건 맞지만, 혜주 그 계집애가 규영이를 버릴 리가 없다. 얼마나 끔찍이 아꼈는데…….

그렇게 쓸데없는 망상들에 휩싸여서 담배 두 대를 피우는 동안에 점심시간은 끝이 났고, 사람들은 하나둘 간이 화장실로 돌아온다. 신입도 힘없이 작대기를 어깨에 걸치고 자신의 차례를 기다렸다.

"이거 좀 유난히 무겁다! 어깨에 힘 바짝 줘!"

양동이를 꺼내 거는 아저씨가 경고를 한다.

왜 하필이면 나한테 무거운 놈이 걸려…….

신입은 울상을 지으며 어깨를 짓누르는 배설물의 무게를 견뎌 냈다. 비틀거리며 두엄 늪으로 걸어가고 있을 때, 누군가 갑자기 확 다가와 그의 옆구리를 뾰족한 것으로 누르며 말했다. 둘이다.

"담배 내놔, 이 새끼야! 확 쑤셔 버리기 전에!"
"소리 지르면 그냥 죽일 거야! 빨랑 내놔!"
둘 다 일부러 한없이 굵게 꾸며 낸 목소리. 하지만 그 목소리를 듣자마자 신입의 눈에서는 눈물이 콸콸 쏟아져 내렸다.
"흐어어엉! 이 개새끼들아!"
주먹으로 눈물을 훔치느라 신입이 몸을 움츠리자 어깨에 메고 있던 똥지게가 바닥에 털썩 떨어져 내렸다.
옷과 얼굴에 똥물이 잔뜩 튀었는데도 신입은 조금도 개의치 않고 그저 눈물만 흘렸다. 거기에 코와 침도 함께 범벅이 되었다.
"어으!"
두 목소리가 동시에 깜짝 놀라며 뒤로 물러난다.
"이 개새끼들…… 나는 너희가 뒈진 줄 알고…… 씨발, 내가 얼마나…… 으허허헝!"
신입은 눈물을 닦아 내고 고개를 돌렸다. 거기에는 유빈과 삼식이가 환하게 웃으며 서 있었다.
"신입! 잘 지냈어?"
한 달 만에 다시 봐도 존나게 잘생긴 삼식이가 담배를 꺼내 물며 물었다. 신입은 가슴이 메는 것 같아 아무 말도 할 수 없었다. 그는 대답 대신 친구들을 와락 끌어안았다.
"야! 야! 너 이거! 똥 묻었잖아! 아으, 냄새!"
삼식이가 기겁을 한다. 신입은 아이처럼 도리질을 하며 외쳤다.
"참아, 이 개새끼야!"


"언제 왔어? 흐으윽~! 언제?"
눈물을 펑펑 쏟으며 격렬하게 달려들던 신입은 겨우 정신을 차리고 물었다. 삼식이는 자신의 옷에 묻은 배설물을 털어 내기 위해 땅바닥에 발을 쿵쿵, 구르며 대답했다.

"오늘 새벽에 왔어."

"아니, 미친…… 왜 이렇게 오래 걸려? 한 달 가까이 되도록……. 근데…… 씨발, 이상한데? 너희들 얼굴 보면 한 달 동안 선로 위에서 걸어온 꼬라지가 아니야. 다른 사람들 보면 거의 얼굴에 뼈만 남아서 들어오더구만…… 너희는 옷도 깔끔하고…… 어?"

고개를 절레절레 젓고 있던 신입이 유빈의 손을 보며 미간을 찌푸렸다.

"너 뭐야…… 왜 한쪽 손에만 장갑을 끼고 있어……. 그거 케블라 장갑도 아니잖아?"

"아, 이거…… 보여 줄 테니까 너무 놀라지 마."

유빈은 신입을 나무 그늘 뒤쪽으로 오게 한 뒤, 긴소매 옷의 왼팔을 걷고 장갑을 쓱 벗었다.

"헉!"

바이오닉 핸드를 본 신입은 외마디 신음 소리를 흘리고는 잠시 아무 말도 하지 못했다. 한동안 동공만 흔들리던 신입이 말을 더듬는다.

"너…… 너, 너 소, 손이…… 아흐…… 손이……."

"아…… 아니, 저기…… 너무 그렇게 울려고 하지 마. 이미 다른 사람들 다 한 번씩 속상해하고 지나갔으니까. 그러니까 좀 진정해. 그리고 이거 손도 쓸 수 있어."

유빈은 손가락들을 차례로 움직여 가며 신입을 진정시켰다.

기이잉— 기이잉—.

어두운 회색의 기계 손가락들이 굽혀지고 펴질 때마다 모터 작동하는 소리가 작게 울린다.

"야이 씨…… 이게 뭐야? 팔이 다 날아간 거잖아……."

신입은 당혹스러워하며 머리를 감싸 쥐었다. 유빈은 고개를 저었다.

"아니야. 팔은 멀쩡해. 그냥 여기까지 감싸도록 만들어진 거라서 그래. 그냥 팔목만 날아간 거야……. 말해 놓고 보니 좀 이상하기는 하네……. 팔목만이라고 할 수는 없는 거긴 한데…….”

유빈은 대충 설명을 마무리하고 다시 장갑을 꼈다. 괜히 기계 손을 내보여서 사람들의 주목을 끌고 싶지 않다.

"대체…… 어쩌다가…… 근데 다, 다른 새끼들은?”

신입이 겁에 질린 눈으로 물었다. 유빈의 손을 보고 나니 모두의 안부가 걱정되는 모양이다. 유빈은 기계 손으로 녀석의 어깨를 두드려 주었다.

"다 건강하게 잘 있어. 걱정하지 마. 다친 건 나뿐이야."

"아니, 그러니까…… 지금 어디 있냐고? 내 눈으로 봐야 안심이 되지. 아, 그리고 테라는? 너희들, 걔 구하러 갔었잖아."

신입은 주변을 두리번거렸다. 녀석이 내팽개친 똥지게를 두엄 늪에 가져다 붓고 온 삼식이가 신입을 나무숲 쪽으로 더 잡아끌었다.

"응. 테라도 구했고, 다 잘 있다니까. 근데 지금은 우리 둘하고 혜주만 같이 왔어."

"셋만? 야, 이 미친…… 진우를 데려왔어야지……. 그래야 몰래 빠져나갈 때 안심을 할 거 아니야. 그럼 걔네는 지금 코스트코에 있어?"

"코스트코에 안 있어. 그보다 신입, 모습 좀 숨겨. 우리랑 같이 담배라도 한 대 피우려면."

삼식이의 말을 듣고 나서야 신입은 비로소 자세를 낮추고 주변을 둘러보았다. 슬슬 다시 배설물 양동이를 비우기 위해 사람들이 돌아올 시간이기는 하다.

"일단 물로 가서 좀 닦자. 이거, 냄새 너무 난다."

삼식이가 손을 코에 대고 킁킁, 냄새를 맡으면서 말했다. 신입이 끌어안고 비벼 대던 곳에도 온통 얼룩이 묻어 있다. 세 사람은 조금 떨어진 강가로 가서 얼굴을 닦고 옷을 빨았다.

"너, 그 손은…… 어디에서 난 거야? 설마 이런 것도 어디에서 물건을 주워 와 네가 직접 끼웠어? 노가다 오래 하면 그, 그런 것도 배우냐?"

"설마! 내가 이런 걸 끼울 줄 아나……. 좌우간 이거는 이야기하자면 굉장히 기니까 나중에 다 설명해 줄게."

유빈이 답했다. 삼식이가 다시 한번 배설물 양동이를 신기하다는 듯 바라보며 말했다.

"그나저나 신입, 너 그동안 고생 많았구나……. 이런 일 군말 않고 하고 있는 거 보면……. 규영이랑 수정이 누나는 잘 있어?"

물기를 짠 웃옷과 바지를 물가 바위에 걸쳐 놓은 채 팬티 바람으로 담배에 불을 붙이며 삼식이가 물었다. 신입은 고개를 끄덕였다.

"뭐…… 잘 있다고 해야겠지. 근데 존나 힘들었어. 씨발, 진짜 말도 말아라. 시키는 일은 더럽게 많은데, 먹는 건 조막만큼 주고…… 규영이는 규영이대로 불안해서 밤마다 너희 언제 오냐고 징징거리지……."

"여기 돌아가는 거 보면 일이 많게 생겼어. 완전히 작은 도시 하나를 싹 다 청소하고 옮겨 와서 살려는 거잖아. 전기도 안 들어오는 데서…… 담도 열심히 쌓는 것 같고. 오면서 보니까 이 주변에 논밭도 많더구만."

강가 근처에 날아다니는 벌레들을 손으로 쫓으며 유빈이 대꾸했다. 신입은 질린다는 듯 얼굴을 찌푸리며 담배 연기를 내뿜는다.

"나는 그런 건 모르겠고…… 그냥 여기가 마음에 안 들어. 이렇게 빡씨게 사는 거, 내 적성에 안 맞아."

"그래그래, 고생 많았다. 자세한 이야기는 나중에 하고, 일단 오늘 맡은 일은 끝내. 우리는 저녁때 너 만나러 다시 올게. 너 지금 터미널에 있는 거 맞지?"

유빈이 녀석을 다독이며 일어났다. 삼식이도 젖은 옷을 다시 걸친다. 신입은 눈이 똥그래져서 묻는다.

"뭐? 오늘 맡은 일을 끝내라고? 지금 도망가는 게 아니야?"

"지금 어떻게 도망가? 군인들이 사방에서 지키고 있는데 너무 눈에 띄잖아. 굳이 잡거나 할 정신은 없어 보였지만, 그래도 일부러 얼굴을 팔고 다닐 필요는 없지."

유빈이 대답했다. 신입은 한숨을 내쉰다.

"이 똥지게를…… 또 지라고? 그 고생 끝났나 싶어서 좋아했었는데…….”
"이왕 참았던 김에 조금만 더 참아. 오늘 일과 길어 봐야 앞으로 네 시간 정도나 남았을 건데, 뭐.”
"그래 놓고 너희는 또 어디로 가려고?”
"규영이도 만나고, 수정이 누나도 만나고, 또 강 소위 아저씨랑 고 하사 아저씨한테도 간다는 말 정도는 해 줘야지. 안 그러면 나중에 너랑 규영이 없어져서 찾는다고 고생할 거 아냐.”
삼식이가 사방으로 찾아 헤매는 시늉을 하며 대답했다. 신입은 갑자기 걱정스러운 표정을 지었다.
"이 새끼들…… 혹시 그냥 규영이만 데리고 도망가려고 그러는 거 아니지? 응?”
"하하하하하, 들켰네! 아뿔싸! 생각이 얼굴에 드러났나? 하하하, 신입, 말도 안 되는 소리 하지 말고 열심히 일해. 이따가 보자.”
"야! 야! 잠깐만! 저기 유빈이는 됐고…… 삼식이, 너는 이따가 나랑 같이…….”
뭔가를 요구하려던 신입이 말을 하다 말고 잠시 고민에 빠진다. 아까 진우와 친구 사이라는 자신의 말을 믿지 않던 계집애들에게 삼식이와 함께 찾아가서 보란 듯이 그 앞에서 친분을 과시하려고 했는데…… 그런데 그 애들을 다시 만난다는 게 불가능하다는 걸 깨달았다. 워낙 여자들도 많고, 어떤 얼굴이었는지 이젠 기억도 잘 안 난다.
"아, 아니다. 됐어. 너희 이따가 꼭 와야 돼. 내가 씨…… 한강에서 너희들 차에 태워서 구해 준 게 나다! 너희, 그 은혜 잊으면 안 돼!”
끝까지 불안한지 신입은 바보 같은 소리를 진지한 표정으로 지껄여 댔다. 녀석에게 웃는 낯으로 손을 흔들어 주고 나서 유빈과 삼식이는 터미널 쪽으로 향했다.
가끔 '저것들은 왜 일을 않고 돌아다니는 거지?’ 하는 눈빛으로 바라보는 사람들을 만나면, 삼식이가 배가 아픈 연기를 하면서 유빈에게 기댔다.

"형! 형!"

2층 매장 안에 멍하니 앉아 있던 규영은 유빈과 삼식이를 보자, 기뻐서 어쩔 줄을 몰라 했다.

"씩씩하게 잘 지냈지?"

"네! 와, 진짜 너무 걱정했어요! 왜 이렇게 늦게 왔어요?"

삼식이가 머리를 엉클어트려도 규영은 마냥 좋다고만 한다. 유빈은 주변을 둘러보며 물었다.

"혜주는 아직 안 왔어?"

"네. 같이 온 거 아니에요?"

"아, 맞아. 충주까지는 같이 들어왔는데, 여기에서부터는 갈라져서 따로 찾아 보자고 하더라고. 낯선 데 와서 무서운데, 우리 보호해 줄 생각도 않더라."

"보호요? 흐흐흐흐."

유빈이 농담을 하자 규영은 조금 여유를 찾고 환하게 웃었다. 그러다가 곧 유빈의 손을 보고 눈물을 뚝뚝 떨어뜨렸다.

"아냐, 아냐. 그렇게 울지 마."

유빈은 조용히 녀석의 등을 두드려 주며 달랬다. 규영과 함께 매장 안에 남아 있던 부상병들이 무슨 일인가 싶어 맥없이 세 사람을 돌아본다.

전투 중에 팔이나 다리를 잃은 뒤에도 아무런 추가 조치를 받지 못하고 그저 방치되고 있는 그들을 보고 있노라니, 유빈은 새삼 자신의 서글픈 기계 손이 호 사스럽게 느껴졌다.

"혜주 데리고 저녁때 올게. 걔 아마 수정이 누나 찾고 있나 봐."

두 친구는 배낭에서 초콜릿 봉지를 꺼내 규영이의 손에 쥐어 주고 밖으로 나왔다.

아직 늦더위가 기승을 부리는 9월 중순의 충주 시내를 벗어나자, 도로의 양옆으로 논이 길게 펼쳐졌다. 누가 관리를 했을 리도 없는데, 그래도 용케 버티고 서서 이삭을 맺은 벼들이 보인다.

"저 정도로는 이 많은 사람들이 먹고살기 어려울 텐데……."

도로변 난간에 기대서 아직 푸른색이 다 가시지 않은 논을 바라보며 삼식이가 걱정스레 중얼거렸다. 유빈은 걱정 없다는 투로 대꾸했다.

"저 쌀 아니어도 당장 올해 겨울 정도는 어찌어찌 넘길 수 있을 거야. 근처에 분명히 농협 창고도 있을 거고……."

두 사람은 작업하고 있는 민간인들로부터 약간의 눈총을 받아 가며 걸음을 옮겼다. 도로에서는 방치되어 있던 자동차들의 배터리를 갈아 끼우거나, 배선을 뜯어내서 시동을 거는 작업이 한창 진행 중이었다.

키리리릭— 키리리리— 부우웅—.

힘겹게 시동이 걸리면 운전을 맡은 민간인이 자동차를 한쪽 구석으로 가져다 붙인다. 그런 후, 시동을 걸어 두는 동안 차 내부와 트렁크에 있는 모든 쓸 만한 물건을 트럭에 옮겨 싣는다.

예전 서울에서 전차로 차량들을 짓뭉개 고철로 만들어 밀어 놓던 때와는 다르다. 이제는 보급을 기대할 수 없으니 자동차 한 대, 한 대가 모두 소중한 자원이 된 것이다.

자동차 내부에 남아 있는 시체나, 전투 후 길거리에 방치된 좀비 시체를 수거하는 작업조도 마스크를 낀 채 바쁘게 움직인다. 다들 안간힘을 써 가며 곧 다가올 혹독한 겨울을 위한 대비를 하고 있다.

누구 한 사람의 생명도 잃지 않겠다는 지휘관의 굳은 의지를 읽을 수 있는 작업 계획과 강도였다.

"멈춰! 두 분, 왜 작업 참여하지 않고 여기에 계십니까?"

작업하는 민간인들을 호위해 주고 있던 병사들이 유빈과 삼식이에게 다가와 불만 어린 표정으로 묻는다. 유빈은 1초의 딜레이도 없이 삼식이의 옆구리를 툭, 치며 대답했다.

"아! 저희…… 오늘 막 도착했는데요……. 이, 이 친구가 계속 설사를 해 대는 바람에…… 저기 의무대를 찾고 있습니다. 보면 아시겠지만, 지금 얘 옷에도 지려서 물에 대충 헹궈 입혔거든요."

"아이고…… 아이고…… 죽겠네……. 또 나올 것 같아요……."

삼식이는 엉덩이를 부여잡고 혼신의 연기를 펼쳤다. 처음에는 의심의 눈초리로 바라보던 군인들이었지만, 삼식이의 젖은 옷과 아직도 군데군데 묻어 있는 갈색 얼룩, 그리고 초가을 바람에 은은하게 풍겨 나오는 배설물 냄새는 유빈의 변명을 신빙성 있는 것으로 만들어 주었다.

대체…… 얼마나 격렬하게 지리면 웃옷에까지…… 멀쩡하게 생긴 놈이…….

"이 길 따라 계속 걸어가시면 대학교 건물이 나옵니다. 거기 입구에 의무대가 있으니까 검진 받으십쇼."

병사는 측은하다는 표정으로 삼식이를 바라보며 말했다. 그러고는 행여 손이라도 닿을까 싶어 뒤로 물러났다. 단순한 배탈이 아니라 이질이나 심각한 전염병일 수 있으니 접촉을 금해야 한다.

"아아, 네, 고맙습니다. 아아아…… 또 조금 나온 것 같은데…… 나 좀 부축해 줘. 유빈아……."

삼식이는 오만상을 찌푸린 채 고개를 숙이고 어기적어기적 걸어 그 자리를 빠져나왔다. 두 사람은 군인들의 시선이 다른 곳으로 향해질 때쯤에야 걸음걸이를 정상으로 바꾸고 그들이 알려 준 의무대로 향했다. 군인이 알려 준 대학교 건물은 30분 이상을 걸어야 하는 먼 곳이었다.

"일 안 하세요?"

의무대 건물 앞에 나와 담배를 피우고 있던 고 하사를 발견하고 유빈이가 가볍게 고개를 숙였다. 고 하사는 깜짝 놀라며 두 친구를 맞았다.

"너희들! 와! 살아 있었구나! 대체 뭐야? 어디 갔었어? 너희들이 구해 낸 사람들 다 도착할 동안 대체 어디에서 뭘 하고……."

"아아, 그게 이야기가 좀 복잡해요. 그보다 이거 선물입니다."

유빈은 배낭 안에서 작은 박스들을 몇 개나 꺼냈다. 박스를 받아 든 고 하사가 중얼거린다.

"항생제네⋯⋯."

"그 정도로는 턱없이 부족하시겠지만, 그래도 없는 것보다는 나을 것 같아서요. 근데, 여기 와 보니까 약국도 많고 괜한 오지랖이었나 싶기도 하네요. 이렇게 도심으로 옮겨 오실 줄 몰랐었거든요."

"아니, 아니⋯⋯ 고마워. 이런 약은 늘 모자라. 근데 이런 걸 어디에서⋯⋯."

"그냥 뭐⋯⋯ 오다 보니까 JL 창고가 있더라고요."

대충 둘러댄 유빈은 정색을 하고 감사 인사를 했다.

"그리고 그날, 담장이랑 정문 날려 주신 거, 정말 고맙습니다. 덕분에 많이 편했어요."

"야, 그게 무슨 소리야. 우리 할 일을 너희가 한 건데⋯⋯ 잠깐만 있어 봐, 강 소위님 모셔 올게."

고 하사는 약품 상자를 안고 건물 내부로 들어가며 말했다. 삼식이가 조금 놀라워하며 물었다.

"강 소위 아저씨도 여기에 같이 있어요?"

"다리에 총을 맞고서 계속 무리했잖냐. 상처가 도져서 지금 요양 중이야. 뭐, 꾀병이 한 반이긴 한데⋯⋯."

고 하사는 장난기를 섞어 대답했다. 하지만 잠시 후, 그의 부축을 받아 절룩거리며 걸어 나오는 강 소위의 얼굴을 보니 결코 꾀병이 아니라는 걸 알 수 있었다.

"와아~ 너희, 진짜! 어서 와! 어서 와!"

강 소위는 땀으로 범벅이 된 채 두 팔을 벌려 친구들을 맞았다. 그의 몸은 열로 뜨끈뜨끈하다.

"나머지 친구들은? 그리고 테라는?"

조금은 걱정스러운 표정으로 강 소위가 물었다. 삼식이가 고개를 끄덕였다.

"네, 다 잘 있어요. 아저씨는 다리 많이 아픈가 보네요."

"아⋯⋯ 이거. 역시 너무 오래 걷는 게 무리였어. 좀 염증이 생겨서⋯⋯ 그런데 금방 나을 거야. 어? 그런데 유빈이, 너⋯⋯."

다시 두 군인의 시선이 유빈의 손으로 향했다. 유빈은 별거 아니라는 듯 웃어 주고 장갑을 벗은 뒤 꽤나 멀쩡하게 움직이는 손가락의 모습을 보여 주었다. 그러고는 보너스 삼아 팔 안쪽의 단추를 눌렀다.

위이잉— 위이잉—.

모터 소리를 울리며 손목이 360도로 회전한다. 유빈의 딴에는 두 사람을 웃게 해 주고 싶어서 한 행동이었는데, 강 소위도, 고 하사도 입을 굳게 다물고 비통한 표정을 짓는다.

군인이 나섰어야 할 일을 대신하다가 손을 잃은 이 어린 친구를 어떻게 대해야 할지 모르겠다.

"그런데…… 너 아까 약도 그렇고, 그 손도 그렇고…… 대체 어디에서 그런 걸…….""

고 하사가 물었다. 지금 그가 보고 있는 건 도저히 일반인 레벨에서 구할 수 없는 의수다. 유빈은 미안하다는 듯 씁쓸한 미소를 지었다.

"죄송해요. 자세한 건 말씀드릴 수 없어요. 그냥 지금 저희는 잘 있다는 걸 알려 드리고 싶었어요. 안전한 데서 잘 먹고, 잘 자고 있어요. 다들 건강하고요."

"그러면 다행인데……."

강 소위는 바닥에 털썩 주저앉으며 담배를 꺼내 물었다. 삼식이도 그 옆에 앉아서 담배에 불을 붙인다.

"여기는 담배, 자유롭네요."

"아, 뭐…… 어차피 이 부근은 다 정리했거든. 산 너머까지 싹 다. 그리고 뒤쪽은 강이고. 이 정도야 괜찮겠지."

강 소위가 길게 연기를 뿜어낸다. 유빈이 강 쪽을 바라보며 말했다.

"좀 의외였어요. 선로 따라 내려간다고 여기보다는 더 남쪽으로, 그리고 바다 쪽으로 가실 줄 알았었거든요."

"뭐, 우리 여단장님께서도 처음엔 그럴 계획이었나 본데…… 근데 괜찮은 자리 쪽에는 다들 누가 한자리씩 이미 차지하고 있더라고. 특히 해군들이랑 부딪치기 싫어서 이리로 올라왔지. 여기 주둔 부대는 다 어디로 차출되어 간 상태여서 무주공산이었으니까."

"그러면 여기가 적임지여서 이리로 오신 게 아니네요."

"음…… 그래도 주어진 선택지 중에서는 가장 낫다고 판단되지 않았을까? 뭐, 나 같은 졸자가 이런저런 사정을 다 알 수는 없지만, 그냥 괜찮아 보여. 주변에 호수가 많아서 물도 흔하고. 엄청난 규모의 좀비 무리들만 들이닥치지 않으면 큰 문제는 없을 거야."

강 소위가 말했다. 한때 건대 쉘터의 700여 명을 책임지고 있던 막중한 무게를 벗을 수 있어서 꽤나 홀가분한 모양이다.

"총알은 어때요? 그만큼의 좀비들이 와도 막아 낼 수 있을 만큼 여유가 있나요?"

유빈이 물었다. 강 소위는 고개를 갸웃거린다.

"처음 한두 번이야 막아 내겠지. 그런데 그게 세 번, 네 번 계속 이어지면 그때부터는 점점 힘들어질 거야. 어차피 더 이상 실탄 보급이 없을 테니까."

"그러면 총알이 제일 아쉬운 거네요."

"뭐, 그렇다고 할 수 있지. 기름이나 식량은 아쉬운 대로라도 구해지지만, 실탄은 오로지 국방부를 통해서만 조달할 수 있는 거니까. 다른 부대 탄약고를 털지 않는 이상 안 생겨."

그렇군요…….

유빈과 삼식이가 고개를 끄덕였다. 돌이켜 보면 진우도 그 무거운 총알 가방을 늘 목숨처럼 짊어지고 다녔었다.

"친구들…… 데려가려고 온 거지?"

고 하사가 물었다. 유빈이 그렇다고 하자 그는 다시 물었다.

"언제 출발할 생각이야?"

그의 말투에 조금 우울함이 묻어 있는 이유는 임수정 때문이다. 겨우 다시 만났건만, 아직 그들은 둘만의 시간을 보낸 적이 거의 없다.

특히 이곳으로 와서 정착을 위해 바쁘게 작업하는 동안에는 얼굴조차 잘 마주치기 힘들었다. 그런데 오늘 이 친구들이 모습을 드러냈다는 건, 이제 그녀가 떠나 버릴지도 모른다는 의미다.

녀석들의 소식을 알고 얼굴을 본 건 반갑지만, 임수정과 영영 헤어진다고 생각하면 마음 한편이 아리다. 어디로 가는지 행선지도 알려 주지 않은 채 이 어린 친구들은 완전히 잠적해 버릴 테니까.

"내일 새벽에 이동할 거예요."

유빈이 대답했다.

"내일 새벽이라……. 하, 이 친구들 진짜 행동력 하나는……. 피곤하지도 않아? 오늘 여기 도착했다고 했잖아."

머리를 긁적이며 웃던 강 소위가 손을 내밀었다.

"정말로 고마웠고, 대단했어. 너희를 다시 볼 수 있을지는 모르겠지만, 그날 건대에서 사람들을 구해 주던 모습은 정말 잊지 못할 거야. 언제라도 내가 도울 수 있는 게 있다면 최선을 다해서 도울게. 뭐…… 사실 너희를 도울 만한 재주 같은 건 없긴 하지만 말이야."

유빈과 삼식이의 손을 차례로 잡으며 강 소위가 멋쩍게 약속했다.

"벌써 많은 사람을 돕고 계시잖아요."

유빈이 말했다. 두 친구는 강 소위와 고 하사에게 고개를 숙여 작별 인사를 하고 의무대를 나섰다. 뭔가…… 애잔한 기분이 드는 이별이었다.

"나는 떠나지 않을 거야."

터미널로 돌아와 겨우 만난 임수정은 뜻밖의 대답을 했다. 코스트코보다 훨씬 안전한 환경에서 지낼 수 있게 되었다는 말을 했는데도 여전히 고개를 젓는다.

"너희와 함께 있으면 즐겁고 안전해. 그리고 몸도 편하고. 정말이지, 다 좋아.

너희처럼 멋진 친구들을 보고 있으면 흐뭇하기도 하고. 그 팀에 받아 줘서 영광이야. 그런데…… 여기에는 나를 꼭 필요로 하는 사람이 있어. 그 사람 곁에 있어 주고 싶어."

"하지만 언니…… 여기에서 너무 불편하잖아요."

혜주는 안타까워하며 어떻게든 그녀를 설득하려고 애를 썼다. 그래도 소용이 없었다. 임수정은 이미 생각을 단단히 굳힌 모양이다.

"다른 친구들에게 안부 전해 줘. 테라에게도 제니를 만나서 정말 다행이라고…… 그렇게 말해 주고. 부탁할게."

임수정은 늘 그렇듯이 평온한 얼굴로 차분하게 말했다.

"뭐, 그럴 수도 있다고 생각은 했어요. 잠깐만요."

유빈은 고개를 끄덕이며 삼식이의 배낭에서 소형 태블릿과 이어폰을 꺼내 임수정에게 건넸다. 그녀가 이어폰을 끼자 유빈이 재생 버튼을 눌러 준다.

제니와 나란히 서 있는 테라. 화면 속의 두 미소녀는 아주 편안해 보이는 얼굴로 환하게 웃고 있다.

— 언니, 고마워요. 언니 덕분에 우리 이렇게 다시 만났어요.

제니가 손을 흔든다. 테라는 공손하게 허리를 숙여 인사를 하고 나서 입을 열었다.

— 이걸 보신다는 게, 여기 오시지 않는다는 의미라서 좀 슬퍼요. 언니, 늘 건강하시고 행복하세요. 고마워요. 그리고 이건…… 언니 거예요.

화면 속의 테라는 자신의 손목시계를 카메라 쪽으로 내민다. 그 화면에 맞춰 삼식이가 주머니에서 테라의 시계를 꺼내 임수정에게 채워 줬다.

"다행이야……. 둘이 같이 있는 걸 보니까 정말 좋구나. 이런 일이 진짜로 가능하다니……."

임수정은 눈물을 닦으며 미소를 지었다. 이 거짓말 같은 모험의 해피엔딩을 본 것 같아서 가슴이 뭉클해진다.

"미리 나가 있자."

임수정과 작별 인사를 마친 뒤, 친구들은 신입과 규영이를 데리고 터미널 밖으로 빠져나왔다. 저녁 식사 이후에는 건물의 셔터가 내려간다는 이야기를 들은 만큼 여기에서 더 지체할 수는 없었다.

일행은 장갑차와 발전기 따위가 즐비하게 늘어선 터미널의 버스 승차장을 지나 큰길 쪽으로 방향을 틀었다. 슬슬 저녁 식사 배급이 시작될 무렵이어서 사람들의 왕래가 많고, 덕분에 다섯 명의 남녀가 따로 움직이는 정도는 별다른 관심의 대상이 되지 않았다.

눈치껏 몇 번의 도로 횡단을 마친 그들은 아파트 단지 옆의 인가 골목 안으로 숨어들었다. 오늘 낮에 임수정과 여자들이 군인들의 호위를 받으며 청소를 하고 옷이나 살림살이 같은 물건들을 수집해 왔던 장소다.

"건축 개발 사무소 2층이라고 했어. 거기는 아직 일을 하는 중이라 열려 있대."

태권 소녀가 임수정에게 들은 이야기를 해 주며 앞장을 섰다. 규영이를 업은 삼식이와 유빈, 그리고 신입이 그 뒤를 따랐다.

"자, 이제 여기에서 좀 기다려. 새벽 올 때까지. 피곤한 사람은 몇 시간 정도 자도 될 것 같다."

2층에 올라갔을 때, 유빈이 오른 팔목에 찬 시계를 확인하며 말했다. 일행은 창가에 소파를 옮겨 놓은 뒤, 그곳에 걸터앉아 시간을 보냈다. 아주 조금 열어 둔 창문 사이로 땀을 식혀 주는 바람이 불어 들어온다.

"근데…… 카트를 가져오지 않아서 그게 조금 걸리네. 얘 업고 걸어서 서울까지 어떻게 가?"

신입이 걱정스러운 표정으로 규영이를 가리켰다. 규영에게 물을 챙겨 주고 있던 태권 소녀가 고개를 저었다.

"그런 거 걱정하지 않아도 되니까 마음 푹 놓고 쉬어."

"뭐야, 선로에다가 카트라도 숨겨 놨냐? 근데 너희 배낭에 먹을 거는? 서울까지 금방 못 갈 텐데…… 저녁이라도 먹고 나올 걸 그랬네, 젠장. 똥 푸느라 구역질 나서 점심도 거의 못 먹고, 조금 있으면 배고파질 것 같은 기분인데……. 아까 지나오면서 보니까 이 짠돌이 군인들이 오늘은 웬일로 초코파이랑 과자도 한 봉지씩 주는 모양이더구만."

"옛다! 이거라도 먹어라."

삼식이가 가방에서 칼로리 바 두 봉지를 꺼내서 신입에게 건넸다. 칼로리 바를 한입 뜯어 먹고 나서 포장지를 가만히 들여다보고 있던 신입이 고개를 갸웃거린다.

"야, 근데 말이야…… 너희 새로 둥지 튼 데가 무슨 이태원이나 미군 부대 근처냐? 아까 삼식이 저 새끼 담뱃갑에도 순 영어 경고문만 적혀 있더니, 이 과자 껍데기도 한국말이라고는 없네."

"하하하, 엄청 예리한데? 확실히 신입은 명탐정이네. 우리가 이태원에 집 얻은 것도 알고. 거기 외국 물건 많더라."

삼식이가 재미있어하면서 펌프질을 해 주자, 신입은 기고만장한 표정으로 소파 난간에 기댔다.

"새끼, 그 정도 촉은 기본이지. 용산에서 가까운데 외국 물건 많은 동네면 이태원. 딱 빤한 거잖아. 너희들이 아무리 날고 기어도 다 내 손바닥 안이다, 새끼들아. 후후후."

그렇게 대화가 오가는 사이에 유빈은 벌써 의자에 기대 잠이 들어 있었다. 익숙하지 않은 팔에 신경을 집중하는 것도 힘이 들고, 부상당한 뒤에 한동안 별다른 운동을 하지 않았던 몸이라 아직 체력이 온전히 돌아오지 않은 모양이다.

이마에 송골송골 맺혀 있는 땀이 그가 얼마나 안간힘을 쓰며 움직였던 건지 보여 준다.

"에취!"

해가 지기 시작하는 창밖을 보고 있던 규영이 재채기를 하고 나서 자신의 팔을 문지른다. 녀석의 옷차림은 8월 19일에 장갑차를 타고 선로를 내려왔을 때와 마찬가지로 얇은 반팔 티셔츠 한 장뿐이다.

"이제 몇 주 더 지나면 꽤 쌀쌀해지겠어."

태권 소녀가 트랙 톱을 벗어 규영이의 어깨에 걸쳐 준다. 삼식이도 고개를 끄덕였다.

"그러게. 아마 비 한 번 쫙 내리고 나면 그다음 날부터는 공기가 좀 달라질 거야. 단풍 물들었던 나뭇잎들도 싹 다 떨어질 거고."

"그렇게 되면…… 여기 사람들 사는 거 더 힘들어지겠네. 지금도 맨바닥에 박스 깔고 그 위에서 자던데. 어린 애기들도 꽤 있었고. 겨울은커녕 가을도 못 넘길까 봐 걱정된다. 어휴우~."

태권 소녀는 안쓰럽다는 표정을 지었다. 빅 아일랜드의 물질적 조건이 너무 풍요롭다 보니, 이곳에서 고생하며 생존을 도모하고 있는 사람들에게 왠지 미안한 마음이 밀려왔다.

"에이, 괜찮아. 생각해 봐. 이 동네에 원래 살던 사람들 머릿수가 지금 여기 와 있는 사람들보다는 많았을 거 아니야. 그 사람들이 입던 옷, 깔고 자던 이불…… 다 그대로 쓸 수 있는데 뭐. 시간이 좀 걸린다 뿐이지, 점점 안정이 될 거야. 집도 이렇게 많잖아. 좀비들만 아니면 사람이 사는 데는 아무 문제 없어."

삼식이는 언제나처럼 긍정적인 태도로 말하며 태권 소녀를 안심시켰다. 물론 대전제부터 온전히 만족되지는 않는 이야기이다.

회전 운동을 하며 돌아다니는 좀비들이니, 언젠가는 이곳을 지나갈 수밖에 없다. 그리고 그때 좀비들에게 얼마나 효율적으로 대응하느냐에 따라 이곳 사람들의 운명은 갈릴 것이다.

휘익―.

바람이 불어 나뭇가지의 그늘이 흔들리자 신입이 흠칫 놀라며 몸을 움츠린다. 이미 몇 차례나 군인들이 소탕을 하고 지나간 뒤라 좀비 걱정은 크게 없을 거라고 들었지만, 그래도 여전히 두려운 마음은 남아 있다.

"근데…… 이렇게 나와 있다가 좀비들 떼거리라도 들이닥치면 우리만 너무 위험해지는 거 아니냐? 씨발, 좀 후달리는데?"

신입이 불안한 눈으로 주변을 훑어보며 중얼거렸다. 태권 소녀가 가방에서 삼단봉을 꺼내며 말했다.

"걱정하지 마. 한두 마리는 내가 잡으면 되고, 그보다 많은 건 아예 나타날 일이 없어."

"그걸 어떻게 장담해? 다른 동네에서 밀려올지도 모르는데."

"그 정도도 확인 안 하고 왔을까 봐? 위에서 보니까 당분간 이 근처에 새로운 좀비들 나타날 일은 없겠더라."

"위?"

신입은 창밖으로 고개를 내밀어 주변에서 '위'라고 부를 만큼 높은 곳이 어디인지 둘러봤다. 20층은 족히 될 법한 아파트 단지들이 제일 유력해 보였다.

"에휴, 인마! 뭘 그렇게 의심이 많아!"

태권 소녀는 신입의 엉덩이를 한차례 찰싹 때려 준 후, 배낭에서 칼로리 바를 꺼내 씹었다. 그러고는 규영의 옆에 앉아 지그시 눈을 감았다. 새벽에 움직이려면 쉴 수 있을 때 좀 쉬어 둬야 한다.

찌르륵— 찌르륵— 찌륵찌륵—.

캄캄해진 사무실 주변에 귀뚜라미 소리가 꽉 채워졌다. 불과 몇 주 전만 해도 도시를 지배하고 있던 벌레 울음소리는 매미의 것이었는데, 어느새 계절이 바뀐 것이다.

"아…… 이 사무실 안에 귀뚜라미 있으면 싫은데…… 바퀴벌레는 괜찮은데, 걔네는 아무 데로나 막 튀어서 질색이거든."

태권 소녀가 레깅스 차림의 다리를 테이블에 올려놓으며 중얼거렸다. 친구들은 귀뚜라미 소리에 마음을 조금 빼앗긴 채 차례로 잠이 들었다. 불침번을 자처한 삼식이만이 문 앞을 서성인다. 그렇게 시간이 흘렀다.

밤이 깊어 충주시 거의 전체가 잠 속에 빠져들 무렵, 친구들은 건물을 빠져나왔다. 굳이 플래시를 켜지 않아도 될 만큼 달빛이 환한 밤이다.

"야…… 너희 지금 길 알고 가는 거야?"

빠른 걸음으로 골목 사이사이를 통과할 때, 신입이 불안한 목소리로 물었다. 삼식이가 고개를 끄덕여 준다.

"응. 걱정 마, 신입. 아까 아침에도 이 길로 왔으니까."

"정말 확실하게 알고 가는 거 맞아? 씨발, 아무래도 기분이 영 이상하고 안 좋아."

신입은 불안한 표정을 지으며 사방으로 고개를 돌렸다.

"잠깐 멈춰. 대기."

태권 소녀가 손을 들어 모두를 정지시킨다. 큰길에서 순찰을 도는 자동차의 헤드라이트가 그들이 몸을 숨긴 골목 입구를 훑고 지나간다.

"탈옥하는 기분이네요. 이렇게 라이트를 피해서 숨어 있으니까……."

삼식이의 등에 업혀 있던 규영이가 긴장된 목소리로 중얼거렸다. 삼식이가 녀석의 허벅지를 토닥여 주며 말했다.

"근데 이거는 잡히더라도 벌 안 받아. 그러니까 무서워할 필요 없어."

"밤에 순찰을 도네, 이 새끼들……. 전혀 몰랐어."

자동차가 지나간 뒤에 다시 빠르게 걸어가면서 신입이 말했다. 삼식이가 녀석에게 대꾸해 준다.

"길에서만 저러는 게 아니야. 강에도 보트 타고 계속 돌아. 그리고 그 한참 너머에서도 철조망까지 치고 있고. 여기 대장 누군지 몰라도 엄청 꼼꼼해."

대로를 가로지른 일행은 벼가 드문드문 자라나 있는 논으로 내려갔다. 질척한 바닥을 밟게 되자, 신입은 또 우는소리를 한다.

"야, 너희 정말 이 길로 온 거 맞아? 이 씨발…… 아닌 거 같은데……. 길 까먹었으면 지금이라도 솔직하게 말하고 그냥 선로로 가자. 앞도 잘 안 보이잖아……."

"앞은…… 이걸로 보고 있으니까 잔소리 좀 그만하고 따라와. 그리고 오늘은 달이 워낙 밝아서 굳이 이런 거 없어도 될 뻔했네."

태권 소녀가 뒤를 돌아보며 대꾸한다. 그녀가 머리에 쓰고 있는 걸 보며 신입은 또 한차례 놀랐다. 머리띠에 고정된 한 줄짜리 긴 렌즈가 두 눈의 가운데로 뻗어 나와 있다.

"야! 그, 그거 뭐야……. 그거…… 야투경인지 야시경인지, 그런 거 아니야?"

"아, 그놈 참, 엄청 부산스럽고 시끄럽네. 조용히 좀 해. 자꾸 소리 지를 거야? 다 보고 있으니까 그냥 믿고 따라오라고."

태권 소녀는 조용히 하라는 손짓을 하며 다시 앞장을 섰다. 신입은 목소리를 낮추긴 했지만, 여전히 질문 공세를 멈추지 않는다.

"아니, 그런 게 어디에서 났어? 쓰는 법은 어떻게 또 알았고? 그냥 눈에 대고 켜면 되는 거야?"

"빌렸어. 여기 오는 동안에 쓰려고."

"빌려? 원래는 누구 건데?"

"진우 거라고 해야겠지. 걔가 선물 받았으니까."

"그러니까 그 선물은 또 누구한테서 받았냐고…… 뭐 이렇게 수수께끼가 많아?"

어리바리하게 중얼거리고 있는 신입의 뒤통수를 유빈이가 꾹 눌러서 고개를 숙이도록 만든다. 모두가 납작 엎드렸다.

잠시 후, 남한강을 지나는 배에서 비춘 서치라이트가 그들의 머리 위를 스치고 지나간다.

배가 멀어진 것을 확인한 뒤, 일행은 다시 질척한 논바닥을 밟고 걸음을 옮겼다. 한 시간 가까이 논과 밭, 비닐하우스 사이를 걸었고, 무릎까지 물이 차는 작은 개천도 건넜다. 그래도 태권 소녀는 아직 멈춰 설 기미를 보이지 않는다.

"형…… 괜찮아요? 저 때문에 힘들죠?"

규영이가 미안함이 가득한 목소리로 중얼거렸다. 엉덩이 받침이 달린 벨트와 어깨끈으로 그를 고정해 짊어지고 있는 삼식이는 다른 사람들보다 35킬로그램 이상의 무게를 더 감당하고 있는 것이다. 삼식이의 등을 흠뻑 적신 땀이 규영의 마음을 더 무겁게 만든다.

"아니, 이 정도는 뭐, 예전에 일할 때에 비하면…… 그리고 너 요새 좀 말랐나 보다."

삼식이는 언제나처럼 여유 있게 웃으며 자신의 어깨에 얹힌 규영의 손을 또 다독여 준다.

"야…… 이거 이상하잖아……. 씨이~ 이게 진짜 너희가 왔던 길이라고? 아니…… 선로 따라오면 되는 걸 왜 이런 데로 지나와? 정글 투어 하는 것도 아니고……."

신입이 다시 징징거리기 시작했다. 녀석이 불안해하는 것도 이해는 간다. 보안관이나 진우도 없이 낯선 동네, 낯선 길을 걷고 있는 데다가 깜깜한 밤중이니까 안심할 만한 근거가 하나도 없다. 유빈은 녀석을 돌아다보며 평안한 어조로 말했다.

"선로로는 못 가. 우리가 길을 거슬러 올라가면 내려오고 있던 다른 사람들이 불안해서 안 된다고. 조금만 참아. 거의 다 왔어."

하지만 유빈의 그 말 이후에도 일행은 또 꼬박 30분 이상을 논두렁, 밭두렁을 걸었고, 버스와 철조망으로 입구를 막아 둔 좁은 폭의 다리도 건넜다.

그러고 나서도 신입의 인내심이 바닥날 때까지 하이킹은 계속되었다. 이제는 간간이 비치던 서치라이트의 불빛도 보이지 않는다.

"젠장…… 진우가 왔어야지……. 너희들만으로는 불안하다고. 하아~ 하아! 좀비 있으면 어쩌지……."

풀숲 사이로 걷는 내내 신입은 못마땅하다는 듯 울먹였다.

"시간에 거의 맞춘 것처럼 왔네. 여유 있게 출발한다고 했는데…… 올 때 길이 더 험한가?"

양쪽으로 초록색 벌판뿐인 도로에 멈춰 선 뒤, 태권 소녀가 시계를 확인하며 말했다. 하필이면 왜 이런 곳에 와서 서는지, 신입은 이해할 수가 없었다.

멀리 보이는 농가 외에는 아무것도 없다. 심지어 이젠 길도 아주 좁아져서 자동차 두 대가 마주 지나가지 못할 정도다.

"저기, 삼식아…… 이게 진짜, 너희들이 오고 싶었던 데가 맞니?"

짜증을 부리다가 지쳤는지, 아니면 자신을 버리고 갈까 봐 두려워졌는지 이제 신입의 말투는 예의 바르게 변했다. 삼식이는 배를 꽉 움켜쥔 채 소리 죽여 웃었다.

"아, 아이고, 배야. 저 버릇 또 나왔네. 긴장하면 동방예의지국 사람이 되는 우리 신입. 그래, 맞아. 걱정하지 마. 여기가 목적지였어. 그러니까 마음 푹 놔."

"목적지가 여기면…… 여기에서 산다고?"

신입은 더욱 위축되어서 주변을 둘러보았다. 보름달 빛 아래 보이는 풍경은 그야말로 허름하기 짝이 없다. 여기에 정착하느니, 당장에라도 다시 터미널의 덩치 큰 아저씨 옆자리로 돌아가고 싶을 정도다. 삼식이가 손사래를 치며 말했다.

"그건 아니지. 너희가 깜짝 놀랄 만한 게 있어. 그때, 팍— 하고 터뜨려 주고 싶어서 일부러 계속 말을 안 하고 비밀로 했어. 그 뭐라더라, 엄청 유식한 말 있잖아. 막 감동이 폭발하는 거. 그…… 카, 카리스마인가?"

"……카타르시스?"

"아, 그래, 그거! 그걸 느끼게 해 주고 싶어서 우리가 다 입을 맞췄지. 조금만 더 기다려. 기대해도 좋으니까."

신입은 이 멍청한 놈들의 행동을 도저히 이해할 수가 없었다. 카타르시스 느끼려다가 좀비에 물려 뒈지게 생겼는데, 혹시라도 버리고 갈까 그게 무서워서 마음대로 화도 못 내겠다.

"자, 이거 봐. 이거 보면 내가 그냥 아무렇게나 걸어온 게 아니라는 거 알 수 있을 거야."

신입이 계속 불안에 떨고 있자, 태권 소녀가 야간 투시경을 벗어 그에게 내민다. 신입은 그걸 눈에 가져다 댔다.

"어?"

온통 녹색과 검은색으로 바뀐 세상의 풍경에서 그들이 지나온 길의 전봇대마다, 혹은 도로의 가드레일마다 빛나는 흰 줄이 보인다. 정면의 도로에는 소용돌이처럼 여러 겹의 동그라미가 크게 그려져 있다.

"봤지? 이거야. 야광 마커로 그은 건데, 그걸 쓰면 그렇게 빛이 나는 것처럼 보여."

삼식이가 크레파스 비슷한 모양의 물건을 손에 쥐고 내밀며 씨익 웃었다. 야간 투시경을 쓰고 보는 건데도 이 개새끼는 잘생겼다. 믿어지지가 않는 일이다.

"그래…… 애먼 데로 데려오지 않았다는 건 알겠어. 그럼 그다음엔 뭔데?"

신입이 야간 투시경을 규영이에게도 한 번 씌워 주며 물었다. 유빈이 대답했다.

"약속한 시간이 됐을 때, 우리가 와 있다는 걸 표시하면 돼. 이렇게."

말을 마친 유빈은 배낭에서 꺼낸 동그란 물건에서 핀을 뽑아 좌측의 풀밭 안으로 집어 던졌다.

"오! 오오!"

통— 하는 작은 소리 외에는 아무런 변화도 일어나지 않았지만, 야간 투시경을 쓰고 있던 규영이만은 입술을 동그랗게 모은 채 감탄사를 연발한다.

"왜? 왜 그래?"

신입이 어린아이처럼 호기심을 보이며 물었다.

"빛이! 빛이 쫙 나요! 환한 빛이! 이 주변 전체에! 뭐가 폭발한 것 같아!"

"안 나는데? 아무것도 없어!"

규영이가 야간 투시경을 넘겨주자, 신입도 또 감탄사를 내지르기 시작했다.

"이거 뭐야? 우와! 다 하얗게 변했어!"

"적외선 그레네이드라던데, 제니가 통역해 준 말이라서 어차피 한국말로는 뭐라고 하는지 몰라."

"적외선 그레네이드…… 뭐에 쓰는 건지는 모르겠지만, 쩐다."

신입은 이미 카타르시스를 느낀 사람처럼 야간 투시경을 눈에 딱 붙이고 힘없이 웅얼거린다. 하지만 아직 놀랄 일은 더 남았다.

먼 하늘에서 유영하며 대기 중이던 폴이 유빈이 보낸 신호를 확인하고 헬기를 몰아 접근해 오기 시작했다.

투투투투투투— 훙훙훙훙—.

조용한 새벽의 대기를 흔들어 깨우는 프로펠러 소리!

신입은 깜짝 놀라 허리를 굽힌다. 규영도 화들짝 놀랐다. 그들이 어디로 숨을까 고민을 끝내기도 전에, 헬리콥터의 반짝이는 불빛이 낮은 산들을 넘어 모습을 드러냈다.

"뭐, 뭐야! 야이!"

다급해진 신입은 일단 삼식이의 등 뒤로 숨으려 든다. 헬리콥터에는 좋았던 기억이 별로 없다. 삼식이는 유쾌하게 웃으며 큰 소리로 물었다.

"어때, 신입? 카타르시스 느껴져? 우리 저거 타고 갈 거야!"

"진짜?"

신입이 눈을 동그랗게 뜬 채 숨을 헐떡였다. 어째서 저런 걸 손에 넣게 된 건지, 아무리 상상해도 잘 연결이 안 된다. 아니, 애당초…… 저게 생겼다고 해서 그냥 몰고 다닐 수는 있는 물건인가?

"저거 운전은 누가 해?"

"폴 할아버지가."

"……뭐? 누구?"

신입이 얼이 빠져 입을 다물지 못하고 있는 동안 헬리콥터는 이미 원을 그려 둔 도로에 내려앉는 중이었다. 프로펠러가 일으킨 바람 때문에 사방으로 마른 풀들이 날아올랐다.

드륵—.

헬리콥터의 문이 열리고 총으로 무장한 사람이 내린다. 처음에 신입은 그게 진우라고만 생각했었다. 하지만 이내 덩치가 완전히 다르다는 걸 깨달았다.

"저, 저건 또 누구야? 한국 사람 아니잖아!"

검은 피부, 건장한 체격의 짐을 보고 신입은 또 기겁을 한다. 유빈은 머리를 긁적이며 후회했다. 삼식이의 의견을 따라서 서프라이즈 작전을 썼더니, 카타르시스는커녕 애가 겁에 질려서 오줌을 쌀 지경이다.

"안심해! 저기…… 우리랑 같이 지내는…… 에…… 동료야! 짐이라고! 미군 특수부대 출신이랬어!"

"저 사람들이랑 같이 지낸다고? 하아~ 하아! 나, 나는 그거 별론데……."

순식간에 온몸이 땀으로 흠뻑 젖은 신입이 엉덩이를 뒤로 뺀다. 삼식이와 태권 소녀가 녀석을 억지로 끌고 헬리콥터에 올랐다.

"하이!"

짐이 규영과 신입을 향해 미소를 지어 준 뒤, 유빈에게 손가락을 펴며 물었다.

"투?"

유빈은 고개를 끄덕이며 대답했다.

"예스! 예스! 투!"

임수정이 합류할지 어떨지 확신이 없었기에 애초에 출발할 때부터 제니를 통해 두 명 혹은 세 명이라고 이야기를 해 놨었다. 짐은 고개를 끄덕이며 폴과 라파엘에게 말했다.

"돌아갑시다, 폴."

헬리콥터는 순식간에 떠올라서 크게 한 바퀴 선회한 뒤, 서해를 향해 날아가기 시작했다.

신입은 이 모든 상황을 어떻게 이해해야 할지 모르겠다는 표정으로 헬리콥터의 내부와 짐의 개인 화기와 얼굴, 그리고 조종석의 두 백발 외국인 조종사를 번갈아 쳐다보았다.

"너무 걱정하지 마! 이 군인 아저씨는 우리랑 같은 데에서 안 지내! 거기 가면 우리들이랑 알렉스, 그리고 저 조종사 아저씨들뿐이야!"

유빈이가 옆에서 큰 소리로 설명을 하며 신입을 안심시킨다. 그래 봐야 여전히 혼란은 가라앉지 않았다.

"알렉스? 그건 또 누구야? 그리고…… 그럼 이 사람은 어디 있을 건데?"

"에…… 그게 배가 있어! 시추선인데! 가만있어 봐…… 일단 선원들 문제부터 이야기하는 게 더 이해하기가 편하려나…….”

유빈이 설명을 하려다 말고 왼손으로 턱을 괴며 고민에 빠졌다. 조금 어설프지만, 이제 이 바이오닉 핸드로도 자세를 잡을 수는 있게 되었다.

“아니, 그렇게 말하면 너무 복잡해. 내가 제일 간단하게 설명할게……. 신입! 우리 있잖아!”

삼식이가 끼어들어서 신입의 어깨를 끌어안으며 큰 소리로 말했다.

“전보다 훨씬 편해졌어! 코스트코보다 백배는 더 안락한 데서 먹고 자고 쌀수 있어! 너 팥빙수 있지! 그것도 실컷 먹을 수 있어! 제빙기도 있고, 믹서도 있어! 보안관이 저번에 나갔을 때, 팥 통조림도 가져다 놨어! 네 소원 성취할 수 있다고, 이제!”

“팥빙수? 갑자기 팥빙수는 왜? 그게 왜 내 소원이야?”

“왜긴! 폐쇄된 경전철역 계단 올라가면서 했던 이야기 기억 안 나? 제니가 뭐먹고 싶냐고 물었을 때, 네가 팥빙수라고 했었잖아.”

“……내가 그런 말을 했던가…….”

신입은 삼식이의 이야기에 홀려서 조금은 긴장이 풀어진 채 고개를 갸웃거렸다. 규영은 창문에 얼굴을 바짝 붙이고 밤하늘과 밤바다를 구경하는 데 여념이 없다.

“누나…… 지금이 음력으로 7월이에요, 아니면 8월이에요?”

둥글고 탐스러운 달을 한참 동안 바라보고 있던 규영이 물었다. 태권 소녀가 고개를 갸웃거린다.

“글쎄…… 아마 8월?”

“아…… 그럼 저거 어쩌면 추석 보름달일지도 모르겠어요. 아니면 내일이 추석일 수도…….”

규영이 말했다. 그의 이야기를 듣고 태권 소녀도 창문에 바짝 다가가 닿을 듯이 가까운 보름달을 바라보았다.

추석…… 전혀 생각도 하지 않고 있었다.

"추석이라고 하니까…… 식구들 생각나네……. 우리 가족…… 만날 고스톱 쳤었는데…… 이젠 아마 다 죽었겠지만."

신입이 허무하다는 듯 중얼거렸다. 규영이가 태권 소녀의 볼에 얼굴을 바짝 붙이며 말했다.

"다 죽긴 왜 다 죽어요. 가족 여기에 이렇게 잘 있는데……. 우리가 다 가족이잖아요. 리처드 바크도 말했죠. '가족을 연결해 주는 끈끈함은 피가 아니라, 서로를 존중해 주는 기쁨이다. 모든 가족이 한 지붕 아래에서 자란 집은 없다.'라고."

규영이 잘난 척을 하는 동안, 헬기는 보름달을 스치듯이 날아가며 빅 아일랜드에 더욱 가까워졌다.

그 섬에서는 얼음과 팥, 그리고 사랑하는 가족이, 모두 한 지붕 아래에서 자라지는 않았던 가족들이…… 그들을 기다리고 있다.


# 03
## 앨라배마 65번 도로


"달이…… 영 불길하군. 색깔이 안 좋아."

포드 F-150 픽업트럭의 운전석에 앉은 남자가 중얼거렸다. 조수석에 앉은 사내도 보름달을 한 번 힐끔 쳐다보고 나서 고개를 끄덕인다.

"그 말을 듣고 나니 또 그렇게 보이는군……. 하지만 뭐든지 생각하기 나름이니까."

그들은 앨라배마의 65번 도로에 픽업트럭을 세운 채 널찍한 중앙 분리 공간과, 울창한 숲이 막 끝나는 도로변의 넓은 평원을 노려보고 있었다. 비록 지금은 고요 속에 묻혀 있는 남쪽 지평선이지만, 그 평화는 언제 깨어지더라도 전혀 이상하지 않다.

"나와서 맥주 한잔해요, 선생님. 긴장이 좀 풀릴 겁니다."

주황색 어번 대학 로고가 새겨진 풀오버를 입은 젊은이가 픽업트럭의 창문을 가볍게 두들기며 말했다.

아무에게나 다짜고짜 이름을 부르려 드는 북동부와 달리, 앨라배마에서는 아직도 'Sir'라는 호칭을 즐겨 사용한다. 좀비들이 창궐해서 모든 질서가 무너진 요즘도 마찬가지다.

"그럴까?"

두 남자는 자동차에서 내려 천천히 모닥불 쪽으로 걸어갔다. 수십 명의 남자들이 근처에 모여 서서 플라스틱 컵에 맥주를 따라 마시며 이야기를 나누는 중이다. 바비큐 그릴에서는 깡통 햄과 옥수수가 익어 간다.

별도의 조명은 필요 없었다. 도로에 몰려 있는 수십, 수백 대의 픽업트럭들이 켜 둔 헤드라이트 덕분에 전방은 꽤나 먼 곳까지 훤하다.

"어서 오십쇼, 선생님."

아이스박스 앞을 지키고 섰던 남자가 그들을 맞으며 차가운 맥주를 컵에 따라 내민다. F-150에서 내린 두 남자는 야구 모자의 챙을 슬쩍 만지며 고맙다는 인사를 했다.

남자들은 다들 맥주를 기울이며 모닥불의 열기를 나눠 쬐었다. 이제 밤이 깊어진 이후 새벽까지는 모닥불 없이 버티기가 힘들 만큼 냉기가 서리곤 했다.

앨라배마를 비스듬히 관통하는 65번 고속 도로 네 개의 차선과 중앙분리대용으로 설치되어 있는 중앙의 넓은 풀밭은 좀비들과 싸우기 위해 나온 근처 주민들로 가득 채워졌다.

도로 우측의 넓은 평원 역시 주민들이 타고 온 픽업트럭으로 덮여 있다.

사람들은 조그만 그룹을 이루어 모여서 이야기를 나누거나, 육군에서 지원받은 여러 종류의 화기들을 끌어 내려 설치하기 위해 바삐 움직였다. 스스로를 '자경단'이라 부르는 사람들이었다.

앨라배마에 주둔 중이던 국가 방위군의 주력이 애틀랜타를 방어하기 위해 주

경계선을 넘어간 이후 돌아오지 못하고 있는 상황에서, 자경단은 앨라배마를 지키는 가장 중요한 화력의 역할을 수행 중이다.

물론 65번 국도의 전선은 계속 조금씩 북쪽으로 물러나고 있다. 그리고 아직 가장 심각한 적은 만나지도 않은 상태다. 지금까지 그들이 상대해야 했던 좀비들의 대부분은 모바일이나 빌럭시에서 올라오는 놈들이었다.

앨라배마 기준에서는 도시라고 부를 수 있는 수준의 인구들이었지만, 동부나 서부의 연안 도시에 비하면 작은 마을 정도나 되는 수다. 당연히 좀비들의 웨이브도 그 규모가 그리 크지는 않아서 여럿이 힘을 모아 열심히 쏜다면, 그럭저럭 막아 낼 만은 했다.

하지만 제일 강력한 적들은 아직 이곳에 오지 않았다. 펜서콜라로부터 시작된 초거대 규모 좀비들의 행렬은 서쪽으로 루이지애나, 동쪽으로 템파까지 번져 나갔고, 북쪽으로는 65번 고속 도로를 따라 거의 150마일 이상을 전진하는 중이라고 했다.

앨라배마의 자경대가 지금껏 한 번도 마주쳐 보지 않은 엄청난 놈들이다.

소문에 의하면…… 보는 것만으로 전의가 꺾이고, 그 상태로 머뭇거리다가는 전멸을 면치 못하게 된다고 한다. 그만큼 엄청난 위세의 웨이브라는 것이다.

지난 닷새 동안 자경대는 입술이 바짝 마른 상태에서 놈들을 기다렸다. 함께 대기하고 있는 선봉의 주 방위군 역시 두렵기는 마찬가지인 것처럼 보였다.

조지아 쪽에서 간간이 밀려오는 좀비도 막아 내야 하기에 주 방위군의 병력과 화력은 3분의 1로 나뉜 채 배치되어야 한다. 전력을 다해도 막아 낼 수 있을지 어떨지 모르는데!

"전투기는 오늘도 오지 않는군. 탱크도 마찬가지고……. 아무리 대도시 위주라고 해도 이건 좀 너무한 거 아닌가? 본격적인 지원이 제로야."

남자들은 검은 밤하늘을 올려다보며 원망스럽게 중얼거렸다. 아마추어 무선을 통해 전해 들은 말에 따르면, 몇몇 대도시에서는 전투기가 미사일을 날려 다리를 끊거나 해서 좀비들의 이동을 차단한다는데, 이곳에서는 그런 폭음 비슷한 것도 들어 보지 못했다.

매년 터너 필드에서 브레이브스 시즌 개막 경기를 할 때에 상공을 날아가던 초음속 전투기들은 다 어디로 사라져 버린 걸까.

탱크도 마찬가지다. 국가 방위군이 모는 탱크가 85번 고속 도로를 타고 애틀랜타를 향해 전진한 이후, 그들은 탱크를 두 번 다시 볼 수 없었다.

도로변에 서 있는 네 대의 스트라이커 전투차량 정도가 현재 이곳 65번 고속 도로에서 구경할 수 있는 가장 강력한 화력의 병기다. 고작 네 대라니 초라하게만 느껴지지만, 도로의 폭 때문에 어차피 그보다 더 많이 투입되기도 어렵다.

"그 소문이 맞는 것일지도 모르겠어. 이렇게까지나 아무런 지원이 없는 걸 보면 말이야."

헌팅캡을 쓴 사내가 바비큐 그릴에 올려진 사슴 고기 스테이크를 뒤집으며 말했다. 소와 돼지, 닭의 공급이 끊긴 요즘, 사슴은 드물게 만나볼 수 있는 신선한 육류였다.

지금 맛있게 구워지고 있는 이놈은 그가 어제 카토마 강 유역까지 숲속을 거슬러 올라가 잡아 왔다. 미래를 장담할 수 없는 이런 상황에서는 매 끼니 맛있는 것을 먹고 싶은 욕망이 더 강해진다.

"무슨 소문?"

담배를 피우고 있던 그의 친구들이 묻는다. 헌팅캡은 목소리를 은밀하게 내며 대답했다.

"태평양 위에 있던 우리 군대 대부분이 호주로 이동해서 거길 점령했다는 그 소문. 들어 본 적 없나?"

"아, 그거…… 맞아. 그런 이야기가 돌더군. 처음엔 말 같지도 않은 소리라고만 생각했었는데, 몇 번 듣다 보니 그게 또 이치에 닿는 것 같기도 하고……."

한 친구가 대답했다. 미국이 자랑하던 태평양 함대의 대부분이 좀비로 '오염'이 덜 된 호주를 점령하기 위한 긴 전투에 들어갔다는 말이 사실일지도 모르겠다고, 사람들은 생각하고 있었다.

위이이잉—.

경비행기가 정찰을 위해 남쪽 하늘 너머로 사라진다. 원래는 농작물에 농약을 살포하던 비행기지만, 이제 그들 자경단에게는 없어서는 안 될 중요한 장비가 되었다.

"전투기가 도통 보이지 않는 걸 보면 맞을 거야. 이래서 북부 양키 게이 놈들은 믿을 수가 없다는 거야. 세상이 조용할 때는 이래라저래라 온갖 골치 아픈 개소리들을 늘어놓더니, 정작 애국자가 필요한 시기가 되니 이제는 아예 다른 나라로 도망쳐 버렸지."

두툼한 격자무늬 셔츠를 입은 사내가 징그럽다는 듯 고개를 저으며 말했다. 항상 간섭하고 귀찮게 해 온 정부에 대한 그들의 불신은 흔히 상상할 수 있는 것보다 훨씬 깊고 역사적 뿌리도 길다.

"어쩌면 잘된 일일 수도 있지. 이걸로 남부가 다시 온전히 남부 사람들의 결정 아래 놓였으니까."

픽업트럭 조수석 창문에 비스듬히 걸린 채 나부끼는 앨라배마 주정부 기를 바라보며 헌팅캡이 중얼거렸다. 흰 깃발의 네 귀퉁이가 끝까지 닿아 있는 크림슨의 대각선 십자가가 언제 봐도 지극히 남부적이다.

"함께 기도하실 분들은 앞쪽으로 모여 주세요. 거기 평원에 계신 신사, 숙녀분들도 오십쇼. 짧게라도 함께 기도하려고 합니다."

젊은 남자들이 차량들 사이를 오가며 기도 모임이 있을 것임을 알렸다. 신실한 종교 활동과 신사적인 매너는 남부인들을 지탱하는 아주 중요한 두 가지 삶의 원칙이다.

덕분에 그들은 앨라배마의 주도인 몽고메리에서 포르노와 에로틱 케이블 채널을 차단해 낼 수 있었고, 순진한 어린 영혼들을 섹스 산업의 악마들로부터 지켜 내 왔다.

대낮에도 5분만 차를 몰고 나가면 스트립 바를 찾을 수 있을 만큼 타락한 대도시와는 다르다.

"저 어린 신사분들은 '저놈들'과 기도회까지도 함께할 셈인가? 완전히 미쳤군."

갈색 머리의 3분의 1가량이 흰색으로 덮인 중년 남자가 지긋지긋하다는 투로 중얼거렸다. 그 옆에 함께 와 있는 여자들도 조그맣게 쑥덕거리며 미간을 찌푸린다. 그들의 시선은 자연스럽게 '저놈들' 쪽으로 향했다.

도로변 왼쪽의 평원, 한 무리의 무장한 흑인들이 평원 남쪽의 숲을 노려보고 있다. 흑인들의 규모는 대략 백인들의 절반. 하지만 그들에게 허락되어 있는 공간은 왼쪽의 평원과 그곳으로 진입하기 위한 갓길 한 차선뿐이다.

픽업트럭으로 덮인 백인 구역과 달리 흑인 구역은 비교적 저렴한 현대와 기아 자동차들이 줄지어 늘어서 있다. 그 정도 차량도 구하지 못한 이들은 버스를 차출해서 단체로 이동해 왔다.

아무도 공식적으로 거기에 경계선이 있다거나 그 선을 넘어서는 안 된다고 선언한 바는 없지만, 갓길을 기준으로 오른쪽의 대부분 영역은 백인들이, 그 왼쪽에는 흑인들이 있다. 선을 넘어가려는 시도도 없고, 그것을 불편하게 여기는 감정도 그다지 느껴지지 않는다.

메뉴와 가격에 따라 두 인종이 가는 식당마저 확연히 다른 앨라배마에서는 그 정도 경계가 오히려 편안하고 자연스럽다. 학교에서 두 인종을 한 교실에 두기 시작한 것도 불과 반세기 정도밖에 지나지 않았다. 그마저도 연방 정부군이 개입해서 강압적으로 시행했던 일이다.

주도인 몽고메리가 위협을 받고 있는 상황에서도 백인들은 흑인들과 엮이지 않기 위해 노력했다. 그들이 좀비에 못지않게 두려워하고 혐오하는 것은, 자동화기로 무장한 흑인들이 백인 거주 지역으로 들어와 활보하는 일이다.

그런데 젊은 급진주의자들이 신성한 기도 시간의 평화마저 훼손하려 들고 있다. 흑인의 손을 맞잡은 채 기도를 한다니…….

"여기 이 유콘 트럭 누구 소유입니까? 이렇게 도로 중앙을 막으시면 안 됩니다. 이렇게 하시면 다른 분들의 퇴로가 막힙니다. 후방으로 이동하십쇼. 당장!"

주 방위군 병사가 다가와 명령한다. 그들조차도 흑인 그룹에는 유색인종 병사를, 백인 그룹에는 백인 병사를 보내 통제를 하고 전투 교육을 하면서 이 인종 분리 문화에 암묵적으로 동조하고 있었다.

그런 것에 일일이 대응하면서 에너지를 소모하기에는 지금 몰려오는 시체들의 군단이 너무 강력하고 많다.

"차라리 빨리 좀비들이 왔으면 좋겠군……. 매일 느끼는 거지만, 이렇게 한가할 때가 제일 견디기 어려워. 미친 인종차별주의자 놈들이 꼭 무슨 사고를 칠 것 같거든."

주 방위군 병사들이 땀을 흘리며 중얼거렸다. 혹시라도 있을지 모르는 내부 교전에 대비해서 그들은 언제나 뒤쪽에 배치되었다. 물론 좀비들이 몰려오는 가운데 그런 비극이 일어나면 다 죽는 거다.

그렇게 원래는 존재하지 않아도 되는 긴장감이 65번 국도를 가득 메우고 있을 때, 정찰을 나갔던 경비행기가 날개를 위아래로 흔들며 돌아왔다. 좀비가 온다는 신호다.

"온다! 와!"

자경단원들은 재빨리 자신들의 위치로 돌아가 무기를 장전하고 자동차의 헤드라이트를 켰다. 그러고는 남쪽 지평선을 노려보며 기다렸다. 오늘따라 유난히 더 오랫동안 흔들렸던 경비행기의 날개가 마음 한구석을 찜찜하게 만든다.

그으으으으으아아아아아—.

아주 작지만, 분명하게 들려오는 포효 소리.

수없이 많은 좀비들이 한데 뭉쳐 있다는 걸 누구라도 알 수 있을 만한 소리였다.

"저…… 저기…… 저거 뭐지?"

멀리 떨어진 곳에서 끝이 나 있는 울창한 숲을 가리키며 누군가 말했다. 몇몇의 시선이 그쪽으로 향한다. 그런 후, 웅성거림은 더욱 커졌다.

숲이…… 숲이 빛나고 있다. 밝은 녹색의 발광체가 나뭇잎들을 흔들며 이쪽을 향해 빠르게 다가오는 중이다.

"라이트! 라이트를 꺼 봐! 잠깐!"

주 방위군이 명령했다. 스트라이커 장갑 차량을 비롯한 수십 대의 픽업트럭들이 차례로 라이트를 끄자, 그들을 덮쳐 오는 것이 무엇인지 보다 명확해졌다. 지평선 전체가 희미한 녹색 빛으로 뿌옇게 밝혀져 있다.

"신이여, 도와주세요······."

사냥용 소총의 스코프로 전방을 노려보고 있던 백인 남자가 나직하게 중얼거린 뒤 성호를 그었다. 온몸이 네온사인처럼 밝은 녹색으로 빛나는 좀비들이 도로를 맹렬한 속도로 뛰어오고 있다.

지금까지 한 번도 보지 못한 현상이지만, 그게 무엇인지는 안다. 무선 통신을 통해서 다른 지역 사람들로부터 전해 들은 적이 있다.

방사능 좀비들······ 원자력 발전소의 내부에 들어가 온갖 방사능에 피폭된 놈들······.

뒤집어쓰고 있는 라듐 때문에 놈들의 몸은 한밤중에도 환한 녹색 빛을 내며 빛난다. 뼈에 구멍이 뚫리고 살이 녹아내리면서도, 지금까지 보았던 좀비들보다 더 빠르게 움직이는 괴물들······.

게다가 놈들의 몸뚱이는······ 시체가 된 뒤에까지도 그 자체로 강력한 방사능 무기다. 아무도 섣불리 다가갈 수 없는데, 그냥 방치하면 지역 전체를 죽음의 땅으로 만들 것이다.

공기 감염이 이뤄진다는 이유로 방치되어 잔존하던 펜서콜라의 수많은 좀비들은 원자력 발전소로 진군했고, 그것을 미리 막아 내지 못한 대가는 너무도 뼈아프게 오랫동안 지속되어 오고 있다.

군인들이 잔뜩 몰려 살고 있던 사우스 캐롤라이나도, 노스 캐롤라이나도, 원자력 발전소를 제대로 지키지 못한 지역은 모두 저 방사능 좀비들 때문에 무너졌다.

방사능 좀비가 다른 좀비 무리들과 만나면, 며칠 지나지 않아 다른 놈들 역시 미약하게나마 방사능에 피폭된 좀비들로 변질된다.

"망했군······."

머나먼 지평선이 야광 좀비들에 의해 덮인 것을 보며 군인들과 자경단원들은 일제히 한숨을 내쉬었다. 하지만 돌진해 오는 놈들을 저지하기 위한 노력을 포기할 수는 없다.

방사능 피폭의 대피 반경인 20마일. 여기에서 놈들을 모두 쓰러뜨리면 최소한 당분간이라도 몽고메리는 현 상태로 유지할 수 있다.

하지만 그러기 위해서는 저 방사능 덩어리 좀비들이 사정거리 내로 들어올 때까지 가만히 기다려야 한다. 이 아이러니한 상황에 모두의 등에서는 식은땀이 흘러내렸다.

오늘 이 전투에서 뒤집어쓰게 될 각종 방사능의 양은 얼마나 되는 걸까······. 그리고 그게 어떤 부작용을 몸에 가져오는 걸까······.

끼이이이잉—.

Mk19 40㎜ 그레네이드 런처를 장착한 스트라이커 장갑차들이 가장 먼저 움직였다. 도로변에 세워져 있던 네 대의 스트라이커가 빠르게 도로로 올라와 좀비들을 향해 달려간다.

그러고는 좀비들의 선두가 최대 사정거리인 2,400야드 내에 들어왔을 때, 리모컨으로 조작되는 Mk19가 분당 60발의 속도로 40㎜ 고폭탄을 쏴 대기 시작했다.

**쾅쾅쾅쾅쾅— 쾅쾅쾅쾅쾅— 쾅쾅쾅쾅쾅—.**

빠르게 날아간 고폭탄은 좀비들의 머리 위에서 폭발하며 무수한 파편을 만들어 냈다. 폭발에 휘말리고 파편에 직격당한 좀비들의 찢겨 나간 팔다리와 머리가 녹색의 작은 발광 물질 덩어리가 되어 사방으로 날린다. 수십 년 이상을 자라 온 울창한 전나무들도 엉망으로 부서지고 꺾여 쓰러졌다.

하지만······ 전나무들을 든든한 방패로 삼은 좀비들은 흩날리는 전나무 잎 사이로 조금도 속도를 줄이지 않고 빠르게 돌진해 왔다.

보통의 좀비들이 장거리 육상 선수처럼 뛴다고 하면, 방사능 좀비들은 100미터 달리기의 스프린터들처럼 휙휙 거리를 줄인다.

쾅쾅쾅쾅쾅— 쾅쾅쾅—.

드르르르륵— 드르르르르륵—.

스트라이커 장갑차들은 후진으로 거리를 유지하면서 Mk19와 M240 기관총을 쉬지 않고 난사했다. 넓은 도로와 중앙의 분리 공간이 녹색으로 빛나는 시체들로 온통 뒤덮인 뒤에도 좀비들의 웨이브는 끝없이 이어졌으며, 양쪽 숲을 통해 달려오는 놈들의 기세는 좀처럼 꺾이지 않았다.

"역시 저놈의 숲이 문제였어……."

자경단원들은 빽빽하게 자라나 있는 전나무 숲을 원망스러운 눈으로 노려보았다. 마음 같아서는 모두 깨끗이 불태워 버리고 싶었지만, 그런 짓을 벌였다가는 들불이 번지는 걸 감당 못 하고 타 죽을 게 뻔해서 그냥 방치할 수밖에 없었다.

위이이이잉—.

강력한 화력을 자랑하던 스트라이커 장갑차들은 좀비들을 전멸시키지 못하고 결국 자경단이 구축해 놓은 사선까지 물러났다.

그리고 약 1분이 지난 뒤, 좀비들이 반 마일 내로 접근했을 때, 자경단원들의 각종 개인 화기도 일제히 불을 뿜었다.

타타탕— 탕— 피이잉— 피이잉— 타탕— 투투투둑— 투투투—.

백인에게서 발사된 총알도, 흑인에게서 발사된 총알도 모두 좀비들을 향해 날아간다. 그리고 그중의 몇 발은 방사능 좀비의 녹아내리는 살과 뼈를 꿰뚫고 들어가 뇌를 터뜨렸다.

콰쾅— 콰콰앙—!

숲이 끝나는 지점에 위험 표시와 함께 설치해 둔 지뢰를 좀비들이 화끈하게 짓밟았다. 지뢰가 폭발하면서 산산조각 난 좀비들의 몸뚱이가 높이 치솟아 올랐다가 바닥에 흩뿌려졌다.

그 발광하는 녹색의 파편을 보고 있으면…… 갑자기 가슴이 답답해지고, 눈동자가 아파 오는 느낌이 든다.

대체 얼마나 많은 양의 방사능이 저놈들로부터 뿜어져 나오고 있는 걸까? 놈들이 800야드 이내로 접근해 있는 이런 상태에서 대치를 오래 끌다가 혹시 피를 쏟으며 죽게 되는 것은 아닐까?

아가리를 쫙 벌린 채 눈앞에 몰려오는 좀비들만큼이나 보이지 않는 방사능의 공포는 사람들을 위축시키기에 충분했다.

당연히 총구는 흔들리고 가뜩이나 낮았던 명중률은 더 급격하게 떨어졌다. 그렇게 되면 좀비들은 훌쩍 거리를 줄이고, 사람들의 공포는 더욱 커지는 악순환이 반복된다.

그런데도 지평선에는 아직 좀비 웨이브의 꼬리가 드러나지도 않은 상태. 이제 이 전선으로 저지한다는 건 불가능해졌다.

"버스! 버스! 도로로!"

주 방위군 장교가 무전기에 대고 소리를 질렀다. 곁에 철조망을 두른 버스들이 평원의 후방에서 빠져나와 도로 쪽으로 이동했으며, 그것에 맞춰 병사들은 자경단원들 사이를 돌며 외쳤다.

"사격 중지! 사격 중지! 후퇴!"

철조망 버스들이 도로를 가로막은 채 좀비들의 공격을 받아 내는 동안 사격을 중단한 자경단원들이 빠져나가는 방식이다. 그리고 마지막으로 스트라이커에서 고폭탄을 발사해 버스 안에 가득 채워져 있던 인화 물질을 폭파시켰다.

이미 수십 마일 이상을 거슬러 올라오며 두 달 가까이 전투를 벌이는 동안 여러 번이나 해 본 일이라 자경단원들에게도 익숙한 일이었다.

거기에 버스 운전하는 병사의 탈출을 돕는 장갑차만 있으면 꽤나 효율적이기도 했다. 지금까지는······.

하나 지금까지 그들이 상대했던 좀비와 오늘 밤 맞이하게 된 방사능 좀비는 스피드와 힘이 달랐다. 물론 어차피 인간의 골격을 가지고 있는 좀비라서 10퍼센트 정도의 우월성을 보일 뿐이었지만, 그 10퍼센트라는 차이가 무시하기에는 너무 커다란 수치였다.

그롸아아아아— 그와아아아—.

철조망 버스에 매달린 좀비들이 발작하는 것 같은 움직임을 보이며 버스를 앞뒤로 밀고 흔든다. 쿵쿵거리며 한쪽 바퀴가 들릴 때마다 버스는 금방이라도 쓰러져 버릴 것 같다.

"으으아! 으아!"

생각했던 것보다 좀비들이 빠르게 버스에 접근하고 흔들어 대는 걸 보며, 자경단원들은 공포에 질려 달아났다. 그들은 자신의 차량으로 돌아가 시동을 걸었다.

순서를 지켜 뒤쪽에 세워진 차들부터 빠져나가면 된다는 걸 알고 있지만, 막상 마음이 급해지니 그 짧은 순간 동안의 양보도 결코 쉽지 않다.

빠앙— 빠앙—.

서로 코를 박은 픽업트럭들은 상대방을 향해 경적을 울려 대며 물러나라고 위협을 했다. 조금 전까지 기세 좋게 맥주를 나눠 마시던 여유 같은 건 이미 자취를 감춘 지 오래다.

드르르르륵— 드르르륵—.

탕탕탕탕탕—.

그러는 동안에도 스트라이커 장갑차들은 자경단원이 달아날 수 있는 시간을 벌어 주기 위해 어떻게든 기관총을 난사하며 버티고 있다.

아직 희망이 끝난 것은 아니다. 20마일 정도 빠르게 북상해서 다시 전선을 꾸리기만 한다면…….

쿠웅! 쿵—!

백인들의 트럭과 흑인들의 버스가 서로 먼저 빠져나가기 위해 정면으로 맞서면서 문제는 더 심각해졌다. 사실은 별것도 아닌 사소한 일이지만, 그동안 쌓여 온 감정의 앙금들은 그들로 하여금 서로 총을 겨눈 채 위협을 하도록 만들었다.

결국은 주 방위군 병사들도 가세해서 이 사태를 진정시켜 보려 한다. 하지만 그러는 사이, 제일 먼저 버스 바리케이드 사이를 통과한 좀비들은 아직 빠져나가지 못한 사람들을 덮쳤다.

"으아아악! 끄아아아!"

피가 튀고 비명이 고막을 찌르자 사람들의 눈빛은 더욱더 강하게 광기에 사로잡혔다. 게다가 좀비에게 덮쳐지며 당겨진 방아쇠는 방향을 가리지 않고 총알을 날렸다.

투투투투투— 투투투투—.

뒤쪽의 픽업트럭과 승용차 유리에 피가 가득 튄다.

와장창—!

끼이이익—!

앞쪽에선 좀 더 빨리 달아나려던 차량들끼리 서로 부딪치며 요란한 브레이크 소리를 냈다.

콰콰쾅—! 콰쾅—!

바리케이드용 버스에 채워져 있던 인화 물질이 고막을 흔드는 굉음과 함께 요란한 불꽃을 만들었다.

방사능 좀비의 살과 뼛조각이 픽업트럭의 화물칸에 투두둑— 떨어져 내린다.

"차를 버리고 앞쪽의 버스로 옮겨요! 이대로는 다 못 빠져나갑니다! 빨리요!"

주 방위군 병사들은 트럭 사이를 돌며 그들을 버스에 옮겨 타도록 했다. 지금의 이 혼란은 불과 수백에 불과한 사람들이 끝까지 차를 버리지 않으려 들어서 일어난 것이었다.

그냥 조금 좁게 끼어서 불과 10여 분만 빠져나가면 되는데…….

하지만 그런 결단도 이미 늦었다. 차량에서 내린 사람들의 머리 위로 네온처럼 발광하는 좀비들이 확확 덮쳐들었다.

투투— 투투투— 투투투—.

이미 전선의 내부로까지 침투해서 트럭 사이를 내달리는 좀비들을 향해 병사들의 사격이 쏟아졌다.

 빠른 탈출과 대피가 무산된 지금, 전투는 근접 대치의 형태로 바뀌었고, 헤드라이트의 불빛이 어지럽게 교차되는 가운데 좀비와 인간이 서로를 죽여 대고 있다.

 그롸아아아아—.

 온몸이 녹아내리고 불이 붙었어도 좀비는 오로지 사람의 피를 갈구하며 돌진해 온다. 바로 앞에 적을 둔 채로 옆의 동료를 증오하는 인간들이 그 일관된 집요함을 당해 낼 수 있을 리가 없다.

 "윽!"

 서행하는 픽업트럭의 짐칸에 서서 좀비들을 향해 난사하던 병사 하나가 소매로 코를 훔쳤다. 얻어맞지도 않았는데 그의 코에서는 검붉은 코피가 흘러나온다.

 '방사능 때문일까?'

 병사는 두려움이 가득한 표정을 지으면서도 다시 탄창을 갈아 끼우고 열심히 방아쇠를 당겼다.

 "하아아~! 하아아!"

 그를 태운 트럭은 겨우 정체를 빠져나와 65번 도로를 빠르게 내달렸다. 트럭의 짐칸에 기대앉은 병사는 네온 좀비와 인간이 한데 뒤엉킨 참극을 얼빠진 얼굴로 바라보았다.

 이제 몇 시간 후면 몽고메리라는 도시는 역사 속으로 사라지게 될 것이다. 그가 할 수 있는 일이라고는 그 전에 가능한 한 많은 사람들을 더 멀리까지 대피시키는 것 정도뿐이었다.

# 04
## The Negotiation

전설 혹은 유령에 대한 소문은 부산에서 시작되어 남부 전체로 번졌다.

분명히 영상에는 기록되어 있는데, 그 어디에도 남아 있지 않은 존재. 살아 있는지 이미 죽었는지 아는 사람도 없고, 그래서 그 행방은 더욱 묘연한 아이.

테라, 좀비들 사이를 걷는 여자.

테라가 좀비들 사이를 누비고 다니는 모습을 직접 보았던 사람들은 그날 태양 그룹의 헬기로 이송 중 오 박사에 의해 모두 추락사당한 터이므로, 살아 있는 실제 증인은 없다. 그리고 사실 거의 대부분의 사람들은 그 영상이라는 것조차 구경도 못 해 봤다.

그럼에도 불구하고 소문은 열망에 기대 더욱 빠르게 퍼졌고, 실체를 모르기에 기대는 점점 더 크게 부풀었다. 누구나 꼭 한 번만이라도 그녀를 만날 수 있기를 바랐다. 현재 가장 강력한 권력을 가진 군인들도 예외는 아니었다.

하지만…… 아무런 추가 소식도, 단서도 없이 9월이 어느덧 다 지나가고, 10월도 중순에 접어들었다.

좀비들에게 보이지 않는 면역자의 이야기가 그렇게 현실과 환상의 모호한 경계에 위치한 채 미지의 영역으로 남겨져 모든 이들의 애를 태울 무렵, 새로운 소문이 퍼지기 시작했다.

그 발단은 해운대구의 한 고급 술집이었다.


"아…… 피곤하다, 피곤해."

한 중령은 안락의자에 푹 기대앉으며 웨이터가 전해 준 물수건으로 목덜미를 닦았다.

"고단하시죠? 늘 감사하고 있습니다."

은빛 쟁반을 받쳐 들고 있던 웨이터는 진심으로 감사하다는 듯 깊이 허리를 숙였다. 한 중령은 멋쩍은 웃음을 지으며 고개를 끄덕였다.

"뭐…… 나라 지키는 일이 다 그렇지. 겉으로 일해 놓은 표는 안 나는데, 속으로는 아주 몸이 곯는다. 아후~ 그래도 좀비 새끼들 없는 나라 만들어야 하지 않겠냐. 그 일념 하나로 버티고 있다. 그러니까 스트레스도 장난 아니게 쌓이지."

"어유, 그럼 안 되죠. 오늘 아주 편안하게 푹 쉬시다 가실 수 있도록 제가 최선을 다하겠습니다, 중령님!"

웨이터는 재차 허리를 굽히며 아부를 떨어 댄다. 한 중령은 태양 그룹에서 발행된 전표 10만 원권을 테이블에 툭, 던지며 말했다.

"그래. 나도 잠시만 나라 걱정 좀 잊어 보자. 아주 새끈한 애들로 넣어."

"감사합니다!"

웨이터는 세 번째로 인사를 하며 전표를 주머니에 챙겼다. 태양 그룹과 관련된 모든 매장에서 우대를 해 주기 때문에 남부 지방에서는 현금 지폐보다도 이 태양 그룹 전표가 더 환영받는다.

태양 그룹은 그런 전표를 주변 군벌의 고급 장교들에게 넉넉하게 선물하는 것으로 인심을 얻는 중이었다. 한 중령도 예외가 아니다.

신 중장 휘하 정보 장교인 그는 요즘 살아오는 동안 최고로 호사스러운 시간들을 보내고 있다. 태양 그룹에서 공급해 주는 전표의 액수는 그가 감당하기 어려울 만큼 큰 단위였고, 덕분에 예전 같았으면 상상할 수도 없을 사치와 환락이 가능해졌다.

현재는 회원제로만 운영되는 이 고급 룸살롱도 한 중령과 같은 군인들이 수입의 거의 전부를 차지하고 있다. 좀비 덕에 호강하는 군인이 그 혼자가 아니라는 이야기다.

서로 다른 군벌의 고급 장교들이 버젓이 돌아다니고 있지만, 이 욕망의 분출구에서 사고를 일으키는 바보는 없었다. 어차피 한두 사람을 죽인다고 해서 깨끗이 천하 통일이 이뤄지는 상황도 아닌데, 공연히 시끄러운 일을 만들어 봐야 제재를 받게 될 자신들만 손해다.

그러니 여기에서 좋은 술 마시고 여자들을 양팔에 낀 채 즐겁게 놀아나는 게 훨씬 이득이다.

"야야야! 잠깐만!"

담배를 피워 물던 한 중령이 웨이터를 부른다. 문을 닫고 나가려던 웨이터는 다시 룸 안으로 들어와 두 손을 모았다.

"부르셨습니까?"

"이거 뭐냐?"

한 중령이 유리 재떨이 옆에 쌓여 있는 종이들 중 한 장을 들어 펄럭이며 물었다.

"아, 그거……"

웨이터는 멈칫하며 말을 더듬었다. 한 중령은 담배 연기를 길게 내뿜으며 종이에 적혀 있는 내용을 읽는다.

"면역자 혈청 판매…… 치유 확률 100퍼센트…… 절차, 에…… 부산역 9번 출구에 광고판을…… 뭐래, 뭐가 이렇게 길어? 어디 보자. 가격…… 개별 상담. 네고 가능…… 야, 이거 뭐야? 이거 씨발, 배포한 새끼가 누군지, 연락처도 없고…… 이거, 너희가 사기 치는 거야?"

프린트된 내용을 대충 훑던 한 중령은 종이를 펄럭거리며 미간을 찌푸렸다. 예전에 기차역 화장실에 붙어 있던 '신장·안구 삽니다' 스티커보다 오히려 더 수상하고 구려 보인다. 웨이터가 손사래를 친다.

"아유, 저희가 그런 짓을 하겠습니까? 가당치도 않죠. 그게…… 오늘 오픈하기 전에 매니저님이랑 저희 모여 있을 때, 어떤 사람 둘이 들어와서 그걸 몇 박스나 놓고 갔습니다. 그러고는 하는 말이, 테이블마다 올려놓으라고……"

"놓고 간다고 그걸 그냥 받았어? 그리고 이걸 버젓이 룸 테이블 위에 올려놔? 너희가 등신이냐?"

"그게…… 당연히 저희도 처음엔 거절을 했습니다. 여기를 어떻게 보고 이런 짓을 하는지 모르겠지만, 여기 회원제 고급 가게다. 대기업 간부님들이랑 최고 훌륭하신 장교님들만 오신다…… 뭐, 이렇게."

"그런데?"

"시키는 대로 안 하면 죽이겠다고 하더라고요."

웨이터가 말했다. 그의 말투에서 거짓말을 한다는 느낌은 전혀 들지 않았다. 오히려 창피해하는 것 같았다.

"허풍이잖아, 이 새끼야. 노란 물 장사를 한다는 놈들이 그딴 헛소리에 놀아났다고?"

한 중령이 어처구니없다는 듯 웃자, 웨이터는 이마를 긁적이며 대답했다.

"그게…… 일단 정문 통과해서 가게 안까지 들어온 시점부터 완전히 허세라고는 볼 수가 없었습니다."

그 말을 듣고 나니 한 중령의 표정도 조금은 심각해졌다. 정문에서 양복을 갖춰 입고 그를 맞이하던 덩치들…… 말이 좋아 직원이지, 누가 봐도 한가락 하는 기도들이다.

그리고 그런 기도들이 계단과 지하의 문 앞에서도 늘 여러 겹으로 대기하고 있다. 그런데도 수상한 잡상인 놈들은 그놈들을 다 제압하고 이 안으로 들어온 것이다.

"그러니까…… 너희 애들이 다 손도 못 썼다, 이런 이야기야?"

한 중령이 물었다. 웨이터는 민망해하며 고개를 끄덕인다.

"부끄럽습니다. 낮에 사람이 별로 많지 않은 때여서…… 하지만 지금은 평소보다 경비를 두 배로 늘렸으니까 안심하시고 편안하게 드셔도 됩니다."

이렇게까지 되면 거짓말이라고 보기 어렵다. 이 세상에 어떤 유흥업소도 자신들의 보안이 허술하다는 걸 알리지 않는다. 그런 불안한 곳에서 마음 놓고 술을 퍼마실 손님은 없으니까. 한 중령은 다시 전단을 집어 한 자, 한 자를 유심히 살펴봤다.

* 면역자 혈청 판매 *
좀비에게 물렸을 때, 치유 확률 100퍼센트!

― 구입 신청 방법 ―
1. 부산역 9번 출구 상단에 10×10m 크기의 광고판 설치.
2. 광고주는 광고판에 구입 의사와 자신의 신분, 성명을 밝힐 것.
3. 광고판은 일주일간 유지 후, 자진 철거.
4. 광고주 본인이나 대리인이 비너스에서 대기하면 일주일 내에 개별 연락.
5. 가격 : 개별 상담 요망. 네고 가능.
6. 장난 사절.

너무 어처구니가 없어서 한 중령은 자기도 모르게 코웃음을 쳤다. 기도들을 다 제압했다는 소리만 아니면, 유치한 문장으로 가득 채워진 이 전단이야말로 장난 같았다. 아무리 좋은 물건이라도 이렇게 사기가 어려워서야…….
하지만 이런 내용을 알리고 싶은 대상이 누구인지는 아주 명확히 드러난다. 힘 있는 사람들. 그렇다면 제대로 찾아오기는 했다.
전시에 준하는 지금의 상황에서 부산역에 커다란 광고판을 설치할 수 있는 사람은 태양을 비롯한 몇몇 대기업과 군벌들 정도뿐이다. 한 중령은 종이를 두드리며 물었다.
"여기 4번에 적혀 있는 비너스…… 이거, 너희 가게 이름이잖아. 그럼 광고하고 나서 이 가게에 와 있으라는 말이야? 그러면 어떻게 한다고?"
"그건…… 잘 모르겠습니다."
웨이터가 조금 머뭇거린다. 뭔가 알고는 있는데 지금 말할 수 없다는 의미이리라.
그렇다면 이놈도 한패인 걸까? 아니면 정말로 그 두 놈의 협박에 완전히 굴복한 걸까?

한 중령은 고개를 갸웃거렸다.

그보다도 치유 확률 100퍼센트라고? 저 태양에서 희귀한 거라며 건넸던 혈청도 겨우 50퍼센트라고 했는데?

"어떻게 생긴 놈들이었어?"

담배를 재떨이에 비벼 끄며 한 중령이 물었다.

"얼굴은 모릅니다. 모자 눌러쓰고, 마스크까지 뒤집어쓰고 있었기 때문에…… 그냥 한 놈은 덩치가 아주 컸고, 또 한 놈은 냉기가 팍팍 돌았다는 정도…….'

"냉기가 돌아? 큭큭큭, 그게 또 뭔 개소리야, 이 새끼야."

"그냥…… 말 한 마디, 한 마디가 허투루 들리지 않았습니다. 오죽하면 저희 매니저님도 그놈들 가자마자 순순히 시키는 대로 이걸 방마다 깔았겠습니까. 사정이 그러니까…… 그냥 모자란 놈들이 바보짓 한다고 생각하시고 며칠만 너그럽게 봐주십쇼, 중령님!"

웨이터가 다시 허리를 90도로 숙였다. 녀석이 나가고 나서 자주 본 여자애 둘이 들어와 양주 두 병을 다 비우는 동안에도 한 중령은 마음을 온통 전단에 빼앗긴 채였다.

여자들의 허리를 감고 위층의 호텔 방으로 올라갈 때, 그는 결국 전단 한 장을 자신의 군복 주머니 안에 챙겨 나왔다. 아무래도 너무 거짓말 같아서 오히려 진지하게 고민이 된다.

다음 날, 부대로 복귀한 뒤에도 그는 계속 전단을 노려봤다. 100퍼센트의 치유 확률이라는 문장을 보고 있으면, 그 커다란 유혹 때문에 다른 생각을 하기가 힘들다.

아직 이 나라의 그 어떤 군벌도, 그 어떤 재벌도 가지고 있지 못한 마법 같은 약…… 그것을 소유하고 싶다.

하지만 그의 현 상황에서는 상부에 보고를 하지 않은 채 부산역에 광고판을 세우고, 거기에 자신의 지위와 이름을 기재하기란 어렵다. 분명히 무슨 미친 짓이냐고 위쪽에서 물어 올 것이다.

'문책을 받으면 그때 뭐라고 대답해야 하지? 신 중장님께 꼭 이 약을 구해 드리고 싶었다고 하면 믿어 줄까?'

줄담배를 피우며 고민을 하던 한 중령은 결국 결론을 내리지 못하고 오후를 맞았다. 그러면서도 아직 시간은 넉넉하다고 생각했다.

저런 바보 같은 전단에 속아 그렇게 큰 광고를 하면서 자신의 신분을 드러낼 놈은 없을 거라는 안일한 생각이 그가 여유를 부릴 수 있는 근거였다.

하지만 인간의 호기심과 모험심은 한 중령이 예측했던 것보다 훨씬 더 크고 강했다. 신 중장이 급하게 호출한 오후 작전 회의에서 한 중령은 벌써 부산역에 첫 번째 광고판이 붙었다는 소식을 전해 들었다.

낙동강 주변 다섯 군벌 중의 한 사람, 정 중장이 그 광고의 주인공이었다. 더 이상 숨기는 것이 불필요하다고 느낀 한 중령은 그 전단을 꺼내 놓았다.

"그에 관한 첩보는 이미 입수해 놓은 상태였습니다. 다만, 몇 가지 미심쩍은 구석이 있어서 사실 확인을 모두 끝낸 후에 보고드릴 계획이었습니다."

"늦어, 이 새끼야. 늦다고! 정보를 입수했으면 일단 보고부터 했어야지! 응? 이 멍청한 새끼야. 정 중장이 가로챘잖아! 그 욕심 많은 새끼가 아도 쳐서 싹 다 가져가 버리면 어쩔 건데? 네가 책임질 수 있어?"

신 중장은 초조함을 감추지 못하고 책상을 내려치며 언성을 높였다. 한 중령은 연신 고개를 숙이며 변명을 늘어놓았다.

"그쪽에서 먼저 움직일 것 같은 조짐도 인지하고는 있었지만, 그건 그것대로 좋을 거라고 생각했습니다. 적어도 이 전단지가 누군가의 고약한 음모가 아닌지 알 수 있는 기회가 될 것이라 여겨졌습니다."

"끄음······!"

정 중장을 모르모트로 삼았다는 변명이 마음에 들었는지, 신 중장도 더 문책을 하지는 않았다.

"좋아, 네 말도 일리는 있어. 대신에 두 번째 광고는 놓치지 마. 일주일 뒤에는 우리 광고를 걸 수 있는 거잖아? 맞지?"

신 중장이 전단을 짚으며 말했다. 한 중령은 그렇다고 했다. 먼저 스타트를 끊은 놈은 무슨 생각이었는지 몰라도, 정 중장이 뛰쳐나가기 시작한 순간부터 이 일은 시간을 다투는 경쟁이 되어 버렸다. 전단에 적힌 내용의 진위 파악 같은 건 뒷전이다.

"그럼 두 번째 광고 한 다음에 약속까지 정하고 와. 뭘 하더라도 뒤처지지 말라고, 이 새끼야. 알겠어? 게다가 이거, 보나 마나 테라라는 그 계집애와 관련이 있어. 그 계집애를 데리고 있는 놈들이 낸 광고라고."

신 중장은 진지한 얼굴로 말했다. 특명을 받은 한 중령은 병사들과 함께 헬리콥터 편으로 부산역으로 향했다.


부산역 앞의 광장에는 오가던 행인들이 의미를 알 수 없는 광고판을 보며 멍하니 서 있었다. 그는 광고판을 지키고 있는 정 중장의 부하 장교들에게 다가가 일주일 뒤, 몇 시에 광고판을 뗄 것인가에 대해 물었다.

그들이 대화하고 있는 동안에 또 다른 광고 희망자들이 뒤쪽에서 다가온다. 무장한 군인들 수십이 한꺼번에 몰려들고 나니, 부산역 앞 광장에는 순식간에 긴장감이 감돌았다.

"우리끼리 싸우지 말자. 어차피 남 좋은 일 하는 건데, 질서 지켜서 순서대로 진행하면 되잖아. 괜히 애들 끌어들여서 여기에서 총질해 봐야 아무것도 안 생긴다."

각 군벌의 참모들은 피 튀기는 싸움 대신 합의를 택했다. 제주도 강정 기지의 교훈을 잘 아는 터라 다른 장군들도 결국은 납득을 할 것이다.

어차피 목숨이 걸린 일도 아닌 데다가 따지고 보면 이 전단의 내용을 믿을 만한 근거는 제로다. 그런데도 힘을 가진 장군들이 아무도 갖지 못한 것을 가져 보겠다는 원초적인 욕망에 사로잡혀 아무 명령이나 내리고 있는 것뿐이다.

역 앞에는 각 군벌들의 병력이 상주하는 천막이 펼쳐졌고, 긴장감이 가득한 상황 속에서 일주일이 지나갔다.

합의를 해 놓은 상태지만, 여전히 다른 부대 놈들을 믿을 수가 없어서 한 중령은 부산역 주변에서 거의 매일을 보냈다. 언제 광고판 바꿔치기를 당할지 모르기 때문이다. 정 중장의 광고판이 철거되자마자 한 중령은 신 중장을 위한 광고판을 세웠다.

"근데 이거…… 정말로 물건이 있기는 한 거야? 응? 연락은 어떻게 해? 얼마 부르던가?"

한 중령은 광고판을 철거하기 위해 나와 있는 정 중장 측 장교들에게 몇 번이나 같은 걸 물었다. 하지만 그들은 약속이나 한 듯 입을 꼭 다물고 아무것도 알려 주지 않았다.

'너도 한번 당해 봐라, 이거야, 뭐야?'

처음엔 못마땅해서 놈들을 노려보던 한 중령의 머릿속에 한 가지 생각이 스치고 지나갔다.

어쩌면…… 거래에 대해 침묵하라는 것이 하나의 거래 조건이었을지도 모른다는 생각.


"광고 봤습니다. 이거 받으십쇼."

한 중령이 비너스를 찾아가자 웨이터는 쟁반에 무전기를 받쳐 들고 나타났다. 그냥 흔하게 볼 수 있는 평범한 무전기였고, 충전 키트까지 달려 있다. 그리고 노트와 볼펜까지…….

한 중령은 웨이터와 무전기를 번갈아 노려보다가 물었다.

"……너 뭐냐? 너도 한패인 거냐? 전에 내가 연락 어떻게 받느냐고 할 때, 모른다고 아가리 다물고 가만히 있었지?"

"어휴, 중령님…… 그냥 맡겨 놓고 간 겁니다. 광고하신 분에게만 알려 드려야 한다고 몇 번이나 신신당부를 하고 협박을 해서 그냥 따르고 있습니다. 감히 어느 안전이라고 제가 다른 마음을 먹겠습니까? 부디 너그럽게 용서해 주십쇼. 못난 놈이 한번 살아 보려고 제 딴에는 애쓴다고 생각해 주십쇼."

웨이터와 지배인이 동시에 허리를 굽혔다. 이쯤 되니 이놈들이 정말로 무서워하는 건지, 아니면 한패여서 자신들을 가지고 노는 건지 혼란스럽기까지 하다.

어쨌거나 당장 급한 것은 연락을 받는 일이어서 한 중령은 무전기를 가지고 룸에 들어갔다.

무전기는…… 좀처럼 울리지 않았다. 처음에는 각을 잡고 앉아서 초조하게 무전기에서 소리가 나기만을 기다리던 한 중령이지만, 몇 시간이 지난 뒤에는 결국 술을 시켰다.

하루가 지나고, 이틀…… 초조함이 슬슬 그의 이성을 마비시킬 무렵, 드디어 무전기의 표시등에 불이 들어왔다.

― 치이익, 신 중장님? 치익.

"어, 나! 내가 대리인이다! 여기 있어! 말해!"

한 중령은 급하게 무전기를 잡고 소리쳤다. 상대방은 잠시 침묵하다가 물어왔다.

― 치익, 다짜고짜 반말이네? 당신 부하인 줄 알아? 광고판 떼고 다음 사람에게 넘기라고 할까?

"엇, 미, 미안합니다. 버릇이 돼서…… 여기 있습니다. 말씀하십쇼."

한 중령은 일단 사과하고 말투를 바꿨다. 신 중장이 욕심을 내고 있는 마당에 이런 일로 거래가 틀어지면 곤란하다.

― 치이익, 예의를 갖춰요. 사람 욱하게 하지 말고. 혈청 사고 싶은 거잖아? 치익.

"네…… 그렇게 하겠습니다."

한 중령은 이를 꽉 깨물고 비굴한 태도를 유지했다. 목소리를 듣기에 건너편의 상대는 이제 겨우 20대 초중반. 그와는 두 바퀴를 돈 띠동갑 정도의 나이 차이다. 하지만 이미 대화의 주도권은 저쪽에 넘어가 버렸다.

― 치이익, 먼저 조건을 알려 줄게요. 중요한 문제니까 적었으면 좋겠는데…… 하나라도 어기면 거래는 그걸로 쫑이거든. 쓸 준비 됐어요? 치이익.

"자, 잠시만 기다리십쇼!"

한 중령은 서둘러 노트를 펼치고 볼펜을 잡았다. 그러고는 이제 말씀하시라고 했다.

— 치익, 먼저 이동은 헬리콥터로만. 그 외에 다른 거 타고 다니는 사람들하고는 거래 안 합니다. 치이익.

"네! 헬리콥터!"

한 중령은 메모하며 대답했다.

교통편으로 헬리콥터만 인정한다니…… 애초에 이놈들은 최상위 권력층하고만 거래를 할 심산이었던 거다.

— 치이익, 올 때는 몇 대가 호위해서 와도 좋은데, 약속 시간에 맞춰 착륙할 때는 한 대만 내려야 돼요. 거래하고 싶은 사람들 다 내린 다음에는 헬리콥터는 전부 프로펠러 소리 안 들릴 만큼 멀리 물러나 있어야 하고. 무슨 의미인지 알죠? 치익.

"네…… 헬리콥터는 한 대만 착륙 가능. 그 후에 완전히 후퇴."

— 치익, 내릴 수 있는 인원은 최대 다섯 명. 총기 휴대 금지. 광고판에 이름 적은 당사자가 와야 합니다. 지금 상황에서는…… 치이익, 신 중장님이라는 분이겠죠? 치익.

"……신 중장님은 이런 거래에 직접 나서시지 않습니다. 아마 제가 대리인으로 가게 될 것 같습니다. 저는 한 중령이라고 합니다."

한 중령은 이마의 땀을 닦으며 말했다. 고작 이런 술수로 신 중장 본인을 불러내려 하다니…… 현재 남부 최대의 군벌을 이끄는 수장을…….

어지간히 건방진 놈들이다. 하지만 무전 건너편의 놈은 그의 생각보다 훨씬 더 뻔뻔하게 나왔다.

— 치이익, 대리인이면 그냥 조건을 잘 적어서 전달해요. 오든 안 오든 신 중장 본인이 알아서 하게. 생각까지 대신 해 주려고 하네. 치이익, 적었어요? 광고 당사자가 와야 한다고? 치익.

"아…… 네. 요구 사항 전달은 하겠습니다만, 그게…… 만약에 안 되면, 그때는 아마 제가 나갈 겁니다."

─ 치익, 그때는 거래고 뭐고 없는 겁니다. 다시 광고판을 세워도 앞으로 그쪽하고는 절대 거래 안 해요. 치익.

"아니…… 그렇게 일방적으로…… 사람이 좀 융통성도 있고 해야 하는 것 아닙니까……."

─ 치이익, 에…… 여기까지 알아들었으면, 약속 시간이랑 좌표를 적어요. 불러 줄게요. 치이익.

놈은 한 중령의 말을 깨끗이 무시하고 시간과 장소를 알려 주려 한다. 상대방이 뭐라고 떠들어 대든 간에 전혀 신경 쓰지 않는다는 식이다. 한 중령은 찝찝한 마음으로 놈이 불러 주는 좌표와 시간을 적었다.

"저기 근데…… 서울인 거 아닙니까? 이 좌표? 그 먼 데까지 내일 오전 9시면…… 너무 빠듯한데……."

한 중령은 자신의 시계를 확인했다. 이미 밤 11시가 넘었다.

─ 치이익, 전단지 다시 잘 읽어 봐요. 치익.

"네? 그게 무슨 말인지……."

─ 치이익, 가격에만 네고 가능하다고 써 놨잖아요. 다른 조건은 협상하려고 하지 마요. 치익.

후우우~!

한 중령의 입에서는 저절로 한숨이 나온다. 뭐 이렇게 싸가지 없는 개새끼가 다 있을까 싶다.

"아, 알겠습니다. 그럼 가격은? 그…… 단위를 뭐라고 하는지 모르겠지만, 한 사람이 맞을 혈청 값은 얼마요?"

─ 치익, 얼굴 보고 이야기하죠. 치이익, 그건 흥정 가능하니까. 그럼 이제 궁금한 거 없죠? 치칙.

상대방이 조건을 다 확인했냐고 물어볼 때, 한 중령이 다급하게 물었다.

"이게…… 암살 기도가 아니라는 걸 내가 신 중장님께 어떻게 설명드릴 수 있겠소?"

— 치칙, 그럴 거였으면 애초에 다섯 명만 내리라고 하지를 않지. 치이익, 그리고 당신들 몇 명 죽인다고 우리한테 무슨 이득이 있어서 그런 짓을 하겠어? 치익—.

너무 돌직구 같은 대답이어서 한 중령은 아무 반박을 하지 못했다. 어차피 윗대가리를 쳐 내 봐야 그 자리로 기어 올라올 놈들은 줄줄이 대기하고 있다.

— 치이익, 물어보고 싶은 건 그게 답니까? 치익.

"아니, 아니, 한 가지만 더 물어봅시다. 혈청! 그건 확실하게 갖고 있는 거 맞습니까?"

— 치익, 장난이면 당신들이 우리 가만 놔두겠어? 내일 봅시다. 치이익.

그 말을 마지막으로 무전은 끊어졌다. 한 중령은 도깨비에게 홀린 것 같은 표정으로 무전기를 가만히 노려보았다. 그야말로 좆같은 협상이다.

이쪽에는 가혹한 조건들을 잔뜩 따르라고 해 놓고서, 정작 믿을 만한 이야기 같은 건 단 하나도 제시해 주지 않았다. 하지만 이미 신 중장의 몸이 달아 있으니 그로서는 이 조건들을 전달할 수밖에 없다. 한 중령은 메모해 둔 노트를 들고 서둘러 비너스를 빠져나왔다.


다음 날, 오전 8시 40분. 서울 상공에는 두 대의 코브라 공격 헬리콥터와 세 대의 블랙호크가 떠 있었다. 모두 보조 연료 탱크를 달고 있고, 중무장을 한 상태였다. 현재 막강한 세력을 가진 군벌의 행차다운 위용이다.

"아무것도 없구만, 정말 여기가 맞기는 한 건가……."

헬리콥터 창문을 통해 아래쪽 벌판을 내려다보며 신 중장이 이마를 찌푸렸다. 보이는 것이라고는 온통 제멋대로 자라나 버린 잡초와 갈대뿐. 사람들이 오간 흔적도 없고, 당연히 값비싼 물건이 있을 만한 곳으로도 여겨지지 않는다.

인공적인 물건이라고는 널찍한 나무 탁자와 거기에 붙어 있는 긴 나무 의자가 전부다. 빨간색 페인트로 칠해 놓은 걸 보면 전해 들은 조건과 일치하기는 하는데, 그래도 너무 허술하다.

"좌표는 맞습니다."

그의 맞은편에 앉은 조철웅이 대답했다. 신 중장은 고개를 절레절레 흔든다.

"이해가 안 돼. 사람을 이 먼 곳까지 굳이 오게 하기에 나는 뭐 정말 대단한 게 기다리고 있을 줄 알았어. 그런데 이게 뭐야? 허허벌판이잖아."

"어떻게 하시겠습니까? 제 생각에는 그냥 한 중령 정도를 보내시는 게……."

옆자리에 앉은 참모가 물었다. 요구 조건을 채울 것인지, 아니면 실없는 소리라 판단하고 그냥 돌아갈 것인지 결정해 달라는 말이다.

으음…… 신 중장은 작게 신음하며 고민에 빠졌다.

이건 악의적인 장난인가…… 또는 라이벌의 암살 기도인가…… 그것도 아니라면, 정말로 그 테라를 소유하고 있는 세력의 괴팍하고 조심스러운 취향인가…….

하지만 그냥 철없는 장난이라고 치부해 버리기에는 여러모로 마음에 걸리는 점들이 있다. 이렇게 복잡한 조건을 내걸고 수고를 하면서까지 장난을 칠 만큼 미친놈이 있을 것 같지가 않다.

그리고…… 이왕 한 시간이 넘게 날아오는 수고를 한 마당이니, 마지막 조건 하나를 더 충족시킨다는 게 그리 대단한 일도 아닐 터였다. 신 중장은 고개를 끄덕였다.

"내려가 보자. 근처에 위험 요소는 없나?"

"좀비들은 보이지 않습니다. 매복은…… 크게 걱정되지 않습니다. 사실 암살 기도를 이렇게 복잡한 방법으로 하는 놈들은 없다고 보셔도 됩니다."

조철웅이 대답했다. 잠시 후, 그들이 타고 있던 블랙호크가 벌판에 착륙했. 지시받은 대로 모두 다섯 명이 내렸다.

조철웅, 두 명의 707특임대원, 한 중령, 그리고 신 중장. 특임대원 중 한 명은 신 중장의 대역을 맡아 그의 군복과 모자를 착용하고 있다. 신 중장은 방탄 헬멧과 방탄조끼를 단단히 갖춰 입은 채 그 뒤를 따른다.

나무 탁자에 다가가며 주변을 확인한 조철웅이 신호를 보내자, 상공을 유영하던 다섯 대의 헬리콥터는 천천히 북쪽으로 날아갔다. 고막을 흔들던 프로펠러의 소음이 사라질 무렵, 탁자 아래에서 무전기 소리가 들려왔다.

― 치이익, 신 중장님! 신 중장님! 응답하십쇼, 오버. 치칫.

조철웅은 탁자 아래에서 무전기를 집어 들고 송신 버튼을 눌렀다.

"약속한 대로 다 지켰다. 이제 거래 시작하지."

― 치익, 수고 많았습니다! 잘 봤고요. 거기에서 북쪽으로 700미터 정도 직진하시면, 짓다 만 건물이 하나 있습니다. 무전기 가지고 그리로 오세요. 치익.

"장난질은 그게 다지?"

― 치이익, 장난친 적 한 번도 없습니다. 치이익.

그 말을 끝으로 무전은 끊어졌다. 다시 송신해 봐도 아무 대꾸가 돌아오지 않는다. 조철웅은 시계에 달린 나침반으로 방향을 확인하고 앞장서서 걷기 시작했다.

풀들이 워낙에 높이 자라 있어서 걷기가 좀 불편했지만, 까짓 700미터 정도이니 큰 문제는 없다.

"이런 외딴 데에 건물이 있구만……."

신 중장이 목덜미를 닦으며 중얼거렸다. 이미 11월이 시작된 아침이라 꽤나 쌀쌀하지만, 긴장 때문에 그의 몸은 온통 땀으로 젖어 있다.

철책 너머 보이는 허름한 3층 건물. 페인트칠도 되어 있지 않고, 창문도 없다. 2층으로 올라가는 계단조차도 없이 사다리만 걸쳐져 있다.

"올라가겠다!"

선글라스를 고쳐 쓴 조철웅이 2층을 향해 외쳤다. 콧등 위를 가로질러 커다란 흉터가 나 있는 사내가 창문 밖으로 얼굴을 슥 내밀더니, 아무 말 없이 올라오라는 손짓을 한다. 그들 다섯 명은 특임대원을 앞세워 사다리를 올랐다.

"차례대로 저리 가서 앉아."

사다리 뒤쪽에서 대기하고 있던 사내가 널찍한 2층의 가운데 놓여 있는 테이블을 가리킨다. 조금 전, 창문 밖으로 얼굴을 내밀었던 그놈이다.

"이게 전부야? 세 명?"

한 중령이 어이없어하며 물었다.

지금까지 고작 세 명에게 놀아나고 있었단 말인가.

흉터 사내가 차갑게 대꾸한다.

"앉기 전에는 거래 시작 안 해. 머릿수가 무슨 상관인데?"

한 중령부터 차례로 의자에 앉자 세 놈 중 가장 만만해 보이고 키도 조그만 놈이 반대편의 의자를 빼고 제일 먼저 앉는다.

"아, 멀었죠? 오시느라 수고하셨습니다. 혹시 마실 것 좀 드릴까요? 맥주? 음료수? 그냥 생수? 뭐, 여러 가지 있는데요."

아무도 놈의 말에 대꾸하지 않았다.

이놈이 무전으로 그렇게 사람 열받게 하던 자식인가……. 목소리나 말투가 비슷해……. 근데 그러기에는 너무 별 볼 일 없이 생겼는데…….

한 중령이 고개를 갸웃거리고 있는 동안 유빈은 바닥의 아이스박스에서 이온음료를 꺼내 꿀꺽꿀꺽 시원하게 마시고는 캔을 테이블에 내려놓았다.

"뭐, 언제라도 목이 마르면 말씀하세요. 이렇게 멀리에서 거래하러 오셨으니, 박카스 정도는 얼마든지 드릴 테니까."

"그런 건 됐으니까, 혈청 이야기나 하지. 지금 가지고 있나?"

한 중령이 물었다. 그때, 커다란 덩치가 의자에 앉으며 특임대원에게 손가락질을 했다.

"야! 너 달려들고 싶어서 눈치 보나 본데, 아서라. 좋게 안 끝나. 두 손은 항상 탁자 위에 올려 둬. 다른 사람들도 마찬가집니다! 두 손 탁자 위!"

무시받은 것 같아 특임대원의 얼굴이 붉어진다. 하지만 조철웅이 녀석을 제지했다. 조철웅은 시키는 대로 하라는 눈짓을 보냈다.

이 고릴라는 단순히 근육만 기른 놈이 아니다. 아무 준비 않는 것 같아도 자세에 허술한 구석이 없고, 강자 특유의 자신감이 넘친다.

그들의 뒤쪽에서 팔짱을 낀 채 벽에 기대 있는 저 흉터 남자도 마찬가지다.

헬리콥터에 타기 전, 조철웅은 틈이 보이면 일단 제압하라고 두 명의 특임대원에게 명령했었다. 물리적 힘을 격차를 보여 주고 나면, 그 후에 있을 협상에서도 훨씬 유리한 고지에 선 채 대화를 전개할 수 있으니까.

하지만 이 덩치와 흉터 콤비를 본 이후, 그는 마음속으로 그 작전을 취소해 버렸다. 3 대 2의 싸움이라고 해서 우위를 자신할 수 없을 정도로 상대방 역시 고도로 단련된 육체다.

동행하고 있는 신 장군의 안전을 위해서라도 정말 불가피하고 급박한 상황이 아니면 몸싸움은 벌이지 않을 생각이다.

"크아! 시원하다!"

보안관도 맥주 캔을 하나 다 들이켜고는 테이블에 올려놓은 뒤 끄윽, 트림을 한다. 예절이라고는 하나도 모르는, 막돼먹은 놈들 같다.

"이분이 대장인가요? 군복에 뭐가 줄줄이 달려 있는 것 보면 그런 것 같은데, 근데…… 그러기에는 너무 옆의 눈치를 보시네. 연세도 젊으시고."

유빈이 신 중장의 대역으로 꾸미고 있는 특임대원을 가리키며 물었다. 아무도 대답하지 않자 유빈은 피식 웃으며 맨 끝에 앉은 신 중장 쪽으로 시선을 돌린다.

"오히려 저분이 대장 같아. 제일 두껍게 뭘 둘렀어. 저번에 정 중장님이라는 분도 그러더니, 군인들은 다 생각하는 게 비슷비슷한가 봐요?"

"후후후……."

신 중장은 실없이 웃음을 터뜨렸다. 이 아무것도 아닌 조그만 새끼가 발칙하게 떠들어 대는 꼴이 하도 같잖아서다.

게다가 이놈의 왼손, 의수다. 장갑으로 감춰 보려 했지만, 어정쩡하게 벌려진 채 움직이지 않는 저 모습은 의수 티가 확연히 난다.

"그래, 네가 너희 중에 제일 말주변이 좋은 놈이냐? 응? 그렇게 인물이 없냐? 너 같은 병신까지 동원해야 할 만큼?"

신 중장이 유빈을 향해 경멸의 표정을 드러내며 물었다. 유빈은 아무 표정 변화 없이 대꾸했다.

"아아, 마음 아파라…… 병신이라니……. 그런 말은 상처가 된다고요. 에이, 우울해졌네. 그냥 장사나 해야지. 자, 이게 면역자의 혈액입니다. 겉보기에는 그냥 피랑 똑같죠?"

유빈은 아이스박스를 뒤적거려 얼음 조각을 몇 개나 테이블에 늘어놓고, 작은 혈액 봉지를 꺼내 그 위에 올려놓았다.

용량은 박카스 반병 정도. 일반적으로 보아 온 혈액 주머니보다 아주 작다. 하지만 신 중장의 눈에는 욕심이 어린다.

"이건 그냥 혈액이잖아? 혈청이라더니?"

한 중령이 물었다. 유빈은 무심히 말했다.

"피로 혈청 만드는 것도 못 하지는 않을 거 아닙니까? 직접 만드셔서 영하 70도에 보관하세요. 70도가 여의치 않으면 영하 20도도 괜찮아요. 이게 한 사람을 치료할 수 있는 분량입니다."

유빈은 오른손으로 혈액 봉지를 톡톡, 두들기다가 턱을 짚었다. 신 중장이 물었다.

"이게 그…… 테라의 피냐?"

"누구 건지 이름은 묻지 마세요. 어차피 항체만 있으면 면역자 피는 다 똑같아요."

"비밀이 많은 놈이군. 가격은?"

"5.56㎜ 나토탄 3만 발."

"뭐?"

신 중장이 미간을 찌푸렸다.

이게 무슨 얼토당토않은 소리인가……. 돈이 아니라 실탄이라니……. 그것도 3만 발이나?

"지금 같은 전시 상황에서 실탄 3만 발이 얼마만 한 가치를 가지는지 알고나 지껄이는 건가?"

"네, 잘 알죠."

유빈은 조금도 동요하지 않고 대답했다. 신 중장이 다시 물었다.

"그래, 어디 말해 봐. 어떤 가치인데?"

"면역 혈청 1인분이요."

"이 병신 새끼가…… 장난을 치는 거냐?"

유빈이 자신을 놀린다고 생각한 신 중장의 목소리가 노기를 띤다. 유빈은 신 중장을 빤히 쳐다보며 차분히 말했다.

"비싸다고 생각하시면 어쩔 수 없지만요, 그런 생각을 한번 해 보세요. 내가 제일 사랑하는 어떤 사람이 좀비에 물렸어요. 그래서 죽어 간단 말이에요. 그럴 때, 누군가 총알 3만 발을 주면 그 사람을 살려 주겠다고 한다면…… 그 상황에서도 그게 비싸다고 생각하실까요? 아닐걸요? 그렇게 다급할 때에는 아마 그 두 배를 불러도 기꺼이 지불하실 겁니다. 그러니까 보험 든다 생각하시고 미리미리 사서 쟁여 두세요."

신 중장은 놈의 얼굴을 노려보았다. 틀린 말은 아니다. 하지만 그래도 놈이 요구하는 대로 호락호락 끌려가고 싶지는 않다. 신 중장은 거짓 여유를 부리며 말했다.

"내가 그런 얼토당토않은 값을 내고 이걸 살 거라고 생각하나? 네 생각에는 다들 면역자 혈청을 구하고 싶어서 혈안이 되어 있는 것 같냐고."

"이게 뭔 소리야? 그 먼 길을 마다 않고 귀한 분께서 직접 오셨잖아요. 그럼 그걸로 이미 80퍼센트는 넘어온 겁니다. 자꾸 현실을 부정하지 마세요."

"오해하지 마. 대체 어떤 놈이 이런 희한한 장난을 치는지 그걸 보고 싶었던 거다. 하나 알려 주지. 면역자 혈청은 나도 가지고 있어. 너처럼 족보도 없는 잡피가 아니라, 테라라는 특수 면역자의 피로 만든 거야. 하지만 태양에서는 그걸 선물로 줬지. 공짜로."

신 중장이 말했다. 그 소리를 들은 유빈은 킥킥거리며 대꾸했다.

"그거…… 확률 50퍼센트라고 하는 거 말이죠? 정 중장님도 그 말 하시더니. 큭큭, 근데…… 그 말을 정말로 믿으신다면 왜 다들 그렇게 열심히 부산역에 광고를 하시고, 서울까지 400킬로미터를 날아오실까요?"

정곡을 찔린 신 중장이 쉽사리 대꾸하지 못하고 머뭇거리자 유빈은 아주 진지한 표정을 지으며 물었다.

"신 중장님은 50프로 확률에 인생을 걸고 싶으세요? 적어도 51퍼센트는 되어야 승산이 있다고 할 수 있는 거 아닙니까? 지금 보시는 이건, 이길 확률이 100퍼센트입니다."

"하하하, 허세가 몸에 밴 놈이군. 그걸 어떻게 증명할 수 있나? 너는 지금 이 나라 제일의 대기업 말도 믿지 못하겠다고 하면서, 아무것도 아닌 네 말만은 믿어 달라고 하고 있어. 이런 이야기를 준비하면서 그게 이율배반적인 태도라는 생각이 들지 않던가?"

"100퍼센트라는 표현이 감당해야 하는 무서움을 잘 모르시는군요."

유빈은 빙긋 웃으며 고개를 저었다.

"100퍼센트라는 건 말 그대로 예외가 없다는 뜻입니다. 지금 이걸 사서 부산으로 돌아가신 다음에 곧바로 태양 그룹 건물로 가셔서 사람을 대상으로 실험을 해도 당장 기적을 목격하실 수 있다는 거죠. 잘 아시겠지만, 태양 그룹에는 좀비 밥으로 쓰려고 붙잡아 온 사람들이 무지하게 많이 있잖아요."

"태양이 인체 실험을 민간인들에게 한다는 건 헛소문이야. 김 준장이 꾸며 낸 날조지. 이미 태양의 최고위층으로부터 해명을 들었어."

한 중령이 곧바로 끼어들어 태양을 두둔한다. 유빈은 싸늘한 눈으로 그를 돌아보며 물었다.

"그럼 그 귀한 혈청 선물의 치유 확률이 50퍼센트인지는 어떻게 알았답니까? 설마…… 아무 실험도 하지 않고 그냥 막 되는대로 지껄인 걸까요? 어휴~ 그러면 너무 위험하고 무책임한 거 아닌가?"

"후후후, 잘도 지껄이는군. 그래, 흥미가 있다는 건 인정하지. 하지만 여전히 비싸. 그 조그만 피 한 봉지에 실탄 3만 발이라니…… 너희들, 전단지에다가는 가격이 네고 가능하다고 적어 놨잖아? 그건 헛소리였나?"

신 중장이 헛웃음을 웃으며 흥정을 걸어온다.

"설마요. 저희 전단지에 적힌 이야기는 다 사실입니다. 암만 매혈로 근근이 살아가는 어려운 형편이라고는 해도 상황이 안 좋으신 분들에게 무리하라고는 못 하죠. 근데…… 차비로 헬리콥터 다섯 대 연료를 그렇게 쓰시는 분들께서 형편이 안 좋다고 하면 곤란하잖아요. 그런 상황에서도 네고가 필요한가요? 허, 이것 참……."

잠시 고민하는 척을 하던 유빈이 고개를 갸웃거리며 물었다.

"병신이라는 소리까지 들었는데 에누리를 해 드리려고 하니까 영 내키지는 않지만, 그래도 일단 흥정은 해 보죠, 뭐. 좋습니다. 그럼 얼마 정도면 적당한 가격이라고 생각하세요?"

큼큼, 막상 가격을 제시해 보라고 하자 신 중장은 선뜻 대답을 못 한다. 잠시 아랫입술을 내민 채 근엄한 척 미간을 찌푸리고 있던 신 중장이 질문으로 대답을 대신했다.

"지금 가지고 있는 혈액은 얼마나 되나?"

"지금 당장이요? 세 봉지입니다."

"왜…… 그만큼밖에 가져오지 않았어?"

"조금 아쉬운 듯해야 관계가 오래갈 수 있을 것 같아서요. 한 100봉지 가져왔으면 미련 없이 우리를 죽이고 그냥 강탈해 가실 거 아닙니까. 아, 물론 신 중장님은 그러실 분은 아니겠지만, 요즘 세상이라는 게 워낙 흉흉해서……."

유빈은 너스레를 떨며 웃었다. 예상했던 것보다 양이 적어 신 중장은 아쉬움을 감추지 못하며 입맛을 다셨다.

"세 개면…… 좋아! 3만 발에 세 개를 다 주면 적당하겠군……."

"하하하…… 아, 정말 유쾌하신 분이네. 저는 그냥 아이스박스 값이나 빼 달라는 줄 알았는데, 그냥 아주 다 달라고 하시네요. 근데요, 신 중장님, 제가 그 값에 맞춰 드리면, 저한테 뭘 주시겠습니까?"

유빈은 이마를 짚은 채 허탈하게 웃다가 진지한 얼굴로 돌아와 물었다.

"뭘 주냐니? 그게 무슨 소리인가?"

"아니…… 왜 하다못해 시장에서 싸구려 물건을 깎을 때도 뭔가 조건을 달잖아요. '이모, 제가 여기 소문 많이 내드릴 테니까 5천 원만 깎아 줘요.' 하는 식으로. 협상이라는 게 서로 주고받는 거니까요."

유빈의 말을 들은 신 중장은 눈을 가늘게 뜨며 의자 등받이에 몸을 기댔다.

"대체 뭘 받고 싶어서 그런 소리들을 길게 늘어놓는 거지? 말해 봐. 지금 네 마음속에 이미 정해 놓은 게 있잖아?"

"태양 그룹이요."

유빈은 조금의 지체도 없이 대답했다.

"거기를 수색해서 그 안에 갇혀 있는 사람들, 구출해 주세요. 그것만 해 주시면 첫 거래는 신 중장님이 원하시는 가격으로 드리겠습니다."

유빈이 말을 마치자 긴장 속에 불편한 침묵이 잠시 이어진다. 보안관과 민구의 시선도 신 중장에게 쏠려 있다.

"후후후후~ 역시 김 준장네 놈들이었구만. 실탄 달라고 할 때부터 알아봤지. 김 준장, 그 사람 참…… 그렇게 안 봤었는데, 음흉한 구석이 있네. 어디 이런 시정잡배들을 보내 가지고 협잡질을 하나. 그건 그렇고, 김 준장이 어째서 그렇게 태양 그룹을 못 잡아먹어 안달이 난 건지 너희들은 아나? 무슨 개인적인 열등감이 있어?"

신 중장은 능글맞은 웃음을 흘리면서 물었다. 그의 대각선 뒤쪽에 서 있던 민구가 콧방귀를 뀐다.

"그거 봐. 내가 안 될 거라고 했잖아. 결국은 다 한패야. 이것들이 봐주지 않으면 태양이 그렇게 마음대로 미친 짓을 할 수 없지."

'이것들'이라는 말에 한 중령이 민구를 향해 눈을 흘긴다. 유빈은 다시 신 중장에게 물었다.

"우리를 누구 부하로 생각하든 그건 신 중장님 마음이니까 상관없습니다. 그런데 지금 대답…… 그건 거절하신다는 뜻인가요? 그렇게 어려운 일도 아닐 텐데요?"

"너희 같은 놈들 말만 믿고 그런 짓이 가능할 거라고 생각해? 꿈 깨."

"홋, 후후후! 네…… 그러시구나. 뭐…… 어쩔 수 없죠. 그럼 네고도 없어요. 혈액 한 봉지에 3만 발. 세 봉지에 9만 발. 그리고 아이스박스까지 패키지로만 판매해서 총액 10만 발. 정가로 갑니다."

잠시 쓸쓸히 고개를 끄덕이던 유빈은 냉소적으로 웃으며 말했다. 신 중장은 미간을 찌푸렸다.

"이런 병신 새끼. 어린놈들 재롱이거니 하고 귀엽게 봐주려고 했더니, 한도 끝도 없이 까부는구나. 대체 뭘 믿고 그렇게 건방을 떨어 대는 거냐? 네가 지금 누구랑 마주하고 있다고 생각해? 3만 발이나 주겠다고 하면 고맙다고 하고 조용히 꺼질 것이지……."

"싫으시면 억지로 권하지는 않습니다."

유빈이 천천히 오른손을 혈액 주머니 쪽으로 내민다. 마치 여기서 장사를 접겠다는 듯한 태도다. 아쉬운 마음에 신 중장도 녀석보다 빠르게 그걸 낚아채려고 손을 뻗었다.

그런데…… 신 중장의 손이 닿기 직전에 의수인 녀석의 왼손이 잽싸게 움직여 먼저 혈액 주머니를 움켜쥐고 들어 올렸다. 멀쩡한 오른손에만 신경 쓰고 있었기에 전혀 예상도 못 했다.

"아하하하! 어쩝니까? 장군님! 병신한테 지셨네. 하하하!"

유빈은 유쾌하게 웃으며 팔 관절 안쪽의 버튼을 눌렀다. 혈액 주머니를 움켜잡은 손이 기이잉— 소리를 내며 빙글빙글 360도 회전을 한다.

"끄으음!"

녹아 버린 얼음물을 손바닥에서 털어 낸 신 중장은 얼굴이 빨개져서 뒤쪽으로 기대앉았다. 상관의 불편한 심기를 읽은 한 중령이 버럭 소리를 질렀다.

"이 버르장머리 없는 새끼야! 거래를 하려는 거냐, 성질을 건드리는 거냐? 그따위 태도로 까부는 걸 언제까지 봐줄 거라고 생각해? 정말 혼이 나 봐야 정신을 차릴래? 무장하지 말라고 했다고 해서 정말로 빈손으로 온 줄 알아? 조 소령!"

한 중령은 악을 써 대지만, 조철웅은 오히려 미동도 하지 않고 있다.

'멍청한 새끼.'

조철웅은 한 중령을 한심하게 여기며 속으로 혀를 찼다. 기습을 하려는 놈이 저렇게 큰 소리로 주의를 끌고 온갖 생색을 다 내다니.

이건 미리 적에게 대비하라고 알려 주는 것과 다를 바 없다. 한 중령 덕분에 총을 꺼낸다고 해도 기습의 성공 가능성은 절반 이하로 떨어져 버렸다.

지금 그들이 마주하고 앉은 커다랗고 묵직한 테이블. 그 자체로서는 아무 문제 없는 이 테이블이, 맞은편의 저 덩치 때문에 아주 골치 아픈 변수가 되었다.

그와 특임대원이 테이블 아래로 손을 내리기만 해도 저 덩치 녀석은 당장 테이블을 들어 엎을 것이고, 그것에 깔려 이쪽이 버둥대는 짧은 순간 동안 뒤의 흉터와 함께 공격을 해 올 것이다. 그러면 혼전이 된다.

지금 이 순간이 목숨을 걸지 않으면 안 되는 긴박한 상황도 아닌데, 그런 등신 같은 모험은 하고 싶지 않다.

3만 발이니, 10만 발이니 흥정을 하는 자체가 조철웅에게는 무의미하게 느껴졌다. 10만 발이라고 해 봐야 1개 사단에 탄창 하나씩 지급하는 정도도 안 된다. 그 정도는 얼른 줘 버리는 편이 서로 깔끔하다.

"……조 소령?"

조철웅이 움직이지 않자 한 중령은 다소 기가 죽어 다시 한번 조철웅을 부른다. 보안관은 두 손으로 탁자를 꽉 움켜쥔 채 건너편의 군인들을 매섭게 노려보고 있다.

팽팽했던 긴장이 조금 풀리고 나자 유빈이 민구를 쳐다보며 물었다.

"하아, 무장하지 말라고 그렇게 부탁을 했는데, 이분들 총을 가지고 오셨네……. 그래 놓고서 그걸 믿고 오히려 막 소리를 지르시네요. 형, 이럴 땐 어떻게 해야 되죠?"

"예의를 가르쳐 줘라."

언제라도 쿠크리를 뽑고 달려들 채비를 하고 있던 민구가 말했다. 유빈은 다시 군인들 쪽으로 고개를 돌린 뒤, 천연덕스럽게 입을 열었다.

"그러면 신기한 걸 보여 드릴게요. 마술이라고도 할 수 있는 건데요, 제가 이 왼손을 어깨보다 높이 들어 올리면 캔이 날아가요. 물론 혼란스러운 틈을 타서 총에 손을 대려는 분이 있으면, 그분 머리도 날아갑니다. 자, 일단 캔부터."

말을 하는 동안 유빈의 의수가 위로 올라간다. 그리고 그 순간!

쐐애앵—.

바람이 갈라지는 소리가 날카롭게 울린다 싶더니, 조금 전 보안관이 내려놓았던 맥주 캔이 날아갔다. 그것에 채 놀라기도 전에 유빈이 마셨던 이온 음료 캔도 거의 동시에 날아가 버렸다.

테이블 위는 터져 나온 음료수와 맥주로 흠뻑 젖었다.

파아아아, 파아아아앙—.

그제야 창문 밖에서부터 총소리가 들려온다.

컥— 한 중령과 신 중장이 뒤늦게 신음을 삼키며 의자를 뒤로 물리려 한다. 창밖을 향해 고개를 돌리는 조철웅의 얼굴도 놀란 기색이 역력하다.

'저격? 저기에서?'

발사 지점이라고 여겨질 만한 곳이 딱 한 군데뿐이다. 1,200미터 이상 떨어진 전철역 건물 옥상. 그 외에는 모두 평지였기에 2층 창문 높이보다 낮게 세워져 있던 음료수 캔을 맞힐 수 없다.

'……하지만 아무리 세미 오토라고 해도 1.2킬로미터 떨어진 목표물 두 개를 거의 딜레이 없이 맞힌다고? 그것도 신호가 떨어지자마자?'

흥미와 경이로움을 동시에 느끼며 조철웅은 전철역 옥상 쪽을 노려보았다.

'이런 일을 할 만한 놈이…… 김 준장 휘하에 있었던가…….'

조철웅 자신이 지휘하고 가르쳤던 최고의 엘리트 군인들에 견주어 봐도 뒤지지 않을 실력이고, 배짱만 보면 그 엘리트들을 몇 배나 웃도는 수준이다.

그리고 어딘가…… 예전에 한 번 보았던 녀석을 떠오르게 만드는 구석이 있다.

"……혀, 협박이냐? 우리에게는 무장하지 말라고 한 놈들이? 우리를 건드렸다간 어떻게 될 것 같아?"

한 중령이 이를 딱딱 부딪치며 물었다. 유빈은 혈액 주머니를 아이스박스에 넣으며 고개를 젓는다.

"이런 건 억제력이라고 부르죠. 폭력적인 일이 일어나지 않도록 미연에 막아 주는 힘. 우리도 저 총으로 사람을 겨누는 일이 없기를 바랍니다. 자, 이제 다시 냉정을 찾고 서로 예의를 갖춘 상태에서 거래 이야기를 할까요? 구매하실 건가요?"

"……사지. 피도 욕심이 나지만, 신 중장이 이 정도 진기명기를 공짜로 봤다는 소리는 듣고 싶지 않으니까."

옷에 튄 맥주를 훑어 내며 신 중장이 고개를 끄덕였다. 그 역시 그래도 군인. 이런 상황에서 총알이 날아올 만한 곳이 어디인지, 그게 얼마나 어려운 미션인지 정도는 잘 안다.

"어이구, 감사합니다!"

유빈이 고개를 꾸벅 숙였다. 신 중장은 헛웃음을 웃고 나서 물었다.

"하지만 거래를 어떻게 하겠다는 건지 모르겠군. 총알 10만 발을 가지고 다니는 사람은 없어."

"혈액은 지금 가져가시고 실탄은 사흘 내에 이 좌표로 배달해 주시면 됩니다. 거기에 가시면 건물 옥상에 노란 원이 보일 거예요. 배달이 완료되면 문형식 대위가 뭐라고 메모를 남겨 줄 겁니다."

유빈은 주머니에서 좌표가 인쇄된 작은 쪽지를 꺼내 내밀었다. 신 중장이 턱을 끄덕이자 한 중령이 받았다.

"동경 127.9706116…… 북위 36.9796506…… 역시 충북이군. 김 준장 부하들인 게 확실해 보입니다."

한 중령이 좌표를 읽으며 중얼거렸다. 유빈은 그를 돌아보지도 않으며 신 중장에게 말했다.

"아까도 말씀드렸듯이 저희를 누구 부하라고 생각하시든 그건 자유지만, 신

용이 깨지면 거래는 더 이상 없습니다."

"만약 내가 실탄을 배달해 주지 않으면? 그럼 어쩌려고 혈액을 미리 주지? 너 같이 의심 많은 놈이?"

"다음에 광고판을 세우는 사람에게 말할 거예요. 신 중장님이 물건만 받아 간 뒤 대금을 지불하지 않았는데, 그걸 받을 때까지 모든 거래는 잠정적으로 중단된다고. 다른 장군들에게도 알려 달라고요."

"헛! 허허! 미친……."

신 중장은 어이가 없어서 한동안 웃음을 그치지 못했다. 실탄 10만 발을 떼어먹으려다가는 천하의 좀생이, 남들 거래까지도 망친 도둑놈이라는 낙인을 면치 못하게 생겼다.

후불제라…….

신 중장은 유빈을 빤히 쳐다보았다. 이 녀석은 어떻게 봐도 절대 군인은 아니다. 뒤에 기대서 있는, 양복 입은 흉터 남자는 더더욱 아니다. 그러니 김 준장의 수하는 아닐 것이다.

"왜 이런 짓을 하지? 실탄은 너희에게 아무 이득이 없잖아? 김 준장으로부터 뭘 약속받았나?"

"몇 번 이야기해야 되는 겁니까……. 김 준장이 누군지도 몰라요. 얼굴도 못 봤고요. 그냥 거기에 사람들이 살고 있으니까 도우려는 겁니다."

유빈은 너무도 당연하다는 듯 대답했다. 조철웅은 그런 말을 지껄이는 유빈의 얼굴을 유심히 바라보았다. 이상한 놈이다.

유빈은 평안한 어조로 말을 이었다.

"자, 거래는 잘 마무리됐으니까 이제 헤어지는 방법을 알려 드릴게요. 아까 오실 때의 역순입니다. 그 벌판의 빨간 테이블 기억나시죠? 거기까지 가셔서 대기하시면 제가 무전을 보낼 거예요. 헬리콥터를 호출하셔도 좋다고. 깔끔하죠? 앞으로도 계속 서로 이득이 되는 거래가 되면 좋겠습니다."

"만약 내가 이걸 태양 그룹에 넘기면, 너는 더 이상 피 장사를 할 수 없을 텐데? 거기에서 이 피로 백신을 만들 테니까. 그런 생각은 안 해 봤나?"

아이스박스를 넘겨받고 나서 신 중장이 물었다. 유빈은 고개를 저었다.

"태양이 가진 기술로는 불가능하다고 하더라고요. 그런 걱정은 안 합니다."

"하나만 더 묻지. 정 중장도 이만큼을 이 가격에 샀나?"

"그건…… 개인 정보니까 말씀드리기 어려워요. 섭섭하시겠지만, 제 입이 무거워야 신 중장님도 앞으로 거래하시기에 더 마음이 편하실 겁니다."

유빈은 공손히 대답해 줬다. 신 중장은 같잖다는 듯 콧방귀를 뀐 뒤, 사다리를 붙잡고 아래로 내려갔다. 마지막까지 2층에 남아 있던 조철웅이 선글라스를 벗으며 유빈에게 말을 걸었다.

"이봐, 저기 저 녀석. 혹시……."

창문 너머 전철역 건물을 가리키며 뭔가를 물어보려던 조철웅은 이내 마음을 바꾸고 입을 다물었다.

아니…… 그럴 리가 없지. 삼척 방어 대대 전체가 전멸했다고 했었는데…… 용케 탈출을 했다고 해도 거기에서 서울까지 어떻게…… 그 거리가 대체 얼마인데.

"아니야. 잊어버려."

조철웅은 다시 선글라스를 걸치며 말했다.


"후아아아~ 힘들다. 사람들하고 흥정한다는 거……."

신 중장 일행 다섯 명이 벌판 쪽으로 멀어진 뒤, 유빈은 테이블에 엎어지며 한숨을 내쉬었다. 완전히 탈진 직전이다.

"그래도 첫 거래 할 때보다는 많이 나아졌어. 버벅거리지도 않고……."

보안관이 녀석의 어깨를 두들겨 주며 말했다. 담배에 불을 붙이던 민구도 고개를 끄덕인다.

"음, 너 깐족거리는 데에 소질이 있더라."

"하하하…… 그것도 재주인가요? 힘도 없이 깐족거릴 줄만 알면 두들겨 맞기 딱 좋은 인간이잖아."

Epilogue 에필로그

유빈은 떼꾼해진 눈을 비비며 웃었다. 자신이 이렇게 죽을 만큼 힘이 드는데, 정작 육탄전을 대비하고 있어야 하는 보안관과 민구는 얼마나 더 많은 체력이 소모될 것인가.

물론 협상하는 내내 미동도 못 한 채 조준경을 노려보고 있어야 하는 진우는 말할 것도 없다. 녀석은 아마 지금도 신 중장 일행이 혹시 딴마음을 먹지나 않는지 노려보고 있을 터였다.

"세상에…… 여기에서 머리 싸매 쥐고 덜덜 떨던 게 엊그제 같은데……."

유빈이 복지 센터를 둘러보며 중얼거렸다. 7월 14일 공포의 밤, 좀비에 할퀴어진 보안관의 발목을 보며 함께 걱정했던 그 밤 이후 모든 것이 바뀌었다.

여기에서 친구들과 힘을 합쳐 좀비들을 죽였고, 제니를 구해 와 함께 생활을 했고…… 그리고 이제 더 많은 사람들을 도우려 하고 있다.

"진우는 이제 슬슬 빠지라고 해야겠다. 30분 후면 그 앞으로 좀비들 지나갈 시간이야."

시계를 확인한 보안관이 창문 앞에서 라이트를 반짝여 진우에게 신호를 보냈다.


"잘 끝났구나……."

신 중장 일행을 끝까지 눈으로 좇던 진우는 보안관의 철수 신호를 확인하고 비로소 안도의 한숨을 내쉬었다.

헥— 헥—.

미동도 하지 못하고 있던 동안 그의 바지를 젖게 만든 범인이 다시 다가와 코를 엉덩이에 들이밀려 한다. 진우는 얼른 다리를 오므리며 나지막하게 녀석의 이름을 불렀다.

"……삼숙아!"

END.